Unterwegs in die Welt von morgen

Unterwegs in die Welt von morgen

Utopische Geschichten
und Science-fiction-Romane

Verlag Das Beste
Stuttgart · Zürich · Wien

Die Texte in diesem Buch
erscheinen mit Genehmigung der Verleger

140

Printed in Germany
ISBN 3 87070 513 2

EDMOND HAMILTON
DIE STERNEN-KÖNIGE
INS DEUTSCHE ÜBERTRAGEN VON MARGARETE AUER UND THOMAS LE BLANC

John Gordon

ALS JOHN GORDON das erstemal die Stimme in seinem Inneren vernahm, dachte er, er sei nahe daran, verrückt zu werden. Das erstemal kam sie des Nachts, als er gerade einschlief; sie drang durch seine schon halb schlafenden Gedanken und sprach scharf und klar: „Kannst du mich hören, John Gordon? Kannst du mich rufen hören?“

Gordon setzte sich auf, er war plötzlich hellwach und ein wenig bestürzt: Es war etwas Sonderbares und Aufrüttelndes an diesem Ruf gewesen.

Dann zuckte er die Achseln. Das Gehirn spielt merkwürdige Streiche, wenn ein Mensch halb eingeschlafen und der Wille entspannt ist. Was sollte dies schon bedeuten?

Er vergaß es bis zur nächsten Nacht. Dann kam, gerade als er in das Reich des Schlummers zu gleiten begann, diese klare innere Stimme wieder. „Kannst du mich hören? Wenn du mich hören kannst, versuche meinem Ruf zu antworten!“

Wieder fuhr Gordon plötzlich aus dem Schlaf empor. Und diesmal war er ein wenig besorgt. Stimmte mit seinem Verstand etwas nicht mehr? Er hatte schon oft gehört, daß es ein schlechtes Zeichen war, wenn man anfing, Stimmen zu vernehmen. Er war ohne eine Schramme durch den Krieg gekommen, aber vielleicht hatten jene Jahre, in denen er auf den Pazifik hinausgeflogen, seinem Verstand geschadet. War es vielleicht wirklich bei ihm so weit, daß eine verspätete Psychoneurose zum Ausbruch kam?

„Hol's der Teufel, ich rege mich tatsächlich über solche Kindereien auf!“ sagte Gordon grob zu sich selbst. „Das kommt nur daher, daß ich nervös und ruhelos bin.“

Ruhelos? Ja, das war er! Er war es die ganze Zeit gewesen, seit der Krieg zu Ende und er nach New York zurückgekehrt war.

Man kann wohl einen jungen Buchhalter aus einem New Yorker Versicherungsbüro herausnehmen und aus ihm einen

Kriegspiloten machen, der einen Dreißigtonnenbomber so sicher bedient, wie er seine Finger gebraucht. Man kann das wohl tun, man hatte es jedenfalls mit Gordon getan. Aber nach drei Jahren Krieg war es nicht ganz einfach, diesen Piloten mit einem Sträußchen im Knopfloch und einem „Ich danke Ihnen" zu entlassen und an den Büroschreibtisch zurückzuschicken. Gordon wußte auch das aus bitterer Erfahrung.

Es war ja wirklich sonderbar. Die ganze Zeit über, während er draußen über dem Pazifik seinen Hals riskierte, hatte er immer daran gedacht, wie wundervoll es sein würde, an seine alte Arbeitsstelle und in seine gemütliche Wohnung zurückzukehren.

Dann war er zurückgekommen, und die Leute waren genauso wie zuvor, nur er war es nicht mehr: Der John Gordon, der zurückkam, hatte dem Tod ins Auge gesehen und war wohl an Kampf und jede Art Gefahr gewöhnt, aber nicht mehr daran, an einem Schreibtisch zu sitzen und Zahlen zu addieren.

Was er sich nun eigentlich wünschte, wußte Gordon selbst nicht, aber es war jedenfalls keine Büroarbeit in New York. Doch hatte er versucht, sich diesen Gedanken aus dem Kopf zu schlagen; er hatte mit sich gekämpft, um in die alte Tretmühle zurückzufinden, aber dieser Kampf hatte ihn immer ruheloser gemacht.

Und nun diese seltsame Stimme in seinem Kopf! Bedeutete das, daß seine Nervosität die Oberhand bekam, daß er überschnappte? Er dachte daran, zu einem Psychiater zu gehen, aber dann scheute er davor zurück: Es erschien ihm besser, diese Sache allein durchzukämpfen.

So wartete also Gordon in der nächsten Nacht mit einer Art Ingrimm auf den Ruf der Stimme und bereitete sich darauf vor, sich selbst zu beweisen, daß es eine Wahnvorstellung war.

Die Stimme rief aber in dieser Nacht nicht nach ihm und auch nicht in der nächsten; er nahm an, es sei vorbei.

In der dritten Nacht aber erklang sie stärker denn je: „John Gordon, hör mir zu! Du hast keine Wahnvorstellungen! Ich bin ein anderer Mann, der zu deinem Geist mit den Mitteln einer Technik spricht, über die ich verfüge!"

Gordon lag im Halbschlaf, aber diese Stimme erschien ihm wunderbar wirklich.

„Versuche mir zu antworten, John Gordon! Nicht mit Worten, sondern mit Gedanken. Zwischen uns besteht eine Verbindung, du kannst mir antworten, wenn du es versuchst!"

Wie betäubt sandte Gordon in Gedanken eine Antwort in die Dunkelheit: „Wer bist du?"

Die Antwort kam schnell und klar, und ein stolzer Triumph schwang in ihr. „Ich bin Zarth Arn, ein Prinz aus dem Mittelgalaktischen Reich. Ich spreche zu dir aus der Zukunft, zweihunderttausend Jahre nach deiner Zeit."

Gordon hatte ein Gefühl unbestimmten Entsetzens. Das war doch unmöglich! Und dennoch klang die Stimme so wirklich und deutlich in seinem Ohr.

„Zweihunderttausend Jahre? Das ist verrückt, es ist unmöglich, über einen solchen Zeitraum hinweg zu sprechen! Ich träume . . ."

„Ich versichere dir, du träumst nicht, ich bin so wirklich wie du, auch wenn zweitausend Jahrhunderte uns trennen", erwiderte Zarth Arn erneut sehr schnell. „Die Zeit kann nicht durch etwas Materielles überbrückt werden, aber ein Gedanke ist nichts Materielles. Ein Gedanke kann die Zeit überbrücken. Auch dein eigener Sinn wandert ja jedesmal, wenn du dich an etwas erinnerst, in die Vergangenheit."

„Selbst wenn nun alles wahr wäre, warum solltest du mich rufen?" fragte Gordon benommen.

„In zweihunderttausend Jahren hat sich viel geändert", erklärte Zarth Arn. „Vor langer Zeit breitete sich das Menschengeschlecht – zu deren erster Ära du gehörst – auf andere Sterne der Milchstraße aus. Dort gibt es nun große Sternenkönigreiche, von denen das größte das Mittelgalaktische Reich ist. Ich bekleide in diesem Königreich eine hohe Stellung, und ich bin vor allem anderen ein Wissenschaftler und Wahrheitssucher. Seit Jahren haben ein Kollege und ich in der Vergangenheit geforscht, indem ich meinen Geist durch die Zeitalter zurückversetzt habe, mich rückwärts getastet und Kontakt mit den Gehirnen von Menschen aufgenommen habe, deren Geist meinem gleichgestimmt war. Mit vielen dieser Menschen der Vergangenheit habe ich zeitweise den Körper getauscht. Der Geist ist ein Gewebe von elektrischer Energie, das im Gehirn sitzt. Es kann mit entsprechenden Kräften vom Gehirn entfernt werden, und ein anderes elektrisches Gewebe, also ein anderer Geist, kann an seine Stelle gesetzt werden. Mein Apparat erreicht das, indem er meinen Geist in die Vergangenheit sendet und nicht nur eine Gedankenbotschaft. So kann meine Seele im Körper eines Mannes längst verflossener Zeitalter wohnen, während seine Seele gleichzeitig die Zeiträume überspringt und nun meinen Leib bewohnt. Auf diese Weise habe ich schon in vielen verschiedenen Zeitaltern gelebt und deren Geschichte studiert. Aber noch nie bin ich bisher bis zu deiner Zeit in die vergangenen Zeitalter eingedrungen: Das möchte ich jetzt tun. Ich möchte nun einmal dein Zeitalter gründlich studieren, John Gordon. Willst du mir dabei helfen? Wirst du einem vorübergehenden Tausch der Seele mit mir zustimmen?"

Gordons erste Reaktion war eine verstörte Weigerung. „Nein! Es wäre gräßlich und verrückt!"

„Es besteht keine Gefahr dabei", beharrte Zarth Arn. „Du wirst nur einige Wochen in meinem Leib, in meinem Zeitalter verbringen und ich in deinem. Und dann wird Vel Quen, mein Kollege hier, den Rücktausch bewirken. Denk doch nach, John Gordon! Geradeso, wie es mir eine Gelegenheit bieten würde, dein für uns lange totes Zeitalter zu erforschen, so hättest du die Möglichkeit, die Wunder meiner Zeit zu schauen! Ich kenne deinen Geist, der ruhelos und begierig nach Neuem ist. Keinem Mann deines Zeitalters ist jemals die Gelegenheit geboten worden, über den großen Abgrund der Zeit in die Zukunft zu dringen. Willst du sie zurückweisen?"

Plötzlich fühlte sich Gordon von dem Zauber der Idee gepackt. Es war wie ein Fanfarenstoß, der ihn zu einem bisher nicht einmal im Traum erahnten Abenteuer rief. Eine Welt und ein Universum, zweitausend Jahrhunderte in der Zukunft und die Herrlichkeiten einer Zivilisation, die ferne Sternenreiche erobert hatte – das alles sollte er mit seinen eigenen Augen sehen? War es das wert, das Leben und den gesunden Menschenverstand dafür zu riskieren? Wenn all dies Wahrheit war, bot sich ihm dann hier nicht das wunderbare, erregende Abenteuer, das er so ruhelos ersehnte?

Dennoch zögerte er. „Ich würde ja nichts von deiner Welt begreifen, wenn ich in ihr erwache", erklärte er Zarth Arn. „Ich verstünde ja nicht einmal die Sprache!"

„Vel Quen wird dasein, um dich alles zu lehren“, antwortete der andere schnell. „Aber natürlich ist mir dein Zeitalter ebenso fremd. Wenn du mit meinem Vorschlag einverstanden bist, so bereite bitte Gedankenspulen vor, mit deren Hilfe ich die Sprache und Gewohnheiten deiner Zeit lernen kann.“

„Gedankenspulen? Was ist das?“ fragte Gordon erstaunt.

„Sind sie in deinem Zeitalter noch nicht erfunden?“ fragte Zarth Arn. „In diesem Fall lege einige Kinderbilderbücher und Lexika für mich bereit, um deine Sprache daraus zu lernen, und einige Schallplatten zum Studium der Aussprache. Du brauchst dich nicht sogleich zu entscheiden, John Gordon. Morgen werde ich dich wieder rufen, und du kannst mir dann deine Entscheidung mitteilen.“

„Morgen werde ich denken, daß dies alles nur ein verrückter Traum gewesen ist!“ rief Gordon aus.

„Du mußt dich eben selbst davon überzeugen, daß es kein Traum ist“, sagte Zarth Arn ernst. „Ich nehme die Verbindung mit dir auf, wenn du beim Einschlafen bist, denn dann ist dein Wille entspannt und dein Geist aufnahmebereit: Aber darum ist es doch kein Traum!“

Als Gordon am Morgen erwachte, kam ihm das ganze unglaubliche Erlebnis mit einem Schlag wieder zum Bewußtsein. War es ein Traum? fragte er sich verwundert. Zarth Arn sagte ja, es würde mir wie einer erscheinen. Natürlich, eine Traumgestalt mußte das auch behaupten.

Als Gordon zur Arbeit ging, war er immer noch zu keiner Entscheidung gekommen, ob alles Wirklichkeit gewesen war. Noch niemals war ihm das Versicherungsbüro so ausgesprochen grau und trostlos erschienen wie an diesem langen Tag – niemals waren ihm seine kleinlichen und mechanischen Pflichten so nutzlos und eintönig vorgekommen.

Und den ganzen Tag hindurch ertappte sich Gordon dabei, wie er bizarre Visionen von der Pracht und den magischen Wundern großer Sternenkönigreiche vor sich sah, die zweihunderttausend Jahre in der Zukunft lagen, und von Welten, die neu, seltsam und verlockend waren.

Am Ende des Tages war sein Entschluß gefaßt: Wenn dieser Zarth Arn nicht nur ein Traumbild war, so würde er das tun, worum er von ihm gebeten wurde. Er kam sich ein wenig töricht vor, als er auf seinem Nachhauseweg innehielt und Kinderbilderbücher, Lexika und Schallplatten kaufte, die zum Unterricht in der englischen Sprache bestimmt waren.

An diesem Abend ging Gordon früh zu Bett. In größter fiebriger Erregung wartete er auf Zarth Arns Ruf.

Der aber kam nicht. Gordon war viel zu gespannt und erregt, um einschlafen zu können.

Stundenlang wälzte er sich schlaflos herum. Als er endlich in einen unruhigen Schlummer sank, begann es schon fast zu dämmern. Dann aber drang auf einmal die klare Stimme Zarth Arns in seine Gedanken: „Endlich kann ich die Verbindung mit dir doch herstellen! Nun sage mir, John Gordon, wozu hast du dich entschlossen?"

„Ich bin bereit, es zu tun, Zarth Arn", antwortete Gordon. „Aber es muß sofort geschehen, denn wenn ich noch länger über all das nachdenke, was du mir gesagt hast, so werde ich am Ende über all dem Grübeln verrückt."

„Es kann sofort geschehen", lautete die hocherfreute Antwort. „Vel Quen und ich haben unsere Instrumente bereit. Dein Geist wird sich für sechs Wochen in meinem Körper befinden. Nach dieser Zeit werde ich zum Rücktausch bereit sein." Zarth Arn fügte schnell hinzu: „Du mußt nur zuerst ein Versprechen geben. Niemand außer Vel Quen wird von diesem Seelentausch etwas wissen. Du darfst niemandem hier in meiner Zeit erzählen, daß du ein Fremder in meinem Körper bist. Wenn du das tust, so könnte das über uns beide Unheil bringen."

„Ich verspreche es", entgegnete Gordon sofort. „Du wirst doch mit meinem Körper sorgsam umgehen, nicht wahr?"

„Du hast mein Wort", antwortete Zarth Arn. „Nun entspanne dich so, daß dein Geist keinen Widerstand gegen die Kraft leistet, die ihn durch die Zeitdimension zieht."

Das war leichter gesagt als getan. Sich zu entspannen war nicht leicht für einen Mann, dessen Seele von seinem Körper getrennt werden sollte. Aber Gordon versuchte zu gehorchen und tiefer in den Schlummerzustand zu versinken.

Plötzlich ging etwas Sonderbares in seinem Gehirn vor. Es war kein rein körperliches Empfinden, sondern er hatte ein Gefühl, als ob eine seltsame magnetische Kraft auf ihn wirkte.

Eine Furcht, wie John Gordon sie niemals zuvor kennengelernt hatte, zerriß sein Herz, als er sich plötzlich in eine Finsternis ohne Ende versinken fühlte . . .

Das Weltall der Zukunft

LANGSAM kehrte Gordon das Bewußtsein wieder. Er lag reglos auf einem hohen Tisch in einem Raum voll strahlendem Sonnenlicht. Einige Augenblicke schaute er betäubt um sich. Er hatte ein Gefühl schrecklicher Schwäche und Unsicherheit. Genau über seinem Kopf, als ob er eben von ihm hochgezogen worden wäre, befand sich ein sonderbarer Apparat, ähnlich einer silbernen Haube mit vielen Drähten.

Dann beugte sich ein Gesicht in sein Blickfeld, das runzlige Antlitz eines alten, weißhaarigen Mannes. Aber die Aufregung, die ihn offenkundig bewegte, ließ seine blauen Augen jugendlich lebhaft erscheinen. Er sprach mit einer Stimme zu Gordon, die vor Erregung schrill klang, aber er redete in einer Sprache, die diesem unbekannt war.

„Ich kann Sie nicht verstehen", erklärte Gordon hilflos.

Der andere wies auf sich selbst. „Vel Quen", sagte er.

Vel Quen? Gordon erinnerte sich nun. Zarth Arn hatte gesagt, daß dies der Name seines wissenschaftlichen Mitarbeiters in der Zukunft war.

In der Zukunft? Dann hatten also die Wissenschaftler tatsächlich diesen unglaublichen Tausch eines Geistes über den Abgrund der Zeit hinweg vollbracht?

In einer plötzlichen Erregung versuchte Gordon, sich aufzurichten. Er konnte es nicht, er war noch zu schwach und sank wieder zurück. Aber bei diesem Versuch hatte er doch einen flüchtigen Blick auf seinen eigenen Körper werfen können, und der Anblick hatte ihn verblüfft. Es war nicht sein Körper, es war nicht John Gordons untersetzte, muskulöse Gestalt. Der Leib, in dem sein Geist nun weilte, war größer und schlanker, und er war mit einem seidenen weißen, ärmellosen Hemd, einer Hose und Sandalen bekleidet.

„Zarth Arns Leib", sagte Gordon heiser. „Und weit zurück in meiner Zeit erwacht nun Zarth Arn in meinem Körper!"

Der alte Vel Quen erkannte offensichtlich den Namen, den Gordon aussprach, wieder und nickte nun eifrig: „Zarth Arn – John Gordon", sagte er und wies auf ihn.

Der Tausch hatte also geklappt! Er hatte zweitausend Jahrhunderte durchquert und steckte nun in dem Körper eines anderen Menschen!

Er hatte dabei nicht das Gefühl, als ob sich etwas geändert hätte. Gordon versuchte, seine Hände und Füße zu bewegen. Jeder Muskel gehorchte vollkommen. Doch sträubten sich ihm die Haare, da ihm alles noch so unheimlich fremd war. Er hatte ein fast krankhaftes Heimweh nach seinem eigenen Körper.

Vel Quen schien seine Gefühle zu verstehen. Der alte Mann klopfte ihm beruhigend auf die Schulter, dann bot er ihm einen Kristallbecher mit einer schäumenden roten Flüssigkeit an. Gordon trank und fühlte sich sogleich kräftiger. Der alte Wissenschaftler half ihm, vom Tisch aufzustehen, und stützte ihn, als er sich verwundert im Raum umsah.

Strahlendes Sonnenlicht strömte durch große Fenster, die alle Seiten des achteckigen Zimmers ausfüllten. Das Licht wurde von vielen Maschinen, Instrumenten und Gestellen mit sonderbaren Metallspulen blitzend und glitzernd zurückgeworfen. Gordon war kein Wissenschaftler, und all diese wissenschaftlichen Vorrichtungen der Zukunft brachten ihn aus der Fassung.

Vel Quen führte ihn in eine Ecke vor einen großen Spiegel. Nach einem flüchtigen Blick auf sein Spiegelbild stand Gordon wie gebannt da. „So also sehe ich jetzt aus", flüsterte er und starrte erschreckt auf die Gestalt eines schwarzhaarigen Mannes von fast zwei Meter Größe. Dessen Gesicht war dunkel, adlerartig, mit ernsten, dunklen Augen; es war völlig verschieden von Gordons breitem, gebräuntem Gesicht. Er sah, daß er ein knapp anliegendes Hemd und eine Hose trug, und nun warf Vel Quen, der ähnlich gekleidet war, einen langen silberweißen Mantel um seine Schultern.

Der alte Wissenschaftler deutete Gordon mit Handbewegungen an, er müsse nun ruhen. Aber so schwach Gordon sich auch fühlte, er konnte doch nicht umhin, zuerst auf diese unbekannte Welt einer fernen Zukunft hinauszublicken. Er trat an eines der Fenster.

Gordon erwartete, das wunderbare Bild einer übermodernen Stadt zu sehen, die prächtige Metropole einer Zivilisation, die über Sternenwelten herrschte, aber er wurde enttäuscht.

Vor ihm lag eine Szenerie voll wilder, beklemmender Erhabenheit. Dieses achteckige Zimmer war der obere Stock eines plumpen kleinen Zementturms, der auf einem schmalen Plateau am Rande eines steilen Abhangs stand. Wundervolle Berggipfel, die eine Haube glitzernden weißen Schnees trugen, erhoben sich in strahlendem Sonnenlicht. Von ihnen und von dem Turm aus stürzten dunkle, schreckenerregende Schluchten viele hundert Meter tief hinab. Kein anderes Gebäude war zu sehen. Das Bild vor ihm sah dem Himalaja seiner eigenen Zeit sehr ähnlich.

Ein Schwächeanfall ließ John Gordon wie betäubt schwanken. Vel Quen führte ihn hastig aus dem Turmzimmer hinaus und in ein kleines Schlafzimmer in dem darunterliegenden Stockwerk. Er streckte sich auf einer weichen Lagerstatt aus und schlief sogleich ein.

Als Gordon ausgeruht und gekräftigt erwachte, war ein neuer Tag angebrochen. Vel Quen kam herein und begrüßte ihn, dann prüfte er seinen Puls und die Atmung. Der alte Wissenschaftler lächelte beruhigend und brachte ihm etwas Essen; es gab ein süßes, dickes, schokoladenfarbiges Getränk, Früchte und einige Waffeln, ähnlich trockenem Zwieback. Offenbar war alles mit Nährstoffen angereichert, denn Gordons Hunger verschwand sogleich nach der leichten Mahlzeit.

Später begann Vel Quen, ihn in seiner Sprache zu unterrichten. Der alte Mann benutzte dazu einen kassettenähnlichen kleinen Apparat, der wirklichkeitsgetreue, stereoskopische Bilder hervorbrachte, und er benannte jeden Gegenstand oder jede Szene, die er darstellte, genau und sorgfältig.

Gordon verwendete eine Woche auf diese Aufgabe, ohne den Turm in dieser Zeit zu verlassen. Er erfaßte die fremde Sprache mit erstaunlicher Schnelligkeit, teils infolge Vel Quens wissenschaftlicher Methode – teils weil sie sehr dem Englischen ähnelte.

Zweitausend Jahrhunderte hatten ihren Wortschatz zwar stark vermehrt und verändert, aber es war doch nicht wie eine vollkommen fremde Sprache. Am Ende dieser Woche waren

Gordons Kräfte völlig wiedergekehrt, und er hatte unterdessen gelernt, die neue Sprache fließend zu sprechen.

„Sind wir auf dem Planeten Erde?" war die erste, neugierige Frage, die er Vel Quen stellte.

Der alte Wissenschaftler nickte. „Ja, dieser Turm steht auf einem der höchsten Berge der Erde."

Gordons Vermutung stimmte also: Es war das Himalaja-Gebirge, dessen schneebedeckte Gipfel sich ringsum erhoben; sie sahen so schroff, einsam und gewaltig aus wie damals, als er vor langer Zeit in Kriegstagen über sie hinweggeflogen war.

„Sind denn keine Städte oder Menschen mehr auf der Erde?" fragte er erstaunt.

„Gewiß sind welche da. Zarth Arn wählte diesen einsamen Ort auf der Erde nur deshalb, damit seine geheimen Versuche nicht gestört würden. Von diesem Turm aus hat er die Vergangenheit erforscht, indem er sich in den Körper vieler Männer aus verschiedenen Epochen der menschlichen Geschichte zurückversetzt hat. Ihre Zeit ist der am weitesten zurückliegende Abschnitt der Vergangenheit, den Zarth Arn bis jetzt zu ergründen suchte."

Es war überwältigend für Gordon, sich vorzustellen, daß auch andere Männer sich in seiner jetzigen unheimlichen Lage befunden hatten. „Waren jene anderen imstande, ohne Schwierigkeit in ihren eigenen Körper und in ihre eigene Zeit zurückzukehren?"

„Natürlich – ich war ja hier, um den Seelentransmitter zu bedienen, und wenn der Zeitpunkt dafür da war, bewirkte ich den Rücktausch, gerade so, wie ich es auch bei Ihnen tun werde."

Das klang beruhigend. Gordon war immer noch durch dieses beispiellose Abenteuer erregt, das ihn in ein künftiges Zeitalter gebracht hatte. Aber der Gedanke schien ihm unerträglich, daß er vielleicht auf unbestimmte Zeit in den Körper eines Fremden gebannt bleiben sollte.

Vel Quen erklärte nun Gordon in allen Einzelheiten die erstaunliche wissenschaftliche Methode, über die Zeit hinweg Verbindung mit den Seelen aufzunehmen und sie zu vertauschen. Er zeigte ihm die Bedienung des telepathischen Verstärkers, der eine Gedankenbotschaft zu jeder auserwählten Seele in der Vergangenheit ausstrahlen konnte. Und dann umriß er die Bedienungsweise der Instrumente, die den Seelentausch selbst bewirkten.

„Die Seele ist ein elektrisches Muster in den Neuronen unseres Gehirns. Die Kräfte des Apparates lösen dieses Muster aus dem Gehirn heraus und verwandeln es in ein Netzwerk nichtmaterieller Photonen. Diese Photonen-Seele kann in jede Dimension ausgesandt werden, und da die Zeit die vierte Dimension der Materie ist, kann die Photonen-Seele auch in die Vergangenheit entsandt werden. Die Kräfte wirken dabei nach einem Zwei-Wege-Verfahren, indem sie gleichzeitig die beiden ausgewählten Seelen lösen, sie versetzen und gegen die andere austauschen."

„Hat Zarth Arn selbst diese Methode des Seelentausches erfunden?" fragte Gordon verwundert.

„Wir haben sie gemeinsam erfunden", sagte Vel Quen. „Ich habe das Prinzip entwickelt. Zarth Arn, mein mir ergebener Jünger in der Wissenschaft, wollte es ausprobieren und half mir, den Apparat zu bauen und zu erproben; er hat über meine kühnsten Träume hinaus Erfolg gehabt. Sehen Sie jene Regale mit Gedankenspulen? In ihnen ist die riesige Menge von Informationen enthalten, die von Zarth Arn aus vergangenen, von ihm erforschten Zeitaltern mitgebracht wurde. Wir haben heimlich gearbeitet, denn Arn Abbas würde seinem Sohn verbieten, dieses Risiko auf sich zu nehmen."

„Arn Abbas?" wiederholte Gordon fragend. „Wer ist das, Vel Quen?"

„Arn Abbas ist der Herrscher des Mittelgalaktischen Reiches, der von seiner Hauptwelt im Sonnensystem des Canopus aus regiert. Er hat zwei Söhne; der ältere ist Jhal Arn, sein Erbe; der zweite ist Zarth Arn."

Gordon war verblüfft. „Meinen Sie damit, daß Zarth Arn, der Mann, dessen Körper ich nun innehabe, der Sohn des größten Herrschers der Milchstraße ist?"

Der alte Wissenschaftler nickte. „Ja, aber Zarth Arn ist nicht an Macht oder Herrschertum interessiert; er ist ein Wissenschaftler und Gelehrter, und das ist der Grund, warum er den Hof in Throon verließ, um seine Forschungen über die Vergangenheit von diesem einsamen Turm auf der Erde aus zu betreiben."

Gordon erinnerte sich nun daran, daß Zarth Arn gesagt

hatte, er bekleide einen hohen Rang im Reich; aber von seiner wahren, hohen Stellung hatte er noch keine Ahnung gehabt. „Vel Quen, was ist nun genaugenommen das Mittelgalaktische Reich? Umfaßt es die ganze Milchstraße?"

„Nein, John Gordon, es gibt viele Sternenkönigreiche in der Milchstraße, die bisweilen kriegerische Rivalen sind. Aber das Mittelgalaktische Reich ist das größte von ihnen."

Gordon fühlte eine gewisse Enttäuschung. „Ich hatte gedacht, daß die Zukunft der Demokratie gehören und der Krieg verbannt sein würde!"

„Die Sternenkönigreiche sind echte Demokratien, denn es regiert das Volk", erklärte Vel Quen. „Wir geben unseren Führern Titel und einen königlichen Rang, um die weit auseinanderliegenden Sternensysteme, ihre menschlichen Bewohner und ihre Ureinwohner besser zusammenzuhalten."

Gordon konnte das verstehen. „Ich hab's: Es ist wie die britische Demokratie meiner eigenen Zeit, die, um ihr Reich zusammenzuhalten, an der Einrichtung des Königtums und an Rangunterschieden festhielt."

„Und der Krieg wurde tatsächlich vor langer Zeit von der Erde verbannt", fuhr Vel Quen fort. „Wir wissen das aus der geschichtlichen Überlieferung. Der Friede und der Wohlstand, die folgten, gaben den ersten großen Anstoß zur Raumfahrt. Aber zwischen den Sternenkönigreichen hat es Kriege gegeben, weil sie so weit voneinander entfernt sind. Wir versuchen jetzt, Einigkeit und Frieden zwischen ihnen zu schaffen, so wie ihr die Nationen der Erde vor langer Zeit geeinigt habt."

Vel Quen ging zu einer Wand und schaltete einen Apparat ein, der aus einer ganzen Anzahl von Linsen bestand. Von den Linsen wurde ein kleines, aber wirklichkeitsgetreues Bild der Milchstraße erzeugt, die als eine flache, scheibenförmige Ansammlung von glänzenden Funken erschien. Jeder der kleinen Funken stellte einen Stern dar, und ihre Zahl war für Gordon einfach verwirrend. Nebel, Kometen, Dunkelwolken, sie waren alle getreulich auf dieser Karte der Milchstraße verzeichnet, und die Karte war durch Zonen von farbigem Licht in eine Anzahl großer und kleiner Abschnitte geteilt.

„Die farbigen Zonen stellen die Grenzen der großen Sternenkönigreiche dar", erklärte Vel Quen. „Wie Sie sehen, ist die grüne Zone des Mittelgalaktischen Reiches die größte und umschließt den ganzen Norden und die Mitte der Milchstraße. Hier, nahe seiner nördlichen Grenze, liegt Sol, die Sonne der Erde, nicht weit von den einsamen Grenzgebieten der Sternensysteme der Mark des Äußeren Raumes. Die kleine purpurne Zone südlich des Reichs umfaßt die Baronien des Herkules, deren große Barone die abhängigen Sternenwelten der Herkules-Gruppe beherrschen. Nordwestlich liegt das Königreich Fomalhaut, und südlich davon erstrecken sich die Königreiche der Leier, des Schwans, des Polarsterns und andere; die meisten sind mit dem Reich verbunden. Dieser große, dunkle Fleck südöstlich des Reiches ist die größte Dunkelwolke in der Milchstraße, und in ihr liegt die Liga der Dunkelwelten; sie besteht aus Sonnen und Planeten, die von der immerwährenden Dunkelheit dieser Wolke eingehüllt werden. Diese Liga ist der mächtigste und eifersüchtigste Rivale des Reiches. Das Reich ist zwar stark und hat lange versucht, die Sternenkönigreiche zu einer Einigung zu bewegen und den Krieg ganz aus der Milchstraße zu verbannen, aber Shorr Kan und seine Liga haben gegen die Politik der Einigung von Arn Abbas intrigiert, indem sie die Eifersucht der kleineren Königreiche schürten."

Alles dies war für John Gordon, einen Mann des zwanzigsten Jahrhunderts, kaum zu fassen; er blickte voll Staunen auf die sonderbare Karte.

„Ich werde Sie lehren, die Gedankenspulen anzuwenden", fügte Vel Quen hinzu, „und dann können Sie die ganze große Geschichte aus ihnen erfahren."

In den folgenden Tagen lernte daher Gordon, während er sich in der Sprache übte, auch die Geschichte von zweitausend Jahrhunderten kennen.

Es war ein überwältigendes Epos von der Eroberung der Sterne durch die Menschen, das die Gedankenspulen vor ihm enthüllten. Da hatte es bei der Erforschung der Sternenwelt große Heldentaten gegeben, schreckliche Katastrophen in kosmischen Wolken und Nebeln und erbitterte Kämpfe gegen Ureinwohner der Sterne, die für eine friedliche Verständigung zu andersartig waren. Die Erde erwies sich als zu klein und zu abgelegen, um das ganze riesige, immer noch wachsende Reich der Menschen zu verwalten. Sternensysteme errichteten ihre eigenen Regierungen und verbanden sich dann zu Königreichen vieler Sterne. Aus einem solchen Beginn war auch das große Mittelgalaktische Reich erwachsen, das jetzt von Arn Abbas regiert wurde.

„Ich weiß", erklärte Vel Quen schließlich, „Sie möchten vieles von unserer Zivilisation sehen, ehe Sie in Ihren eigenen Körper und Ihre eigene Zeit zurückkehren. Zuerst werde ich Ihnen zeigen, wie die Erde jetzt aussieht. Stellen Sie sich auf diese Platte." Er wies auf eine von zwei runden Quarzplatten, die in den Boden eingelassen waren und die einen Teil eines sonderbaren, komplizierten Apparates bildeten. „Dies ist ein Telestereo, das stereoskopische Bilder ausstrahlt und empfängt, die selbst sehen und hören können. Es tritt nach dem Einschalten fast unverzüglich in Tätigkeit und arbeitet über jede Entfernung."

Gordon trat zögernd mit ihm auf die Quarzplatte. Der alte Gelehrte berührte einen Schalter, und sofort schien Gordon sich an einem anderen Ort zu befinden. Er wußte, er war noch in dem Turmlaboratorium; aber ein sehendes und hörendes Bild seiner selbst stand nun auf dem Bildschirm eines Stereo-Empfängers auf einer Terrasse hoch über einer großen Stadt.

„Dies ist Nyar, die größte Stadt der Erde", sagte Vel Quen. „Natürlich kann es sich mit den Metropolen der großen Sternenwelt nicht vergleichen."

Gordon rang nach Luft; er schaute über eine Mammutstadt von weißen, abgestuften Pyramiden. Hinter ihr, weit in der Ferne draußen, erblickte er einen Raumhafen mit Reihen von versenkten Docks und in ihnen lange, fischähnliche Sternenschiffe. Da waren auch ein paar große, drohend aussehende Kriegsschiffe mit den Kometenabzeichen des Reiches.

Aber es war hauptsächlich die große Stadt selbst, die seine Blicke fesselte. Ihre Terrassen waren blühende grüne Gärten mit bunten Sonnenschirmen, und in ihnen drängte sich eine fröhliche Menge Vergnügen suchender Menschen. Vel Quen schaltete auf einen anderen Stereoempfänger in Nyar um. Gordon erhielt einen flüchtigen Eindruck vom Innern der Stadt, von Hallen und Gängen, von Wohnungen und Arbeitsstätten und von gigantischen Atomkraftwerken.

Die Szene verschwand plötzlich vor Gordons Augen, da Vel

Quen das Telestereo abschaltete und auf ein Fenster zustürzte. „Da kommt ja ein Raumschiff!“ rief er aus. „Das verstehe ich nicht. Hier landet doch sonst niemals ein Schiff!“

Gordon hörte ein Dröhnen in der Luft und erblickte ein schlankes, glänzendes Fahrzeug, das aus dem Himmel auf den einsamen Turm herabglitt.

Vel Quen sah beunruhigt drein. „Es ist ein Kriegsraumschiff, ein Phantomkreuzer, aber er trägt kein Hoheitszeichen. Da ist etwas nicht in Ordnung!“

Das glänzende Raumschiff landete mit Schwung auf dem Plateau, einen halben Kilometer vom Turm entfernt. Sofort öffnete sich eine Tür an seiner Seite, und aus ihr stürzten etwa zwanzig grauuniformierte Männer mit Helmen heraus; sie trugen Waffen, die langen, schlankläufigen Pistolen glichen, und sie kamen im Laufschritt auf den Turm zu.

„Sie tragen die Uniform von Reichssoldaten, aber sie haben hier nichts zu suchen“, sagte Vel Quen verwirrt und besorgt. „Könnte es etwa sein . . .“ Er brach ab und schien zu einem plötzlichen Entschluß zu gelangen. „Ich werde sofort die Flottenbasis in Nyar verständigen!“ Als der alte Gelehrte sich hastig von Gordon zu dem Telestereo wandte, ertönte von unten plötzlich ein gewaltiges Krachen. „Sie haben die Tür gesprengt!“ rief Vel Quen. „Schnell, Gordon, nehmen Sie die . . .“

Gordon erfuhr niemals, was ihm der Alte zu sagen beabsichtigte; denn in diesem Augenblick stürzten die uniformierten Männer die Treppe herauf und stürmten den Raum. Es waren fremdartig aussehende Männer: Ihre Gesichter waren fahl, von einem unnatürlichen Weiß.

„Soldaten der Liga!“ rief Vel Quen, als er sie so nahe vor sich hatte; er warf sich herum, um das Telestereo einzuschalten, aber der Anführer der Eindringlinge erhob seine lange, schlanke Pistole, und ein winziges Geschoß schnellte heraus und drang in Vel Quens Rücken, wo es explodierte. Der alte Gelehrte sank mitten im Schritt zu Boden.

Bis zu diesem Augenblick ließen Unkenntnis und Verblüffung Gordon regungslos verharren, aber er fühlte eine heiße Wut in jeder Nervenfaser, als er Vel Quen fallen sah. Er hatte den alten Gelehrten in diesen Tagen liebgewonnen. Mit einem wütenden Aufschrei stürzte Gordon vorwärts.

Einer der uniformierten Männer erhob sofort seine Pistole. „Nicht auf ihn schießen! Es ist Zarth Arn selbst!“ schrie der Offizier, der Vel Quen niedergeschossen hatte. „Faßt ihn!“

Gordon konnte noch einem Eindringling mit seinen Fäusten ins Gesicht schlagen, aber das war auch alles. Ein Dutzend Hände ergriffen ihn, die Arme wurden ihm auf den Rücken gedreht, und er wurde hilflos wie ein strampelndes Kind festgehalten.

Der bleiche Offizier wandte sich hastig an Gordon: „Prinz Zarth, ich bedauere, daß wir Ihren Mitarbeiter erschießen mußten, aber er wollte Hilfe herbeirufen, und unsere Anwesenheit hier darf nicht entdeckt werden.“ Und der Offizier fügte schnell hinzu: „Sie selbst werden nicht im mindesten belästigt werden. Wir sind ausgesandt worden, um Sie zu unserem Führer zu bringen.“

Gordon starrte den Mann an; er hatte ein Gefühl, als ob all dies ein verrückter Traum wäre. Aber eines war klar: Sie zweifelten nicht daran, daß er tatsächlich Zarth Arn war. Und das war nur natürlich, sie sahen ja: er *war* dem Aussehen nach Zarth Arn. „Was wollen Sie von mir?“ fragte er wütend den anderen. „Wer sind Sie?“

„Wir kommen aus dem Wolkenreich“, antwortete der bleiche Offizier, „ja, wir sind von der Liga und sind gekommen, um Sie zu Shorr Kan zu bringen.“

Immer noch war alles für John Gordon unfaßbar! Dann erinnerte er sich an einige Dinge, die der alte Vel Quen ihm erzählt hatte. Shorr Kan war der Führer der Liga der Dunkelwelten, die der größte Gegner des Reiches war. Das bedeutete also: Diese Männer waren Feinde des größten Sternenkönigreiches, zu dessen Herrscherhaus Zarth Arn gehörte. Sie dachten, daß *er* Zarth Arn wäre, und sie wollten ihn entführen. Zarth Arn hatte wohl nichts dergleichen vorausgesehen, als er den Tausch der Seelen plante!

„Ich gehe nicht mit Ihnen!“ rief Gordon. „Ich verlasse die Erde nicht!“

„Wir werden ihn doch mit Gewalt mitnehmen müssen“, brummte der Offizier, zu seinen Männern gewandt. „Bringt ihn aufs Schiff!“

Geheimnisvolle Räuber

PLÖTZLICH gab es eine Unterbrechung. Ein uniformierter Soldat kam in den Turm gelaufen, sein Gesicht war fahl vor Erregung. „Der Radaroffizier meldet drei Schiffe von Kreuzergröße, die aus dem Raum auf diesen Teil der Erde zusteuern!"

„Das sind Patrouillenkreuzer des Reiches!" rief der Offizier der Liga gellend. „Schnell raus hier mit ihm . . .!"

Aber Gordon hatte den Augenblick ihrer Aufregung benutzt, um sich zu fassen. Nun entriß er sich mit einer heftigen Gewaltanstrengung ihrem Zugriff. Als die bleichen Männer auf ihn zustürzten, nahm er ein schweres Metallstück auf und schlug damit wild auf ihre Gesichter ein. Sie waren im Nachteil, weil sie ihn nicht töten oder verletzen wollten, während er keine solchen Bedenken hatte. Seine wütenden Schläge ließen zwei Soldaten zu Boden sinken, aber dann bekamen ihn die anderen wiederum in ihre Gewalt und entwanden ihm seine behelfsmäßige Waffe.

„Nun zum Schiff mit ihm", keuchte der bleiche Offizier der Liga, „und beeilt euch!"

Von vier riesigen Soldaten der Liga gehalten, wurde Gordon die Treppe hinunter und aus dem Turm hinaus in die beißende, frostklare Luft geschleppt; sie waren aber kaum auf halbem Weg zu dem glänzenden Schiff, als er die drohenden Geschützrohre, die aus dessen Seite herausragten, sich plötzlich steil aufrichten sah. Salven von kleinen Geschossen dröhnten aus ihnen zum Himmel.

Der bleiche Offizier schrie auf, als er nach oben blickte. John Gordon sah drei mächtige, fischähnlich geformte Kriegsraumschiffe, die geradewegs auf sie herunterstürzten.

Eine ungeheure Explosion traf Gordon und seine Häscher wie eine Riesenfaust und warf sie zu Boden. Halb bewußtlos hörte er das ohrenbetäubende Dröhnen von großen Raumschiffen, die sich auf den Boden senkten.

Bis er sich taumelnd wieder aufgerichtet hatte, war alles vorbei. Das Schiff der Liga war ein Wrack aus geschmolzenem Metall. Die drei Kreuzer, die es zerstört hatten, landeten gerade. Sogar als sie den Boden schon berührten, sandten ihre Waffen noch tödliche Explosivgeschosse auf die verstörten Soldaten der Liga ab, die nach wie vor zu kämpfen versuchten.

Gordon stand aufrecht da; aber diejenigen, die ihn noch eben hatten fangen sollen, lagen zerfetzt und verbrannt dreißig bis vierzig Meter verstreut. Die Luken der Raumkreuzer öffneten sich, und Männer in grauen Uniformen und Helmen kamen auf Gordon zugelaufen.

„Prinz Zarth, Sie sind doch nicht verletzt?" rief ihr Anführer Gordon zu. Der Mann war riesengroß und stark, mit borstigem schwarzem Haar und einem groben, knorrigen Gesicht von schwach kupferroter Farbe; seine schwarzen Augen blitzten vor freudiger Erregung. „Ich bin Hull Burrel, kommandierender Kapitän einer Patrouille im Sektor des Sirius", erklärte er und salutierte. „Unser Radargerät machte ein Flugobjekt aus, das sich ohne Erlaubnis der Erde näherte, und wir folgten ihm. Dabei entdeckten wir es hier bei Ihrem Laboratorium." Er sah auf die toten Männer. „Beim Himmel, Leute aus dem Wolkenreich! Shorr Kan hat es gewagt, Männer herzuschicken, um Sie zu entführen! Das könnte ein Kriegsgrund werden!"

John Gordons Gedanken arbeiteten blitzschnell. Diese aufgeregten Offiziere des Reiches hielten ihn natürlich auch für den Sohn ihres Herrschers. Er aber konnte ihnen nicht die Wahrheit sagen, konnte ihnen doch nicht erzählen, daß er John Gordon in Zarth Arns Körper war! Denn Zarth Arn hatte ihn versprechen lassen, daß er es niemandem sagen würde; er hatte ihn gewarnt, es brächte Unheil, wenn er es täte. Er mußte also die Wahrheit vor diesen Männern geheimhalten.

„Ich bin nicht verletzt", sagte Gordon unsicher. „Aber sie schossen auf Vel Quen, und ich fürchte, er ist tot."

Sie eilten mit ihm zum Turm. Er lief hastig die Treppe hinauf und beugte sich über den alten Gelehrten. Ein Blick genügte: Die Explosion des winzigen Atomgeschosses hatte ein klaffendes Loch in Vel Quens Körper gerissen.

Gordon war entsetzt. Der Tod des alten Gelehrten bedeutete, daß er nun in diesem unbekannten Weltall der Zukunft ganz auf sich selbst angewiesen war. Konnte er nun jemals wieder in seinen eigenen Körper und in seine eigene Zeit zurückkehren? Vel Quen hatte ihm das Prinzip und die Bedienung des Apparates, der die Seele ausstrahlte, gründlich erklärt. Also würde er vielleicht imstande sein, ihn zu bedienen, wenn er mit dem echten Zarth Arn eine telepathische Verbindung herstellen konnte.

Gordon traf schnell eine Entscheidung. Es war für ihn lebenswichtig, hier im Turm bei dem Apparat zu bleiben, der allein ihn in seinen eigenen Leib und in seine eigene Zeit zurückversetzen konnte.

„Ich muß diesen Überfall sofort Ihrem Vater berichten, Prinz Zarth", sagte Kapitän Hull Burrel.

„Das ist nicht nötig", meinte Gordon schnell, „die Gefahr ist vorüber. Behandeln Sie die ganze Sache vertraulich." Er erwartete, daß seine Autorität als Sohn des Herrschers den Kapitän gefügig machen würde.

Aber Hull Burrel, Überraschung auf seinem rauhen kupferfarbenen Gesicht, äußerte Bedenken. „Es wäre eine Pflichtverletzung, wenn ich es versäumte, eine so ernste Sache wie einen Überfall durch die Liga zu melden." Er ging zu dem Telestereo und machte sich an den Schaltern zu schaffen.

Sofort erschien auf seiner Empfängerscheibe das Bild eines uniformierten Offiziers. „Hier spricht der Chef der Flottenoperationen von Throon", sagte dieser kurz.

„Kapitän Hull Burrel von der Sirius-Sektor-Patrouille wünscht Seiner Hoheit Arn Abbas eine Sache von höchster Wichtigkeit zu melden", erklärte der große Mann mit dem kupferfarbenen Gesicht.

Der Offizier starrte ihn an. „Kann die Sache nicht dem Kommandeur Corbulo unterbreitet werden?"

„Das geht nicht, ihre Wichtigkeit und Dringlichkeit sind zu groß", erklärte Hull Burrel. „Ich übernehme die Verantwortung dafür, daß ich auf dieser Audienz bestehe."

Sie mußten ein wenig warten. Dann trat auf dem Telestereo das Bild eines anderen Mannes leuchtend in Erscheinung. Er war ein breitschultriger Riese, weit über das mittlere Alter hinaus, mit melierten buschigen Brauen über durchdringenden, strengen grauen Augen. Er trug einen prächtig besetzten Umhang über einer dunklen Jacke und Hose, und sein mächtiges Haupt war unbedeckt.

„Seit wann bestehen gewöhnliche Kapitäne der Flotte darauf . . .", begann er ärgerlich, aber dann ging sein Blick an Hull Burrel vorbei und erfaßte John Gordon. „So, dies betrifft also wohl dich, Zarth? Was ist los?"

John Gordon begriff, daß dieser massige Mann mit den kalten Augen Arn Abbas war, der Herrscher des Mittelgalaktischen Reiches und Zarth Arns Vater – *sein* Vater. „Es ist nichts Ernstes", begann er hastig, aber Hull Burrel unterbrach ihn.

„Entschuldigen Sie, Prinz Zarth, aber dies ist ernst!" An den Herrscher gewandt, fuhr er fort: „Ein Phantomkreuzer der Liga drang zur Erde vor und unternahm einen Versuch, den Prinzen zu entführen. Zufällig machte meine Patrouille in Sol einen nicht vorgesehenen Halt, wir entdeckten den Kreuzer durch Radar und folgten ihm gerade noch rechtzeitig hierher, um ihn zu vernichten."

„Ein Kriegsschiff der Liga, das den Raum des Reiches verletzt?" brüllte Arn Abbas wütend los. „Und meinen Sohn zu entführen versucht? Hol der Teufel Shorr Kan für diese Unverschämtheit! Diesmal ist er wahrhaftig zu weit gegangen!"

Hull Burrel fügte hinzu: „Wir waren nicht imstande, einen der Männer vom Wolkenreich lebend zu fassen, aber Prinz Zarth kann Ihnen über die Einzelheiten des Überfalls berichten."

Gordon wünschte vor allem, die Bedeutung der ganzen Sache herabzuspielen und die nervenzermürbende Anstrengung zu beenden, die ihm die Aufrechterhaltung seiner Täuschung bereitete. „Es muß ein verrücktes Kommandounternehmen gewesen sein", sagte er hastig zu Arn Abbas. „Sie würden wohl nicht wagen, es nochmals zu versuchen. Ich werde hier nicht mehr in Gefahr sein."

„Nicht in Gefahr? Wovon sprichst du denn?" polterte Arn Abbas los. „Du weißt so gut wie ich, warum Shorr Kan versucht hat, dich in seine Hand zu bekommen, und was er getan hätte, wenn er Erfolg gehabt hätte." Der massige Herrscher fuhr im Befehlston zu Gordon fort: „Du wirst nicht länger mehr auf der Erde bleiben, Zarth! Ich habe genug von deinem Ausreißen zu dem fernen alten Planeten zum Zweck deiner verrückten wissenschaftlichen Studien. Das kommt nun davon! Wir werden kein solches Risiko mehr auf uns nehmen! Du kommst sofort nach Throon!"

John Gordon sank der Mut. Nach Throon, dem königlichen Planeten der Sonne Canopus, der nahezu am anderen Ende der Milchstraße lag? Er konnte doch nicht dorthin gehen! Und er konnte unmöglich seine Maskerade in Zarth Arns Körper am Hofe fortsetzen! Wenn er das Laboratorium hier verließ, würde er keine Möglichkeit mehr haben, mit Zarth Arn in Verbindung zu treten und ihre Seelen wieder zu vertauschen.

„Ich kann jetzt nicht nach Throon kommen", widersprach Gordon verzweifelt. „Ich muß noch ein paar Tage hier auf der Erde bleiben, um meine Untersuchungen zu beenden!"

„Du tust, was ich dir sage, Zarth!" brüllte Arn Abbas ärgerlich. „Du wirst nach Throon kommen, und zwar sofort!"

Der Herrscher wandte sich mit wütendem Blick Hull Burrel zu und befahl: „Kapitän, Sie bringen den Prinzen sofort in Ihrem Raumkreuzer hierher. Wenn er sich weigert, so tun Sie das eben unter Bewachung!"

Ein magischer Planet

DER RIESIGE Kreuzer raste mit einer Geschwindigkeit durch den interstellaren Raum, die hundertmal größer war als die des Lichtes. Die Erde und Sol waren schon vor Stunden hinter ihnen zurückgeblieben. Vor dem Raumschiff breitete sich das Herz der Galaxis aus, dicht mit glitzernden Sternenschwärmen übersät. John Gordon stand mit Hull Burrel und zwei Steuermännern auf der breiten, mit vielen Fenstern versehenen Brücke der *Caris*. Er erschauerte, als er auf dieses unglaubliche Bild blickte, das vor ihm lag. Die ungeheure Geschwindigkeit des Kriegsschiffes wurde durch die Tatsache bewiesen, daß die vor ihnen liegenden Sterne, noch während er sie betrachtete, immer heller leuchteten. Gordon fühlte dank des dunkelblau glühenden Kraftfeldes, das alles im Schiff festhielt, keine Beschleunigung. Er versuchte sich an das zu erinnern, was er über die Antriebskraft dieser großen Raumschiffe gelernt hatte; sie wurden durch einen Antrieb bewegt, der die Energie der Sub-Ultrastrahlung nutzbar machte, die eine Grundlage der Zivilisation der Milchstraße bildete.

„Es scheint mir immer noch verrückt von Shorr Kan, einen

Kreuzer der Liga mit solch einem Auftrag in unser Gebiet zu senden", sagte Hull Burrel. „Was würde es ihm schon nützen, wenn er es fertigbrächte, Sie gefangenzusetzen?"

Gordon hatte sich darüber schon selbst gewundert; er konnte den Grund nicht einsehen, aus dem man den zweiten Sohn des Herrschers gefangenzunehmen wünschte. „Ich nehme an", meinte er, „daß Shorr Kan sich dachte, er könne mich als Geisel verwenden. Ich bin nur froh, daß Sie diesen mörderischen Teufeln den Tod Vel Quens heimgezahlt haben." Um der Anspannung einer weiteren Unterhaltung zu entgehen, wandte er sich unvermittelt um. „Ich möchte mich etwas ausruhen, Kapitän."

Mit einem Wort der Entschuldigung führte ihn Hull Burrel von der Brücke und über schmale Gänge und Treppen durch das Schiff hinunter.

Gordon tat so, als ob er sich nur flüchtig umschaute, aber in Wirklichkeit war er stark interessiert an allem, was er sah. Da gab es lange, schmale Reihen von Atomgeschützen, Navigations- und Radarräume im oberen Deck. Offiziere und Mannschaften, die sie trafen, bezeugten ihm stramm ihre Achtung und grüßten ihn mit tiefem Respekt. Diese Männer vom Mittelgalaktischen Reich waren stark verschieden in ihrer Hautfarbe: Einige von ihnen hatten eine schwach bläuliche Haut, andere eine rötliche, wieder andere eine bräunlichgelbe. Gordon wußte, woher das kam: Sie lebten in verschiedenen Sternensystemen. Und er hatte auch erfahren, daß Hull Burrel ein Antarier war.

Der Kapitän öffnete die Tür eines einfachen, kleinen Raumes: „Meine eigene Kabine, Prinz Zarth. Wollen Sie sie bitte benutzen, bis wir Throon erreichen."

Als Gordon allein war, empfand er ein leichtes Nachlassen der außergewöhnlichen Anspannung, der er seit Stunden unterworfen gewesen war. Sie hatten die Erde verlassen, als Vel Quens Begräbnis vorbei war. Und jeder Augenblick, der seither vergangen war, hatte Gordon eindringlich bewiesen, wie lebenswichtig und notwendig es für ihn war, seine Rolle weiterzuspielen.

Er konnte die verhängnisvolle Wahrheit über seine eigene Person nicht bekanntgeben. Zarth Arn hatte darauf bestanden:

es brächte Unheil über sie beide, wenn man sie jemandem mitteilte. Warum war es so gefährlich? Gordon konnte es bis jetzt nicht einmal ahnen. Aber er war sich dessen gewiß – er mußte diese Warnung sorgfältig beachten und durfte in niemandem den Verdacht aufkommen lassen, daß er nur seinem Körper nach der Prinz war. Auch wenn er ihnen die Wahrheit sagte, würden sie ihm nicht glauben. Der alte Vel Quen hatte gesagt, daß Zarth Arns unheimliche Experimente gänzlich geheimgehalten wurden. Wer würde schon einer solch verrückten Geschichte Glauben schenken?

Gordon gelangte zu dem Entschluß: Seine einzig mögliche Verhaltensweise bestand darin, in Throon die Rolle Zarth Arns zu spielen, so gut er konnte, und so bald wie möglich in das Turmlaboratorium auf der Erde zurückzukehren. Dann konnte er einen Weg ausfindig machen, die Seelen wieder auszutauschen.

Aber es scheint, daß ich in irgendeinen verzwickten und verrückten Konflikt in der Milchstraße geraten bin, der es mir schwermachen wird wegzukommen, dachte er erschrocken. Während er auf dem gepolsterten Bett lag, fragte Gordon sich verwundert und müde, ob sich wohl irgendein Mensch seit Zeitbeginn in einer solchen Lage befunden hatte.

Da gibt es nichts, als den Stier bei den Hörnern zu packen und die Sache als Zarth Arn zu Ende zu spielen, wenn ich kann, dachte er. Wenn Vel Quen nur am Leben geblieben wäre! Er fühlte wieder eine plötzliche schmerzliche Trauer um den alten Gelehrten. Dann sank er müde in Schlaf.

Als Gordon erwachte, erwartete er unbewußt, die vertraute gekalkte Decke seiner New Yorker Wohnung über sich zu sehen. Statt dessen erblickte er eine glitzernde Metalldecke und hörte ein gleichmäßiges, tiefes Dröhnen.

Da wurde ihm klar, daß alles kein Traum gewesen war. Er befand sich noch immer in Zarth Arns Körper in diesem riesigen Kriegsschiff, das durch die Milchstraße einem für ihn zweifelhaften Aufeinandertreffen entgegenraste.

Ein Mann in Uniform, der sich beim Eintritt respektvoll verbeugte, brachte ihm Essen – eine unbekannte rote Masse, die künstliches Fleisch zu sein schien, Früchte und den Schokoladentrank, den er bereits kannte.

Dann kam Hull Burrel herein. „Wir machen beinahe 200 Parsecs* in der Stunde, Hoheit, und werden Canopus in drei Tagen erreichen."

Gordon wagte keine andere Erwiderung als ein Nicken. Es war ihm klar, wie unheimlich leicht es sein würde, Fehler aus reiner Unwissenheit zu machen. Die Möglichkeit lastete in den folgenden Stunden schwer auf seiner Seele; sie kam noch zu der bereits übermenschlichen Anstrengung hinzu, die ihm die Verkörperung einer anderen Person auferlegte. Er mußte durch den riesigen Kreuzer gehen, als ob ihm solch ein Raumschiff genau bekannt wäre, er hatte Bemerkungen entgegenzunehmen, die sich auf tausend Dinge bezogen, die Zarth Arn wissen würde, und durfte dabei seine Unkenntnis nicht verraten.

Er brachte das, wie er hoffte, fertig, indem er sich einfach in Schweigen hüllte. Aber konnte er das in Throon weiterführen?

Am dritten Tag betrat John Gordon die weiträumige Brücke und war verblüfft über einen blendenden, lodernden Schein, der sich sogar seinen Weg durch die schweren Filterschirme bahnte, die über den Fenstern lagen.

„Endlich nähern wir uns Canopus", bemerkte Hull Burrel. „Wir werden in ein paar Stunden in Throon landen."

Wiederum brauste wie ein wilder Signalruf die Erregung durch sein Herz, als Gordon durch die Fenster auf das gewaltige Schauspiel vor sich blickte. Es war doch all das Risiko und die Gefahr wert, es war für einen Mann des zwanzigsten Jahrhunderts diesen gespenstigen Weg von Körper zu Körper über den Abgrund der Zeit hinweg wert, einen solchen Anblick wie diesen zu schauen!

Wie ein Donnerschlag wirkte die majestätische Größe von Canopus auf seine Sinne. Die riesige Sonne übertraf alle seine begrenzten Vorstellungen eines Himmelskörpers; sie erstrahlte in weißer Pracht, als ob das ganze Firmament in Flammen stünde, und sie überflutete das Kriegsschiff und den ganzen Raum mit einem schimmernden himmlischen Glanz. Gordon schwanden fast die Sinne, während er versuchte, ein unbewegtes Gesicht zu bewahren; er war ja nur ein Mann längst

* Ein Parsec entspricht einer Entfernung von 3,262 Lichtjahren oder 30 875 Billionen Kilometern.

vergangener Zeiten, und sein Gehirn war nicht an den gewaltigen Eindruck solcher Wunder gewöhnt.

Das Dröhnen der großen Druckstrahlengeneratoren sank auf Normallautstärke ab, als der Kreuzer an einen Planeten von Erdgröße herankam, einen von einem Dutzend Satelliten, die um diesen Riesenstern kreisten. Das war Throon, eine Welt von grünen Kontinenten und silbernen Meeren, die sich im irisierenden weißen Sonnenschein drehte; sie war das Herz und das Hirn des Reiches, das sich über die halbe Milchstraße erstreckte.

„Wir werden natürlich in Throon City landen", sagte Hull Burrel gerade. „Kommandeur Corbulo hat mir soeben durch Stereo mitgeteilt, ich solle Sie sofort zu Arn Abbas bringen."

Wiederum mußte sich Gordon zusammennehmen. „Ich freue mich, meinen Vater zu sehen", sagte er unsicher. Seinen Vater? Einen Mann, den er niemals gesehen hatte? Einen Herrscher, der über die titanische Weite von Sonnen und Welten regierte, die hinter ihm lagen, und der in Wirklichkeit der Vater des Mannes war, in dessen Körper Gordon nun lebte? Erneut verlieh Zarth Arns Warnung, an die er sich erinnerte, Gordon Halt: Sage niemandem die Wahrheit – *niemandem!* Irgendwie mußte er also diesen unglaublichen Schwindel durchhalten und, sobald er konnte, für den Rücktausch zur Erde eilen.

Die silbernen Meere und grünen Kontinente stürzten auf die *Caris* zu, als das Kriegsschiff sich ohne Rücksicht auf die vorausgegangene Geschwindigkeitsminderung auf den Planeten fallen ließ.

Gordon hielt den Atem an, als er hinabsah. Am Rande eines silbernen Ozeans erhob sich eine himmelhohe Bergkette, die blitzte und glitzerte, als ob sie aus Glas wäre. Einen Augenblick später sah er, daß die Berge tatsächlich aus Glas waren. Die Bergkette, die sich da auftürmte, war durch den Ausbruch riesiger Massen geschmolzener Silikate aus dem Planeten gebildet worden. Auf einem Plateau dieser Glasberge hoch über der See lag eine märchenhafte, unwirkliche Stadt hingebreitet; ihre zierlichen Kuppeln und Türme waren selbst wie Spielzeug aus gefärbtem Glas. Zinnen und Terrassen nahmen das Licht von Canopus auf und warfen es in einem Strahlenkreis voll zitterndem Glanz zurück. Dies war Throon City, das Lebenszentrum und die Hauptstadt des Reiches.

Der riesige Kreuzer senkte sich auf einen mächtigen Raumflughafen im Norden der märchenhaften Stadt nieder. In seinen versenkten Docks und Kais ruhten Dutzende, Hunderte der sternfahrenden Kriegsschiffe des Reiches. Massige, über 300 Meter lange Schlachtschiffe, schwere Kreuzer, schnelle Zerstörer, schlanke Phantomkreuzer und schwerfällige, tonnenförmige Geleitschiffe mit riesigen Kanonen – alle diese Einheiten trugen das leuchtende Kometenabzeichen des Mittelgalaktischen Reiches.

Gordon stieg mit Hull Burrel und den Offizieren aus der *Caris* aus; er trat in ein Sonnenlicht, so zauberhaft weiß und schön, daß nicht einmal die Schwierigkeit seiner Lage ihn davon abhielt, sich mit wachsender Bewunderung umzublicken. Die mächtigen Leiber der großen Schlachtschiffe glänzten in allen Docks um ihn her, ihre Batterien drohender Atomgeschütze zeichneten sich als Silhouetten gegen den Himmel ab. In der Ferne erhoben sich die schimmernden Dächer und Giebel der Stadt.

Hull Burrels erstaunte Stimme riß Gordon aus seiner Erstarrung und rief ihm die Erfordernisse der Gegenwart ins Gedächtnis zurück. „Der Wagen erwartet uns auf der Untergrundstraße, Hoheit“, erinnerte ihn der Kapitän.

„Natürlich“, sagte Gordon hastig und setzte sich in Bewegung; er mußte auf die Richtung achten, die Hull Burrel einschlug, um nicht in die Irre zu gehen. Sie eilten zwischen den emporragenden Schiffen hindurch, an großen Drehkränen vorbei und an salutierenden Offizieren und uniformierten Männern, die ihnen stramm ihre Achtung erwiesen.

Mit jeder Minute fühlte Gordon stärker die Hoffnungslosigkeit des Unterfangens, das vor ihm lag. Wie konnte er seine Rolle durchführen, wenn alles hier so betäubend neu und fremdartig war?

„Es bedeutet Unheil für uns beide, wenn du es erzählst!“ Diese Warnung Zarth Arns – des echten Zarth Arn – ging ihm durch den Kopf und bewirkte, daß er kühl und sicher wurde. Steh es durch, sagte er sich, sie können ja nicht einmal im

Traum ahnen, daß du nicht der Prinz bist, ganz gleich, welche Fehler du machst. Gib nur in jedem Augenblick acht!

Sie erreichten den Eingang zu einer erleuchteten Treppe, die unter die Betondecke des Raumhafens hinunterführte. Unten waren runde Metalltunnel, die sich in der Dunkelheit verzweigten. Ein zylindrischer Wagen wartete; sobald Gordon und Hull Burrel in seinen luftgepolsterten Sitzen Platz genommen hatten, begann er sich in Bewegung zu setzen. Seine Geschwindigkeit war so groß, daß für Gordon kaum fünf Minuten vergangen schienen, als er wieder anhielt.

Sie traten in eine erleuchtete unterirdische Halle. Hier taten uniformierte Wachen mit gewehrähnlichen Atomwaffen Dienst; sie präsentierten vor Gordon die Gewehre. Ein junger Offizier grüßte gleichfalls und sagte zu Gordon: „Throon freut sich über Ihre Rückkehr, Hoheit!"

„Jetzt ist keine Zeit für Höflichkeiten", unterbrach Hull Burrel ihn ungeduldig.

Gordon ging mit dem Kapitän zu einer offenen Tür, die in einen Gang mit Alabasterwänden führte. Der Boden des Gangs begann sich sanft zu bewegen, als sie ihn betraten, was Gordon so erschreckte, daß er fast aufschrie. Als sie von dem Rollband über gewundene Rampen nach oben getragen wurden, ahnte Gordon, daß sie bereits in den unteren Stockwerken von Arn Abbas' Palast waren.

Hier war das eigentliche Zentrum des riesigen Sternenreiches, dessen Herrschaft über Sonnen und Welten reichte, die sich über Tausende von Lichtjahren erstreckten. Er konnte alles noch nicht völlig fassen und begreifen, ebensowenig die bevorstehende Feuertaufe.

Das Rollband brachte sie in ein Vorzimmer, in dem eine weitere Reihe von Wachen grüßte und von hohen Bronzetüren beiseite trat. Hull Burrel blieb zurück, als Gordon hindurchschritt in einen kleinen, schmucklosen Raum; rundherum an den Wänden befanden sich viele Telestereo-Instrumente, auch ein sonderbarer niederer Schreibtisch mit einer Täfelung aus Gittern und Schirmen war vorhanden. Hinter dem Schreibtisch saß ein Mann in einem Metallstuhl, während zwei andere Männer neben ihm standen. Alle drei blickten Gordon an, als er sich näherte. Sein Herz hämmerte heftig.

Der Mann in dem Stuhl war eine riesige, gebieterische Gestalt in mattgoldenen Gewändern; sein wuchtiges, machtvolles Gesicht, seine kalten grauen Augen und das dichte schwarze Haar, das an den Schläfen schon grau wurde, verliehen ihm ein löwenähnliches Aussehen.

Gordon erkannte in ihm Arn Abbas wieder, den Herrscher des Reiches, Zarth Arns Vater – nein, seinen Vater! Er mußte nun immer daran denken, daß dies sein Vater war!

Einer der beiden Männer, die neben dem Herrscher standen, glich Arn Abbas, nur war er dreißig Jahre jünger – groß, kräftig, aber mit mehr Güte im Gesicht. Gordon vermutete, daß dies Jhal Arn, sein älterer Bruder, war.

Und der dritte Mann, ergraut, untersetzt und mit einem breiten Gesicht, der die Uniform der Reichsflotte mit dicken goldenen Rangabzeichen auf den Ärmeln trug – dies mußte wohl Chan Corbulo sein, der Kommandeur der Raumflotte.

Gordon, dessen Kehle sich vor Erregung zusammenschnürte, blieb vor dem sitzenden Mann stehen; er wappnete sich gegen jene kalten Augen, da er wußte, daß er nun sprechen mußte. „Vater", begann er gepreßt. Sogleich wurde er unterbrochen.

Arn Abbas sah ihn wütend an und äußerte seinen Unwillen in einem Ausruf: „Nenne mich nicht Vater, du bist nicht mein Sohn!"

Eine verhängnisvolle Maskerade

GORDON fühlte einen Schrecken, der ihn taumeln ließ. Konnte Arn Abbas die Täuschung ahnen?

Aber die nächsten Worte des Herrschers beruhigten ihn ein wenig, wenn sie auch erbost klangen.

„Ein Sohn von mir würde sich nicht in den Randgebieten des Reiches herumtreiben, um den Einsiedler zu spielen, wenn ich ihn hier brauche! Deine verfluchten wissenschaftlichen Studien haben dich gänzlich deine Pflicht vergessen lassen."

Gordon atmete etwas leichter. „Meine Pflicht, Vater?" wiederholte er.

„Deine Pflicht mir und dem Reich gegenüber!" brüllte Arn Abbas. „Du weißt, daß ich dich hier brauche. Du kennst das

Spiel, das in der Milchstraße gespielt wird, und was es für alle Sternenwelten bedeutet!“ Er schlug sich mit seiner großen Faust aufs Knie. „Und sieh einmal, was du dadurch, daß du dich auf der Erde vergraben hast, fast heraufbeschworen hast! Beinahe hätte dich Shorr Kan gewaltsam entführt! Du weißt, was das bedeuten würde?“

„Ja, ich weiß.“ Gordon nickte. „Wenn Shorr Kan mich gefangen hätte, könnte er mich dir gegenüber als Geisel benutzen.“

Im nächsten Augenblick wurde er sich bewußt, daß er einen Schnitzer gemacht hatte. Arn Abbas starrte ihn an, und Jhal Arn und Corbulo blickten erstaunt drein.

„Wovon, im Namen aller Sternenteufel, sprichst du?“ fragte der Herrscher gebieterisch. „Du solltest so gut wie ich wissen, warum Shorr Kan dich in seine Hände bekommen wollte; natürlich nur, um das Geheimnis des Disruptors zu erlangen!“

Der Disruptor, was war das nur? Gordon wurde sich voll Verzweiflung bewußt, daß seine Unkenntnis ihn verraten hatte. Wie konnte er denn mit dieser verrückten Maskerade fortfahren, wenn er die notwendigsten Tatsachen aus Zarth Arns Leben und dessen Lebenshintergrund nicht kannte? Gordon wäre vielleicht jetzt und an diesem Ort mit der Wahrheit herausgeplatzt, wenn ihm nicht die Erinnerung an sein Zarth Arn gegebenes Versprechen Halt gegeben hätte. Er versuchte gelassen dreinzusehen. „Natürlich, der Disruptor“, sagte er hastig, „das war es, worauf ich anspielte.“

„Das hat aber gewiß nicht danach geklungen!“ fuhr Arn Abbas ihn an. „Beim Himmel! In einer Zeit, in der ich Söhne brauche, die mir helfen, habe ich nur einen wirklichen Sohn und daneben einen anderen, der so verträumt ist, daß er sich nicht einmal an den Disruptor erinnert!“ Der Herrscher beugte sich vor, und sein Ärger verwandelte sich augenblicklich in einen Ernst, der seine tiefe Sorge verriet. „Zarth, du mußt aufwachen! Bist du dir darüber im klaren, daß das Reich sich auf dem Höhepunkt einer schrecklichen Krise befindet? Bist du dir darüber im klaren, was der Teufel Shorr Kan plant? Er hat Gesandte zu den Baronen des Herkules geschickt, zu den Königreichen des Polarsterns und des Schwans, ja sogar zum Königreich Fomalhaut! Er tut alles, um uns unsere Alliierten abspenstig zu machen. Und drinnen in seinem Wolkenreich baut er neue Kriegsschiffe und Waffen, soviel er nur kann."

Der grauhaarige Kommandeur Corbulo nickte grimmig. „Es ist gewiß, daß weitangelegte Vorbereitungen innerhalb der Wolke vor sich gehen. Wir wissen das, wenn auch unsere Sondierungsstrahlen nicht durch die Abschirmung dringen, die Shorr Kans Wissenschaftler um ihr Werk gezogen haben."

„Es ist der Traum seines Lebens, das Reich aufzubrechen und die Milchstraße zu einem Haufen kleiner, einander bekriegender Königreiche zu machen, welche die Liga eines nach dem anderen auffressen kann", fuhr Arn Abbas fort. „Während wir die Milchstraße in Frieden zu einigen suchen, möchte er sie aufsplittern und aufteilen. Nur eine Sache hält Shorr Kan zurück, und das ist der Disruptor. Er weiß, wir haben ihn, aber er weiß nicht einmal, was er ist und was er bewirken kann, genausowenig wie es sonst jemand weiß. Und weil nur du und Jhal und ich das Geheimnis des Disruptors kennen, hat dieser Erzteufel versucht, dich in seine Hände zu bekommen!"

Nun ging John Gordon über seinen Irrtum ein Licht auf. Das also war der Disruptor – eine Waffe, deren Geheimnis nur drei Männern des Herrscherhauses bekannt war. Dann wußte Zarth Arn dieses Geheimnis. Aber *er* wußte es nicht, wenn er auch in Zarth Arns Körper steckte. Doch mußte er so tun, als ob er es wisse.

„So habe ich das nie betrachtet, Vater", sagte Gordon zögernd, „ich weiß, die Lage ist kritisch."

„So kritisch, daß sich die Dinge gut innerhalb von Wochen zu einer Katastrophe auswachsen können", versicherte Arn Abbas. „Es hängt alles davon ab, wie viele der mit uns verbündeten Königreiche Shorr Kan uns abspenstig machen kann und ob er es wagen wird, die Anwendung des Disruptors zu riskieren. Und deshalb verbiete ich dir, noch einmal in dein Versteck auf der Erde zurückzugehen, Zarth! Du wirst hierbleiben und deine Pflicht tun, wie es der zweite Prinz des Reiches tun soll."

Gordon war entsetzt. „Aber, Vater, ich muß wenigstens für eine kurze Zeit zur Erde zurück . . ."

Der Herrscher schnitt ihm das Wort ab. „Ich sagte dir doch, Zarth, daß ich es verbiete! Wagst du es, mir zu widersprechen?"

Gordon fühlte, wie alle seine verzweifelten Pläne zusammenbrachen. Dies war wirklich ein Verhängnis! Wenn er nicht zur Erde zurück und in das Laboratorium dort gelangen konnte, wie konnte er dann mit Zarth Arn Verbindung aufnehmen und ihre Seelen wieder vertauschen?

„Ich will keine Einwände mehr hören!" fuhr der Herrscher heftig fort, als Gordon sich anschickte, etwas zu sagen. „Nun mach, daß du hier fortkommst! Corbulo und ich haben noch verschiedene Angelegenheiten zu erörtern."

Blindlings und hilflos wandte sich Gordon zur Tür. Stärker als je zuvor kam es ihm zum Bewußtsein, daß er in einer Falle saß und alle seine Pläne vereitelt waren.

Jhal Arn ging mit ihm, und als sie das Vorzimmer erreicht hatten, legte der hochgewachsene ältere Prinz ihm die Hand auf den Arm. „Nimm's nicht zu schwer, Zarth", sprach er ihm Mut zu. „Ich weiß, wie du deinen wissenschaftlichen Studien ergeben bist und welch ein Schlag Vel Quens Tod für dich gewesen sein muß. Aber Vater hat schon recht: In dieser Krise, die sich zusammenbraut, wirst du hier gebraucht!"

Gordon mußte trotz seiner Bestürzung seine Worte sorgfältig wählen. „Ich möchte ja meine Pflicht tun, aber welche Hilfe kann ich schon leisten?"

„Es ist Lianna, auf die Vater anspielt", sagte Jhal Arn ernst, „du bist da wirklich deiner Pflicht ausgewichen, Zarth." Er fügte hinzu, als ob er Einwänden von Gordon zuvorkommen wollte: „Oh, ich weiß, warum – ich weiß alles über Murn. Aber das Königreich Fomalhaut ist in dieser Krise für das Reich lebenswichtig. Du wirst dich dieser Aufgabe unterziehen müssen."

Lianna? Murn? Die Namen hatten für John Gordon keine Bedeutung; sie waren wie alles andere in dieser verrückten Vertretung einer anderen Persönlichkeit ein Geheimnis für ihn.

„Du meinst, daß Lianna . . .", begann er und ließ die Worte in der Luft hängen in der Hoffnung, damit Jhal Arn eine weitere Erklärung zu entlocken.

Aber Jhal nickte bloß. „Du mußt es tun, Zarth, Vater wird zum Fest der Monde heute nacht die Sache öffentlich bekanntmachen." Er gab Gordon einen Klaps auf den Rücken. „Kopf hoch, es ist nicht so schlimm, wie du tust. Du schaust ja drein, als ob du zum Tode verurteilt worden wärst. Wir sehen uns dann auf dem Fest."

Er wandte sich um, ging in den inneren Raum zurück und ließ Gordon stehen, der ihm bestürzt nachstarrte.

Gordon war verwirrt und tief besorgt. In welche verwickelten Schwierigkeiten würde ihn seine unfreiwillige Verkörperung von Zarth Arns Person noch bringen? Wie lange konnte er hoffen, damit durchzuhalten?

Hull Burrel war in den inneren Raum gegangen, als Gordon herauskam. Nun, als Gordon wie erstarrt dastand, kehrte der große Antarier daraus zurück.

„Prinz Zarth, ich verdanke Ihnen mein Glück!" rief er aus. „Ich erwartete, von Kommandeur Corbulo einen Verweis zu bekommen, weil ich von meinem vorgeschriebenen Patrouillenkurs abwich, um Sol anzusteuern."

„Und er erteilte Ihnen keinen Verweis?" fragte Gordon mechanisch.

„Gewiß tat er es, er machte mir die Hölle schon heiß." Burrel grinste. „Aber Ihr Vater sagte, es wäre ein großes Glück, daß ich so die Möglichkeit hatte, Sie zu befreien, und er hat mich zum Adjutanten des Kommandeurs ernannt!"

Gordon gratulierte ihm. Aber er sprach, ganz ohne nachzudenken, denn seine Gedanken waren mit seiner eigenen verwirrenden Lage beschäftigt.

Er konnte doch nicht länger hier im Vorzimmer stehenbleiben. Zarth Arn mußte in diesem großen Palast Gemächer haben, und man erwartete von ihm, daß er dorthin ging. Das Fürchterliche daran war, daß er keine Ahnung hatte, wo sie lagen! Er konnte aber doch keinen Verdacht über seine Unwissenheit aufkommen lassen. So verabschiedete er sich von Hull Burrel und eilte zuversichtlich durch eine andere Tür aus dem Vorraum hinaus, obwohl er keinesfalls wußte, wohin er gehen sollte.

Gordon befand sich nun in einem Gang auf einem gleitenden Rollband, das ihn in einen großen, kreisrunden Raum aus glänzendem Silber brachte; er war strahlend hell erleuchtet durch weißes Sonnenlicht, das durch hohe Kristallfenster hereinströmte. Um seine Wände zogen sich schwarze Reliefs, welche die Wildnis dunkler Sternenwelten darstellten, die versunkene Glut ausgebrannter Sonnen und Welten, die ohne Leben waren.

John Gordon fühlte sich winzig klein in der Weitläufigkeit dieses großen, düsteren Raumes. Er schritt hindurch und betrat einen anderen Raum; dieser war von Wänden umgeben, die mit der glühenden Pracht eines kreisenden Sternennebels geschmückt waren.

Wo, zum Teufel, sind wohl Zarth Arns Räume in diesem Haus? fragte er sich. Seine Hilflosigkeit kam ihm klar zum Bewußtsein. Er konnte doch niemanden fragen, wo seine eigenen Räume waren, noch konnte er weiter ziellos durch diesen Riesenpalast wandern, ohne Verwunderung, ja vielleicht Verdacht zu erwecken.

Ein Bediensteter mit grauer Hautfarbe, ein Mann mittleren Alters in schwarzer Livree, sah ihn bereits vom anderen Ende der Halle des Sternennebels aus verwundert an. Der Mann verbeugte sich tief, als Gordon mit großen Schritten auf ihn zuging.

Er hatte eine Idee. „Kommen Sie mit zu meinen Räumen", befahl er dem Diener, „ich habe einen Auftrag für Sie!"

Der graue Mann verbeugte sich wieder. „Jawohl, Hoheit." Aber er blieb abwartend stehen; er wartete natürlich darauf, daß Gordon voranging.

Gordon machte eine ungeduldige Handbewegung. „Gehen Sie voran, ich werde folgen."

Wenn der Diener es auch sonderbar fand, so ließ er doch nichts von seinen Gefühlen in seinem maskenhaften Gesicht sichtbar werden. Er wandte sich um und ging leise aus dem großen Raum des Sternennebels durch eine andere Tür hinaus.

Gordon folgte ihm in einen Korridor und auf das Rollband, das wie eine bewegliche Rampe aufwärts glitt; schnell und ruhig brachte sie das dahingleitende Band durch prächtige, hohe Gänge und über Treppen hinauf. Zweimal begegneten sie Gruppen, die sich auf dem Gegenband abwärts bewegten. Zwei hellhäutige Mädchen, die mit glänzenden Juwelen geschmückt waren, und ein lachender, dunkelhäutiger Flottenkapitän befanden sich in der einen, zwei ernste graue Beamte in der anderen Gruppe; alle verbeugten sich in tiefem Respekt vor Gordon.

Das Rollband hörte am Ende eines schimmernden Gangs mit Perlmuttwänden auf. Eine Tür vor ihnen öffnete sich lautlos von selbst, und Gordon folgte dem Diener in ein Gemach mit rein weißen Wänden.

Der graue Diener wandte sich an ihn. „Hoheit befehlen?"

Wie konnte er diesen Mann loswerden? Gordon wählte die leichteste Methode. „Ich sehe gerade, daß ich Sie am Ende doch nicht brauche", sagte er achtlos. „Sie können gehen."

Der Mann verließ unter Verbeugungen den Raum, und Gordon fühlte, wie seine Spannung ein wenig nachließ. Seine Strategie war plump gewesen, aber sie hatte ihm zumindest Zarth Arns Gemächer als vorübergehende Zuflucht verschafft.

Er entdeckte, daß er schwer atmete, als ob er eine erschöpfende Anstrengung hinter sich hätte. Seine Hände zitterten. Er hatte gar nicht gemerkt, welche Anstrengung ihn seine Rolle kostete. Er wischte sich die Stirn. Mein Gott, war je ein Mann zuvor in einer solchen Lage?

Sein ermüdeter Geist lehnte es ab, sich jetzt ernstlich mit diesem Problem auseinanderzusetzen. Um nicht mehr daran zu denken, ging er langsam durch die Räume seiner Behausung. Hier war weniger Pracht, als er anderswo in dem großen Palast gesehen hatte. Offensichtlich fand Zarth Arn keinen Gefallen an Luxusdingen. Die Räume waren verhältnismäßig kahl.

Die beiden Wohnzimmer hatten seidene Wandbehänge und enthielten einige Metallmöbel in wunderschöner Ausführung. Da gab es ein Gestell mit Hunderten von Gedankenspulen und einen Gedankenspulen-„Leser". Ein Seitenraum enthielt viele wissenschaftliche Apparate und war eigentlich ein kleines Laboratorium. Er warf einen Blick in ein kleines Schlafzimmer, dann ging er auf ein großes Fenster zu, das sich auf eine Terrasse öffnete; diese wirkte durch ihr frisches Grün heiter und wurde von Sonnenlicht überflutet. Gordon trat auf die Terrasse hinaus und blieb wie gebannt stehen. Die Stadt Throon! Guter Gott, wer hätte sich je von einem solchen Ort träumen lassen!

Die kleine Gartenterrasse seiner Gemächer befand sich hoch an der Westmauer des riesigen, rechteckigen Palastes; sie blickte über die Stadt hinweg. Die Hauptstadt des mächtigen Sternenreiches, die in sich ein Abbild der Herrlichkeit und

Macht dieses ungeheuren Gebietes aus vielen tausend Sternenwelten vereinigte. Es war eine Metropole von solch gewaltiger Größe, daß sie die Augen John Gordons, der von der kleinen Erde kam, blendete und lähmte.

Die riesige weiße Scheibe des Canopus sank gegen den Horizont, und ihre Strahlen breiteten einen himmlischen Glanz über die Szene. In diesem verklärenden Schein warfen die Gipfel und Zacken der Glasberge über dem Meer den Sonnenuntergang zurück. Es war, als ob blitzende Fahnen und Wimpel in wildem Triumph flatterten. Und die märchenhaften Türme von Throon übertrafen noch die wunderbare Pracht der gläsernen Gipfel mit ihrem Schimmer. Kuppeln, Minarette, zierliche Säulenhallen, sie alle und die großen Gebäude, die sie schmückten, waren aus schimmerndem Glas. Am mächtigsten ragte unter den Bauten der gigantische Palast hervor, auf dessen hoher Terrasse er stand. Umgeben von wunderbaren Gärten, blickte er königlich über die große Metropole und den jenseits davon gelegenen silbernen Ozean hinaus.

In dem strahlenden Sonnenuntergang draußen über den glitzernden Gipfeln und dem wogenden Ozean zogen Schwärme von Flugzeugen wie glänzende Leuchtkäfer dahin. Von dem Raumflughafen im Norden erhob sich majestätisch ein halbes Dutzend mächtiger Schlachtschiffe und stieg in den dunkel werdenden Himmel hinauf.

Die volle Größe und Riesenhaftigkeit dieses Sternenreiches prägte sich Gordons Sinn wie mit Hammerschlägen ein. Denn diese riesige Stadt war das pochende Herz jenes riesigen dunklen Raums und seiner miteinander verbundenen Sterne und Welten, durch den er hierhergekommen war.

Und man nimmt von mir an, daß ich ein Mitglied des Herrscherhauses dieses Reiches bin, dachte er wie betäubt. Ich kann das nicht aufrechterhalten, es ist zu riesig, zu überwältigend . . .

Die gewaltige Sonne sank, während Gordon sie verträumt beobachtete. Violette Schatten wurden zu einer dunklen, samtenen Nacht, die sich über die Metropole senkte. Lichter gingen sachte in all den glitzernden Straßen von Throon und auf den niederen Terrassen dieses riesigen Palastes an. Zwei goldene Monde stiegen am Himmel empor, und zahllose Sterne gingen in einer Pracht ungewohnter Sternbilder auf, die mit den milden, flackernden Lichtern der Stadt wetteiferten.

„Hoheit, es wird spät!"

Gordon wandte sich heftig und verblüfft um. Ein würdiger Diener, ein untersetzter Mann mit bläulicher Haut, verbeugte sich vor ihm. Er vermutete, daß es einer von Zarth Arns persönlichen Dienern war; er würde diesem Mann gegenüber vorsichtig sein müssen!

„Ja, was ist?" fragte er mit gespielter Ungeduld.

„Das Fest der Monde wird in einer Stunde beginnen", erinnerte ihn der Diener. „Sie sollten sich bereit machen, Hoheit!"

Gordon erinnerte sich plötzlich, daß Jhal Arn etwas von einem Fest gesagt hatte; er vermutete, daß diese Nacht ein königliches Bankett abgehalten werden sollte. Was hatte doch Jhal von einer Bekanntmachung gesagt, die Arn Abbas geben wollte? Und was war da die Rede gewesen von „Murn" und „Lianna" und seiner Pflicht?

Gordon wappnete sich innerlich für die Feuertaufe. Ein Bankett bedeutete, daß er sich einer Menge von Leuten zeigen mußte, von denen alle ohne Zweifel Zarth Arn kannten und die geringste Entgleisung merken würden. Aber er mußte wohl oder übel hingehen.

„Ganz recht, ich werde mich jetzt anziehen", erklärte er dem alten Diener. Es war wenigstens eine geringe Hilfe, daß der blauhäutige Diener seine Gewänder richtete und zurechtlegte. Die Jacke und die Hose waren von schwarzer Seide und dazu ein langer schwarzer Umhang, der um die Schultern zu hängen war.

Als er sich angezogen hatte, steckte ihm der Diener ein Kometenabzeichen an die Brust, das aus wundervoll blitzenden grünen Juwelen gearbeitet war; er nahm an, daß es das Zeichen des königlichen Ranges im Reich war.

Gordon hatte wiederum das Gefühl der Unwirklichkeit, als er in einem hohen Spiegel seine ihm fremde Gestalt erblickte und sein dunkles, adlergleiches Gesicht. „Ich brauche etwas zu trinken", sagte er unvermittelt zu dem Diener, „etwas Starkes."

Der Diener sah ihn einen Augenblick lang leicht überrascht an. „Saqua, Hoheit?" fragte er, und Gordon nickte.

Die braune Flüssigkeit, die der Mann einschenkte, ließ ein feuriges Prickeln durch Gordons Adern rinnen. Etwas von der zitternden Spannung fiel von ihm ab, als er einen weiteren Becher Saqua trank; er fühlte sein unbekümmertes Selbstvertrauen wiederkehren, als er die Gemächer verließ.

Zum Teufel, sagte sich Gordon, ich wollte ein Abenteuer, und ich bekomme es!

Wahrlich: ein größeres Abenteuer, als er sich gewünscht hatte! Er hatte nicht im Traum an eine solche Feier gedacht, wie sie ihm nun bevorstand – vor dem Adel dieses sternenweiten Reiches als dessen Prinz zu erscheinen!

Der ganze riesige, mild erleuchtete Palast schien in Unruhe zu sein; er war erfüllt von leisem Lärm, von Gelächter und Bewegung, da Scharen prächtig gekleideter Männer und Frauen auf den Rollbändern herangeführt wurden. Gordon, vor dem sie sich respektvoll verbeugten, schloß sich ihnen an.

Das dahingleitende Band brachte ihn durch hohe Gänge und Säle hinunter in einen weiten Vorraum mit wundervoll goldenen Wänden. Ratsherren, Adlige, Männer und Frauen, die eine hohe Stellung im Reich bekleideten, traten beiseite, um ihn durchzulassen.

Gordon riß sich zusammen und ging mit großen Schritten auf die hohe Tür zu, deren Flügel aus schwerem Gold nun zurückgeschlagen wurden.

Ein Kämmerer in seidenem Gewand verbeugte sich und rief mit tönender Stimme in den dahinterliegenden Saal: „Seine Hoheit, Prinz Zarth Arn!“

Das Fest der Monde

VOLL innerer Unruhe hielt Gordon im Schritt inne; er stand nun auf einer breiten Estrade, die sich an der Seite einer runden Halle von der Pracht und luftigen Höhe einer Kathedrale befand. Der riesige, runde Raum aus schwarzem Marmor enthielt Reihen von Tischen, die durch ein Licht von innen her matt leuchteten; sie trugen ein verwirrendes Aufgebot an gläsernem und metallenem Geschirr, und einige hundert prachtvoll gekleidete Männer und Frauen saßen an ihnen.

Nicht alle Banketteilnehmer aber hatten menschliche Gestalt. Obwohl menschliche Wesen vorherrschten – wie in der ganzen Galaxis –, gab es auch Vertreter der Ureinwohnerrassen des Reiches. Trotz ihrer Kleidung, die der üblichen glich, muteten einige von ihnen, die Gordon deutlich erkennen konnte, überaus fremdartig an. Er sah einen froschähnlichen, grüngeschuppten Mann mit vorquellenden Augen, ein geschnäbeltes Individuum mit einem Eulengesicht und Flügeln und zwei schwarze, spinnenähnliche Gestalten mit viel zu vielen Armen und Beinen.

John Gordon blickte verwirrt empor, und ihm schien, daß dieser ganze riesige Raum zum Himmel hin offenstand. Hoch über ihren Köpfen wölbte sich die schwarze Kuppel des Nachthimmels, geschmückt mit Tausenden funkelnder Sterne und Sternbildern; an ihm stiegen zwei goldene Monde und einer von fahler Silberfarbe empor und aufeinander zu. Es dauerte eine Weile, bis Gordon klar erkannte, daß dieser Himmel nur die Decke eines kunstvollen Planetariums war, so vollkommen war die Nachahmung. Dann wurde er gewahr, daß sich die Augen aller Menschen ihm zugewandt hatten. Auf der Estrade befand sich ein Tisch mit einer Reihe von hervorragenden Persönlichkeiten. Jhal Arns große Gestalt hatte sich erhoben, und er winkte ihm ungeduldig zu.

Jhal Arns erste Worte brachten ihn mit Schrecken zu der Erkenntnis, wie sehr seine Vorsicht und Selbstbeherrschung ihn verlassen hatten. „Was ist los mit dir, Zarth? Du siehst drein, als ob du die Halle der Sterne noch nie gesehen hättest!“

„Das sind meine Nerven, denke ich“, antwortete Gordon heiser, „ich glaube, ich sollte etwas trinken.“

Jhal Arn brach in Gelächter aus. „So hast du dich also für heute abend schon gestärkt? Komm, Zarth, es ist doch nicht so schlimm!“

Gordon glitt verstört in den Sessel, zu dem Jhal Arn ihn geführt hatte. Sein Platz war durch zwei leere Sessel von den Plätzen getrennt, auf denen Jhal Arn mit seiner lieblichen Frau und seinem kleinen Sohn saß. Er entdeckte den ergrauten Kommandeur Corbulo an seiner anderen Seite. Gegenüber am Tisch saß ein magerer, älterer Mann mit nervösem Blick, und bald erfuhr er, daß es Orth Bodmer, der Erste Kanzler des

Reiches, war. Corbulo, die straffe Gestalt in einer einfachen Uniform, verbeugte sich vor Gordon, wie es auch alle anderen Gäste entlang der vornehmen Tafel taten.

„Sie sehen blaß und niedergeschlagen aus, Zarth", polterte der ergraute Raumadmiral, „das haben Sie davon, daß Sie sich auf der Erde in Laboratorien herumdrücken! Der Raum ist der geeignete Platz für einen jungen Mann wie Sie!"

„Ich glaube allmählich, daß Sie recht haben", murmelte Gordon, „beim Himmel, ich wünschte, daß ich jetzt dort wäre."

„So steht es also", brummte Corbulo. „Es ist wohl die Bekanntmachung heute abend, he? Nun, sie ist notwendig. Die Hilfe des Königreiches Fomalhaut wird für uns lebenswichtig sein, wenn Shorr Kan angreift."

Wovon zum Teufel sprachen sie nur? fragte sich Gordon ärgerlich. Die Namen Murn und Lianna, die Jhal Arn erwähnt hatte, und nun wieder dieser Hinweis auf das Sternenkönigreich Fomalhaut – was sollte das alles bedeuten?

Gordon merkte, wie sich ein Diener unterwürfig über seine Schulter beugte, und er befahl dem Mann: „Zuerst einmal Saqua!" Die braune Flüssigkeit machte ihm diesmal den Kopf ein bißchen wirbelig. Als er noch einen Becher trank, bemerkte er, daß Corbulo ihn streng und mißbilligend ansah und Jhal Arn grinste.

Das glänzende Bild vor ihm, die leuchtenden Tische, die prächtige Versammlung menschlicher und nichtmenschlicher Wesen und die wundervolle Himmelskuppel der Sterne und aufsteigenden Monde hielten Gordon in ihrem Bann. Dies also war das Fest der Monde? Musik gedämpfter Saiten- und Holzblasinstrumente in leisen, bezaubernden Klängen bildete den Hintergrund für das fröhliche, summende Geplauder entlang den glitzernden Tischen. Dann hielt die Musik inne, und Hörner bliesen eine hell erklingende Fanfare.

Alle Anwesenden erhoben sich, und da er sah, daß auch Jhal Arn aufstand, folgte Gordon hastig seinem Beispiel.

„Seine Hoheit, Arn Abbas, Souverän des Mittelgalaktischen Reiches und Oberlehnsherr der kleineren Königreiche, Gouverneur der Sterne und Welten der Mark des Äußeren Raumes! Ihre Hoheit, Prinzessin Lianna, Herrscherin des Königreiches Fomalhaut!"

Diese klartönenden, lauten Ankündigungen versetzten Gordon in ein erschrockenes Staunen, noch ehe die riesenhafte, königliche Gestalt von Arn Abbas mit einem jungen Mädchen am Arm auf die Estrade trat.

Also war Lianna ein Mädchen, eine Prinzessin, die Herrscherin des kleinen westlichen Sternenkönigreichs Fomalhaut? Aber was hatte sie denn mit ihm zu tun?

Arn Abbas in seinem blauschwarzen Mantel, auf dem die herrlichen Juwelen des königlichen Kometenabzeichens blitzten, blieb stehen und wandte seine kalten Augen ärgerlich Gordon zu. „Zarth, vergißt du das Zeremoniell denn ganz?" schnauzte er ihn an. „Komm hierher!"

Gordon stolperte nach vorn und hatte nun einen flüchtigen Eindruck von dem Mädchen neben dem Herrscher. Sie war groß, obwohl sie neben Arn Abbas' riesenhafter Gestalt nicht so aussah. Sie war ebenso groß wie Gordon, und ihre schlanke, wohlgeformte Figur wurde durch ihr langes, schimmerndes weißes Kleid noch unterstrichen. Sie trug ihr aschblondes Haupt hoch erhoben.

Stolz, Schönheit, das Bewußtsein der Macht – dies war es, was Gordon aus ihrem weißen, wie gemeißelten Gesicht ablas, an den roten, leicht spöttisch gekräuselten Lippen und den kühlen grauen Augen, deren Blick ernst auf ihm ruhte.

Arn Abbas ergriff eine Hand Gordons und eine Hand Liannas, dann erhob der hochgewachsene Souverän die Stimme. „Adlige und Führer des Reiches und unserer verbündeten Sternenkönigreiche, ich verkünde hiermit die bevorstehende Vermählung meines zweiten Sohnes Zarth Arn mit Prinzessin Lianna von Fomalhaut!"

Vermählung? Heirat mit dieser stolzen, schönen Prinzessin eines Sternenkönigreiches? Gordon hatte ein Gefühl, als ob ihn der Blitz getroffen hätte! Das war es also, worauf Jhal Arn und Corbulo angespielt hatten! Aber er konnte das doch nicht durchführen! Er war ja gar nicht Zarth Arn.

„Nimm doch ihre Hand, du Narr!" knurrte der Herrscher. „Hast du deinen Verstand verloren?"

Wie betäubt ergriff John Gordon die ringgeschmückte, schlanke Hand des Mädchens. Arn Abbas nahm zufrieden seinen Platz an der Tafel ein, aber Gordon verharrte wie erstarrt.

Lianna schenkte ihm ein flüchtiges, formelles Lächeln, aber ihre Stimme war ungeduldig, als sie leise sagte: „Führe mich doch zu unserem Platz, damit die anderen sich niedersetzen können."

Gordon wurde nun gewahr, daß die ganze Gesellschaft in der Halle der Sterne stehengeblieben war und auf ihn und das Mädchen blickte. Schnell trat er mit ihr vor, half ihr unbeholfen in ihren Sessel und setzte sich neben sie. Man hörte das Rascheln der vielen Gäste, die auch wieder Platz nahmen, und leise erklang wieder Musik.

Lianna schaute zu ihm hin, sie zog die schmalen Brauen hoch, und ihre Augen waren von Ungeduld und Unwillen umwölkt: „Deine Haltung mir gegenüber wird Anlaß zu Klatsch geben. Du siehst aus, als ob dies alles dich erschreckte."

Gordon nahm sich zusammen; er mußte für den Augenblick seine Täuschung aufrechterhalten. Zarth Arn wurde offensichtlich als ein politisches Pfand benutzt, war zu dieser Heirat gedrängt worden und hatte sich damit einverstanden erklärt. Er mußte die Rolle des echten Zarth Arn spielen, bis es ihm gelang, eine Möglichkeit zu finden, um zur Erde zurückzugelangen und vor der Heirat seinen Platz mit dem echten Zarth Arn zu tauschen.

Er leerte seinen Saqua-Becher und beugte sich dann in plötzlicher Unbekümmertheit zu Lianna; sie erwartete mit Recht, daß er ein inniger Verlobter, daß er eben Zarth Arn sei. Also gut, hol's der Teufel, er würde es sein! Es war nicht seine Schuld, wenn er dabei eine Täuschung beging: Er hatte ja nicht verlangt, diese Rolle zu spielen!

„Lianna, alle sind so damit beschäftigt, dich zu bewundern, daß sie an mich überhaupt nicht denken", erklärte er ihr.

In Liannas klare Augen kam ein verwunderter Ausdruck: „So habe ich dich noch niemals zuvor erlebt, Zarth!"

Gordon lachte. „Nun denn, das ist eben ein neuer Zarth Arn – Zarth Arn ist ein anderer Mann." In dieser Versicherung lag wahrhaftig genug Wahrheit, wie er allein wußte. Aber das Mädchen sah noch erstaunter drein und zog die feinen Brauen unwillig ein wenig zusammen.

Das Fest schritt voran mit seinem Erglühen von Wärme und Farbigkeit und allen summenden Stimmen. Und das Saqua, das

Gordon getrunken hatte, fegte die letzte Spur seiner Besorgnis und Nervosität beiseite.

Ein Abenteuer? Er hatte es gewollt, und er hatte es bekommen – ein Abenteuer, wie es sich kein Mann seiner Zeit jemals erträumt hatte. Wenn selbst der Tod das Ende wäre, würde er nicht trotzdem der Gewinner dabei sein? War es nicht wert, das Leben zu riskieren, um hier in der Halle der Sterne in Throon zu sitzen mit den Lords der großen Sternenkönigreiche und einer Prinzessin ferner Sonnen an seiner Seite?

Andere an der Tafel hatten bereits schwer getrunken. Den hübschen jungen Mann, der mit gerötetem Gesicht neben Corbulo auf der anderen Seite saß, hatte Gordon im Gespräch als Sath Shamar, den Herrscher des verbündeten Königreiches Polaris kennengelernt; er schmetterte eben seinen Becher nieder, um eine Erklärung zu bekräftigen. „Laßt sie kommen, je eher, desto besser!" rief er Corbulo zu. „Es ist Zeit, daß Shorr Kan eine Lektion erteilt wird!"

Kommandeur Corbulo sah ihn säuerlich an. „Das ist richtig, Hoheit. Sagen Sie mir aber, wie viele erstklassige Schlachtschiffe der Nordstern-König zu unserer Flotte beisteuern wird, wenn es zur Erteilung der Lektion kommt?"

Sath Shamar sah ein bißchen verlegen drein. „Ich fürchte, nur ein paar hundert; aber sie werden das durch ihre Kampfstärke wettmachen."

Arn Abbas hatte zugehört, denn seine tiefe Stimme erklang von seinem thronähnlichen Sitz zur Rechten Gordons. „Keine Angst, die Männer von Polaris werden schon ihre Treue zum Reich beweisen", erklärte er, „wahrhaftig, und auch jene vom Königreich Fomalhaut, aus dem Schwan, der Leier und den anderen Verbündeten."

Sath Shamar mit seinem geröteten Gesicht fügte hinzu: „Lassen Sie nur noch die Barone des Herkules ihren Teil beitragen, und wir haben von der Dunkelwolke nichts zu befürchten."

Gordon sah, wie sich aller Augen zwei Männern weiter unten am Tisch zuwandten. Einer war ein älterer Mann mit kalten Augen, der andere eine große, elegante Erscheinung von dreißig Jahren; beide trugen auf ihren Mänteln das glänzende Emblem des Sonnenhaufens des Herkules-Sternbildes.

„Der Bund der Barone wird alle seine Verpflichtungen erfüllen", antwortete der Ältere, „aber wir haben in dieser Sache noch keine formalen Verpflichtungen übernommen."

Arn Abbas' mächtiges Gesicht verdunkelte sich bei dieser kühlen Erklärung ein wenig. Orth Bodmer, der Erste Kanzler mit dem schmalen Gesicht, sprach schnell und besänftigend zu dem kaltäugigen Baron: „Jedermann kennt die stolze Unabhängigkeit der Barone, Zu Rizal, und alle wissen, daß sie niemals mit dem Sieg einer schlimmen Tyrannei einverstanden wären."

Arn Abbas beugte sich ein wenig später zu Gordon hinüber. „Shorr Kan hat sich an die Barone herangemacht", sagte er stirnrunzelnd. „Ich werde heute abend schon von Zu Rizal herausbekommen, wo sie stehen."

Schließlich erhob sich Arn Abbas, und die Festgäste erhoben sich alle mit ihm. Die ganze Gesellschaft begab sich nun aus der Halle der Sterne hinaus in die anliegenden Räume. Höflinge und Adlige machten Gordon und Lianna Platz, als sie durch die Menge gingen. Das Mädchen lächelte vielen zu oder sprach mit ihnen, und seine beherrschte Haltung verriet lange Übung in diesem königlichen Gebaren.

Gordon nickte achtlos in Beantwortung der Gratulationen und Begrüßungen; er wußte, daß er wahrscheinlich viele Fehler machte, aber im Augenblick kümmerte er sich nicht darum. Zum erstenmal, seit er die Erde verlassen hatte, fühlte er sich völlig sorgenfrei, während sich in seinem Inneren ein Gefühl behaglicher Wärme verstärkte. Dieses Saqua war ein verdammt gutes Getränk! Schade, daß er nicht etwas davon in seine eigene Zeit mit sich nehmen konnte. Aber nichts Materielles konnte durch die Zeit reisen – das war schade.

Er fand sich mit Lianna auf der Schwelle eines großen Saals, dessen zauberhafte grüne Beleuchtung von flammenden Kometen herrührte, die an ihrer Himmelsdecke entlangglitten. Hunderte tanzten zu träumerischer, walzerähnlicher Musik, die von einem unsichtbaren Orchester gespielt wurde. Gordon war verwundert über die träumerischen, fließenden Bewegungen des sehr anmutigen Tanzes. Die Tänzer schienen bei jedem Schritt halb schwebend in der Luft zu verweilen. Dann erkannte er, daß der Raum irgendwie mit einer Einrichtung versehen war, die der Schwerkraft entgegenwirkte, um das Gewicht der Tänzer zu vermindern.

Lianna blickte zweifelnd zu ihm auf. Er wirkte niedergeschmettert, denn ihm war klargeworden, daß er von diesen schwebenden Tänzen auch nicht einen einzigen Schritt fertigbringen konnte.

„Laß uns nicht tanzen", sagte Lianna zu seiner Erleichterung. „Du bist, soviel ich weiß, ein so schlechter Tänzer, daß ich lieber in die Gärten hinausgehen würde."

Natürlich – der wirkliche Zarth Arn, der ganz in seinen Studien aufging, würde sich auch so verhalten. Nun, um so besser!

„Ich ziehe die Gärten bei weitem vor", sagte Gordon lachend, „denn ob du's glaubst oder nicht, ich bin sogar ein noch schlechterer Tänzer, als ich es zuvor war."

Lianna sah verblüfft zu ihm auf, während sie einen hohen silbernen Gang hinuntergingen. „Du hast bei dem Fest allerhand getrunken. Ich sah dich niemals zuvor Saqua anrühren."

Gordon zuckte die Achseln. „Es ist eine Tatsache, daß ich es vor heute abend niemals trank."

Ein leiser Ausruf entfuhr ihm, als sie in den Garten hinauskamen. Ein solches Bild unwirklicher Schönheit wie dieses hatte er nicht erwartet! Dies waren Gärten voll glühenden Lichts, voll leuchtender Farben! Bäume und Gebüsche trugen Massen von Blüten, die in brennendem Rot, in kühlem Grün, in Türkisblau und jeder Farbschattierung, die dazwischen lag, erglühten. Die sanfte Brise, die einen süßen Duft von ihnen herüberwehte, schaukelte sie fröhlich wie einen Wald schimmernder Flammenblumen von überirdischem Liebreiz.

Später erfuhr Gordon, daß diese leuchtenden Blumen auf verschiedenen stark radioaktiven Planeten des Sternes Achernar gezüchtet wurden; sie wurden hierhergebracht und in Beete mit einer ähnlich radioaktiven Erde gepflanzt. Aber jetzt, da er sich ihnen plötzlich gegenübersah, wirkten sie verblüffend.

Hinter ihm ragten die Terrassen des gigantischen Palastes bis an die Sterne, Lichter glühten und schwangen sich kühn, Stufe um Stufe emporsteigend, gen Himmel, und die drei aneinandergeschmiegten Monde ergossen vereint ihre Strahlen darüber und gaben dem Ganzen einen letzten, unwirklichen Zauber.

„So schön, daß man keine Worte findet", murmelte Gordon, von dem Anblick bezaubert.

Lianna nickte. „Von deiner ganzen Welt Throon liebe ich diese Gärten am meisten. Aber es gibt wilde, unbewohnte Gegenden weit draußen in unserem Königreich Fomalhaut, die sogar noch lieblicher sind."

Ihre Augen flammten, und zum erstenmal sah er eine Gefühlsregung über die königliche Gelassenheit ihres lieblichen Gesichtes die Oberhand gewinnen.

„Einsame, unbewohnte Gegenden, Planeten von lebendiger Farbigkeit, die eingetaucht sind in den wundervollen Strahlenkreis seltsamer Sonnen! Ich werde sie dir zeigen, wenn wir Fomalhaut besuchen, Zarth." Sie sah zu ihm auf, und ihr aschblondes Haar schimmerte in dem sanften Licht wie eine Krone.

Sie erwartet von mir, daß ich ihr meine Liebe zeige, dachte Gordon. Er war – oder sie dachte doch zumindest, daß er es war – ihr Verlobter, der Mann, den sie zur Ehe gewählt hatte. Er mußte seine Rolle weiterspielen.

Gordon legte den Arm um sie und beugte sich über ihre Lippen. Liannas schlanker Körper in dem schimmernden weißen Kleid schmiegte sich warm an ihn, und ihre halbgeöffneten Lippen waren betäubend süß.

Ich bin ein verdammter Lügner, dachte Gordon erschrocken. Ich küsse sie ja, weil ich es gern tun möchte, und nicht, um meine Rolle aufrechtzuerhalten.

Er trat plötzlich zurück. Lianna sah völlig verwirrt zu ihm auf.

„Zarth, was hat dich denn veranlaßt, das zu tun?"

Gordon versuchte zu lachen, obwohl diese aufregend zärtliche Berührung immer noch durch seine Nerven zitterte.

„Ist es so bemerkenswert, daß ich dich küsse?" entgegnete er.

„Natürlich ist es das – du hast es nie vorher getan!" rief Lianna. „Du weißt so gut wie ich, daß unsere Ehe eine rein politische Angelegenheit ist!"

Die Wahrheit drang wie ein eiskalter Sturm in Gordons Sinn und fegte die Nebel des Saquas aus seinem Gehirn.

Er hatte einen abgrundtiefen Fehler in seiner Rolle gemacht. Er hätte doch ahnen müssen, daß Lianna Zarth Arn nicht wirklich zu heiraten wünschte, ebensowenig wie er sie – daß es eine rein politische Ehe war und sie beide nur zwei Faustpfänder in dem großen Spiel der galaktischen Diplomatie waren! Er mußte diesen Fehler überdecken, so gut er konnte, und zwar schleunigst!

Das Mädchen sah zu ihm auf, und jener Ausdruck äußersten Erstaunens lag immer noch auf seinem Gesicht. „Ich kann nicht verstehen, daß du das tust, zumal du und ich ein Übereinkommen trafen, bloß gute Freunde zu sein."

Gordon lieh verzweifelt der einzig möglichen Erklärung Worte, die der Wahrheit gefährlich nahe kam. „Lianna, du bist so schön, daß ich nicht anders konnte. Ist es so sonderbar, daß ich mich in dich verlieben sollte, trotz unserer Vereinbarung?"

Liannas Gesicht verfinsterte sich, und in ihrer Stimme lag Spott: „Du solltest dich in mich verlieben? Du vergißt, daß ich alles über Murn weiß."

Murn? Der Name klang so vertraut in Gordons Ohren. Jhal Arn hatte Murn erwähnt. Wieder einmal fühlte sich Gordon durch seine Unwissenheit in wichtigen Dingen genarrt. Er war nun ernüchtert und besorgt. „Ich – ich denke, ich habe vielleicht bloß zuviel Saqua beim Fest getrunken", murmelte er.

Liannas Ärger und Verwunderung waren verflogen, und sie schien ihn mit einem sonderbar gespannten Interesse zu beobachten. Er empfand ein Gefühl der Erleichterung, als sie von einer fröhlichen Menge unterbrochen wurden, die in die Gärten herausströmte. In den Stunden, die folgten, machte die Gegenwart anderer es Gordon ein wenig leichter, seine Rolle zu spielen. Er war sich dabei bewußt, daß Liannas graue Augen oft mit einem fragenden Blick auf ihm ruhten. Als die Gesellschaft aufbrach und er sie zur Tür ihrer Gemächer geleitete, wurde Gordon unbehaglich, als er ihren seltsam nachdenklichen Blick gewahrte, während er ihr gute Nacht sagte.

Er wischte sich den Schweiß von der Stirn, als er auf dem dahingleitenden Rollband zu seinen eigenen Gemächern gelangte. Welch eine Nacht! Er hatte fast mehr erlebt, als ein Mann aushalten konnte!

Gordon fand seine Zimmer sanft erleuchtet, aber der Diener

war nicht zu sehen. Er öffnete müde die Tür seines Schlafzimmers, da hörte er ein schnelles Trippeln von kleinen, nackten Füßen. Er starrte verblüfft auf ein Mädchen, das auf ihn zulief – ein Mädchen, das er vorher noch nicht gesehen hatte. Es schien von einer fast kindlichen Jugendlichkeit zu sein. Dunkles Haar fiel auf nackte Schultern, und das sanfte, schöne, kleine Gesicht und die dunkelblauen Augen leuchteten vor Freude.

Ein Kind? – Es war nicht die Figur eines Kindes, die sich gerundet und weiß durch das hauchzarte Gewand abzeichnete, das sie trug. Gordon stand da, verwundert über diese beunruhigende, letzte Überraschung dieses an Überraschungen so reichen Abends; da lief das Mädchen auf ihn zu und schlang die nackten Arme um seinen Hals.

„Zarth Arn", rief sie, „endlich bist du gekommen! Ich habe so lange gewartet."

Sternenprinzessin

John Gordon hielt nun zum zweitenmal an diesem Abend ein Mädchen in seinen Armen, das dachte, daß er der echte Zarth Arn wäre. Aber das dunkelhaarige, liebliche Geschöpf, das seine Arme um ihn geschlungen hatte, war ganz anders als die stolze Prinzessin Lianna. Warme Lippen preßten sich in heftigen, leidenschaftlichen Küssen auf die seinen, während er verwirrt dastand. Das dunkle Haar, das über sein Gesicht streifte, war weich und parfümiert. Einen Augenblick spürte Gordon das Verlangen, ihre schlanke Figur näher an sich zu ziehen. Dann schob er sie ein wenig zurück. Das schöne kleine Gesicht, das zu ihm aufsah, war sanft und flehend.

„Du hast mir gar nicht mitgeteilt, daß du nach Throon zurückgekommen bist", sagte sie anklagend, „ich wußte es nicht, bis ich dich auf dem Fest sah!"

Gordon suchte stotternd nach einer Antwort. „Ich hatte keine Zeit dazu. Ich . . ."

Die letzte Überraschung des Tages hatte ihn schwer aus dem Gleichgewicht gebracht. Wer war dieses liebliche junge Mädchen? Etwa eines, mit dem der echte Zarth Arn heimlich ein Verhältnis hatte?

Sie sah voll Liebe zu ihm auf, ihre kleinen Hände ruhten noch immer auf seinen Schultern. „Es ist gut, Zarth. Ich kam nach dem Fest geradewegs herauf und habe auf dich gewartet." Sie schmiegte sich enger an ihn. „Wie lange wirst du in Throon bleiben? Wenigstens diese wenigen Nächte werden wir für uns haben."

Gordon war entsetzt. Er hatte schon immer diesen phantastischen Tausch der Persönlichkeit für schwierig genug gehalten. Aber dies . . .

Ein Name tauchte plötzlich in seinen Gedanken auf, ein Name, den sowohl Jhal Arn als auch Lianna erwähnt hatten, als ob er ihn gut kennen müßte; es war der Name Murn. War es der Name dieses Mädchens? Es könnte vielleicht sein. Um es herauszubekommen, sagte er schüchtern: „Murn . . ."

Das Mädchen hob den dunklen Kopf und sah ihn fragend an. „Ja, Zarth?"

So, dies war also Murn! Es war dieses Mädchen, an das Lianna ihn spöttisch erinnert hatte. So wußte Lianna um diese Liebesgeschichte?

Nun, jetzt war ihm wenigstens klar, was der Name bedeutete. Gordon suchte einen Ausweg aus seiner verwickelten Lage. Er setzte sich nieder, und Murn kuschelte sich sogleich in seinen Schoß.

„Murn, hör mal, du solltest eigentlich nicht hiersein", begann er heiser. „Angenommen, man hat dich hier in meine Räume kommen sehen?"

Murn sah ihn mit Erstaunen in ihren dunkelblauen Augen an. „Was würde das schon ausmachen, da ich doch deine Frau bin?"

Seine Frau? Gordon war zum zwanzigstenmal an diesem Tag durch die plötzliche, völlige Zerstörung seiner Vorstellung der Lage so betroffen, daß es ihm den Atem verschlug. Wie, um Himmels willen, konnte er die Rolle als Zarth Arn aufrechterhalten, wenn er die elementarsten Tatsachen über diesen Mann nicht wußte? Warum hatten Zarth Arn oder Vel Quen ihm diese Dinge nicht gesagt?

Dann erinnerte sich Gordon: Sie hatten ihm dies nicht erzählt, weil sie es nicht für nötig gehalten hatten. Es war ja niemals auch nur im Traum daran gedacht worden, daß Gordon in

Zarth Arns Leib die Erde verlassen und nach Throon kommen würde. Erst der Überfall durch Shorr Kans Abgesandte hatte den ganzen Plan umgeworfen und diese schrecklichen Verwicklungen heraufbeschworen.

Murn fuhr mit kläglicher Stimme fort, während sie sich mit ihrem dunklen Haar an sein Kinn schmiegte: „Wenn ich auch nur in morganatischer Ehe deine Frau bin, so ist doch sicher nichts Schlimmes dabei, wenn ich hier bin?"

Das war es also! Eine morganatische, links angetraute Frau. Diese uralte Sitte hatte sich also bis zu diesen Tagen der Sternenkönige erhalten. Einen Augenblick lang fühlte John Gordon eine heiße Wut gegen den Mann in sich aufsteigen, in dessen Körper er sich aufhielt. Zarth Arn war heimlich mit diesem Kind verheiratet, zu dem er sich öffentlich nicht bekennen konnte, und zur gleichen Zeit bereitete er eine Staatsheirat mit Lianna vor. Es war eine abscheuliche Sache!

Wie, war es das wirklich? Gordons Ärger schwand. Die Ehe mit Lianna war ein rein politischer Kunstgriff, um sich die Ergebenheit des Königreichs Fomalhaut zu sichern. Zarth hatte das klar erkannt und ebenso Lianna; sie wußte alles über Murn und hatte offensichtlich nichts dagegen. War unter diesen Umständen Zarth Arn nicht gerechtfertigt, wenn er heimlich sein Glück mit diesem Mädchen fand, das er liebte?

Gordon erwachte aus seinem Sinnen und stand wiederum ratlos vor der Tatsache, daß Murn keinen Augenblick daran zweifelte, daß er ihr geliebter Gatte war – und daß sie ganz klar die Absicht hatte, die Nacht hier mit ihm zu verbringen!

Er hob sie von seinem Schoß, stand auf und sah unsicher auf sie hinunter. „Murn, hör mal, du darfst heute nacht nicht hierbleiben", erklärte er ihr. „Du wirst meine Räume für die nächsten Wochen meiden müssen."

Murns liebliches Gesicht wurde blaß und betroffen. „Zarth, was sagst du da?"

Gordon zerbrach sich den Kopf um eine Ausrede. „Nun, es ist ja nicht so, daß ich dich nicht mehr liebte."

Murns dunkelblaue Augen hatten sich mit Tränen gefüllt. „Oh, ich weiß, es ist Lianna! Du hast dich in sie verliebt! Ich sah, wie aufmerksam du ihr gegenüber bei dem Fest warst!"

Der Schmerz ließ ihr weißes Gesicht kindlicher denn je

erscheinen. Gordon verfluchte die Zwänge seiner Lage. Er verletzte dieses Mädchen ja aufs tiefste!

Er nahm ihr Gesicht zwischen seine Hände: „Murn, du mußt mir glauben, wenn ich dir dies sage. Zarth Arn liebt dich so sehr wie immer; seine Gefühle haben sich nicht gewandelt."

Murns Augen forschten in seinem Gesicht, und der tiefe Ernst darin und in seiner Stimme schienen sie zu überzeugen. Der Schmerz schwand aus ihrem Gesicht. „Aber wenn das so ist, Zarth, warum sagst du dann . . .?"

Gordon hatte sich jetzt endlich eine Ausrede ausgedacht: „Es ist wegen meiner Ehe mit Lianna, aber *nicht,* weil ich die Prinzessin liebe", sagte er. „Du weißt doch, Murn, daß diese Heirat dazu bestimmt ist, uns die Unterstützung des Königreiches Fomalhaut in der kommenden Auseinandersetzung mit dem Wolkenreich zu sichern."

Murn nickte mit ihrem dunklen Köpfchen, aber ihre Augen blickten immer noch verwundert. „Ja, du erklärtest mir das schon zuvor. Aber ich sehe immer noch nicht ein, warum das zwischen uns etwas ändern soll. Du sagtest, das würde nicht der Fall sein und Lianna und du seien übereingekommen, es als eine bloße Formsache zu betrachten."

„Ja, aber gerade jetzt müssen wir vorsichtig sein", sagte Gordon schnell. „Es sind Spione von Shorr Kan hier in Throon. Wenn sie entdecken, daß ich heimlich eine zweite Frau habe, könnten sie diese Tatsache veröffentlichen und die Heirat verhindern."

Murns sanfte Gesichtszüge drückten Verständnis aus. „Ja, das sehe ich ein! Aber Zarth, werden wir uns nun überhaupt nicht mehr sehen?"

„Für ein paar Wochen nur in der Öffentlichkeit", erklärte Gordon ihr. „Ich werde Throon bald wieder für eine Weile verlassen. Und ich verspreche dir, wenn ich zurückkomme, wird zwischen uns alles so wie zuvor sein." Und das würde die Wahrheit sein, wie Gordon heiß wünschte; denn wenn er zur Erde gelangen und den Rücktausch der Seelen bewerkstelligen konnte, so würde es der echte Zarth Arn sein, der nach Throon zurückkehrte.

Murn schien leichteren Herzens, aber immer noch ein bißchen traurig zu sein, als sie einen schwarzen Seidenmantel umwarf und sich anschickte zu gehen; sie stellte sich auf die Zehenspitzen und preßte liebevoll ihre warmen Lippen auf die seinen. „Gute Nacht, Zarth!"

Er erwiderte ihren Kuß, nicht mit Leidenschaft, sondern mit einer stillen Zärtlichkeit; er konnte gut verstehen, wieso Zarth Arn sich in dieses reizende kindliche Mädchen verliebt hatte.

Murns große Augen blickten verwirrt, als sie nach diesem Kuß zu ihm aufsah. „Du bist irgendwie anders als sonst, Zarth", murmelte sie, „ich weiß nicht, wieso . . ."

Gordon erkannte, daß der feine Instinkt einer liebenden Frau sie undeutlich vor der unglaubwürdigen Wandlung in ihm gewarnt hatte. Er holte tief und erleichtert Atem, als sie gegangen war.

Gordon streckte sich auf dem Bett in dem kleinen Schlafzimmer aus, aber er bemerkte, daß seine Muskeln noch immer angespannt wie Stahlsaiten waren. Erst als er lange so gelegen und in das schimmernde Mondlicht gestarrt hatte, das in das dunkle Zimmer fiel, entspannte er sich ein wenig.

Etwas lag ihm schwer auf der Seele: Er mußte dieser verrückten Verkörperung einer fremden Person so schnell wie möglich ein Ende machen! Er konnte nicht viel länger mehr die unheimliche Verkörperung einer der Persönlichkeiten durchführen, die in der herannahenden Krise der großen Sternenkönigreiche im Brennpunkt des Interesses stehen würde. Aber wie? Wie konnte er zur Erde zurückgelangen, um mit Zarth Arn wieder die Körper zu tauschen?

Gordon erwachte am nächsten Morgen in einer weißschimmernden Dämmerung und fand den blaugesichtigen Diener von der Wega neben seinem Bett stehen.

„Hoheit, Prinzessin Lianna bittet Sie, mit ihr zu frühstücken", meldete der Diener.

Gordon hatte sofort ein Gefühl der Überraschung und der Sorge. Warum sandte ihm Lianna diese Einladung? Konnte sie etwas ahnen? Nein, unmöglich – und doch . . .

Er badete in einem kleinen gläsernen Raum; dort entdeckte er, daß er nach Belieben nur Knöpfe zu drücken brauchte, damit seifiges, salziges oder parfümiertes Wasser von jeder Temperatur bis zum Hals um ihn herumwirbelte. Der Wega-Mann hatte ein weißseidenes Gewand und einen Umhang für ihn bereitgelegt; Gordon zog sich schnell an und ging dann durch den Palast zu Liannas Gemächern.

Da gab es Suiten von märchenhaften Räumen mit pastellfarbenen Wänden; hinter ihnen befand sich eine breite, mit Blumen verhangene Terrasse, die über Throon hinausblickte.

Jungenhaft begrüßte ihn Lianna in einer blauen, weiten Hose und einer Jacke auf der Terrasse. „Ich habe hier zum Frühstück decken lassen", erklärte sie ihm, „du kommst gerade rechtzeitig, um die Musik des Sonnenaufgangs zu hören." Gordon war erstaunt, in Liannas Gesicht eine leichte Befangenheit zu entdecken, als sie ihm eisgekühlte rotfleischige Früchte und ein weinähnliches purpurnes Getränk servierte; sie schien nun nicht mehr die königlich stolze Prinzessin der vergangenen Nacht zu sein.

Und was war das mit der Sonnenaufgangsmusik? Er war sicher, daß dies wieder etwas war, was er hätte wissen müssen, aber nicht wußte.

„Horch mal, es fängt an", sagte Lianna plötzlich.

Hoch um die Stadt Throon leuchteten in der Ferne die kristallenen, himmelstrebenden Gipfel der Glasberge in der aufgehenden Sonne. Von diesen herrlichen, fernen Gipfeln klangen nun klare, erregend süße Töne herab. Ein Musiksturm brach aus und kam immer lauter von den glitzernden Gipfeln herab. Wilde, engelsgleiche Arpeggien kristallreiner Töne erklangen wie sämtliche Glocken des Himmels. Und ungestümes, feines Klingeln wie Pizzikati von Zaubersaiten bildeten den Hintergrund zu diesen schallenden Akkorden.

Gordon erkannte nun, daß er die Laute hörte, die von der plötzlichen Ausdehnung der gläsernen Gipfel hervorgerufen wurden, sobald die Strahlen des Canopus sie erwärmten. Er hörte, wie die kristallreine Musik zu einem stürmischen Crescendo anschwoll, als die riesige weiße Sonne höher emporstieg; dann erstarb sie plötzlich in einem langen, bebenden Laut.

Gordon atmete tief. „Das war die wunderbarste Musik, die ich jemals gehört habe."

Lianna sah ihn überrascht an. „Aber du hast es doch früher schon viele Male gehört?"

Natürlich, da hatte er schon wieder einen Fehler begangen.

Sie waren an das Geländer der Terrasse getreten, und Lianna sah gespannt zu ihm auf. Sie stellte plötzlich eine Frage, die ihn erschreckte. „Warum schicktest du Murn letzte Nacht weg?"

„Wie erfuhrst du davon?" rief er aus.

Lianna lachte sanft. „Du solltest doch wissen, daß es in diesem Palast keine Geheimnisse gibt. Ich zweifle nicht, daß man sich gerade jetzt die Neuigkeit zuflüstert, daß wir zusammen frühstücken."

War das wirklich so, dachte Gordon mit Bestürzung. Dann würde er Murn allerhand zu erklären haben, wenn er sie das nächstemal traf.

„Hast du mit ihr gestritten?" fragte Lianna hartnäckig weiter. Dann errötete sie ein wenig. „Es geht mich natürlich nichts an."

„Doch, Lianna, es geht dich etwas an", erklärte Gordon impulsiv. „Ich wünschte bloß . . ." Er hielt inne, denn er konnte ja nicht fortfahren und ihr sagen, daß er nur wünschte, er könnte ihr die Wahrheit erzählen; er wünschte es in diesem Augenblick wirklich aus vollem Herzen und aus ganzer Seele. Murn war entzückend, aber es war Lianna, die er nie vergessen würde.

Lianna sah ihn mit ihren grauen Augen erstaunt an. „Ich verstehe dich nicht mehr so gut, wie ich dachte, Zarth." Sie schwieg einen Augenblick lang und sprach dann ein wenig atemlos: „Zarth, ich kann mit niemandem Verstecken spielen, ich muß es geradeheraus sagen: Sag mir doch, hast du es wirklich ernst gemeint, als du mich letzte Nacht küßtest?"

Gordons Herz schlug schneller, und die Antwort kam unvermittelt von seinen Lippen: „Ja, Lianna, ich habe es ernst gemeint!"

Mit ihren grauen Augen sah sie ihn ernst und verwundert an. „Es erschien mir sonderbar, und dennoch hatte ich das Gefühl, daß du es ernst meintest. Doch kann ich es noch schwer glauben."

Plötzlich legte sie mit einer gebieterischen Gebärde, die ihre königliche Erziehung verriet, ihre Hände auf seine Schultern: Es war die offene Aufforderung, sie wieder zu küssen. Gordon hätte nicht widerstehen können, und wenn der ganze Palast über ihnen zusammengestürzt wäre. Und wiederum erschütterte ihn das Gefühl, ihre schlanke, sprühend lebendige Gestalt in den Armen zu halten und die Berührung ihrer süßen, atemlosen Lippen zu fühlen.

„Zarth, du hast dich verändert", flüsterte Lianna verwundert und wiederholte damit unbewußt Murns Worte: „Fast glaube ich, daß du mich wirklich liebst!"

„Ja, Lianna, ich liebe dich", brach es aus Gordon heraus, „ich habe dich geliebt vom ersten Augenblick an, als ich dich sah!"

Ihre Augen wurden sanft und hingen strahlend an den seinen. „Dann wünschst du also, daß unsere Ehe eine wahre Ehe wird? Du würdest dich von Murn scheiden lassen?"

Gordon kam mit einem niederschmetternden Schock zu sich. Guter Gott, was stellte er da an? Er konnte doch nicht den echten Zarth bloßstellen, der seine Murn von ganzem Herzen liebte.

Der Spion aus dem Reich der Dunkelwelten

GORDON wurde aus seiner Verlegenheit und Bestürzung durch eine Unterbrechung befreit, die ihm die Vorsehung schickte; sie kam von einem Kammerherrn, der auf der Terrasse erschien. „Hoheit, Ihr Vater wünscht, daß Sie und Prinzessin Lianna in die Turmgemächer kommen", erklärte er Gordon mit einer Verbeugung.

Gordon ergriff die Gelegenheit, einer weiteren Aussprache auszuweichen. „Es ist besser, wenn wir sogleich gehen", erklärte er befangen. „Es könnte wichtig sein!"

Lianna blieb stehen und sah ihn mit festem Blick an, als ob sie von ihm erwartete, daß er noch mehr sage. Aber er tat es nicht.

Er konnte es ja nicht! Er konnte doch nicht bekennen, daß er sie liebte, nur damit der echte Zarth Arn zurückkäme und es ableugnete!

Sie verharrten in Schweigen, als sie dem Kämmerer über gleitende Rampen zu dem höchsten Turm des Palastes folgten. Hier waren Räume, durch deren Glaswände man über all die schimmernden Türme von Throon und das umliegende, staunenswerte Panorama von gläsernen Gipfeln und dem Meer hinausblickte.

Arn Abbas' riesenhafte, alles beherrschende Gestalt schritt ruhelos in dem Raum auf und ab. Der Erste Kanzler mit dem schmalen Gesicht, Orth Bodmer, sprach mit ihm, und Jhal Arn war auch anwesend.

„Zarth, diese Angelegenheit betrifft euch beide, dich und Lianna", begrüßte Arn Abbas sie. Er erläuterte kurz: „Die Krise zwischen uns und der Liga verschärft sich. Shorr Kan hat alle Sternenschiffe der Liga ins Reich der Dunkelwelten heimbeordert. Und nun fürchte ich, daß die Barone des Herkules sich ihm zuneigen."

Gordon erinnerte sich sogleich an die laue Haltung von Zu Rizal und dem anderen Herkules-Baron am Abend zuvor.

Arn Abbas' mächtiges Antlitz war düster. „Ich rief Zu Rizal in der letzten Nacht nach dem Fest an. Er sagte, die Barone könnten sich nicht zu einem engen Bündnis mit dem Reich bereit erklären; sie sind durch hartnäckige Gerüchte beunruhigt, die besagen, daß Shorr Kan eine mächtige, neue Waffe besitzt. Ich glaube aber dennoch, daß Zu Rizal nicht die Meinung aller Barone vertritt: Sie mögen vielleicht unschlüssig sein, aber sie wollen wohl kaum das Reich der Dunkelwelten siegen sehen. Ich denke, sie können doch zu einem vollwertigen Bündnis gebracht werden. Und ich werde dich, Zarth, entsenden, um es abzuschließen."

„Mich willst du entsenden?" rief Gordon bestürzt aus. „Aber ich kann doch eine solche Mission nicht durchführen!"

„Wer könnte es besser machen, Hoheit?" sagte Orth Bodmer ernst zu ihm. „Als Sohn des Herrschers würde Ihr Ansehen Sie zu einem mächtigen Gesandten erheben."

„Wir werden uns darüber nicht streiten – du gehst, ob du willst oder nicht!" fuhr Arn Abbas ihn an.

Gordon fühlte den Boden unter den Füßen wanken; er sollte als Gesandter vor die großen Sternenlords der Herkules-Gruppe treten? Wie konnte er das? Dann aber sah er darin eine günstige Gelegenheit: Einmal im Raum mit diesem Auftrag, konnte er es wohl fertigbringen, auf die Erde zu gelangen, und dann würde er imstande sein, mit dem echten Zarth Arn wieder die Seelen zu tauschen. Wenn er das tun könnte . . .

„Dies bedeutet", sagte Arn Abbas nun, „daß deine Heirat mit Lianna früher als geplant stattfinden muß. Du mußt in einer Woche zur Herkules-Gruppe abreisen. Ich werde verkünden, daß deine Ehe mit Lianna in fünf Tagen, von heute an gerechnet, geschlossen wird."

Gordon hatte ein Gefühl, als ob er plötzlich durch eine Falltür in einen Abgrund stürzte. Er hatte angenommen, daß diese Heirat so weit in der Zukunft lag, daß er sich darüber keine Sorgen zu machen brauchte! Nun war diese Hoffnung zunichte gemacht. Er erhob verzweifelt Protest: „Ist es denn nötig, daß wir die Hochzeit abhalten, ehe ich als Gesandter nach Herkules gehe?"

„Natürlich ist es das!" erklärte Arn Abbas. „Es ist von größter Wichtigkeit, die westlichen Sternenkönigreiche an uns zu binden. Und als Gatte der Prinzessin des Königreiches Fomalhaut wirst du außerdem bei den Baronen mehr Ansehen genießen."

Lianna sah Gordon mit sonderbar festem Blick an. „Vielleicht hat Prinz Zarth einen Einwand?"

„Einwand? Was, zum Teufel, sollte er für einen Einwand haben?" fragte Arn Abbas energisch.

Gordon erkannte, daß offener Widerstand ihm nichts nützen würde. Er mußte Zeit gewinnen, wie er es immer getan hatte, seit er in diese unfreiwillige Rolle geraten war. Sicherlich würde sich ein Weg finden lassen, dieser unheimlichen Verwicklung zu begegnen; aber er mußte Zeit zum Überlegen gewinnen.

„Natürlich ist es mir recht, wenn Lianna zustimmt", sagte er ohne Begeisterung.

„Dann ist es also beschlossene Sache", entschied Arn Abbas. „Die Zeit ist ein bißchen kurz zur Verkündung, aber die Sternenkönige können rechtzeitig zur Zeremonie hiersein. Bodmer und ich werden jetzt die Verkündung aufsetzen."

Das klang endgültig, und sie verließen den Raum. Gordon war froh, daß Jhal Arn mit ihnen kam, denn den Anblick von Liannas klaren, fragenden Augen hätte er nun am wenigsten ertragen.

Die nächsten paar Tage kamen Gordon unwirklich vor. Der Palast, die ganze Stadt Throon summte vor Emsigkeit bei den

Vorbereitungen. Unmengen von Dienern waren beschäftigt, und jeden Tag kamen schnelle Sternenschiffe mit Gästen aus den entfernteren Teilen des Reichs und der verbündeten Königreiche.

Für Gordon war es eine Erleichterung, daß er Lianna in dieser fieberhaft bewegten Zeit kaum sah, außer bei den prächtigen Festen, die das kommende Ereignis feierten. Auch Murn hatte er nur von ferne gesehen. Aber die Zeit lief ab, und noch hatte er keinen Ausweg aus dieser phantastischen Verlegenheit gefunden.

Er konnte ihnen doch nicht die Wahrheit über sich erzählen; damit würde er sein feierliches Versprechen gegenüber Zarth Arn brechen. Aber was sollte er denn machen? Er zermarterte sein Gehirn, aber am Vorabend des festgesetzten Tages hatte er noch keine Lösung gefunden. An diesem Abend wurde in der Halle der Sterne der große Empfang für die königlichen und adligen Gäste abgehalten, die von weither quer durch die Milchstraße zur Hochzeit gekommen waren. Das Bild war von einer unbeschreiblichen Pracht.

Gordon und Lianna standen auf der erhöhten Empfangsestrade, Arn Abbas' riesenhafte Gestalt befand sich auf ihrer einen Seite und Jhal und seine schöne Gattin Zora auf der anderen. Hinter ihnen standen Kommandeur Corbulo, Orth Bodmer und die anderen höchsten Beamten des Reiches.

Die Persönlichkeiten der ersten Gesellschaft, die von Kämmerern angekündigt wurden, während sie sich der Estrade näherten, die majestätische Erhabenheit der Halle der Sterne, die Fernsehblenden, durch die, wie er wußte, die halbe Milchstraße sie beobachtete – dies alles wirkte betäubend auf John Gordon. Er hatte immer mehr das Gefühl, ein Mann in einem seltsamen, unmöglichen Traum zu sein. Sicherlich würde er plötzlich aufwachen und sich in seiner Welt des 20. Jahrhunderts wiederfinden.

„Der König der Sonnen des Schwans!" ertönten die gemessenen Ankündigungen des Kämmerers. „Der König der Sterne der Leier!"

Sie strömten in einer undeutlichen Abfolge von Stimmen und Gesichtern an Gordon vorbei. Er erkannte nur wenige von ihnen wieder, den kaltäugigen Zu Rizal von den Baronen des

Herkules, den jungen Sath Shamar aus dem Reich des Nordsterns und ein oder zwei andere.

„Der königliche Regent der Kassiopeia! Die Grafen der Mark des Äußeren Raums!" Herrscher weniger bedeutender Sternzeichen und Beamte des Reiches setzten die Prozession zur Estrade fort.

Unter den letzten befand sich ein bronzefarbener Flottenkapitän, der Gordon mit einer Verbeugung eine Gedankenspule überreichte. „Eine Bittschrift von meinem Geschwader an Ihre Hoheit aus diesem glücklichen Anlaß", murmelte der Offizier. „Wir hoffen, daß Sie sie anhören werden."

Gordon nickte. „Ich werde es tun, Kapitän."

Er wurde von Kommandeur Corbulo unterbrochen. Der grauhaarige Flottenchef hatte mit starrem Blick die Abzeichen des bronzefarbenen Offiziers betrachtet, und nun stürzte er plötzlich nach vorn. „Kein Offizier dieses Geschwaders kann in diesem Augenblick näher sein als bei der Wega!" fuhr Corbulo ihn an. „Wie ist Ihr Name und Ihre Divisionsnummer?"

Der bronzefarbene Kapitän sah verstört drein; er sprang zurück, und seine Hand fuhr in seine Jacke.

„Dieser Mann ist ein Spion, vielleicht ein Attentäter!" schrie Corbulo. „Erschießt ihn!"

Der entlarvte Spion hatte bereits eine kurze, gedrungene Atompistole herausgerissen, die in seiner Hand aufblitzte. Gordon riß Lianna hinter sich, schnellte dann herum und wandte sich dem Angreifer zu.

Aber auf Corbulos laut gerufenes Kommando waren von geheimen Öffnungen in den Wänden der Halle der Sterne schnelle Atomgeschosse herabgefahren, die sich in den Körper des Spions bohrten und sofort explodierten. Der Mann fiel als zerfetzte, geschwärzte Leiche zu Boden.

Schreie erfüllten die Luft, während die Menge in plötzlicher Panik zurückprallte. Gordon war durch den Vorfall so verblüfft wie jeder andere. Aber Arn Abbas' donnernde Stimme erhob sich und beherrschte schnell den Raum. „Es gibt nichts mehr zu befürchten! Der Mann ist tot – dank Corbulos Wachsamkeit und unserer Wachen in den Wänden!" Der riesige Herrscher traf blitzschnell seine Anordnungen: „Bringt die Leiche in ein anderes Gemach! Zarth, du und Jhal, ihr kommt mit. Corbulo, lassen Sie die Gedankenspule durchleuchten, sie könnte gefährlich sein. Lianna, würdest du bitte unsere Gäste beruhigen?"

Gordon ging mit dem riesenhaften Herrscher in den anderen, kleineren Raum, in den der zerschossene Körper gebracht worden war.

Jhal Arn beugte sich über die Leiche und riß die versengte Jacke weg. Der verstümmelte Leib hatte nicht die bronzene Farbe wie das Gesicht; er war von einem sonderbar bleichen Weiß.

„Ein Mann aus der Dunkelwolke! Ein Spion der Liga, wie ich mir dachte", fuhr Arn Abbas auf, „einer von Shorr Kans Agenten in einer geschickten Verkleidung!"

Jhal Arn sah verwundert drein. „Warum kam er hierher? Er versuchte doch nicht, einen von uns zu ermorden – er zog seine Waffe erst, als er entdeckt wurde."

„Die Gedankenspule, die er Zarth geben wollte, wird uns vielleicht etwas verraten", murmelte der Herrscher. „Hier kommt Corbulo."

Kommandeur Corbulo hatte die Gedankenspule in seiner Hand. „Sie ist gründlich mit verschiedenen Strahlen geprüft worden; es ist eine einfache Gedankenspule und nichts weiter", berichtete er.

„Das ist ja sehr sonderbar", murmelte Arn Abbas mit düsterer Miene. „Hier, legen Sie die Spule in den Leseapparat, und wir werden sie uns anhören."

Die Gedankenspule wurde in den Leseapparat auf dem Schreibtisch eingelegt. Arn Abbas drückte den Schalter, und die Spule fing an, sich abzuwickeln. Gordon fühlte, wie die Stöße der in ihr aufgespeicherten verstärkten Gedankenrhythmen sich in seinen Sinn wie in den der anderen einprägten. Eine klare, wohltönende Stimme schien in seinem Kopf zu sprechen, während er lauschte.

„Shorr Kan an Prinz Zarth Arn: Es ist ein Unglück, daß die Abmachungen, die wir darüber trafen, Sie in das Reich der Dunkelwelten zu bringen, durch das zufällige Dazwischenkommen einer Reichspatrouille vereitelt wurden. Ich bedauere dies ebensosehr wie Sie. Aber seien Sie versichert, daß ich sofort neue Anordnungen treffen werde, um Sie sicher und im geheimen hierherzubringen. Die Bedingungen, auf die wir uns einigten, bestehen nach wie vor. Sobald Sie sich uns anschließen und uns das Geheimnis des Disruptors mitteilen, werden wir von der Liga imstande sein, das Reich ohne Furcht vor einer Niederlage anzugreifen. Sie selbst werden öffentlich als gleichberechtigt mit mir in der Herrschaft über die ganze Milchstraße anerkannt werden. Unternehmen Sie nichts, was Verdacht erwecken könnte, sondern warten Sie, bis meine vertrauenswürdigen Agenten imstande sind, Sie sicher zu mir zu bringen."

Im Palastgefängnis

FÜR GORDON ergab diese Gedankenbotschaft zuerst keinen Sinn. Eine Botschaft von Shorr Kan an ihn, Zarth Arn?

Aber als ihm ihre Bedeutung aufging, empfand er Bestürzung und Angst wie einen Schock; seine Angst vertiefte sich, als er den wütenden Augen von Arn Abbas begegnete.

„Beim Himmel, mein eigener Sohn ein Verräter am Reich!" rief der Herrscher. „Mein eigener Sohn zettelt heimlich eine Verschwörung an, um uns an die Liga der Dunkelwelten zu verraten!"

Gordon fand nun Worte. „Diese Botschaft ist ein Lüge! Ich habe niemals irgendwelche Abmachungen mit Shorr Kan getroffen, noch habe ich überhaupt Gespräche mit ihm geführt!"

„Warum sollte er dir dann eine solche Geheimbotschaft schicken?" brüllte der Herrscher.

Gordon klammerte sich verzweifelt an die einzige Erklärung, die sich ihm von selbst aufdrängte. „Shorr Kan muß diese Botschaft in der Hoffnung gesandt haben, daß sie entdeckt wird und Verwirrung stiftet! Es kann keinen anderen Grund geben."

Jhal Arn, dessen feines Gesicht zutiefst erregt war, sprach schnell: „Vater, das klingt durchaus wahrscheinlich. Es ist ja unmöglich zu glauben, daß Zarth ein Verräter sein könnte!"

„Pah – das ist zu durchsichtig!" polterte Arn Abbas. „Shorr Kan ist zu schlau, um solch einen albernen Plan zu schmieden, der ihm so wenig einbringen würde. Dieser Spion wurde ja überhaupt nur durch den reinen Zufall entdeckt, daß Corbulo sein Flottenabzeichen bemerkte.“ Sein wuchtiges Gesicht verdüsterte sich. „Zarth, wenn du dich wirklich im geheimen mit der Liga verschworen hast, dann wird dich auch die Tatsache, daß du mein Sohn bist, nicht retten!“

„Ich schwöre, ich habe es nicht getan!“ rief Gordon. „Ich traf keinerlei Abmachungen mit jenen Räubern von der Liga, mich von der Erde zu holen! Und warum in aller Welt sollte ich das Reich verraten?“

„Du bist mein zweiter Sohn“, erinnerte ihn Arn Abbas grimmig, „du könntest Jhal die ganze Zeit wegen der Thronfolge heimlich beneidet haben, während du vorgabst, in deine wissenschaftlichen Studien vertieft zu sein. Solche Dinge sind schon vorgekommen!“

Wenn seine Lage Gordon schon zuvor alptraumhaft erschienen war, so fand er sie nun doppelt fürchterlich.

„Diese Sache wird bis auf den Grund nachgeprüft werden!“ rief Arn Abbas. „Inzwischen wirst du im Palastgefängnis eingesperrt bleiben.“

Jhal Arn protestierte. „Du kannst doch Zarth nicht da hinunterschicken!“

Kommandeur Corbulo unterstützte den Protest. „Wenigstens um des äußeren Scheines willen verweisen Sie Zarth Arn in seine eigenen Gemächer!“

Arn Abbas blickte sie wütend an. „Habt ihr zwei euren Verstand verloren? Ist euch nicht klar, daß Zarth, wenn er tatsächlich ein Verräter ist, eine tödliche Gefahr für das Reich bedeutet? Er kennt das Geheimnis des Disruptors, das nur Jhal und ich außer ihm wissen! Laßt Shorr Kan dieses Geheimnis erlangen, und das Reich der Dunkelwelten wird wie der Blitz losschlagen! Wollt ihr das in den Bereich des Möglichen ziehen?“

„Aber die Hochzeit morgen, die Gäste . . .“, begann Jhal Arn.

„Gib bekannt, daß Zarth plötzlich krank geworden ist!“ sagte der Herrscher barsch. „Corbulo, Sie bringen ihn ins Gefängnis hinunter, und Sie haften mit Ihrem Leben für ihn!“

Gordons Gedanken wirbelten wild durcheinander. Angenommen, er erzählte ihnen die Wahrheit, die tatsächliche Wahrheit? Angenommen, er erzählte ihnen, daß er bloß dem Leibe nach Zarth Arn sei und in Wirklichkeit John Gordon aus dem 20. Jahrhundert? Sicherlich konnte ihn Zarth Arn nicht tadeln, wenn er sein Gelübde der Geheimhaltung jetzt brach!

Aber würden sie ihm glauben, wenn er es erzählte? Er wußte, sie würden es nicht. Niemand würde diese unwahrscheinliche Geschichte glauben. Zarth Arn hatte seine Methode des Seelentausches geheimgehalten, und niemand hatte auch nur im Traum diese Möglichkeit geahnt; sie würden denken, daß er sich nur mit einer verzweifelten, wirren Lüge zu retten suche.

Gordon ließ die Schultern hängen; er widersprach nicht, sondern ging stumpfsinnig mit Kommandeur Corbulo aus dem Zimmer.

Draußen auf dem Rollband, das sie zu den unteren Stockwerken des Palastes hinuntertrug, wandte sich Corbulo an ihn: „Zarth, ich glaube kein Wort von all diesem Gerede über Verrat von Ihrer Seite. Ich muß Sie einsperren, aber Sie können sich auf mich verlassen, daß ich alles tun werde, um Sie reinzuwaschen."

Die unerwartete Unterstützung des alten Offiziers riß Gordon ein wenig aus seiner verzweifelten Betäubung. „Corbulo, ich schwöre, die ganze Sache ist eine Art abgekartetes Spiel gegen mich! Sicherlich kann doch mein Vater nicht glauben, daß ich das Reich wirklich verraten will."

„Sie wissen so gut wie ich, was für ein heftiges Temperament Arn Abbas hat", sagte der Kommandeur. „Aber sobald er sich beruhigt hat, werde ich ihn schon dazu bewegen, auf die Vernunft zu hören."

Tief unten, unter dem großen Palast kamen sie zu einer massiven Metalltür. Corbulo ließ einen dünnen Strahl aus einem schweren Ring an seinem Finger in ein nadelfeines Loch in der Tür fallen; sie glitt beiseite und enthüllte einen kahlen, kleinen Metallraum. „Dies ist eine Zelle des geheimen Gefängnisses Ihres Vaters, Zarth. Ich dachte niemals, daß ich Sie einmal hier einsperren würde. Aber haben Sie keine Angst. Wir werden unser Bestes tun, um Arn Abbas umzustimmen."

Gordon drückte ihm dankbar die Hand und betrat den Raum. Die schwere Tür schloß sich.

Der Raum hatte nur ein Feldbett mit einer dünnen Matratze als Einrichtung. Zwei Hähne befanden sich in der Wand, der eine für Wasser, der andere für eine Nährflüssigkeit. Wände, Boden und Decke waren aus Metall.

Gordon setzte sich schwerfällig nieder. Zuerst fühlte er sich durch Corbulos Versicherung, ihm zu helfen, ein wenig ermuntert, aber dann verblaßte diese Hoffnung. Wenn auch Corbulo und Jhal an ihn glaubten, wie konnten sie seine Unschuld beweisen? Und der Gedanke, was werden würde, wenn er wirklich des Verrates schuldig war, drängte sich ihm gewaltsam auf. Was nun, wenn Zarth Arn, der echte Zarth Arn, sich in der vergangenen Zeit tatsächlich mit Shorr Kan verschworen hatte?

Gordon schüttelte den Kopf. Nein, ich kann das nicht glauben! sagte er sich. Zarth Arn war ein begeisterter Wissenschaftler, kein Ränkeschmied. Und wenn er auf eine Verschwörung mit der Liga eingegangen wäre, hätte er nicht mit mir seine Seele getauscht.

Aber wenn Zarth Arn an der Intrige unschuldig war, warum hatte dann Shorr Kan ihm die Botschaft geschickt, in der er auf ihre früheren Gespräche hinwies?

Gordon gab es auf. Ich habe keinen festen Grund mehr unter den Füßen, sinnierte er. Ich hätte wissen müssen, daß meine Unwissenheit mich ins Unglück stürzen würde, als ich versuchte, Zarths Rolle zu spielen.

Er dachte voll Jammer an Lianna. Ihr würden sie erzählen müssen, was geschehen war, auch wenn sie es vor jedem anderen verborgen hielten. Würde sie ihn für einen Verräter halten? Diese Möglichkeit brachte Gordon zur Verzweiflung. Lange Zeit verbrachte er in fieberhafter Selbstquälerei, aber schließlich folgte darauf die Teilnahmslosigkeit der Verzweiflung. Nach Stunden erst schlief er endlich ein.

Gordon schätzte, daß es der folgende Abend war, als er erwachte; das Öffnen der Tür hatte ihn geweckt. Er stand auf und starrte ungläubig auf die zwei Gestalten, die nun eintraten.

Die eine war Corbulo, aber die andere, schlankere Gestalt in dunkler Jacke und Hose . . .

„Lianna!" rief Gordon überrascht aus. „Was machst du hier unten?"

Sie kam auf ihn zu, und ihr Gesicht war bleich, aber ihre grauen Augen leuchteten, als sie ihre schmalen Hände auf seine Schultern legte. Ihre Worte überstürzten sich. „Zarth, man erzählte mir alles über die Anschuldigungen deines Vaters. Arn Abbas muß verrückt sein!“

„Du glaubst nicht, daß ich ein Verräter bin, Lianna?“

„Ich weiß, daß du es nicht bist!“ rief sie aus. „Ich erklärte Arn Abbas das, aber er war zu wütend, um auf mich zu hören.“

Gordon fühlte, wie ihn eine Welle leidenschaftlicher Bewegung überkam. „Lianna, es war der Gedanke, was du von mir glauben könntest, der mich am meisten quälte.“

Corbulo trat vor, sein graues Gesicht war ernst. „Sie müssen schnell alles erklären, Prinzessin! Wir müssen in zwanzig Minuten mit Zarth Arn von hier fort sein, wenn wir meinen Plan einhalten wollen.“

„Fort von hier, mit mir?“ wiederholte Gordon. „Sie meinen, Sie werden mich von hier fortbringen?“

Corbulo nickte knapp. „Ja, Zarth, ich hab's mir überlegt und es heute abend der Prinzessin erzählt. Ich werde Ihnen helfen, von Throon zu fliehen.“

Gordon wurde warm ums Herz. „Corbulo, ich erkenne dankbar Ihren Glauben an mich; aber es würde so aussehen, als ob ich davonliefe.“

„Zarth, Sie müssen gehen!“ erklärte Corbulo ihm ernst. „Ich dachte, ich könnte Ihren Vater umstimmen, aber unglücklicherweise wurden in Ihren Gemächern andere belastende Botschaften von Shorr Kan an Sie entdeckt.“

Gordon war bestürzt. „Dann sind es Fälschungen, die mit Absicht dorthin gelegt wurden, um mich zu belasten!“

„Ich glaube das, aber sie haben den wuterfüllten Glauben Ihres Vaters an Ihre Schuld verstärkt“, erklärte Corbulo. „Ich fürchte, daß er in seiner momentanen Wut befehlen könnte, daß Sie als Verräter hingerichtet werden.“ Und der Kommandeur fügte hinzu: „Ich bin nicht bereit, ihn das jetzt tun und es später bereuen zu lassen, wenn Ihre Unschuld erwiesen ist. Sie müssen von Throon fort, bis ich Ihre Unschuld beweisen kann!“

„Wir haben alles genau geplant, Zarth“, meinte Lianna. „Corbulo hat einen leichten Kreuzer der Raumflotte mit vertrauenswürdigen Offizieren, der im Raumhafen wartet. Dieses Schiff wird uns in mein Königreich Fomalhaut bringen; dort werden wir sicher sein, bis Corbulo und dein Bruder beweisen können, daß du unschuldig bist."

Gordon war noch tiefer erstaunt. „Du sagst *wir,* Lianna? Du willst mit mir gehen, einem Flüchtling? Warum?"

Als Antwort legte sie entschlossen ihre warmen Arme um seinen Hals, und ihre weichen Lippen preßten sich in einer süßen, bebenden Berührung auf die seinen. Ihre Stimme war ein heiseres Flüstern: „Das ist der Grund, Zarth!"

Gordon wirbelte der Kopf. „Du meinst, daß du mich liebst? Lianna, ist das wahr?"

„Ich liebe dich seit jener Nacht beim Fest der Monde, als du mich küßtest", flüsterte sie. „Bis dahin konnte ich dich gut leiden, nicht mehr. Aber seitdem bist du irgendwie anders."

Gordons Arme schlossen sich fest um sie. „Dann ist es der andere Zarth Arn, der neue Zarth Arn, den du liebst?"

Sie sah fest zu ihm auf. „Genau so habe ich es gemeint."

Hier, tief in dem geheimen Gefängnis unter dem großen Palast in Throon fühlte Gordon eine wilde, erhebende Freude; sie löschte in seinem Bewußtsein das Wissen um das tödliche Netz aus Gefahr und Intrige aus, in dem er gefangen war. Er selbst war es, wenn auch in dem Körper eines Fremden, der Liannas Liebe gewonnen hatte! Obwohl sie es vielleicht niemals erfahren würde, war es nicht Zarth Arn, den sie liebte, sondern John Gordon!

Der Flug in den Raum

DAS GEHEIMNIS seiner Identität lag Gordon schon auf den Lippen; er wünschte aus ganzer Seele, Lianna zu sagen, daß er nur dem Körper nach Zarth Arn war, aber in Wirklichkeit John Gordon aus einem lange vergangenen Zeitalter. Er konnte es aber nicht tun, er mußte sein Gelöbnis Zarth Arn gegenüber halten. Und schließlich: Was würde es schon nützen, ihr das alles zu erzählen, wenn er sie vielleicht verlassen und in seine eigene Zeit zurückkehren mußte? Konnte irgendeine selbstgewählte Qual schlimmer sein? Gezwungen zu werden, sich durch ein halbes Weltall und zweitausend Jahrhunderte von dem einzigen Mädchen zu trennen, das er je wirklich geliebt hatte?

„Lianna", sagte Gordon heiser, „du darfst nicht mit mir gehen, es ist zu gefährlich!"

Sie sah schnell mit glänzenden Augen zu ihm auf. „Fürchtet eine Tochter der Sternenkönige Gefahr? Nein, Zarth, wir gehen miteinander! Siehst du nicht ein, daß dein Vater nicht imstande sein wird, dich mit Gewalt zurückzuholen, wenn du mit mir in meinem kleinen Königreich Fomalhaut bist? Das Reich braucht zu dringend Verbündete, um mein Volk so schwer zu verbittern!"

Gordons Gedanken arbeiteten wie rasend. Hier mochte vielleicht eine Möglichkeit liegen, zur Erde zu gelangen! Einmal von Throon fort, konnte er unter einem Vorwand Corbulos Leute dazu veranlassen, ihn zuerst zur Erde und zu dem Laboratorium zu bringen; dort konnte er es sicher bewerkstelligen, den Seelentausch mit dem echten Zarth Arn durchzuführen, ohne Lianna wissen zu lassen, was geschah. Und der echte Zarth Arn konnte nach seiner Rückkehr sicherlich seine Unschuld beweisen.

Corbulo unterbrach seine Gedanken, indem er zu ihnen trat; sein strenges Gesicht drückte tiefe Besorgnis aus. „Wir können nicht länger säumen! Die Gänge werden nun leer sein, und das ist die einzige Möglichkeit für uns, von hier fortzukommen."

Lianna ergriff Gordons Hand, sie achtete gar nicht auf den Protest, den er dagegen erhob, daß sie ihn begleiten wollte, sondern zog ihn vorwärts.

Corbulo hatte die massive Schiebetür geöffnet. Die Gänge draußen waren schwach erleuchtet, still und verlassen. „Wir gehen zu einer wenig benutzten Abzweigung der unterirdischen Gänge", erklärte Corbulo ihnen hastig. „Einer meiner vertrauenswürdigsten Offiziere wartet dort."

Sie eilten die Gänge tief unter dem mächtigen Palast von Throon entlang; nicht ein Laut drang von dem Mammutbau über ihnen herab. Diese geheimen Gänge waren schalldicht. Sie trafen auch niemanden. Aber als sie in einen breiteren Gang hinaustraten, ging Corbulo vorsichtig voran. Schließlich kamen sie in einen kleinen Raum, der eine Vorhalle zu einer der unterirdischen Straßen bildete. Ein Wagen wartete hier, und ein Mann in der Uniform der Flotte stand daneben.

„Dies ist Thern Eldred, Kapitän des Raumkreuzers, der Sie in das Königreich Fomalhaut bringen wird", sagte Corbulo rasch. „Sie können ihm vollkommen vertrauen."

Thern Eldred war ein großer Sirier, wovon die schwach grünliche Tönung seines Gesichtes zeugte; er sah wie ein hartgesottener alter Raumsoldat aus, aber seine herben Züge leuchteten auf, als er sich tief vor Gordon und Lianna verneigte. „Prinz Zarth, Prinzessin, ich fühle mich durch Ihr Vertrauen geehrt. Der Kommandeur hat mir alles erklärt. Sie können sich auf mich und meine Männer verlassen, daß wir Sie an jeden Punkt der Milchstraße bringen!"

Gordon zögerte beunruhigt. „Es kommt mir immer noch so vor, als ob ich davonliefe."

Corbulo ließ einen typischen Raumfahrerfluch hören. „Zarth, es ist Ihre einzige Möglichkeit! Wenn Sie fort sind, werde ich Zeit haben, Beweise Ihrer Unschuld beizubringen und Ihren Vater umzustimmen. Wenn Sie dagegen hierbleiben, wird er Sie wahrscheinlich als Verräter erschießen lassen."

Gordon wäre vielleicht trotz der Gefahr geblieben, wäre es nicht um jene Möglichkeit gegangen, die den anderen gänzlich unbekannt war: der Tatsache, daß das seine einzige Chance war, zur Erde zu gelangen und mit dem echten Zarth Arn Verbindung aufzunehmen. Er drückte Corbulos Hand, und Lianna erklärte dem derben Kommandeur freundlich: „Sie riskieren viel für uns, ich werde es Ihnen niemals vergessen."

Sie stiegen in den Wagen ein. Thern Eldred folgte ihnen eilig und berührte einen Hebel. Der Wagen setzte sich jäh mit großer Geschwindigkeit durch die Dunkelheit in Bewegung. Thern Eldred sah gespannt auf seine Uhr. „Alles ist auf die Minute eingeteilt", erklärte er Gordon, „mein Kreuzer, die *Markab,* wartet in einem abgelegenen Dock im Raumhafen. Nach außen hin fliegen wir ab, um uns der Patrouille zum Sagittarius anzuschließen."

„Sie riskieren auch Ihren Hals für uns, Kapitän", sagte Gordon ernst.

Der Sirier lächelte. „Kommandeur Corbulo war wie ein Vater zu mir. Ich konnte sein Vertrauen nicht zurückweisen, als er mich und meine Männer darum bat."

Der Wagen verlangsamte sein Tempo und hielt in einem kleinen Raum, in dem zwei mit Atompistolen bewaffnete Offiziere der Flotte warteten; sie grüßten, als Gordon und Lianna ausstiegen. Thern Eldred folgte schnell und ging über eine gleitende Rampe voran.

„Nun schlagen Sie Ihre Mantelkragen um Ihre Gesichter, bis wir an Bord der *Markab* sind", forderte er sie auf. „Danach brauchen Sie nichts mehr zu befürchten."

Sie kamen in einem Winkel des Raumhafens ins Freie. Es war Nacht, zwei goldene Monde hingen am strahlenden Sternenhimmel und warfen ein warmes Licht herab, in dem die Schiffe, Kräne und Maschinen matt glänzten. Turmhoch über den Docks leuchteten in der Ferne die schwarzen Rümpfe der mächtigen Schlachtschiffe erster Klasse und ließen alles andere zwergenhaft erscheinen. Als sie mit Thern Eldred an einem Schlachtschiff entlanggingen, konnte Gordon einen flüchtigen Blick auf die gewaltigen Geschützrohre seiner schweren Atombatterien werfen, die sich als Silhouette von dem Sternenhimmel abhoben.

Der Sirier gab ihnen ein Zeichen und hielt sie plötzlich zurück, als ein Trupp lärmender Raumschiffleute vorüberschwankte.

Als Gordon dort so im Dunkeln stand, fühlte er den Druck von Liannas Fingern auf seiner Hand. Sie lächelte ihn in dem trüben Licht unerschrocken an.

Dann trieb Thern Eldred sie zur Eile. „Wir müssen uns beeilen!" sagte er schweißgebadet. „Wir sind nach unserem Zeitplan schon zu spät dran!"

Der schwarze, fischähnliche Rumpf der *Markab* erhob sich im Mondlicht vor ihnen. Lichter glitzerten aus den kleinen Luken, und das gleichmäßige Hämmern des Motors erklang vom Heck des Kreuzers. Sie folgten dem Sirier und seinen beiden Offizieren den schmalen Laufsteg zu einer Tür hinauf, die an der Seite des Schiffes wartend offenstand.

Aber plötzlich wurde die Stille jäh unterbrochen. Lautsprecher brüllten über den Raumhafen einen lauten Sirenenalarm. Dann schrie die heisere, erregte Stimme eines Mannes aus den Lautsprechern. „Generalalarm für das gesamte Personal der Raumflotte! Arn Abbas ist soeben Opfer eines Attentats geworden!"

Gordon erstarrte und faßte nach Liannas Hand, als sie auf dem Laufsteg stehenblieben.

Die Stimme schrie weiter: „Ergreift Prinz Zarth Arn, wo immer er angetroffen wird! Er ist sofort zu verhaften!"

„Mein Gott!" schrie Gordon. „Arn Abbas ermordet – und man denkt, daß ich die Tat verübt habe und entkommen bin!"

Der gesamte riesige Raumhafen war alarmiert und erwachte, während die Stimme ihre erregende Nachricht immer wieder über hundert Lautsprecher rief. Sirenen heulten, Männer schrien und liefen umher.

Weit im Süden, über den fernen Türmen der Stadt Throon schossen leuchtende Flieger in den Nachthimmel hinauf und rasten in alle Richtungen über das Firmament.

Thern Eldred versuchte, den erstarrten Gordon und Lianna über den Laufsteg hinaufzubringen. „Sie müssen sich beeilen, Hoheit", rief der Sirier, „Ihre einzige Möglichkeit ist, sofort abzufliegen!"

„Fortlaufen und sie denken lassen, ich hätte Arn Abbas ermordet?" rief Gordon entsetzt. „Nein, wir gehen zum Palast zurück!"

Lianna, mit blassem Gesicht, unterstützte ihn sofort. „Du mußt umkehren, Arn Abbas' Ermordung wird das ganze Reich erschüttern!"

Gordon hatte sich mit ihr umgedreht und schickte sich an, den Laufsteg wieder hinabzugehen. Aber Thern Eldred, dessen Gesicht einen harten, gespannten Ausdruck trug, riß plötzlich eine kleine, gläserne Waffe heraus und hob sie. Es war ein kurzer Glasstab, an dessen Ende eine gläserne Gabel mit zwei Metallspitzen befestigt war. Er richtete das Instrument auf Gordons Gesicht.

„Zarth, es ist ein Paralysator, gib acht!" rief Lianna, die im Gegensatz zu Gordon die Gefährlichkeit der Waffe kannte.

Die Spitzen der gläsernen Gabel berührten Gordons Kinn. Ein Blitz schien mit einem lähmenden Schock durch sein Gehirn zu zucken. Er fühlte noch, wie seine Muskeln erstarrten, so daß er niederfiel, dann schwand sein Bewußtsein. Dumpf hörte er Liannas Stimme und glaubte zu fühlen, daß sie gegen ihn taumelte, dann herrschte nur noch Dunkelheit in Gordons Sinnen.

In dieser Dunkelheit schien er unendliche Zeiten zu schweben, ehe schließlich ein Licht zu dämmern begann. Er fühlte, daß sein Körper schmerzhaft prickelte, als das Leben wiederkehrte. Er lag auf einer harten, ebenen Fläche; in seinen Ohren war ein gleichmäßig dröhnender Ton.

Gordon öffnete schmerzerfüllt die Augen und fand sich in einer Koje einer Metallkabine, einem schwach erleuchteten Raum mit nur wenigen Einrichtungsgegenständen.

Lianna lag mit einem Gesicht, aus dem alle Farbe gewichen war, in einer anderen Koje, ihre Augen waren geschlossen. Durch ein kleines, lukenähnliches Fenster sah er einen Himmel mit leuchtenden Sternen.

Dann erkannte Gordon: Das Dröhnen war das Hämmern der machtvollen Atomturbinen und Antriebsgeneratoren des Sternenschiffes.

Mein Gott, wir sind im Raum, dachte er; Thern Eldred betäubte uns und brachte uns . . .

Sie waren in der *Markab*, und nach dem hohen Dröhnen ihrer Antriebsgeneratoren zu urteilen, flog der leichte Kreuzer mit äußerster Geschwindigkeit durch den galaktischen Raum.

Lianna bewegte sich unruhig. Gordon erhob sich taumelnd und trat an ihre Seite. Er rieb ihre Handgelenke und ihr Gesicht, bis ihre Augen sich öffneten. Sofort, mit dem ersten Blick, wurde das Mädchen sich der Lage bewußt. Die Erinnerung kehrte wieder.

„Dein Vater ist ermordet worden!" rief Lianna Gordon zu. „Und sie denken in Throon, daß du es getan hast!"

Gordon nickte bedrückt. „Wir müssen zurück. Wir müssen Thern Eldred veranlassen, uns zurückzubringen."

Gordon stolperte zur Tür der Kabine; sie wollte nicht aufgehen, als er sie zu öffnen versuchte: Sie waren eingesperrt. Liannas Stimme ließ ihn sich umdrehen. Das Mädchen stand an der Luke und sah hinaus. Das Gesicht, das sie ihm zuwandte, war sehr bleich. „Zarth, komm her!"

Er trat an ihre Seite; ihre Kabine befand sich nahe am Bug des Kreuzers, und die Krümmung der Wand erlaubte ihnen, beinahe geradeaus in das Sternengewölbe zu blicken, in das die *Markab* hineinschoß.

„Sie bringen uns nicht ins Königreich Fomalhaut!" rief Lianna aus. „Thern Elred hat uns betrogen!"

Gordon starrte in das blitzende Gewirr der Sterne, das sich

am Himmel vor ihnen ausbreitete. „Was soll das bedeuten? Wohin entführt uns Thern Eldred?" fragte er.

„Blicke einmal vom Orion-Nebel aus nach Westen, gerade vor uns in der Ferne!" forderte Lianna ihn auf.

Gordon blickte in die von ihr angedeutete Richtung durch das runde Fenster. Er sah weit voraus in der sternerfüllten Wildnis vor dem dahinrasenden Schiff einen kleinen schwarzen Fleck am Himmel. Einen dunklen, drohenden Fleck, der einen Teil des Sternenfirmaments verschlungen zu haben schien.

Er wußte sofort, was das war: die Dunkelwolke! Das ferne, geheimnisvolle Reich des Halbdunkels, innerhalb dessen die Sterne und Planeten der Liga der Dunkelwelten lagen, deren Herrscher Shorr Kan war und die Krieg und Eroberung der übrigen Milchstraße plante.

„Sie bringen uns in die Wolke!" rief Lianna. „Zarth, dies ist Shorr Kans Anschlag!"

Galaktische Verschwörung

Die Wahrheit blitzte in Gordon auf: Alles, was mit ihm geschehen war, seit er die Person Zarth Arns verkörperte, war durch die listige Planung jenes Meisterintriganten angestiftet worden, der über das Wolkenreich herrschte. Shorr Kans Komplott war darauf aus, ihn in den Konflikt hineinzuziehen, der sich zwischen den riesigen Reichen der Milchstraße zusammenbraute. Dies geschah durch zahlreiche geheime Agenten, und einer dieser Agenten des mächtigen Herrn der Dunkelwelten mußte Thern Eldred sein!

„Beim Himmel, ich sehe es jetzt klar!" rief Gordon dem bestürzten Mädchen zu. „Thern Eldred arbeitet für die Liga der Dunkelwelten und hat Kommandeur Corbulo betrogen!"

„Aber warum sollten sie das tun, Zarth? Warum dir den Mord an deinem eigenen Vater in die Schuhe schieben?"

„Um mich so hoffnungslos zu belasten, daß ich nie mehr nach Throon zurückkehren kann!" knirschte Gordon.

Lianna erbleichte, aber sie sah ruhig zu ihm auf. „Was wird im Wolkenreich mit uns geschehen, Zarth?" fragte sie.

Gordon fühlte eine tödliche Angst um sie. Es war seine Schuld, daß sie in Todesgefahr schwebte. Sie hatte versucht, ihm zu helfen, und hatte sich dabei dieser Gefahr ausgesetzt. „Lianna, ich wußte ja, daß du nicht mit mir hättest kommen sollen. Wenn dir etwas geschieht . . ."

Er hielt inne und fuhr herum, da die Tür aufging. Thern Eldred erschien. Beim Anblick des großen Siriers, der ruhig dastand und sie mit einem zynischen Lächeln auf seinem fahlgrünen Gesicht betrachtete, stürzte Gordon in einem heißen Wutanfall auf ihn los.

Thern Eldred zog schnell eine der kleinen Glaswaffen aus seiner Jacke. „Beachten Sie bitte diesen Paralysator in meiner Hand", riet er ihm trocken. „Wenn Sie nicht noch mehr Zeit bewußtlos verbringen wollen, halten Sie sich zurück."

„Sie Verräter!" tobte Gordon. „Sie haben Ihre Farben und Ihr Reich verraten."

Thern Eldred nickte ruhig. „Ich bin seit Jahren einer von Shorr Kans vertrautesten Agenten. Ich hoffe seinen wärmsten Dank zu erhalten, wenn wir Thallarna erreichen."

„Thallarna? Die geheimnisvolle Hauptstadt der Liga?" fragte Lianna. „Dann fliegen wir also tatsächlich ins Wolkenreich?"

Der Sirier nickte. „Wir werden es in vier Tagen erreichen. Da ich den Patrouillenplan der Reichsflotte kenne, bin ich glücklicherweise imstande, einem Kurs zu folgen, der unliebsame Begegnungen verhütet."

„Dann wurde also Arn Abbas von euch Ligaspionen ermordet? Sie wußten, daß es geschehen würde! Das ist der Grund, warum Sie in solcher Eile waren, uns wegzubringen!"

Der Sirier lächelte kühl. „Natürlich; ich arbeite ja nach einem Plan, der genau nach Bruchteilen von Sekunden abläuft. Es mußte so aussehen, als ob Sie Ihren Vater ermordeten und dann flohen. Wir haben es knapp geschafft."

Gordon tobte. „Beim Himmel, Sie sind noch nicht im Wolkenreich. Corbulo weiß, daß ich diesen Mord nicht verübte; er wird sich zwei und zwei zusammenreimen und losfliegen, um Ihrer Spur zu folgen!"

Thern Eldred starrte ihn sprachlos an, dann warf er seinen Kopf in einem brüllenden Gelächter zurück. Er lachte, bis er sich seine Augen wischen mußte. „Verzeihen Sie, Prinz Zarth, aber das ist das Köstlichste, das Sie je gesagt haben!" gluckste er. „Corbulo mich verfolgen? Ja, haben Sie denn noch nicht geahnt, daß Corbulo diese ganze Sache plante?"

„Sie sind ja verrückt!" rief Gordon aus. „Corbulo ist der Beamte des Reichs, dem am meisten Vertrauen geschenkt wird."

Thern Eldred nickte. „Ja, aber eben bloß ein Beamter, bloß Kommandeur der Flotte. Er hat ehrgeizige Pläne, die über diesen Posten hinausgehen, er hegt sie seit langem. In den letzten Jahren haben er und zahlreiche andere von uns Offizieren heimlich für Shorr Kan gearbeitet." Die Augen des Siriers glühten. „Shorr Kan hat versprochen, daß jeder von uns, wenn das Reich zerschlagen ist, ein eigenes Sternenkönigreich beherrschen soll, und Corbulo soll das größte erhalten."

Gordons wütende Ungläubigkeit verging vor dem Klang der Wahrheit in der Stimme des Siriers. Schreckerfüllt wurde Gordon klar, daß es vielleicht wirklich so war: Chan Corbulo, Kommandeur der großen Reichsflotte, konnte nach all dem, was er nun wußte, ein Verräter sein. Beweise, die in diese Richtung deuteten, kamen Gordon schnell in den Sinn. Warum sonst hatte Corbulo seine Pflicht verletzt und ihm zur Flucht verholfen? Warum gerade in dem Augenblick, als Arn Abbas' Ermordung drohte?

Thern Eldred las Gordon etwas von dem, was in seinen Gedanken vorging, vom Gesicht ab. Und der Sirier lachte wiederum. „Beginnen Sie sich nun klarzuwerden, was für ein Tölpel Sie gewesen sind? Ja, es war Corbulo selbst, der Arn Abbas letzte Nacht niederschoß! Und Corbulo wird schwören, daß er sah, wie die Tat von Ihnen verübt wurde!"

Lianna war blaß und ungläubig. „Aber warum? Warum Zarth belasten?"

„Weil es", grinste der Sirier, „der wirkungsvollste Weg ist, das Reich zu spalten und es dem Angriff der Liga zu öffnen. Und es gibt noch einen anderen Grund, den Shorr Kan Ihnen erklären wird."

Die Bosheit und der Triumph in Thern Eldreds Augen brachten die Wut zum Ausbruch, die sich in John Gordons Herz angesammelt hatte. Er stürzte vor, ohne auf Thern Eldreds warnenden Ruf zu achten, und brachte es durch eine schnelle Wendung seines Körpers fertig, dem Glasparalysator, den der andere auf ihn richtete, auszuweichen. Seine Faust traf den Sirier ins Gesicht.

Thern Eldred hatte, als er nach hinten taumelte, Gordon wie einen springenden Panther über sich. Aber der Sirier hielt seine Waffe fest, und ehe Gordon seine Absicht gelang, sie ihm zu entringen, stach Thern Eldred verzweifelt damit wieder zu. Die Gabel am Ende des Glasstabes berührte Gordons Nacken. Ein Schock, der ihn erstarren ließ, schoß wie ein Blitz durch seinen Körper, und er fühlte seine Sinne in Dunkelheit versinken.

Als Gordon zum zweitenmal zu Bewußtsein kam, lag er wieder in einer der Kojen. Diesmal war der Schmerz in seinem Körper, der ihn frösteln machte, noch stärker. Aber Lianna saß neben ihm und sah besorgt auf ihn nieder. Ihre Augen leuchteten auf, als er die seinen öffnete.

„Zarth, du bist länger als einen Tag bewußtlos gewesen! Ich fing schon an, mir Sorgen zu machen."

„Ich . . . bin . . . wieder bei mir", murmelte er und versuchte sich aufzusetzen, aber ihre kleinen Hände zwangen ihn aufs Lager zurück.

„Tu's nicht, Zarth. Du mußt ruhen, bis deine Nerven sich von dem Elektroschock erholt haben."

Er blickte auf die Fensterluke. Der Anblick der leuchtenden Sterne draußen schien unverändert. Er konnte mit flüchtigem Blick den schwarzen Fleck der Wolke sehen, die in dem fernen Sonnenmeer nur ein wenig größer geworden zu sein schien.

Lianna folgte seinem Blick. „Wir fliegen mit schrecklich hoher Geschwindigkeit, aber es wird immer noch ein paar Tage dauern, ehe wir die Wolke erreichen. In dieser Zeit könnten wir einer Reichspatrouille begegnen."

Gordon stöhnte. „Lianna, darauf brauchen wir nicht zu hoffen. Dies ist ja selbst ein Reichskreuzer, der jede Kontrolle passieren kann. Und wenn Corbulo wirklich der Anführer bei diesem Verrat ist, wird er seine Patrouillen sicherlich so eingeteilt haben, daß dieses Schiff ungesehen durchfliegen kann."

„Ich habe darüber immer wieder nachgedacht und kann es immer noch kaum glauben", sagte Lianna. „Corbulo ein Verräter! Es klingt phantastisch! Und doch . . ."

Gordon selbst zweifelte nicht länger. Der Beweis war überwältigend. „Es gibt Männer, die jedes Vertrauen mißbrauchen, wenn sie der Ehrgeiz treibt, und Corbulo ist ehrgeizig", murmelte er. Dann, als er weiter nachdachte, rief er schreckerfüllt: „Gott, dies bedeutet ja, daß der Kommandeur der Streitkräfte des Reichs die Verteidigung sabotieren wird, wenn die Liga es angreift!" Er erhob sich trotz Liannas Einwendungen mühsam aus seiner Koje. „Wenn wir bloß eine Nachricht nach Throon gelangen lassen könnten! Das würde wenigstens bewirken, daß Jhal Arn auf der Hut ist!"

Lianna schüttelte traurig ihren aschblonden Kopf. „Ich fürchte, dazu wird es keine Gelegenheit geben, wenn wir erst einmal als Gefangene im Wolkenreich sind. Shorr Kan wird uns kaum wieder gehen lassen."

In den folgenden Stunden wirbelte dies alles in einem verwirrenden Chaos von bekannten und unbekannten Faktoren durch Gordons Kopf. Doch ein paar Dinge zeichneten sich klar ab: Alle in diesem Universum dachten, daß er Zarth Arn war, und so glaubte man auch von ihm, daß er das Geheimnis des Disruptors kenne, dieser Geheimwaffe, die bloß Arn Abbas und seinen Söhnen bekannt war. Das war der Grund, warum Corbulo die Machenschaften riskiert hatte, die nun ihn und Lianna als Gefangene ins Wolkenreich brachten! Wenn Shorr Kan einmal diese geheime und geheimnisvolle Waffe besaß, würde er nichts mehr vom Reich zu fürchten haben; denn dessen Flotte wurde ja von einem seiner Vertrauten befehligt. Er würde dann sofort angreifen!

Die *Markab* flog dröhnend weiter. Als die Schiffsglocken den Abend des nach freiem Ermessen festgesetzten Tages verkündeten, hatte sich der Anblick des Sternenfirmaments verändert. Der Orion-Nebel flammte nun in all seiner titanischen Pracht ferne im Osten. Geradeaus vor ihnen, im Verhältnis zu den abgelegensten Sonnen der Milchstraße noch weit in der Ferne, breitete sich drohend der schwarze Fleck der Wolke aus; sie war sichtlich größer als zuvor, und ihre riesigen Ausmaße wurden nun klarer erkennbar.

Weder Thern Eldred noch einer von seinen Offizieren und Mannschaften betrat die Kabine. Es gab keine Gelegenheit zu einem zweiten Angriff. Und nachdem Gordon vergeblich den Raum durchsucht hatte, gab er enttäuscht zu, daß nichts darin enthalten war, das eine Flucht ermöglichen könnte. Die quälende Sorge um Liannas Sicherheit vertiefte sich in ihm. Er machte sich wieder Vorwürfe, daß er es zugelassen hatte, daß sie ihn auf dieser Flucht begleitete.

Aber sie schien keine Angst zu haben, als sie zu ihm aufsah. „Zarth, wenigstens sind wir für eine kleine Weile beisammen. Es wird vielleicht das einzige Glück sein, das uns noch beschieden ist."

Gordon fühlte, wie seine Arme sich ganz unbewußt ausstreckten, um ihr glänzendes Haar zu streicheln; aber er hielt sich mit Gewalt zurück. „Lianna, es wäre besser, wenn du etwas schlafen würdest", sagte er bekümmert.

Lianna sah ihn mit einem verwunderten kleinen Lächeln an. „Warum denn, Zarth, was ist los?"

Gordon hatte niemals in seinem Leben etwas so sehr gewünscht, wie sie an sich zu ziehen. Aber wenn er das nun tat, wäre es der übelste Verrat. Verrat an Zarth Arn, der seinen Körper und sein Leben Gordons Versprechen anvertraut hatte! Ja, und auch an Lianna selbst wäre es Verrat. Denn wenn er jemals imstande wäre, das Laboratorium auf der Erde zu erreichen, würde es der echte Zarth Arn sein, der zu ihr zurückkehrte – Zarth Arn, der Murn liebte und nicht Lianna.

Das wird niemals geschehen, flüsterte eine leise Stimme in Gordons Herzen, die ihn in Versuchung führte. Du und sie, ihr werdet doch nie aus dem Wolkenreich entkommen. Nimm dir doch an Glück, soviel du kannst und solange du noch kannst!

Gordon kämpfte diese einschmeichelnde Stimme verzweifelt nieder. Er sprach mit heiserer Stimme zu dem verwunderten Mädchen: „Lianna, du und ich, wir werden all das, was von Liebe gesprochen wurde, vergessen müssen."

Sie schien aufs höchste erstaunt und betroffen zu sein und konnte es nicht glauben. „Aber Zarth, in Throon an jenem Morgen erklärtest du mir, daß du mich liebst?"

Gordon nickte kläglich. „Ich weiß es. Ich wünsche bei Gott, ich hätte es nicht getan, es war falsch."

Liannas Blick umwölkte sich. „Du meinst also, daß du nach all dem immer noch Murn liebst?"

Gordon zwang sich, darauf mit einer gewaltsamen, verzweifelten Entschlossenheit zu antworten. Er sprach das aus, was, wie er wußte, die Wahrheit darstellte. „Zarth Arn liebt Murn noch immer, Lianna, das mußt du wissen!"

Die Ungläubigkeit in Liannas blassem Gesicht wich einer Verletztheit tief in ihren grauen Augen.

Gordon hatte stürmischen Unwillen, Zorn und bitteren Vorwurf erwartet. Er hatte sich dagegen gewappnet. Aber diese tiefe, wortlose Verletztheit kam unerwartet und war zuviel für ihn.

Zum Teufel mit meinem Versprechen! sagte er sich leidenschaftlich, Zarth Arn würde mich nicht für gebunden halten, wenn er die Lage kennen würde – er könnte es nicht.

Und Gordon trat vor und ergriff die Hand des Mädchens. „Lianna, ich werde dir die volle Wahrheit sagen. Zarth Arn liebt dich nicht – aber *ich* liebe dich!" Er redete hastig weiter. „Ich bin nicht Zarth Arn. Ich bin ein vollkommen anderer Mann in Zarth Arns Körper. Ich weiß, es klingt unglaubwürdig, aber . . ."

Seine Stimme versagte, denn er las in Liannas Gesicht sofort ihren Unglauben und ihren Hohn.

„Keine weiteren Lügen, Zarth!" brauste sie auf.

„Und ich sage dir, es ist doch wahr", beharrte er. „Dies ist Zarth Arns Leib, ja, aber ich bin ein anderer Mann!"

Gordon erkannte an dem Ausdruck in ihrem Gesicht, daß sein Versuch mißlungen war; es war klar, daß sie ihm nicht glaubte und niemals glauben würde. Wie konnte er auch erwarten, daß sie es glaubte? Wenn die Lage umgekehrt wäre, hätte dann er einer solch absurden Behauptung Glauben geschenkt? Er wußte, daß er es nicht getan hätte.

Niemand in diesem Weltall würde es glauben, nun, da Vel Quen tot war. Denn nur Vel Quen hatte von Zarth Arns phantastischen Experimenten gewußt.

Lianna sah ihn an, ihre Augen waren nun ruhig und gleichgültig, und keine Spur von Bewegung war mehr auf ihrem Gesicht. „Du hast es nicht nötig, deine Handlungsweise durch phantastische Geschichten von einer Doppelpersönlichkeit zu erklären, ich verstehe sie nur zu klar. Du tatest einfach das, was du als deine Pflicht gegen das Reich erachtet hast. Du fürchtetest, daß ich im letzten Moment die Heirat ablehnen würde. So täuschtest du Liebe für mich vor, um meiner und der Unterstützung von Fomalhaut sicher zu sein."

„Lianna, ich schwöre dir, es ist nicht so", stöhnte er, „aber wenn du mir nicht zutraust, daß ich die Wahrheit sage . . ."

Sie achtete gar nicht auf seine Unterbrechung. „Du hättest das nicht zu tun brauchen, Zarth. Ich hätte nicht daran gedacht, die Heirat abzulehnen, da ich wußte, wieviel davon abhing, daß mein Königreich das Reich unterstützt. Aber nun besteht keine Notwendigkeit mehr für diplomatische Listen. Ich werde mein Versprechen halten, und ebenso wird es mein Königreich tun. Ich werde dich heiraten, aber unsere Ehe wird nur eine politische Formalität sein, wie wir zuerst vereinbarten."

Gordon wollte schon protestieren, aber dann hielt er inne. Schließlich war der Lauf der Dinge, den sie vorschlug, der einzige, den er einhalten konnte. Wenn der echte Zarth Arn je zurückkehrte, konnte ja seine Ehe mit Lianna nicht mehr als eine politische Angelegenheit sein.

„Ganz recht, Lianna", sagte Gordon niedergeschlagen. „Ich wiederhole, daß ich dich niemals belog. Aber das alles ändert jetzt ohnehin nicht mehr viel." Er wies, während er sprach, auf die Luke. Da draußen im sternenschimmernden Raum vor dem dahinrasenden Kreuzer leuchtete das Riesengebilde der Wolke immer größer und näher.

Lianna nickte ruhig. „Wir haben nicht viel Aussicht, Shorr Kans Klauen zu entrinnen. Aber wenn sich eine Möglichkeit ergibt, wirst du mich als Verbündete haben. Unsere persönlichen Gefühle bedeuten wenig im Vergleich zu der dringenden Notwendigkeit, ins Reich mit einer Warnung zurückzukehren."

Gordon sah in den folgenden Stunden immer geringere Chancen hierfür. Denn nun raste die *Markab* mit aufs höchste gesteigerter Geschwindigkeit immer näher auf die Wolke zu.

In der Nacht, als die Schiffslichter abgeblendet wurden, lag er in seiner Koje und dachte, daß mit ihm von allen Männern der Geschichte der übelste Scherz getrieben wurde. Das Mädchen neben ihm in der Kabine liebte ihn, und er liebte es, und dennoch würde vielleicht bald ein ungeheurer Abgrund von Raum und Zeit sie für immer voneinander trennen, und Lianna würde ihn für alle Zeit für treulos halten.

In der Dunkelwolke

AM NÄCHSTEN Morgen erwachten sie und sahen die Wolke nun riesengroß vor sich liegen. Ihre ausgedehnte Fläche zog sich düster über das halbe Firmament, ein beunruhigendes Dunkel mit zerfransten, bedrohlichen Schattenarmen wie ein Tintenfisch, dessen dunkle Fangarme nach der ganzen Milchstraße griffen.

Und die *Markab* wurde nun von vier schweren schwarzen Schlachtschiffen durch den Raum geleitet, die an ihrem Bug die schwarze Scheibe, das Abzeichen der Liga der Dunkelwelten, trugen. Die Schlachtschiffe waren sehr nahe und hielten so genau die gleiche Geschwindigkeit ein, daß sie klar zu erkennen waren.

„Wir hätten wissen können, daß Shorr Kan eine Eskorte senden würde", murmelte Lianna. Sie blickte Gordon an. „Er denkt, daß er mit deiner Person das Geheimnis des Disruptors schon fast in Händen hat."

„Lianna, wegen *einer* Sache kannst du ganz beruhigt sein", erklärte Gordon, „er wird dieses Geheimnis nie von mir erfahren."

„Ich weiß, du bist kein Verräter am Reich", sagte sie traurig, „aber man sagt von den Wissenschaftlern der Liga, daß sie Meister in subtilen Torturen sind. Sie können dir das Geheimnis mit Gewalt entreißen."

Gordon lachte kurz auf. „Sie werden das nicht tun. Shorr Kan wird entdecken, daß er sich böse verrechnet hat."

Immer näher flogen die fünf Schiffe auf die Wolke zu. Das ganze Universum vor ihnen war nun wie eine schwarze, wirbelnde Dunkelheit. Dann tauchte das Geschwader in geschlossener Formation in die Wolke ein.

Dunkelheit wogte um das Schiff. Nicht völlige Finsternis, sondern ein düsterer, schattenhafter Nebel, der nach dem strahlenden Schein des offenen Raumes beklemmend erschien. Gordon bemerkte, daß der kosmische Staub, aus dem sich die Wolke zusammensetzte, nicht so dicht war, wie er gedacht hatte. Ihre riesige Ausdehnung ließ sie von außen als eine

undurchdringliche Finsternis erscheinen, aber da sie nun innerhalb der Wolke waren, schienen sie durch einen unendlichen, ununterbrochenen Nebel zu fliegen.

Es gab hier drinnen Sterne, Sonnen, die erst aus einigen Parsec Entfernung sichtbar waren; sie leuchteten gleich gedämpften Signalfeuern bleich durch den Nebel wie unheimliche Zaubersterne.

Die *Markab* und ihr Geleit flogen verhältnismäßig nahe an einigen dieser Sternensysteme vorbei. Gordon erblickte flüchtig Planeten, die in der schwachen Glut matter Sonnen kreisten, Welten, die von immerwährendem Zwielicht überschattet wurden. Gelenkt durch Radarstrahlen, tauchten die Schiffe tiefer und tiefer in die Wolke, doch die Abnahme der Geschwindigkeit begann erst am nächsten Tag.

„Wir müssen schon recht nahe am Ziel sein", bemerkte Gordon düster zu dem Mädchen.

Lianna nickte und wies geradeaus durch das Fenster. Weit vorn in dem schattenhaften Nebel leuchtete eine mattrote Sonne. „Thallarna", murmelte sie, „die Hauptstadt der Liga der Dunkelwelten und die Zitadelle von Shorr Kan."

Gordons Nerven waren aufs äußerste angespannt, als die folgenden Stunden sie unter starker Geschwindigkeitsabnahme ihrem Bestimmungsort näher brachten. Meteorhagel prallte von den Schiffen ab, die oft abdrehten und ihren Kurs änderten. Man hörte alle Augenblicke das schrille Heulen der Meteor-Alarme, wenn schartige Blöcke auf sie zustürzten, die dann in den automatisch vom Schiff ausgehenden Atomenergie-Abwehrstößen vergingen. Ein drohendes grünes Leuchten, das man einst Nebulium genannt hatte, säumte diese stürmischen, dichteren Regionen. Aber jedesmal, wenn sie in dünneren Nebel hinauskamen, glühte die mattrote Sonne von Thallarna größer vor ihnen auf.

„Das Sternensystem von Thallarna wurde nicht ohne Grund zum Regierungszentrum gewählt", sagte Lianna. „Eindringlinge würden sich großen Gefahren aussetzen, wenn sie sich auf der Fahrt dahin durch diesen stürmischen Irrgarten durchwinden müßten."

Gordon hatte ein unheildrohendes Gefühl beim Anblick der roten Sonne, als das Schiff nun auf sie einbog. Alt, rauchfarben und matt rötlich war sie hier im Herzen der riesigen düsteren Wolke, wie ein böses, beobachtendes Auge.

Und der einzelne sie umkreisende Planet, der Planet Thallarna, war gleichfalls düster. Fremdartig weiße Ebenen und weiße Wälder von schimmligem Aussehen bedeckten einen großen Teil davon. Ein tintenfarbener Ozean schlug schwärzliche Wogen und warf das blutrote Licht der Sonne unheimlich zurück.

Die Kriegsschiffe senkten sich nun durch die Atmosphäre auf eine riesige Stadt hinab; sie war dunkel und massig, ihre gigantischen, blockähnlichen Gebäude lagen in einer grob geometrischen Symmetrie beisammen.

Lianna stieß einen Schrei aus und wies auf die riesigen Reihen von Docks außerhalb der Stadt. Gordons ungläubige Augen erfaßten ein Bild, das einem riesigen Bienenschwarm in emsigster Tätigkeit glich. Tausende von Kriegsschiffen lagen in langen Reihen vor Anker, und überall war rege Bewegung von Kränen, Beförderungsmitteln und Mannschaften.

„Shorr Kans Flotte macht sich in der Tat bereit", sagte sie. „Und dies hier ist ja nur eine ihrer Flottenbasen. Die Liga ist weit stärker, als wir es uns träumen ließen!"

Gordon kämpfte gegen die Angst, die ihn kalt überlief. „Aber Jhal Arn wird auch die ganzen Streitkräfte des Reiches zusammenrufen. Und er hat den Disruptor. Wenn Corbulo nur an weiterem Verrat gehindert werden könnte."

Die Schiffe trennten sich; die vier begleitenden Schlachtschiffe blieben oben, während die *Markab* auf einen gewaltigen, würfelförmigen schwarzen Bau hinunterglitt. Der Kreuzer landete in einem riesigen Hof. Sie erblickten flüchtig Soldaten, die darauf zuliefen – Männer aus dem Wolkenreich, bleichgesichtige Leute in dunklen Uniformen.

Es dauerte einige Minuten, ehe die Tür ihrer eigenen Kabine sich öffnete. Thern Eldred stand mit zwei wachsamen Offizieren der Liga auf der Schwelle. „Wir sind angekommen, und ich erfahre soeben, daß Shorr Kan Sie sofort zu sehen wünscht", erklärte der Verräter vom Sirius Gordon. „Ich bitte Sie, keinen Widerstand zu leisten, der völlig unnütz und sinnlos wäre."

Gordon hatte zweimal die Erfahrung mit dem Paralysator gemacht und war von der Sinnlosigkeit weiteren Widerstands überzeugt. Er stand da – Liannas Hand lag auf seiner –, und er nickte knapp. „Gut! Je eher wir dies hinter uns haben, um so besser."

Sie traten aus dem Schiff heraus, und ihre Schwerkraft-Ausgleicher verhinderten, daß sie einen Unterschied in der Schwerkraft fühlten. Draußen fror es, und diese bedrückende Eigenschaft ihrer Umwelt wurde noch verstärkt durch die trübe Düsternis, die sich verdichtete, als die blutrote Sonne unterging.

Kalt und finster, immer durch den Nebel in Schatten gehüllt, schien Gordon diese Welt im Herzen der Wolke gerade der passende Ort zu sein, eine Verschwörung zur Aufspaltung der Milchstraße auszuhecken.

„Dies ist Durk Undis, ein hoher Offizier der Liga", sagte der Sirier. „Durk, dies sind Prinz Zarth Arn und Prinzessin Lianna."

Durk Undis, der Offizier der Liga, war ein junger Mann. Aber obwohl er gut aussah, trugen sein bleiches Gesicht und die tiefliegenden Augen einen Ausdruck von Fanatismus. Er verbeugte sich vor Gordon und der Prinzessin und wies auf eine Tür. „Unser Kommandeur wartet", sagte er knapp.

Gordon sah das Aufblitzen des Triumphs in seinen Augen und in den starren Gesichtern der anderen Wolkenmänner, an denen sie vorbeigingen. Er wußte, daß sie über diese Gefangennahme eines Mitglieds der königlichen Familie des Reiches und über die Vernichtung des mächtigen Arn Abbas hoch erfreut sein mußten.

„Diese Rampe, bitte", meinte Durk Undis, als sie das Gebäude betraten. Er konnte es sich nicht versagen, zu Gordon gewendet stolz hinzuzufügen: „Sie sind ohne Zweifel über unsere Hauptstadt erstaunt? Wir haben keinen unnützen Luxus hier."

Spartanische Einfachheit und strenge Kahlheit herrschten in den düsteren Hallen des großen Gebäudes; hier war wirklich nichts von dem Luxus und der Pracht des großen Palastes in Throon zu finden. Aber Uniformen waren überall. Dies war das Zentrum eines Militärstaates.

Sie kamen zu einem massiven Tor, das durch zahlreiche muskulöse Wolkenmänner bewacht wurde, die mit Atomgewehren bewaffnet waren; sie traten beiseite, und das Tor öffnete sich.

Durk Undis und der Sirier schritten auf beiden Seiten von Gordon und Lianna in einen abgeschlossenen Raum, der noch nüchterner war als das übrige Gebäude.

Ein einzelner Schreibtisch mit einer Reihe von Schirmen und Bildflächen, ein harter Stuhl ohne Polsterung, ein Fenster, das auf die schwarzen, wuchtigen Massen von Thallarna hinausging – das war die ganze Einrichtung. Der Mann hinter dem Schreibtisch erhob sich. Er war groß, breitschultrig, etwa vierzig Jahre alt; sein schwarzes Haar war kurz geschnitten, sein derbes, bleiches Gesicht finster und entschlossen, seine schwarzen Augen scharf und kühn.

„Shorr Kan, Kommandeur der Liga der Dunkelwelten", sagte Durk Undis feierlich und mit fanatischer Begeisterung. Und dann: „Hier sind die Gefangenen!"

Shorr Kans finsterer Blick blieb auf Gordons Gesicht haften und dann kurz auf dem Liannas. Er sprach in abgehacktem Ton zu dem Sirier: „Sie waren tüchtig, Thern Eldred. Sie und Chan Corbulo haben Ihre Ergebenheit für die große Sache der Liga bewiesen, und Sie werden sie nicht undankbar finden." Er fuhr fort: „Es ist besser, wenn Sie Ihren Kreuzer sofort ins Reich zurückbringen und sich wieder Ihrer Flotte anschließen, damit kein Verdacht auf Sie fällt."

Thern Eldred nickte schnell. „Das wird am klügsten sein. Ich werde bereit sein, jeden Befehl auszuführen, den Sie durch Corbulo senden."

„Sie können auch gehen, Durk", fügte Shorr Kan hinzu. „Ich werde unsere unfreiwilligen Gäste nun befragen."

Durk Undis sah besorgt drein. „Soll ich Sie mit ihnen hier allein lassen? Es ist wahr, sie haben keine Waffen, aber . . ."

Shorr Kan wandte dem jungen Fanatiker sein finsteres Gesicht zu. „Denken Sie, ich hätte von diesem schlappen Prinzchen Gefahr zu erwarten? Und wenn Gefahr bestünde, denken Sie, ich würde vor ihr zurückschrecken, wenn sie um unserer Sache willen bestanden werden muß?" Seine Stimme wurde tiefer. „Werden nicht bald Millionen Männer ihr Leben für unsere Sache aufs Spiel setzen, und zwar freudig? Sollte einer von uns vor einer Gefahr zurückschrecken, wenn von unserer unwandelbaren Treue der Erfolg all dessen, was wir planen, abhängt? Und wir werden Erfolg haben", sagte er mit tönender

Stimme. „Wir werden mit Gewalt unser rechtmäßiges Erbe in der Milchstraße antreten, es uns von dem habgierigen Reich holen, das uns auf ewig in diese dunklen Welten zu verbannen dachte. Glauben Sie, ich denke in diesem großen, gemeinsamen Unternehmen an Gefahren?"

Durk Undis verbeugte sich fast verehrungsvoll, und der Sirier ahmte sein Verhalten nach; beide entfernten sich aus dem Raum.

Gordon hatte bei Shorr Kans schwulstiger Rhetorik ein Gefühl des Erstaunens beschlichen, aber nun war er noch viel mehr erstaunt, denn als sich die Tür schloß, löste sich die Spannung in Shorr Kans finsterem Gesicht und in seiner hochgewachsenen Gestalt. Der Kommandeur der Liga lehnte sich auf seinem Stuhl zurück und sah mit einem Grinsen auf seinem dunklen Gesicht zu Gordon und Lianna auf. „Wie gefiel Ihnen meine kleine Rede, Zarth Arn?" fragte er. „Ich weiß, es muß recht albern klingen, aber die Leute lieben diese Art Unsinn."

Gordon starrte nur geradeaus, so verblüfft war er durch die plötzliche und völlige Wandlung in der Persönlichkeit Shorr Kans. „So glauben Sie also selbst nichts von diesem Zeug?" fragte er.

Shorr Kan lachte. „Sehe ich aus wie ein Idiot? Bloß Fanatiker schlucken so etwas. Aber Fanatiker sind die Haupttriebfeder eines jeden solchen Unternehmens, und wenn ich zu ihnen spreche, muß ich der größte Fanatiker von allen sein." Er wies auf Stühle. „Nehmen Sie Platz. Ich würde Ihnen etwas zu trinken anbieten, aber ich wage es nicht, etwas von dem Stoff hier aufzubewahren. Er könnte gefunden werden, und es würde die wunderbare Legende von Shorr Kans enthaltsamem Leben, von seiner Pflichttreue, seinem unablässigen Bemühen für das Volk der Liga zerstören." Er sah sie ruhig mit seinen zynischen und kühnen schwarzen Augen an. „Ich weiß ein gut Teil über Sie, Zarth Arn. Ich habe es zu meiner Aufgabe gemacht, etwas herauszubekommen. Und ich weiß, daß Sie, obwohl eher ein begeisterter Wissenschaftler als ein Mann der Praxis, doch eine hochintelligente Persönlichkeit sind. Ich bin mir auch bewußt, daß Ihre Verlobte, Prinzessin Lianna, keine Närrin ist. Nun gut, das macht die Dinge um vieles leichter. Ich kann zu intelligenten Leuten reden. Es sind nur jene Idioten, die sich von ihren

Gefühlen beherrschen lassen, die man mit hochtönendem Unsinn über Bestimmung, Pflicht und ihre geheiligte Aufgabe behandeln muß."

Da der erste Schreck der Überraschung vorbei war, begann Gordon diesen Herrscher zu verstehen, dessen Name seinen Schatten über die ganze Milchstraße warf. Shorr Kan war außerordentlich intelligent, doch gleichzeitig zynisch, rücksichtslos, kühn und kühl wie eine Degenklinge.

Gordon hatte ein sonderbares Empfinden der Unterlegenheit gegenüber diesem Erzverschwörer, was Stärke und Schläue betraf. Und gerade dieses Gefühl machte seinen Haß noch erbitterter. „Sie erwarten von mir, daß ich die Dinge ruhig mit Ihnen erörtere, nachdem Sie mich mit Gewalt hierhergebracht und vor der Milchstraße als Vatermörder gebrandmarkt haben?"

Shorr Kan zuckte die Achseln. „Ich gebe zu, daß dies für Sie unangenehm ist. Aber ich mußte Sie hierhaben. Sie wären schon vor Tagen hiergewesen, wenn die Männer, die ich aussandte, um Sie in Ihrem Laboratorium auf der Erde in ihre Gewalt zu bringen, nicht versagt hätten." Er schüttelte wehmütig sein dunkles Haupt. „Es zeigt nur, wie ein Zufall die klügsten Pläne zunichte machen kann. Eigentlich sollten die Leute keine Schwierigkeiten gehabt haben, Sie von der Erde zu holen. Corbulo hatte uns einen vollständigen Fahrplan der Reichspatrouillen in diesem Sektor gegeben, so daß man ihnen ausweichen konnte. Und dann mußte dieser verflixte Antarierkapitän einen außerplanmäßigen Besuch in Sol machen!" Der Führer des Wolkenreiches schloß: „So mußte ich Sie, Prinz Zarth, auf eine andere Weise hierherbringen. Und die beste Möglichkeit war, eine belastende Gedankenbotschaft zu senden, die Sie in Schwierigkeiten brachte. Corbulo hatte natürlich seine Anweisungen, meinen Boten zu ‚entdecken' und dann später bei Ihrer Flucht von Throon hilfreiche Hand zu leisten. So konnte sein Mord an Arn Abbas Ihnen zur Last gelegt werden."

Gordon griff einen Punkt in dieser Erklärung heraus. „Dann ist es also wahr, daß Chan Corbulo für Sie arbeitet?"

Shorr Kan grinste. „Ich möchte wetten, daß das ein schlimmer Schock für Sie war, nicht? Corbulo ist recht schlau, aber er ist verrückt nach Macht, nach einem Sternenkönigreich, über das er selbst herrschen könnte. Er hat das immer unter der falschen Pose eines ehrenwerten Raumbewohners verborgen, die das ganze Reich veranlaßte, ihn zu bewundern. Es mag Ihre Enttäuschung etwas mildern", fügte er hinzu, „wenn Sie erfahren, daß nur Corbulo und etwa zwanzig andere Offiziere und Beamte im Reich Verräter sind. Aber es sind genug, um die Erfolgsaussichten der Reichsflotte zunichte zu machen, wenn es zu einer Auseinandersetzung kommt."

Gordon beugte sich gespannt vor. „Und wann soll diese Auseinandersetzung nun stattfinden?"

Der Herr des Wolkenreiches

SHORR KAN lehnte sich in seinem Stuhl zurück, ehe er antwortete. „Zarth Arn, das hängt bis zu einem gewissen Grad davon ab, ob Sie bereit sind, mit mir zusammenzuarbeiten."

„Unter zusammenarbeiten verstehen Sie wohl, das Reich verraten?" bemerkte Lianna höhnisch.

Der Kommandeur der Liga war nicht verärgert. „Das ist auch eine Form, es auszudrücken. Ich würde es vorziehen, es einfach als ‚sich auf den Boden der Tatsachen stellen' zu definieren." Er beugte sich vor, und sein derbes Gesicht war voll tiefem Ernst, als er fortfuhr: „Ich will meine Karten offen auf den Tisch legen, Zarth. Die Liga der Dunkelwelten hat insgeheim ihre Flotte stärker aufgerüstet als das Reich. Wir haben jede Kriegswaffe, die Sie besitzen, und eine ganz neue Waffe dazu, die eurer Flotte übel mitspielen wird, wenn wir sie anwenden."

„Was für eine Art Waffe? Das klingt mir nach einem Bluff", entgegnete Gordon.

Shorr Kan grinste. „Sie können aus mir keine Informationen herausholen. Aber ich will Ihnen sagen, daß es eine Waffe ist, die feindliche Kriegsschiffe von innen her vernichten kann. Mit dieser neuen Waffe", fügte er hinzu, „mit unserer mächtigen Flotte und vor allem mit eurem Kommandeur Corbulo heimlich in unserem Sold wird eure Reichsflotte keine Aussichten haben, wenn wir angreifen. Wir hätten schon früher angegriffen, wenn da nicht noch eine Sache gewesen wäre, und das ist der Disruptor. Corbulo konnte uns nichts über diesen Disruptor erzählen, da nur die Mitglieder des Königshauses davon wissen dürfen. Und obwohl das Gerede über seine fürchterliche Gewalt übertrieben sein mag, wissen wir recht gut, daß unsere Vorsicht nicht grundlos ist. Denn Ihr Ahne, Brenn Bir, brachte es mit dem Disruptor irgendwie fertig, die fremden Magellanier völlig zu vernichten, die vor zweitausend Jahren eine Invasion in die Milchstraße unternahmen." Shorr Kans Gesicht verfinsterte sich. „Sie kennen das Geheimnis dieser mysteriösen Waffe, Zarth. Und ich möchte es von Ihnen erfahren!"

John Gordon hatte nichts anderes erwartet. Aber er fuhr fort, Ausflüchte zu machen. „Ich nehme an, daß Sie mir ein Sternenkönigreich anbieten", sagte er ironisch, „wenn ich Ihnen das Geheimnis des Disruptors verrate."

„Mehr als dies", antwortete Shorr Kan gleichmütig. „Ich biete Ihnen die Oberhoheit über die ganze Milchstraße!"

Gordon war von der Kühnheit dieses Mannes überrascht; es lag etwas Atemberaubendes in seiner Art.

„Wir einigten uns doch darauf, uns vernünftig zu unterhalten", fuhr Gordon auf. „Halten Sie mich für so dumm zu glauben, daß Sie, wenn Sie das Reich und die Macht über die ganze Milchstraße erobert haben, das alles *mir* übergeben würden?"

Shorr Kan lächelte. „Ich sagte nichts davon, daß ich Ihnen die Macht gebe. Ich sprach davon, Ihnen die Regierung zu geben. Das sind zwei verschiedene Dinge. Wenn einmal das Geheimnis des Disruptors mein ist, kann ich das Reich zerschlagen und die Milchstraße beherrschen. Aber die halbe Milchstraße würde mich immer als Usurpator, als Fremdling hassen. Es würde endlose Aufstände und Unruhen geben. Daher würde ich, wenn ich einmal alles in die Hand bekommen habe, Zarth Arn, den legitimen Sohn des verstorbenen Arn Abbas, als neuen Herrscher der Milchstraße vorschieben! Ich, Shorr Kan, werde nur Ihr vertrauter Ratgeber sein. Es wird eine friedliche Einigung der Milchstraße sein, die ich verkünde." Er grinste wiederum. „Sehen Sie, um wieviel einfacher es die Dinge für mich machen würde? Ein rechtmäßiger Herrscher, keine Revolten, keine Unruhe. Sie und Lianna würden die Herrscher sein und jeden Luxus und jede Achtung genießen. Mir liegt nichts am Pomp und dem äußeren Schein der Macht.

Ich wäre ganz zufrieden, die tatsächliche Macht im Hintergrund des Thrones auszuüben."

„Und wenn ich nun meine Stellung als nomineller Herrscher benutzte, um den Spieß gegen Sie zu kehren?" fragte Gordon neugierig.

Shorr Kan lachte. „Das würden Sie nicht, Zarth. Der Kern der bewaffneten Macht würde aus ergebenen Männern des Wolkenreiches bestehen, denen ich vertrauen kann." Er stand auf. „Was sagen Sie dazu? Denken Sie daran, daß Sie gerade jetzt ein Flüchtling aus dem Reich sind, gesucht wegen der Ermordung Ihres Vaters. All das kann aufgeklärt werden, die Anklage kann widerlegt werden, und Sie können als der größte Herrscher in die Geschichte eingehen. Wäre es nicht vernünftig, so zu handeln?"

Gordon zuckte die Achseln. „Ihr Vorschlag ist sicherlich klug. Aber ich fürchte, Sie haben Ihre Zeit vergeudet. Die Fehleinschätzung liegt darin, daß Sie unter keinen Umständen das Geheimnis des Disruptors von mir erfahren werden."

Er erwartete einen Wutausbruch vom Herrscher der Liga. Aber Shorr Kan sah bloß enttäuscht drein. „Ich hatte gehofft, Sie würden klar genug denken, um all diesen Unsinn über Patriotismus und Treue beiseite zu lassen."

Lianna brauste leidenschaftlich auf. „Natürlich können Sie Treue und Ehrenhaftigkeit nicht verstehen, wenn Sie selbst keine haben!"

Shorr Kan sah sie stirnrunzelnd an, obwohl offensichtlich immer noch ohne Unwillen. „Nein, ich habe keine", gab er zu. „Was sind denn schließlich Treue, Ehre und Patriotismus, all jene bewundernswerten Eigenschaften? Doch bloß Ideen, die die Menschen für lobenswert halten und für die sie daher zu sterben bereit sind. Ich bin Realist. Ich weigere mich, für eine bloße Idee zu leiden." Er wandte sich wieder Gordon zu. „Lassen Sie uns im Augenblick nicht mehr darüber reden. Sie sind ermüdet, Ihre Nerven sind angespannt, Sie sind nicht in der Verfassung, eine Entscheidung zu treffen. Gewähren Sie sich eine gute Nachtruhe, denken Sie morgen darüber nach, und halten Sie sich dabei an Ihren Verstand und nicht an Ihre Gefühle: Sie werden dann sicherlich einsehen, daß ich recht habe."

Langsam fügte er hinzu: „Ich könnte Ihnen ja sagen, daß es noch eine höchst unangenehme Alternative gibt, wenn Sie auf Ihrer Weigerung zur Zusammenarbeit bestehen. Aber ich möchte Ihnen nicht drohen, Zarth. Ich möchte, daß Sie auf mein Angebot eingehen, nicht aus Liebe mir oder der Liga gegenüber, sondern einfach, weil Sie klug genug sind, Ihre eigenen Interessen darin zu erkennen."

Gordon bemerkte zum erstenmal die stählerne Faust in dem Samthandschuh, als er das Glitzern in Shorr Kans Augen sah.

Der Kommandeur der Liga hatte einen Knopf gedrückt, während er sprach. Die Tür öffnete sich, und Durk Undis trat ein. „Geben Sie Prinz Zarth und seiner Verlobten die bestmögliche Unterkunft!" befahl Shorr Kan dem jüngeren Mann. „Sie müssen streng bewacht werden, aber gestalten Sie die Bewachung unaufdringlich. Irgendein Mangel an Achtung ihnen gegenüber wird streng bestraft werden."

Durk Undis verbeugte sich und blieb abwartend stehen. Gordon nahm Liannas Arm und verließ schweigend den Raum.

Den ganzen Weg über, durch die Gänge und Rampen des düsteren Gebäudes, hatte Gordon das beunruhigende Gefühl, einen Mann getroffen zu haben, der an Scharfsinn und Schläue weit stärker war als er und der wohl imstande sein mochte, ihn nach Belieben zu biegen und zu formen.

Diese riesige Zitadelle der Liga der Dunkelwelten war bei Nacht ein trostloser Ort. Die Lampen, die entlang der Gänge in Abständen brannten, konnten den düsteren Nebel nicht vertreiben, der diese Welt einhüllte. Die Gemächer, in die sie geführt wurden, waren weit davon entfernt, luxuriös zu sein. Die viereckigen Zimmer mit weißen Wänden waren in Anlage und Einrichtung streng auf das Nützliche beschränkt, mit durchsichtigen Abschnitten in den Mauern, durch die man über die Stadt Thallarna hinaussah.

Durk Undis verbeugte sich steif vor ihnen. „Sie werden Nahrungsspender und alles andere Notwendige vorfinden. Lassen Sie mich Sie noch davor warnen, den Versuch zu unternehmen, sich aus diesen Räumen zu entfernen: Jeder Ausgang ist streng bewacht."

Als der Offizier der Liga gegangen war, wandte sich John Gordon um und sah Lianna an, die am Fenster stand. Etwas in der tapferen Haltung ihrer kleinen Gestalt schnürte ihm vor Zärtlichkeit den Hals zu.

Er trat an ihre Seite. „Lianna, wenn ich deine Sicherheit durch die Preisgabe des Disruptorgeheimnisses erkaufen könnte, würde ich es tun“, sagte er heiser.

Sie wandte sich schnell um. „Du darfst es nicht preisgeben! Ohne dieses Geheimnis zögert Shorr Kan immer noch, etwas zu unternehmen. Und solange er zögert, besteht die Möglichkeit, daß Corbulos Verrat entdeckt werden könnte.“

„Ich fürchte, es besteht wenig Aussicht, daß wir ihn entlarven“, meinte Gordon. „Es besteht keine Möglichkeit, von hier zu entkommen.“

Liannas schmale Schultern sanken ein wenig herab. „Nein, darüber bin ich mir auch im klaren“, murmelte sie. „Selbst wenn wir durch ein Wunder aus diesem Gebäude entkommen und ein Schiff in unsere Gewalt bringen könnten, so würden wir doch niemals den Weg durch den Irrgarten der Wolke finden.“

Die Wolke! Sie bildete den Himmel hier, dunkel, schwer und drohend, der keinen Stern sehen ließ, weil nachtschwarze Tiefe diese grimmige Stadt umgab.

Dieser Himmel vermittelte Gordon ein Gefühl der Beklemmung, ließ ihn all die Billionen Meilen schattenhafter Düsternis empfinden, die ihn einschlossen und von den sternenfunkelnden Räumen der Milchstraße draußen trennten.

Thallarna schlief nicht. Durch die schnurgeraden Straßen ergoß sich ein Strom von vielen schweren Fahrzeugen. Flieger starteten und landeten in Schwärmen. Donnernder Widerhall dröhnte gedämpft von den fernen Docks herüber, wo Geschwader von schweren Kriegsschiffen ankamen und abflogen.

Gordon warf sich im Wohnzimmer ihrer kahlen Gemächer auf die Couch und erwartete nicht, daß er fähig sein würde zu schlafen. Aber sein müder Körper fand in kurzer Zeit Entspannung in einem bleiernen Schlaf.

Dämmerung weckte ihn – eine üble, schattenerfüllte Dämmerung, die nur langsam die Umrisse des Zimmers enthüllte. Lianna saß am Rand seiner Couch und sah mit einer sonderbaren Gespanntheit auf ihn herab.

Sie errötete leicht. „Ich war neugierig, ob du wach bist. Ich habe unser Frühstück fertig. Die Nährflüssigkeit ist nicht schlecht, obwohl sie einem wahrscheinlich langweilig werden wird."

„Ich bezweifle, daß wir lange genug da sein werden, um ihrer müde zu werden", sagte Gordon grimmig.

Sie sah ihn an. „Du denkst, daß Shorr Kan darauf bestehen wird, daß du ihm noch heute das Geheimnis des Disruptors verrätst?"

„Ich fürchte es", sagte er. „Wenn das Geheimnis alles ist, was seinen Angriff hemmt, wird er so bald wie möglich dahinterkommen wollen."

In den Stunden des düsteren Tages, während die rote Sonne mit trauriger Langsamkeit über den schattenhaften Himmel zog, erwarteten sie Shorr Kans Ruf. Aber erst als die Nacht wiedergekehrt war, betraten Durk Undis und vier bewaffnete Soldaten die Gemächer.

Der junge Fanatiker aus dem Wolkenreich verbeugte sich wiederum steif. „Der Kommandeur will Sie sprechen, Prinz Zarth – aber allein", fügte er schnell hinzu, als Lianna mit Gordon vortrat.

Liannas Augen blitzten. „Ich gehe, wohin Zarth geht!"

„Ich bedauere, ich muß meine Befehle ausführen!" sagte Durk Undis barsch. „Werden Sie nun kommen, Prinz Zarth?"

Lianna sah die Hoffnungslosigkeit eines weiteren Widerstandes ein; sie trat zurück.

Gordon zögerte, dann folgte er seinen Gefühlen, und er eilte zu ihr zurück. Er nahm ihr Gesicht zwischen die Hände und küßte sie. „Mach dir keine Sorgen, Lianna", sagte er und wandte sich ab.

Sein Herz schlug schmerzhaft, als er Durk Undis durch die Gänge folgte. Er glaubte sicher zu sein, daß er Lianna zum letztenmal gesehen hatte. Vielleicht ist es besser so, dachte er. Vielleicht war es besser, sie im Tod zu vergessen, als in seine eigene Zeit zurückzukehren und für immer von der Erinnerung an eine unwiderruflich verlorene Liebe gepeinigt zu werden!

Gordons verzweifelte Gedanken wurden jäh unterbrochen, als er mit seinen Wachen in einen anderen Raum, nicht in das kahle Arbeitszimmer des gestrigen Tages, gelangte. Es war ein

Laboratorium. Er sah einen Tisch, über dem ein massiver Metallkegel hing, der durch Kabel mit einem komplizierten Apparat aus aufgereihten Vakuumröhren und beweglichen Schnüren verbunden war. Hier befanden sich zwei schmächtige, nervös aussehende Männer des Wolkenreiches – und Shorr Kan.

Shorr Kan entließ Durk Undis und die Wachen und begrüßte Gordon. „Haben Sie geschlafen, sich ausgeruht? Das ist gut. Nun sagen Sie mir, wozu Sie sich entschlossen haben."

Gordon zuckte die Achseln. „Da gab es keinen Entschluß zu treffen. Ich kann Ihnen das Geheimnis des Disruptors nicht verraten."

Shorr Kans derbes Gesicht wechselte ein wenig den Ausdruck, und er sprach nach einer Pause: „Ich verstehe. Ich hätte es ja erwarten müssen. Alte Geisteshaltungen, alte Traditionen – sogar Intelligenz kann manchmal ihrer nicht Herr werden." Seine Augen wurden ein wenig schmaler. „Nun hören Sie, Zarth. Ich sagte Ihnen gestern, daß es noch eine unangenehme andere Lösung gäbe, wenn Sie sich weigerten. Ich ging nicht auf Einzelheiten ein, weil ich Ihre freiwillige Mitarbeit gewinnen wollte. Aber nun zwingen Sie mich, deutlicher zu werden. So lassen Sie mich Ihnen zuerst eines versichern: Ich werde das Geheimnis des Disruptors von Ihnen erhalten, ob Sie es freiwillig geben oder nicht."

„Also Folter", höhnte Gordon. „Das ist das, was ich erwartete."

Shorr Kan machte eine ärgerliche Handbewegung. „Ich wende keine Folter an; sie ist plump und unzuverlässig und macht uns sogar unsere eigenen Anhänger abspenstig. Nein, ich habe ein ganz anderes Verfahren im Sinn."

Er wies auf den älteren der beiden nervös aussehenden Männer, die in der Nähe standen. „Land Allar ist einer unserer besten Psychowissenschaftler. Vor einigen Jahren erfand er einen zuverlässigen Apparat, den ich mehrere Male anzuwenden gezwungen war: Es ist ein sogenannter Gehirnabtaster. Er liest buchstäblich im Gehirn, indem er die Neuronen abtastet, die Synapsen aufzeichnet und dieses physikalische Ergebnis in Wissen, Erinnerungen und Informationen übersetzt, die im Besitz dieses speziellen Gehirnes sind. Damit kann ich, ehe diese Nacht um ist, das Geheimnis des Disruptors einfach aus Ihrem Gehirn holen."

„Das", sagte Gordon unbewegt, „ist ein ziemlich billiger Bluff!"

Shorr Kan schüttelte sein dunkles Haupt. „Ich versichere Ihnen, daß es das nicht ist. Ich kann es beweisen, wenn Sie es von mir wünschen. Sonst müssen Sie mein Wort dafür nehmen, daß der Gehirnabtaster tatsächlich alles aus Ihrem Gehirn herauslesen wird, was Sie wissen." Er fuhr fort: „Die Gefährlichkeit besteht darin, daß die Gewalt des abtastenden Strahls, der auf das Gehirn einwirkt, die Synapsen vernichtet, die er abtastet. Das Opfer geht aus dem Prozeß als ein Idiot ohne Verstand hervor. Das ist, was Ihnen geschehen wird, wenn ich es an Ihnen anwende."

Gordon sträubten sich die Haare im Nacken. Er zweifelte nun nicht mehr daran, daß Shorr Kan die Wahrheit sprach. Wenn nichts anderes, so bewiesen die krankhaft blassen Gesichter der beiden Wissenschaftler seine Behauptung. Es war schrecklich, gespensterhaft grausig – dennoch durchaus für die Wissenschaft dieser Zeit möglich! Ein Instrument, das mechanisch in einem Gehirn las und es während des Lesens zerstörte.

„Ich wiederhole, ich möchte ihn nicht bei Ihnen anwenden", sagte Shorr Kan ernst. „Denn, wie ich Ihnen sagte, wären Sie für mich außerordentlich wertvoll als Marionettenkaiser, nachdem die Milchstraße erobert ist. Aber wenn Sie auf Ihrer Weigerung bestehen, dieses Geheimnis preiszugeben, habe ich einfach keine Wahl."

Gordon fühlte ein verrücktes Verlangen zu lachen. Dies war alles zu blödsinnig. „Sie haben alles so genau berechnet", erklärte er. „Aber wiederum finden Sie sich durch einen reinen Zufall geschlagen."

„Was meinen Sie damit?" fragte der Herrscher der Liga mit gefährlicher Sanftmut.

„Ich meine, daß ich Ihnen das Geheimnis des Disruptors nicht mitteilen kann, weil ich es nicht kenne!"

Shorr Kan sah ungeduldig drein. „Das ist eine recht kindische Ausflucht. Jedermann weiß, daß man Ihnen als dem Sohn des Herrschers alles über den Disruptor mitgeteilt hat."

Gordon nickte. „Völlig richtig. Aber zufällig bin ich nicht der Sohn des Herrschers, ich bin ein völlig anderer Mann."

Shorr Kan zuckte die Achseln. „Dadurch kommen wir nicht weiter. Fangen Sie an." Die letzten Worte waren an die beiden Wissenschaftler gerichtet.

In diesem Augenblick sprang Gordon Shorr Kan wild an die Kehle. Er erreichte sie nicht. Einer der Wissenschaftler hatte einen Glas-Paralysator bereit und stach ihn geschwind damit von hinten in den Hals.

Gordon stürzte, gelähmt und betäubt. Nur dunkel fühlte er, wie sie ihn auf den Metalltisch hoben. Sein verdämmernder Blick sah in Shorr Kans versteinertes Gesicht und seine kühlen schwarzen Augen.

„Ihre letzte Möglichkeit, Zarth! Geben Sie nur ein Zeichen, und Sie können diesem Schicksal noch entgehen."

Wenn ihn auch sein ohnmächtiger Groll wütend zu dem Kommandeur der Liga aufblicken ließ, so fühlte Gordon doch die ganze Hoffnungslosigkeit seiner Lage.

Der Paralysator berührte ihn wieder – der Schock war wie ein Faustschlag. Er fühlte nur noch, wie sich die beiden Wissenschaftler an dem schweren Metallkegel über seinem Kopf zu schaffen machten, dann umfing ihn Dunkelheit.

Die Drohung der Dunkelwelt

GORDON wurde sich langsam eines hämmernden Kopfschmerzes bewußt. Alle Stoßhämmer des Teufels schienen in seinem Schädel zu pochen, und er fühlte eine Übelkeit, die ihn krank machte.

Ein kühles Glas wurde an seine Lippen gehalten, und eine Stimme sprach eindringlich in sein Ohr: „Trinken Sie dies!"

Gordon brachte es fertig, die scharfe Flüssigkeit hinunterzuschlucken. Sofort ließ seine Übelkeit nach, und sein Kopf begann weniger zu schmerzen. Schließlich wagte er, die Augen zu öffnen. Er lag noch immer auf dem Tisch, aber der Metallkegel und der komplizierte Apparat waren nicht mehr zu sehen.

Über ihn beugte sich das besorgte Gesicht eines der beiden

Wissenschaftler des Wolkenreiches. Dann traten die derben Züge und die glänzenden schwarzen Augen Shorr Kans in sein Blickfeld.

„Können Sie sich aufsetzen?" fragte ihn der Wissenschaftler. „Es wird Ihnen helfen, sich schneller zu erholen."

Der Arm des Mannes, der sich um seine Schultern legte, machte es Gordon gerade so eben möglich, vom Tisch herunter und in einen Stuhl zu gleiten.

Shorr Kan kam herbei, stellte sich vor ihn hin und sah mit seltsamer Verwunderung und Interesse auf ihn herab. „Wie fühlen Sie sich nun, *John Gordon?*"

Gordon fuhr hoch; er starrte den Kommandeur der Liga an. „Dann wissen Sie es also?" fragte er heiser.

„Aus welchem Grund, denken Sie, hielten wir mit dem Abtasten des Gehirns inne?" entgegnete Shorr Kan. „Wenn nicht deswegen, wären Sie jetzt ein geistiges Wrack." Er schüttelte verwundert den Kopf. „Beim Himmel, es war nicht zu glauben. Aber der Gehirnabtaster kann nicht lügen. Und als schon nach den ersten Minuten die Tatsache herauskam, daß Sie John Gordons Seele in Zarth Arns Körper sind und daß Sie das Geheimnis des Disruptors nicht kennen, ließ ich die Prüfung abbrechen." Shorr Kan fügte betrübt hinzu: „Und ich dachte, ich hätte dieses Geheimnis endlich in meiner Gewalt! Alle Mühe, die ich mir gemacht habe, um Zarth Arn in mein Netz zu bekommen – alles umsonst. Aber wer würde sich auch eine solche Sache träumen lassen – würde vermuten, daß ein Mann der uralten Vergangenheit in Zarth Arns Körper steckt?"

Shorr Kan wußte es! John Gordon versuchte, sein betäubtes Denkvermögen wieder in Ordnung zu bringen, um mit diesem überraschenden, neuen Faktor in dieser Situation zurechtzukommen: Zum erstenmal wußte jemand in diesem Weltall der Zukunft von dem unheimlichen Persönlichkeitstausch, den er vorgenommen hatte! Aber was würde das nun für ihn bedeuten?

Shorr Kan ging mit großen Schritten auf und ab. „John Gordon von der uralten Erde, aus einem Zeitalter von vor zweihunderttausend Jahren, hier im Gehirn und im Körper des zweiten Prinzen des Reiches. Es ergibt immer noch keinen Sinn!"

„Erzählte Ihnen Ihr Abtaster denn nicht, wie es geschah?"

Der Kommandeur der Liga nickte. „Ja, die Umrisse der Geschichte waren nach ein paar Minuten Prüfung klar, denn die ganze Tatsache Ihrer falschen Persönlichkeit befand sich zuoberst in Ihren Gedanken.“ Er stieß einen leisen Fluch aus. „Dieser junge Narr Zarth Arn! Seine Seele mit einem anderen Mann über die Zeit hinweg zu vertauschen! Sich von seiner verrückten wissenschaftlichen Neugier auf die Vergangenheit gerade in einem Augenblick über die Jahrhunderte hinwegtragen zu lassen, wenn das Reich in Gefahr ist.“ Er heftete seinen Blick wieder auf Gordon. „Warum, in drei Teufels Namen, sagten Sie es mir nicht?“

„Ich versuchte ja, es Ihnen mitzuteilen, aber ich erreichte nichts damit“, erinnerte ihn Gordon.

Shorr Kan nickte. „Das stimmt, Sie erwähnten es, und ich glaubte es nicht. Wer würde auch eine solche Sache glauben, ohne den Beweis des Gehirnabtasters dafür zu haben?“ Er schritt auf und ab und biß sich auf die Lippen. „Gordon, Sie haben alle meine sorgfältig erdachten Pläne umgestoßen. Ich war so sicher, daß ich mit Ihnen nun das Geheimnis des Disruptors hätte.“

John Gordons Verstand arbeitete nun, da seine Kraft langsam zurückkehrte, wieder schnell. Die Entdeckung seiner wahren Identität änderte seine ganze Lage; sie könnte ihm vielleicht eine ferne Möglichkeit zur Flucht bieten. Eine Möglichkeit, mit Lianna fortzukommen und das Reich vor Corbulos Verrat und der drohenden Gefahr zu warnen! Gordon dachte, er sähe undeutlich einen Weg dazu.

„Sie sind der erste, der die Wahrheit über mich entdeckt hat“, sagte er ein wenig trotzig zu Shorr Kan. „Ich habe all die anderen getäuscht: Arn Abbas, Jhal Arn und Prinzessin Lianna; sie ahnten nicht einmal im Traum die Wahrheit.“

Shorr Kans Augen wurden schmal. „Gordon, das klingt ja, als ob sie gerne Prinz des Reiches wären?“

Gordon lachte freudlos. „Wer wäre das nicht? In meiner Zeit war ich ein Niemand, ein armer, ausgedienter Soldat. Dann, als Zarth Arn diesen seltsamen Tausch von Seelen über die Zeit hinweg vorschlug, fand ich mich als ein Mitglied der königlichen Familie des größten Sternenkönigreiches im Universum wieder! Wem würde dieser Tausch nicht gefallen?“

„Aber Sie hatten doch, wie der Abtaster enthüllte, versprochen, zur Erde zurückzukehren und mit Zarth Arn erneut die Seelen zu tauschen", bemerkte Shorr Kan. „Sie hätten all diese Pracht wieder aufgeben müssen."

Gordon sah mit einem Ausdruck, von dem er hoffte, daß er zynisch wirkte, zu ihm auf. „Was, zum Teufel, meinen Sie?" fragte er Shorr Kan verächtlich. „Denken Sie wirklich, ich hätte dieses Versprechen gehalten?"

Der Kommandeur der Liga starrte ihn gespannt an. „Sie meinen, daß Sie den Plan hatten, den echten Zarth Arn zu betrügen und seinen Körper und seine Identität zu behalten?"

„Ich hoffe, Sie werden mit mir deswegen nicht rechten!" fuhr Gordon auf. „Es ist das, was Sie selbst an meiner Stelle auch getan hätten, und Sie wissen das! Ich war hier zu einem der großen Männer des Weltalls ausersehen und gerade dabei, das schönste Mädchen, dem ich je begegnet bin, zu heiraten. Es war unmöglich, daß jemand meine Identität jemals anzweifeln konnte. Ich brauchte lediglich mein Versprechen Zarth Arn gegenüber zu vergessen. Was hätten Sie getan?"

Shorr Kan brach in Gelächter aus. „John Gordon, Sie sind ein Abenteurer nach meinem Herzen! Beim Himmel, ich sehe, daß es in jenen uralten Zeiten auf Erden kühne Männer gab!" Er schlug Gordon auf die Schulter, und seine gute Laune schien teilweise wiederhergestellt. „Verzagen Sie nicht, Gordon, weil ich die Wahrheit über Sie weiß. Niemand sonst weiß sie, außer diesen Wissenschaftlern, und die werden niemals darüber reden. Sie können vielleicht immer noch imstande sein, Ihr Leben als Prinz Zarth Arn weiterzuführen."

Gordon tat so, als ob er auf den Köder begeistert anbisse. „Sie meinen, Sie würden mich nicht verraten?"

„Genau." Shorr Kan nickte. „Sie und ich, wir wären wohl imstande, einander zu helfen."

Gordon fühlte, daß das höchst fähige Gehirn hinter jenen scharfen schwarzen Augen fieberhaft arbeitete. Er war sich klar, daß der Versuch, diesen äußerst intelligenten und rücksichtslosen Intriganten zum Narren zu halten, die schwerste Aufgabe war, die er jemals unternommen hatte. Denn wenn er keinen Erfolg hatte, waren Liannas Leben und die Sicherheit des Reiches verwirkt.

Shorr Kan half ihm auf die Beine. „Sie kommen nun mit mir, und wir werden uns darüber unterhalten. Fühlen Sie sich schon fähig zu gehen?“

Als sie aus dem Laboratorium traten, starrte Durk Undis Gordon an, als ob er einen Mann sähe, der vom Tode auferstanden war. Der fanatische junge Mann aus dem Wolkenreich hatte nicht erwartet – das wußte Gordon –, ihn aus jenem Raum lebendig und gesund herauskommen zu sehen.

Shorr Kan grinste. „Es ist in Ordnung, Durk. Prinz Zarth arbeitet mit mir zusammen. Wir werden nun in meine Gemächer gehen.“

„Dann haben Sie also bereits das Geheimnis des Disruptors?“ platzte der junge Fanatiker begeistert heraus.

Sofort runzelte Shorr Kan die Stirn und wies ihn in seine Schranken. „Wollen Sie mich etwa ausfragen?“ fuhr der Herrscher ihn an.

Während sie weitergingen, war John Gordons Verstand mit diesem Zwischenfall beschäftigt. Er gab ihm den Mut zu glauben, daß sein noch unklarer Plan vielleicht zur Ausführung gelangen könnte. Aber er würde behutsam vorgehen müssen, ganz behutsam! Shorr Kan war der letzte Mann im Weltall, den man leicht täuschen konnte. Gordon fing bei der Erkenntnis, daß er auf eines Schwertes Schneide über einen Abgrund ging, zu schwitzen an.

Shorr Kans Zimmer waren so einfach wie das kahle Büro, in dem Gordon ihm zuerst begegnet war. Da gab es ein paar harte Stühle, kahle Böden und ein Feldbett, das recht unbequem aussah.

Durk Undis war draußen vor der Tür geblieben. Als sich Gordon umblickte, kehrte Shorr Kans Lächeln wieder.

„Ein elendes Loch für den Herrn des Wolkenreiches, nicht wahr?“ sagte er. „Aber es hilft, Eindruck auf meine ergebenen Anhänger zu machen. Sehen Sie, ich habe sie für den Angriff auf das Reich vorbereitet, indem ich die Armut unserer Welten und die Härte unseres Lebens betonte. Ich darf es nicht wagen, nun selbst luxuriös zu leben.“ Er winkte Gordon, sich auf einen Stuhl zu setzen, dann ließ er sich selbst nieder und sah ihn eindringlich an. „Es ist noch immer verdammt schwer zu glauben, daß ich nun hier zu einem Mann der fernsten Vergangenheit spreche! Wie war es eigentlich – Ihr Zeitalter, als die Menschen noch nicht einmal die kleine Erde verlassen hatten?"

Gordon zuckte die Achseln. „Es war im Grunde nicht so sehr verschieden. Es gab immerzu Kriege und Konflikte. Die Menschen ändern sich nicht sehr!"

Der Kommandeur der Liga nickte bekräftigend. „Die Masse bleibt immer dumm. Ob ein paar Millionen Männer auf Ihrem alten Planeten kämpften oder ob in diesem Weltall zehntausend Sternenwelten gegeneinander stehen – es ist im Grunde die gleiche Sache." Er fuhr schnell fort: „Gordon, ich mag Sie. Sie sind intelligent, waghalsig und mutig. Daher verstehen Sie auch, daß ich mich nicht von einer bloß vorübergehenden Neigung zu Ihren Gunsten beeinflussen lassen würde. Aber meine eigenen Interessen beeinflussen mich, und zwar stark. Ich denke, wir können einander helfen." Er beugte sich vor. „Sie sind nicht Zarth Arn. Aber keiner, außer mir, weiß das in diesem Universum. So sind Sie für die Galaxis eben Zarth Arn. Und als solcher kann ich Sie so verwenden, wie ich gehofft hatte, den echten Zarth Arn zu verwenden, nämlich als Marionettenherrscher, nachdem das Wolkenreich die Galaxis erobert hat."

John Gordon hatte dies erhofft. Aber er tat so, als ob er erschrocken und überrascht wäre. „Sie meinen, Sie würden mich nominell zum Herrscher der Galaxis machen?"

„Warum nicht?" entgegnete Shorr Kan. „Als Zarth Arn, als einer aus dem königlichen Blut des Reiches, würden Sie nach Eroberung des Reiches immer dabei helfen können, die Rebellion zum Schweigen zu bringen. Natürlich würde ich, wie ich schon sagte, die tatsächliche Gewalt selbst ausüben." Er fügte offen hinzu: „Von einem Gesichtspunkt aus sind Sie für meine Zwecke sogar besser als der echte Zarth Arn. Er könnte Skrupel gehabt, könnte mir Schwierigkeiten bereitet haben. Aber Sie haben gegenüber diesem Universum keinerlei Treuepflichten, und ich kann mich darauf verlassen, daß Sie schon aus reiner Selbstsucht zu mir halten."

Gordon durchzuckte kurz ein Gefühl des Triumphes: Das war genau das, was Shorr Kan nach seinem Wunsch denken sollte – daß er, John Gordon, nur ein ehrgeiziger, skrupelloser Abenteurer aus der Vergangenheit war.

„Sie würden alles besitzen, was Sie sich nur ersehnen können", fuhr Shorr Kan fort. „Nach außen hin wären Sie der Herrscher über die ganze Galaxis. Sie hätten Prinzessin Lianna zur Frau und Macht, Reichtum und Luxus weit über Ihre Träume hinaus!"

Gordon tat so, als ob er über diese Aussicht verblüfft wäre. „Ich der Herrscher der Galaxis!" rief er erstaunt. „Ich, John Gordon?"

Und dann entschwand plötzlich ohne Warnung der Plan, den er so gefahrvoll durchzuführen versuchte, aus Gordons Kopf, und die Stimme des Versuchers flüsterte in sein Ohr.

Er konnte dies tun, wenn er wollte! Er konnte wenigstens dem Namen nach der höchste Souverän der ganzen Galaxis mit all ihren Tausenden und aber Tausenden von mächtigen Sonnen und darum kreisenden Planeten sein! Er, John Gordon aus New York, konnte mit Lianna an seiner Seite über ein Universum herrschen! Dazu mußte er sich lediglich mit Shorr Kan verbünden und seine Treue dem Wolkenreich geben. Und warum sollte er das nicht tun? Welches Band verknüpfte ihn schon mit dem Reich? Warum sollte er nicht für sich selbst handeln, um solche Macht und Herrlichkeit zu erlangen, wie sie kein Mann in der ganzen menschlichen Geschichte jemals zu erhalten geträumt hatte?

Das Geheimnis der Milchstraße

JOHN GORDON kämpfte gegen eine Versuchung an, zu deren Gewalt noch hinzukam, daß sie unerwartet auftrat. Er war entsetzt, als er erkannte, daß er beinahe aus voller Seele diese beispiellose Gelegenheit zu ergreifen wünschte. Es waren nicht der Pomp und die Macht, die ihn in Versuchung führten; er hatte niemals Ehrgeiz nach Macht besessen, und es würde auf jeden Fall ja Shorr Kan sein, der wirklich die Macht besaß. Es war der Gedanke an Lianna, der ihn schwanken ließ. Er würde dann immer bei ihr sein, an ihrer Seite leben . . .

Aber ein Leben der Lüge? Er würde immer vorgeben müssen, ein anderer Mann zu sein, und für den Rest seines Lebens von der Erinnerung heimgesucht werden, wie er Zarth Arns Vertrauen betrogen und das Reich vernichtet hatte. Er konnte das nicht tun! Ein Mann trug sein Gesetz, nach dem er lebte, in sich, und Gordon wußte, er konnte niemals sein Gelöbnis brechen.

Shorr Kan beobachtete ihn scharf. „Sie scheinen durch den Vorschlag verblüfft, Gordon. Es ist für Sie eine großartig günstige Gelegenheit, das stimmt."

Gordon zwang seine Gedanken zur Ordnung. „Ich dachte gerade daran, daß es da zahlreiche Schwierigkeiten gibt: Zum Beispiel ist da das Geheimnis des Disruptors!"

Shorr Kan nickte nachdenklich. „Das ist unsere größte Schwierigkeit. Und ich war so sicher, daß ich es erfahre, wenn ich nur einmal Zarth Arn habe." Er zuckte die Achseln. „Aber da kann man nichts machen. Wir werden unseren Angriff auf das Reich eben ohne ihn durchführen müssen und uns auf Corbulo verlassen, daß Jhal Arn niemals eine Gelegenheit erhält, den Disruptor zu verwenden."

„Sie meinen, er wird, wie er es bei Arn Abbas tat, Jhal Arn ermorden?" fragte Gordon.

Der Mann des Wolkenreiches nickte. „Corbulo sollte das ohnehin am Abend unseres Angriffs tun. Er wird zu einem der Regenten für Jhal Arns Sohn ernannt werden; dann wird es für ihn noch leichter sein, die Verteidigung des Reiches zu sabotieren."

Gordon erkannte, daß Shorr Kans mißglückter Versuch, das Geheimnis des Disruptors zu erlangen, den drohenden Angriff der Liga nicht aufschieben würde. „Das sind Ihre Probleme", sagte er jetzt barsch. „Ich dachte aber an meine eigenen Aussichten. Sie wollen mich, wenn die Milchstraße erobert ist, zu einem Marionettenkaiser machen. Aber wenn wir das Geheimnis des Disruptors nicht haben, werden mich möglicherweise Ihre eigenen Streitkräfte nicht anerkennen?"

Shorr Kan runzelte die Stirn. „Warum sollten sie sich deshalb weigern, Sie anzuerkennen?"

„Sie denken ja, wie jeder andere, daß ich Zarth Arn bin, und glauben, daß ich das Geheimnis des Disruptors kenne", führte Gordon aus. „Sie werden fragen: Wenn Zarth Arn nun auf unserer Seite steht, warum verrät er uns nicht dieses Geheimnis?"

Der Mann des Wolkenreiches fuhr hoch. „An diese Schwierigkeit hatte ich nicht gedacht. Verdammter Disruptor! Seine Existenz behindert uns auf Schritt und Tritt."

„Was ist denn der Disruptor nun tatsächlich?" fragte Gordon. „Ich mußte zwar so tun, als ob ich alles über ihn wüßte, aber ich habe keine Ahnung, um was es sich wirklich handelt."

„Niemand weiß es", erwiderte Shorr Kan. „Jedoch besteht seit zweitausend Jahren darüber eine schreckliche Überlieferung in der Milchstraße. Damals drangen die fremden, nichtmenschlichen Magellanier in unsere Galaxis ein. Sie besetzten verschiedene Sternensysteme und schickten sich an, ihre Eroberungen auszudehnen. Aber Brenn Bir, ein großer König und Wissenschaftler des Reichs, schlug gegen sie mit einer fürchterlichen Waffe los. Die Überlieferung berichtet, daß er nicht bloß die Magellanier, sondern auch die Sternensysteme, die sie überfallen hatten, und beinahe die Galaxis selbst vernichtete. Aber niemand weiß genau, was Brenn Bir angewendet hat. Es wird ‚Disruptor' genannt, aber das sagt nichts aus. Die geheime Vorrichtung, die nur den Mitgliedern des königlichen Hauses des Reichs bekannt ist, wurde seither niemals mehr angewendet. Aber die Erinnerung daran geistert in der Milchstraße umher und hat geholfen, die Vormachtstellung des Reichs aufrechtzuerhalten."

„Kein Wunder, daß Sie, ehe Sie das Reich angreifen, diese geheimnisvolle Vorrichtung in die Hand bekommen wollen", sagte Gordon. „Aber es gibt noch einen Weg, wie wir das Geheimnis lüften können!"

Shorr Kan starrte ihn an. „Wie denn? Jhal Arn ist der einzige Überlebende, der davon weiß, und wir haben keine Möglichkeit, ihn gefangenzunehmen!"

„Es gibt aber noch einen anderen Mann, der das Geheimnis kennt", erinnerte Gordon ihn schnell, „der echte Zarth Arn!"

„Aber die Seele Zarth Arns ist doch in Ihrem Körper in jenem fernen, vergangenen Zeitalter . . .", begann Shorr Kan. Dann hielt er inne und sah Gordon mit zusammengekniffenen Augen an. „Sie haben etwas im Sinn! Was ist es?"

Gordon war innerlich angespannt, als er den Plan, von dem sein noch undeutlicher, aber gefährlicher Fluchtplan abhing, nur ganz knapp umriß. „Angenommen, wir können den echten

Zarth Arn bewegen, uns über die Zeit hinweg das Geheimnis mitzuteilen?" schlug er kühn vor. „In Zarth Arns Laboratorium auf der Erde befinden sich die psychotechnischen Apparate, mit denen ich zu ihm sprechen kann. Ich lernte von Vel Quen die Bedienung der Apparate, und ich könnte ihn erreichen. Angenommen, ich erzähle ihm folgendes: Shorr Kans Leute halten mich gefangen und wollen mich nicht freilassen, wenn ich ihnen nicht das Geheimnis des Diruptors verrate, das ich nicht kenne. Es wird mir nicht gestattet, mit dir wieder die Seelen zu tauschen, bis sie das Geheimnis haben. Angenommen, ich erzähle das dem echten Zarth. Was, denken Sie, wird er tun? Er wünscht wohl nicht, für den Rest seines Lebens in meine Welt und mein Zeitalter, in meinen Körper verbannt zu bleiben. Dies ist sein Universum, er hat eine morganatische Frau, die er herzlich liebt, er wird alles opfern, um hierher zurückzukehren. Sicher wird er uns über die Zeit hinweg dieses Geheimnis mitteilen!"

Shorr Kan sah ihn voll staunender Bewunderung an. „Beim Himmel, Gordon, ich glaube, es würde gehen! Wir könnten vielleicht wirklich auf diese Weise das Geheimnis des Disruptors erfahren!" Er hielt inne und fragte plötzlich: „Dann würden Sie, wenn Sie Zarth dieses Geheimnis abgetrotzt haben, wieder mit ihm die Seele tauschen?"

Gordon lachte. „Sehe ich aus wie ein Idiot? Natürlich würde ich das nicht tun. Ich würde dann einfach den Vertrag brechen und Zarth Arn den Rest seines Lebens in meiner eigenen Zeit und meinem eigenen Körper verbringen lassen, während ich weiterhin seine Rolle spiele."

Shorr Kan warf seinen Kopf zurück und brach in schallendes Gelächter aus. „Gordon, ich wiederhole es, Sie sind ein Mann nach meinem Herzen!" Er begann auf und ab zu gehen, wie es seine Gewohnheit zu sein schien, wenn er schnell überlegte. „Die Hauptschwierigkeit wird darin bestehen, Sie zur Erde zu bringen, um die Verbindung mit dem echten Zarth Arn herzustellen", erklärte er. „Entlang der Grenze steht eine Reichspatrouille neben der anderen, und die Hauptflotte manövriert in der Nähe der Plejaden. Und ohne Verdacht zu erwecken, kann Corbulo nicht befehlen, daß das ganze Gebiet von ihnen geräumt wird." Shorr Kan machte eine Pause, dann fuhr er fort: „Die einzige Art von Ligaschiff, das eine Möglichkeit hat, trotzdem die Erde zu erreichen, ist ein Phantomkreuzer. Phantomschiffe sind imstande, durch stark bewachte Gebiete hindurchzuschlüpfen, wo sich sogar ein Schlachtschiffgeschwader keinen Weg erkämpfen könnte."

Gordon, der nur eine ganz nebelhafte Vorstellung davon hatte, von welcher Art Kriegsschiff die Rede war, sah erstaunt drein. „Ein Phantomschiff? Was ist denn das?"

„Ich vergaß, daß Sie ja in diesem Zeitalter ein Fremdling sind", sagte Shorr Kan. „Ein Phantomkreuzer ist ein kleiner Kreuzer mit einer Bewaffnung von nur ein paar Atomgeschützen, der sich im Raum völlig unsichtbar machen kann. Er bewerkstelligt dies, indem er um sich ein Kraftfeld bildet, das alle Licht- und Radarstrahlen ablenkt. Deshalb kann ihn kein Schiff ausmachen. Aber um dieses Kraftfeld, das ihn verbirgt, zu erhalten, bedarf es einer gewaltigen Kraft; deshalb kann ein Phantomschiff nur zwanzig bis dreißig Stunden ‚Dunkelfahrt' leisten."

John Gordon nickte verständnisvoll. „Ich hab's erfaßt. Und es scheint die beste Möglichkeit zu sein, zur Erde zu gelangen. Gut."

„Durk Undis und eine Mannschaft vertrauenswürdiger Männer werden mit Ihnen kommen", fuhr Shorr Kan fort.

Das war eine schlechte Nachricht für Gordon. Er wußte, daß der fanatische junge Mann aus dem Wolkenreich ihn haßte.

„Aber wenn Durk Undis nun erfährt, daß ich nicht der echte Zarth Arn bin –", wandte er ein.

„Er wird es nicht erfahren", unterbrach ihn Shorr Kan. „Er wird einfach den Befehl bekommen, daß er Sie für kurze Zeit zu Ihrem Laboratorium auf der Erde zu bringen hat und daß er Sie sicher wieder zurückbringen muß."

Gordon fixierte ihn. „Es klingt, als ob er eine Wache sein soll. Trauen Sie mir etwa nicht ganz?"

„Was, zum Teufel, läßt Sie denn glauben, daß ich Ihnen vertraue?" entgegnete Shorr Kan belustigt. „Ich traue keinem Menschen ganz. Ich vertraue darauf, daß Menschen ihrer Selbstsucht folgen, und deshalb habe ich das Gefühl, daß ich mich auf Sie verlassen kann. Aber um ganz sicherzugehen, fahren Durk Undis und eine Schar auserlesener Männer mit Ihnen."

Wieder wurde Gordon sich fröstelnd klar, daß er ein verzweifeltes Spiel gegen einen Mann spielte, der so scharfsinnig und geübt in Intrigen war, daß es fast hoffnungslos schien, mit seinem Fluchtplan Erfolg zu haben. Dennoch nickte er kühl. „Das ist fair. Aber ich könnte ebenso sagen, daß ich Ihnen nicht ganz traue, Shorr Kan. Und aus diesem Grund gehe ich dieses Unternehmen nicht an, ohne daß Lianna mit mir fährt."

Shorr Kan sah einen Augenblick überrascht drein. „Die Prinzessin von Fomalhaut? Ihre Verlobte?" Dann blitzte in seinen Augen ein ironisches Lächeln auf. „Das ist also Ihr schwacher Punkt, Gordon – dieses Mädchen?"

„Ich liebe sie, und ich werde sie nicht hierlassen, damit Sie sich an sie heranmachen", versicherte Gordon mürrisch.

Shorr Kan schnaubte. „Wenn Sie mich besser kennen würden, wüßten Sie, daß eine Frau für mich soviel bedeutet wie jede andere. Denken Sie, ich würde meine Pläne für ein hübsches Gesicht aufs Spiel setzen? Aber wenn Sie eifersüchtig sind, können Sie sie meinetwegen mit sich nehmen." Er fügte hinzu: „Wie werden Sie ihr aber das alles erklären? Sie können ihr doch nicht die Wahrheit über unsere Abmachung erzählen."

Gordon hatte bereits daran gedacht. „Ich werde eine Geschichte erfinden, daß Sie uns gehenlassen werden, wenn ich Ihnen gewisse wertvolle wissenschaftliche Geheimnisse aus meinem Erdlaboratorium bringe."

Shorr Kan nickte. „Das wird der beste Weg sein. Ich werde sofort befehlen, daß unser bester Phantomkreuzer vorbereitet wird. Sie sollen imstande sein, morgen abend zu starten."

Gordon stand auf. „Ich werde froh sein, etwas Ruhe zu bekommen. Ich fühle mich wie durch eine Mühle gedreht."

Shorr Kan lachte. „Das ist nichts im Vergleich zu dem, was der Gehirnabtaster aus Ihnen gemacht hätte, wenn er mehr als nur ein paar Minuten gelaufen wäre. Welch eine Wendung des Schicksals! Statt ein hirnloser Idiot zu sein, sind Sie nun zum nominellen Herrscher der Milchstraße bestimmt!" Sein Gesicht verfinsterte sich für einen Augenblick, als er hinzufügte: „Aber vergessen Sie niemals, daß Ihre Macht nur dem Namen nach besteht und daß ich es bin, der die Befehle erteilen wird."

Gordon begegnete fest seinem forschenden Blick. „Ich

könnte es vielleicht vergessen, wenn ich damit etwas zu gewinnen meinte. Aber ich bin sicher, ich würde nichts gewinnen. Es ist ziemlich gewiß, daß ich, wenn ich einmal Herrscher bin, fallen würde, wenn Sie stürzen. So werden Sie imstande sein, sich auf mich – oder auf meine Selbstsucht – zu verlassen."

Der Mann aus dem Wolkenreich lachte leise. „Sie haben recht. Sagte ich es nicht, daß ich gern mit intelligenten Leuten zu tun habe? Wir werden es schon schaffen." Er drückte auf einen Knopf. Als Durk Undis den Raum betrat, befahl er ihm: „Geleiten Sie Prinz Zarth zu seinen Gemächern, und kommen Sie dann für weitere Anordnungen hierher zurück!"

Den ganzen Weg durch die Gänge zurück arbeiteten Gordons Gedanken fieberhaft. Die Entspannung nach der unerträglichen Anstrengung, mit der er seine Rolle gespielt hatte, ließ ihn zittern. So weit hätte nun sein gefährlicher Plan zur Flucht Erfolg gehabt. Er hatte darauf spekuliert, daß Shorr Kans rücksichtslose, zynische Persönlichkeit auf eine bestimmte Weise reagieren würde, und er hatte gewonnen. Aber er wußte wohl, daß dieser Erfolg nur der Anfang war. Vor ihm türmten sich weit größere Schwierigkeiten auf, für deren Lösung er noch nicht die geringste Möglichkeit entdeckt hatte. Er mußte weitermachen, wenn dieser Plan in seiner Tollkühnheit auch selbstmörderisch war; es gab keinen anderen Weg.

Als er die düsteren Gemächer betrat, sprang Lianna von einem Stuhl auf, lief auf ihn zu und packte ihn beim Arm. „Zarth, ist mit dir alles in Ordnung?" rief sie, und ihre grauen Augen leuchteten. „Ich fürchtete . . ."

Sie liebte ihn noch immer. Gordon erkannte es an ihrem Gesicht, und wieder fühlte er jene wilde, hoffnungslose Leidenschaft. Er mußte gegen die Regung ankämpfen, die ihn drängte, sie in seine Arme zu nehmen; aber etwas von dem, was er fühlte, mußte sich in seinem Gesicht gezeigt haben, denn Lianna wurde rot und trat ein wenig zurück.

„Lianna, mir geht es gut, auch wenn ich ein wenig zittrig bin", sagte Gordon zu ihr, während er auf einen Stuhl sank. „Ich bekam eine Kostprobe von der Wissenschaft des Wolkenreiches, und sie war nicht angenehm."

„Sie haben dich gefoltert? Sie zwangen dich, das Geheimnis des Disruptors zu verraten?"

Er schüttelte den Kopf. „Ich habe das Geheimnis nicht preisgegeben. Und ich werde es auch nicht tun. Ich habe Shorr Kan davon überzeugt, daß er es von mir nicht bekommen könnte." Gordon erzählte ihr so viel von der Wahrheit, wie das möglich war. „Ich machte diesen Teufel glauben, daß ich, um dieses Geheimnis für ihn zu bekommen, zu meinem Erdlaboratorium gelangen müsse. Und er schickt uns tatsächlich hin, damit wir es holen. Wir werden morgen abend in einem Phantomkreuzer abfliegen."

Liannas Augen blitzten. „Wirst du ihn überlisten? Hast du einen Plan?"

„Ich wünschte, ich hätte einen", stöhnte Gordon. „So weit reicht mein Plan gerade noch: Er wird uns aus der Wolke herausbringen, das ist alles. Dann liegt das Weitere bei mir. Irgendwie werde ich für uns einen Weg ausfindig machen müssen, aus dem Schiff zu entkommen, um Jhal Arn eine Warnung vor Corbulos Verrat zukommen zu lassen." Er fügte müde hinzu: „Der einzige Weg, den ich mir vorstellen kann, ist, irgendwie den Phantomkreuzer betriebsunfähig zu machen, so daß er von Kriegsschiffen des Reiches gekapert wird. Aber wie das geschehen soll, weiß ich nicht. Dieser junge Fanatiker Durk Undis wird mit einer ausgewählten Mannschaft mit uns fliegen, um uns zu bewachen, und es wird nicht leicht sein, ihn zu täuschen."

Mut und Vertrauen leuchteten in Liannas Augen. „Du wirst schon einen Weg finden, Zarth! Ich weiß es."

Ihr Glaube konnte die niederdrückende Gewißheit in Gordons Herzen nicht auslöschen, daß sein abenteuerlicher Plan kaum durchführbar war.

Der Herrscher mochte sie beide, Lianna und ihn, vernichten, wenn er ihn auszuführen versuchte. Doch waren sie auf jeden Fall dem Untergang geweiht, außer er betrog den echten Zarth Arn und das Reich. Aber die Versuchung eines Augenblicks, dies zu tun, hatte Gordon für immer verlassen.

Er schlief schwer und traumlos bis in den nächsten Tag hinein. Der Abend dämmerte, als Shorr Kan und Durk Undis schließlich kamen.

„Durk Undis hat alle seine Befehle, und das Phantomschiff steht bereit", erklärte Shorr Kan Gordon. „Sie können in fünf

Tagen die Erde erreichen und in elf Tagen wieder zurück sein." Sein Gesicht erhellte sich. „Dann werde ich der Galaxis verkünden, daß wir das Geheimnis des Disruptors besitzen und daß Zarth Arn sich mit uns verbündet hat; und ich werde Corbulo das verabredete Geheimzeichen geben und den Angriff der Liga beginnen!"

Zwei Stunden später erhob sich von dem riesigen Raumhafen von Thallarna der schlanke, glänzende Phantomkreuzer, mit Gordon und Lianna an Bord, von seinem Landeplatz und raste geradewegs durch die Wolke hinaus.

Sabotage im Raum

ALS GORDON und Lianna die *Dendra* betraten, den Phantomkreuzer, der sie bei ihrem Unternehmen befördern sollte, wurden sie von Durk Undis zum Mitteldeck-Gang geführt. Der fanatische Mann aus dem Wolkenreich verbeugte sich steif und wies auf die Tür eines kleinen Abteils, das aus zwei winzigen Kabinen bestand.

„Diese Kabinen werden Ihre Quartiere sein. Sie werden darin bleiben, bis wir die Erde erreichen."

„Wir werden nicht darin bleiben!" fuhr Gordon auf. „Die Prinzessin ist bereits von den engen Raumverhältnissen auf der Reise hierher leidend. Wir wollen nicht mehr tagelang in diesen winzigen Räumen eingepfercht sein."

Durk Undis' hageres Gesicht verdüsterte sich. „Der Kommandeur gab Befehl, daß Sie streng bewacht werden müssen."

„Sagte Shorr Kan etwa, daß wir jede Minute in zwei winzigen Räumen gefangen bleiben müssen?" fragte Gordon energisch. Er sah die leichte Unsicherheit in Durk Undis' Gesicht und verstärkte seinen Angriff. „Wenn wir nicht die Möglichkeit erhalten, uns etwas Bewegung zu verschaffen, werden wir uns weigern, den ganzen Plan auszuführen."

Der fanatische Mann aus dem Wolkenreich zögerte. Gordon hatte richtig vermutet, daß Durk Undis nicht zu seinem Vorgesetzten zurückgehen und ihm melden wollte, daß das Unternehmen an solch einer kleinen Schwierigkeit gescheitert sei. Schließlich sagte er widerstrebend: „Nun gut, es wird Ihnen zweimal an jedem Tag gestattet werden, in diesem Gang spazierenzugehen. Aber der Zutritt dazu wird Ihnen zu keiner anderen Zeit gestattet werden, schon gar nicht, wenn wir im Dunkelflug sind."

Das Zugeständnis war nicht so groß, wie Gordon gewünscht hatte, aber er nahm an, daß es das größte war, das er im Augenblick erreichen konnte. So folgte er mit geheuchelter Empörung Lianna in das Kabinenabteil und hörte, wie das Schloß hinter ihnen einschnappte.

Als sich die *Dendra* von Thallarna erhob und in einem großen Bogen und mit hoher Geschwindigkeit durch die düsteren Nebel der Wolke hinausflog, blickte Lianna Gordon fragend an. „Der enge Raum belästigt mich eigentlich nicht, Zarth. Hast du einen Plan?"

„Nicht mehr als den Plan, den ich bereits erwähnte, nämlich irgendwie die Aufmerksamkeit einer Raumpatrouille auf das Schiff zu lenken, so daß es entdeckt und gekapert wird", gab er zu. Und er fügte entschlossen hinzu: „Ich weiß zwar noch nicht, wie das geschehen kann, aber es muß einen Weg geben."

Lianna sah zweifelnd drein. „Dieses Phantomschiff hat gewiß eine empfindliche Radareinrichtung und wird imstande sein, gewöhnliche Patrouillen auszumachen, lange ehe sie uns entdecken. Es wird verdunkeln, bis wir an ihnen vorbei sind."

Das stetige Dröhnen riesiger Antriebsgeneratoren, die eine steigende Geschwindigkeit bewirkten, bildete in den folgenden Stunden den eintönigen Hintergrund ihres Daseins. Die *Dendra* raste durch den Hagel winziger Meteorteilchen und durch Staubströme, die sie schwer stampfen und schlingern ließen. Sie änderte oft die Richtung, während sie ihren Weg hinaus durch die Wolke suchte.

Es war um die Mitte des folgenden Tages, als sie aus dem düsteren Nebel in das unendliche, klare Gewölbe des sternübersäten Raumes kamen. Sofort nahm der Phantomkreuzer eine noch größere Geschwindigkeit auf.

Gordon und Lianna sahen aus dem Fenster auf das glänzende Schauspiel der Milchstraße vor ihnen. Zu ihrem Erstaunen lag das ferne Gefunkel des Canopus weit zu ihrer Linken, fast außer Sicht. Voraus glitzerte ein Gewölbe mit fremden Sternen, in dem der Orion-Nebel in flammender Pracht glühte.

„Wir fliegen nicht geradewegs ins Reich zurück", sagte Lianna. „Sie wollen die am meisten bewachte Reichsgrenze meiden, indem sie westlich um den Orion-Nebel herumschwenken und weiter an der Mark des Äußeren Raumes vorbeifliegen, um dann in einer Kurve auf die Sonne zuzuhalten."

„Sie machen den langen Umweg, um durch ein Hintertürchen ins Reich zu schlüpfen", murmelte Gordon. „Es ist wahrscheinlich derselbe Weg, auf dem das Wolkenschiff kam, das mich von der Erde zu entführen versuchte."

Seine schwachen Hoffnungen sanken. „Da besteht weniger Aussicht, daß uns eine Reichspatrouille ertappt, wenn wir durch eine so wenig beflogene Region kommen."

Lianna nickte. „Es ist nicht anzunehmen, daß wir mehr als ein paar Patrouillenkreuzer treffen, und Durk Undis kann leicht unter Verdunkelung an ihnen vorbeischlüpfen."

Entmutigt starrte Gordon auf die glänzende Szenerie hinaus. Sein Blick glitt in die Richtung, in der, wie er wußte, Canopus liegen mußte.

Lianna erhaschte die Richtung seines Blickes und sah fragend zu ihm auf. „Du denkst an Murn?"

Die Frage schreckte Gordon auf. Er hatte das dunkle, liebliche Mädchen, das der echte Zarth Arn liebte, beinahe vergessen. „Murn? Nein! Ich dachte an diesen Verräter Corbulo, der da hinten auf Throon seine Ränke spinnt und nur auf eine Gelegenheit wartet, Jhal Arn zu ermorden und die Verteidigungsmöglichkeiten des Reiches zu untergraben."

„Das ist die größte Gefahr", stimmte ihm Lianna ernst zu. „Wenn sie nur vor Corbulos Verrat gewarnt werden könnten, dann könnte der Angriffsplan der Liga immer noch vereitelt werden."

„Und wir sind die einzigen, die sie warnen können", murmelte Gordon.

Doch drei Tage später mußte er sich eingestehen, daß es mehr denn je ein unmögliches Unterfangen zu sein schien.

Die *Dendra* war indessen sicher innerhalb der Reichsgrenzen angelangt und schlug nordwärts einen Kurs ein, der sie gerade westlich am riesigen, glühenden Orion-Nebel vorbeibringen würde. Einmal jenseits des großen Nebels angelangt, würden sie wohl nordwestwärts entlang den weniger befahrenen Randzonen der Mark des Äußeren Raumes fliegen. Wenige Reichskriegsschiffe nur würden in der Region sein, die dieses wilde Grenzgebiet von unerforschten Sternensystemen einsäumte. Und Sol und ihr Planet Erde würden dann nahe sein.

Zweimal während dieser drei Tage hatte eine Alarmglocke durch die *Dendra* geklungen, als ihre Radargeräte Reichskriegsschiffe in der Nähe entdeckten. Jedesmal hatten Gordon und Lianna in ihren Kabinen das ganze Gewölbe des Raumes außerhalb des Fensters plötzlich schwarz werden sehen.

Gordon hatte, als das zum erstenmal geschah, erstaunt ausgerufen: „Was ist passiert? Der ganze Raum ist dunkel geworden!"

Lianna sah ihn voll Überraschung an. „Sie haben die Verdunkelung unseres Schiffes eingeschaltet. Du erinnerst dich doch sicherlich, daß die Insassen eines Phantomkreuzers während des Dunkelflugs nichts von dem Raum draußen sehen können?"

„Oh, natürlich", sagte Gordon hastig. „Es ist schon so lange her, daß ich in einem dieser Schiffe gewesen bin, daß ich es vergessen hatte."

Er verstand nun, was geschah. Das neue, laute Heulen, das den Kreuzer durchdrang, war der Ton des Verdunkelungsgenerators, der um das Schiff eine Aura von gewaltiger Kraft verbreitete. Diese Aura lenkte einfach jeden Licht- oder Radarstrahl, der sie traf, leicht ab, so daß der Phantomkreuzer weder gesehen noch durch Radar angepeilt werden konnte. Notwendigerweise bewirkte diese Ablenkung alles äußeren Lichts, daß sich der Kreuzer in völliger Dunkelheit bewegte.

Gordon hörte die Verdunkelungsgeneratoren im unteren Deck nahezu eine Stunde heulen; sie beanspruchten anscheinend beinahe die ganze Kraft des Schiffes, während die Antriebsmaschinen nur mit wenig Leistung liefen und sich das Schiff fast nur durch sein Beharrungsvermögen bewegte.

Dasselbe passierte am folgenden Morgen, als die *Dendra* näher an den westlichen Grenzen des Orion-Nebels entlangflog. Diese glühende Masse erstreckte sich nun Milliarden von

Kilometern über das Firmament an ihrer Seite. Gordon sah innerhalb des Nebels viele heiße Sterne. Er erinnerte sich, daß es ihr Elektronenschauer war, der den diesigen Staub des Nebels zu einem strahlenden Glühen anregte.

An diesem Abend schlenderten Lianna und er in dem langen Gang auf und ab, scharf bewacht von einem bewaffneten Mann aus dem Wolkenreich, als die Alarmglocke wiederum grell warnend durch das Schiff ertönte.

Der Mann trat sofort vor. „Verdunkelung! Kehren Sie sofort in Ihre Kabinen zurück!"

Gordon hatte auf eine solche Gelegenheit gehofft und war entschlossen, sie zu ergreifen. Sie würden vielleicht niemals mehr eine weitere bekommen!

Als das vertraute Heulen der Verdunkelung anfing, während er und Lianna auf ihre Kabinen zugingen, beugte er sich vor und flüsterte ihr zu: „Täusche eine Ohnmacht vor und brich, gerade wenn wir die Kabine betreten, zusammen."

Lianna gab kein Zeichen, daß sie verstanden hatte, außer daß ihre Finger schnell seine Hand drückten.

Der Offizier des Wolkenreiches war ein halbes Dutzend Schritte hinter ihnen, und seine Hand ruhte auf dem Kolben seiner Atompistole.

Lianna wankte an der Tür der Kabine und preßte die Hand auf das Herz: „Zarth, mir ist schlecht", flüsterte sie heiser, dann ließ sie sich auf den Boden sinken.

Gordon fing sie auf und hielt sie. „Sie ist ohnmächtig geworden! Ich wußte ja, diese Einkerkerung würde zuviel für sie sein!" Er wandte sich ärgerlich dem bestürzten Offizier zu: „Helfen Sie mir, sie in die Kabine zu bringen!"

Der Offizier war bestrebt, sie aus dem Gang wegzubekommen; seine Befehle lauteten ja, daß sie sofort, wenn wieder eine Verdunkelung begann, eingesperrt werden müßten. Der Mann aus dem Wolkenreich trat vor und bückte sich, um Lianna aufheben und hineintragen zu helfen, und in demselben Augenblick handelte Gordon!

Er ließ Lianna zu Boden fallen und griff nach dem Kolben der Atomwaffe des Mannes. So schnell war seine Bewegung, daß er die Waffe aus dem Holster hatte, ehe der andere den Überfall erkannte. Der Mann aus dem Wolkenreich wollte sich aufrichten, und sein Mund öffnete sich, um gellend Alarm zu schlagen.

Gordon schmetterte ihm den Kolben der schweren Atompistole gegen die Schläfe. Das Gesicht des Offiziers wurde ausdruckslos, und er fiel wie ein leerer Sack in sich zusammen.

„Schnell, Lianna!" Gordon brach der Schweiß aus. „In die Kabine mit ihm!"

Lianna war bereits wieder auf den Beinen. Im Nu hatten sie die reglose Gestalt in den kleinen Raum geschleppt und die Tür geschlossen. Gordon beugte sich über den Mann, dessen Schädel zerschmettert war.

„Tot", sagte er schnell. „Lianna, das ist meine Chance!" Er begann, die Jacke des Toten abzustreifen.

Sie kam rasch an seine Seite. „Zarth, was willst du tun?"

„Es muß doch zumindest *ein* Patrouillenkreuzer des Reiches in der Nähe sein", keuchte Gordon. „Wenn ich die Verdunkelungseinrichtung der *Dendra* beschädigen kann, wird die Patrouille uns entdecken und das Schiff kapern."

„Es ist wahrscheinlicher, daß sie es in Stücke schießen werden", warnte Lianna.

„Das weiß ich auch." Seine Augen hielten die ihren fest. „Aber ich bin bereit, das Risiko zu tragen, wenn du es auch bist!"

Ihre grauen Augen blitzten. „Ich bin bereit, Zarth. Die Zukunft der ganzen Galaxis hängt davon ab."

„Du bleibst hier!" befahl er. „Ich werde die Uniform dieses Mannes anziehen und seinen Helm aufsetzen, das wird mir ein wenig bessere Möglichkeiten bieten."

In ein paar Minuten hatte Gordon sich mit Gewalt in die Uniform des Toten gezwängt; er drückte den Helm fest, steckte die Atompistole in das Holster und schlüpfte in den Gang hinaus.

Die *Dendra* flog immer noch verdunkelt und suchte sich vorsichtig ihren Weg durch die selbsterzeugte Dunkelheit. Gordon ging nach achtern, denn er hatte bereits während der vergangenen Tage festgestellt, daß das Geräusch der Verdunkelungsgeneratoren aus einem Raum achtern auf dem unteren Deck kam. Er hastete in der Richtung dieses lauten Heulens vorwärts.

Im Gang befand sich niemand. Während der Verdunkelung war jeder Mann und Offizier auf den Bereitschaftsstationen. Gordon erreichte das Ende des Gangs, von wo eine schmale Kajütstreppe zum unteren Deck hinabführte. Hier waren die Türen offen, und er blickte in die Räume der großen Antriebsgeneratoren. Offiziere standen an den Schalttafeln für den Flug, Soldaten überwachten die Anzeigegeräte der riesigen, surrenden Antriebsmaschinen. Ein Offizier sah überrascht auf, als Gordon schnell an der Tür vorbeiging, aber sein Helm und seine Uniform schienen den Mann aus dem Wolkenreich zu beruhigen.

Natürlich, dachte Gordon: Die Wache, die ich tötete, würde ja, nachdem sie uns eingesperrt hatte, zu ihrer Station zurückkehren.

Er war nun näher an den laut heulenden Verdunkelungsgeneratoren; sie befanden sich gerade gegenüber den Haupträumen der Antriebsmaschinen, und die Tür des Verdunkelungsraums war ebenfalls offen.

Gordon zog seine Atompistole und trat auf die Schwelle: Er blickte in einen großen Raum, dessen Generatoren das laute Heulen von sich gaben. Eine ganze Seite von ihnen bestand in einer Anhäufung von riesigen Vakuumröhren, die in einem weißen Leuchten pulsierten. Zwei Offiziere und vier Soldaten befanden sich in dem Raum. Ein Offizier an einer Schalttafel jenseits der Röhren wandte sich um, um zu einem Mann zu sprechen, und erblickte Gordons gespanntes Gesicht in der Tür. „Zarth Arn!" rief der Offizier gellend und griff nach seiner Pistole. „Paßt auf!"

Gordon drückte seine Pistole ab. Es war das erste Mal, daß er eine solche Waffe anwandte, und seine Unkenntnis täuschte ihn. Er zielte quer über den Raum, auf die Vakuumröhren, aber die Waffe schlug in seiner Hand hoch, und das explodierende Geschoß verbrannte die Decke. Als der Offizier auf ihn schoß, ging er blitzschnell in die Hocke, und das Geschoß traf den Türrahmen über seinem Kopf, der sofort hell aufloderte.

„Großalarm!" schrie der Offizier gellend, „faßt . . ."

Gordon drückte in diesem Augenblick wiederum ab, aber jetzt hielt er seine Waffe nach unten. Die Atomgeschosse aus seiner Pistole explodierten mitten in der Anhäufung der riesigen

Röhren, aus denen elektrische Funkengarben in den Verdunkelungsraum hinausschossen. Zwei Männer und ein Offizier schrien auf, während züngelnde violette Flammen sie einhüllten. Der Offizier mit der Pistole warf sich erschrocken herum. Gordon tötete ihn kurzerhand. Er schoß dann in den nächstliegenden riesigen Generator. Das Geschoß zerschmolz nur dessen Metallmantel, aber die riesigen Vakuumröhren zersprangen, der ganze Raum war ein Inferno. Die Männer darin taumelten in den violetten Flammen, schrien und sanken nieder.

Gordon war in den Gang zurückgesprungen. Er schrie frohlockend auf, als er die Schwärze außerhalb des Fensters plötzlich von einem Gewölbe glänzender Sterne verdrängt sah.

„Unsere Verdunkelung versagt!" schrie gellend eine Stimme auf einem der oberen Decks. Glocken schrillten laut. Gordon hörte das Poltern vieler Füße, als die Männer aus dem Wolkenreich von den oberen Decks zum Verdunkelungsraum hinunterliefen.

Gestrandet im Orion-Nebel

GORDON erblickte etwa ein Dutzend Liga-Soldaten, die am anderen Ende in diesen Gang im Unterdeck hereinstürzten. Er wußte, daß sein Spiel aus war, aber er richtete seine Atompistole auf sie und feuerte sie wütend gegen sie ab. Die Geschosse flogen den Gang hinunter und explodierten. Die kleinen Explosionen mähten die Hälfte der Männer nieder, aber die anderen stürmten mit wolfsähnlichem Gebrüll vorwärts. Und seine Pistole versagte in seiner Hand, ihre Ladung war erschöpft.

Da geschah es!

Das ganze Gefüge der *Dendra* schaukelte heftig, und es gab ein Krachen von berstenden Platten und Trägern. Der Raum außerhalb des Schiffes wurde durch ein strahlendes Aufflammen erleuchtet.

„Dieser Reichskreuzer hat uns entdeckt und beschießt uns!" schrie eine Stimme gellend. „Wir sind getroffen worden!"

Das fortwährende krachende Bersten von auseinanderbrechenden Streben und Platten wurde vom schrillen Pfeifen ausströmender Luft begleitet. Dann kam das schnelle Zuknallen von automatischen Schotten, die sich schlossen. Der Gang, in dem Gordon stand, wurde plötzlich geteilt; er war von den Männern an dessen anderem Ende abgeschnitten.

„Auf Kampfstation! Raumanzüge an!" ertönte Durk Undis' scharfe Stimme aus den Lautsprechern durch das ganze Schiff. „Wir müssen den Kampf mit diesem Reichskreuzer austragen!"

Glocken schrillten, Alarmeinrichtungen heulten. Dann kam die schlagartige Erschütterung, als die riesigen Atomkanonen eine Breitseite abfeuerten. Weit weg im Raum, draußen in der unendlichen Dunkelheit erblickte Gordon Lichtpunkte, die plötzlich aufflammten und verschwanden. Das war ein Duell im Raum! Seine unvermutete Zerstörung der Verdunkelungseinrichtung, die sie verborgen hatte, machte die *Dendra* dem Reichskreuzer sichtbar – was sie ja zu vermeiden versucht hatte. Dieser Kreuzer hatte sofort das Feuer eröffnet.

Lianna! dachte Gordon entsetzt. Wenn sie verletzt worden ist! Er wandte sich um und eilte die Kajütstreppe zum Mitteldeck hinauf.

Lianna kam ihm dort im Gang entgegengelaufen. Ihr Gesicht war bleich, aber ohne Furcht. „In dem Schrank hier sind Raumanzüge!" rief sie. „Schnell, Zarth, das Schiff kann jeden Augenblick wieder getroffen werden!"

Das Mädchen hatte sich darauf besonnen, nach einem der Schränke für Raumanzüge zu suchen, die an strategisch wichtigen Punkten über das ganze Schiff verteilt waren. In ihrer Kabine zwängten sie und Gordon sich hastig in die Anzüge; sie bestanden aus einem versteiften metallischen Gewebe mit kugelförmigen Helmen aus einer glasartigen Masse, deren Sauerstoffapparate automatisch in Tätigkeit traten, sobald die Helme geschlossen wurden.

Lianna sprach, und er hörte ihre Stimme ganz wie immer mittels einer Kurzstreckenverbindung, die in jedem Anzug eingebaut war.

„Der Reichskreuzer wird das Schiff, nun, da es nicht mehr verdunkeln kann, in Stücke schießen!" rief sie ihm zu.

Gordon war durch die Fremdartigkeit des Bildes, das er vor den Fenstern erblickte, völlig verwirrt. Die *Dendra,* die mit hoher Geschwindigkeit manövrierte, um das Radargerät des anderen Schiffes irrezuführen, schoß fortgesetzt ihre schweren Atomgranaten ab.

Weit im Raum draußen flammten winzige Stecknadelköpfe von Licht auf und verschwanden schnell. So gewaltig war die Entfernung, in der dieses Duell geführt wurde, daß die riesigen Flammenausbrüche der explodierenden Atomgranaten so viel an Größenausmaß verloren.

Wiederum erstrahlte der Raum um sie in einem Ausbruch von blendendem Licht, als die Granaten des Reichskreuzers nahe herankamen.

Die *Dendra* erzitterte von den lautlosen Atomexplosionen bis zu den Spitzen ihrer Verstrebungen.

Gordon und Lianna wurden von den heftigen Schlägen zu Boden geschleudert. Er bemerkte, daß das gleichmäßige Dröhnen der Antriebsgeneratoren zu einem Tuckern und Rattern geworden war. Noch mehr automatische Schotten schlugen krachend zu.

„Treffer im Maschinenraum!" kam ein Schrei durch sein Raumanzugs-Audiofon. „Nur noch zwei Generatoren laufen!"

„Haltet sie in Betrieb!" ertönte Durk Undis' wütender Befehl. „Wir werden dieses Reichsschiff mit unserer neuen Waffe gleich außer Gefecht setzen!"

Ihre neue Waffe? Gordon erinnerte sich schnell daran, daß Shorr Kan beteuert hatte, die Liga besitze eine mächtige neue Angriffswaffe, die jedes Schiff niederkämpfen könne.

„Lianna, sie haben im Augenblick die Hände viel zu voll, um sich um uns zu kümmern!" rief Gordon aus. „Dies ist unsere Chance zu fliehen! Wenn wir in einem von den Raumbooten wegkommen, können wir dieses Reichsschiff erreichen!"

Lianna zauderte nicht. „Ich bin bereit, es zu versuchen, Zarth!"

„Dann los!" rief er.

Die *Dendra* stampfte immer noch wild, und er stützte Lianna, als er sie hastig den Gang entlangführte. Die Schützen in Raumanzügen auf den Geschützgalerien, an denen sie vorbeigingen, waren zu vertieft in den verzweifelten Kampf, um auch nur einen Blick auf sie zu werfen. Sie erreichten die Luke, in deren Wand eine verschlossene Klappe war, die zu einem der Raumrettungsboote führte, die am Schiffsrumpf befestigt waren.

Gordon tastete einen Augenblick fieberhaft an der Klappe herum. „Lianna, ich weiß nicht, wie ich das hier öffnen soll. Kannst du es?"

Sie ergriff die Verschlußteile und zog an ihnen, aber sie rührten sich nicht. „Zarth, die automatischen Sicherungsvorrichtungen haben sich geschlossen. Das bedeutet, daß das Raumboot beschädigt und unbrauchbar ist!"

Gordon sträubte sich gegen die Verzweiflung, die ihn überkommen wollte. „Da sind noch andere Raumboote, auf der anderen Seite . . ."

Die *Dendra* stampfte noch immer wild, ihre auseinanderfallenden Verstrebungen krachten und kreischten. Immer noch explodierten draußen Granaten mit blendendhellem Schein.

Aber in diesem Augenblick hörten sie einen Schrei voll leidenschaftlicher Begeisterung von Durk Undis: „Unsere Waffe hat sie außer Gefecht gesetzt, nun gebt ihnen eine volle Breitseite!"

Darauf ertönte ein schwaches Jubelgeschrei. „Wir haben sie erwischt!"

Durch das Bullauge neben der Luke erblickte Gordon weit draußen im leeren Raum ein plötzliches Aufflackern wie das einer neuen Nova. Es war diesmal kein Licht von der Größe eines Stecknadelkopfes, sondern ein strahlender Stern, der schnell aufleuchtete und verging.

„Sie haben den Reichskreuzer vernichtet!" rief Lianna.

Gordon sank der Mut. „Aber wir könnten immer noch entkommen, wenn wir eines der anderen Raumboote erreichen."

Sie machten sich auf den Rückweg. Da stürzten zwei Offiziere in den Quergang. „Haltet sie!" schrie einer. Sie schickten sich an, ihre Atompistolen aus den Holstern ihrer Raumanzüge zu ziehen.

Gordon griff verzweifelt an, die Seitenlage des schlingernden Schiffes warf ihn gegen die beiden Männer. Er rollte mit ihnen auf den Boden des Korridors und versuchte ungestüm, einem von ihnen eine Waffe zu entreißen.

Dann ertönten laut um ihn herum mehrere Stimmen, er fühlte sich von vielen Händen gepackt, die ihn von seinen

Gegnern losrissen. Gordon wurde keuchend und atemlos hochgezerrt und entdeckte, daß ein halbes Dutzend Männer Lianna und ihn selbst hielten.

Durk Undis' wütendes rotes Gesicht war unter dem Glashelm des vordersten Mannes zu erkennen. „Sie Verräter!" zischte er Gordon zu. „Ich sagte ja Shorr Kan, daß man sich auf keinen von der Brut des Reiches verlassen könne."

„Töte sie doch jetzt alle beide!" drängte einer der wutentbrannten Männer. „Es war Zarth Arn, der die Verdunkelung zerstörte und uns in diese Lage brachte!"

„Nein, sie sterben noch nicht!" fuhr Durk Undis auf. „Shorr Kan wird mit ihnen abrechnen, sobald wir zur Wolke zurückkommen."

„Falls wir zur Wolke zurückgelangen", verbesserte ihn der andere Offizier bitter. „Die *Dendra* ist schwer beschädigt, ihre letzten beiden Generatoren werden kaum noch lange laufen, und die Raumboote sind in Trümmern. Wir können nicht einmal mehr den halben Weg zurückfliegen."

Durk Undis straffte sich. „Dann werden wir uns eben verbergen müssen, bis Shorr Kan ein Schiff zum Entsatz für uns sendet. Wir werden ihn auf einer geheimen Welle anrufen und berichten, was geschah."

„Wo wollen wir uns denn verbergen?" rief ein anderer Offizier. „Dies ist ja Reichs-Raum! Dieser Patrouillenkreuzer hat, ehe wir ihn abschossen, ohne Zweifel noch eine Funknachricht abgesandt. Dieser ganze Sektor wird binnen vierundzwanzig Stunden von Reichsgeschwadern durchsucht werden!"

Durk Undis fletschte wütend die Zähne. „Ich weiß, wir müssen hier weg. Und da gibt es nur einen Ort, wo wir hinkönnen!"

Er wies durch ein Bullauge auf einen strahlend kupferroten Stern, der gerade eben innerhalb des glühenden Dunstes des riesengroßen Orion-Nebels dunkel leuchtete. „Diese Kupfersonne hat einen Planeten, der auf den Karten als unbewohnt bezeichnet wird. Wir könnten dort auf Hilfe warten. Die verdammten Reichskreuzer werden nicht lange nach uns suchen, wenn wir beschädigte Teile über Bord werfen, damit es so aussieht, als ob wir vernichtet worden wären."

„Aber die Karten zeigen, daß diese Sonne und ihr Planet in dem Zentrum eines Staubwirbels liegen! Da können wir nicht hin!" warf ein anderer Mann der Mannschaft ein.

„Der Wirbel wird uns an sich ziehen, und ein Entsatzschiff mit starken Generatoren wird imstande sein, hinein- und auch wieder hinauszugelangen", beharrte Durk Undis. „Steuert mit aller Geschwindigkeit, die ihr aus den Generatoren noch herausholen könnt, darauf zu. Zieht noch keine Kraft ab, um eine Nachricht nach Thallarna zu senden. Das können wir tun, wenn wir sicher auf jenem Planeten sind." Er wies auf Gordon und Lianna. „Und diese zwei feßle, Linn Kyle, und laß sie von einem Mann mit gezogener Pistole rund um die Uhr bewachen!"

Gordon und Lianna wurden in eine der Metallkabinen geschleppt, deren Wände von den Kampfschäden schlimm verbeult waren. Sie wurden in zwei gefederte Stühle geworfen, die auf drehbaren Sockeln befestigt waren. Fesseln aus einer plastischen Masse wurden um ihre Arme und Beine gelegt, die sie an dem Rahmen des Stuhles festhielten. Der Offizier Linn Kyle ließ sie dann mit einem riesigen Soldaten zurück, der mit gezogener Pistole dablieb, um sie zu bewachen.

Gordon brachte es mit ruckartigen Bewegungen fertig, seinen Stuhl zu drehen, bis er mit seinem Gesicht Lianna zugewandt war. „Lianna, ich dachte, wir hätten eine Chance, aber ich habe die Dinge bloß noch schlimmer gemacht", sagte er heiser.

Ihr Gesicht zeigte keine Furcht, als sie ihn durch ihren Glashelm anlächelte. „Du mußtest es versuchen, Zarth, und zumindest hast du Shorr Kans Plan vereitelt."

Gordon wußte es besser. Zu seiner Enttäuschung wurde ihm bewußt, daß sein Versuch, die *Dendra* von Streitkräften des Reiches kapern zu lassen, ein völliger Fehlschlag gewesen war. Worin auch die neue, mächtige Waffe bestand, die von den Leuten aus dem Wolkenreich angewendet worden war, sie war für den Reichskreuzer zuviel gewesen. Er hatte bloß den einen Erfolg gehabt, den Männern aus dem Wolkenreich und Shorr Kan zu beweisen, daß er ihr Feind war.

Er würde nun niemals mehr Gelegenheit haben, Throon vor Corbulos Verrat und dem drohenden Angriff zu warnen! Er und

Lianna würden zum Wolkenreich und zu Shorr Kans Vergeltung zurückgeschleppt werden. Bei Gott, nur das nicht! schwor Gordon sich. Ich werde sie dazu bringen, daß sie uns töten, ehe ich Lianna dorthin zurückgelangen lasse!

Die *Dendra* fuhr hämmernd stundenlang weiter, sie humpelte sozusagen auf ihren letzten beiden Generatoren. Dann brach die Maschinenkraft ab, und man ließ das Schiff treiben. Bald drang es in die seltsame Glut des riesigen Orion-Nebels ein.

Ab und zu ertönte aus vielen Teilen des Schiffes ein drohendes Knistern und Knarren. Als eine neue Wache zur Ablösung kam, erfuhr Gordon aus dem kurzen Gespräch der beiden Männer, daß nur achtzehn Offiziere und Mannschaftsangehörige am Leben geblieben waren.

Einige Stunden später begann das stampfende Schiff sich unter der Einwirkung starker Strömungen aufzubäumen und zu schlingern. Gordon erkannte, daß sie nun in den großen Staubwirbel des Orion-Nebels hineinkamen, auf den Linn Kyle hingewiesen hatte. Immer heftiger wurde das Aufbäumen, das die *Dendra* vollends zu zerstören schien. Dann folgte ein lauter Krach, und ein paar Minuten hielt ein singendes Geräusch an.

„Die Luft ist nun völlig aus dem Schiff entwichen", murmelte Lianna. „Ohne unsere Raumanzüge wären wir alle tot."

Der Tod schien John Gordon auf jeden Fall nahe zu sein. Das angeschlagene Schiff stand nun unter der vollen Wucht der mächtigen Staubströmung des Orion-Nebels, die es einer Sturzlandung auf der Sternenwelt vor ihnen entgegentrug.

Stunden verstrichen. Die *Dendra* benutzte nun wieder die schwache Kraft ihrer beiden verbliebenen Generatoren, um zu verhindern, daß sie in die kupferne Sonne hineingezogen wurden, der sie sich näherten.

Gordon und Lianna konnten bloß gelegentlich flüchtige Blicke durch ein Bullauge auf ihr Ziel werfen: Sie sahen einen Planeten, der um diesen kupferfarbenen Stern kreiste – einen gelben, lohfarbenen Weltkörper.

Durk Undis' Stimme erteilte einen abschließenden Befehl: „Anschnallen für Sturzlandung!"

Die Wache, die Gordon und Lianna beaufsichtigte, schnallte

sich neben ihnen auf eine gefederte Liege. Luft begann durch das Wrack zu pfeifen.

Gordon nahm flüchtig unheimliche ockerfarbene Wälder wahr, auf die sie zurasten. Die Generatoren heulten mit einer kurzen Anstrengung laut auf, um die Geschwindigkeit zu vermindern. Dann folgte ein Krachen, das Gordon in eine vorübergehende Dunkelheit schleuderte.

Monstermenschen

GORDON kam erschüttert zu sich und entdeckte, daß es Liannas besorgte Stimme war, die ihn aufgerüttelt hatte. Das Mädchen beugte sich aus der Liege, an die es gefesselt war, zu ihm; seine Miene war besorgt. „Zarth, ich dachte schon einen Augenblick, du seist wirklich verletzt! Deine gefederte Liege brach beinahe los."

„Alles in Ordnung", brachte Gordon mühsam als Antwort heraus. Sein Blick irrte umher, um die Szene zu erfassen. „Wir sind also gelandet!"

Die *Dendra* war kein Schiff mehr, sondern nur noch eine verbogene Metallmasse, deren Reisen für immer beendet waren. Wände waren wie Papier zerknittert, Metallträger und Streben waren durch den Aufprall bei der Sturzlandung wie Pappdeckel weggerissen worden. Heißes kupferfarbenes Sonnenlicht strömte durch einen klaffenden Spalt in der Kabinenwand. Durch diese Öffnung konnte Gordon nach draußen blicken.

Das Wrack lag inmitten eines hoch aufragenden ockerfarbenen Dschungels von fremdartigen Bäumen, deren breite Blätter direkt aus ihren weichen gelben Stämmen wuchsen. Bäume, Buschwerk und seltsames Gestrüpp von gelb-schwarzen Blumen waren durch den Sturz des Wracks niedergerissen worden.

Goldener Sporenstaub schwebte in dem metallischen Sonnenlicht, und fremdartige Vögel oder Lebewesen, deren Flügel mit Schwimmhäuten versehen waren, flogen durch die ockerfarbene Wildnis. An Gordons Ohr drang ganz aus der Nähe das abgerissene Summen der Atomturbinen und Generatoren im Wrack.

„Durk Undis' Männer haben sich an die Arbeit gemacht, um die beiden Generatoren in Betrieb zu setzen", sagte Lianna. „Es scheint, sie wurden nicht zu arg beschädigt."

„Dann werden sie einen Ruf zur Wolke zurücksenden", murmelte Gordon, „und Shorr Kan wird ein anderes Schiff hierherschicken!"

Linn Kyle kam in ihre Kabine, er trug keinen Raumanzug mehr. „Du kannst den Gefangenen ihre Anzüge abnehmen!" befahl der Offizier ihrer Wache. „Laß sie aber trotzdem an die Liegen gefesselt."

Gordon war erleichtert, den schweren Anzug und den Helm loszuwerden. Er fand, daß die Luft atembar, aber mit seltsam würzigen Gerüchen beladen war.

Gerade jenseits des Gangs, der von ihrem Gefängnis wegführte, befand sich der Stereoraum; sie hörten bald den Übertragungsapparat sein hochtönendes Heulen beginnen. Dann erreichte sie die klare Stimme von Durk Undis: „Wir rufen das Hauptquartier in Thallarna! Hier spricht der Kommandant der *Dendra!*"

„Wird ihr Ruf nicht Aufmerksamkeit erregen?" fragte Lianna. „Wenn er von einem Kriegsschiff des Reiches gehört wird, dann wird das doch aufmerksam werden."

Gordon hatte keine Hoffnung. „Nein, Durk Undis erwähnte eine geheime Welle, die sie benutzen würden. Ohne Zweifel bedeutet das, daß sie Thallarna rufen können, ohne abgehört zu werden."

Minutenlang hielten die Rufe an. Dann hörten sie Durk Undis den Befehl erteilen, den Übertragungsapparat abzuschalten. „Wir werden es wieder versuchen", hörten sie ihn sagen. „Wir müssen es dauernd versuchen, bis wir das Hauptquartier erreichen."

Gordon schob seine gefederte Liege durch unmerkliche Rucke seines Körpers herum. Er konnte nun durch den zerstörten Gang in den Stereoraum blicken, dessen Tür schief in ihrem Rahmen hing.

Zwei Stunden später sah er drinnen wiederum Durk Undis und seinen Techniker, die mit einem Ruf Thallarna zu erreichen suchten. Als die Generatoren achtern zu summen begannen, schloß der Techniker die Hebel seiner Übertragungsapparate und stellte dann auf seiner Schalttafel eine Reihe von feinen Meßinstrumenten ein.

„Sei sorgsam bedacht, genau die Frequenz einzuhalten“, warnte Durk Undis. „Wenn die verfluchten Reichsschiffe von unserem Ruf auch nur ein Flüstern auffangen, werden sie eine Richtungspeilung ausführen und sofort hiersein, um uns zu jagen.“

Dann begann wieder eine Reihe von Anrufen. Und diesmal hatte Durk Undis bei seinem Versuch, eine Antwort zu erreichen, Erfolg.

„Die *Dendra* ruft. Kapitän Durk Undis spricht!“ rief er aufgeregt in den Übertragungsapparat. „Ich kann wegen Mangels an Maschinenkraft nicht auf Stereo schalten. Aber hier ist meine Identifizierung.“

Er nannte eine Reihe von Zahlen, offenbar einen vorher vereinbarten Identifikations-Code. Dann gab er schleunigst die Raumkoordinaten des Planeten im Orion-Nebel durch, wo das Wrack lag, und erstattete Bericht über den Kampf und seine Folgen.

Shorr Kans Stimme klang aus dem Empfänger des Apparates. „So versuchte also Zarth Arn das Unternehmen zu sabotieren? Ich dachte nicht, daß er solch ein Narr ist! Ich werde Ihnen sofort einen anderen Phantomkreuzer schicken. Verhalten Sie sich ruhig, bis er eintrifft, denn die Reichsflotte darf keinen Verdacht schöpfen, daß Sie sich in ihrem Gebiet befinden.“

„Ich nehme an, daß wir nun das Unternehmen, zur Erde zu fliegen, nicht fortsetzen werden?“ sagte Durk Undis.

„Natürlich nicht!“ fuhr Shorr Kan auf. „Sie werden Zarth Arn und das Mädchen ins Wolkenreich zurückbringen. Vor allem darf er nicht entkommen, um Nachrichten nach Throon zu bringen!“

Gordon wurde, als er dies hörte, kalt ums Herz. Lianna sah ihn stumm an. Durk Undis und die anderen Männer vom Wolkenreich waren voll Begeisterung. Gordon hörte den fanatischen jungen Kapitän seine Befehle geben.

„Wir werden um das Wrack Wachen aufstellen. Wir wissen nicht, welche Art von Lebewesen sich in dieser Wildnis befindet. Linn Kyle, du hast das Kommando über die erste Wache.“

Nacht senkte sich auf den ockerfarbenen Dschungel herab,

als die kupferrote Sonne sank. Der naßkalte Hauch des Waldes wurde stärker. Die Nacht war gleich einer Mondnacht voll wunderbarer Glut, denn der aufflammende Himmel des Orion-Nebels goß über den brütenden Dschungel und das Wrack ein seltsames Leuchten aus.

Aus dem vom Orion-Nebel erleuchteten Dschungel drang ein wenig später das Echo eines fernen Schreis; es war ein kehliger, tierischer Ruf, aber mit einem Anflug von Menschlichkeit in seinen Lauten.

Gordon hörte Durk Undis' scharfe Stimme. „Das muß ein ziemlich großes Tier sein! Haltet eure Augen offen!"

Lianna erschauerte leicht. „Man erzählt von diesen verlorenen Planeten im Orion-Nebel seltsame Geschichten. Nur wenige Schiffe wagten es, jemals in diese Staubwirbel einzudringen."

„In diesen Staubwirbel werden dennoch, wenn ich es irgendwie zuwege bringen kann, Schiffe eindringen", murmelte Gordon. „Wir werden nicht zum Wolkenreich zurückfliegen!"

Er hatte etwas entdeckt, das ihm eine schwache Hoffnung gab. Die gefederte Liege, an die er gefesselt war, hatte wie der Rest des Wracks durch den Aufprall der Sturzlandung gelitten. Der Metallrahmen, an den man sein Handgelenk gefesselt hatte, war zersprungen. Der Riß war nur dünn, er tat der Festigkeit der Liege keinen Abbruch, aber er bot eine etwas vorstehende, unebene Kante. Gegen diese aufgerauhte Kante begann Gordon heimlich die elastische Fessel an seinen Handgelenken zu reiben.

Es schien Gordon wenig wahrscheinlich, daß es gelingen würde, mit dieser kleinen rauhen Stelle das elastische Material seiner Fessel zu zerschneiden, aber es war wenigstens eine Möglichkeit, und er nahm sie wahr, indem er dauernd unmerklich daran rieb, bis ihn die Muskeln schmerzten.

Gegen Morgen wurden sie durch eine Wiederholung des unheimlichen, kehligen Rufes, der aus den Wäldern kam, aus dem Schlummer geweckt. Der nächste Tag und der übernächste vergingen, indes die Männer aus dem Wolkenreich warteten. Aber in der dritten Nacht brach das Grauen über sie herein.

Bald nach Einbruch der Dämmerung folgte an diesem

Abend einem gellenden Schrei von einem der Männer, die auf Posten standen, das Krachen einer Atompistole. „Was ist da los?" rief Durk Undis.

„Lebewesen, die wie Menschen aussahen, aber sie zerflossen, als ich auf sie feuerte!" rief eine zweite Stimme. „Sie verschwanden wie ein Spuk!"

„Da ist ein anderer! Und da sind noch mehr von ihnen!" rief ein Dritter. „Seht dort!" Pistolen gingen los, die Explosionen ihrer Atomgeschosse ließen die Nacht erbeben. Durk Undis erteilte gellend Befehle.

Lianna hatte ihre Liege gegen das Bullauge herumgeschwungen. „Zarth, sieh doch mal!" schrie sie.

Es gelang Gordon, auch seine Liege herumzudrehen; er starrte auf das unglaubliche Bild vor ihnen. Da draußen ergossen sich aus dem Dschungel zu Dutzenden menschenähnliche Wesen. Sie sahen wie große, quallige Männer aus. Ihre Augen leuchteten, als sie zum Angriff auf das Wrack übergingen.

Durk Undis und seine Männer setzten ihre Atompistolen ein, und das blendende Aufflammen der Atomgeschosse ließ das matte Glühen des Nebels dunkel erscheinen. Aber wo auch immer diese Kugeln die feindlichen Eindringlinge trafen, zerschmolzen die qualligen Männer einfach; ihre Körper zerflossen in eine zähe Gallerte, die über den Boden abfloß und sich langsam zurückzog.

„Sie kommen auch von der anderen Seite!" ertönte die Warnung von Linn Kyle.

Durk Undis' Stimme klang gebieterisch. „Mit den Pistolen werden wir sie nicht lange aufhalten! Linn, nimm zwei Männer, und setze die Schiffsgeneratoren in Betrieb. Häng ein Strahlkabel daran, und wir können diese Wesen mit Druckstrahlen bearbeiten!"

Liannas Augen weiteten sich vor Schreck, als sie Zeuge davon wurde, wie die quallige Horde zwei der Männer aus dem Wolkenreich in ihre Gewalt bekam und sie in den Dschungel zurückschleppte. „Zarth, es sind Ungeheuer! Keine Menschen, aber auch keine Tiere . . ."

Gordon sah, daß der Kampf eine böse Wendung nahm. Die quallige Horde hatte Durk Undis' Männer bis nahe an das

Wrack zurückgedrängt. Es schien, als ob die unheimlichen Angreifer nicht verletzt werden könnten, denn jene, die getroffen wurden, zerschmolzen einfach zu Gallerte und flossen davon.

Jetzt aber begannen die Generatoren im Wrack laut zu summen. Dann tauchten Linn Kyle und seine zwei Männer auf, die ein schweres Kabel schleppten. An seinem Ende hatten sie hastig einen von den Druckstrahlenprojektoren montiert, die normalerweise das Schiff antrieben.

„Setzt es schnell ein!" schrie Durk Undis. „Die Scheusale sind zu viele für uns!"

„Bahn frei!" rief Linn Kyle gellend. Er schaltete den schweren Strahlenwerfer ein. Blendende Energieströme schossen aus ihm heraus und fuhren durch die quallige Horde. Der Boden wurde im Nu zu einem Strom dahinkriechender, fließender Gallerte.

Die scheußlichen Angreifer traten schwerfällig den Rückzug an. Der zähe Schleim auf dem Boden zog sich ebenfalls in den Schutz des Dschungels zurück. Dann ertönte draußen aus den ockerfarbenen Wäldern ein wütender Chor von unmenschlichen, kehligen Schreien.

„Schnell, macht noch mehr Strahlenprojektoren fertig!" befahl Durk Undis. „Das ist das einzige, was sie abhalten wird. Wir brauchen auf jeder Seite des Wracks einen."

„Was, in Teufels Namen, sind diese Viecher denn?" schrie Linn Kyle, und seine Stimme klang schrill vor Grauen.

„Jetzt ist keine Zeit, darüber nachzudenken", stieß der andere hervor. „Sieh zu, daß du die Projektoren bereitstellst."

Gordon und Lianna wurden eine halbe Stunde später Zeugen eines weiteren Angriffs. Aber diesmal standen der qualligen Horde vier Ströme von Druckstrahlen entgegen. Dann hörten die Angriffe auf.

„Sie sind fort", sagte ein Mann aus dem Wolkenreich. „Aber sie haben zwei von uns weggeschleppt!"

Als die Generatoren ausgeschaltet waren, hörte Gordon aus der Ferne ein neuartiges Geräusch. „Lianna, hörst du das?"

Es war ein pulsierender, pochender Ton, wie das tiefe Schlagen von fernen Trommeln. Es kam von weit westwärts aus dem vom Nebel erhellten Dschungel. Dann erklang, den pochenden Trommelschlag unterbrechend, eine Reihe von schwachen menschlichen Schreien wie in Todesangst. Ein triumphierender Chor von kehligen Stimmen rauschte empor, dann herrschte Schweigen.

„Das waren die beiden Männer aus dem Wolkenreich, die gefangengenommen wurden", sagte Gordon angewidert. „Gott weiß, was mit ihnen da draußen geschehen ist!"

Lianna war blaß. „Zarth, dies ist eine Welt des Grauens. Kein Wunder, daß das Reich sie unkolonisiert ließ."

Die Bedrohung ihrer eigenen Person schien Gordon nun doppelt groß zu sein. Beinahe wäre er, um Lianna Sicherheit vor den gespenstischen Schrecken dieses Planeten zu gewähren, lieber freiwillig zum Wolkenreich zurückgekehrt. Aber seine Entschlossenheit kam wieder: Sie würden fliehen, aber nicht, um wieder in Shorr Kans Hände zu fallen, wenn er es verhindern konnte! Er zwang sich, die langsamen, scheuernden Bewegungen fortzusetzen, mit denen er seine elastischen Fesseln gegen den rauhen Riß im Stahlrahmen rieb.

Am Ende schlief er vor Müdigkeit ein und erwachte erst Stunden nach Anbruch der Morgendämmerung. Im kupfrigen Sonnenlicht sah der ockerfarbene Dschungel täuschend friedlich aus. Aber Gefangene wie Wächter wußten nun gleicherweise, welch unheimliches Grauen da draußen in jenen goldenen Waldlichtungen brütete.

Gordon setzte den langen Tag über seine scheuernden Bewegungen fort, um die abgewetzte Stelle an seiner Fessel zu vergrößern. Er ließ nur davon ab, wenn die Blicke ihrer Wache auf ihm ruhten.

„Denkst du, du kannst freikommen?" flüsterte Lianna voll Hoffnung.

„Bis heute abend müßte ich eigentlich imstande sein, es durchzuwetzen", murmelte er.

„Aber dann? Was wird es dir schon nützen? Wir können ja nicht da hinaus in den Dschungel fliehen!"

„Nein, aber wir können Hilfe herbeirufen", murmelte Gordon. „Ich habe schon an eine Möglichkeit gedacht."

Die Nacht kam, und Durk Undis erteilte seinen Männern energische Befehle: „Zwei Mann halten sich an jedem der Strahlenwerfer bereit, um die Kreaturen zurückzuschlagen, wenn sie kommen! Wir werden die Generatoren dauernd laufen lassen."

Das waren willkommene Neuigkeiten für Gordon. Es machte den gefährlichen Plan, den er ausgeheckt hatte, eher möglich. Er fühlte, daß die zähe, elastische Masse seiner Fessel nun bereits halb durchgewetzt sein mußte, aber sie fühlte sich immer noch zu fest an, um sie zu zerreißen.

Die Generatoren hatten zu summen begonnen, und die sorgenvollen Männer aus dem Wolkenreich brauchten nicht lange auf den Angriff zu warten, vor dem sie sich fürchteten. Wieder kamen aus dem nebelerhellten Dschungel die unheilvollen Schreie. „Haltet euch bereit für den Augenblick, in dem sie erscheinen!" rief Durk Undis.

Schon wälzte sich die quallige Horde mit einem Chor von kehligen Schreien in einer wütenden Welle aus dem Dschungel auf das Wrack zu. Sofort ließen aber auch die Strahlenwerfer ganze Bündel von energiereichen Druckstrahlen auf sie los.

„Das hält sie zurück! Nur so weitermachen!" rief Durk.

„Aber sie sterben ja nicht!" rief ein anderer Mann. „Sie schmelzen nur und fließen davon!"

Gordon erkannte klar, daß dies eine günstige Gelegenheit war. Die Männer aus dem Wolkenreich waren alle da draußen beschäftigt, das Wrack zu verteidigen, und die Generatoren liefen. Er spannte seine Muskeln an, um die Fesseln zu sprengen, aber er hatte ihre Stärke falsch eingeschätzt; die zähe, elastische Masse hielt. Wiederum versuchte er es und mühte sich wie wild: Diesmal riß sie! Hastig löste er die anderen Fesseln.

Er sprang auf die Beine und befreite Lianna. Dann lief er über den Gang auf den Übertragungsraum gegenüber zu.

„Gib acht, und warne mich, wenn einer der Männer aus dem Wolkenreich hierher zurückkommt", trug er ihr auf. „Ich werde versuchen, den Übertragungsapparat in Betrieb zu setzen!"

„Aber du verstehst doch nicht genug davon, um einen Ruf auszusenden?" fragte Lianna.

„Nein, aber wenn ich ihn in Betrieb setzen kann, wird auch irgendeine nicht abgestimmte Welle die sofortige Aufmerksamkeit auf diesen Planeten ziehen", erklärte Gordon.

Er hastete in der Dämmerung des Raumes zu den Schaltern,

die er den Techniker hatte bedienen sehen, um den Übertragungsapparat in Gang zu setzen. Gordon schloß die Schalter, aber die Anlage blieb tot; es gab kein mächtiges Aufheulen, kein Glühen der riesigen Röhren. Ein niederdrückendes Gefühl der Enttäuschung stieg in ihm hoch, als er das Fehlschlagen seines Planes erkennen mußte.

Eine Welt des Grauens

GORDON zwang sich, trotz des wilden Kampflärmes außerhalb des Wracks ruhig zu bleiben. Er ging erneut die Schalter durch, die er den Techniker beim Inbetriebsetzen des Übertragungsapparates hatte benutzen sehen. Er hatte einen ausgelassen! Als er ihn schloß, erwachten die Generatoren des Stereoraumes geräuschvoll zum Leben, und die riesigen Vakuumröhren begannen zu glühen.

„Die Generatoren müssen nachlassen! Unsere Strahler verlieren an Kraft!" kam ein Schrei von einem der Männer außerhalb des Wracks.

„Zarth, du entnimmst so viel Energie aus den beiden Generatoren, daß es ihre Strahlenwerfer beeinträchtigt", warnte Lianna. „Sie werden gleich hiersein, um herauszubekommen, was da nicht in Ordnung ist!"

„Ich brauche nur noch einen Augenblick", sagte Gordon schweißgebadet und beugte sich gespannt über das Schaltpult mit den Meßinstrumenten. Es war aussichtslos zu versuchen, eine zusammenhängende Botschaft auszusenden. Er verstand fast nichts von diesem komplizierten Apparat eines Zeitalters, das seiner eigenen Zeit weit voraus war. Aber wenn er unabgestimmt irgendeine Art Signal aussenden konnte, so würde allein die Tatsache, daß ein solches Signal von einem als unbewohnt geltenden Planeten kam, sicherlich den Verdacht der Reichskreuzer erwecken, die da draußen nach ihnen suchten.

Gordon drehte aufs Geratewohl an den Instrumenten. Der Apparat gurgelte, summte und knackte unter seiner unkundigen Behandlung.

„Die Scheusale brechen durch!" schrie Durk Undis' Stimme

gellend. „Linn, geh rein, und sieh nach, was mit den Generatoren los ist!"

Der Kampf draußen kam näher und wurde heftiger.

Lianna stieß einen warnenden Schrei aus. Gordon warf sich herum. Linn Kyle stand mit zerrissenen Kleidern und wilder Miene in der Tür des Stereoraumes. Der Mann von der Wolke stieß einen Fluch aus und riß seine Atompistole hoch. „Bei Gott, das hätte ich wissen müssen . . ."

Gordon duckte sich, sprang ihn an und warf ihn krachend zu Boden; sie rangen wütend miteinander.

Durch den stärker werdenden Lärm hörte Gordon Liannas von Grauen erfüllten Schrei. Und er erblickte unheimliche Gestalten, die von achtern her in den Raum strömten und das entsetzte Mädchen packten.

Die qualligen Angreifer! Die Brut dieser verrückten Nebelwelt hatte Durk Undis' geschwächte Verteidigung durchbrochen und befand sich im Wrack!

„Lianna!" schrie Gordon heiser, als er sah, wie das Mädchen von schnellen Händen gepackt und umgerissen wurde. Die ausdruckslosen Gesichter, die gräßlichen Augen der qualligen Fremdlinge waren nun nahe vor ihm, als er sich von Linn Kyle losriß und sich zu erheben versuchte.

Er konnte es nicht! Die qualligen Leiber türmten sich über ihm und dem Mann aus dem Wolkenreich. Arme, die sich wie Tentakel anfühlten, ergriffen sie und hoben sie hoch. Linn Kyles Schuß traf einen, und er zerschmolz zu fließender Gallerte, aber die anderen packten den Mann aus dem Wolkenreich.

Das Krachen von Atompistolen donnerte durch die Gänge des Wracks. Durk Undis' hohe Stimme ertönte über dem wilden Aufruhr. „Treibt sie aus dem Schiff, und haltet die Türen, bis wir die Strahlenwerfer wieder in Gang setzen können!"

Gordon hörte, wie Linn Kyle der Schrei in der Kehle erstickte, während er selbst und der Mann aus dem Wolkenreich schnell umgerissen und emporgeschwungen wurden. Die quallige Horde zog sich aus dem Wrack zurück und nahm die beiden Männer und Lianna mit sich.

Gordon kämpfte, um sich von den zupackenden qualligen Armen zu befreien, aber er vermochte es nicht. Er wurde sich voll Grauen klar, daß die Schwächung der Verteidigung, die er bewirkt hatte, um seinen verzweifelten Ruf aussenden zu können, Lianna und ihn selbst einer noch gräßlicheren Gefahr ausgesetzt hatte.

„Durk, sie haben uns", kreischte Linn Kyle. Durch das Krachen von Schüssen und gellendes Schreien hörte Gordon den entsetzten Ruf des anderen. Aber sie waren nun aus dem Wrack heraus, und die Wesen, die sie gefangengenommen hatten, waren mit ihnen durch den hoch aufragenden Dschungel unterwegs.

Die quallige Horde befand sich in dem vom Orion-Nebel erhellten Wald auf dem Rückzug, als Durk Undis und der Rest seiner Männer ihre Strahlenwerfer wieder in Betrieb setzten.

Gordon war kaum noch bei Bewußtsein. Diese fürchterlichen Wesen, die sie gefangen hatten, fegten wie abnorm bewegliche Affen durch den Dschungel. Lianna und Linn Kyle wurden genauso schnell vorwärts geschleppt. Von dem flammenden Himmel des Orion-Nebels ergoß sich ein glühender Schein, der die unirdischen Wälder in silbernen Glanz tauchte.

Der Schritt ihrer seltsamen Bezwinger wurde nach einigen Minuten Marsch durch den Dschungel schneller. Nun begannen sich Felsenhänge aus den dichten Wäldern zu erheben. Die unheimliche Horde eilte mit ihnen in eine tiefe, steinige Bergschlucht. Es war ein noch schrecklicherer Ort als der Dschungel, denn die Felsriffe der Schlucht glühten in einem schwachen Licht, das kein Widerschein des Nebelhimmels war, sondern von innen kam.

Diese Riffe sind radioaktiv, dachte Gordon dumpf, das erklärt vielleicht diese entsetzlichen Mißgeburten . . .

Diese Überlegung wurde durch das fürchterliche Geschrei, das sich erhob, aus seinen Gedanken verdrängt. Es befanden sich bereits Horden der qualligen Lebewesen in der Bergschlucht; sie begrüßten die Gefangenen mit kehligem, ohrenbetäubendem Brüllen.

Gordon fand sich selbst neben Lianna festgehalten. Das Mädchen war totenbleich.

„Lianna, du bist doch nicht verletzt?"

„Nein, Zarth! Aber was werden sie mit uns machen?"

„Mein Gott, ich weiß es nicht", sagte er heiser, „sie hatten wohl einen Grund, uns lebend mitzunehmen."

Die nur entfernt menschenähnliche Horde hatte sich jetzt Linn Kyles bemächtigt und riß ihm alle Kleidungsstücke vom Körper. Kehliges Geschrei, gleich dem Applaus einer höllischen Zuschauerschaft, erhob sich laut, als Linn Kyle nun nach vorne geschleppt wurde. Quallige Lebewesen, die auf dem Boden kauerten, schlugen mit ihren Gliedern einen trommelnden Rhythmus. Linn Kyle, der sich verzweifelt wehrte, wurde schnell die Schlucht hinuntergetragen. Dann, als die Horde seinetwegen auseinanderwich, konnte Gordon erkennen, wohin sie den Mann aus dem Wolkenreich trugen.

Im Mittelpunkt der Schlucht – kreisförmig von schwach glühenden, radioaktiven Felsen umgeben – lag ein tiefer Teich von etwa zwanzig Meter Durchmesser. Aber es war kein Teich mit Wasser, sondern mit Lebenssubstanz! Eine große, zuckende und sich windende Masse von gallertigem Leben hob und senkte sich unter dem Licht des flammenden Orion-Himmels.

„Was ist das?" schrie Lianna. „Es sieht ja wie lebendig aus!"

Dieses letzte Grauen stürmte nun noch auf Gordons schwindende Sinne ein. Denn er sah die Objekte rund um die Ränder des Teiches. Kleine gallertähnliche Wesen, wie Miniaturen von menschlichen Körpern, sprossen aus dieser Masse von zäher Lebenssubstanz! Einige waren mit der Hauptmasse bloß noch durch Fäden verbunden. Eines löste sich in diesem Augenblick ab und kam unsicher den Hang herauf.

„Gott im Himmel", flüsterte er, „jene Kreaturen kommen aus dem Teich des Lebens: Sie werden daraus geboren!"

Linn Kyles Schreie zerrissen das Getöse von kehligen Lauten und trommelndem Rhythmus. Die qualligen Kreaturen, die den Mann aus dem Wolkenreich hielten, stießen seinen nackten Körper in den Teich mit der zähen Masse.

Linn Kyle schrie wieder schaurig auf. Gordon wandte den Blick ab, weil es ihn würgte.

Als er wieder hinsah, wurde Linn Kyles Körper von der zähen Gallerte verschlungen, die gierig über ihm zusammenschlug. In ein paar Augenblicken war der Mann aus dem Wolkenreich verschwunden, aufgesaugt vom Teich des Lebens.

„Lianna, sieh nicht hin!" schrie Gordon heiser. Er machte einen verzweifelten Versuch, sich zu befreien. Doch er war gegenüber dem Griff dieser qualligen Arme machtlos wie ein Kind.

Aber sein Versuch lenkte die Aufmerksamkeit auf ihn. Die Kreaturen begannen, auch ihm die Kleider wegzureißen. Er hörte Liannas erstickten Schrei.

Das Krachen von Atompistolen donnerte durch den höllischen Lärm von Trommeln und Schreien! Geschosse explodierten inmitten der dichtgedrängten Horde mit blendender Helligkeit. Quallige Lebewesen taumelten, fielen, zerschmolzen zu Gallerte, die sofort in den Teich zurückfloß.

„Durk Undis!" schrie Gordon. Er hatte das schmale Gesicht des jungen Kapitäns und seine blitzenden Augen erblickt, wie er sich an der Spitze seiner Männer den Weg durch die Horde bahnte.

„Faßt Zarth Arn und das Mädchen, schnell!" rief Durk Undis gellend seinen Männern zu. „Dann zurück zum Wrack!"

Beinahe bewunderte Gordon in diesem Augenblick den jungen, rücksichtslosen Fanatiker. Durk Undis hatte von Shorr Kan den Befehl erhalten, Gordon ins Wolkenreich zurückzubringen, und er würde diesen Befehl durchführen oder bei dem Versuch sterben.

Für den Augenblick von dem unerwarteten Angriff verblüfft, wirbelte die ungeheuerliche Horde in kopflosem Aufruhr durcheinander. Gordon rang sich von den zwei Kreaturen los, die ihn noch hielten. Er erreichte Lianna.

Um sie war ein wildes Chaos von pseudomenschlichen Gestalten und explodierenden Atomgeschossen, von Durk Undis' Schreien und dem Aufheulen der Horde.

Als die verblüfften Wesen einen Augenblick zurückwichen, vernichteten Durk Undis und seine Männer die letzten Kreaturen, die noch um Lianna und Gordon waren. Sofort zogen sich die Wolkenmänner mit Gordon und dem Mädchen, das nur halb bei Bewußtsein war, in ihrer Mitte hastig aus der Felsschlucht zurück.

„Sie kommen hinter uns her!" brüllte einer der Männer neben Gordon.

Gordon bemerkte, daß die gräßliche Horde ihre Geistesgegenwart wiedergewonnen hatte. Mit einem schrecklichen, kehligen Geheul stürzte sich der nichtmenschliche Mob zur

Verfolgung in den Dschungel. Die Leute aus dem Wolkenreich konnten nur die halbe Entfernung zum Wrack der *Dendra* zurücklegen, als auch schon der Dschungel vor ihnen von den Kreaturen wimmelte.

„Sie sind überall um uns – sie haben uns den Weg abgeschnitten!" rief Durk Undis entsetzt. „Versucht euch durchzuschlagen!"

Es sah hoffnungslos aus, und er wußte es, und Gordon wußte es auch. Mit einem Dutzend Atompistolen konnten sie diese rohe Horde nicht lange aufhalten. Gordon hatte Lianna hinter sich und benutzte den dicken Ast eines gestürzten Baumes als Knüttel gegen die anschwärmenden, qualligen Angreifer; mit ihm konnte er notfalls Lianna töten, bevor sie sie wieder zu dem gräßlichen Lebensteich zurückschleppten.

Der gespenstische Kampf wurde auf einmal von einer riesigen schwarzen Masse überschattet, die plötzlich aus dem flammenden Himmel des Orion-Nebels herabstürzte. „Es ist ein Schiff!" schrie einer der Männer aus dem Wolkenreich. „Eins unserer Schiffe!"

Ein Phantomkreuzer mit dem schwarzen, klecksähnlichen Abzeichen der Wolke am Bug donnerte auf sie herunter, wobei Kryptonscheinwerfer aufblitzten und die ganze Szene beleuchteten. Die quallige Horde trat in plötzlicher Panik den Rückzug an.

Als der Kreuzer im Sturzflug in dem Dschungel nahebei landete, sprangen Soldaten des Wolkenreiches mit Atompistolen heraus. Gordon, der die halb bewußtlose Lianna vom Boden hob, sah, daß Durk Undis ihn mit einer Atompistole bewachte. Die Neuankömmlinge näherten sich eilig.

„Holl Vonn!" begrüßte Durk Undis den untersetzten, kurzhaarigen Kapitän aus dem Wolkenreich, der seinen Leuten voranging. „Du kommst gerade rechtzeitig!"

„So scheint es!" rief Holl Vonn, während er, von Grauen erfüllt, auf die zähe, lebendige Gallerte blickte, die immer noch vom Schauplatz des Kampfes wegfloß. „Was, um Gottes willen, sind das für Wesen, die euch angriffen?"

„Es sind Lebewesen dieses verrückten Planeten", keuchte Durk Undis. „Es waren vielleicht einmal Menschen – menschliche Kolonisten, die unter dem radioaktiven Einfluß mutiert sind. Sie haben einen seltsamen Fortpflanzungskreislauf: Sie werden aus dem Teich des Lebens geboren und kehren, wenn sie tot sind, in ihn zurück, um von neuem geboren zu werden." Er fuhr schnell fort: „Doch das kann später erzählt werden. Jetzt gilt es, rasch von hier wegzukommen. Es müssen bereits Reichsgeschwader das ganze Gebiet westlich des Orion-Nebels durchsuchen."

Holl Vonn nickte. „Shorr Kan befahl, Zarth Arn und Lianna sofort ins Wolkenreich zurückzubringen. Wir werden lieber nach Osten durch den Orion-Nebel fliegen und dann südwärts entlang den Randlanden den Rückweg einschlagen."

Gordon hatte Lianna wieder zu Bewußtsein gebracht. Sie sah verwundert auf das hoch aufragende Schiff und die bewaffneten Soldaten aus dem Wolkenreich. „Zarth, was ist geschehen? Bedeutet dies . . .?"

„Es bedeutet, daß wir zu Shorr Kan ins Wolkenreich zurückfliegen", sagte er heiser.

Durk Undis wies kurz auf das eingetroffene Wolkenschiff. „In die *Meric,* los, ihr beiden!"

Plötzlich erstarrte Holl Vonn. „Hört – beim Himmel!" Sein breites Gesicht wurde bleich, als er nach oben deutete.

Vier mächtige Gebilde stürzten aus dem Nebelhimmel auf sie herunter. Aber es waren keine Phantomkreuzer, sondern schwere Kreuzer mit gewaltigen Batterien von Atomkanonen an ihren Seiten und mit dem flammenden Kometenabzeichen des Mittelgalaktischen Reiches am Bug.

„Ein Reichsgeschwader!" schrie Holl Vonn. „Wir sind in der Falle, sie haben uns entdeckt!"

Gordon fühlte eine plötzliche Hoffnung in sich aufsteigen; sein verzweifelter Notruf hatte Erfolg gehabt, hatte eins der suchenden Reichsgeschwader zu diesem Planeten gebracht!

Das Verhängnis bei den Plejaden

Durk Undis stieß einen wütenden Schrei aus, als die Reichskreuzer vom Himmel herabstürzten. „Zum Schiff! Wir werden uns schon noch einen Weg in den Raum hinaus bahnen!"

„Wir haben keine Chance!" rief Holl Vonn mit leichenblassem Gesicht, während sie zum Schiff liefen. „Sie haben uns erwischt!"

Durk Undis stand eine Sekunde wie erstarrt, dann riß er seine Atompistole wieder heraus und warf sich zu Gordon und Lianna herum. Die Augen des jungen Fanatikers flammten. „Dann werden wir mit Zarth Arn und Lianna sofort hier ein Ende machen! Shorr Kans Befehl lautet: Ganz gleich, was uns zustößt, jene beiden dürfen nicht nach Throon zurückgelangen!"

Während er noch sprach, stürzte sich Gordon auf ihn. In den paar Sekunden, seit die Reichskreuzer erschienen waren, hatte Gordon klar erkannt, daß Shorr Kans Männer in dieser verzweifelten Notlage eher ihn und Lianna töten würden, als sie entfliehen zu lassen. Bevor Durk Undis sich mit der Waffe herumgeworfen hatte, hatte Gordon sich zusammengeduckt und traf nun wie ein lebendes Wurfgeschoß den Mann aus dem Wolkenreich, der heftig zurückgeschleudert wurde.

Holl Vonn rannte in sein Schiff und schrie Befehle. Als Durk Undis auf dem Boden lag, faßte Gordon Liannas Hand und stürzte mit ihr in das schützende Versteck des nebelerhellten Dschungels. „Wenn wir uns für ein paar Augenblicke verstecken können, sind wir gerettet", erklärte er. „Diese Reichsschiffe werden hier zur Untersuchung herunterkommen."

„Holl Vonn greift sie an!" schrie Lianna und wies nach oben.

Donnerndes Brüllen von Generatoren, die mit voller Kraft aufheulten, durchdrang die Luft, als die lange, schlanke Masse von Holl Vonns Phantomschiff *Meric* in den glühenden Himmel hinaufschoß.

Gordon sah nun, daß die Männer aus dem Wolkenreich, was sie auch sonst sein mochten, jedenfalls keine Feiglinge waren. Obwohl er wußte, daß er in der Falle saß – obwohl er wußte, daß die sofortige Vernichtung die Strafe dafür sein würde, daß er hier im Raum des Reiches nach der Zerstörung eines Reichsschiffs gefaßt worden war, stellte sich Holl Vonn zum Kampf!

Die Atomkanonen der *Meric* beschossen die herabstürzenden Raumschiffe mit explodierenden Granaten. Der Himmel des Orion-Nebels barst von den Explosionen in blendendem Glanz. Es war großartig, aber hoffnungslos – dieser Kampf eines Phantomschiffs gegen vier schwere Kreuzer, deren große Batterien die *Meric* mit ihren Atomgranaten buchstäblich erstickten. Wie aufblühende Blumen entfaltete sich blendendes Atomfeuer und verbarg für Augenblicke das Schiff aus dem Wolkenreich. Dann tauchte es als ein schmelzendes, glühendes Wrack auf, das jäh über den Himmel geschleudert wurde und in dem fernen Dschungel zerschellte.

„Zarth, sieh dich vor!" schrie Lianna in diesem Augenblick und stieß Gordon beiseite: Eine Atomkugel flog knapp an seinem Gesicht vorbei und explodierte im Dickicht.

Durk Undis, zum äußersten entschlossen, war ganz nahe und hob seine Waffe, um wieder zu feuern. Lianna packte verzweifelt seinen Arm.

Gordon erkannte nun die Hartnäckigkeit des jungen Kapitäns aus dem Wolkenreich, der zurückgeblieben und ihm und Lianna gefolgt war, um sie zu töten.

„Beim Himmel, ich mache jetzt Schluß!" schrie Durk Undis und schleuderte Lianna mit einer heftigen Armbewegung von sich, als der zum Angriff übergehende Gordon ihn erreichte. Der Kapitän stieß, als Gordon ihm heftig den Arm verrenkte, einen Laut plötzlicher Todesangst aus, und die Atompistole fiel ihm aus der Hand. Mit flackernden Augen stieß er Gordon das Knie gegen den Bauch und schlug ihm mit voller Kraft die Fäuste ins Gesicht.

Gordon, in seiner übermächtigen Erregung, fühlte die Schläge kaum; er warf sich nach vorn und fiel in verbissenem Ringen mit seinem Widersacher zu Boden. Mit dem Rücken gegen die Wurzel eines hochragenden goldfarbenen Baumes gestützt, gelang es Durk Undis, seine Hände um Gordons Kehle zu legen; er drückte zu.

Gordon fühlte ein Dröhnen in den Ohren, und eine plötzliche Dunkelheit kam über ihn. Seine tastenden Hände bekamen das borstige schwarze Haar des Mannes aus dem Wolkenreich zu fassen. Er hieb Durk Undis' Kopf gewaltsam gegen den Baum.

So tief war er in der dröhnenden Finsternis versunken, daß erst nach Minuten Liannas Stimme an seine Ohren drang: „Zarth, es ist vorbei! Er ist tot!"

Gordon sog Luft ein und fühlte, wie seine Sinne wieder

klar wurden. Immer noch hielt er Durk Undis' Haare gepackt; der Schädel des Mannes war dort, wo er ihn immer wieder gegen die Baumwurzel gehämmert hatte, nur noch eine blutige Masse.

Er stand mühsam auf, mit einem elenden Schwächegefühl, beinahe mußte er sich übergeben. Lianna eilte an seine Seite, als sie ihn taumeln sah. „Lianna, ich sah ihn nicht. Hättest du nicht losgeschrien und dich auf ihn gestürzt, hätte er mich getötet."

Eine strenge, unbekannte Stimme ertönte plötzlich in der Nähe. Gordon wandte sich taumelnd in die Richtung.

Grauuniformierte Reichssoldaten bahnten sich mit erhobener Atompistole gewaltsam den Weg durch den sanft erhellten Dschungel. Einer der Reichskreuzer war in der Nähe gelandet, während die anderen noch über ihnen am Himmel schwebten.

Der Mann, der sprach, war ein junger, gutaussehender Kapitän des Reichs, der Gordons zerlumpte Gestalt und Lianna verwundert anstarrte. „Ihr zwei seht nicht aus wie Leute aus dem Wolkenreich! Aber ihr wart mit ihnen . . ." Er hielt plötzlich inne, trat einen Schritt vor und blickte in Gordons zerschlagenes, blutiges Gesicht. „Prinz Zarth Arn!" rief er verblüfft. Dann leuchteten seine Augen in leidenschaftlichem Haß auf. „Beim Himmel, wir haben Sie erwischt! Und mit Männern aus dem Wolkenreich! Sie haben sich ihnen angeschlossen, als Sie von Throon flohen!"

Eine leidenschaftliche Bewegung lief durch all die Reichssoldaten, die herangekommen waren. Gordon erblickte tödlichen Haß in ihren Augen.

Der junge Kapitän straffte sich. „Ich bin Kapitän Dar Carrul von der Flotte des Reichs, und ich verhafte Sie wegen Mordes an unserem Herrscher und wegen Hochverrats!"

Obwohl Gordon noch wie betäubt war, konnte er doch antworten. „Ich habe Arn Abbas nicht ermordet! Und ich habe mich nicht mit dem Wolkenreich verbündet. Ich wurde von jenen Männern aus dem Wolkenreich als Gefangener gehalten und entkam ihnen nur knapp, ehe Sie eintrafen!" Er wies auf die Leiche von Durk Undis. „Er versuchte mich zu töten, da er mich nicht entkommen lassen wollte! Und was brachte Sie dazu, diesen Planeten aufzusuchen? Eine nicht abgestimmte Signalwelle von hier; war es nicht so?"

Dar Carrul sah verblüfft drein. „Woher wissen Sie das? Ja, es ist richtig, daß unsere Techniker ein solches Signal auffingen, das von dieser unbewohnten Welt kam, als wir den Raum westlich des Orion-Nebels durchsuchten."

„Zarth sandte dieses Signal", erklärte ihm Lianna. „Er versuchte auf diese Weise Reichsschiffe hierher zu rufen!"

Dar Carrul sah ziemlich verwirrt drein. „Aber jedermann weiß doch, daß Sie Ihren Vater töteten! Kommandeur Corbulo sah, wie Sie es taten! Und Sie flohen aus Throon . . ."

„Ich bin nicht geflohen, ich wurde verschleppt", erklärte Gordon. „Und nun bitte ich darum, daß ich nach Throon gebracht werde, um dort meine Sache vortragen zu können!"

Dar Carrul schien die unerwartete Wendung der Lage immer mehr zu verblüffen. „Sie werden sicherlich in Throon vor Gericht gebracht werden", erklärte er Gordon. „Aber es ist nicht die Sache eines einfachen Geschwaderkapitäns, in einer so ernsten Angelegenheit Entscheidungen zu treffen. Ich werde Sie unter Bewachung zu unserem Hauptgeschwader mitnehmen und Bericht erstatten, um weitere Instruktionen zu erhalten."

„Lassen Sie mich sofort über Stereo zu meinem Bruder Jhal Arn sprechen", bat Gordon eindringlich.

Dar Carruls Gesicht wurde verschlossen. „Sie sind zum Flüchtigen vor dem Gesetz erklärt und des schwersten Verbrechens gegen das Reich angeklagt. Ich kann Ihnen nicht gestatten, Botschaften abzusenden. Sie müssen warten, bis ich Instruktionen erhalte." Er machte eine Handbewegung, und mehrere Soldaten mit gezogenen Atompistolen traten vor und umgaben Gordon und Lianna. „Ich muß Sie bitten, sofort an Bord unseres Schiffes zu gehen", fügte der junge Kapitän kurz angebunden hinzu.

Zehn Minuten später verließ der Kreuzer die Nebelwelt des Grauens; mit den anderen drei Kreuzern raste er durch das Glutmeer des Orion-Nebels nach Westen hinaus.

In der Kabine, in der sie unter Bewachung ihren Platz erhalten hatten, schritt Gordon wütend auf und ab. „Wenn sie mich bloß Jhal Arn von der Gefahr von Corbulos Verrat berichten ließen", sagte er heiser. „Wenn ich damit warten soll, bis wir nach Throon gebracht werden, könnte es vielleicht zu spät sein!"

Lianna sah sorgenvoll drein. „Sogar wenn wir nach Throon gelangen, wird es nicht leicht sein, Jhal Arn von deiner Unschuld zu überzeugen, Zarth."

Gordons Wut wurde dadurch abgekühlt. „Aber sie müssen mir doch glauben! Sie werden doch sicherlich nicht Corbulos Lügen Glauben schenken, wenn ich ihnen die Wahrheit erzähle?"

„Ich hoffe nicht", murmelte Lianna und fügte mit aufflammendem Stolz hinzu: *„Ich* werde deine Geschichte bestätigen. Und ich bin immer noch Prinzessin des Königreiches Fomalhaut!"

Während die Kreuzer mit voller Fahrt aus dem Orion-Nebel und durch den offenen Raum nach Westen rasten, schienen sich die Stunden dahinzuschleppen. Lianna schlief nach einiger Zeit erschöpft ein, doch Gordon konnte nicht schlafen. Jeder Nerv an ihm war gespannt, da er fühlte, wie sich der Höhepunkt des gigantischen galaktischen Spiels näherte, in dem er nur eine Schachfigur war.

Er mußte Jhal Arn von der Wahrheit seiner Geschichte überzeugen! Und er mußte dies schleunigst tun, denn sobald Shorr Kan erfuhr, daß er entflohen war, würde der Herr des Wolkenreiches schnell handeln.

Gordons Kopf schmerzte. Wo würde das alles enden? Bestand irgendeine Chance für ihn, diese große Verwirrung aufzuklären und zur Erde zu einem Rücktausch der Seelen mit dem echten Zarth Arn zu gelangen?

Schließlich verminderten die Kreuzer ihre Geschwindigkeit. Der Orion-Nebel war nun in dem sternübersäten Himmel weit hinter ihnen zu einem fernen Glühen geworden; dicht vor ihnen lagen die glänzenden Sonnenhaufen der Plejaden. Und nahe der berühmten Leuchtfeuergruppe der Plejaden erstreckte sich eine weit auseinandergezogene Staffel von winzigen Funken.

Diese Funken waren Schiffe! Kriegsschiffe der großen Flotte des Mittelgalaktischen Reiches, die hier außerhalb der Plejaden kreuzten – eines der vielen mächtigen Geschwader, die des Reiches Grenzen schützten!

Lianna war erwacht; sie sah mit ihm hinaus, während der Kreuzer langsam an riesigen Schlachtschiffen, Reihen von finsteren Kreuzern, schlanken Phantomschiffen, Zerstörern und Aufklärern vorbeizog. „Dies ist eine der Hauptschlachtflotten des Reiches", murmelte sie.

„Warum werden wir hier festgehalten, anstatt daß man uns unsere Warnung senden läßt?" stöhnte Gordon.

Ihr Kreuzer flog jetzt an der Seite eines riesigen Schlachtschiffes entlang, und die Rümpfe legten sich knirschend aneinander. Sie hörten das Rattern von Maschinen.

Plötzlich öffnete sich die Kabinentür, und der junge Dar Carrul trat ein. „Ich habe Befehl erhalten, Sie sofort an unser Flaggschiff, die *Ethne,* zu übergeben."

„Aber lassen Sie uns zuerst über Stereo mit Throon, mit dem Kaiser sprechen!" rief Gordon. „Mann, was wir zu berichten haben, wird vielleicht das ganze Reich vor Unheil bewahren!"

Dar Carrul schüttelte den Kopf. „Mein Befehl lautet, daß Sie keine Nachrichten zu senden haben, sondern unmittelbar übergeben werden sollen. Ich nehme an, daß die *Ethne* Sie sofort nach Throon bringen wird."

Gordon war vor Enttäuschung ganz elend zumute.

Lianna zupfte ihn am Arm. „Dieses Schlachtschiff wird nicht lange brauchen, um Throon zu erreichen, und dann wirst du imstande sein, Bericht zu erstatten", ermutigte sie ihn.

Umgeben von Wachen gingen sie beide durch den Kreuzer hinüber zu einer Luke, von der ein röhrenförmiger Laufsteg zum Schlachtschiff hinübergelegt worden war, den sie unter Bedeckung von Soldaten des Schlachtschiffes durchschritten. Als sie in dem größeren Schiff angelangt waren, wurde der Laufsteg abgeworfen und die Luftschleuse geschlossen.

Gordon erblickte in dem Vorraum zahlreiche Offiziere und Wachen: Er sah den Haß in ihren Gesichtern, als sie ihn anblickten. Auch sie hielten ihn für den Mörder seines Vaters, den Verräter am Reich!

„Ich verlange, sofort den Kapitän dieses Schlachtschiffes zu sprechen", sagte er knapp zu dem Leutnant der Wache.

„Er kommt gerade", antwortete der Leutnant eisig, während sich das Geräusch von Schritten von einem der Gänge her näherte.

Gordon wandte sich nach den Ankömmlingen um und hatte schon die leidenschaftliche Forderung auf den Lippen, daß man ihm sofort gestatte, Throon anzurufen – er sprach sie niemals aus. Denn er erblickte eine untersetzte Gestalt in Uniform, einen Mann, dessen graues, breites Gesicht und kalte Augen er nur zu gut kannte. „Corbulo!" stieß er hervor.

Kommandeur Corbulos Miene blieb unbewegt, als sich seine rauhe Stimme wie ein Peitschenschlag gegen Gordon erhob. „Ja, Verräter, ich bin es! So sind Sie beide am Ende doch endlich gefaßt worden!"

„Sie nennen *mich* Verräter?" preßte Gordon hervor. „Der Sie selbst der größte Verräter der Geschichte . . ."

Chan Corbulo wandte sich an den großen, dunkelhäutigen Kapitän, der mit ihm eingetreten war und Gordon anstarrte. „Kapitän Marlann, es besteht keine Notwendigkeit, diesen Mörder und seine Komplizin nach Throon vor Gericht zu bringen. Ich selbst habe ja gesehen, wie sie Arn Abbas ermordeten! Als Kommandeur der Reichsflotte spreche ich sie nach dem im Raum gültigen Gesetz schuldig und befehle, daß sie sofort hingerichtet werden."

Meuterei im Raum

GORDON war in Erkenntnis der Katastrophe tief erschüttert. Während er wie erstarrt in Chan Corbulos grimmig triumphierendes Gesicht sah, verstand Gordon alles, was geschehen war: Als Kommandeur der Reichsflotte hatte Corbulo den Bericht von der Gefangennahme Gordons und Liannas erhalten. Dieser Erzverräter hatte erkannt, daß er Gordon mit dem, was er jetzt wußte, nicht nach Throon zurückkehren lassen durfte. Deshalb war er herbeigeeilt und hatte befohlen, daß die beiden Gefangenen an Bord seines Flaggschiffs gebracht wurden, damit er sie zur Seite schaffte, bevor sie berichten konnten, was sie wußten.

Gordon blickte sich verzweifelt im Kreise der Offiziere um. „Sie müssen mir glauben! Ich bin kein Verräter! Es war Corbulo selbst, der meinen Vater ermordete, und er hat das Reich an Shorr Kan verraten!"

Er las Ungläubigkeit und bitteren Haß in den Gesichtern der Offiziere. Plötzlich aber sah Gordon ein vertrautes Gesicht vor sich; es war das zerfurchte rote Gesicht von Hull Burrel, dem Antarierkapitän, der ihn damals auf der Erde aus den Händen der Räuber aus dem Wolkenreich gerettet hatte. Er erinnerte sich, daß Hull Burrel hierfür zum Adjutanten des Kommandeurs befördert worden war.

„Hull Burrel, Sie glauben mir doch sicherlich!" wandte sich Gordon in beschwörendem Ton an ihn. „Sie wissen doch, daß Shorr Kan schon einmal versuchte, mich entführen zu lassen."

Der große Antarier blickte finster drein. „Ja, ich dachte damals, daß es so wäre. Ich wußte noch nicht, daß Sie heimlich mit ihm verbündet waren und daß dies alles nur ein Scheinmanöver war."

„Ich sage Ihnen, es war kein Scheinmanöver!" rief Gordon. „Ihr habt euch alle von Corbulo Sand in die Augen streuen lassen."

„Zarth spricht die Wahrheit!" fügte Lianna mit zornfunkelnden Augen in ihrem blassen Gesicht hinzu.

Chan Corbulo machte eine wegwerfende Handbewegung. „Wir haben genug von diesen unverschämten Lügen. Kapitän Marlann, sorgen Sie dafür, daß die beiden sofort in den Raum hinausgesperrt werden. Es ist die gnädigste Art der Hinrichtung."

Die Wachen traten vor. Und dann, als Gordon die Bitterkeit der Verzweiflung schmeckte, sah er das befriedigte Lächeln in Corbulos Augen; das stachelte ihn zu einem letzten, verzweifelten Versuch an.

„Ihr laßt euch alle von Corbulo zum Narren halten!" sagte er wütend. „Warum ist er denn so darauf aus, uns sofort hinzurichten, statt uns nach Throon vor Gericht zu bringen: Weil er uns mundtot machen will! Wir wissen zuviel!"

Diesmal bemerkte Gordon, daß seine Worte auf die Offiziere Eindruck gemacht hatten. Hull Burrel und andere sahen ein wenig zweifelnd drein.

Der Antarier blickte Corbulo fragend an. „Kommandeur, ich bitte um Entschuldigung, wenn ich meine Befugnisse überschreite, aber vielleicht wäre es wirklich besser, die beiden nach Throon vor Gericht zu bringen."

Val Marlann, der dunkelhäutige arkturische Kapitän des Schlachtschiffes, unterstützte Hull Burrel. „Zarth Arn ist immerhin Mitglied der königlichen Familie, und Prinzessin Lianna ist eine Herrscherin in ihrem Reich."

„Diese Hinrichtung würde bedeuten, daß das Königreich Fomalhaut sein Bündnis mit dem Reich löst", erklärte Lianna schnell. „Denken Sie daran!"

Chan Corbulos breites Gesicht verzerrte sich vor Wut. Er war überzeugt gewesen, daß Gordon und Lianna dem Tode nahe waren; das jetzt auftauchende Hindernis brachte ihn auf.

In seiner Gereiztheit tat Corbulo gerade das Verkehrteste: Er versuchte, sich rücksichtslos über die gerade vorgebrachten Einwände hinwegzusetzen. „Es ist nicht notwendig, Verräter und Mörder erst nach Throon zu bringen!" fuhr er auf. „Wir werden sie sofort hinrichten. Gehorchen Sie meinen Befehlen!"

Gordon ergriff die Gelegenheit, noch einmal einen flammenden Appell an die versammelten Offiziere zu richten. „Sehen Sie nun? Corbulo will uns nicht nach Throon gelangen lassen, um zu verhindern, daß wir berichten, was wir wissen! Hat er unsere Gefangennahme denn überhaupt dem Herrscher gemeldet?"

Hull Burrel blickte mit zunehmender Beunruhigung in seinem zerfurchten Gesicht auf einen jungen Offizier von der Erde. „Sie sind doch Nachrichtenoffizier, Verlin? Wurde dem Herrscher irgendeine Meldung von Zarth Arns Gefangennahme gemacht?"

Corbulo explodierte förmlich vor Wut: „Burrel! Wie können Sie es wagen, meine Führung in dieser Angelegenheit in Frage zu stellen? Bei Gott, das sollen Sie mir büßen!"

Verlin, der junge Mann von der Erde, blickte den tobenden Kommandeur unsicher an, dann beantwortete er zögernd Hull Burrels Frage. „Kein Bericht irgendwelcher Art wurde nach Throon durchgegeben. Der Kommandeur befahl mir, die Gefangennahme noch nicht zu erwähnen."

Gordons Stimme war rauh. „Läßt Sie das nicht wenigstens zweifeln?" rief er den Offizieren zu, die ihre Stirn nachdenklich runzelten. „Warum sollte Corbulo meine Gefangennahme vor meinem Bruder geheimhalten? Er tut's nur, weil er weiß, Jhal Arn würde befehlen, uns zur Aburteilung nach Throon zu bringen, und gerade das will er nicht!" Und er fügte leidenschaftlich hinzu: „Wir bitten nicht um Gnade, um Nachsicht. Wenn ich schuldig bin, verdiene ich das Todesurteil. Ich bitte lediglich darum, nach Throon vor Gericht gebracht zu werden. Wenn Corbulo darauf besteht, mir das zu verweigern, kann es nur sein, weil er tatsächlich der Verräter ist, als den ich ihn bezeichne."

Die Gesichter der Offiziere wechselten den Ausdruck, und Gordon erkannte, daß er nun endlich ernste Zweifel in ihnen geweckt hatte. „Sie geben die Reichsflotte auf, wenn Sie sie von diesem Verräter befehligen lassen!" fügte er mit Nachdruck hinzu. „Er ist mit Shorr Kan im Bunde. Wenn Sie mich nicht nach Throon gelangen lassen, um dies zu beweisen, sind die Flotte und das Reich dem Untergang geweiht!"

Hull Burrel sah sich im Kreise seiner Kameraden um und blickte dann Corbulo an. „Kommandeur, wir beabsichtigen keine Respektlosigkeit. Aber Zarth Arns Forderung nach einem Gericht ist recht und billig. Er sollte nach Throon gebracht werden."

Er wurde von den anderen Offizieren unterstützt. So tief auch die Disziplin in ihnen verwurzelt war, noch tiefer war die Sorge und die Furcht um das Reich, die Gordon geweckt hatte.

Corbulos Gesicht leuchtete tiefrot vor Zorn. „Burrel, Sie stehen unter Arrest! Bei Gott, Sie werden für Ihre Insubordination mit jenen beiden den Spaziergang in den Raum antreten! Wachen, ergreift ihn!"

Der große, dunkelhäutige Kapitän Val Marlann trat plötzlich vor und ging dazwischen. „Wartet ab, Wachen! Kommandeur Corbulo, Sie sind zwar höchster Offizier der Reichsflotte, aber ich bin Kapitän der *Ethne*. Und ich stimme mit Burrel überein, daß wir die Gefangenen nicht ohne weiteres hinrichten können."

„Marlann, Sie sind nicht länger Kapitän der *Ethne!*" tobte Corbulo. „Ich setze Sie hiermit ab und übernehme persönlich das Kommando dieses Schiffes."

Val Marlann stand, während er heiser eine Antwort herausbrachte, in offenem Trotz da. „Kommandeur, wenn ich unrecht habe, bin ich bereit, die Konsequenzen auf mich zu nehmen. Aber bei Gott, hier stinkt wirklich etwas zum Himmel! Wir werden nach Throon fliegen und herausfinden, was es ist!"

Gordon hörte von den anderen Offizieren ein Gemurmel der Zustimmung.

Und Chan Corbulo vernahm es auch: Die enttäuschte Wut auf seinem grauen Gesicht vertiefte sich, und er stieß einen Fluch aus. „Nun gut – auf nach Throon! Und wenn ich mit euch vor dem Kriegsgericht dort fertig bin, dann werdet ihr wünschen, daß ihr eure Disziplin nicht so vergessen hättet. Insubordination im Raum! Wartet nur!“ Corbulo wandte sich wütend um, polterte aus dem Raum und eilte den Gang entlang nach vorn.

Burrel und die anderen Offiziere sahen einander ernüchtert an. Dann wandte sich Val Marlann grimmig an Gordon: „Prinz Zarth, Sie werden nun die Gerichtsverhandlung in Throon, um die Sie baten, bekommen. Und wenn Sie nicht die Wahrheit gesagt haben, kostet es unseren Hals.“

„Es muß die Wahrheit sein!“ erklärte Hull Burrel. „Ich konnte niemals verstehen, warum Zarth Arn seinen eigenen Vater hätte ermorden sollen! Und warum würde Corbulo so begierig sein, sie hinzurichten, wenn da nichts zu verbergen wäre?“

In diesem Augenblick ertönte aus dem Lautsprecher eine laute Stimme durchs ganze Schiff. „Kommandeur Corbulo an alle Männer! Auf der *Ethne* ist eine Meuterei ausgebrochen! Kapitän Val Marlann und seine leitenden Offiziere, mein Adjutant Hull Burrel, Prinz Zarth und Prinzessin Lianna sind die Anführer! Alle treuen Männer unter Waffen, bringt die Meuterer in eure Gewalt! Tot oder lebendig!“

Hull Burrels Augen blitzten eiskalt. „Er macht das Schiff gegen uns rebellisch! Val, geh an die Lautsprecher, und rufe die Männer zurück. Du kannst sie überzeugen!“

Die Offiziere stürzten in die Gänge, die in das Innere des mächtigen Schlachtschiffes führten.

„Lianna, warte hier!“ rief Gordon. „Es könnte zu einem Kampf kommen!“

Dann, als er mit Hull Burrel und den anderen durch die Gänge lief, hörten sie über sich wachsenden Aufruhr. In dem großen Schlachtschiff herrschte plötzlich Chaos, Alarmglocken schrillten, Stimmen gellten aus den Lautsprechern, Schritte stapften durch die Gänge.

Die Raumsoldaten, die eilends herbeigestürzt waren, um

den Befehlen des Obersten Kommandeurs zu gehorchen, waren nun durch den Widerstreit der Autoritäten verwirrt. Einige, die Corbulo zu gehorchen und Val Marlann und seine Offiziere zu verhaften versuchten, wurden im Nu von denjenigen ihrer Kameraden angegriffen, die dem Kapitän des Schiffes ergeben geblieben waren.

In den meisten Abteilungen des Schiffes hatte die Mannschaft keine Zeit gehabt, sich zu bewaffnen. Improvisierte Metallkeulen und die Fäuste nahmen die Stelle von Atompistolen ein. Der Kampf griff schnell um sich und tobte in den Mannschaftsräumen, in den Geschütztürmen und in den Gängen. Gordon und Hull Burrel befanden sich mit Val Marlann mitten in der tobenden, kämpfenden Menge im Hauptgang des Mitteldecks.

„Ich muß zu einer Lautsprecherschalttafel durchkommen!" rief Val Marlann. „Helft mir, mich zu ihr durchzuschlagen!"

Gordon und der riesige Antarier schlossen sich ihm mit dem jungen Nachrichtenoffizier Verlin an und stürzten sich in das verrückte Kampfgetümmel. Sie kamen auch durch, aber sie ließen den riesigen Hull Burrel zurück, der gegen eine Gruppe von Raumsoldaten hinten in der Menge kämpfte.

Val Marlann schrie ins Mikrofon: „Kapitän Marlann an alle Männer! Hört mit dem Kampf auf! Die Nachricht von der Meuterei war eine Fälschung, ein Trick. Jeder gehorcht mir!"

Verlin packte Gordons Arm, als über dem Getöse ein fernes Aufheulen an ihre Ohren drang. „Da ist der Stereo-Übertragungsapparat in Betrieb gesetzt worden!" rief der junge Nachrichtenoffizier Gordon zu. „Corbulo will anscheinend von den anderen Schiffen der Flotte Hilfe herbeirufen."

„Das müssen wir verhindern", antwortete Gordon. „Weisen Sie uns den Weg." Sie rasten einen Gang entlang nach vorn, dann quer durchs Schiff und eine Treppe zum Oberdeck hinauf.

Val Marlanns Befehle, die durch die Lautsprecher donnerten, schienen den Aufruhr im Schiff plötzlich zu beruhigen; seine Mannschaft kannte seine Stimme besser als jede andere. Lange Gewohnheit brachte sie zum Gehorchen.

Verlin und Gordon stürzten in den großen, mit Menschen gefüllten Stereoraum, dessen Röhren und Generatoren summten. Zwei verblüfft dreinsehende Techniker standen an der Schalttafel.

Mit der Atompistole in der Hand stand Chan Corbulo an der Übertragungsplatte und sprach laut und schnell: „Befehl an alle Schlachtschiffe in der Nähe: sofort Landeabteilungen an Bord der *Ethne* senden, um Ordnung wiederherzustellen! Zu verhaften sind –"

Corbulo sah aus dem Augenwinkel die beiden Männer in den Raum stürzen. Er drehte sich blitzschnell herum und drückte auf sie ab. Er zielte auf Gordon, aber Verlin, der nach vorn stürzte, wurde von der Kugel in die Brust getroffen. Gordon stolperte kopfüber über den fallenden Körper des jungen Erdenmannes: Dieses Straucheln ließ Corbulos schnellen zweiten Schuß gerade eben über seinen Kopf hinweggehen.

Gordon hatte sich im Fallen nach vorn geworfen; er umklammerte Corbulos Knie und riß ihn krachend zu Boden. Die beiden Techniker kamen angerannt und rissen Gordon vom Kommandeur weg, aber ihr Griff ließ nach, als sie sein Gesicht erblickten. „Mein Gott! Es ist Prinz Zarth Arn!" rief einer von ihnen.

Der Respekt vor dem Herrscherhaus des Reiches machte die beiden Männer unsicher. Gordon rang sich frei und griff nach der Pistole in Verlins Gürtel, während Corbulo auf der anderen Seite des Raumes wieder auf die Füße gekommen war. Er hob erneut seine Waffe. „Sie werden niemals nach Throon fliegen!" brüllte er. „Bei . . ."

Gordon schoß von der Stelle aus, an der er auf dem Boden lag. Das Atomgeschoß, das fast mehr auf gut Glück als gezielt losging, traf Corbulos Hals und explodierte; es schleuderte den Kommandeur zurück, als ob ihn eine Riesenhand getroffen hätte.

Val Marlann und Hull Burrel kamen mit anderen Offizieren in den Stereoraum gestürzt. In dem großen Schiff war es plötzlich ganz still.

Marlann beugte sich über Corbulos zerfetzten Körper. „Tot!"

Hull Burrel erklärte Gordon keuchend und mit flammendem Gesicht: „Wir haben unseren Kommandeur getötet. Gott helfe uns, wenn Ihre Geschichte nicht wahr ist, Prinz Zarth!"

„Sie ist wahr, und Corbulo war nur einer aus einer ganzen

Schar von Verrätern in Shorr Kans Sold", stieß Gordon heiser hervor, und er zitterte noch vor Erregung. „Ich werde das alles in Throon beweisen!"

Das Bild eines dunklen, übergroßen Schlachtschiffkapitäns vom Centaurus erschien plötzlich auf dem Bildschirm.

„Vizekommandeur Ron Giron spricht von der *Shaar.* Was, zum Teufel, geht an Bord der *Ethne* vor? Wir kommen längsseits, um zu euch überzusteigen, wie Kommandeur Corbulo befahl."

„Niemand wird mehr auf dieses Schiff übersteigen", antwortete Val Marlann schnell. „Wir fliegen sofort nach Throon!"

„Was bedeutet dies?" brüllte der Vizekommandeur. „Lassen Sie mich zu Kommandeur Corbulo selbst sprechen!"

„Das können Sie nicht – er ist tot", meldete Hull Burrel knapp. „Er verriet die Flotte ans Wolkenreich. In Throon werden wir das beweisen."

„Dann ist es also doch Meuterei!" rief Ron Giron. „Sie werden längsseits bleiben, um Abteilungen an Bord zu nehmen, und sich selbst als verhaftet betrachten, oder wir werden das Feuer auf Sie eröffnen!"

„Wenn Sie auf die *Ethne* feuern, verhindern Sie, daß Shorr Kans Komplott vereitelt werden kann!" rief Val Marlann. „Wir haben unser Leben eingesetzt für die Wahrheit, von der uns Prinz Zarth Arn berichtet hat, und wir bringen ihn jetzt nach Throon."

John Gordon trat selbst vor, um einen Appell an den wütend dreinblickenden Vizekommandeur zu richten. „Kommandeur Giron, die Männer sagen Ihnen die Wahrheit! Geben Sie uns diese Chance, um das Reich vor Unheil zu bewahren!"

Giron zögerte. „Dies ist alles verrückt! Corbulo tot und des Verrates beschuldigt, Zarth Arn zurückgekehrt . . ." Er schien zu einem Entschluß gelangt zu sein. „Es geht über meinen Verstand, aber man wird ja alles in Throon überprüfen. Um sicher zu sein, daß Sie dorthin fliegen, werden vier Schlachtschiffe die *Ethne* eskortieren. Sie werden Befehl haben, auf Sie zu schießen, wenn Sie versuchen, irgendwo anders hin zu fliegen als nach Throon!"

„Mehr wollen wir ja gar nicht!" rief Gordon. „Noch ein weiteres Wort der Warnung: Ein Angriff der Liga kann nun in jedem

Augenblick erfolgen! Ich weiß, daß er kommt – und zwar bald!"

Kommandeur Girons übergroße Gestalt straffte sich. „Was reden Sie da? Aber wir haben bereits alle möglichen Anordnungen getroffen. Ich werde den Herrscher anrufen und ihm dies alles berichten."

Sein Bild verschwand. Durch die Bullaugen sahen sie vier riesige Schlachtschiffe aufkreuzen und auf beiden Seiten der *Ethne* Stellung beziehen.

„Wir starten sofort nach Throon", sagte Val Marlann schnell. „Ich werde die Befehle erteilen."

Als der Offizier hinauseilte und Lautsprecher und Glocken durch das Schiff zu tönen begannen, stellte Gordon eine Frage: „Habe ich mich immer noch als Gefangenen zu betrachten?"

„Donnerwetter, nein!" rief Hull Burrel aus. „Wenn Sie die Wahrheit gesagt haben, besteht kein Grund, Sie als Gefangenen zu halten. Haben Sie nicht die Wahrheit gesagt, dann haben wir sowieso Kriegsgericht und Hinrichtung zu gewärtigen."

Gordon fand Lianna im Gang, durch den sie auf der Suche nach ihm entlangkam. Er erzählte ihr schnell, was geschehen war.

„Corbulo tot? Eine große Gefahr beseitigt!" rief sie aus. „Aber Zarth, nun hängen unser Leben und das Schicksal des Reichs davon ab, ob wir deinem Bruder beweisen können, daß unsere Geschichte wahr ist!"

In diesem Augenblick begann die mächtige *Ethne* sich schwerfällig durch den Raum zu bewegen, während ihre großen Turbinen laut aufheulten. Ein paar Minuten später schossen das riesige Schlachtschiff und seine vier drohenden Begleiter in voller Fahrt durch den sternübersäten Raum in Richtung Throon.

Galaktische Wende

DER RIESIGE weiße Canopus leuchtete am Himmel in blendendem Glanz, als die fünf großen Schlachtschiffe mit schnell sich vermindernder Geschwindigkeit auf ihn zurasten. Wieder einmal blickte John Gordon von einer Schiffsbrücke aus auf die prächtige Hauptsonne des Reiches und ihren grünen, lieblichen Planeten. Aber was war alles geschehen, seit er das erstemal nach Throon gekommen war!

„Wir landen in zwei Stunden in Throon City", sagte Hull Burrel gerade, und er fügte grimmig hinzu: „Es wird ein Empfangskomitee dasein, das uns erwartet. Ihr Bruder ist von unserem Kommen in Kenntnis gesetzt worden."

„Alles, worum ich bitte, ist eine Gelegenheit, meine Geschichte Jhal zu beweisen", erklärte Gordon. „Ich bin sicher, daß ich ihn überzeugen kann!"

Innerlich hatte er aber das jämmerliche Gefühl, durchaus nicht ganz sicher zu sein. Es hing alles von einem einzigen Mann ab und davon, ob er das Verhalten dieses Mannes richtig beurteilt hatte. All die Stunden und Tage des eiligen Heimfluges durch das Reich war Gordon von diesem Zweifel gemartert worden, der ihn heimsuchte. Er hatte nur wenig geschlafen und kaum etwas gegessen, verzehrt von der wachsenden Nervenanspannung.

Er mußte Jhal Arn überzeugen! Wenn das einmal vollbracht war, wenn einmal der letzte Verräter ausgerottet war, dann würde das Reich bereit sein, dem Angriff des Wolkenreiches zu begegnen. Seine, John Gordons, Pflicht würde erfüllt sein, und er konnte zur Erde zurückkehren, um den Rücktausch der Seelen mit dem echten Zarth Arn zu vollziehen. Und der echte Zarth konnte zurückkommen, um das Reich verteidigen zu helfen. Aber Gordon durchfuhr jedesmal eine tödliche Angst, wenn er an den Rücktausch der Seelen dachte; an diesem Tage, wenn er in seine eigene Zeit zurückkehrte, würde er Lianna für immer verlassen.

Gerade als er an sie dachte, betrat Lianna die weitläufige Brücke. Sie stand neben ihm, und ihre schlanken Finger umschlossen ermutigend seine Hand. „Dein Bruder wird dir glauben, Zarth, ich weiß es."

„Nicht ohne Beweis", murmelte Gordon. „Und nur ein Mann kann die Wahrheit meines Berichtes beweisen. Alles hängt davon ab, ob er noch nicht von Corbulos Tod und meiner Rückkehr gehört hat und geflohen ist."

Diese quälende Unsicherheit vertiefte sich, als die fünf riesigen Schlachtschiffe sich auf Throon City hinunterschwangen.

Es war Nacht in der Hauptstadt. Unter dem Licht zweier kreisender Monde glitzerten die märchenhaften Glasberge und das silberne Meer. Die schimmernden Türme der Stadt erhoben sich wie ein Schattenriß, matt leuchtend in der sanften Glut.

Die Schiffe landeten schwerfällig in Docks des Raumhafens der Flotte. Gordon und Lianna traten mit Hull Burrel und Kapitän Val Marlann aus der *Ethne* heraus und trafen auf eine Wand von bewaffneten Wachen.

Zwei Offiziere gingen auf sie zu, und mit ihnen kam Orth Bodmer, der Erste Kanzler. Bodmers schmales Gesicht zeigte tiefe Linien der Sorge, als er Gordon gegenübertrat. „Hoheit, dies ist eine traurige Heimkehr", sagte er unsicher. „Gott füge es, daß Sie Ihre Unschuld beweisen können!"

„Hat Jhal Arn unsere Rückkehr und was da draußen bei den Plejaden geschah, geheimgehalten?" fragte Gordon sogleich.

Orth Bodmer nickte. „Seine Hoheit wartet auf Sie. Wir wollen sofort über die Tunnelstraße zum Palast fahren. Ich muß Sie warnen, daß die Wachen Befehl haben, sofort zu schießen, falls einer von Ihnen versucht, Widerstand zu leisten."

Sie wurden schnell nach Waffen durchsucht und dann zur Tunnelstraße gebracht. Wachen stiegen mit ihnen in die Wagen ein. Sie hatten niemand anders gesehen; der gesamte Raumhafen war frei gemacht und abgesperrt worden.

Es erschien John Gordon wie ein Traum, als sie durch die Tunnelstraße rasten. Zu viel war mit ihm in einer zu kurzen Zeit geschehen. Der Verstand konnte es nicht fassen. Liannas warmer Händedruck bildete ein Bindeglied zur Wirklichkeit und stärkte ihn für die schwere Prüfung.

Im großen Palast von Throon gingen sie durch die leergefegten Gänge zu dem Arbeitszimmer, in dem Gordon zuerst Arn Abbas gegenübergestanden hatte. Nun saß Jhal Arn hinter dem Schreibtisch, und sein sonst so ansprechendes Gesicht glich einer verfallenen Maske. Seine Augen blickten kalt und ausdruckslos, als sie über Gordon und Lianna und die beiden Raumkapitäne schweiften.

„Lassen Sie die Wachen draußen, Bodmer!" befahl er dem Kanzler mit tonloser Stimme.

Orth Bodmer zögerte. „Die Gefangenen haben keine Waffe. Doch vielleicht . . ."

„Tun Sie, was ich befehle!" sagte Jhal Arn heiser. „Ich habe Waffen hier. Es ist nicht zu befürchten, daß mein Bruder imstande ist, mich zu ermorden."

Der nervöse Kanzler und die Wachen gingen hinaus und schlossen die Tür.

Gordon fühlte einen heißen Groll in sich, der das taube Gefühl der Unwirklichkeit hinwegschwemmte. Er trat einen großen Schritt vor. „Ist dies die Art von Gerechtigkeit, die du dem Reich geben willst?" brauste er zu Jhal Arn gewandt auf. „Die Art von Gerechtigkeit, die einen Mann verurteilt, ehe er gehört wurde?"

„Gehört? Mann, du wurdest doch *gesehen*, wie du unseren Vater ermordetest!" rief Jhal Arn, indem er sich erhob. „Corbulo sah dich, und nun hast du Corbulo auch getötet!"

„Jhal Arn, das ist alles falsch!" rief Lianna. „Du mußt Zarth anhören!"

Jhal Arn wandte sich mit traurigem Blick ihr zu. „Lianna, ich erhebe keinen Vorwurf gegen dich. Du liebst Zarth und ließest dich von ihm dazu verleiten. Aber was ihn betrifft, den fleißigen, gelehrten Bruder, den ich einmal liebte, den Bruder, der die ganze Zeit Komplotte schmiedete, um die Macht zu erlangen – der unseren Vater niederstreckte . . ."

„Wirst du nun zuhören?" rief Gordon wutentbrannt. „Du stehst da und häufst Anschuldigung auf Anschuldigung, ohne mir eine Gelegenheit zu geben, sie zu widerlegen!"

„Ich habe deine Antworten bereits gehört", sagte Jhal Arn heiser. „Vizekommandeur Giron hat mir berichtet, als er dein Kommen meldete, daß du Corbulo des Verrates beschuldigst, um deine eigenen Verbrechen zu decken."

„Ich kann alles beweisen, wenn du mir nur die Möglichkeit dazu gibst", erklärte Gordon.

„Was für einen Beweis kannst du schon erbringen?" entgegnete sein Bruder. „Was für einen Beweis, der die verdammende Beweiskraft deiner Flucht, von Corbulos Zeugnis und von Shorr Kans geheimer Botschaft an dich aufwiegen wird?"

Gordon erkannte, daß er an dem entscheidenden Punkt angelangt war – an dem Wendepunkt, an dem er bestehen oder fallen würde.

Er erzählte von Corbulos verräterischem Beistand, indem er

Lianna und ihm fliehen half, er berichtete davon, wie diese Flucht genau mit dem Mord an Arn Abbas in der Zeit abgestimmt war. „Es wurde alles getan, um es so aussehen zu lassen, als ob ich den Mord verübt hätte und geflohen wäre", sagte Gordon eindringlich. „Corbulo selbst streckte unseren Vater nieder und behauptete dann, er habe es mich tun sehen, da er wußte, daß ich nicht da war, um die Anschuldigung zu widerlegen."

Er erzählte rasch, wie der verräterische Sirier ihn und Lianna in das Wolkenreich entführt hatte, und gab eine kurze Übersicht über die Art und Weise, wie er Shorr Kan dazu gebracht hatte – indem er vorgab, sich mit ihm zu verbünden –, ihm zu gestatten, zur Erde zu fliegen. Wie diese Kriegslist allerdings an der Tatsache gehangen hatte, daß er in Wirklichkeit nicht Zarth Arn war, konnte er jetzt nicht erzählen. Gordon beendete seine kurze Geschichte und sah, daß Ungläubigkeit noch immer wie eine schwarze Wolke auf Jhal Arns Gesicht verblieb.

„Dein Bericht klingt zu phantastisch! Und es gibt nichts, um seine Wahrheit zu bestätigen, außer deinem Wort und dem Wort des Mädchens, das dich liebt. Du sagtest doch, du könntest die Richtigkeit deiner Erzählung beweisen?"

„Ich kann sie beweisen, wenn ich die Möglichkeit dazu bekomme", sagte Gordon ernst. „Jhal, Corbulo war nicht der einzige Verräter in hoher Stellung im Reich. Shorr Kan hat mir erzählt, daß eine ganze Schar solcher Verräter vorhanden sei, wenn er sie auch nicht mit Namen nannte. Aber ein Verräter ist sicher noch darunter: Thern Eldred, der Sirier-Kapitän der Flotte, der uns in das Wolkenreich brachte! Er kann die Richtigkeit von allem bezeugen, wenn ich ihn zum Reden bringen kann!"

Jhal Arn runzelte die Stirn und sah Gordon einen Augenblick lang an. Dann berührte er einen Knopf und sprach in ein Mikrofon auf dem Schreibtisch. „Flottenhauptquartier? Der Herrscher spricht. Da ist ein Kapitän in unseren Streitkräften, ein Sirier namens Thern Eldred. Bekommen Sie heraus, ob er in Throon ist. Wenn er da ist, schicken Sie ihn sofort unter Bewachung hierher."

Gordons Anspannung wuchs, während sie warteten. Wenn

nun der Sirier im Raum draußen war? Wenn er irgendwie von den Ereignissen gehört hatte und geflohen war . . .?

Dann ertönte endlich vom Lautsprecher her eine scharfe Stimme: „Thern Eldred ist hier gefunden worden; sein Kreuzer ist gerade von der Patrouille zurückgekehrt. Er wird sofort zu Ihnen gebracht."

Eine halbe Stunde später öffnete sich die Tür, und Thern Eldred trat ein. Der Sirier hatte in seinem verbissenen grünlichen Gesicht einen verwunderten Ausdruck. Dann fiel sein Blick auf Gordon und Lianna. „Zarth Arn!" rief er verblüfft aus und zuckte zurück; seine Hand fuhr an seinen Gürtel, aber er war entwaffnet worden.

„Überrascht, mich hier zu sehen?" fragte Gordon. „Sie dachten, wir wären noch im Wolkenreich, wo Sie uns zurückließen, nicht wahr?"

Thern Eldred hatte sofort seine Selbstbeherrschung wiedergefunden. Er blickte Gordon mit gespielter Verblüffung an. „Ich verstehe nicht, was Sie mit ‚Wolkenreich' meinen."

Jhal Arn sagte kurz angebunden: „Zarth Arn behauptet, daß Sie ihn und Lianna mit Gewalt nach Thallarna brachten; er beschuldigt Sie, ein Verräter am Reich und mit Shorr Kan verschworen zu sein."

Das Gesicht des Siriers wurde in einem geradezu bewundernswert geheuchelten Unwillen starr. „Das ist eine Lüge! Ich habe Prinz Zarth Arn und die Prinzessin seit dem Fest der Monde nicht mehr gesehen."

Jhal Arn sah Gordon streng an. „Du sagtest, du könntest deine Behauptung beweisen, Zarth. Bis jetzt ist es bloß dein Wort, das gegen das seine steht."

Lianna fiel leidenschaftlich ein: „Ist mein Wort denn nichts wert? Glaubt man, daß eine Prinzessin von Fomalhaut eine Lügnerin ist?"

Wiederum sah Jhal Arn sie traurig an. „Ich glaube, Lianna, Zarth Arn zuliebe würdest du lügen wie vielleicht für sonst nichts im Weltall."

Gordon hatte das Leugnen des Siriers erwartet, und er rechnete damit, daß er mit seiner Einschätzung des Charakters dieses Mannes die Wahrheit aus ihm herausbekommen könnte. Er trat vor, um dem Mann gegenüberzustehen. Seinen leidenschaftlichen Groll hielt er im Zaum, und er sprach ruhig und wohlüberlegt: „Thern Eldred, das Spiel ist aus! Corbulo ist tot! Die ganze Verschwörung mit Shorr Kan wird gerade aufgedeckt. Sie haben keine Möglichkeit, Ihre Schuld verborgen zu halten, und wenn sie enthüllt ist, bedeutet es für Sie die Hinrichtung." Als der Sirier sich anschickte zu widersprechen, fuhr Gordon schnell fort: „Ich weiß, was Sie nun denken! Sie glauben, wenn Sie bei Ihrem Leugnen bleiben, können Sie mich mundtot machen und Ihre Haut retten. Aber das wird nicht gelingen, Thern Eldred! Der Grund, warum es nicht gelingen wird? Weil Ihr Kreuzer, die *Markab*, seine ganze Besatzung mit sich führte, als er uns in das Wolkenreich brachte. Ich weiß, daß jene Offiziere und Soldaten bestochen wurden, um Sie zu unterstützen, und sie werden leugnen, daß Sie jemals in das Wolkenreich flogen. Sie werden es zuerst einmal abstreiten. Aber wenn man sie unter Druck setzt, dann ist unfehlbar wenigstens ein Schwacher unter ihnen, der gestehen wird, um sich selbst zu retten."

Nun sah Gordon zum erstenmal Zweifel in den Augen des Siriers auftauchen. Dennoch schüttelte Thern Eldred unwillig den Kopf. „Sie reden Unsinn, Prinz Zarth! Wenn Sie meine Männer in der *Markab* befragen wollen, machen Sie nur zu! Das Zeugnis meiner Leute wird beweisen, daß Sie nicht die Wahrheit sprechen!"

Gordon verstärkte seinen Angriff, seine Stimme klang nun laut. „Thern Eldred, Sie können sich nicht mit einem Bluff herausreden. Sie wissen, daß einer von den Leuten reden wird! Und wenn er es tut, bedeutet es den Tod für Sie. Es gibt nur einen einzigen Weg, auf dem Sie sich selbst retten können. Der besteht darin, daß Sie gegen die anderen Beamten und Offiziere, die mit Ihnen an dieser Verschwörung beteiligt sind und die für Shorr Kan arbeiten, Zeugnis ablegen. Geben Sie uns ihre Namen, und es wird Ihnen gestattet werden, das Reich straffrei zu verlassen!"

Jhal Arn unterbrach ihn finster. „Ich werde keine solche Bedingung gutheißen! Wenn dieser Mann ein Verräter ist, wird er seine Strafe erleiden."

Gordon wandte sich leidenschaftlich ihm zu. „Jhal, höre auf mich! Er verdient für seinen Verrat den Tod. Aber was ist denn wichtiger: daß er bestraft oder daß das Reich vor Unheil bewahrt wird?"

Dieses Argument ließ Jhal Arn schwanken; einen Augenblick lang runzelte er schweigend die Stirn, dann sagte er langsam: „Nun gut, ich werde meine Zustimmung geben, ihn freizulassen, wenn er ein solches Geständnis ablegt und seine Mitverschworenen beim Namen nennt."

Gordon wandte sich wieder dem Sirier zu. „Ihre letzte Gelegenheit, Thern Eldred! Sie können sich selbst retten – jetzt oder nie!"

Er sah die Unentschlossenheit in Thern Eldreds Augen. Er setzte alles auf die Tatsache, daß dieser Sirier ein rücksichtsloser Realist war, ehrgeizig, selbstsüchtig und von keiner echten Loyalität irgend jemandem gegenüber, außer sich selbst.

Und Gordon gewann das gewagte Spiel. Angesichts der drohenden Entdeckung brach Thern Eldreds Leugnen zusammen, als ihm dieser Ausweg gezeigt wurde, durch den er seine eigene Haut retten konnte. „Ich habe des Herrschers Wort, daß ich straffrei ausgehe, denken Sie daran?" fragte er zögernd.

„Dann waren Sie also wirklich an dieser Verschwörung beteiligt!" brach es aus Jhal Arn heraus. „Aber ich werde mein Wort halten: Wenn Sie die Namen Ihrer Mitverschworenen nennen, werden Sie straffrei ausgehen, sobald wir sie in der Gewalt haben und die Wahrheit dessen, was Sie sagen, bestätigt ist."

Thern Eldred war totenbleich, aber er versuchte zu lächeln. „Ich erkenne es, wenn ich in einer Falle stecke, und ich will verdammt sein, wenn ich mich nur aus Ergebenheit für Shorr Kan töten lasse. Er würde es für mich auch nicht tun!" Er fuhr zu Jhal Arn gewandt fort: „Prinz Zarth hat die Wahrheit gesagt: Chan Corbulo war der Anführer der kleinen Clique von Beamten, die planten, das Reich an die Wolke zu verraten. Corbulo tötete Arn Abbas und ließ mich Zarth Arn und Prinzessin Lianna fortbringen, damit man es ihnen zur Last lege. Alles, was der Prinz gesagt hat, ist wahr!"

Gordon fühlte, wie alles vor seinen Augen verschwamm, seine Schultern sackten herunter, und sein ganzer Körper zitterte ob der Erlösung, die ihm diese Worte von der nun so viele Tage andauernden Qual brachten. Er fühlte Liannas warme

Arme um sich und hörte ihre begeisterte Stimme, während der riesige Hull Burrel und Val Marlann ihm aufgeregt auf den Rücken klopften. „Zarth, ich wußte, Sie würden sich von dem Verdacht reinwaschen!"

Jhal Arn, das Gesicht bleich wie der Tod, kam auf John Gordon zu; seine Stimme war heiser, als er sprach. „Zarth, kannst du mir jemals verzeihen? Mein Gott, wie konnte ich das wissen? Ich werde es mir selbst niemals verzeihen."

„Jhal, es ist schon gut", sagte Gordon stammelnd. „Wie hättest du darauf kommen sollen, da dies alles so teuflisch schlau geplant war?"

„Das ganze Reich wird bald die Wahrheit wissen!" rief Jhal Arn aus. Er wandte sich heftig Thern Eldred zu. „Aber zuerst die Namen der anderen Verräter."

Thern Eldred ging zum Schreibtisch und schrieb minutenlang. Er händigte das Blatt schweigend Jhal Arn aus, der nun die Wachen zu sich befahl.

„Sie werden eingesperrt, bis die Richtigkeit dieser Information bestätigt ist", erklärte er finster dem Sirier. „Dann werde ich mein Versprechen halten: Sie werden straffrei ausgehen. Aber die Geschichte Ihres Verrates wird Ihnen bis zu den fernsten Sternen folgen!"

Als die Wachen den Sirier hinausgebracht hatten, wandte Jhal Arn seine Augen der Liste der Namen zu. Er rief Gordon bestürzt zu: „Gott, sieh doch!"

Gordon sah hin; der erste Name auf der Liste lautete: Orth Bodmer, der Erste Kanzler des Reiches.

„Bodmer ein Verräter? Das ist unmöglich!" rief Jhal Arn aus. „Thern Eldred hat ihn nur irgendeines Grolles wegen beschuldigt."

Gordon runzelte die Stirn. „Vielleicht. Aber Corbulo hat man genauso wie Orth Bodmer vertraut, erinnere dich!"

Jhal Arn preßte die Lippen zusammen; er sprach scharf in das Mikrofon auf dem Schreibtisch: „Sagen Sie Kanzler Bodmer, er soll sofort hereinkommen!"

Die Antwort erfolgte schnell. „Kanzler Bodmer verließ bereits das Vorzimmer. Wir wissen nicht, wohin er ging."

„Suchen Sie ihn, und bringen Sie ihn sofort hierher!" befahl Jhal Arn.

„Er ist geflohen, als er sah, daß Thern Eldred zum Verhör hereingebracht wurde!" rief Gordon. „Jhal, er wußte, der Sirier würde ihn preisgeben!"

Jhal sank auf einen Stuhl. „Bodmer ein Verräter! Doch muß es wohl so sein. Und sieh dir all die anderen Namen an: Byrn Ridim, Korrel Kane, Jon Rollory – alles Beamte, die mein Vertrauen besaßen."

Der Kapitän der Wache meldete: „Hoheit, wir können Orth Bodmer nirgends im Palast finden! Er wurde nicht gesehen, als er ihn verließ!"

„Geben Sie den Befehl zu seiner Verhaftung!" ordnete Jhal Arn kurz an. Er überreichte dem Kapitän der Wache die Namenliste. „Und verhaften Sie sofort alle diese Männer. Aber tun Sie es, ohne Aufsehen zu erregen." Dann blickte er Gordon und Lianna verstört an. „Dieser furchtbare Verrat hat bereits das Reich erschüttert! Und die südlichen Königreiche schwanken schon! Ihre Gesandten haben für heute abend eine dringende Audienz bei mir gefordert, und ich fürchte, sie beabsichtigen, ihr Bündnis mit dem Reich zu kündigen."

Das Reichsgeheimnis

GORDON bemerkte plötzlich, daß Liannas schlanke Gestalt vor Müdigkeit in sich zusammensank. Er machte sich laut Selbstvorwürfe: „Lianna, du mußt ja halb tot sein nach alldem, was du durchgemacht hast!"

Lianna versuchte zu lächeln. „Ich gebe zu, daß ich nichts dagegen hätte, etwas auszuruhen."

„Kapitän Hull Burrel wird dich zu deinen Gemächern bringen", sagte Jhal Arn. „Ich möchte, daß Zarth hier bei mir bleibt, wenn die Gesandten der Sternenkönigreiche kommen, um es ihnen eindringlich klarzumachen, daß unser Königshaus wieder geeint ist." Zu Hull Burrel und Val Marlann gewandt, fügte er hinzu: „Sie beide und all Ihre Leute sind natürlich völlig von der Anklage der Meuterei befreit. Ich stehe ein Leben lang in Ihrer Schuld, da Sie geholfen haben, Corbulo zu entlarven und meinen Bruder zu retten."

Als sie Lianna hinausbegleitet hatten, sank auch Gordon

ermattet in einen Stuhl; er fühlte immer noch die Reaktion auf die lange Nervenanspannung.

„Zarth, ich würde dich lieber auch ausruhen lassen, aber du weißt, wie lebenswichtig es ist, die Sternenkönigreiche zu halten, wenn die Krise sich verstärkt", sagte Jhal Arn. „Verflucht sei dieser schwarze Teufel Shorr Kan!"

Ein Diener brachte Saqua, und die feurige Flüssigkeit machte Gordons dumpfen Kopf wieder klar und brachte Kraft in seinen müden Körper zurück.

Schon öffnete auch ein Kämmerer die Tür des Raumes und verbeugte sich. „Die Botschafter der Königreiche des Nordsterns, des Schwans, des Perseus und der Kassiopeia und der Barone der Herkules-Gruppe!"

Die Gesandten, die in voller Galauniform kamen, verhielten vor Verwunderung den Schritt, als sie Gordon neben Jhal Arn stehen sahen. „Prinz Zarth!" rief der dickliche Gesandte des Herkules aus. „Aber wir dachten doch . . ."

„Mein Bruder ist völlig rehabilitiert, und die tatsächlichen Verräter sind gefaßt worden", teilte Jhal Arn ihnen mit. „Es wird binnen einer Stunde öffentlich verkündet werden." Er ließ den Blick über ihre Gesichter schweifen. „Meine Herren, zu welchem Zweck haben Sie diese Audienz gefordert?"

Der dickliche Gesandte vom Herkules blickte den ernsten, bejahrten Gesandten des Nordstern-Königs an. „Tu Shal, Sie sind unser Sprecher."

Tu Shals altes, scharfgezeichnetes Gesicht drückte tiefe Besorgnis aus, als er vortrat und sprach: „Hoheit, Shorr Kan hat soeben im geheimen allen unseren Königreichen einen Freundschaftsvertrag mit der Liga der Dunkelwelten angeboten! Er erklärte, daß wir erledigt seien, wenn wir an unserem Bündnis mit dem Reich festhielten."

„Er hat uns Baronen dasselbe Angebot gemacht und uns davor gewarnt, uns mit dem Reich zu verbünden", fügte der Gesandte des Herkules hinzu.

Jhal Arn sah Gordon schnell an. „So sendet Shorr Kan jetzt Ultimaten? Das bedeutet, daß er zum Losschlagen bereit ist."

„Keiner von uns hat eine Neigung für Shorr Kans Tyrannei", sagte Tu Shal. „Wir ziehen es vor, zum Reich zu halten, das für Frieden und Einigkeit einsteht. Aber man spricht davon, daß das Wolkenreich eine so furchtbare Rüstung durchgeführt hat und so revolutionäre neue Waffen besitzt, daß sie alles nur so überrollen werden, wenn der Krieg kommt."

Jhal Arns Augen blitzten. „Denken Sie auch nur im Traum daran, daß er das Reich erobern kann, wenn wir den Disruptor haben, um ihn im Notfall anzuwenden?"

„Das ist es ja gerade, Hoheit", sagte Tu Shal. „Es wird behauptet, daß der Disruptor niemals angewendet wurde, außer einstmals vor sehr langer Zeit, und daß er sich damals als so gefährlich erwies, daß Sie es nicht wagen würden, ihn wieder einzusetzen!" Er fügte hinzu: „Ich fürchte, daß unsere Königreiche ihre Treueverpflichtung gegenüber dem Reich nicht erfüllen werden, wenn Sie nicht beweisen, daß dies eine Lüge ist – wenn Sie nicht beweisen, daß Sie den Disruptor einzusetzen wagen."

Jhal Arn sah die Gesandten fest an, als er antwortete, und seine feierlichen Worte schienen Gordon das Raunen von etwas Fremdartigem und überaus Schrecklichem in den kleinen Raum zu bringen. „Tu Shal, der Disruptor ist eine entsetzliche Waffe. Ich will nicht verheimlichen, daß es gefährlich ist, seine Gewalt in der Milchstraße zu entfesseln. Aber einstmals vor langer Zeit, als die Magellanier eindrangen, hat man es getan. Und wir werden es wieder tun, wenn es nötig ist! Mein Vater ist zwar tot, aber Zarth und ich können die Gewalt der Waffe entfesseln. Und wir werden sie entfesseln und lieber die Galaxis in Trümmer gehen lassen, ehe Shorr Kan seine Tyrannei auf die freien Welten ausdehnt!"

Tu Shal schien noch tiefer besorgt zu sein als zuvor. „Aber Hoheit, unsere Königreiche fordern, daß wir den Disruptor vorgeführt bekommen, ehe sie daran glauben!"

Jhals Gesicht wurde düster. „Ich hatte gehofft, daß der Disruptor niemals mehr aus seiner sicheren Aufbewahrung genommen und wieder angewandt werden müsse. Aber es ist vielleicht das beste, das zu tun, worum Sie bitten." Seine Augen blitzten. „Ja, es mag sein, daß Shorr Kan, wenn er erfährt, daß wir diese Gewalt noch immer handhaben können, und hört, was sie bewirken kann, es sich zweimal überlegt, ehe er einen übereilten Krieg in der Galaxis anfängt!"

„Dann werden Sie uns also den Disruptor vorführen?" fragte

der Gesandte vom Herkules, und sein Gesicht war voll Ehrfurcht.

„Es gibt eine Region unbewohnter Dunkelsterne, fünfzig Parsec westlich von Algol", erklärte Jhal Arn ihnen. „In zwei Tagen werden wir dort die Gewalt des Disruptors entfesseln, damit Sie sie sehen."

Tu Shals besorgtes Gesicht hellte sich ein wenig auf. „Wenn Sie das tun, so werden unsere Königreiche die Angebote des Wolkenreiches rundweg ablehnen!"

„Und ich kann dafür garantieren, daß die Barone der Herkules-Gruppe sich für das Reich erklären werden!" fügte der rundliche Herkules-Gesandte hinzu.

Als sie gegangen waren, sah Jhal Arn mit verstörtem Gesicht zu Gordon hinüber. „Es war die einzige Möglichkeit, Zarth, wie ich sie halten konnte. Wenn ich es abgelehnt hätte, wären sie in solch panische Angst verfallen, daß sie sich Shorr Kan unterworfen hätten."

Gordon fragte verwundert: „Wirst du wirklich den Disruptor in Betrieb setzen, um sie zu überzeugen?"

Dicke Schweißtropfen standen auf Jhal Arns Stirn. „Gott weiß, daß ich es nicht gern tue! Du kennst ja Brenn Birs Warnung so gut wie ich! Du weißt, was beinahe geschah, als er ihn vor zweitausend Jahren gegen die Magellanier einsetzte!" Seine Gestalt straffte sich. „Aber ich werde sogar dieses Risiko lieber auf mich nehmen, als das Wolkenreich einen Krieg anzetteln zu lassen, um die Galaxis zu versklaven!"

Gordon empfand ein tiefes Gefühl der Verwunderung, vermischt mit starker Besorgnis. Was war nun diese jahrtausendealte, geheime Waffe, die sogar Jhal Arn, der ihr Meister war, nicht ohne Furcht erwähnen konnte?

„Zarth", fuhr Jhal Arn eindringlich fort, „wir werden nun zur Disruptorkammer hinabsteigen. Es ist schon lange her, seit einer von uns dort war, und wir müssen uns vergewissern, daß alles für diese Vorführung bereit ist."

Im ersten Augenblick schreckte Gordon davor zurück. Er, ein Fremder, durfte doch nicht dieses am meisten gehütete Geheimnis der Galaxis kennenlernen!

Dann wurde er sich aber plötzlich klar, daß es wenig bedeutete, wenn er sich diesen Apparat ansah; er war ja nicht

Wissenschaftler genug, um ihn zu verstehen. Und außerdem würde er ja bald in seine eigene Zeit und in seinen eigenen Körper zurückkehren. Er würde eine Gelegenheit ausfindig machen müssen, um vielleicht schon am nächsten Tag zur Erde zu entkommen, ohne es Jhal Arn wissen zu lassen. Er konnte ein Schiff anfordern, das ihn dorthin bringen würde. Wieder einmal überkam ihn bei diesem Gedanken die herzzerreißende Erkenntnis, daß er kurz davor stand, sich auf immer von Lianna zu trennen.

„Komm, Zarth!" sagte Jhal ungeduldig. „Ich weiß, du mußt müde sein, aber wir haben wenig Zeit."

Sie gingen durch den Vorraum zurück. Jhal Arn wies mit einem Wink die Wachen zurück, die herbeieilten, um sie zu begleiten. Gordon ging mit ihm über gleitende Rampen und durch Gänge immer weiter hinunter, bis er erkannte, daß sie sogar tiefer unter dem großen Palast von Throon sein mußten, als das Gefängnis lag, in dem er eingesperrt gewesen war.

Sie betraten eine Wendeltreppe, die abwärts in eine Halle führte, die in den gewachsenen Felsen des Planeten gehöhlt worden war. Von dieser Halle führte ein langer, in den Felsen gehauener Gang weg, der von einer pulsierenden weißen Strahlung erhellt war, die von schimmernden Platten in seinen Wänden ausgesandt wurde.

Während Gordon mit Jhal Arn diesen leuchtenden Gang hinabschritt, fühlte er ein Erstaunen, das er kaum verbergen konnte: Er hatte zahlreiche Wachen erwartet, mächtige Tore mit massiven Riegeln, alle Arten von raffinierten Vorkehrungen, um die zerstörendste Gewalt der Galaxis zu hüten. Statt dessen schien nichts dazusein, um sie zu schützen! Weder auf der Treppe noch in diesem strahlenden Gang befand sich jemand. Und als Jhal Arn die Tür am Ende des Ganges öffnete, war sie nicht einmal versperrt!

Jhal Arn blickte mit Gordon von der Schwelle aus durch die offene Tür. „Da ist er, noch immer an Ort und Stelle", sagte er mit einem starken Unterton von Scheu in seiner Stimme.

Der Raum war klein und rund, ebenfalls aus den Felsen herausgehöhlt und auch durch das weiße Strahlen der Wandplatten erhellt. Gordon bemerkte im Mittelpunkt des Raumes die Ansammlung von Gegenständen, auf die Jhal Arn mit solcher Ehrfurcht blickte.

Der Disruptor! Die Waffe, die so schrecklich war, daß ihre Gewalt bloß einmal in zweitausend Jahren entfesselt worden war.

Aber was ist das nun eigentlich? fragte sich Gordon verwundert und bestürzt, während er in den Raum starrte. Da waren zwölf riesige kegelförmige Gegenstände aus mattgrauem Metall, jeder etwa vier Meter lang. Die Spitze jedes Kegels bestand aus einer Anhäufung von kleinen Kristallkugeln. Dicke, verschieden gefärbte Kabel führten von der Grundfläche der Kegel weg. Was für verwickelte Dinge an unvorstellbarer Wissenschaft sich innerhalb der Kegel befanden, konnte er nicht einmal vermuten. Neben schweren Lafetten, um die Kegel darauf zu montieren, war als einziger weiterer Gegenstand ein großer würfelförmiger Kasten vorhanden, an dessen Stirnseite sich zahlreiche leuchtende Meßinstrumente und die Schalter von sechs Widerstandsreglern befanden.

„Er verbraucht eine so riesige Energiemenge, daß er natürlich auf einem Schlachtschiff montiert werden muß", sagte Jhal Arn nachdenklich. „Wie wäre es mit der *Ethne*, mit der du kamst? Würden ihre Turbinen wohl genug Kraft liefern?"

„Ich nehme es an", erwiderte Gordon gequält. „Ich fürchte, ich werde das alles dir überlassen müssen."

Jhal Arn sah erstaunt drein. „Aber Zarth, du bist doch der Wissenschaftler der Familie. Du weißt mehr über den Disruptor als ich."

Gordon verneinte dieses rasch. „Ich fürchte, nein. Siehst du, das alles ist so lange her, ich habe viel davon vergessen."

Jhal Arn sah ungläubig drein. „Etwas über den Disruptor vergessen? Du machst wohl Witze! Das ist eine Sache, die wir wohl nicht vergessen. Schließlich ist es uns an jenem Tag, als wir das erstemal hier heruntergebracht wurden, damit die Welle auf unseren Körper abgestimmt wurde, so in das Gehirn eingedrillt worden, daß man es unmöglich vergessen kann!"

Die Welle? Was war denn das nun wieder? Gordon fühlte sich in seiner Unwissenheit völlig hilflos, und er brachte hastig eine Erklärung vor. „Jhal, ich habe dir erzählt, daß Shorr Kan ein Gerät zum Abtasten des Gehirns bei mir anwendete und versuchte, so das Geheimnis des Disruptors zu erfahren. Es gelang ihm nicht – aber in meinem absichtlichen Bemühen,

alles zu vergessen, scheine ich wirklich viele Einzelheiten aus dem Gedächtnis verloren zu haben."

Jhal Arn schien von der Erklärung befriedigt. „Ja natürlich – ein Schock. Aber du wirst dich doch wohl noch immer an die wichtigsten Merkmale dieses Geheimnisses erinnern. Die kann man doch nicht vergessen!"

„Nein, die habe ich natürlich nicht vergessen." Gordon mußte hastig eine Ausflucht suchen.

Jhal zog ihn vorwärts. „Hier, dir wird alles wieder einfallen. Diese Stützen sind dazu da, um die Kraftkegel am Bug eines Schiffes zu befestigen. Die farbigen Kabel hängen an den gleichgefärbten Steckern in der Kontrolltafel, und die Transformatorleitungen gehen geradewegs zu den Antriebsgeneratoren zurück." Er wies auf die Meßinstrumente. „Sie geben die genauen Raumkoordinaten des Raumes an, der getroffen werden soll. Die Leistung der Kegel muß natürlich genau im Gleichgewicht sein. Das bewirken die Widerstände hier . . ."

Als er fortfuhr, begann John Gordon dunkel zu begreifen, daß die Kegel dazu bestimmt waren, ihre Kraft in einen bestimmten Bezirk des Raumes auszustrahlen. Aber welche Art von Kraft? Was bewirkte sie in dem Strahlungsbereich und an den dort vorhandenen Dingen, das so fürchterlich war? Er wagte nicht, danach zu fragen

Jhal Arn schloß seine Erläuterungen: „So muß also das Zielgebiet mindestens zehn Parsec von dem Schiff entfernt sein, von dem aus du arbeitest, oder du bekommst den Rückstoß zu spüren. Erinnerst du dich nun an alles, Zarth?"

Gordon nickte hastig. „Ja, klar. Aber ich bin trotzdem froh, daß es deine Aufgabe sein wird, ihn anzuwenden."

Jhal sah noch verhärmter aus. „Weiß Gott, ich tue es nicht gern! Er hat hier all die Jahrhunderte geruht, ohne eingesetzt zu werden. Und die Warnung von Brenn Bir ist immer noch gültig." Er wies, während er so sprach, auf eine Inschrift, die sich oben an der gegenüberliegenden Wand befand. Gordon las sie zum erstenmal.

An meine Nachkommen, die das Geheimnis des Disruptors bewahren, das ich, Brenn Bir, entdeckte. Achtet meine Warnung! Benutzt den Disruptor nie um kleinlicher, persönlicher Machtgelüste willen! Benutzt ihn nur, wenn die Freiheit der Galaxis bedroht ist! Diese

Gewalt, die Ihr hütet, könnte die Milchstraße vernichten. Sie ist ein Dämon, so titanisch, daß er, einmal entfesselt, nicht wieder gebändigt werden könnte. Nehmt nicht dieses fürchterliche Risiko auf Euch, außer es stehen Leben und Freiheit der gesamten Menschheit auf dem Spiel!

„Zarth", begann Jhal Arn feierlich, „als du und ich noch Knaben waren und wir das erstemal von unserem Vater hier heruntergebracht wurden, damit die Welle auf uns abgestimmt wurde, ließen wir es uns nicht träumen, daß die Zeit kommen würde, da wir daran denken müßten, das anzuwenden, was so lange hier geruht hat." Seine Stimme klang tiefer. „Aber das Leben und die Freiheit aller Menschen stehen auf dem Spiel, wenn Shorr Kan die Galaxis zu erobern sucht! Wenn alles andere versagt, müssen wir dieses Risiko auf uns nehmen!"

Gordon fühlte sich von den Folgerungen erschüttert, die sich aus dieser Warnung ergaben. Es war wie eine Stimme des Todes, die wuchtig in diesem stillen Raum sprach. Jhal wandte sich um und verließ den Raum, und Gordon folgte ihm. Sein Bruder schloß die Tür, und erneut wunderte sich Gordon – kein Schloß, kein Riegel, keine Wache!

Sie gingen den langen, strahlenden Gang hinab und traten in das sanftere gelbe Licht der Wendeltreppe. „Wir werden morgen früh die Einrichtung auf die *Ethne* montieren", sagte Jhal Arn. „Wenn wir den Gesandten der Sternenkönigreiche zeigen –"

„Sie werden ihnen niemals etwas zeigen, Jhal Arn!"

Unter der Wendeltreppe war ein Mann mit verzerrtem Gesicht hervorgestürzt, der eine Atompistole auf Gordon und Jhal Arn anlegte.

„Orth Bodmer!" rief Gordon. „Sie haben sich also die ganze Zeit im Palast verborgen!"

Bodmers schmales Gesicht war farblos, totenähnlich und verzerrte sich zu einem fratzenhaften Lächeln. „Ja, Zarth", knirschte er. „Ich wußte, das Spiel war aus, als ich sah, wie Thern Eldred hereingebracht wurde. Ich konnte nicht aus dem Palast gelangen, ohne daß man mich schnell aufspürte und faßte, so verbarg ich mich in den tieferen Gängen." Sein Lächeln wurde geisterhaft. „Ich verbarg mich, bis Sie, wie ich erwartet hatte, zur Disruptorkammer kamen, Jhal Arn. Ich habe auf Sie gewartet!"

Jhals Augen blitzten. „Was hoffen Sie nun dadurch zu gewinnen?“

„Das ist einfach“, sagte Bodmer heiser. „Ich weiß, mein Leben ist verwirkt. Nun, ebenso ist es das Ihre, außer Sie schonen meines!“ Er trat näher, und Gordon las den Wahnsinn der Angst in seinen brennenden Augen. „Sie brechen Ihr Wort nicht, wenn es gegeben ist, Hoheit. Versprechen Sie mir, daß ich begnadigt werde, und ich werde Sie jetzt nicht töten!“

Gordon sah, daß Panik diesen hasenfüßigen, überreizten Verräter zu einem wahnsinnigen Entschluß getrieben hatte. „Jhal, tu es!“ rief er. „Er ist es nicht wert, daß du dein Leben aufs Spiel setzt!“

Jhal Arns Gesicht wurde tiefrot vor Wut. „Ich habe einen Verräter straffrei ausgehen lassen, aber keinen zweiten mehr!“

Ehe noch Gordon einen Warnruf ausstoßen konnte, entlud sich Orth Bodmers Atompistole; das Geschoß drang in Jhal Arns Schulter und explodierte dort, während Gordon sich auf den wahnsinnig gewordenen Verräter stürzte.

„Verdammter Idiot!“ rief Gordon wütend, packte dessen Hand, die die Pistole hielt, und rang mit ihm.

Einen Augenblick schien der schmächtige Kanzler übermenschliche Kraft aufzubringen. Sie schwankten, stolperten und rollten dann zusammen in die leuchtende weiße Strahlung des langen Ganges. Da schrie Orth Bodmer auf! Er schrie wie ein Mensch unter Folter, und Gordon fühlte, wie der Körper unter seinen Händen schlaff wurde.

„Die Welle!“ kreischte Bodmer auf und brach in der pulsierenden Strahlung zusammen. Noch während er schrie, sah Gordon sein Gesicht schwarz werden und verdorren: Es war ein eingeschrumpfter, lebloser Körper, der zu Boden sank.

So gräßlich und geheimnisvoll war dieser plötzliche Tod, daß Gordon für einen Augenblick wie betäubt war. Dann verstand er plötzlich: Das pulsierende Strahlen im Gang und im Raum des Disruptors war die Welle, von der Jhal Arn gesprochen hatte! Es war nicht nur Licht, sondern eine schreckliche, vernichtende Kraft, die so genau auf die Körperschwingungen der einzelnen Menschen abgestimmt werden konnte, daß sie alle verdorren ließ außer den erwählten Hütern des Geheimnisses.

Kein Wunder, daß keine Schlösser, Riegel oder Wachen notwendig waren, um den Disruptor zu schützen! Kein Mensch außer Jhal Arn und Gordon konnte sich ihm nähern, ohne vernichtet zu werden. Nein – nicht Gordon, sondern Zarth Arn: Es war ja der Körper des echten Zarth Arn, den zu schonen die Welle abgestimmt war!

Gordon taumelte aus dieser schrecklichen Strahlung heraus und zurück in die Halle. Er beugte sich über die hingestreckte Gestalt von Jhal Arn. „Jhal, um Gottes willen!"

Jhal Arn hatte in der Schulter eine fürchterliche schwärzliche Wunde, aber er lebte noch.

Gordon rannte zur Treppe und rief nach oben: „Wachen! Der Herrscher ist verletzt worden!"

Wachen, Offiziere und Beamte kamen in Scharen eilig herunter. Jhal Arn bewegte sich schwach, und er öffnete die Augen. „Bodmer . . . ist schuld . . . an diesem Attentat gegen mich", murmelte er. „Ist Zarth wohlauf?"

„Hier bin ich; er traf mich nicht, und nun ist er tot." Gordons Stimme klang heiser.

Eine Stunde später wartete er in einem anderen Vorraum der königlichen Gemächer hoch oben im Palast. Lianna war da und bemühte sich, Zora, Jhal Arns weinende Gattin, zu trösten.

Ein Arzt kam eilends aus dem inneren Raum, in den Jhal Arn gebracht worden war. „Der Herrscher wird es überleben!" verkündete er. „Aber bei dem Angriff ist er schlimm zugerichtet worden, und es wird viele Wochen dauern, bis er sich erholt." Besorgt fügte er hinzu: „Er besteht darauf, daß Prinz Zarth Arn zu ihm kommt."

Gordon betrat unsicher das große, luxuriöse Schlafgemach; die beiden Frauen folgten. Er beugte sich über das Bett, in dem Jhal Arn lag.

Jhal Arn gab flüsternd einen Befehl. „Laß ein Stereoübertragungsgerät bringen, und befiehl, daß es zu einer Sendung auf das ganze Reich eingeschaltet wird."

„Jhal, du sollst dich nicht anstrengen", widersprach Gordon. „Du kannst die Bekanntgabe, daß ich rehabilitiert bin, auf einem anderen Weg als diesem durchführen."

„Es ist ja nicht dies allein, was ich zu verkünden habe", flüsterte Jhal. „Zarth, bist du dir nicht im klaren darüber, was es für mich bedeutet, daß ich gerade in diesem Augenblick niedergestreckt wurde, in dem Shorr Kans Pläne ihren kritischen Punkt erreichen?"

Das Stereoübertragungsgerät wurde eiligst hereingebracht; sein Abtaster erfaßte Jhal Arns Bett, Gordon, Lianna und Zora.

Jhal Arn hob mühsam den Kopf aus dem Kissen und blickte in das Objektiv. „Volk des Reiches", begann er krächzend. „Dieselben verräterischen Mörder, die meinen Vater töteten, haben versucht, auch mich zu töten, aber es ist ihnen mißglückt. Chan Corbulo und Orth Bodmer – *sie* waren die Anführer dieser Verschwörung. Die Unschuld meines Bruders Zarth Arn wurde voll bewiesen, und er nimmt wieder seinen königlichen Rang ein. Und da ich verletzt wurde, ernenne ich meinen Bruder Zarth Arn zum Regenten: Er soll an meiner Stelle herrschen, bis ich wieder arbeitsfähig bin. Ganz gleich, welche Ereignisse über uns hereinbrechen, schenkt eure Treue Zarth Arn als Führer des Reiches!"

Sturm über Throon

GORDON äußerte unwillkürlich seine Verwirrung und Bestürzung in einem Ausruf: „Jhal, nein! Ich kann die Herrschaft über das Reich nicht ausüben, auch nicht für kurze Zeit."

Jhal Arn hatte die Techniker bereits mit einer matten Handbewegung entlassen. Als er seine Rede beendet hatte, hatten sie den Stereoapparat abgeschaltet und zogen sich nun zurück.

Auf Gordons Protest wandte Jhal Arn ihm sein blasses Gesicht zu und antwortete mit einem ernsten Flüstern: „Zarth, du mußt an meiner Stelle handeln! In diesem Augenblick der Krise, in dem das Wolkenreich die Galaxis verdunkelt, darf das Reich nicht ohne Führer sein!"

Seine Frau Zora schloß sich dem Appell an Gordon an. „Du bist aus unserem königlichen Haus, du allein mußt nun über die Verbündeten gebieten."

Gordon wirbelte der Kopf. Was sollte er tun? Sich weigern und ihnen am Ende sogar die ungeahnte Wahrheit seiner Identität und seines unfreiwilligen Schwindels enthüllen? Das brachte er jetzt nicht übers Herz. Diese Enthüllung würde das

Reich ohne Führung lassen, würde seine ganze Bevölkerung und seine Verbündeten in Verwirrung stürzen und sie schnell einem Angriff durch das Wolkenreich aussetzen.

Aber andererseits – wie konnte er die Rolle durchhalten, wenn er noch immer so wenig von diesem Universum wußte? Und wie konnte er dann zur Erde entkommen, um sich mit dem echten Zarth Arn über die Zeit hinweg in Verbindung zu setzen?

„Du bist vor dem Reich zum Regenten proklamiert worden, und es ist unmöglich, das nun zurückzuziehen", sagte Jhal Arn in schwachem Flüsterton.

Gordon sank der Mut: Es war unmöglich, die Proklamation zu widerrufen, ohne das Reich in eine noch gefährlichere Lage zu bringen. Es blieb ihm nur ein Weg offen: Er würde die Regentschaft ausüben müssen, bis er zur Erde entkommen konnte, wie er geplant hatte; wenn sie dann die Seelen ausgetauscht hatten, würde der echte Zarth Arn zurückkehren, um die Regentschaft auszuüben.

„Ich werde also mein Bestes tun", stammelte Gordon. „Aber wenn ich versage . . ."

„Das wirst du nicht", flüsterte Jhal Arn. „Ich lege alles vertrauensvoll in deine Hände, Zarth." Er sank in sein Kissen zurück, ein schmerzvolles Zucken lief über sein bleiches Gesicht; hastig rief Zora die Ärzte.

Die Ärzte baten sie alle aus dem Zimmer. „Der Herrscher darf sich nicht weiter anstrengen, oder wir können für die Folgen nicht einstehen."

In den prächtigen äußeren Räumen fand Gordon Lianna an seiner Seite; er sah sie erschüttert an. „Lianna, wie kann ich das Reich führen und die Treue der Sternenkönige sichern, wie es Jhal Arn getan hätte?"

„Warum solltest du es nicht können?" fuhr sie auf. „Bist du denn nicht Arn Abbas' Sohn aus dem mächtigen Herrschergeschlecht der Galaxis?"

Am liebsten hätte er ihr zugerufen, daß er das eben nicht war, daß er ja nur John Gordon von der guten alten Erde war und für solch eine schwere Verantwortung äußerst ungeeignet – aber er konnte es nicht. Er war immer noch in dem Netz gefangen, das ihn von Anfang an gebunden hatte – wie lange war das schon her? Er war aus Abenteuerlust auf einen Pakt mit Zarth Arn über die Zeit hinweg eingegangen. Er mußte immer noch die Rolle weiterspielen, bis er seine Identität wiedergewinnen konnte.

Lianna winkte die Kämmerer und Beamten, die schon auf ihn warteten, gebieterisch beiseite: „Prinz Zarth ist erschöpft! Sie werden bis morgen warten müssen."

Gordon fühlte sich in der Tat vor Erschöpfung wie betrunken; er strauchelte, als er mit Lianna durch den Palast zu seinen gewohnten Gemächern hinaufging.

Dort verließ sie ihn. „Versuche zu schlafen, Zarth. Du wirst morgen die ganze Last des Reiches auf deinen Schultern haben."

Gordon hatte gedacht, er könne unmöglich einschlafen, aber er lag kaum in seinem Bett, als ihn ein dumpfer Schlaf überkam.

Als er am nächsten Morgen erwachte, fand er Hull Burrel neben sich. Der große Antarier sah ihn ein wenig unsicher an. „Prinzessin Lianna schlug vor, daß ich Ihr Adjutant sein sollte, Hoheit."

Gordon fühlte sich sehr erleichtert; er brauchte jemanden, dem er vertrauen konnte, und er hatte eine starke Zuneigung zu diesem großen, derben Kapitän gefaßt. „Hull, das ist eine gute Idee! Sie wissen, ich bin niemals zum Herrscher erzogen worden. Es gibt da so vieles, das ich wissen sollte und nicht weiß."

Der Antarier schüttelte den Kopf. „Ich sage es Ihnen ungern, aber die Dinge, die Sie zu entscheiden haben, häufen sich schon. Die Gesandten der Südlichen Königreiche bitten um eine weitere Audienz, und Vizekommandeur Giron von der Flotte hat in der letzten Stunde zweimal angerufen, um mit Ihnen zu sprechen."

Gordon überlegte, während er sich schnell anzog. „Hull, ist Giron ein guter Offizier?"

„Einer unserer besten", antwortete der Antarier prompt. „Ein harter Vorgesetzter, was Disziplin betrifft, aber ein guter Stratege."

„Dann werde ich ihm das Kommando der Flotte belassen", entschied Gordon. „Ich werde kurz mit ihm sprechen."

Er mußte all seine Kraft zusammennehmen für die Feuertaufe, nun mit seinem neuen Adjutanten durch den Palast zu gehen, für die Ehrenbezeigungen zu danken und seine Rolle als Regent zu spielen. Er traf Tu Shal und die anderen Gesandten der Sternenkönigreiche in dem kleinen Arbeitszimmer an, das das Schaltzentrum der Reichsregierung war.

„Prinz Zarth, all unsere Königreiche bedauern das feige Attentat auf Ihren Bruder", sagte der Polarier. „Aber dies wird doch nicht Ihre Vorführung des Disruptors verhindern, zu der Ihr Bruder seine Zustimmung gab?"

Gordon traf die Frage wie ein Faustschlag! Im Wirbel der Ereignisse dieser Nacht hatte er beinahe dieses Versprechen vergessen.

Er versuchte der Frage auszuweichen. „Wie Sie wissen, ist mein Bruder schwer verletzt. Er ist unfähig, sein Versprechen zu erfüllen."

Der Gesandte vom Herkules sagte schnell: „Aber *Sie* wissen doch, wie der Disruptor zu bedienen ist, Prinz Zarth. Sie könnten doch diese Vorführung durchführen."

Das ist gerade das Teuflische daran, dachte Gordon bestürzt. Er kannte ja die Einzelheiten der Bedienung des Disruptors nicht. Er hatte zwar etwas von Jhal Arn darüber erfahren, wie der Apparat bedient wurde, aber er hatte immer noch keine Ahnung, was diese geheimnisvolle, fürchterliche Gewalt bewirken konnte.

„Während mein Bruder handlungsunfähig ist, habe ich als Regent des Reiches schwere Pflichten, und ich muß vielleicht diese Vorführung eine kleine Weile aufschieben", erklärte er ihnen.

Tu Shals Gesicht wurde ernst. „Hoheit, Sie dürfen das nicht! Ich erkläre Ihnen, daß die Weigerung, uns diese Gewißheit zu verschaffen, die Argumente jener stärken würde, die behaupten, der Disruptor sei zu gefährlich, um ihn einzusetzen. Es könnte die schwankenden Parteien in unseren Königreichen dazu bringen, das Reich im Stich zu lassen!"

Gordon hatte das Gefühl, in einer Falle zu sitzen. Er konnte nicht zulassen, daß die lebenswichtigen Verbündeten des Reiches abfielen, aber wie sollte er den Disruptor bedienen? Vielleicht ist es mir doch möglich, von Jhal Arn etwas mehr darüber zu erfahren, dachte er verzweifelt. Würde es aber ausreichen, daß er versuchen konnte, den Disruptor zumindest in dieser Vorführung zu bedienen?

Er gab seiner Stimme einen energischen Klang: „Die Vorführung wird zum ersten möglichen Zeitpunkt erfolgen. Das ist alles, was ich Ihnen jetzt sagen kann."

Das befriedigte die besorgten Gesandten nicht, wie er sehen konnte. Sie blickten einander verstohlen an.

„Ich werde dies den Baronen melden", sagte der rundliche Gesandte der Herkules-Gruppe mit einer Verbeugung. Die anderen verbeugten sich ebenfalls und gingen.

Hull Burrel ließ ihm keine Zeit, über die Bedrängnis nachzudenken, die diese neue Verwicklung über ihn gebracht hatte. „Der Vizekommandeur ist am Stereo, Hoheit. Soll ich ihn durchstellen?"

Als einen Augenblick später das Bild des Flottenkommandeurs des Reiches auf dem Stereobildschirm erschien, sah Gordon, daß der alte Kämpe vom Centaurus tief beunruhigt war.

„Prinz Zarth, ich möchte zuerst wissen, ob ich das Kommando der Flotte behalte oder ob ein neuer Kommandeur hierhergesandt wird?"

„Sie werden zum Oberkommandierenden ernannt, und diese Bestallung wird nochmals durch meinen Bruder bestätigt, sobald er seine Pflichten wiederaufnimmt", sagte Gordon sofort.

Giron sprach ganz sachlich weiter. „Ich danke Ihnen, Hoheit. Aber wenn ich die Flotte zu befehligen habe, dann muß ich bei der jetzigen Lage politische Informationen haben, auf deren Grundlage ich meine strategischen Pläne aufstellen kann."

„Wie meinen Sie das? Was ist das für eine Lage, auf die Sie anspielen?" fragte Gordon

„Unser Langstreckenradar hat innerhalb der Wolke starke Flottenbewegungen entdeckt", lautete die Antwort. „Mindestens vier mächtige Flotten haben ihre Stützpunkte verlassen und kreuzen nun knapp innerhalb der Nordgrenzen der Wolke." Giron fügte hinzu: „Dies erweckt stark den Eindruck, als ob die Liga der Dunkelwelten in mindestens zwei verschiedenen Richtungen einen Überraschungsangriff auf uns plant. Im Hinblick auf diese Möglichkeit ist es dringend erforderlich, daß ich schnell Dispositionen für unsere eigene Flotte treffe."

Er ließ im Stereobildschirm die vertraute Karte der großen Sternenschwärme der Galaxis mit ihren Zonen von farbigem Licht aufleuchten, die das Mittelgalaktische Reich und die Sternenkönigreiche darstellten.

„Ich habe meine Hauptstreitkräfte in drei Divisionen auf eine Linie hier zwischen Rigel und Orion-Nebel zusammengezogen, jede Division als selbständigen, kampfkräftigen Verband mit Schlachtschiffen, Kreuzern, Phantomschiffen und so weiter. Das von Fomalhaut gestellte Kontingent ist in unsere erste Division eingegliedert. Dies ist unser schon vorher aufgestellter Verteidigungsplan, aber er geht davon aus, daß die Flotten der Herkules-Barone und die des Nordstern-Königreichs jedem Versuch Widerstand leisten, durch ihr Gebiet in unseren Bereich einzudringen. Wir rechnen weiter damit, daß sich die Flotten der Leier, des Schwans und der Kassiopeia unmittelbar mit uns vereinen, wenn wir das Signal geben. Aber werden sie nun ihre Verpflichtungen erfüllen? Ich muß wissen, ob die verbündeten Königreiche bereit sind, zu uns zu stehen, ehe ich meine Dispositionen treffe."

Gordon wurde sich über den Ernst des Problems klar, dem sich Kommandeur Giron weit entfernt im südlichen Raum gegenübersah. „Dann haben Sie also bereits das Signal an die verbündeten Königreiche gesandt?" fragte er.

„Ich nahm vor zwei Stunden dafür die Verantwortung angesichts der alarmierenden Flottenbewegungen der Liga innerhalb der Wolke auf mich", lautete Girons kurze Antwort. „Bis jetzt habe ich von den Sternenkönigreichen keine Antwort erhalten."

Gordon empfand die kritische Lage des Augenblicks. „Geben Sie mir weitere vierundzwanzig Stunden, Kommandeur", bat er verzweifelt. „Ich werde in dieser Zeit versuchen, positive Zusagen von den Baronen und den Königreichen zu erhalten."

„In der Zwischenzeit ist unsere Position hier verwundbar", bekannte der Kommandeur. „Ich schlage vor, daß wir, bis wir der Treue der Königreiche sicher sind, unsere Hauptstreitkräfte westwärts gegen den Rigel verschieben, um in der Lage zu sein, jeden Angriff aus dem Herkules- und Nordstern-Gebiet zu parieren."

Gordon nickte. „Die Entscheidung darüber ruht völlig in Ihren Händen. Ich werde sofort, wenn ich sichere Nachrichten habe, mit Ihnen Verbindung aufnehmen."

Hull Burrel sah ihn ernst an, während der Kommandeur im Bild salutierte und verschwand. „Prinz Zarth, Sie werden die Königreiche nicht dazu bringen, zu ihren Verpflichtungen zu stehen, wenn Sie ihnen nicht beweisen, daß wir den Disruptor anwenden können!"

„Ich weiß es", murmelte Gordon, und er gelangte zu einem Entschluß. „Ich werde einmal nachsehen, ob mein Bruder mit mir sprechen kann." Er erkannte nun klar, daß – wie der Antarier richtig gesagt hatte – nur eine eindeutige Demonstration des Disruptors die schwankenden Königreiche halten würde.

Konnte er es aber wagen, diese geheimnisvolle Kraft anzuwenden? Er wußte wohl etwas von ihrer Auslösung – das, was Jhal Arn ihm erklärt hatte –, aber das war nicht genug. Wenn er nur mehr erfahren könnte!

Die Ärzte waren besorgt und nahmen ihm den Mut, als er zu Jhal Arns Gemächern ging. „Prinz Zarth, Ihr Bruder steht unter dem Einfluß von Medikamenten und ist nicht fähig, zu jemandem zu sprechen. Es würde seine Kräfte übermäßig beanspruchen."

„Ich muß ihn sehen", beharrte Gordon. „Die Lage erfordert es."

Er erhielt schließlich Zutritt, aber die Ärzte warnten ihn. „Ein paar Minuten sind alles, was wir gestatten können, oder wir müssen jede Verantwortung für das ablehnen, was geschehen könnte."

Als Gordon sich über Jhal Arn beugte, öffnete dieser die Augen, die von der Wirkung der Medikamente verschleiert waren. Es vergingen Minuten, bis er sich darüber klar wurde, was Gordon sagte.

„Jhal, du mußt versuchen, mich zu verstehen und mir zu antworten", bettelte Gordon. „Ich muß mehr über die Bedienung des Disruptors wissen! Du weißt, daß ich dir erzählt habe, daß Shorr Kans Gehirnabtaster mich vieles vergessen ließ."

Jhal Arns Stimme war ein schläfriges Gemurmel. „Seltsam,

daß er dich alles so vergessen ließ. Ich dachte, nach der Art und Weise, wie jede Einzelheit uns eingeprägt wurde, als wir Knaben waren, würde keiner von uns es je vergessen." Sein Geflüster ging schwach und schläfrig weiter. „Du wirst dich an alles erinnern, Zarth, wenn es soweit ist! Die Kraftkegel müssen in einem Kreis von fünfzehn Meter Durchmesser am Bug deines Schiffes montiert werden, die Kabel der Transformatoren gehören zu den Verbindungssteckern derselben Farbe, und die Kraftleitungen führen zu den Generatoren." Sein Murmeln wurde so schwach, daß Gordon seinen Kopf ganz nahe zu ihm hinabbeugen mußte. „Nimm eine genaue Radareinstellung auf den Mittelpunkt deines Zielgebiets vor. Bringe die Stoßrichtung der Kegel durch die Meßinstrumente in Übereinstimmung. Schalte erst, wenn alle sechs Stoßrichtungen übereinstimmen, den Auslöser ein . . ." Seine Stimme verebbte langsam, sie wurde schwächer und schwächer, bis sie unhörbar war.

Gordon versuchte verzweifelt, ihn aufzuwecken. „Jhal Arn, laß mich nicht im Stich! Ich muß mehr wissen!"

Aber Jhal Arn war in einen betäubenden Schlaf gesunken, aus dem er nicht geweckt werden konnte.

Der Vorgang der Bedienung des Disruptors war nun klar, aber dies war nicht genug. Es war, als ob man einem Wilden aus Gordons Zeitalter eine Pistole gäbe und ihm erzählte, wie er abdrücken müsse: Der Wilde konnte die Mündung der Pistole in sein eigenes Gesicht halten, während er den Abzug drückte!

Ich werde wenigstens so tun, als ob ich das Ding demonstrieren will, dachte Gordon angespannt. Das wird dann vielleicht die Gesandten der Königreiche zufriedenstellen, bis ich von Jhal Arn mehr erfahren kann.

Er ging mit Hull Burrel zu jenem tief unter dem Palast liegenden Geschoß hinunter, in dem die Kammer mit dem Disruptor lag. Der Antarier konnte aber den Gang nicht betreten, der voll jener abgestimmten tödlichen Strahlung war, die jedes Lebewesen außer Jhal Arn und ihm selbst vernichtete.

Gordon ging allein hinein und brachte die Stützen zum Montieren der Kraftkegel heraus. Hull Burrel sah sogar diese einfachen Stützen voll Ehrfurcht an, als sie beide sie durch den Palast hinaufbrachten.

Durch eine Tunnelstraße eilten er und Hull Burrel zum Raumhafen der Flotte außerhalb von Throon. Val Marlann und seine Leute warteten neben dem großen, drohenden Rumpf der *Ethne*.

Gordon übergab die Stützen. „Sie müssen am Bug der *Ethne* so angebracht werden, daß sie einen Kreis von genau fünfzehn Meter Durchmesser bilden. Es sind auch Vorkehrungen für eine starke Kraftverbindung zu den Hauptantriebsgeneratoren zu treffen."

Val Marlanns dunkles Gesicht wurde starr. „Sie werden den Disruptor von der *Ethne* aus einsetzen, Hoheit?" rief er aufgeregt.

Gordon nickte. „Lassen Sie Ihre Techniker sofort mit der Montage dieser Stützen beginnen."

Er benutzte das Stereo des Schiffes, um Tu Shal, den Gesandten des Königreiches Polaris, anzurufen. „Wie Sie sehen, machen wir uns bereit, den Disruptor vorzuführen. Die Demonstration wird so bald wie möglich stattfinden", erklärte Gordon dem Gesandten mit gespielter Zuversicht.

Tu Shals besorgtes Gesicht hellte sich nicht auf. „Es sollte schnell geschehen, Hoheit! Jede Hauptstadt in der Milchstraße ist durch Gerüchte über die Bewegungen der Flotte des Wolkenreiches aufs schwerste beunruhigt!"

Gordon verspürte nahezu Hoffnungslosigkeit, als er zum Palast zurückeilte. Er konnte die Vorführung nicht mehr viel länger unter einem Vorwand aufschieben, und da Jhal Arn sich immer noch in tiefer Bewußtlosigkeit befand, würde er jetzt auch nichts mehr über den Disruptor erfahren.

Als die Nacht hereinbrach, grollten über dem großen Palast von Throon Donner eines Gewitters, das sich von der See hereinwälzte.

Als Gordon müde in seine Gemächer hinaufging, erblickte er draußen vor seinen Fenstern flüchtig das violette Aufflammen von Blitzen, das die dunkel aufragenden Glasberge unheimlich beleuchtete.

Lianna wartete auf ihn und begrüßte ihn besorgt. „Zarth, schreckenerregende Gerüchte über einen bevorstehenden Angriff der Liga gehen durch den Palast. Gibt es Krieg?"

„Shorr Kan wird vielleicht bloß bluffen", sagte er benommen.

„Wenn nur die Geschehnisse sich hinauszögern, bis . . ." Beinahe hätte er gesagt: bis ich zur Erde zurückgelangen und die Seelen tauschen kann, damit der echte Zarth Arn zurückkehren kann, um diese fürchterliche Verantwortung zu tragen.

„Bis Jhal Arn wieder gesund wird?" fragte Lianna, die ihn mißverstand. Ihr Gesicht wurde weich. „Zarth, ich weiß, welch fürchterliche Anstrengung all dies für dich bedeutet. Aber du beweist, daß du Arn Abbas' Sohn bist!"

Er hatte das Verlangen, sie in seine Arme zu nehmen und sein Gesicht an ihre Wange zu schmiegen. Etwas davon mußte sich in seinem Gesicht gezeigt haben, denn Liannas Augen blickten ihn liebevoll an.

„Zarth!" rief eine leidenschaftliche Frauenstimme.

Er und Lianna wandten sich sofort um. Gordon erkannte augenblicklich das liebliche, schwarzhaarige Mädchen wieder, das seine Gemächer betreten hatte.

„Murn!" Er hatte dieses Mädchen, das des echten Zarth Arns heimliche Gattin war und das dieser zärtlich liebte, beinahe vergessen.

Bestürzung, dann Ungläubigkeit huschte über ihr Gesicht, als sie Lianna erblickte. „Prinzessin Lianna hier? Ich hatte nicht im Traum gedacht . . ."

„Es bedarf zwischen uns dreien keiner Geheimnisse", erklärte Lianna ruhig. „Ich weiß sehr wohl, daß Zarth Arn Sie liebt, Murn."

Murn wurde rot. „Ich wäre nicht gekommen, wenn ich gewußt hätte . . ."

„Sie haben hier mehr Rechte, als ich sie besitze", fuhr Lianna fort. „Ich werde gehen."

Gordon machte eine Bewegung, um sie zurückzuhalten, aber sie verließ bereits den Raum.

Murn kam auf ihn zu und sah mit sanften, dunklen Augen ängstlich zu ihm auf. „Zarth, ehe du Throon verließest, sagtest du, du würdest, wenn du zurückkehrst, anders sein, und zwischen uns würde alles wieder wie zuvor sein."

„Murn, du wirst nur ein bißchen länger warten müssen", erwiderte er, „dann wird alles sein wie zuvor."

„Ich verstehe immer noch nichts", murmelte sie verwirrt. „Aber ich bin glücklich, daß du wegen jenes abscheulichen

Verbrechens rehabilitiert worden bist und daß du zurückgekehrt bist.“

Sie sah ihn wiederum mit jener sonderbaren Scheu an, als sie fortging. Er wußte, daß Murn immer noch ein Gefühl der Fremdheit gegen ihn empfand.

Als Gordon in seinem Bett lag, wirbelten Lianna, Murn, Jhal Arn und der Disruptor in seinen Gedanken chaotisch durcheinander, ehe er schließlich einschlief.

Nur zwei Stunden später weckte ihn eine erregte Stimme. Das Gewitter war in voller Wucht über Throon hereingebrochen. Blendende Blitze zuckten unentwegt über der Stadt, und Donner krachten ohrenbetäubend.

Hull Burrel schüttelte ihn, und das gefurchte Gesicht des Antariers war finster und starr vor Erregung. „Der Teufel feiert Hochzeit, Hoheit!“ rief er. „Die Flotten des Wolkenreiches sind ausgerückt und haben unsere Grenze überschritten! Jenseits vom Rigel tobt bereits eine schwere Kreuzerschlacht, Schiffe verglühen in Scharen, und Giron meldet, daß zwei Flotten der Liga auf die Herkules-Gruppe zufliegen!“

Die Sternenkönige entscheiden sich

KRIEG in der Galaxis! Der Krieg, vor dem die Galaxis gebangt hatte, der lang gefürchtete Kampf auf Leben und Tod zwischen dem Reich und der Wolke! Und er brach gerade in diesem unglücklichen Augenblick los, als er, John Gordon von der guten alten Erde, die Verantwortung für die Leitung der Reichsverteidigung trug!

Gordon sprang aus dem Bett. „Flotten der Liga, die auf die Herkules-Gruppe zusteuern? Sind die Barone bereit, Widerstand zu leisten?“

„Sie werden vielleicht überhaupt keinen Widerstand leisten!“ rief Hull Burrel. „Shorr Kan sendet ihnen und allen Königreichen Stereomitteilungen, in denen er warnt, daß Widerstand zwecklos sein würde, da das Reich fallen wird! Er verkündet ihnen, daß Jhal Arn dem Tode zu nahe ist, um den Disruptor zu handhaben, und daß Sie ihn nicht anwenden können, weil Sie sein Geheimnis nicht kennen!“

Als ob die Worte ein Blitz wären, der in einen Abgrund leuchtet, wurde sich Gordon plötzlich klar, daß dies der Grund war, warum Shorr Kan schließlich losgeschlagen hatte.

Shorr Kan wußte, daß er, John Gordon, ein Mann war, der Zarth Arns Körper gleich einer Maske trug. Er wußte, daß Gordon nicht wie der echte Zarth Arn verstand, den Disruptor zu gebrauchen. Und weil er dies wußte, hatte Shorr Kan in dem Augenblick, als er gehört hatte, daß Jhal Arn niedergestreckt worden war, den lange geplanten Angriff der Liga ins Werk gesetzt, denn er rechnete mit der Tatsache, daß es nun niemand gab, der den Disruptor gegen ihn anwenden konnte. Er, Gordon, hätte sich über das, was Shorr Kan tun würde, im klaren sein sollen!

Hull Burrel berichtete laut weiter, während sich Gordon in wahnsinniger Hast anzog. „Dieser Teufel spricht gerade jetzt über Stereo zu den Sternenkönigen! Sie müssen sie dazu bringen, zum Reich zu halten!"

Beamte, Flottenoffiziere und aufgeregte Kuriere stürzten bereits in Scharen in den Raum und lärmten wild, um Gordons Aufmerksamkeit auf sich zu ziehen. Hull Burrel schaffte sie grob aus dem Weg, als er und Gordon hinaushasteten und durch den Palast zu dem Arbeitszimmer eilten, welches das Schaltzentrum des Mittelgalaktischen Reichs war.

Der ganze Palast, ganz Throon wachte in dieser schicksalsschweren Nacht! Stimmen riefen, Lichter blitzten auf, man konnte große Kriegsschiffe, die in den Raum hinauseilten, über den sturmgepeitschten Himmel rasen hören.

Im Arbeitszimmer war Gordon einen Augenblick von den vielen Telestereos verwirrt, die voller Licht und Bewegung aufblitzten. Zwei von ihnen boten einen Blick von den Kommandobrücken von Kreuzern, die sich im dichten Kampfgewühl an der Grenze befanden und von donnernden Kanonen bebten und unter dem Aufblitzen von Atomgranaten durch den Raum rasten.

Dann aber blickte Gordon rasch auf das Stereo, auf dem das dunkle, alles beherrschende Bild Shorr Kans stand und sprach. Das schwarze Haupt war unbedeckt, und die Augen blitzten zuversichtlich, als der Mann aus dem Wolkenreich seine Botschaft aussandte.

„... deshalb wiederhole ich, Barone und Herrscher der Sternenkönigreiche, daß der Krieg des Wolkenreiches sich nicht gegen euch richtet! Unser Streit besteht nur mit dem Reich, das zu lange die ganze Galaxis unter dem Deckmantel des Strebens nach friedlicher Vereinigung zu beherrschen suchte. Wir in der Liga der Dunkelwelten haben schließlich zum Schlag gegen diese selbstsüchtige Anmaßung ausgeholt. Unsere Liga bietet euren Königreichen Freundschaft an! Ihr braucht nicht an diesem Kampf teilzunehmen, um mit dem Reich in die Vernichtung hineingezogen zu werden. Wir fordern lediglich, daß ihr unsere Flotten ohne Widerstand euer Hoheitsgebiet passieren laßt. Und ihr werdet vollwertige, gleichberechtigte Mitglieder in der wahren, demokratischen Vereinigung der Galaxis sein, die wir errichten werden, wenn wir gesiegt haben!

Denn wir werden siegen! Das Reich wird fallen. Seine Streitkräfte können gegen unsere mächtigen neuen Flotten und Waffen nicht standhalten. Auch ihr lange prahlerisch angepriesener Disruptor kann sie nicht retten, denn sie haben niemanden, der ihn anwendet. Jhal Arn, der es könnte, liegt darnieder, und Zarth Arn weiß nicht, wie er zu bedienen ist!"

Shorr Kans Stimme hallte in höchster Zuversicht laut durch den Raum, als er mit besonderem Nachdruck seine abschließende Erklärung vorbrachte.

„Zarth Arn kann den Disruptor nicht anwenden, weil er in Wirklichkeit überhaupt nicht Zarth Arn ist – er ist ein Schwindler in der Maske Zarth Arns! Ich habe unwiderlegliche Beweise dafür! Hätte ich die nicht, würde ich dann wohl die Bedrohung durch den Disruptor herausgefordert haben? Das Reich kann diese Geheimwaffe also nicht anwenden, und deshalb ist es dem Verderben geweiht. Sternenkönige und Barone, schließt euch nicht einer Sache an, die zum Untergang bestimmt ist, und schlagt euer eigenes Gebiet nicht in Trümmer!" Während er seine tönende Erklärung schloß, verblaßte Shorr Kans Bild auf dem Stereo.

„Mein Gott, er muß verrückt geworden sein!" sagte Hull Burrel schweratmend zu Gordon. „Zu behaupten, daß Sie nicht wirklich Sie selbst sind!"

„Prinz Zarth!" ertönte der erregte Ruf eines Offiziers durch den Raum. „Kommandeur Giron ruft Sie – dringend!"

Immer noch wie betäubt von Shorr Kans kühnem Streich, mit dem er die Königreiche zur Neutralität zu bewegen suchte, eilte Gordon hastig zu diesem anderen Stereo. In seinem Blickfeld standen Kommandeur Ron Giron und seine Offiziere auf der Brücke eines Schlachtschiffes über ihre Radarschirme gebeugt.

Der hochgewachsene Veteran vom Centaurus wandte sich Gordon zu. „Hoheit, wie steht es mit den Sternenkönigreichen?" fragte er. „Wir haben Radarberichte, daß zwei der riesigen Flotten der Liga, die aus der Wolke herausflogen, nun nach Westen auf Herkules und das Nordsternreich zueilen. Werden die Barone und die Königreiche sich ihnen unterwerfen oder Widerstand leisten? Wir müssen das wissen!"

„Wir werden es mit Sicherheit wissen, sobald ich mit den Gesandten der Königreiche Verbindung aufnehmen kann", sagte Gordon verzweifelt. „Wie ist unsere Lage?"

Giron machte eine kurze Geste. „Bis jetzt kämpft nur unsere Kreuzervorhut. Einige Phantomschiffe des Wolkenreichs kamen durch und machten sich an unserer Hauptflotte hier im Rücken des Rigel zu schaffen, aber das ist noch nichts Ernsthaftes. Ernst ist dagegen die Tatsache, daß ich es nicht wage, meine Hauptflotte an dieser südlichen Grenze bloßzustellen, wenn die Liga durch Herkules-Gebiet vorrückt und mich in der Flanke packt! Wenn die Barone und die Königreiche sich nicht mit uns vereinen, werde ich weit nach Westen zurückweichen müssen, um Canopus vor diesem Flankenstoß zu bewahren."

Gordon, der unter der Gewalt der schrecklichen Verantwortung schier zusammenbrach, versuchte, seine durcheinanderwirbelnden Gedanken zu sammeln. „Vermeiden Sie die Zurücknahme unserer Hauptstreitkräfte so lange wie möglich, Giron", bat er. „Ich hoffe noch immer, daß die Königreiche zu uns halten."

„Wenn sie uns jetzt im Stich lassen, sind wir in einer schlimmen Lage", erwiderte Giron grimmig. „Die Liga besitzt doppelt soviel Schiffe, wie wir annahmen! Sie werden einen Bogen um uns schlagen, um in Kürze Canopus anzugreifen."

Gordon fuhr zu Hull Burrel herum. „Holen Sie sofort die Botschafter der Sternenkönigreiche! Bringen Sie sie hier herein!"

Burrel eilte aus dem Raum hinaus, aber er kehrte beinahe sofort wieder zurück. „Die Botschafter sind bereits hier, sie sind gerade eingetroffen!"

Tu Shal und die anderen Gesandten der Sternenkönigreiche drängten einen Augenblick später blaß, erregt und gespannt in den Raum.

Gordon verschwendete keine Zeit auf das Protokoll. „Sie haben ja gehört, daß zwei von Shorr Kans Flotten auf Herkules und das Nordsternreich zufliegen?"

Tu Shal, blaß bis in die Lippen, nickte. „Die Neuigkeiten sind uns sofort überbracht worden. Wir hörten Shorr Kans Ansprache . . ."

Gordon unterbrach ihn grob. „Ich verlange zu wissen, ob die Barone der Invasion Widerstand leisten oder ihm freien Durchlaß gewähren werden! Und ich verlange zu wissen, ob die Königreiche ihre Bündnisverpflichtungen mit dem Reich einlösen oder sich Shorr Kans Drohungen unterwerfen werden!"

„Unsere Königreiche werden ihre Verpflichtungen einhalten, wenn auch das Reich sein Versprechen einlöst!" antwortete der totenblasse Botschafter vom Königreich der Leier. „Als wir das Bündnis gelobten, geschah es, weil das Reich versprach, wenn nötig den Disruptor einzusetzen, um uns zu schützen."

„Habe ich nicht gesagt, daß der Disruptor eingesetzt werden wird?" fuhr Gordon auf.

„Sie versprachen es, aber Sie haben es vermieden, ihn vorzuführen!" rief der Gesandte des Nordsternreichs. „Warum sollten Sie das tun, wenn Sie das Geheimnis wirklich kennen? Angenommen, Shorr Kan hat recht und Sie sind tatsächlich ein Schwindler – dann geben wir unsere Gebiete in einem nutzlosen Kampf preis!"

Hull Burrel, den die Wut übermannte, brüllte: „Glauben Sie denn auch nur einen Augenblick Shorr Kans aberwitziger Lüge, daß Prinz Zarth ein Schwindler ist?"

„Ist es denn eine Lüge?" fragte Tu Shal und blickte Gordon scharf ins Gesicht. „Shorr Kan muß irgend etwas wissen, das ihn so sicher macht, daß der Disruptor nicht eingesetzt wird, sonst hätte er niemals einen Angriff riskiert!"

„Verflucht noch mal, Sie können doch selbst sehen, daß er Zarth Arn ist, oder nicht?" tobte der Antarierkapitän.

„Wissenschaftliche Kunstgriffe können einen Mann befähigen, sich die Maske eines anderen überzustreifen!" fuhr der Herkules-Gesandte auf.

Gordon, der angesichts dieses neuen Steins des Anstoßes halb verzweifelte, griff eine Idee auf, die ihm in diesem Augenblick durch den Kopf fuhr. „Hull, seien Sie still!" befahl er. „Tu Shal und all ihr anderen, hören Sie mir zu. Wenn ich Ihnen beweise, daß ich wirklich den Disruptor anwenden kann, sind dann Ihre Königreiche bereit, zum Reich zu stehen?"

„Das Nordsternreich wird es tun!" gab dessen Gesandter zu verstehen. „Beweisen Sie es, und ich werde sofort unserer Hauptstadt Nachricht senden."

Die anderen fielen schnell mit der gleichen Versicherung ein, und der Herkules-Botschafter fügte hinzu: „Wir Barone vom Herkules-Sternhaufen wollen dem Wolkenreich Widerstand leisten, wenn es nicht hoffnungslos ist. Beweisen Sie, daß das nicht der Fall ist, und wir werden kämpfen!"

„Ich kann Ihnen in fünf Minuten beweisen, daß ich der echte Zarth Arn bin", erklärte Gordon. „Folgen Sie mir. Hull, Sie kommen auch mit!"

Sie eilten hinter Gordon her, als er aus dem Raum hinaus und durch die Gänge und Rampen des Palastes nach unten ging. Sie gelangten so die Wendeltreppe hinunter und in die Halle, von der aus sich jener Gang mit der pulsierenden, tödlichen weißen Strahlung erstreckte, der zur Disruptorkammer führte.

Gordon wandte sich an die verblüfften Gesandten. „Sie alle werden wissen, was dies für ein Gang ist?"

„Die ganze Galaxis hat davon gehört", antwortete Tu Shal. „Er führt zur Disruptorkammer."

„Kann ein Mensch durch diesen Gang zum Disruptor gehen, wenn er nicht ein Mitglied der königlichen Familie und mit dem Disruptor vertraut ist?" fragte Gordon.

Die Gesandten begriffen allmählich. „Nein!" rief der Gesandte des Nordsternreichs. „Jedermann weiß, daß nur die Erben der Herrscher des Reiches ohne Schaden in den Bereich dieser Strahlung kommen dürfen, die darauf abgestimmt ist, jeden außer ihnen zu vernichten."

„Dann geben Sie acht!" rief Gordon und schritt in den

strahlenden Gang; er ging mit großen Schritten in den Raum zum Disruptor hinunter, packte einen der großen grauen, metallenen Kraftkegel und rollte diesen Kegel auf der runden Platte, auf der er ruhte, aus dem Gelaß heraus und den Gang entlang. „Glauben Sie nun, daß ich ein Schwindler bin?" fragte er.

„Beim Himmel, nein!" rief Tu Shal. „Niemand außer dem echten Zarth Arn hätte diesen Gang betreten und am Leben bleiben können!"

„Dann sind Sie also wirklich Zarth Arn und wissen, wie man den Disruptor anwendet!" rief ein anderer.

Gordon sah, daß er sie überzeugt hatte. Sie hatten es für möglich gehalten, daß er ein anderer Mann sei, nur als Zarth Arn verkleidet, und sie wußten nun, daß dies nicht so sein konnte. Was sie nicht einmal im Traum ahnten – was nicht einmal Shorr Kan erwähnt hatte, um nicht völliger Ungläubigkeit zu begegnen –, war die Tatsache, daß er dem Körper nach Zarth Arn war, aber ein anderer Mann der Seele nach!

Gordon wies auf den großen Kraftkegel. „Das ist ein Teil des Disruptor-Apparates. Die übrigen Teile werde ich sofort herausbringen, damit sie sogleich auf dem Schlachtschiff *Ethne* montiert werden. Und dann werde ich mit dem Schiff losfliegen, um die übermächtige Kraft des Disruptors einzusetzen und den Angriff der Liga zu zerschlagen!"

Gordon hatte seinen Entschluß gefaßt, er hatte in diesen Minuten der Anspannung seine schicksalhafte Wahl getroffen: Er würde wirklich versuchen, den Disruptor anzuwenden! Er kannte seine Bedienung aus Jhal Arns Erklärungen, wenn auch seine Wirkung und seine Kraft immer noch ein furchtbares Geheimnis für ihn waren. Er würde eben eine Katastrophe riskieren, um ihn anzuwenden. Denn es war seine seltsame Doppelrolle – so unfreiwillig sie auch war –, die das Reich an den Rand des Unheils gebracht hatte: Deshalb war es seine Verantwortlichkeit, seine Pflicht dem echten Zarth Arn gegenüber, dies zu versuchen.

Tu Shals altes Gesicht leuchtete. „Prinz Zarth, wenn Sie beabsichtigen, die Verpflichtungen des Reiches einzuhalten, werden auch wir unser Gelöbnis erfüllen! Das Nordsternreich wird mit dem Reich gegen die Wolke kämpfen!"

„Und das Reich der Leier – und wir Barone!" erklangen leidenschaftlich erregte Stimmen. „Wir werden sofort Nachricht an unsere Hauptstädte senden, daß Sie mit dem Disruptor hinausfliegen, um an dem Kampf teilzunehmen!"

„Senden Sie sofort diese Nachricht!" befahl ihnen Gordon. „Veranlassen Sie Ihre Königreiche, ihre Flotten unter Kommandeur Girons Oberbefehl zu stellen!"

Während die erregten Botschafter wieder hinauseilten, um ihre Meldungen auszusenden, wandte sich Gordon an Hull Burrel. „Rufen Sie die Techniker der *Ethne* mit einer Abteilung Wachen hierher, Hull. Ich werde die Teile des Disruptors herausbringen, und sie sollen dann sofort auf die *Ethne* gebracht werden."

Hin- und hereilend, holte Gordon nun aus dem stillen, strahlenden Gelaß einen geheimnisvollen, riesigen Kegel nach dem anderen heraus; er mußte dies selbst tun, denn keiner außer Jhal Arn hätte noch hier hineinkommen können.

Als er den schweren würfelförmigen Transformator herauswälzte, kam Hull Burrel mit Kapitän Val Marlann und seinen Technikern zurück. Die Männer arbeiteten hastig, aber sie behandelten den Apparat mit einer Behutsamkeit, die ihre Furcht verriet.

Sie verluden die Ausrüstung auf Tunnelwagen, und eine halbe Stunde später standen sie im Raumhafen der Flotte unter dem Schatten der mächtigen *Ethne*. Sie und zwei andere Schlachtschiffe waren die einzigen größeren Einheiten, die hier zurückgeblieben waren; die anderen befanden sich bereits auf dem Weg, um an dem epochalen Kampf teilzunehmen.

Unter dem Aufleuchten von Blitzen und dem Krachen des Donners arbeiteten die Techniker im strömenden Regen, um die großen Kraftkegel an den Stützen zu montieren, die bereits um den Bug des Schlachtschiffes angebracht waren. Die Spitzen der Kegel wiesen nach vorne, und ihre Kabel wurden durch den Rumpf in den Navigationsraum hinter der Brücke geleitet, wo Gordon den würfelförmigen Transformator mit seiner Kontrolltafel hatte aufstellen lassen. Er leitete den Anschluß der farbigen Kabel an die Tafel an, so wie es Jhal Arn erklärt hatte. Die dicken Kraftkabel wurden in Eile nach hinten geführt und an die mächtigen Antriebsgeneratoren des Schiffes angeschlossen.

„In zehn Minuten zum Start fertig!" meldete Val Marlann, dessen Gesicht mit Schweißperlen bedeckt war.

Gordon zitterte vor Nervenanspannung. „Eine letzte Überprüfung der Kegel. Dazu ist noch Zeit."

Er eilte in den Sturm hinaus und blickte angestrengt zu dem überhängenden Bug des Kriegsschiffes hinauf. Die zwölf Kegel, die da oben befestigt waren, schienen winzig und schwächlich; unmöglich, sich vorzustellen, daß dieser kleine Apparat eine so furchtbare Wirkung hervorbringen würde, wie sie von allen erwartet wurde! Und doch ...

„Abflug in zwei Minuten!" rief vom Laufsteg aus Hull Burrel über das Getöse der Alarmglocken und die Rufe hastender Männer hinweg.

Gordon wandte sich um, und in demselben Augenblick lief durch das Durcheinander eine schlanke Gestalt auf ihn zu. „Lianna!" rief er. „Warum ..."

Sie flog in seine Arme; ihr Gesicht war bleich und tränennaß. „Zarth, ich mußte kommen, ehe du abfliegst! Wenn du nicht mehr zurückkehren solltest, so möchte ich, daß du weißt, ich liebe dich immer noch! Ich werde es immer tun, auch wenn ich weiß, daß du Murn liebst!"

Gordon seufzte, als er sie in den Armen hielt und seine Wange an ihrem tränenfeuchten Gesicht ruhte. „Lianna! Lianna! Ich kann dir nichts versprechen, du wirst vielleicht in der Zukunft alles zwischen uns verändert finden, aber jetzt sage ich dir, daß du es bist, die ich liebe!"

Eine Welle bitteren Herzeleids stieg in diesem letzten Augenblick eines leidenschaftlichen Abschieds in ihm hoch. Es war ein Abschied für immer, das wußte Gordon! Auch wenn er den Kampf überlebte, würde nicht er, sondern der echte Zarth Arn nach Throon zurückkehren. Und wenn er ihn nicht überlebte ...

„Prinz Zarth!" gellte Hull Burrels heisere Stimme in seinen Ohren. „Es ist Zeit!"

Als Gordon sich losriß, erfaßte er noch einmal das Bild von Liannas blassem Gesicht und den leuchtenden Augen, das er niemals vergessen würde; er wußte, es war das letzte Mal, daß er sie sah.

Dann zog ihn Hull Burrel förmlich den Laufsteg hinauf,

Türen schlossen sich knallend, große Turbinen heulten auf, und Glocken schrillten in den Gängen.

„Start!" verkündeten die Lautsprecher, und mit einem Donnern, das die Luft zerriß, stieg die *Ethne* steil in den sturmgepeitschten Himmel empor. In rasender Fahrt ging es aufwärts, und mit ihr rasten die beiden anderen Schlachtschiffe, die wie metallische Gedankenblitze in den dunklen Himmel hinaufschossen.

„Giron ruft!" schrie Hull Burrel ihm ins Ohr, während sie den Gang entlang vorwärts stolperten. „Schwere Kämpfe in der Nähe des Rigel, und die östlichen Flotten der Liga versuchen einen gewaltsamen Durchbruch."

Im Navigationsraum, wo Gordon den Transformator des Disruptors aufgestellt hatte, blitzte Kommandeur Girons Bild in einem Telestereo auf. Über die Schultern des Kommandeurs erblickte Gordon flüchtig ein Fenster der Brücke, das in den Raum hinaussah, der von einem Inferno berstender Atomgranaten und explodierender Schiffe erfüllt war.

Girons Stimme war ruhig, aber er sprach schnell. „Wir haben mit den beiden östlichen Streitkräften der Liga Flottenberührung, und wir erleiden unhaltbare Verluste. Der Feind hat eine neue Waffe, die unsere Schiffe von innen zu treffen scheint. Wir wissen nicht, was da vor sich geht!"

Gordon fuhr auf: „Die neue Waffe, mit der Shorr Kan sich mir gegenüber brüstete! Wie wirkt sie?"

„Wir wissen es nicht. Schiffe werden überall um uns her plötzlich außer Gefecht gesetzt und antworten nicht mehr auf unsere Rufe." Giron fügte hinzu: „Die Barone melden, daß ihre Flotte sich ostwärts aus der Herkules-Gruppe herausbewegt, um den beiden Flotten des Wolkenreiches entgegenzutreten, die auf sie zukommen. Die Flotten der Leier, des Nordsterns und der anderen verbündeten Königreiche kommen bereits mit voller Geschwindigkeit von Nordwesten, um sich meinem Kommando zu unterstellen." Der Kommandeur schloß grimmig: „Aber diese neue Waffe der Liga, was sie auch sein mag, dezimiert uns! Ich ziehe mich nach Westen zurück, aber sie schlagen schwer auf uns ein, und ihre Phantomschiffe stoßen dauernd nach. Ich erachte es als meine Pflicht, die Warnung auszusprechen, daß wir angesichts solcher Verluste nicht lange kämpfen können."

„Wir sind mit dem Disruptor auf dem Weg zu euch", erklärte Gordon, „und wir werden ihn einsetzen! Aber es wird noch Stunden dauern, bis wir den Schauplatz erreichen."

Er versuchte nachzudenken, ehe er seine Befehle gab. Er erinnerte sich an das, was Jhal Arn gesagt hatte, daß nämlich der Zielbereich des Disruptors so eng begrenzt wie möglich sein müsse. „Giron, um den Disruptor wirksam anzuwenden, ist es dringend erforderlich, daß die Flotten der Liga zusammengedrängt werden. Können Sie das irgendwie erreichen?"

Giron antwortete rasch: „Die einzige Möglichkeit, die ich dazu habe, ist, mich von diesem Teilgebiet des Angriffs leicht nach Südwesten zurückzuziehen, als ob ich beabsichtigte, den Baronen zu Hilfe zu kommen. Das könnte die zwei angreifenden Flottengruppen des Wolkenreiches veranlassen, sich zusammenzuziehen."

„Dann versuchen Sie's", drängte Gordon. „Lassen Sie sich südwestwärts zurückfallen, und geben Sie mir eine annähernde Positionsangabe für ein Zusammentreffen mit Ihnen."

„Die annähernde Position zu dem Zeitpunkt, an dem Sie dahingelangen, dürfte knapp westlich von Deneb sein", antwortete Giron. „Gott weiß, wieviel von unserer Flotte dann noch übrig ist, wenn diese neue Waffe des Wolkenreiches uns weiterhin dauernd trifft!"

Giron schaltete sich aus, aber in den anderen Telestereos entfaltete sich das Bild der Schlacht, die entlang der Front in der Nähe des fernen Rigel im Gange war. Neben den Schiffen, die in dem Inferno von Atomgranaten und unter dem Blitzangriff von unvermutet auftauchenden Phantomkreuzern zugrunde gingen, zeigte der Radarschirm viele Reichsschiffe, die, plötzlich außer Gefecht gesetzt, abtrieben.

„Was, in drei Teufels Namen, besitzt das Wolkenreich, daß es unsere Kriegsschiffe so außer Gefecht setzen kann?" fragte Hull Burrel mit düsterer Miene.

„Was es auch ist, es setzt Girons Schlagkraft schnell herab", murmelte Val Marlann gespannt. „Sein Rückzug kann leicht zu ungeordneter Flucht werden!"

Gordon wandte sich von den verwirrenden und bestürzenden Schlachtbildern auf den Stereos ab und blickte verstört durch die Fenster der Brücke. Die *Ethne* sauste bereits mit zunehmender Geschwindigkeit an den kleineren Argo-Sonnen vorbei und eilte südwärts dem Armageddon der Galaxis zu.

Gordon fühlte sich von Furcht und einer panikartigen Reaktion überwältigt. Er gehörte nicht in diesen titanischen Konflikt künftiger Zeitalter! Es war verrückt gewesen, die impulsive Entscheidung zu treffen, daß er versuchen würde, den Disruptor anzuwenden! Er den Disruptor anwenden? Wie konnte er es, wenn er so wenig davon verstand? Wie konnte er es wagen, diese gräßliche Gewalt zu entfesseln, von der ihr eigener Entdecker gesagt hatte, daß sie die Galaxis selbst zertrümmern und vernichten könnte?

Schlacht zwischen den Sternen

HÄMMERND, dröhnend und unter dem Druck ihres mächtigen Strahlantriebs in jedem Spant bebend, rasten die *Ethne* und ihre beiden Begleitschiffe südwärts durch den sternerfüllten Raum der Galaxis. Stunde um Stunde waren die großen Schlachtschiffe in höchster Geschwindigkeit der schicksalhaften Begegnung in der Nähe des fernen Sternenfunken Deneb entgegengeflogen, wohin sich die Streitkräfte des Reiches zurückzogen.

„Die Barone kämpfen!" rief Hull Burrel Gordon vom Telestereo aus zu, in das er mit brennenden Augen starrte. „Himmel, sehen Sie sich nur die Schlacht bei der Herkules-Gruppe an!"

„Sie sollten sich doch jetzt auf das Deneb-Gebiet zurückziehen, wie es Girons Streitkräfte tun!" rief Gordon aus. Er war von der Szene auf dem Telestereo wie betäubt: Von einem der Schiffe in dem dichtesten Gewühl der großen Schlacht bei der Herkules-Gruppe übertragen, bot es einen beinahe unbegreiflichen Anblick wahnsinnigen Kampfes.

Für das Auge des Beobachters war wenig Planung oder Absicht in dem Kampf zu entdecken. Das sternerfüllte Gewölbe des Raums in der Nähe der gigantischen Zusammenballung von Sonnen der Herkules-Gruppe war wie punktiert von winzigen Funken; winzige Flammenausbrüche, die schnell aufleuchteten und ebenso schnell verschwanden. Und jeder dieser Flammenausbrüche war das Abfeuern einer Atomkanonen-Breitseite fern im Raum.

Gordon konnte sich diese fürchterliche Schlacht nicht völlig klar vergegenwärtigen. Diese Kriegführung einer fernen Zukunft war zu fremd für ihn, um vom Mitansehen her die ganze Bedeutung dieses blitzenden Tanzes von Todesfunken zwischen den Sternen zu begreifen. Diese Kriegführung, in der Schiffe, die weit voneinander entfernt waren, sich gegenseitig mit Radarstrahlen ertasteten und ihre mächtigen Atomkanonen mittels maschineller Berechnung abfeuerten, war ihm fremd und unheimlich.

Das System der Schlacht, deren Zeuge er wurde, begann sich abzuzeichnen. Der Irrlichtertanz der Funken bewegte sich langsam auf den titanischen Sonnenschwarm der Herkules-Gruppe zurück. Die Schlachtlinie verlief nun zitternd und funkelnd nördlich und nordwestlich dieser großen Sonnengruppe.

„Sie ziehen sich zurück, wie Giron es befahl!" rief Hull Burrel. „Guter Gott, die halbe Flotte der Barone muß bereits vernichtet sein."

Val Marlann, Kapitän der *Ethne,* sah aus wie ein Tiger im Käfig, als er zwischen den Stereos auf und ab schritt. „Sehen Sie sich nur an, was mit Girons Hauptkampfflotte geschieht, die sich vom Rigel zurückzieht!" sagte er aufgeregt. „Sie setzen ihr nun wie verrückt zu. Unsere Verluste müssen fürchterlich sein!"

Der Bildschirm, auf den er starrte, zeigte Gordon einen ähnlichen, noch größeren Wirbel von Todesfunken, der vom Rigel nach Westen zurückwich. Er dachte betäubt, es sei vielleicht ganz gut, daß er sich dieses fürchterliche Armaggedon der Galaxis nicht vergegenwärtigen konnte wie die anderen. Er hätte sonst wohl den Verstand verloren, und er mußte jetzt ruhig bleiben.

„Wie lange wird es noch dauern, bis wir mit der Flotte Girons und der Barone zusammentreffen?" rief er Val Marlann zu.

„Mindestens zwölf Stunden", sagte der Kapitän gepreßt. „Und Gott weiß, ob eines von den Schiffen der Barone übrigbleibt, um sich mit uns zu vereinen."

„Verflucht seien Shorr Kan und seine Fanatiker!" schimpfte Hull, das zerfurchte Gesicht dunkelrot vor Leidenschaft. „All diese Jahre haben sie Schiffe gebaut und neue Waffen für diesen Eroberungskrieg ersonnen!"

Gordon ging durch den Raum zu der Kontrolltafel des Disruptors zurück. Zum hundertsten Male, seit er Throon verlassen hatte, wiederholte er sich den Ablauf, mit dem die geheimnisvolle Kraft ausgelöst wurde.

Aber was bewirkt diese Kraft nun tatsächlich, wenn ich sie auslöse? fragte er sich wiederum angespannt. Wirkt sie als riesenhafter Strahl tödlicher Wellen oder als Zone der Vernichtung der festen Materie?

Nichts als Spekulation! Es konnte kaum so etwas sein; Brenn Bir hätte keine feierliche Warnung hinterlassen, daß es die ganze Galaxis zerstören könne, wenn es nicht so wäre!

Stunden fürchterlicher Spannung vergingen, während das kleine Geschwader der *Ethne* sich dem Schauplatz des titanischen Kampfes näherte. In jeder Stunde konnte man immer wieder sehen, wie sich die Lage der Streitkräfte des Reiches verschlimmerte.

Giron zog sich südwestwärts zurück, um sich mit der schwer angeschlagenen Herkules-Flotte zu vereinen, die noch immer am Rande der Herkules-Gruppe kämpfte. Ihm hatten sich schließlich die Flotten der Leier, des Nordsterns und des Schwans in der Nähe des Eulen-Nebels angeschlossen. Der Kommandeur der Reichsflotte hatte sich gegen die verfolgende Armada der Liga gewandt und zwei Stunden lang ein Rückzugsgefecht geliefert, das die beiden Streitkräfte in den leuchtenden Nebel hineingeführt hatte.

Dann hörte Gordon, wie Giron befahl, das Gefecht abzubrechen. Der Befehl, der wie bei allen Botschaften der Flotte in geheimem Scramblercode übermittelt wurde, tönte aus ihren eigenen Stereos: „Kapitän Sandrell, Leier-Division, ziehen Sie sich aus dem Nebel zurück! Der Feind schiebt gewaltsam einen Keil zwischen Sie und die Schwan-Division!"

Die verzweifelte Antwort des Leier-Kommandeurs leuchtete auf. „Ihre Phantomschiffe haben die Spitze unserer Kampfformation zusammengepreßt, aber ich werde –"

Die Botschaft brach unvermittelt ab, der Bildschirm wurde dunkel. Gordon hörte Giron Sandrell vergeblich rufen, ohne Antwort zu erhalten.

„Es ist das, was immer wieder geschieht!" tobte Hull Burrel. „Ein Reichsschiff meldet Phantomschiffe in der Nähe, und dann bricht seine Meldung plötzlich ab, und das Schiff treibt stumm und außer Gefecht gesetzt ab!"

„Shorr Kans neue Waffe", knirschte Val Marlann. „Wenn wir nur eine Ahnung hätten, worum es sich dabei handelt!"

Gordon erinnerte sich plötzlich, was Shorr Kan ihm gesagt hatte, als er sich in Thallarna mit dieser Waffe gebrüstet hatte: Es ist eine Waffe, die feindliche Kriegsschiffe von innen her vernichten kann!

Gordon wiederholte das den anderen und rief: „Vielleicht bin ich verrückt, aber der einzige Weg, auf dem sie ein Schiff von innen her vernichten können, scheint mir zu sein, daß sie einen Kraftstrahl irgendwelcher Art über die eigenen Stereostrahlen in das Schiff hineindirigieren! Jedes Schiff, das getroffen wurde, hat in dem Augenblick Stereo ausgesandt!"

„Hull, das könnte sein!" rief Val Marlann. „Wenn sie unsere eigenen Stereos sozusagen anzapfen und sie als Trägerstrahlen direkt in unsere eigenen Schiffe verwenden . . ." Er eilte ans Stereo, rief hastig Giron und erzählte ihm von ihrem Verdacht. „Wenn man die Übertragung in unserem Scramblercode in zerhackter Form vornimmt, könnte es vielleicht ihre neue Waffe abwehren", schloß Val Marlann. „Sie werden dann nicht imstande sein, unsere Strahlen rechtzeitig anzuzapfen. Und schalten Sie in Ihren Stereoräumen die Dämpfvorrichtung ein, falls sie doch durchkommen."

Giron nickte verständnisvoll. „Wir werden es versuchen. Ich werde allen Schiffen Befehl geben, nur eine abgehackte Übertragung anzuwenden und die Botschaften aus den Bruchstücken auf den Aufzeichnungsgeräten zusammenzusetzen."

Val Marlann ließ Soldaten mit Dämpfern kommen – Generatoren, die abschirmende elektrische Felder erzeugten, die eine gefährliche Strahlung dämpfen konnten –, damit sie neben ihren eigenen Stereos bereitstanden. Die Schiffe des Reiches gehorchten bereits dem Befehl und zerhackten die Botschaften in Stöße von je einigen Sekunden.

„Es hilft – weit weniger von unseren Schiffen werden nun außer Gefecht gesetzt", berichtete Giron. „Aber wir sind schlimm zusammengeschlagen worden, und von der Flotte der

Barone ist nicht mehr viel übrig. Sollen wir uns nach Süden in die Herkules-Gruppe zurückziehen?"

„Nein!" rief Gordon. „Wir können den Disruptor nicht innerhalb der Gruppe anwenden. Sie müssen sie in der Nähe des Deneb festhalten."

„Wir werden es versuchen", sagte Giron entschlossen. „Aber wenn Sie nicht in den nächsten vier Stunden hierhergelangen, werden nicht viele von uns übrigbleiben, um standzuhalten."

„Vier Stunden!" Val Marlann brach der Angstschweiß aus. „Ich weiß nicht, ob wir das schaffen! Die Turbinen der *Ethne* sind jetzt schon überlastet."

Während das kleine Geschwader der *Ethne* südwärts weitereilte, auf das weiße Leuchtfeuer des Deneb zu, wich die große Schlacht östlich des Sternes gegen ihn zurück. Ein Totentanz von aufflammenden und steuerlos abtreibenden Raumschiffen bewegte sich stetig durch die Räume der Galaxis nach Westen! Von Süden kamen die zerschlagenen Überreste der tapferen Flotte der Barone heran, um sich mit den Flotten des Reiches und der anderen Königreiche zum Endkampf zu vereinen.

In der Tat ein Armageddon der Galaxis, denn nun vereinigten sich im Osten die beiden triumphierenden Hauptstreitkräfte des Wolkenreiches miteinander und gingen zum letzten Angriff über. Gordon sah im Telestereo und auf den Radarschirmen den Höhepunkt dieser Schlacht, die die *Ethne* fast erreicht hatte.

„Eine halbe Stunde noch – wir könnten es schaffen –, wir könnten", murmelte Val Marlann gepreßt.

Der Wachoffizier am Hauptradarschirm schrie plötzlich gellend: „Phantomschiffe backbord!"

Die Dinge entwickelten sich nun mit einer für John Gordon verwirrenden Schnelligkeit: Gerade hatte er den aufblitzenden Phantomkreuzer aus dem Wolkenreich auf dem Radarschirm erblickt, als ein titanisches Aufflammen im Raum zu ihrer Linken entstand.

„Einer von unserem Geleit ist vernichtet worden!" rief Hull Burrel. „Ah!"

Die Kanonen der *Ethne,* die durch mechanische Zielgeräte schneller ausgelöst wurden, als ein menschlicher Verstand zu denken fähig war, gaben eine donnernde Salve ab. Der Raum um sie erstrahlte blendendhell von der Explosion schwerer Atomgranaten, die die *Ethne* knapp verfehlten, aber zwei ferne Feuerausbrüche flammten auf und erstarben einen Augenblick später wieder.

„Wir haben zwei von ihnen erwischt!“ rief Hull. „Die übrigen haben verdunkelt, und sie werden es nicht wagen, wieder aus der Verdunkelung aufzutauchen.“

Girons Stimme ertönte vom Stereo; die zerhackte Botschaft wurde durch Aufzeichnungsgeräte zusammengestückelt, um eine normale Botschaft zu erhalten. „Prinz Zarth Arn, die Armada der Liga umzingelt uns, und innerhalb einer Stunde wird sie uns in Stücke hauen!“

Gordon rief: „Sie müssen nur etwas länger aushalten, bis –“

In diesem Augenblick verschwand Giron im Stereobild und wurde durch bleiche, schwarzuniformierte Männer ersetzt, die schnell zielend schwere, stabförmige Waffen hoben.

„Leute aus der Wolke! Die Phantomschiffe der Liga haben unseren Strahl angezapft und wenden Shorr Kans neue Waffe an!“ brüllte Burrel.

Ein blauer Blitz schoß aus der stabähnlichen Waffe des vorderen Wolkenmannes im Stereo. Der Energiestrahl schoß über Gordons Kopf hinweg und schnitt durch die Metallwand.

Invasion des Schiffes durch Stereobilder! Bilder, die sie über den blauen Blitzstrahl, der den Stereostrahl als Träger benutzte, zerstören konnten.

Es dauerte nur wenige Sekunden, dann trat der Zerhacker in Aktion, und die Bilder der Männer vom Wolkenreich und ihrer Waffen verschwanden.

„Das also ist die Art, wie sie es machen!“ rief Burrel. „Kein Wunder, daß sie die Hälfte unserer Schiffe damit trafen, ehe wir etwas davon entdeckten!“

„Schaltet die Dämpfer ein, schnell!“ befahl Val Marlann. „Wir werden wahrscheinlich jeden Augenblick einen weiteren Angriff durch das Stereo bekommen!“

Gordon fühlte, wie sich ihm die Haare sträubten, als die *Ethne* nun in den Bereich der Schlacht selbst raste. Es ging einem schrecklichen Erlebnis entgegen.

Giron hatte die Schiffe des Reiches und der Königreiche auf eine kurze Verteidigungslinie zurückgenommen, wobei seine linke Flanke sich an die große, weißglühende Masse des Deneb anlehnte. Die stärkeren Geschwader der Ligaflotte drängten sie in ein loderndes Feuer aufflammender Schiffe und versuchten, ihre rechte Flanke aufzurollen.

Der Raum schien ein Inferno sterbender Schiffe und zwischen den Sternen tanzender Flammen zu sein, als die *Ethne* sich zur Front der Schlacht durchschlug. Ihre eigenen Kanonen donnerten gegen die Phantomschiffe der Wolke, die sich unentwegt an sie hängten und wiederholt aus der Verdunklung zum Angriff auftauchten.

„Giron, wir sind da!" rief Gordon endlich. „Ziehen Sie nun Ihre Linien weiter auseinander, und gehen Sie mit voller Geschwindigkeit zurück."

„Wenn wir dies tun, werden sich die Flotten der Liga zusammenschließen und unsere dünne Linie wie Papier durchstoßen!" protestierte Giron.

„Das ist gerade das, was ich wünsche – die Ligaschiffe so weit wie möglich zusammenzudrängen", entgegnete Gordon. „Schnell, wir werden . . ."

Wiederum wurde das Stereobild von Giron plötzlich durch einen Mann aus dem Wolkenreich mit der stabförmigen Waffe verdrängt. Die Waffe löste einen blauen Blitzstrahl aus – aber der Blitzstrahl erstarb, erstickt von den elektrischen Feldern der Dämpfer. Dann trat wieder der Zerhacker in Tätigkeit und schnitt die Stereoübertragung ab.

„Die Art und Weise, wie sie unsere Kommunikation beschnitten haben, würde allein schon genügen, um die Schlacht zu entscheiden", stöhnte Hull Burrel.

Auf dem Radarschirm beobachtete Gordon gespannt das Manöver, das nun vor ihnen im Raum stattfand. Girons Geschwader fielen schnell westwärts zurück und breiteten sich während des Rückzugs in dünner Front aus.

„Hier kommt die Flotte der Liga!" rief Val Marlann.

Auch Gordon sah sie auf dem Schirm, die Masseflecken, die von Tausenden von Kriegsschiffen der Liga gebildet wurden und weniger als zwölf Parsec entfernt waren. Sie kamen in schneller Verfolgung heran, aber sie waren nicht so dicht zusammengedrängt, wie er gehofft hatte. Sie hielten nur eine kürzere und dichtere Linie ein als zuvor.

Gordon wußte, daß er nun auf jeden Fall handeln mußte; er konnte sie, eingedenk Jhal Arns Warnung, nicht näher herankommen lassen, ehe er den Disruptor auslöste.

„Lassen Sie die *Ethne* schwenken, und richten Sie sie genau auf das Zentrum der Schlachtlinie der Liga aus!" befahl Gordon heiser.

Girons Flotte befand sich nun hinter ihnen, während die *Ethne* im Angesicht der herannahenden Armada der Liga verblieb. Gordon trat an die Transformatoren-Kontrolltafel des Disruptors; er schaltete die sechs Schalter der Reihe nach ein und drehte jeden Widerstandsregler um vier Striche.

Die Zeiger der Meßinstrumente begannen über die Skalen zu kriechen, und die Generatoren des mächtigen Schlachtschiffes heulten immer lauter, als der geheimnisvolle Apparat unvorstellbare Stromstärken aus ihnen herausholte.

Wurde diese Gewalt irgendwo in den Kraftkegeln am Bug gespeichert? Und was hatte Jhal Arn ihm erklärt? Gordon versuchte sich zu erinnern: Die sechs Richtungsmeßgeräte müssen exakt den gleichen Wert anzeigen, wenn die Wucht kein Unheil bewirken soll!

Die Richtungsinstrumente zeigten *nicht* genau das gleiche an! Er berührte besorgt einmal diesen Widerstandsregler und dann den anderen. Ihre Zeiger bewegten sich zu den roten Markierungen aufwärts, aber einige kletterten zu schnell, viel zu schnell!

Gordon fühlte Schweißperlen auf seinem Gesicht, fühlte sich wie erstarrt vor übermenschlicher Anspannung, während die anderen ihn beobachteten. Er konnte es einfach nicht tun! Er wagte es nicht, diese Gewalt in blinder Unkenntnis auszulösen!

„Ihre Geschwader kommen schnell heran – sind nur noch acht Parsec entfernt!" warnte Val Marlann gepreßt.

Drei der Zeiger standen auf Rot, dann vier. Aber die anderen waren zurückgeblieben. Gordon schaltete hastig ihre Widerstandsregler um ein paar Striche weiter; sie standen nun alle auf der roten Markierung, aber sie stimmten noch immer nicht genau überein.

Die *Ethne* erzitterte von dem Dröhnen ihrer schwer arbeitenden Turbinen. Die Luft schien mit einer unheilvollen elektrischen Spannung geladen.

Jetzt stimmten alle Zeiger überein, jeder stand in der roten Zone auf dem Meßinstrument, jeder wies auf dieselbe Zahl.

„Jetzt!" rief Gordon heiser und schloß mit einem Ruck den Hauptauslöser.

Der Disruptor

BLEICHE, geisterhafte Strahlen stachen aus dem Bug der *Ethne* in die dämmrige Region des Raumes vor ihnen; sie schienen nur langsam vorzudringen und breiteten sich dabei fächerförmig aus. Gordon, Hull Burrel und Val Marlann drängten sich vor dem Hauptbildschirm und verharrten starr und unfähig, sich zu regen, während sie hinausblickten. Aber es schien sich nichts zu verändern . . .

Plötzlich war es, als ob die Masseflecken auf dem Radarschirm, welche die Linie der vorrückenden Wolkenflotte kennzeichneten, leicht schwankten. Ein Flimmern schien durch diesen Bezirk zu laufen.

„Nichts geschieht!" stöhnte Burrel. „Überhaupt nichts! Das Ding muß . . ."

Ein schwarzer Punkt war weit vor ihnen erschienen, er wuchs und wuchs, pulsierend und pochend, wurde schnell zu einem großen, immer weiter wachsenden schwarzen Gebilde. Es war nicht nur das Dunkel fehlenden Lichts, sondern eine so lebendige, bebende Schwärze, wie sie kein lebender Mensch jemals gesehen hatte. Auf dem Radarschirm war der Bereich, der die Hälfte der vorrückenden Schlachtlinie der Wolkenflotte umschloß, von Dunkelheit verschlungen worden! Auch auf dem Radarschirm war nur noch ein schwarzer Fleck – ein Fleck, vor dem die Radarstrahlen gleichsam zurückwichen . . .

„Gott im Himmel!" rief Val Marlann zitternd. „Der Disruptor zerstört in diesem Bezirk den Raum selbst!"

Die schreckliche, die unvorstellbare Antwort auf das Rätsel der furchtbaren Kraft des Disruptors fuhr Gordon nun blitzartig durch den Kopf! Er verstand seine Funktionsweise immer noch nicht und würde sie niemals verstehen, aber die Erkenntnis seiner Wirkung brach über ihn herein: Der Disruptor war eine

Kraft, die nicht die Materie, sondern den Raum vernichtete! Das Raum-Zeit-Kontinuum unseres Universums ist vierdimensional – ein vierdimensionaler Globus, der über einem dimensionslosen Abgrund schwebt. Und die Wucht der furchtbaren Disruptorstrahlen zerstörte einen Teil dieser Sphäre, indem sie sie aus dem Kosmos hinausstieß!

Diese Erkenntnis zuckte in einer Sekunde durch Gordons entsetzten Verstand: Er bekam plötzlich Angst! Er riß bebend den Auslöseschalter des Disruptors auf.

Dann, in der nächsten Sekunde, schien das Universum verrückt zu werden.

Titanenhände schleuderten die *Ethne* mit irrsinniger Gewalt durch den Raum; sie erfaßten mit flüchtigem Blick, wie Sterne im Raum durcheinanderwirbelten, die riesige, funkelnde weiße Masse des Deneb schwoll plötzlich an in der Leere, Kometen, Planeten und Meteore schossen durch den Raum.

Gordon, der gegen die Wand geschleudert wurde, sah voller Angst, wie sich das Universum in rasender Rache gegen die schwächlichen Menschen zu erheben schien, die es gewagt hatten, mit ihren Händen das Gewebe des Raumes zu entweihen.

Gordon nahm die Dinge um sich her erst nach einigen Minuten wieder dumpf wahr. Die *Ethne* schlingerte und stampfte in heftigen Ätherstürmen, aber das gestirnte Gewölbe des Raumes schien sich von seinen irrsinnigen Zuckungen beruhigt zu haben.

Val Marlann, dem das Blut aus einer großen Schramme an der Stirn strömte, klammerte sich an einen Pfosten und rief Befehle ins Mikrofon. Er wandte Gordon ein totenbleiches Gesicht zu. „Die Turbinen halten durch, und der Aufruhr beruhigt sich. Diese Konvulsivbewegung warf beinahe unser Schiff in den Deneb und erschütterte die Gestirne in diesem Teil der Galaxis!"

„Eine Implosion!" sagte Gordon heiser. „Der umgebende Raum ist über dem Raumloch, das der Disruptor erzeugt hat, zusammengestürzt."

Hull Burrel hing über dem Radarschirm. „Nur die Hälfte der Schiffe des Wolkenreiches wurde in dem Zusammenbruch vernichtet!"

Gordon schauderte. „Ich kann den Disruptor nicht wieder anwenden, ich will es nicht!"

„Sie werden es auch nicht müssen", sagte Burrel lebhaft. „Die Überreste ihrer Flotte fliehen in Panik zum Wolkenreich zurück!"

Das kann man ihnen kaum verdenken, sagte sich Gordon voller Übelkeit. Wenn man den Raum selbst über sich zusammenstürzen sieht – er hätte niemals gewagt, diese Gewalt auszulösen, wenn er ihre Wirkung vorher gekannt hätte.

„Ich weiß nun, warum Brenn Bir davor warnte, den Disruptor jemals leichtsinnig anzuwenden", erklärte er leise. „Betet zu Gott, daß er überhaupt niemals wieder benutzt werden wird."

Rufe kamen gedrängt und schnell hintereinander vom Stereo, verblüffte Fragen von Girons Schiffen. „Was ist geschehen?" rief der erschütterte Kommandeur immer wieder.

Hull Burrel hatte das Ziel nicht aus den Augen verloren. „Die Flotte der Liga befindet sich in voller Flucht zur Wolke – oder vielmehr das, was von ihr übrig ist", erklärte er dem Kommandeur triumphierend. „Wenn wir sie verfolgen, können wir sie nun ein für allemal zerschmettern!"

Giron begeisterte sich ebenfalls für die günstige Gelegenheit. „Ich werde sofort die Verfolgung befehlen."

Über die Räume der Galaxis strömten die Überreste der Flotte der Liga zurück, dem Schutz der Wolke zu, und hinter ihnen her eilten Stunde um Stunde die *Ethne* und der Rest der Reichsflotte.

„Sie sind erledigt, wenn wir Shorr Kans Herrschaft brechen und ihre restlichen Schiffe zerstören können!" jubelte Burrel.

„Sie glauben nicht, daß Shorr Kan bei seiner Flotte war?" fragte Gordon.

„Dazu ist er viel zu ausgefuchst – keine Sorge, er wird die Schlacht von Thallarna aus geleitet haben", erklärte Val Marlann.

Nachdem Gordon einen Augenblick überlegt hatte, stimmte er ihm bei. Er wußte, Shorr Kan war kein Feigling, aber er würde wohl den Angriff von seinem Hauptquartier innerhalb der Wolke aus geleitet haben.

Die Schiffe der Liga der Dunkelwelten verschwanden Stunden später in der schützenden Hülle der Wolke. Bald danach nahm die Reichsflotte außerhalb dieses weitläufigen, nebligen Dunkels Aufstellung.

„Wenn wir ihnen nach- und in den Nebel hineinfliegen, könnten wir in einen Hinterhalt geraten", erklärte Giron. „Die Gegend ist für die Navigation voller Gefahren, über die wir nichts wissen."

Gordon schlug vor: „Wir werden sie zur Übergabe auffordern und ihnen ein Ultimatum stellen."

„Shorr Kan wird sein Reich nicht übergeben", warnte Burrel.

Aber Gordon ließ sie eine Stereosendung in die Wolke auf Thallarna zu ausstrahlen: „An die Regierung der Liga der Dunkelwelten!" verkündete er. „Wir bieten Ihnen eine Möglichkeit zur Kapitulation. Geben Sie den Kampf auf, legen Sie nach unseren Anweisungen die Waffen nieder, und wir versprechen, daß keiner bestraft werden wird außer jenen Verbrechern, die Sie zu diesem Angriff verführten. Wenn Sie sich aber weigern, werden wir den Disruptor gegen das ganze Wolkenreich auslösen! Wir werden diesen Ort für immer aus der Galaxis tilgen!"

Val Marlann sah ihn entsetzt an. „Sie würden das tun? Bei Gott . . ."

„Ich würde es nicht wagen", antwortete Gordon. „Ich werde nie wieder den Disruptor auslösen. Aber sie haben seine Macht gefühlt und lassen sich vielleicht bluffen."

Auf ihre Stereobotschaft kam keine Antwort. Nach einer Stunde wiederholte er sie von neuem.

Wiederum erhielt er keine Antwort. Dann schließlich ertönte nach einer weiteren Wartezeit Girons entschlossene Stimme. „Es scheint, als müßten wir doch da hineinfliegen, Prinz Zarth."

„Nein, warten Sie!" rief Hull Burrel. „Von Thallarna kommt eine Botschaft durch!"

Im Stereo war eine wild aussehende Gruppe von Männern aus dem Wolkenreich erschienen, einige von ihnen waren verwundet, und sie standen in einem Raum in Shorr Kans Palast.

„Wir sind mit Ihren Bedingungen einverstanden, Prinz Zarth", sagte ihr Wortführer heiser. „Unsere Schiffe werden sofort in die Docks gebracht und entwaffnet. Sie können in ein paar Stunden einfliegen."

„Es könnte ein Trick sein", gab Val Marlann zu bedenken. „So würde Shorr Kan Zeit gewinnen, uns Fallen zu stellen."

Der Mann aus dem Wolkenreich schüttelte den Kopf. „Shorr Kans unheilvolle Tyrannei ist niedergeworfen. Als er sich weigerte, sich zu ergeben, erhoben wir uns in Rebellion gegen ihn. Ich kann das beweisen, indem ich Sie ihn sehen lasse: Er liegt im Sterben!"

Das Telestereo änderte plötzlich den Schauplatz und zeigte einen anderen Raum des Palastes. Vor ihnen im Bild saß Shorr Kan. Er saß in einem Stuhl in dem einfachen kleinen Raum, von dem aus er seinen machtvollen Versuch zur Eroberung der Galaxis geleitet hatte. Bewaffnete Männer aus dem Wolkenreich waren um ihn. Sein Gesicht war totenbleich, und in der Brust hatte er eine versengte schwarze Wunde.

Seine trübe werdenden Augen blickten sie aus dem Stereo heraus an, wurden dann aber einen Augenblick klar, als sie auf Gordon ruhten. Shorr Kan grinste schwach. „Du gewinnst", sagte er zu Gordon. „Ich dachte niemals, daß du es wagen würdest, den Disruptor auszulösen. Narrenglück, daß du dich nicht selbst mit ihm vernichtet hast." Er krümmte sich vor Schmerzen, dann fuhr er fort: „Eine teuflische Art und Weise für mich, so zu enden, nicht wahr? Aber ich will nicht klagen. Ich habe mein Leben gelebt, und ich kostete es aus bis zur Neige. Du bist im Grunde von derselben Art, deswegen mochte ich dich gut leiden." Shorr Kans dunkles Haupt sank herab, seine Stimme erstarb zu einem Geflüster. „Vielleicht bin ich ein Mensch, der eigentlich aus deiner Welt stammt, Gordon. Geboren außerhalb meiner Zeit? Vielleicht . . ." Mit diesen Worten starb er, wobei seine wuchtige Gestalt über den Schreibtisch nach vorne sank.

„Worüber sprach er zu Ihnen, Prinz Zarth?" fragte Hull Burrel verwundert. „Ich konnte es nicht verstehen."

Gordon fühlte eine seltsame, starke Bewegung. Das Leben war unberechenbar. Es gab keinen vernünftigen Grund, weshalb er Shorr Kan gemocht haben sollte, aber er wußte nun, daß es doch so gewesen war.

Val Marlann und die anderen Offiziere der *Ethne* waren begeistert. „Das bedeutet den Sieg! Wir haben die Bedrohung der Liga für immer ausgetilgt!"

Das ganze Schiff war in Aufruhr. Und sie wußten, daß diese Welle der Erleichterung durch die ganze Flotte ging.

Zwei Stunden später begann Giron, seine Besatzungsstreitmacht mit Hilfe von Radarstrahlen, die von Thallarna ausgesandt wurden, in die Wolke hineinzufliegen. Die Hälfte seiner Schiffe blieb für den Fall eines Verrats draußen auf Wache.

„Aber es besteht kein Zweifel, daß sie sich tatsächlich ergeben haben", erklärte er Gordon. Die Schiffe der Vorhut, die ich hineinsandte, melden, daß alle Kriegsschiffe der Liga im Dock liegen und entwaffnet werden." Er fügte voll Herzlichkeit hinzu: „Ich werde ein Geleit von Kriegsschiffen für die *Ethne* zurücklassen. Ich weiß, Sie werden nun nach Throon zurückkehren wollen."

„Wir benötigen kein Geleit", erklärte Gordon. „Val Marlann, Sie können sofort starten."

Die *Ethne* machte sich auf den Rückflug quer durch die Galaxis in Richtung Canopus. Aber schon nach einer halben Stunde gab Gordon neue Befehle. „Steuern Sie Sol an, nicht Canopus. Unser Ziel ist die Erde."

Hull Burrel protestierte verwundert. „Aber Prinz Zarth, ganz Throon wird auf Ihre Rückkehr warten! Das ganze Reich, jedermann wird nun außer sich vor Freude sein und begierig, Sie willkommen zu heißen!"

Gordon schüttelte traurig den Kopf. „Ich werde jetzt nicht nach Throon fliegen. Bringen Sie mich zur Erde!"

Sie blickten ihn erstaunt an, aber Val Marlann gab den Befehl, und das Schiff änderte seinen Kurs und steuerte den weit entfernten gelben Funken Sol an.

Stundenlang, während die *Ethne* nach Norden flog, saß Gordon da und blickte, in einen seltsamen Zustand ermatteter Betäubung versunken, aus dem Bullauge.

Nun ging es doch am Ende zur Erde zurück, in seine eigene Welt, seine eigene Zeit und seinen eigenen Körper. Erst jetzt konnte er endlich sein Gelöbnis Zarth Arn gegenüber einhalten. Er blickte auf die himmlisch glänzenden Sterne der Galaxis. Weit, weit im Westen lag nun das glitzernde Leuchtfeuer des Canopus. Er dachte an Throon, an die Millionen, die sich dort der Freude hingaben. All dies ist nun für mich vorbei, sagte er sich traurig, für immer vorbei.

Er dachte an Lianna, und eine Welle von Traurigkeit erhob sich in seiner Seele.

Auch das war für immer für ihn vorbei.

Hull Burrel kam und berichtete: „Das ganze Reich, die ganze Galaxis hallt von Ihrem Lob wider, Prinz Zarth! Müssen Sie unbedingt jetzt, da man auf Sie wartet, zur Erde fliegen?"

„Ja, ich muß", beharrte Gordon heftig, und der riesige Antarier verließ ihn bestürzt.

Gordon schlummerte, wachte und schlummerte wieder. Die Zeit schien kaum mehr Bedeutung zu haben. Wie viele Tage hatte es schließlich gedauert, bis die vertraute gelbe Scheibe von Sol strahlend vor dem Schiff aufleuchtete?

Hinunter auf die grüne, alte Erde glitt die *Ethne*, auf die sonnenerleuchtete östliche Halbkugel zu.

„Landen Sie bei meinem Laboratorium in den Bergen – Hull kennt den Platz", sagte Gordon.

Der Turm im alterslosen, frosterstarrten Himalaja sah noch genauso aus, wie er ihn verlassen hatte. Wie lange war das doch her! Die *Ethne* landete sanft auf dem kleinen Plateau.

Gordon blickte seine verwunderten Freunde an. „Ich gehe für kurze Zeit in mein Laboratorium, und ich wünsche, daß nur Hull Burrel mich begleitet." Er zögerte, dann fügte er hinzu: „Wollen Sie mir nicht die Hand geben? Sie sind die besten Freunde und Kameraden, die ein Mann jemals hatte."

„Prinz Zarth, das klingt wie ein Abschied", platzte Val Marlann besorgt heraus. „Was werden Sie da drinnen tun?"

„Ich verspreche Ihnen, es wird mir nichts geschehen", erwiderte Gordon mit einem kleinen Lächeln. „Ich werde in ein paar Stunden wieder herauskommen und zum Schiff zurückkehren."

Sie ergriffen seine Hand, und sie standen da und blickten ihm schweigend nach, als er und Hull Burrel in die frostige, beißende Luft hinaustraten.

Im Turm ging Gordon den Weg zum Laboratorium mit den Glaswänden voran, wo die seltsamen Instrumente der Mentalwissenschaft standen, die von dem echten Zarth Arn und dem alten Vel Quen erfunden worden waren.

Gordon ging im Geiste durch, was ihm der alte Gelehrte über die Bedienung des telepathischen Verstärkers und über die Seelenübertragung gesagt hatte. Er prüfte, so sorgfältig er konnte, die Instrumente.

Hull Burrel beobachtete ihn verwundert.

Schließlich wandte sich Gordon ihm zu. „Hull, ich werde später Ihre Hilfe brauchen. Ich möchte, daß Sie tun, worum ich Sie bitte, auch wenn Sie es nicht verstehen. Werden Sie das tun?“

„Sie wissen, ich werde jedem Befehl, den Sie geben, gehorchen“, platzte der riesige Antarier heraus. „Aber ich kann mir nicht helfen, ich fühle mich beunruhigt.“

„Es besteht kein Grund dazu. In ein paar Stunden werden Sie wieder auf dem Weg nach Throon sein, und ich werde bei Ihnen sein“, sagte Gordon. „Warten Sie jetzt bitte.“

Er setzte das Kopfstück des telepathischen Verstärkers auf und vergewisserte sich, daß er wieder, wie Vel Quen es ihm erklärt hatte, auf Zarth Arns individuelle Gedankenfrequenz abgestimmt war. Dann schaltete er den Apparat ein.

Gordon konzentrierte seine Gedanken, um eine durch den Apparat verstärkte Gedankenbotschaft über den bodenlosen Abgrund der Zeit hinweg zu jener einen Seele zurückzusenden, auf die er abgestimmt war.

„Zarth Arn! Zarth Arn! Kannst du mich hören?“

Kein Gedanke drang als Antwort zu ihm. Immer aufs neue wiederholte er den Gedankenruf, aber immer blieb er ohne Antwort.

Verwunderung und Sorge überkamen Gordon. Er versuchte es eine Stunde später wiederum, aber wieder ohne Erfolg. Hull Burrel beobachtete ihn dabei verwirrt.

Dann, nachdem vier Stunden vergangen waren, machte er verzweifelt noch einen weiteren Versuch. „Zarth Arn, kannst du mich hören? Hier ist John Gordon, der dich ruft!“

Und diesmal drang schwach über den unvorstellbaren Abgrund der Zeit hinweg eine leise Gedankenantwort an sein inneres Ohr: „John Gordon! Mein Gott, tagelang habe ich bereits gewartet und mich gefragt, was wohl Schlimmes los sein könnte! Warum bist du es selbst, der an Stelle von Vel Quen spricht?“

„Vel Quen ist tot“, antwortete Gordon in einem raschen Gedanken. „Er wurde von Soldaten der Liga getötet, kurz nachdem ich in diese Zeit herüberkam!" Er erklärte hastig: „In der Galaxis fand ein Krieg statt zwischen der Wolke und dem Reich, Zarth. Ich wurde in ihn hineingezogen und konnte nicht zur Erde zurückgelangen, um dich zu rufen und den Tausch zu bewerkstelligen. Ich durfte – getreu meinem Versprechen – niemand etwas von dem Seelentausch erzählen. Nur ein Mann erfuhr von meiner Anmaßung, aber er ist nun tot, und niemand sonst hier weiß es."

„Gordon!" Zarth Arns Gedanken fieberten. „Du bist also deiner Verpflichtung treu geblieben? Du hättest in meinem Körper und in meiner Stellung bleiben können, aber du hast es nicht getan!"

„Zarth, ich denke, ich kann die Bedienung des Transmitters durchführen, um unsere Seelen wieder so zurückzutauschen, wie Vel Quen es mir erklärt hat. Sage mir, ob dies der richtige Weg ist."

Er ging in seinen Gedanken schnell die Einzelheiten der Bedienung des Seelentransmitters durch. Zarth Arns Gedanken antworteten schnell, bestätigten das meiste davon und korrigierten ihn an einigen Stellen.

„Das wird genügen – ich bin zum Tausch bereit", erklärte Zarth Arn schließlich. „Aber wer wird den Transmitter bedienen, wenn Vel Quen tot ist?"

„Ich habe einen Freund hier, Hull Burrel", antwortete Gordon. „Er weiß im wesentlichen nicht, was wir tun, aber ich kann ihn anweisen, wie er den Transmitter einzuschalten hat."

Er hörte auf, sich zu konzentrieren, und wandte sich dem besorgten Antarier zu, der neben ihm stand und ihn beobachtete.

„Hull, nun brauche ich Ihre Hilfe", sagte Gordon. Er zeigte ihm die Schalter des Seelentransmitters. „Wenn ich das Zeichen gebe, müssen Sie diese Schalter in folgender Reihenfolge schließen."

Hull Burrel hörte genau zu, dann nickte er. „Ich werde das tun. Aber was geschieht dabei mit Ihnen?"

„Ich kann Ihnen das nicht sagen, Hull, aber es wird mir kein Leid geschehen. Ich verspreche Ihnen das." Er drückte die Hand des Antariers mit festem Griff, dann setzte er das Kopfstück wieder auf und sandte wiederum seine Gedanken aus.

„Bist du bereit, Zarth? Wenn du es bist, werde ich Hull das Zeichen geben."

„Ich bin bereit", lautete Zarth Arns Antwort. „Und, Gordon, ehe wir einander Lebewohl sagen: Meinen Dank für alles, was du für mich getan hast, für deine Treue zu deinem Versprechen."

Gordon hob seine Hand und gab das Zeichen. Er hörte Hull Burrel die Schalter schließen. Der Transmitter summte, und Gordon fühlte sich in eine brüllende Finsternis geschleudert . . .

Die Rückkehr des Sternenabenteurers

GORDON erwachte langsam, sein Kopf schmerzte, und er hatte ein Gefühl der Fremdheit, das seine Nerven lähmte. Er regte sich und öffnete dann die Augen.

Er lag in einem vertrauten Raum, in einem vertrauten Bett. Dies war seine kleine New Yorker Wohnung, ein dunkler Raum, der nun klein und gedrängt voll erschien. Zitternd schaltete er eine Lampe ein, taumelte aus dem Bett und blickte in den großen Spiegel am anderen Ende des Zimmers.

Er war wieder John Gordon! Er sah sich John Gordons kräftiger, untersetzter Gestalt gegenüber, und sein gebräuntes Gesicht blickte ihm entgegen, nicht die adlerähnlichen Züge und die große Figur Zarth Arns.

Er ging schwankend zum Fenster und blickte hinaus auf die erleuchteten Gebäude und die blinkenden Lichter von New York. Wie klein, beengt und altmodisch die Stadt nun aussah, da seine Seele noch immer voll der strahlenden Pracht von Throon war!

Tränen verschleierten seine Augen, als er zum gestirnten Himmel hinaufblickte. Der Orion-Nebel erschien nur als ein undeutlicher Fleck, der von dem Gürtel dieses Riesensternbildes herunterhing. Der Kleine Bär lag dahinter gegen den Pol zu, tief über den Dachgiebeln blinkte das weiße Auge des Deneb. Canopus war nicht zu sehen, er lag unter dem Horizont; aber seine Gedanken flogen hinaus zu ihm, über den Abgrund von Zeit und Raum hinweg zu den märchenhaften Türmen von Throon.

„Lianna! O Lianna!" flüsterte er, und Tränen liefen ihm übers Gesicht.

Langsam, während die Stunden der Nacht verstrichen, wappnete sich Gordon für die harte Prüfung, die der Rest seines Lebens nun sein würde.

Unüberwindliche Abgründe von Zeit und Raum trennten ihn für immer von dem einen Mädchen, das er jemals geliebt hatte. Er konnte sie nicht vergessen, er würde sie niemals vergessen. Aber er mußte das Leben, das ihm verblieb, weiterleben.

Am nächsten Morgen ging er zu der großen Versicherungsgesellschaft, bei der er angestellt war. Er erinnerte sich, als er eintrat, wie er sie vor Wochen verlassen hatte, glühend in Erwartung des möglichen Abenteuers.

Der Direktor, der Gordons Vorgesetzter war, kam ihm mit überraschtem Gesicht entgegen. „Gordon, fühlen Sie sich nun wieder so gesund, daß Sie an die Arbeit zurückkehren können? Ich bin froh darüber!"

Gordon erfaßte schnell, daß Zarth Arn, der in seinem Körper gewesen war, Krankheit vorgeschützt hatte, da er Gordons Arbeit nicht hatte übernehmen können.

„Ich bin wieder gesund", sagte Gordon, „und ich freue mich schon auf die Arbeit."

Arbeit war das einzige, was Gordon in den nächsten Tagen vor Verzweiflung bewahrte. Er stürzte sich hinein, wie es ein anderer mit Drogen oder Alkohol getan hätte; sie bewahrte ihn für eine kurze Spanne Zeit vor der Erinnerung.

Aber in den Nächten erinnerte er sich, lag er schlaflos da und blickte aus seinem Fenster auf die strahlenden Sterne hinaus, die für sein geistiges Auge mächtige Sonnen waren. Und immer schwebte ihm Liannas Gesicht vor Augen.

Sein Vorgesetzter erteilte ihm nach ein paar Tagen ein bemerkenswertes Lob. „Gordon, ich hatte Angst, Ihre Krankheit könnte Sie schwerfällig gemacht haben, aber machen Sie nur so weiter, und Sie werden eines Tages stellvertretender Direktor sein."

Gordon hätte es mit einem bitteren Lachen herausschreien mögen, so phantastisch schien die Vorstellung. Er könnte stellvertretender Direktor werden? Er, der als Prinz des königlichen

Hauses des Reiches mit den Sternenkönigen in Throon Feste gefeiert hatte? Er, der die Heerscharen der Königreiche im großen letzten Kampf am Deneb befehligt hatte? Er, der über das Wolkenreich Vernichtung gebracht und den Raum selbst zerstört hatte?

Aber er lachte nicht, sondern antwortete nur ruhig: „Das wäre eine große Ehre für mich, Sir."

Und dann, in einer Nacht, Wochen später, hörte er im Halbschlummer wieder eine Stimme rufen: „Gordon! John Gordon!"

Er erkannte sie sofort; er wußte, wessen Seele ihn rief. Er hätte sie vermutlich sogar über den Tod hinaus erkannt. „Lianna!"

„Ja, John Gordon, ich bin es!"

„Aber wie kannst du mich rufen – wie kannst du auch nur wissen . . ."

„Zarth Arn erzählte es mir", unterbrach sie ihn lebhaft. „Er beichtete mir die ganze Geschichte, als er nach Throon zurückkam. Er erzählte mir, daß du es in seinem Körper warst, den ich wirklich liebte! Er weinte, als er mir dies berichtete, John Gordon, denn er konnte kaum sprechen, als er alles erfuhr, was du für das Reich getan hast."

„Lianna – Lianna", rief seine Seele sehnsuchtsvoll bewegt über die unvorstellbaren Tiefen der Zeit hinweg, „dann können wir wenigstens einander Lebewohl sagen!"

„Nein, warte", kam ihr silberheller geistiger Ruf, „es braucht kein Lebewohl zu sein. Zarth Arn glaubt, daß, so wie Seelen über die Zeit hinweggebracht werden können, es auch mit Körpern geschehen kann – wenn er seinen Apparat vervollkommnet hat. Er arbeitet daran. Wenn es ihm glückt, wirst du dann zu mir kommen – du selbst, John Gordon?"

Hoffnung loderte in ihm auf, als ob aus der Asche eine neue Flamme emporstiege. Seine Antwort war ein bebender Gedanke. „Lianna, ich würde kommen, und wenn es nur für eine Stunde des Lebens mit dir wäre!"

„Dann warte auf unseren Ruf, John Gordon! Es kann nicht lange dauern, bis Zarth Arn Erfolg hat, und dann wird unser Ruf zu dir kommen!"

Eine Autohupe ertönte – und Gordon erwachte. Die heftigen

Schwingungen dieser fernen Gedanken schwanden langsam aus seinem Gehirn.

Er setzte sich zitternd auf: War alles nur ein Traum gewesen? „Nein“, sagte er heiser, „es war Wirklichkeit! Ich weiß, daß es Wirklichkeit war.“

Er ging ans Fenster und blickte über die Lichter von New York zum mächtigen Leuchten der Milchstraße hinauf, die sich über den Himmel erstreckte. Das waren die Welten der Sternenkönige, die weit jenseits der Tiefen von Unendlichkeit und Ewigkeit lagen – und er würde zu ihnen zurückkehren! Zurück zu ihnen und zu jener Tochter eines Sternenkönigs, deren Liebe ihn über Zeit und Raum hinweg gerufen hatte.

Edmond Hamilton

Edmond Hamilton wurde am 21. Oktober 1904 in Youngstown im amerikanischen Bundesstaat Ohio geboren. In Pennsylvania, wo sein Vater, ein Zeichner, eine Farm gekauft hatte, besuchte er die Schule, und aufgrund überragender Intelligenz erreichte er bereits mit vierzehn Jahren die Hochschulreife. Nach einem abgebrochenen Physikstudium fand er eine Stelle bei der Eisenbahn, und als er 1924 arbeitslos wurde, begann er mit dem Schreiben.

Wie die meisten SF-Autoren seiner Zeit verfaßte Hamilton anfangs hauptsächlich Kurzgeschichten, die in Science-fiction-Zeitschriften erschienen. Der Schriftsteller entwickelte dabei eine Vorliebe für Abenteuer und Spannung, die er mit der Schilderung ferner Sternenreiche verband, und mit diesem Erfolgsrezept vermochte er seine Leserschaft später auch in seinen Romanen zu fesseln. Oft entstanden aus seinen Ideen ganze Serien. Sie machten Hamilton zu einem der Hauptvertreter des Genres „Space Opera", das sich vor allem in den dreißiger und vierziger Jahren großer Beliebtheit erfreute. Ob in „Interstellar Patrol", „Captain Future" oder „Starwolf" – im Mittelpunkt der Geschichten steht meist ein männlicher Held, der unversehens in den Strudel der Ereignisse gerät und schließlich, ganz auf sich gestellt, das Universum rettet.

Privat lebte Hamilton eher zurückgezogen, nur mit Schriftstellerkollegen verbanden ihn Freundschaften. 1940 lernte er die Autorin Leigh Brackett kennen, die er 1946 heiratete. Während Hamiltons Frau mit Drehbüchern auch beim Film Erfolg hatte, blieb er selbst der SF-Erzählung treu. Mit seinen Büchern fand er auch in den fünfziger und sechziger Jahren noch Anhänger, als der Stern der „Space Opera" allmählich sank. Erst spät entdeckte Hollywood die Weltraumdramen – für den Film „Krieg der Sterne II" zum Beispiel schrieb Hamiltons Frau das Drehbuch. Leider erlebte der Schriftsteller die Wiederauferstehung seines Genres im Kino nicht mehr, denn er starb am 1. Februar 1977.

DER GIGANT

RAINER ERLER

1

„WIR SIND ziemlich am Ende!" Palm, der Leiter des Blauen Palais, machte eine nachdenkliche Pause, dann blickte er seine Besucher an, einen nach dem anderen.

Die Herren vom Komitee in ihren dunklen Mänteln, unter ihren dunklen Hüten, mit ihren schwarzen Aktenköfferchen waren gekommen, um Erfolgsmeldungen entgegenzunehmen. Palm hatte am Telefon noch von sensationellen Ergebnissen gesprochen. Und jetzt konfrontierte er seine Gäste mit schlechten Nachrichten. Doch die gehörten längst zum täglichen Brot von Wirtschaftlern und Finanziers und betrafen die Zukunft unserer technischen Zivilisation.

Palm verteilte Kopien eines Computerprotokolls. Es waren die jüngsten Prognosen über die „Endlichkeit der Ressourcen", Voraussagen also, zu welchem Zeitpunkt bestimmte Rohstoffe unseres blauen Planeten endgültig und unwiederbringlich verbraucht sein würden.

Die Herren vertieften sich in die Zahlen und Daten, wirkten mit einem Mal wie die erschütterten Hinterbliebenen am Grab eines Verstorbenen, wie die betroffenen Gläubiger einer in Konkurs gegangenen Firma. Und das lag nicht nur am deutsch-tristen Manager-Einheits-Look.

Die Mitglieder des Blauen Palais, die jungen Wissenschaftler und Techniker, die in dieser privaten „Forschungs- und Fortschritts-Fabrik" arbeiteten, standen dazwischen herum wie bunte Vögel.

„Gold!" Palm hatte wie ein Taschenspieler einen winzigen, glänzenden Metallbarren aus einer seiner Taschen gezaubert. „Ja", fuhr er fort und hielt das schimmernde Metallstück den traurig blickenden Herren entgegen. „Ja, es ist reines Gold, zehn Unzen. Das sind etwa dreihundertzehn Gramm!"

Er bemerkte mit sichtlichem Vergnügen, wie sich die tristen Mienen der Kuratoriumsmitglieder aufzuhellen begannen, wie der strahlende Glanz dieses Metalls auch ihre Blicke erhellte. Dieser Zauber tat wohl immer und überall seine Wirkung.

„Gold anzusehen gilt als erfreulich. Man kann daraus hübsche Dinge machen – edlen Schmuck und blitzende Zähne. Wir benötigen es hier in winzigen Mengen zu chemophysikalischen Versuchen. Aber sonst?" Er zuckte die Schultern und reichte den kleinen Barren herum.

Mit offensichtlicher Lust wurde das Metall betrachtet und betastet.

„Gold", fuhr Palm fort, „das ist ein Teil der menschlichen Geschichte, ist Mystik und Mythos. Um Gold zu besitzen, wurden Morde verübt, Kriege geführt und Kulturen vernichtet. Denn Gold gab es immer zuwenig." Er setzte sich langsam in Richtung der alten Remise in Bewegung, wo die chemischen und physikalischen Labors und die Werkstätten untergebracht waren.

Die Herren folgten ihm, auch die Mitglieder des Blauen Palais.

Die beiden ungleichen Gruppen vermischten sich nicht, als sie nun am Rande des Parks mit seinen uralten Bäumen entlang zum anderen Ende des Hofes strebten.

„Viele Jahrhunderte lang mühten die Alchimisten sich ab, nach der Lehre von der Umwandelbarkeit der Metalle Gold zu machen." Palm versuchte seinem unorthodoxen Einführungsreferat eine spielerische, heitere Komponente zu geben. „Aber den Stein der Weisen fanden sie nicht."

Vorträge und Referate werden für gewöhnlich in Hörsälen und Vortragsräumen gehalten. Aber Palm hatte seine Ouvertüre zu der geplanten Demonstration mit Bedacht ins Freie verlegt, unter einen grauen, regnerischen Himmel, von dem die herbstlich gefärbten Blätter langsam herabsegelten.

„Heute wird in zwei Jahren mehr Gold gewonnen als in den eintausend Jahren des Mittelalters. Und trotzdem ist es knapp, und es wird immer seltener werden."

Zuvor hatten sie zwei Stunden lang oben in Palms Büro die Bücher geprüft und den neuen Etat diskutiert und ihn schließlich mit vier zu drei Stimmen genehmigt. So gefährdet war der Fortbestand des Blauen Palais noch nie gewesen. Ein Ort, an dem offenbar frei und unabhängig geforscht werden sollte, war plötzlich in die Zwänge einer Administration geraten. Nach fünf Jahren Freiheit waren jetzt Forderungen nach Effektivität, also nach Erfolg und Rendite, gestellt worden. Aber Palm hatte trotz des knappen Ergebnisses sein Konzept eisern verteidigt – auch den Plan seiner Freiluftexkursion – und hatte die Herren gebeten, wieder ihre Mäntel anzulegen und ihm hinüber in die Labors zu folgen.

Und nach dieser Diskussion über Zahlen, über Geld, Geld und nochmals Geld, über Investitionen und Etats, Budgets und unvermeidbare Verluste waren sie beim Gold gelandet.

„Was rechtfertigt eigentlich seinen hohen Preis?" wollte Palm wissen. „Seine Seltenheit?"

Er blickte sich um, aber die Herren folgten ihm schweigend, ohne Kommentar.

Einer reichte ihm vorsichtig, fast scheu, den kleinen Goldbarren zurück. Alles hatte hier seine Ordnung.

Palm bedankte sich, ließ das Metall noch ein letztes Mal in der erhobenen rechten Hand aufblitzen. „In erster Linie, aber sicher nicht nur allein, wird Gold aus wirtschaftlichen Gründen, seiner Knappheit wegen, zum Objekt der Spekulation." Er steckte den Barren ein, faltete wieder das Computerprotokoll auseinander, um daraus zu referieren. „Steigen Goldgewinnung und Verbrauch im gleichen Maße wie bisher an, dann sind die bis heute bekannten Reserven in genau neun Jahren ausgebeutet." Er deutete auf die entsprechenden Zahlenkolonnen. „Das wäre dennoch keine Tragödie. So lebenswichtig ist Gold nicht für uns – im Gegensatz zu anderen Stoffen, deren Vorrat durch den Raubbau der vergangenen Jahrzehnte ebenfalls rapide zu Ende geht."

Sie waren an der Remise angekommen. Enrico Polazzo, der Chemiker des Teams, der als einziger seinen weißen Labormantel trug, öffnete das schwere Eichentor.

Aber Palm hielt mit seinen Ausführungen die Besucher noch zurück. „Silber", fuhr er fort, „unersetzlich für die fotochemische Industrie und die Elektronik, ist nur noch für fünfzehn bis zwanzig Jahre vorhanden. So lange reichen auch die Vorkommen an Kupfer und Blei. Die für Edelstahl wichtigen Komponenten Nickel, Mangan, Chrom, Vanadium, Wolfram, Molybdän sind in dreißig bis neunzig Jahren verschwunden, die heute bekannten Eisenerzvorkommen in achtundachtzig Jahren ausgebeutet.

Und Eisen – Stahl –, das ist in gewisser Weise doch die Basis unserer technischen Zivilisation."

Palm wandte sich ab, betrat als erster den weiten, hohen Raum, der in früheren Zeiten die Kutschen des Kurfürsten beherbergt hatte. Jetzt stapelten sich hier Kisten und ausgediente technische Apparaturen. „Unser kleiner Planet Erde ist eben sehr begrenzt." Palm faltete das Computerprotokoll zusammen, während die Besucher eintraten. „Und so bleibt uns nur folgende Lösung: erstens das Wachstum zu drosseln, diese Orgie an Überfluß und Verschwendung, die wir Wohlstand nennen, diese immensen Zuwachsraten an Produktion und Gewinn, an Verbrauch und Profit. Wir müssen eben in Zukunft auf vieles verzichten. Und zweitens . . ." Er brach ab.

Die Besucher, diese ernsten Herren aus Industrie und Wirtschaft, die mit ihren steuerbegünstigten Subventionen das Blaue Palais am Leben erhielten und sich andererseits von dort gewinnträchtige Innovationen erwarteten, schwiegen und zeigten keinerlei Reaktion auf Palms ketzerische Forderung.

Einen Augenblick lang wirkte Palm verunsichert, bis Polazzo ihm zu Hilfe kam und fortfuhr: „Ja, und zweitens muß uns eben auf fast allen Gebieten etwas Neues einfallen. Auf dem Energiesektor ebenso wie bei den zur Neige gehenden Rohstoffen. Wir müssen ausweichen auf neue Werkstoffe aus anderem Rohmaterial, von dem in der Erdrinde und in der Atmosphäre größere Mengen vorhanden sind."

„Zum Beispiel?" Professor Manzini, der Präsident des Kuratoriums, durchbrach als erster und einziger das lastende Schweigen dieser Besuchergruppe.

„Zum Beispiel Silizium, Kalzium, Stickstoff, Wasserstoff", antwortete Polazzo. „Auch Kohle ist für die nächsten hundertfünfzig Jahre vorhanden – im Gegensatz zu Erdöl oder Erdgas als gebundene Form des Kohlenstoffs, als fossile Energie der Sonne, erzeugt in Millionen Jahren. Daher ist Erdöl zum Verbrennen eigentlich zu schade und vermutlich auch irgendwann zu teuer."

Da nahm Palm den Faden seiner Einführung wieder auf: „Die Alchimisten der Gegenwart träumen also nicht mehr vom Gold! Sie suchen neue Werkstoffe auf der Basis reichlich vorhandener Elemente. Die sogenannten Plastikstoffe, PVC, Polyäthylen und Polyurethan, deren Abfälle unsere Müllhalden und unsere Meere überschwemmen, basieren auf Erdöl. Sie scheiden aus."

Polazzo war vorausgegangen und hatte eine Stahltür entriegelt, die zum eigentlichen Laborraum führte. „Die Forderung lautet also: Welcher Werkstoff ersetzt in Zukunft den Stahl?!" Er machte eine abwartende Pause, setzte gewissermaßen einen dramatischen Akzent, um die Erwartung seiner Besucher zu steigern. Dann machte er eine einladende Handbewegung, wandte sich zur Tür und verschwand als erster in der Dunkelheit des Labors.

2

Der Raum war erfüllt vom Flackern der Leuchtstoffröhren, die ihn schließlich, als sie alle angeknipst waren, in ein kaltes bläuliches Licht tauchten. Das stand in hartem Kontrast zu der altertümlichen Architektur, die trotz zahlreicher Um- und Einbauten ihren Charakter behalten hatte. Gußeiserne Säulen mit verspielten Schnörkeln trugen die mächtigen Holzbalken, die frei im Raum die Dachkonstruktion bildeten. Das alles war weiß lackiert bis hinauf in den Giebel.

Die schmalen, hohen Eisenfenster mit den winzigen, trüben Scheiben ließen nur noch einen schwachen Schimmer von Tageslicht herein.

Zahlreiche Werkstoffmaschinen standen in dem Raum. Auf einem Tisch lagen blaugefärbte Prüfstücke eines neuen Materials zwischen Mappen mit Informationsschriften, Diagrammen und fotokopierten Zahlenkolonnen.

Manzini war als erster Polazzo gefolgt und an den Tisch mit den Demonstrationsobjekten getreten. „Zeigen Sie mal", sagte er und griff nach einem der blauen Klötze. „Das ist also vermutlich der geheimnisvolle Werkstoff." Er wog ihn in der Hand, betrachtete die Schnittstellen. „Ziemlich schwer!"

„Wesentlich leichter als Stahl." Polazzo verteilte die Probestücke an seine Gäste. „Sogar leichter als Aluminium!"

„Und die Zusammensetzung?" Manzini sah Polazzo forschend über die Gläser seiner Hornbrille hinweg an.

Polazzo zögerte einen Augenblick. Er hatte die Demonstration ohne Kreuzverhör geplant. Aber dann gab er einige Vorabinformationen: „Ausgangsstoff ist Hexafluorkieselsäure. Gewöhnlicher Quarzsand und Fluorwasserstoff. Eine glasartige Legierung mit Borverbindungen und Phosphaten . . ." Er brach ab. Der interessierte oder, besser, der prüfende Blick von Manzini begann ihn zu irritieren.

Manzini legte schließlich, als keine weiteren Erklärungen kamen, das Probestück zurück auf den Tisch und wandte sich ab.

„Vergessen Sie nicht", rief Polazzo ihm nach, „wir sind im Versuchsstadium!"

„Ich weiß – seit über drei Jahren!" Manzini lächelte den verunsicherten Polazzo liebenswürdig an und stellte sich in Position, um nun das Schauspiel, das zweifellos geplant war, über sich ergehen zu lassen.

„Bis der Stoff alle gewünschten, alle erforderlichen Eigenschaften aufweist", Polazzo atmete tief, ehe er fortfuhr, „dauert es vielleicht noch ein Jahrzehnt." Er trat einige Schritte zurück.

Die Gruppe der Besucher versammelte sich neben dem Demonstrationstisch. Die Mitglieder des Blauen Palais, de Groot, der Biochemiker, Eva Mackenzie, die Biologin, Büdel, der Systemanalytiker und Kybernetiker, Mr. Wong, Yvonne und schließlich Palm, hielten sich mehr im Hintergrund, spielten Edelstatisten, denn heute war Polazzos großer Tag. Es war seine Show, und er mußte sie durchstehen.

Sein Erfolg würde auch der Erfolg von ihnen allen sein. Denn die Demonstration des neuen Werkstoffs konnte über die weitere Existenz des Blauen Palais entscheiden.

Polazzo hatte einen massiven Block vom Tisch genommen, während Herr Kühn, das Faktotum des Hauses, im Hintergrund die Prüfmaschinen anlaufen ließ.

Das plötzlich einsetzende Summen des Generators, das anlaufende Vibrieren der Maschinen erfüllten den Raum.

„Einen hundertprozentigen Ersatz für Stahl zu finden ist schwer, vermutlich sogar unmöglich. Stahl hat eine ganze Reihe spezifischer Eigenschaften, die in ihrer Vielzahl auf einen neuen Stoff nicht übertragen werden können. Das heißt, es können immer nur Teilforderungen erfüllt werden, diese aber in hervorragender Weise."

Polazzo unterbrach seine Ausführungen und wartete, bis das Getuschel in der Gruppe der Besucher verstummte.

Er wußte nicht, ob er Kritik oder Zustimmung ausgelöst hatte oder ob diese geflüsterten Mitteilungen überhaupt ihn und seine Demonstration betrafen. „Ich habe hier unseren neuen Werkstoff M-1209", fuhr er schließlich fort. „Er kommt von allen bisher entwickelten Stoffen den Eigenschaften von Stahl am nächsten."

Er griff noch nach einem zweiten Werkstück, das auf einem Regal bereitlag: grauer, matt glänzender Stahl in ähnlicher Form wie das blau schimmernde Prüfstück des neuen Materials. „Hier, zum Vergleich: ein Stück Blankstahl." Er hob die beiden Prüfstücke hoch und zeigte sie herum. Der Zauberkünstler, der ehrlich demonstriert, daß nirgends ein doppelter Boden eingebaut sei. „Wir werden nun die verschiedenen Eigenschaften bei Blankstahl und M-1209 abwechselnd prüfen und vergleichen."

Wieder irritierte ihn das Geflüster und Getuschel der Besucher. Die Herren steckten die Köpfe zusammen und berieten sich. Auch Manzini hatte sich zu den leise diskutierenden Kollegen umgewandt. Und Polazzo blieb nichts anderes übrig, als abzuwarten.

„Zuvor noch eines . . ." Er war nervös geworden und begann mit einem Kommentar, der nicht in seinem Konzept vorgesehen war. „Die Zugfestigkeit . . ." Er räusperte sich und wiederholte dann: „Die Zugfestigkeit des neuen Materials entspricht noch nicht ganz . . ." Er wischte sich mit der frei gewordenen Hand über das schwarze Haar, das in dichten Locken fast bis zu seinen Schultern fiel. „. . . noch nicht ganz unseren Erwartungen . . ." Er war aus dem Takt geraten. Er hatte den schwachen Punkt verraten, den er verschweigen wollte. Sie hatten ihn geschafft, ohne viel zu tun, ohne viel zu fragen und nachzubohren. Er hatte freiwillig und ohne triftigen Grund mit einem einzigen halben Satz die ganze Demonstration gefährdet. Aus purer Nervosität, aus Unsicherheit. Er sah, wie Palm die Brauen hochzog, offenbar, um ihn zu warnen, und er sah, wie die Besucher sich wieder voller Interesse ihm zuwandten.

Er hatte mit diesem spontanen, ehrlichen und überflüssigen Bekenntnis ihre Sensationslust geweckt. Er war aus der gutgebauten Deckung seiner Schanze hervorgetreten, waffenlos, eine

Zielscheibe, hatte sich das Hemd von der Brust gerissen, aber das Erschießungspeloton war zu verblüfft, um abzudrücken.

Polazzo lachte verlegen: „Ja, es ist vielleicht falsch, gerade mit der schwächsten Stelle in der Charakteristik von M-1209 zu beginnen. Aber wir müssen das Ergebnis unserer Arbeit hier realistisch sehen. Ich habe ja bereits eingangs . . ." Er legte das Prüfstück zurück auf den Tisch, rieb sich die Hände, wischte die feuchten Handflächen an seinem Labormantel trocken und wechselte das Thema.

„Andererseits liegt die Steifigkeit des neuen Materials über der von Stahl durch die besondere, metallähnliche Kristallstruktur." Er griff nach einer der bereitliegenden Informationsschriften. „Die genauen Werte sind hier im Protokoll zusammengefaßt, das ich Ihnen nach der Demonstration übergeben werde . . ."

„Warum nachher? Warum nicht jetzt?" Es war ein barsch vorgetragener Einwand, der von einem Ausschußmitglied kam.

Polazzo betrachtete den Zwischenrufer mit einem feindseligen Lächeln. „Lassen Sie mich erst . . .", wandte er ein, aber der andere hatte nicht die Absicht, Polazzo zu Wort kommen zu lassen.

„Wir feiern hier nicht Weihnachten!" rief er mit Sarkasmus in den Raum. „Ich lasse mich nicht gern überraschen oder bescheren! Ich will Fakten und keine Vorstellung!"

Bei Polazzos romanischem Temperament genügte das, um ihn zum Kochen zu bringen. „Bitte, bedienen Sie sich. Wir haben genügend Exemplare abgezogen. Auf die Demonstration kann ich ja dann verzichten!" Er warf sein Exemplar auf den Tisch zu den anderen.

Palm versuchte abzuwiegeln und zu vermitteln. „Nein, bitte, Enrico! Fahren Sie doch fort!"

Aber Polazzo schien fürs erste unversöhnlich. Er ging gereizt auf und ab. „Das Protokoll hätte ich Ihnen auch mit der Post schicken können. Weshalb bemühen Sie sich eigentlich her?" Er sah provozierend in die Runde.

Und tatsächlich stieg eines der Ausschußmitglieder darauf ein: „Warum haben Sie es nicht geschickt? Ich habe Informationen gerne vorher in der Hand."

Polazzo sah ihn fassungslos an. „Das Protokoll ist streng vertraulich!"

„Das hoffe ich“, antwortete sein Kontrahent. „Aber was wollen Sie damit sagen? Mißtrauen Sie uns – oder?“ Er wartete einen Augenblick, dann fügte er mit höflicher Schärfe hinzu: „Sprechen Sie sich bitte aus!“

Polazzo schwieg, schien in Angriffsstellung zu gehen.

Da trat Manzini vor, lächelte Polazzo freundschaftlich an, legte die Hand beruhigend auf seinen Arm und raunte ihm fast vertraulich zu: „Fangen Sie an. Ich bitte Sie darum.“

Polazzo schluckte also seine Aggressionen hinunter und versuchte sich zu konzentrieren. Dann fuhr er fort: „Also – erstens: die Zugfestigkeit.“ Er nahm einen Stab vom Regal, reichte ihn an Kühn weiter.

Der spannte ihn in die Prüfmaschine ein, während Polazzo weitersprach: „Blankstahl dieser Güte hat im allgemeinen eine Zugfestigkeit von hundertundzehn Kilopond pro Quadratmillimeter. Ich demonstriere Ihnen das an diesem Stück.“ Er gab Kühn ein Zeichen. „Bitte, Herr Kühn!“

Ein Druck auf den Knopf. Die Manometer bewegten sich, Zeiger wanderten über Skalen. Digitale Leuchtziffern wechselten in rasender Folge. Der Motor der Maschine dröhnte, ein schrilles Kreischen steigerte sich, schwoll an – da riß der Stab mit einem harten, kurzen Klicken.

Die Zeiger waren auf 111 kp/mm^2 stehengeblieben, und auch die digitale Anzeige verharrte auf diesem Wert.

Kühn ließ die Reste des Stabes in einen Korb fallen.

Polazzo reichte ihm nun das Prüfstück des neuen Werkstoffs, das eingespannt wurde. „Ich sagte Ihnen ja, es ist vielleicht falsch, mit dem schwächsten Wert im Spektrum zu beginnen . . .“ Daraufhin gab er Kühn ein Zeichen, die Anzeigen wechselten, der Zeiger wanderte hoch. Da brach der Stab, aber das Geräusch war nicht hart und metallisch, es war ein dumpfer, vibrierender Schlag.

„Fünfundsechzig Kilopond pro Quadratmillimeter“, verkündete Polazzo den Herren, die sich neugierig näher drängten.

Der Vergleich war eindeutig zugunsten von Blankstahl ausgefallen, aber trotzdem schienen die Kritiker verblüfft von dem Ergebnis; für „Synthetics“ war es sensationell.

Einer der Herren gab nun Erfahrungen zum besten: „Wir haben vor einigen Wochen, das war in England, komplette

Flugzeugrümpfe aus Kohlenstoffasern besichtigt. Die Steifigkeit war wesentlich höher als bei Stahl!"

Polazzo winkte ab. „Die Kohlenstoffasern werden in Aluminiumoxid eingebettet, wie beim Spaceshuttle der NASA – in bestimmten Teilen der Zelle zumindest. Eine Kombination dieser Art haben wir vermieden. Aluminium wird knapp!"

Er hatte ein neues Stahlstück an Kühn weitergereicht. „Ich demonstriere Ihnen jetzt die Bruchfestigkeit. Zuerst Blankstahl."

Wieder dröhnte die Maschine, füllte den hohen, großen Raum mit dumpfem Vibrieren. Dann hatte ein keilartiger Bolzen sich in das Stahlstück gebohrt, hatte es durchgebogen, bis auf der Gegenseite Risse im Material sichtbar wurden. Mit einem schweren Knall brach das Prüfstück auseinander. Klirrend fielen die beiden Hälften aus der Halterung auf den Beton des Bodens.

„Und jetzt M-1209", verkündete Polazzo.

Als das blaue Prüfstück durchgebrochen war, kontrollierten die Ausschußmitglieder mit gierigem Eifer die Werte der Anzeige.

„Sie sehen", nicht ohne Stolz wies Polazzo auf die Zahlen des Geräts, „wir liegen mit M-1209 wesentlich über den Werten von Stahl!"

„Darüber, ja. Aber nicht wesentlich!" Polazzos Kontrahent unter den Ausschußmitgliedern konterte mit sarkastischer Freude und nicht minderem Stolz.

„Ein Zwischentest!" Palm war vorgetreten und hatte die tiefe Falte auf Polazzos Stirn durchaus richtig eingeschätzt. „Herr Polazzo hat ein System erarbeitet, wie er weitere Legierungen mit den unterschiedlichsten Eigenschaften herstellen kann!"

„Und wie hoch liegen die Kosten?" kam nun die Gegenfrage.

„Der weiteren Reihen?" wollte Polazzo wissen.

„Nein, des Materials! Was kostet das Material hier, dieser Werkstoff? Was kosten die Stücke, die Sie hier zu Versuchszwecken zerreißen und zertrümmern?"

„Sechshundertfünfzigtausend Mark!" Polazzos Lächeln wirkte böse. „Was das Kilo kostet – Sie rechnen bestimmt schneller als ich!" Er zeigte mit großzügiger Geste auf die bereitliegenden Versuchsstücke auf dem Demonstrationstisch und auf die Trümmer unter der Maschine.

Wieder mußte Palm eingreifen, um die Kontrahenten zu beruhigen und die Demonstration – und damit vielleicht auch die Existenz des Blauen Palais – zu retten. Diese blutleeren, humorlosen Geldgeber konnten offenbar nicht begreifen, daß es in so einem Fall nicht ausschließlich um Fakten und Zahlen und um Meßwerte ging, sondern auch um Prestige, um das Selbstwertgefühl eines Mannes, der die letzten drei Jahre, Tage und Nächte, diesem Projekt, dieser Idee geopfert hatte.

„Meine Herren", begann also Palm. „Sie haben uns diesen Betrag von genau sechshundertvierunddreißigtausend Mark zur Verfügung gestellt, damals, vor über drei Jahren, damit wir versuchen, einen neuen Stoff zu entwickeln. Es ist Ihnen doch sicher klar, daß die Investitionen für diese Entwicklung nichts mit dem tatsächlichen Kilopreis von M-1209 zu tun haben. Das wäre doch eine ebenso unsinnige wie unfaire Art der Berechnung!"

Manzini winkte ab. „Sie müssen uns das nicht erklären, Herr Palm!"

Da mischte sich wieder Polazzo in die Diskussion: „Das Entwicklungsbudget des IMT-Konzerns – und zwar nur der englischen Tochter – auf dem Gebiet der synthetischen Werkstoffe betrug im vergangenen Jahr mehr als zwölfeinhalb Millionen Dollar!"

„Über sechzehn!" korrigierte Manzini. „Ich bin informiert!" Er ließ Polazzo nur wenig Zeit, überrascht zu sein: „Bitte, fahren Sie fort mit Ihrer Demonstration!"

Polazzo hob abwehrend die Hand. „Ich möchte nur, daß Sie das einmal vergleichen!"

„Da ist nichts zu vergleichen!" Manzini schüttelte nachsichtig den Kopf. „Wir geben Außenseitern eine Chance, das ist alles!" Und mit Nachdruck, mit liebenswürdiger Ungeduld wies er auf die Testmaschinen. „Bitte!"

Polazzo zögerte. Aber Palm lächelte ihm beruhigend zu.

„Gut. Kerbschlagtiefe und Brinell-Härte . . ." Polazzo ging mit einem Prüfstück zu den entsprechenden Testmaschinen im Hintergrund des Raumes. Die Gäste folgten ihm, auch die Kollegen des Hauses.

Kühn spannte ein, erst Stahl, dann M-1209.

Wie eine Axt schlug ein scharfer Keil eine tiefe Kerbe in das

Material. Zeiger schlugen aus. Die Leuchtdioden der digitalen Anzeige flammten auf. Dann schoß ein kugelförmiger Bolzen auf die Oberfläche zu. Wie ein sanfter Krater wirkte das vergrößerte Bild der Einschlagstelle auf dem Leuchtschirm und wurde auf Tausendstelmillimeter genau vermessen.

„Ihr Material ist weicher!“ stellte eines der Ausschußmitglieder fest.

„Wir versuchen eine Härtung durch Oberflächenbehandlung“, erklärte Polazzo. „Und zwar durch Laserstrahlen und durch Legieren.“ Er blätterte in einem bereitliegenden Versuchsprotokoll, einem abgegriffenen Heft, und referierte daraus, als er die entsprechende Stelle gefunden hatte: „Unser Werkstoff M-1009, gewissermaßen ein Vorläufer unserer jetzigen Reihe, hatte eine Härte, die bei zweitausendzweihundert Kilopond pro Quadratmillimeter lag. Dafür war dieses Material zu spröde. Bruchfestigkeit und Dehnungsfähigkeit waren zu niedrig.“

Manzini nickte. „Im Endeffekt heißt das, für jede Eigenschaft des Stahls einen eigenen, spezifischen Werkstoff mit spezifischem Verhalten, ist das richtig?“

„Ja, so ungefähr“, gab Palm zu. „Und warum auch nicht?“ Er warf Polazzo einen kurzen Blick zu, um ihn fürs erste zu stoppen, dann fuhr er fort: „Für jeden Verwendungszweck ein besonderes Material, jeweils ausgelegt auf Zug und Dehnung, Steifigkeit oder Elastizität. Der Schwerpunkt des Einsatzes, die Forderungen, die an ein Material gestellt werden, wechseln in der Praxis doch von Fall zu Fall!“

Aber der Wortführer der Gruppe um Manzini wischte Palms pragmatische Erläuterungen mit einer abrupten Geste beiseite. „Ich stelle nur fest, zu Beginn der Versuchsreihen war von einem vollwertigen Ersatz –“

Da unterbrach ihn Polazzo: „Nie und zu keiner Stunde habe ich –“

Aber der andere fuhr mit wesentlich erhöhter Lautstärke fort: „. . . von einem vollwertigen Ersatz von Stahl die Rede . . .“

„Nein“, unterbrach Polazzo wiederum. „Nein! Ich habe im Gegenteil damals wie heute . . .“

„Gut, heute klingt das eben anders. Heute sind wir klüger und bescheidener geworden . . .“

Aber Polazzo erlaubte keinen unfairen Widerspruch und

auch keine gütlich-gütige Zustimmung: „. . . damals wie heute habe ich von der Vielzahl charakteristischer Eigenschaften des Stahls gesprochen!"

Palms Versuch, die unfruchtbare Diskussion zu beenden, war endgültig fehlgeschlagen.

„Wir müßten nicht experimentieren mit Ihrem Geld", rief Polazzo etwas zu laut in die Runde, „wenn wir eine perfekte Lösung parat hätten!"

„Wenn ich nicht irre, geht es hier und heute um die Bewilligung weiterer Mittel, um diese Versuche fortzuführen!" entgegnete ein anderes Mitglied aus Manzinis Gruppe, nicht weniger aggressiv und gereizt.

„Genau das ist richtig", triumphierte Polazzo. „Und diese Mittel könnten Sie sich sparen, wenn wir heute bereits am Ziel wären. Was haben Sie eigentlich erwartet?"

„Etwas mehr!" lautete die lapidare Antwort.

Und ein anderer ergänzte: „Ich glaube nicht, daß eine Entscheidung jetzt, also hier und heute, fallen kann!"

3

POLAZZO verließ als letzter den Raum und löschte das Licht. Die Herren vom Kuratorium standen in der Vorhalle und schwiegen. Draußen im Hof hatte es angefangen zu regnen.

Palm war hinausgetreten und versuchte die drei schwarzen Dienstwagen direkt zum Tor der Remise zu lotsen. Aber die Fahrer waren nirgends zu sehen. Vielleicht standen sie drüben in der Halle des Palais um den Kaffeeautomaten herum und schwatzten. Also lief er eben hinüber, ohne Schirm und ohne Mantel.

Vermutlich war die gutgemeinte Absicht nur die, das lastende Schweigen zu brechen, als einer der Herren sich leise und vertraulich an Polazzo wandte: „Noch eine Frage: Läßt das neue Material sich schweißen?"

Polazzo wirkte verblüfft, aber dann antwortete er ebenso sachlich: „M-1209? Nein. Aber die Reißfestigkeit nach einer Verbindung durch Kleber ist höher als bei Schweißverbindungen. Außerdem vermeiden wir grundsätzlich die negativen

Eigenschaften von Stahl: das hohe Gewicht. Und M-1209 ist korrosionsfest – es rostet nicht."

„Ich möchte abschließend sagen, ich bin sehr beeindruckt!"

MANZINI stand unter dem weit ausladenden Vordach der Remise und wandte sich Polazzo zu, der durch das offenstehende Tor zu ihm ins Freie trat. Wie ein Vorhang ging der Regenschauer dicht vor ihnen nieder.

„Wir alle sind sehr beeindruckt!" Manzini blickte kurz zu seinen Begleitern, die ihm inzwischen nach draußen gefolgt waren. „Nein, wirklich. Glauben Sie mir das! Trotz aller Einschränkungen, trotz aller kontroversen Meinungen, die hier zur Sprache gekommen sind." Er lächelte Polazzo ehrlich und wohlmeinend an. „Sie sagten ja selbst", fuhr er fort, „alles braucht seine Zeit. Jedenfalls danke ich Ihnen und beglückwünsche Sie!" Er reichte ihm offenbar ganz spontan die Hand.

Polazzo zögerte nur kurz. Dann schlug er ein, obwohl ihm nicht wohl war bei diesem plötzlichen und unerwarteten Friedensschluß.

Er sah sich zu den anderen Gästen um, konnte aber keinerlei Anzeichen für ein Komplott erkennen. Die Herren wirkten gleichmütig, warteten auf die Wagen, auf ihre Fahrer, genossen die frische Luft. Weiter nichts.

Wenn Polazzo zu dieser Stunde die Wahrheit, die volle Wahrheit, erfahren hätte, es hätte ihm nichts genutzt. Er hätte sie nicht geglaubt. Denn die Verknüpfungen und Verknotungen, in denen sich der einzelne fängt, sind in der Politik wie in der Wirtschaft ungreifbar.

Daher reagierte Polazzo auch ganz naiv, als Manzini seiner Brieftasche eine Reihe gerahmter Dias entnahm und sie für ihn gegen das schwindende Licht dieses regnerischen Oktoberhimmels hielt. „Hier!"

„Was ist das?" fragte Polazzo, als er einen kurzen Blick darauf geworfen hatte.

„Skizzen. Konstruktionszeichnungen", erklärte Manzini. Dann wechselte er die Dias in seiner Hand. „Und hier: ein Modell! Nehmen Sie nur. Sehen Sie sich die Bilder an!"

Polazzo erblickte eine Brücke. Strahlend weiß überspannte eine kühne Konstruktion einen Meeresarm oder eine Bucht.

Die filigranen Tragseile bündelten sich in Pylonen von gewaltigen Ausmaßen. Wie ein gespannter Bogen dehnte sich die freischwebende Brücke von einem Ufer zum andern.

„Sehr schön, nicht wahr?" kommentierte Manzini.

„Und wo steht sie, diese Brücke?" fragte Polazzo.

Manzini lachte. „Nirgends! Sie existiert noch nicht. Oder vielmehr: nur in Plänen und Modellen. Die Daten: Spannweite des freitragenden Mittelteils – zwölfhundert Meter. Die ganze Brücke: über vier Kilometer. Sie überspannt die Bucht von Vancouver, Kanada. Das heißt – morgen. Irgendwann in der Zukunft wird sie das neue Wahrzeichen dieser Region sein."

Er machte eine Pause, überließ Polazzo das Dia, wechselte nur einen kurzen Blick der Verständigung mit einem seiner Begleiter, ehe er fortfuhr: „Herr Polazzo, sagen Sie bitte: Könnten Sie sich vorstellen, daß eine solche gewaltige Brückenkonstruktion aus Ihrem neuen Material, aus Ihrem . . . äh – M-1209 . . . nein?"

Er sah den skeptischen Blick Polazzos, sein verlegenes Lächeln, die Andeutung eines Kopfschüttelns. „Noch nicht. Na gut, aber wann?" Er sah ihn freundschaftlich an, dann nahm er ihm das Dia aus der Hand. „Schade, wirklich." Vorsichtig verstaute er die Dias in einem Plastiktütchen, das er in seine Brieftasche legte. „Ja, das wollte ich Ihnen zeigen. Wissen Sie, bei Ihrer Begeisterung, Ihrem Know-how . . ." Er schwieg, blickte hinaus in den Regen, hinauf zu dem grauen Himmel mit seinen tiefhängenden, treibenden Wolken. „Vielleicht sollten wir – ein paar Worte unter vier Augen?" Er sah Polazzo nur kurz und prüfend an, machte eine aufmunternde Kopfbewegung, ging hinaus in den Hof, hinaus in den strömenden Regen, ohne Polazzos Reaktion, ohne seine Zustimmung abzuwarten.

Der folgte ihm nun, verwirrt, irritiert. Er schaute sich um. Die Besucher standen schweigend vor dem Tor der Remise, ohne Anteilnahme, ohne Erstaunen.

Irgendwo dahinter, in der Dunkelheit des Raumes, vermutete er die Kollegen. Keiner von ihnen ließ sich sehen.

Enrico Polazzo fühlte sich verlassen, preisgegeben.

Die Show, die Demonstration hatte eine Richtung erhalten, die er nicht erwartet hatte, auf die er nicht vorbereitet war.

Jetzt lief er hier im strömenden Regen hinter der autoritären

Vaterfigur dieses Professors Manzini her, einem Typ des Wissenschaftlers, den er im Aussterben vermutet hatte. Solchen Vätern war er aus gutem Instinkt schon auf der Universität aus dem Weg gegangen. Und jetzt, nach einigen erfolgreichen Jahren in Unabhängigkeit und Freiheit, spürte er den Zugriff einer üblen Generation, die immer und überall noch das Sagen hatte – in der Wirtschaft, an den Hochschulen, in der Politik. Ob das nun Realität war oder paranoide Projektion, er empfand es jedenfalls so, jetzt und hier und in diesem Augenblick.

4

„WISSENSCHAFTLICHE Information erreicht uns nicht nur durch bedrucktes Papier!" Manzini war stehengeblieben. Er schien den Regen nicht zu spüren, den die Windböen, die aus dem Park heraus in den Hof einfielen, in dichten Schauern niederprasseln ließen. „Auch durch bloßen Kontakt, durch Osmose gewissermaßen, durch die Berührung mit Konflikten, Ideen, Tendenzen tauschen wir Erfahrungen aus, ohne uns dessen bewußt zu sein. Wichtig ist doch in erster Linie das, was noch nicht völlig zu Ende gedacht worden ist. Die unveröffentlichte Innovation. Sie stimmen mir zu?"

Polazzo nickte. Mehr aus Reflex auf den fragenden Blick. Weniger aus Überzeugung.

Er blickte auf die dichte Kette kleiner Regentropfen, die sich am Rand von Manzinis Hut sammelten, auf das regennasse, faltige Gesicht dieses Mannes, der nun leise und intensiv weitersprach.

„Aber alles das bleibt dem verschlossen, der sich isoliert und auf einem verlorenen Posten verharrt. Sie verstehen mich?"

Wieder nickte Polazzo und schlug den Kragen seines Labormantels hoch.

Aber Manzini widersprach dieser Zustimmung. „Ich glaube nicht, daß Sie mich verstehen. Ich fürchte, Sie haben Ihre Isolation hier an diesem Ort, in diesem Institut, diesem Blauen Palais, noch nicht richtig durchschaut und begriffen."

„Was hat das alles mit diesen Bildern zu tun, diesen Dias?" fragte Polazzo. „Mit diesen Skizzen, diesem Modell?"

„Mit dieser Brücke?" Manzini lächelte und ging weiter durch den Regen. „Eigentlich gar nichts, wenn man so will!"

Er holte umständlich ein Taschentuch aus seiner Manteltasche und begann sich die Hornbrille mit den dicken Gläsern zu putzen, die der Regen undurchsichtig gemacht hatte. „Baubeginn", fuhr er fort, ohne Polazzo anzusehen, „ist in einigen Monaten. Ein Test, gewissermaßen, unter den strengen Sicherheitsmaßstäben der kanadischen Regierung."

Er prüfte die Sauberkeit der Brillengläser, indem er sie gedankenlos und zerstreut gegen den Himmel hob – erneut in den Regen. „Das Material wird von der IMT geliefert, das heißt von einer dieser zahlreichen Konzerntöchter: synthetischer Stahl!" Er setzte die nasse Brille wieder auf und blickte Polazzo prüfend an. „Die Entwicklungslabors dieser Firma liegen übrigens in der Wüste von New Mexico."

Dann faßte er plötzlich nach dem Arm von Polazzo und zwang ihn stehenzubleiben.

Der Labormantel war naß wie ein Lappen, auch das Hemd darunter. Aber Polazzo spürte nicht den Griff, nicht die Nässe, nicht die Kälte. Er sah nur in die eindringlich blickenden Augen hinter den dicken Brillengläsern.

„Packen Sie Ihre Koffer, Polazzo", sagte Manzini, „gehen Sie weg von hier, das ist aussichtslos. Fahren Sie nach New Mexico, und sehen Sie sich dort einmal um." Er lächelte wieder. „Ich würde es zumindest für sinnvoll halten."

Die Fahrer hasteten aus dem Portal und starteten ihre schwarzen Limousinen. Yvonne hatte Schirme besorgt und begleitete nun die Herren einzeln zu ihren Dienstwagen.

Polazzo hatte das beobachtet und in jenen kurzen Augenblicken registriert, die seinem Unterbewußtsein blieben, bevor Manzini zum Ende kam.

„Also. Machen wir's kurz. Wenn Sie dort unten Kontakte brauchen, lassen Sie mich das wissen!" Manzini ließ Polazzos Arm los, nickte ihm nochmals freundschaftlich zu, dann wandte er sich ab.

Der Wind wirbelte Tropfen und Blätter über den Hof.

Professor Manzini hielt seinen Hut fest und sah sich nicht mehr um.

Die Besucher waren schon längst alle in ihren Fahrzeugen

verschwunden. Nur einer der Fahrer harrte im Regenschauer aus und hielt Manzini den Wagenschlag auf.

Ein kurzer Händedruck mit Palm, der gewartet hatte und der nun den entschwindenden Wagen einen kurzen Gruß nachwinkte.

Die Kollegen des Blauen Palais waren hinüber ins Hauptgebäude geeilt. Im ersten Stock flammten die Lichter auf und spiegelten sich in den Pfützen des Hofes.

Polazzo beobachtete, wie die Regentropfen zu Blasen wurden, die über das Wasser trieben. „. . . in der Wüste von New Mexico . . .", klang es in seinem Ohr.

Kühn verriegelte das Portal der Remise und eilte mit großen Sprüngen hinüber zu dem Seitentrakt, den er mit seiner Frau bewohnte.

„Das Material liefert die IMT – synthetischer Stahl . . ." Immer noch stand Polazzo auf dem gleichen Platz, an dem Manzini ihn verlassen hatte. *„Eine Brücke. Viertausend Meter lang. Wahrzeichen der ganzen Region . . ."*

Langsam ging er über den Hof. Keiner beobachtete ihn. Er hätte es auch nicht bemerkt, sowenig wie er den Regen bemerkte, der ihm ins Gesicht peitschte.

Mit klammen Fingern preßte er den Kragen seines Labormantels zusammen. Die Haare klebten ihm am Kopf. Die Kälte kroch bis auf seine Knochen. Aber seine Nerven registrierten das nicht mehr.

Er hatte volle drei Jahre an einer Idee gearbeitet. Tag für Tag und die meisten Nächte. Er war überzeugt gewesen, erfolgreich zu sein, vielleicht sogar einmalig und konkurrenzlos . . .

Er konnte einpacken.

5

„Mach das Licht aus!" Mit einer schmerzvollen Geste bedeckte Polazzo seine Augen. Er lag so lange Sekunden, hingestreckt auf dieser spartanischen Liege, den Arm mit dem zerschlissenen Pulloverärmel quer über das Gesicht, bis Yvonne begriffen hatte und das grelle Deckenlicht wieder löschte.

„Du bist hier?" Sie schien erstaunt. Wo sonst sollte er schon sein? Eine Kneipe, in der man sich mal richtig vollaufen lassen konnte, war im Umkreis von zehn Kilometern nicht zu finden, und private Alkoholvorräte hielten sich leider nie sehr lange in der Isolation des Palais. In Notfällen, wie diesem, war jedenfalls nie etwas zu finden.

„Isolation . . . Wenn Sie Kontakte brauchen . . .“

„Was willst du?“ fragte er das Mädchen mit den langen braunen Haaren und dem entzückenden französischen Akzent, der ihm heute so unsagbar albern und gekünstelt erschien.

„Komm herunter, Enrico“, flüsterte sie, als ob er am Einschlafen wäre. „Palm will mit dir reden. Die anderen auch.“

„Danke nein!“ sagte er nur. Dann stöhnte er auf. „Mach endlich das Licht aus!“

„Aber es ist doch aus!“ verteidigte sie sich.

Er hatte es nicht bemerkt.

Langsam nahm er seinen Arm vom Gesicht. Dämmerlicht fiel durch das kleine Mansardenfenster. Er konnte die Gestalt des Mädchens erkennen, mit dem er die Nächte teilte in diesem schmalen Bett, er faßte nach ihrer Hand, zog sie näher zu sich. Es war eine Geste der Entschuldigung.

„Rico – was fehlt dir?“

O diese idiotischen Fragen! Sie war liebenswert, aber hin und wieder enervierend unsensibel, um nicht zu sagen dumm.

„Nichts fehlt mir. Nichts!“

Sie war die rechte Hand von Palm, sie schmiß, wie es so heißt, den ganzen Laden. Aber ihm gegenüber war sie offensichtlich betriebsblind.

Sie setzte sich zu ihm, strich ihm das Haar aus der Stirn, das immer noch feucht war vom Regen. „Kannst du mir tausend Dollar besorgen?“ fragte sie leise.

Er versuchte, über diesen Witz zu lachen.

„Tausend Dollar“, wiederholte sie. „Nein, bitte lach nicht, ich meine das im Ernst.“ Sie hatte eine Zeitung mitgebracht und nun raschelnd auf das Fußende des Bettes gelegt.

„Versuch doch, Herrn Kühn anzupumpen“, schlug er vor. „Als Hausmeister ist er der einzige, der hier im Palais regelmäßig Geld bezieht.“

„Hab ihn schon gefragt“, gab sie zu. „Es tut ihm leid, sagt er. Er hat bereits alles verliehen!“

Vielleicht ist sie doch nicht so dumm, dachte er. Vielleicht ist sie sogar sehr gerissen. Vielleicht ist ihre Einfältigkeit eine Masche, ein Erfolgssystem, auf das Männer fliegen, die normalerweise Angst haben vor intelligenten Frauen. Auch solche wird es ja wohl geben.

„Ich glaube, er spekuliert!" Sie riß ihn aus seinen tiefschürfenden Gedanken über sie.

„Er tut was?"

„Er spekuliert", wiederholte sie, ohne eine weitere Erklärung für diese Behauptung zu geben. „Und so kam ich auf die Idee!"

„Auf welche Idee?" wollte er wissen.

Sie stand umständlich auf und tastete nach der Zeitung. „Darf ich Licht machen? Nur die Schreibtischlampe?" Sie wartete seine Antwort nicht ab.

Das gelbe Licht erfüllte nur den unteren Teil des Zimmers, schien ihm jedoch direkt in die Augen. „Hast du Kopfschmerzen?" fragte sie in einer plötzlichen Anwandlung von Mütterlichkeit.

„Nein, mir geht es blendend!" Wieder bedeckte er die Augen. Er hörte, wie sie den Stuhl vor dem Arbeitstisch zurechtrückte, sich setzte und die Zeitung raschelnd auseinanderfaltete.

„Was suchst du?"

Er hatte richtig geraten. Sie suchte etwas und konnte es nicht finden.

„Wie heißt die Firma, diese ‚Company', du hast gesagt . . .?"

„Welche Firma?"

„In England", versuchte sie zu erklären, „oder in Amerika. Die das Material liefert für die große Brücke?"

„Ach so, ja." Er begriff. „IMT. Warum fragst du?"

„Und was heißt das?" wollte sie wissen.

„‚International Manufacturing and Trade Company' oder so ähnlich."

„Eine größere Firma?"

Auf diese Frage konnte er sein Lachen nicht mehr bezähmen. „Eine der größten! Weltweit! Ein multinationaler Konzern. San Francisco, New York, Caracas, Sydney, Johannesburg, Frankfurt am Main, Paris . . ." Er machte eine Pause und atmete tief durch. „Vielleicht auch Kuwait und Abu Dhabi", fuhr er fort. „Erdöl und Atomkraftwerke, Kinderspielzeug, Kupferminen, Fischfang und Supermarktketten, Elektronik, Zeitungsverlage, Waschmittel, Nachrichtensatelliten, Schnapsbrennereien, Fernsehsender, Antibabypillen – und so weiter!" Er war atemlos geworden.

„Ach ja", sagte sie nur. „Ich begreife!"

„Nein", widersprach er, „das glaube ich nicht, das ist unbegreiflich." Er nahm die Hand von seinen Augen und richtete sich auf. „Konglomerat – Mischkonzern", erklärte er weiter. „Ein Dutzend Töchter. Beteiligung an Hunderten von Firmen, Holdings und Sperrminoritäten."

„Also eine amerikanische Firma?" wollte sie wissen.

„Multinational, sag ich dir doch! Die sind überall und nirgends. Firmensitz vermutlich Bahamas. Gewinne entstehen immer nur dort, wo keine Steuern anfallen. Die schieben immer alles so hin und her, bis scheinbar nichts mehr übrig ist. Und damit zementieren die heimlich ihre Macht. Ein Gigant." Er schwieg plötzlich und dachte nach. „IMT", fuhr er leise fort. „Die haben alle Möglichkeiten, und die sollte man nutzen!"

Sie nickte nur, schien plötzlich weit weg mit ihren Gedanken, dann ließ sie wieder ihren Finger über die Zeilen der Zeitung wandern.

„Hörst du mir überhaupt zu?" fragte er.

„Natürlich, Rico!"

„Was suchst du in der Zeitung?"

Aber da jubelte sie bereits: „Hier steht es, ich hab es gefunden. Doch eine amerikanische Firma: ‚INT. MAN. & TRADE – 52½'."

Er stand auf und sah ihr über die Schulter. „Was ist das?"

„Börsenkurse", antwortete sie stolz. „New York Stock Exchange – 52½ am letzten Freitag."

„Börsenkurse?" Er beschloß, sich künftig über dieses Mädchen nicht mehr zu wundern, am besten sogar, keine vorgefaßte Meinung mehr über sie zu haben.

„Wenn es sich herumspricht", erklärte sie ihm nun, „was die Neues erfunden haben, synthetischen Stahl, die Geschichte mit der Brücke . . ."

Polazzo winkte ab. „Weiß außer uns doch vermutlich schon jeder!"

„Nein." Sie schüttelte den Kopf. „Palm sagt, und der hat mit Manzini ja noch gesprochen, es ist geheim. Streng geheim. Aber irgendwann spricht es sich natürlich herum. Und dann steigt der Aktienkurs, steigt immer höher und höher . . .! Wir! Wir werden reich!"

Er fand es sehr sympathisch von ihr, daß sie bereit war, mit ihm zu teilen.

„Nur – woher bekomme ich jetzt tausend Dollar?" fragte sie ihn.

„Nicht von mir, Yvonne! Bestimmt nicht von mir . . .!"

6

ES GING auf Mitternacht. Palm hatte alle Mitarbeiter in die große Halle gebeten. Der Anlaß schien ihm wichtig genug für dieses außergewöhnliche Treffen.

Die Diskussion über die Zukunft des Palais, über ihre weitere Arbeit, über Polazzos ehrgeiziges Projekt und die Reaktion von Manzini und seinen Begleitern vom Kuratorium, das alles sollte aus dem Bereich der Gerüchte, des subversiven Getuschels, der Vermutungen und Befürchtungen heraus und einer sachlichen und emotionslosen Strategie weichen.

Alle waren erschienen – außer Polazzo. Yvonne war es nicht gelungen, ihn aus seiner Lethargie zu reißen.

Aber ohne Polazzo war jede Aussprache sinnlos.

Manzinis Andeutungen, seine Ratschläge und Kommentare, eigentlich unter vier Augen nur Polazzo gegenüber geäußert, hatten längst die Runde gemacht. Yvonne hatte das interne Informationssystem des Palais mit wörtlichen Zitaten versorgt.

Und keiner nahm es nun Polazzo übel, daß er nach dem Stand der Dinge schlichtweg ausflippte, Pillen genommen oder sich betrunken hatte. Aber trotzdem harrten sie noch aus, standen verloren und niedergeschlagen herum, tranken Kaffee aus Pappbechern und schwiegen sich an.

Und plötzlich stand Polazzo unter ihnen. Keiner hatte ihn gesehen, keiner hatte ihn kommen hören. Er war da, wie selbstverständlich und füllte sich seinen Kaffeebecher unter der Thermoskanne.

„Enrico!" rief Yvonne überrascht. Aber er achtete nicht auf sie, rührte nur bedächtig die Unmengen Zucker um, die er in seinen Becher geschüttet hatte, sah etwas scheu und nervös in die Runde und murmelte: „Tut mir leid – wirklich!" Damit ließ er sich in einen der alten englischen Lehnsessel fallen, die mit zerschlissenen Polstern in der dunkelsten Ecke des Raumes standen.

„Ja, tut uns allen leid, natürlich!" sagte Palm und trat zu Polazzo, ohne sich zu setzen. „Sie haben erreicht, was unter den gegebenen Umständen zu erreichen war", fügte er hinzu. „Und das war eine ganze Menge, das finden wir alle."

Polazzo versuchte ein Lächeln und nickte Palm zu.

Nach und nach waren sie alle in diese düstere Ecke des Raumes getreten und standen nun mit verlegenen Mienen um Polazzo herum. Es wirkte wie eine Beerdigung. Ein Kondolenzempfang.

„Das letzte Wort über M-1209 ist noch nicht gesprochen", begann Palm nach einer Pause. „Das Patentverfahren läuft . . ."

Aber Polazzo lachte nur und wischte mit einer großen Geste Palms Tröstung und die Beileidsatmosphäre zur Seite. „Ja, ja, ja – außer Spesen . . . und so weiter. Lassen wir das doch! M-1209 ist ein genialer Wurf, aber leider zu spät, am falschen Ort, in der falschen Firma entstanden. Oder wie?" Er sah provozierend in die Runde.

Also doch getrunken, dachte Yvonne und zog sich in eine der Fensternischen zurück.

Aber Polazzo stoppte sie. „He, Yvonne. . .!" Er zeigte auf sie. „Sie will euch allen ein Geschäft vorschlagen. Ja, wirklich. Vielleicht bringt der heutige Tag doch noch etwas ein. Mr. Wong, wir brauchen tausend Dollar!"

Wong winkte heftig ab. „No money! Kein Geld!"

„Okay", entgegnete Polazzo, „Sie haben auch immer die gleichen Texte! Vergessen Sie die tausend Dollar. So kleinkariert läßt man das lieber. Die Geschichte hat nur Sinn mit zehntausend, hunderttausend . . ."

„Woher?" fragte Palm. „Und wofür?"

Da faßte Yvonne wieder Mut und kam aus ihrer Ecke angeschlichen. „Meine Idee. Ein Tip. Aktien der IMT – Sie stehen auf $52^1/_2$."

Palm sah seine Sekretärin etwas fassungslos an. Auf diese Form der Emanzipation war er nicht vorbereitet. „Spekulation? Oder was meinen Sie, Yvonne?"

„Wir kaufen Aktien", erklärte sie. „Die IMT ist doch diese Firma . . ."

„Ich habe schon verstanden!" unterbrach er sie. Aber dann schüttelte er den Kopf. „Es kommt überhaupt nicht in Frage!"

„Warum nicht?" wollte sie wissen.

„An der Börse verdienen nur die Insider Geld", versuchte Eva zu erklären, „die Broker und Makler und ihre großen Kunden, die Banken. Nur die Bestinformierten, die Spekulanten, erwischen den richtigen Zeitpunkt, ein- oder auszusteigen. Der kleine Anleger, der Laie, der liefert mit seinem Einsatz diesen Leuten nur das Kapital für ihren Profit!"

Sie meinte es ernst. Aber bevor Palm diese These relativieren und durch eine etwas realistischere Erklärung zurechtrücken konnte, hatte Yvonne bereits temperamentvoll entgegnet: „Bestinformiert! Jawohl! Wir sind bestinformiert!" Sie schwenkte die Zeitung mit den Börsenkursen, die sie immer noch in der Hand hielt. „Wir haben die Information mit der Brücke!"

„Zeigen Sie mal!" Kühn hatte seine Bierflasche auf den Marmorboden gestellt und nach dem Blatt gegriffen.

„Herr Kühn!" Yvonne schien entsetzt. „Ich denke, Sie haben kein Geld!"

„Will ja nur mal sehen", entschuldigte er sich.

„Also schön, vergessen wir das", sagte Polazzo. „Es war ohnehin nicht ernst gemeint." Er wechselte das Thema: „Wer von euch erinnert sich noch an John McLean?"

„Jeder von uns erinnert sich an McLean", entgegnete Palm, „aber möglicherweise ungern." Er sah sich um. Die Reaktion der Anwesenden war alles andere als positiv.

„Mein Gott, ja", wandte Polazzo ein, „aber es ist doch Jahre her!"

„Lange her, ja", gab Jeroen de Groot zu, „aber das ist kein Grund für mich, McLeans arrogantes Verhalten zu vergessen. Er hat ein ganzes Jahr hier gelebt, hat hier gearbeitet und war keinen einzigen Tag lang bereit, sich diesem Team anzupassen. Im Gegenteil. Er blieb von Anfang an ein Fremdkörper, und das einzig Positive, was ich von ihm sagen kann, ist, daß er freiwillig ging, bevor wir ihn rauswerfen konnten."

„Und was ist nun mit McLean?" wollte Palm wissen. „Will er hierher zurück?"

„Nein, keine Angst!" Polazzo hatte seinen Kaffee ausgetrunken und den leeren Becher geschickt in einen der entfernt stehenden Papierkörbe katapultiert. „Ich glaube", fuhr er fort, „das Blaue Palais ist für ihn ein rotes Tuch." Er lachte. „Zumindest sind wir nicht seine Freunde!" Er stand auf, trat ans Fenster, sah hinaus auf den Hof, in diese undurchdringliche Schwärze der Nacht. „Isoliert, sagte Manzini. Wir sind hier isoliert!" Er wischte, als die Scheibe beschlug, mit dem Handballen die Feuchtigkeit vom Glas. „Verlorener Posten", sprach er weiter. „Weit ab von der Welt, oder so ähnlich!" Er sah die anderen, die hinter ihm standen, sich in der Scheibe spiegeln. „Wir sind uninformiert. Haben uns eingegraben, abgekapselt!" Er drehte sich wieder um, stand nun mit dem Rücken zum Fenster und blickte die Kollegen, die übernächtigt und stumm vor ihm standen, nachdenklich an. „McLean, das fiel mir vorhin ein, der ging zur IMT, und zwar nach London, zuerst, und dann in die Wüste . . ."

„Als einer von über zwanzigtausend Chemikern", warf Büdel ein, „die für diesen Konzern arbeiten."

„Das wird kaum reichen!" gab Polazzo zu bedenken.

„Oh", lachte Büdel, „bei Chemikern kommt's mir auf ein paar Dutzend nicht an!"

„Darauf komme ich zurück!" drohte Polazzo.

„Ist in Ordnung", meinte Büdel lachend. „Aber was ist mit McLean?"

„Ob er noch dort ist, weiß ich nicht." Polazzo dachte nach. „Ein Forschungslabor im Südwesten der USA. Eine Tochter der IMT in New Mexico. ‚Alcali Flat Chemicals' – oder so ähnlich. Vielleicht ist das der Laden, den Manzini meint?"

„In der Wüste von New Mexico? Ist ja lieblich!" Büdel schüttelte sich. „Dann doch noch lieber Blaues Palais – trotz Einsturzgefahr!" Er klammerte sich an eine der Säulen, die die reichgeschmückte Decke mit ihren riesigen, häßlichen Wasserflecken trugen.

„Was wollen Sie von McLean?" Palm hatte auf seine Uhr

gesehen und war nun bestrebt, die Diskussion zu verkürzen. „Was haben Sie vor mit ihm?"

„Vor mit ihm? Nichts!" bekannte Polazzo. „Ich will eventuell Informationen von ihm. Über die Firma, seine Arbeit, die IMT, über synthetischen Stahl . . ."

„Die können wir ebensogut von Manzini erhalten!"

Aber Polazzo schüttelte auf Palms Einwand nur den Kopf. „Nein. Nicht Manzini." Er wehrte sich gegen diese Vaterfigur und die erlittene Frustration. „Ich brauche ihn nicht, er braucht mich nicht. Vergessen wir das." Er drehte sich wieder um, sah hinaus in die Nacht.

Es hatte wieder zu regnen begonnen. Die herabfallenden Tropfen fingen glitzernd das Licht, das aus dem Fenster fiel.

„Vielleicht . . ." Er machte eine lange Pause, bevor er weitersprach: „Vielleicht besorgt mir McLean einen Job dort unten!"

„In New Mexico?" fragte Palm erstaunt. „Bei der IMT?"

„Ja, wie Manzini es empfohlen hat. Nur ohne ihn, ohne seine Hilfe, möglichst ohne sein Wissen!" Polazzo lehnte seine Stirn gegen das kalte Glas der Scheibe und schloß die Augen.

Auf den Einwand von Yvonne: „Rico, du willst weg?" reagierte er nicht. Eher schon auf das Schweigen der anderen.

„Ja", sagte er. „Isoliert und auf verlorenem Posten!" Und als immer noch keiner seinen Entschluß kommentierte, fügte er hinzu: „Wer hier abhaut oder abhauen mußte – vielleicht macht den McLean zu seinem Freund!"

7

EIN HEISSER Wind kam über die Prärie, wirbelte Staub und Sand zu Spiralen, trieb dornige Kugeln aus *Tumble Weed* über die Betonpiste und ließ das Gesicht des Mannes mit dem Cowboyhut schweißnaß glänzen.

Am Tower des aufgelassenen Militärflugplatzes hing als besonderer Kundendienst für die zweimal täglich ankommenden Passagiere ein Schild: *„Today – over 100"* – über hundert Grad Fahrenheit – fast 40 Grad Celsius. Und das Schild hing dort schon seit Wochen.

McLean schob den Hut in den Nacken, lehnte sich gegen die Ladefläche seines Pick-up-Trucks, wie ihn die Farmer im Südwesten, in Texas, New Mexico und Arizona, benutzten, und fixierte durch die verspiegelten Gläser seiner dunklen Brille den Punkt, der zwei Handbreit über dem Horizont heranschwebte und von Sekunde zu Sekunde größer wurde.

Außer Sand und Hitze trug der Wind nun das schrille Singen der Turbo-Prop-Triebwerke heran. Die Fokker-Friendship setzte zur Landung an und reflektierte die tiefstehende Sonne.

McLean schloß das feuchte Hemd und zog die Kordel mit dem indianischen Silberschmuck fester um den Hals. Dann sah er auf seine Uhr: 3.45. Pünktlich auf die Minute setzte die kleine Maschine auf.

Polazzo preßte die Stirn gegen das Acrylglas des Fensters und starrte hinaus. Er tat das seit Stunden.

Er hatte den Atlantik überquert, war morgens auf dem Kennedy Airport von New York gelandet und hatte nach einem kurzen Zwischenstopp seinen Flug fortgesetzt – quer über diesen Kontinent. Bei St. Louis hatten sie den Mississippi überflogen, vor ihm lag nun der legendäre Westen, dehnten sich die unendlichen Weizenfelder über Hunderte und Hunderte von Kilometern. Zwischenlandung in Kansas City. Dann begann das Grasland, die Prärie. Kreisrunde Flächen, von den Bewässerungssprinklern leuchtend grün aus dem Ocker der trockenen Steppe herausgestanzt, reihten sich aneinander wie ein geometrisches Spiel. Fünf Staaten trafen hier zusammen: Kansas, Colorado, Oklahoma, Texas und New Mexico.

Dann schoben sich braun und bizarr die Ausläufer der Rocky Mountains in die sandige Ebene.

Ein gigantisches Land, dachte Polazzo. Grenzenlos. Alles, was er sah, war grenzenlos und gigantisch, die Entfernungen, die Weite, die Steppe, die Prärie, die Canyons, die Berge. Schnurgerade Straßen verbanden winzige Siedlungen von Horizont zu Horizont.

Hingesprenkelt um die Wasserlöcher im Grasland die tausendköpfigen Rinderherden. Die Espen an den schroffen Hängen glühten auf in leuchtendem Gelb. Oktober. *Indian Summer.*

An den Berg gepreßt lag Santa Fe. Die Maschine hatte längst ihre Reiseflughöhe verlassen, zog eine weite Schleife über

Stadt und Highway, über Indianersiedlungen, Wohnwagenparks und senkte sich in das Tal des Rio Grande.

Ausgehöhlte Berge, Bunker, Stacheldraht, Fabriken, Kasernen, Hangars. Albuquerque lag vor ihnen, unter ihnen Sandia, eine der Rüstungsschmieden der USA.

Polazzo hatte vierzig Minuten Aufenthalt. Der Souvenirshop bot Indianisches feil. Airport-Art wie überall, mit dem Touch des Südwestens. Türkisschmuck für Männer, Texashüte, Lederzeug.

Er übte sich ein, aß Hamburger, trank alkoholfreies *Root Beer* und schwor sich, nicht länger als drei Wochen zu bleiben.

Dann wurde sein Flug aufgerufen, und außer ihm stiegen noch weitere vier Personen in die kleine Maschine. Ein indianisches Ehepaar war darunter, so schien es ihm. Aber sie sprachen Spanisch mit dem harten mexikanischen Akzent. Vor hundert Jahren noch war New Mexico spanisch-mexikanische Kolonie gewesen.

Unter ihnen lag die Wüste, eingerahmt von schwarzen Bergen. Aber diese Wüste lebte. Kreuz und quer war sie von Pisten zerfurcht. Bunker, Unterstände, Lagerschuppen auch hier. Und auf allen Bergkuppen leuchteten die schneeweißen Kugeln der Radarantennen.

Als die Maschine aufsetzte, schlug sein Kopf hart gegen den Rahmen des Fensters. Ein Wasserturm. Ein niederes Gebäude im indianischen Adobestil. Ein geradezu unendlicher See aus Beton, von Grasnarben aufgebrochen, von verwaschenen weißen und gelben Markierungen zerteilt. Ein riesiger Hangar, ein Parkplatz dahinter, leer und verwaist. Und dort, wo die Linien von Beton und Prärie ineinander verfließen, stand im flirrenden, heißen Licht ein Mann an einen Lieferwagen gelehnt und hob die linke Hand zu einem lässigen Gruß.

8

„IST ES immer so warm hier?" Polazzo war über den glühenden Beton zum Rand der Piste gegangen und reichte McLean die Hand. Sie war feucht, und sein Hemd klebte bereits an der Haut.

„Im Sommer ist es wärmer!“ sagte McLean und lachte, nahm Polazzo Koffer, Reisetasche und Mantel ab und warf alles ziemlich achtlos auf die Ladefläche seines Wagens. „Ist das alles?“ wollte er wissen. „Sieht nicht so aus, als würdest du lange bleiben.“

„Mal sehen . . .“ Polazzo sah sich um. „Warme Unterhosen und Pullover lass’ ich mir nachschicken!“

„Von Yvonne?“

„Von Yvonne!“

„Gute Idee. Im Winter wird es empfindlich kalt. Und jetzt schon jede Nacht. Wir liegen hier fast dreitausend Meter über dem Meer.“

Wie hoch sind dann erst die Berge am Horizont, dachte Polazzo, die diese Ebene abrupt und blauschwarz begrenzen? Und wie weit waren sie entfernt? Einhundert, dreihundert Kilometer? Die Luft war dünn und trocken und klar. Und zwischen den Bergen und ihnen lag nichts. Kein Wald, keine Gebäude.

Nur auf der anderen Seite des Rollfeldes standen ein Dutzend und mehr Großraumjets. Die hatte er bei der Landung übersehen. „Ich habe den Ort hier unterschätzt.“ Polazzo deutete auf die eingemottete Flotte. Die Triebwerke waren in Plastik verpackt, die Cockpitfenster weiß verklebt. „Ein internationales Drehkreuz des Luftverkehrs?“

Aber McLean schüttelte den Kopf. „Endstation! Die schlafen hier bereits den fünften Winter. Alle fabrikneu, frisch von der Werft. Warten auf bessere Zeiten und auf billigeren Sprit.“

„Ein Pleiteunternehmen, ja?“

„Nein, eigentlich nicht.“ McLean hatte Polazzo den Schlag des Wagens geöffnet und ging auf die andere Seite. „Vielleicht eine Fehlspekulation, falsch investiert, wie so vieles. Vielleicht auch: Grenzen des Wachstums. Die allgemeine Krise . . . Komm, steig ein!“

Als sie das Rollfeld entlangfuhren, wurde die Fokker-Friendship gerade wieder aufgetankt. Sechs Passagiere warteten vor dem Gebäude. Die Ankömmlinge waren längst alle verschwunden. Polazzo wunderte sich, wohin. Aber dann sah er den gelben Bus, der, eine Staubfahne hinter sich herziehend, die Prärie durchquerte.

Sie folgten ihm, schluckten den Staub und schwiegen.

„Yvonne gibt's also noch", begann McLean das Gespräch, als sie den Asphalt des Highways erreicht hatten.

„Ja, die gibt's noch!" Polazzo lächelte. Es wirkte wie eine Entschuldigung.

„Gott, bist du treu!" McLean sah ihn an. „Kommt sie nach?" wollte er wissen.

„Vielleicht . . ." Polazzo sah nach draußen. Eine kleine Windhose saugte Sand nach oben, rotierte ein paarmal um sich selbst und zerfiel. „Lust hatte sie keine", fuhr er fort. Und nach einer Pause: „Mal sehen!"

„Mal sehen . . . mal sehen!" äffte McLean ihn nach. „Dein Brief wirkte entschlossener. Ich kurble hier alles für dich an."

„Ja", sagte Polazzo, „das finde ich phantastisch. Danke dir für alles!"

McLean winkte ab. „Okay! Laß dir Zeit." Und nach einer Weile zitierte er ihn: „Mal sehen!" Er lachte und sah ihn von der Seite her an.

Sie erreichten einen Ort am Fuß der Berge. Tankstelle, Supermarkt, Drugstore, Drive-in-Restaurant. Dann wieder Tankstelle, Motel, Supermarkt. Nach fünfhundert Metern war die Siedlung zu Ende und außer einigen niedrigen Holzhäusern mit frei stehenden Fernsehantennen auf Gittermasten, außer Stromleitung und dem breiten, hellen Betonband der Fernstraße nichts mehr zu sehen, nur noch Prärie und Berge.

„Ist es noch weit?" Polazzo hatte auf seine Uhr gesehen. Sie fuhren bereits eine halbe Stunde.

„Weit? Nein!" McLean schob wieder seinen Hut in den Nacken. „Obwohl: ‚Weit' ist hier relativ. Am Wochenende, oder nur mal zum Essen nach Mexiko über die Grenze, zwei, drei Stunden, das empfindet hier keiner als weit. Weit, das ist New York, die Ostküste, Washington, das Weiße Haus – das alles ist weit. Und Europa: sehr, sehr weit weg sogar!"

Sie erreichten die Berge. Die sechsspurige Fernstraße schrumpfte, von blinkenden, blitzenden Warnlampen begleitet, auf vier, dann auf zwei Spuren zusammen. Die wanden sich durch ein Tal, schließlich über einen Paß.

„Wie ging's dir in letzter Zeit, Enrico?" McLean warf einen kurzen Blick auf seinen Begleiter.

Der schreckte auf aus einem kurzen, erschöpften Schlaf. In

Europa war es lange nach Mitternacht. Er spürte die Zeitdifferenz und jeden einzelnen Wirbel seines Rückgrats von dieser elenden Sitzerei seit fast vierundzwanzig Stunden.

„Ich wollte nur wissen", begann McLean von neuem, „bist du vom Palais mit Knatsch weggegangen?"

Polazzo nickte, sah McLean dabei aber nicht an. „Ja, so ungefähr."

„Okay, schlaf weiter. Du versäumst nichts. Erzähl's mir bei Gelegenheit." Aber dann, nach einer Weile, als er sah, daß der andere wach und mit offenen Augen neben ihm saß, fragte er weiter: „Wer ist noch dort im Palais? Von der alten Garde?"

„De Groot."

„Ach ja, Jeroen de Groot. Der holländische Biochemiker mit den gebleichten Haaren."

Polazzo lachte. „Nein, nein, die Haare sind echt."

„Und Büdel, der Schweizer? Ist der noch dort?"

„Sicher. Der läßt seinen Computer nicht im Stich." Polazzo erschien das alles mit einem Mal so unendlich weit entfernt, zeitlich und auch räumlich.

„Und Palm spielt immer noch den lieben Gott, ja?" McLean grinste und blickte zu Polazzo. „Du bist vermutlich weg wegen ihm? Ja?"

Polazzo ließ sich Zeit mit der Antwort. Aber er hatte angefangen zu taktieren, er mußte das Spiel weiterspielen: „Ja, auch. Unter anderem auch wegen Palm. Aber letzten Endes . . . Ich hatte kein Ziel mehr, verstehst du?"

„Kein Ziel? Du schriebst von einem neuen Werkstoff. Eine Synthese auf der Basis von Fluorsilikaten . . ."

„Ja, Ersatz für Stahl!" Er konnte seinen Stolz nicht einfach unterdrücken.

Und McLean wirkte sogar beeindruckt. Er pfiff durch die Zähne. „Oh, là, là – sonst nichts?"

„Ihr arbeitet doch auch daran. Seid sogar ziemlich weit, wie man hört." Er klopfte auf den Busch, und McLean schien darauf einzusteigen.

„Wer sagt das? Wo hört man was?"

Polazzo versuchte den Fall nicht weiter hochzuspielen. Vielleicht war dieser ganze Forschungszweig der IMT wirklich noch streng geheim, und Manzini hatte nicht gelogen. Er machte also nur eine vage Handbewegung. „Unter Kollegen sprechen sich bestimmte Erfolge doch herum. Oder etwa nicht?"

Aber McLean stellte sich weiter unwissend und naiv. „Du scheinst mehr zu wissen als ich. Du mußt das doch verstehen: In so einem Job, immer an der gleichen Sache, da erfährt man nichts, sieht nichts, hat keinerlei Überblick. Man wird zum Fachidioten." Er schob wieder einmal den breitkrempigen Texashut in den Nacken und lehnte sich zurück. „Was der Kollege tut, im Nebenlabor", fuhr er fort, „das erfährt man oft erst aus der Zeitung, wenn der andere plötzlich den Nobelpreis erhält . . ." Er lachte. Sein ledergegerbtes Montanagesicht verzog sich in tausend Fältchen.

Wie ein Chemiker sieht er nicht gerade aus, dachte Polazzo. Das hatte er sogar noch in Erinnerung aus McLeans Zeiten im Blauen Palais. Aber er fand ihn jetzt wesentlich offener und sympathischer als damals.

Jeder von uns, sagte sich Polazzo, hat dazugelernt, hat seine Erfahrungen gemacht und sich verändert. McLeans Haare waren grau geworden, sein Schnurrbart sogar weiß, und die tabakgelben Zähne von damals waren unter schneeweißen Jacketkronen verschwunden.

Das Rauchen schien er aufgegeben zu haben, wie viele seiner Kollegen, wenn sie ins vernünftige Alter kamen und die schlimmsten Frustrationen hinter sich hatten.

Vielleicht trank er jetzt. Die vielen kleinen roten Äderchen in seinem Gesicht sprachen dafür. Aber vielleicht war auch nur die Sonne daran schuld, die ständig unbarmherzig auf diesen hochgelegenen Teil des Kontinents herunterbrannte. Jetzt hatte sie sich bereits tief zum Horizont geneigt, und sie fuhren direkt auf den glühenden roten Feuerball zu.

Yuccas auf ihren hohen Stengeln standen als bizarre Silhouetten gegen den orangefarbenen Abendhimmel mit duftigen Federwolken. Reklameschilder säumten plötzlich den Rand der Straße, die wieder auf vier Spuren angeschwollen war. Dann kamen die ersten Gebäude in Sicht, Coffee-Shops und Souvenirläden, Rockshops, Läden mit bunten Riesenkristallen und Versteinerungen auf breiten Tischchen auf dem Parkplatz neben der Tür.

Dann kamen die Händler mit ihren Wohnwagen in Einfamilienhausgröße, Gebrauchtwagenhändler und Schrottplätze. Schließlich das Ortsschild ALAMOGORDO.

„Alamogordo?" Polazzo sah sich um, bis das Schild hinter anderen Reklametafeln verschwunden war. „Alamogordo?" wiederholte er.

„Schon mal gehört, was?" fragte McLean.

Da fiel es ihm ein: „Die erste Atombombe!"

„Ja", bestätigte McLean. „Der erste nukleare Sprengsatz. Die Testexplosion. Bevor die Bombe auf Hiroshima den Zweiten Weltkrieg beendete."

Polazzo nickte gedankenvoll. „Über zweihunderttausend Tote." Er betrachtete die Stadt, durch die sie fuhren und die sich in nichts von den anderen Städten im Südwesten unterschied. Die niedrigen Gebäude, die bunte Mischung aus Tankstellen, Motels, Supermärkten. Nur vor der Handelskammer, der *Chamber of Commerce*, standen die Attrappen der Raketen und Flugkörper, Bomben und Projektile weiß lackiert wie eine Allee.

„Die wurden alle hier getestet", erklärte McLean. „Im White Sands Missile Range, dem größten Raketentestgelände der westlichen Welt. Hier hat Wernher von Braun nach dem Krieg mit seiner A4-Rakete, die bei euch V2 hieß, den Grundstock zum Raumfahrtprogramm gelegt. Hier saßen sie alle, die Herren aus Peenemünde, Wissenschaftler und Techniker, als Kriegsbeute der Alliierten und bauten ihre Raketen. Und einige, längst im Ruhestand, leben heute immer noch hier."

9

MEHR als hundertzwanzig Kilometer lang durchzog die Straße schnurgerade das Tularosa-Becken, die Wüste, die mit Stacheldraht eingezäunt war. Warn- und Verbotsschilder steckten im Sand. Dazwischen bewachte Einfahrten. Die Zufahrten zu irgendwelchen Installationen von Armee und Luftwaffe schienen sich zwischen Dornengestrüpp und Dünen zu verlieren. Nur hin und wieder ragten Sendemasten, Radarantennen und Abschußrampen über Buschwerk und Hügel in den Abendhimmel.

„Links drüben, an den Bergen, den Organ Mountains, liegt der alte Komplex von 1945." McLean zeigte in die Richtung. Gigantische Wassertürme glänzten metallisch im Licht der gerade untergehenden Sonne. „Damals lebten dort mehr Nobelpreisträger als irgendwo sonst auf der Welt. Hier unten und oben in Los Alamos, wo das ‚Manhattan Project' der ersten Atombomben vorbereitet und entwickelt wurde."

McLean verminderte seine Geschwindigkeit. Schnell war er ohnehin die ganze Zeit über nicht gefahren. Neunzig Stundenkilometer sind auf breiten Straßen nicht gerade ein Rallye-Tempo. Aber es reicht allemal, sicher sein Ziel zu erreichen.

„Jetzt ist in dieser Ecke dort drüben nicht mehr viel los." McLean bog in eine abzweigende Straße ein, die mitten in die Wüste führte. „Die Kasernen stehen leer, die Hallen, die Labors. Wir haben uns dort eingemietet. Und die Armee schützt uns gratis vor ungebetenen Besuchern."

Die Straße wurde schmaler, immer noch seitlich begrenzt von Stacheldraht und Gittermasten, die grelle Quecksilberdampflampen trugen und blau in die Dämmerung strahlten.

„An was arbeitet ihr?" Polazzos Frage kam reichlich spät. Aber der Augenblick erschien ihm nach der Geheimnistuerei McLeans als der günstigste.

„Grundlagenforschung. Schrieb ich dir doch."

Wieder weicht er mir aus, dachte Polazzo. Aber dann wurde er direkter: „An was arbeitet ihr wirklich?" Und als er keine Antwort erhielt, hakte er nach: *„Alcali Flat Chemicals Incorporated.* Was stellen die her? Was machen die noch außer dieser ‚Grundlagenforschung'?"

Aber McLean war nicht aus seiner Reserve zu locken. „Alcali Flat", erklärte er bereitwillig, „das ist die riesige Salzpfanne in der Mitte des Sperrgebiets. Ein ausgetrockneter See. Kalium, Natron, Bittersalz, Magnesium. Welcher Witzbold unserer Firma diesen Namen verpaßte –"

Polazzo unterbrach ihn: „Woran arbeitet ihr?" Er hatte keine Lust mehr, sich mit launigen Erklärungen zur Geographie dieser Gegend abspeisen zu lassen. In seiner Frage, auch in den nun folgenden, lag eine aggressive Schärfe, die er bis zu diesem Augenblick mühsam vermieden hatte. „McLean!" Polazzo holte tief Luft. „In einigen Minuten werden wir vermutlich dort sein, und irgendwann werde ich es auch erfahren. Warum nicht schon jetzt? Ich will mich frei entscheiden können!"

McLean lachte nur verhalten. „Komiker! Du hast dich doch längst entschieden!"

„An was arbeitet ihr wirklich?" Polazzo hatte nicht die Absicht aufzugeben. „Ja, du hast mir geschrieben, hast mir verschiedenes – wenn auch sehr oberflächlich – angedeutet. Aber jetzt sieht das alles verdammt anders aus. Ich sehe Stacheldraht und Hochspannungsdrähte, Flutlicht und Wachtürme, Militärpolizei mit Hunden und dort vorne einen Schlagbaum. An was arbeitet ihr wirklich und für wen?"

McLean trat auf die Bremse. Bis zum Schlagbaum waren es tatsächlich nur noch etliche hundert Meter. „Glaub mir", versuchte er Polazzo zu beruhigen, „wir stellen weder Kernwaffen her noch chemische Kampfstoffe. Alles ganz ungefährlich, wirklich. Grundlagenforschung, wie ich schon sagte . . ."

„Ja, gut, aber auf welchen Gebieten?"

„Auf fast allen Gebieten, zumindest auf zahlreichen. Die Anlage ist sehr groß. Wir sind allein in meinem Bereich über zweitausend Leute. Das heißt, ich arbeite in einer Gruppe –"

Wieder unterbrach ihn Polazzo: „Bitte, bleib eine Sekunde stehen!"

McLean war zu überrascht, um zu widersprechen. Er hielt wirklich an.

„Ich habe gedacht", fuhr Polazzo fort, „ihr arbeitet an synthetischen Werkstoffen!"

„Aber ja, sicher. Auch das, natürlich, warum auch nicht?" McLean schien seinen Humor wiedergefunden zu haben und setzte ihn nun gegen Polazzos Verbiesterung ein. „Du hast keine Geduld, *oh boy!* Die haben dich wohl geschafft in deinem Blauen Schloß?" Aber dann wurde er ungemein sachlich: „Ich arbeite an Salzen zur Härtung von Werkstoffen auf Kohlenstoffbasis. Zufrieden, ja?"

Polazzo zögerte eine Sekunde. Dann nickte er. „Aha . . . ja, zufrieden." Er lehnte sich zurück gegen die Tür, ohne McLean aus den Augen zu lassen.

Der schien nun ebenfalls zufrieden und kramte in der Brusttasche seines kurzärmeligen Hemdes nach einem Ausweis, einer grünen Identitätskarte, die sein Bild und seine Unterschrift trug. Die heftete er an der Tasche fest. „Du bekommst auch irgendwann so ein Ding verpaßt", erklärte er. „Allerdings in Weiß – für den Außenbezirk."

Er fuhr wieder los. Der Schlagbaum war noch etwa dreihundert Meter entfernt.

„Im Außenbezirk liegen die Büros der Verwaltung und einige Labors. Mein Ausweis ist grün. Für innen. Forschung und Entwicklung. Und dann gibt es noch Rot für die Privilegierten. Den haben aus meiner Gruppe nur zwei. Mit Rot kannst du quer durchs Gelände, in alle Sperrbezirke, in alle Gebäude."

„Wozu?" fragte Polazzo.

„Ja, wozu? Frag ich mich auch. Keine Gegend für Besichtigungstouren. Auf dem Mond ist es hübscher. Aber mit Rot entgeht man dem ewigen Filzen am Tor bei jedem Rein und Raus – na ja, und der Leibesvisitation, wenn die mal Stichproben machen. Und die machen täglich welche."

10

„CQ" STAND auf den Armbinden der Uniformierten. CQ – das klang wie „security" – Sicherheit. Sie kontrollierten die Ausweise, durchwühlten den Wagen, Polazzos Gepäck. Sein italienischer Paß wanderte von Hand zu Hand, die Hierarchie gewissermaßen nach oben.

Schließlich erschien ein höflicher, grauhaariger Offizier und bat ihn in die niedrige Baracke.

Die Ampel an der Einfahrt zeigte noch auf Rot, und McLeans Wagen stand immer noch vor dem Schlagbaum, als der eisige Hauch einer energiefressenden Klimaanlage Polazzo entgegenwehte.

Er fröstelte. Eben hatte er begonnen, sich an das trockenheiße Klima zu gewöhnen, das ein Abendwind von den Bergen angenehm und erträglich machte. Da schob man ihn in diese Kühlhausatmosphäre. Er wurde herumgereicht.

Irgendwo lagen schon Papiere und Anmeldungen für ihn bereit. Man erwartete ihn also.

Er unterschrieb einige Formulare, ohne sie zu lesen. Er unterzeichnete Haus- und Geländeordnung, verpflichtete sich zu

Disziplin und Verschwiegenheit, vielleicht auch zu Keuschheit, frommer Denkungsart und vegetarischer Lebensweise. Ihm war plötzlich alles gleichgültig, was mit ihm geschah. Er stumpfte ab, war todmüde. In Europa ging es bereits auf den frühen Morgen zu. Und seine innere Uhr begann zu streiken. Wer vom Blauen Palais kam, war zwar Nachtarbeit gewohnt, aber zwischen intensiver geistiger Tätigkeit und Reisestreß samt Klimaschock war ein Unterschied.

Er schloß die Augen, als man ihn auf einen Stuhl vor eine rote Fahne setzte, und lehnte sich erschöpft zurück.

Einer der Wachtposten rief ihn an. Als er erschrocken die Augen aufriß, blitzte es, und es dauerte lange Minuten, bis die schwarzen Ringe aus seinen geblendeten Augen verschwanden.

Der Schreck des Erwachens sollte ihn noch lange begleiten – in Form eines Ausweises, der auf rotem Grund sein Foto zeigte.

Er bekam diese ID-Karte mit Händedruck und Gratulation im Rahmen einer kleinen Zeremonie überreicht. Alle schienen glücklich und verlangten von ihm offenbar das gleiche Gefühl. Sicher, es war wohl in der Tat erstaunlich, denn der Ausweis war rot.

Als Polazzo das gebührend gewürdigt hatte, wurde er aus dem langgestreckten Postenhaus, das er von Abteilung zu Abteilung durchwandert hatte, entlassen.

Ein Fahrer brachte ihn zu einem der alten Kasernengebäude und wies ihn ein. Ein Raum im ersten Stock, früher offensichtlich mit vier oder sechs Betten belegt, war nun individuell für einen einzigen Wissenschaftler ausgestattet worden, der sich in dieser Klausur inmitten dieser Armeestandardmöblierung wohl zu fühlen hatte.

McLean war fürs erste verschwunden, und Polazzo fiel auf das Bett und verfluchte seinen Entschluß, seine Ideen und Pläne, diesen verdammten Manzini samt seinem Kuratorium und vor allem M-1209.

Dann schlief er tief und traumlos, wie er dachte. Denn daß er an Walzstraßen stand, die unendliche Mengen an rotleuchtendem, synthetischem Stahl produzierten, das war doch wohl Realität und kein Traum. Nur – warum rot und nicht blau oder grau? Hatte er denn keinerlei Einfluß auf das Produkt, das nun riesige Hallen überschwemmte, Wüsten und Steppen bedeckte? Mit geradezu kindlicher Freude sah er das Chaos anwachsen und die Welt verschlingen. Und nur die glänzenden Wassertürme vor den gezackten Bergen schienen zu überleben. Und er. Er hätte sich die Mappe mit den Anweisungen durchsehen und seine Uhr auf Ortszeit stellen sollen. Wie sollte er wach werden, wenn die Zeiger immer noch auf mitteleuropäischer Zeit standen – und stehengeblieben waren.

Als es zu dämmern begann, stand er auf, ohne Zeitgefühl, ohne jede Orientierung. Der Wasserturm war tatsächlich da, leuchtete wie rosiges Silber im Zwielicht.

In einigen Fenstern der Kasernen brannte Licht. Die kranken, mickrigen Platanen, die die Straße säumten, verloren ihr Laub. Und mit sanftem Geknatter kam eine Kehrmaschine angefahren und verschluckte die Blätter, die zufällig auf der Straße lagen. Mit den übrigen spielte ein steifer Wind, wirbelte sie gegen die schmucklosen, tristen Gebäude, über Parkplätze und auf die gerade gekehrten Betonpisten zurück.

Ein Mädchen in Uniform mit einer schicken Umhängetasche überquerte den Rasen und verschwand im Eingang eines niedrigen Gebäudes auf der anderen Seite des Komplexes. Das gab ihm Hoffnung und Aufmunterung zugleich.

Er wühlte in seinem Koffer, ohne Licht zu machen, Socken, Wäsche, ein T-Shirt. Dann zog er los.

Das niedrige Gebäude entpuppte sich als Cafeteria. Sie war bereits geöffnet. Aber außer uniformiertem Wachpersonal war um diese Zeit niemand anzutreffen. Die einzigen weiblichen Wesen waren zwei alte Mexikanerinnen in der Küche. Sie stapelten das dicke, angeschlagene Armeeporzellan zu schwindelerregenden Pyramiden.

Der Kaffee war dünn und amerikanisch. Selbst zehn Tassen warfen einen Teenager noch lange nicht um. Dann würgte er mit Heißhunger dicke Pfannkuchen mit Sirup und anschließend Eier mit Speck in sich hinein. Seine Uhr zeigte zwei. Zwei Uhr mittags im Blauen Palais. Sein Appetit war also begründet.

Er nahm sich vor, die Ortszeit einzuprogrammieren. Schließlich lebte er jetzt hier, und für die nächsten sechs, acht Wochen gab es kein Entrinnen. Aber diese verdammten modernen Digitaluhren mit ihren Flüssigkristallanzeigen waren nicht so einfach umzustellen. Er hatte vergessen, wie das funktionierte, und die Gebrauchsanweisung lag bei Yvonne im Schrank.

Zwei Uhr zehn. Er betrachtete lange und nicht ohne sentimentale Gefühle die Uhr und schob die Umstellung weiter vor sich her. Irgendwann vielleicht. Er konnte ja rechnen. Zeitdifferenz war acht Stunden. Oder neun? Sommerzeit bis Ende Oktober. Er lachte, starrte immer noch auf die Zahlen, als ob sie eine Fluchtmöglichkeit wären, eine Chance, hier auszubrechen.

Als er aufblickte, setzte sich die Uniformierte an seinen Tisch und lächelte ihn an. Sie war semmelblond und trotz ihres Lächelns von der Interessantheit eines Diabetikerweißbrots.

Er lächelte pflichtschuldigst zurück. Sie hatte doch bestimmt keinerlei Affäre mit ihm vor.

Sie bat ihn um Feuer, wie man einen Kollegen eben mal um einen Kugelschreiber bittet. Aber dann, als er verneinte, als er einfach und ohne jede weitere Entschuldigung den Kopf schüttelte, fragte sie ihn, ob er der Chemiker Enrico Polazzo sei.

Er war sich nicht schlüssig, nun erschrocken oder geschmeichelt zu sein. Aber bevor er sich endgültig entschied, hatte sie bereits ihre Umhängetasche geöffnet und ihm ein Kuvert übergeben.

Mit dem Hinweis, künftig den Ausweis, die ID-Karte, sichtbar zu tragen, verließ sie den Tisch und spendete ihm zum Abschied wieder ihr Army-Routinelächeln.

Der Brief auf dem Firmenpapier der „AFC – Alcali Flat Chemicals" war zwar persönlich an ihn adressiert und geschrieben, klang aber eher wie ein Computerausdruck mit gewissen Anweisungen: klar, unmißverständlich und unpersönlich. Dieser Tag, so hieß es, stehe ihm zur freien Verfügung, diene der Anpassung an Zeit und Klima und der Orientierung im Areal der AFC. Lediglich den Termin um 11.30 bitte man ihn wahrzunehmen: ein Willkommensgespräch mit Mr. David S. Bamberger, *Chief Deputy.* Die Lage seines Büros war exakt beschrieben. Eine Skizze lag zusätzlich bei.

Polazzo war nie beim Militär gewesen, weder in Italien noch sonst irgendwo auf der Welt.

Er hatte auf dem Kennedy-Flughafen ein riesiges Plakat bestaunt, das unter den Porträts von adretten jungen Damen und

Herren in Uniform lapidar aufforderte: JOIN THE ARMY – Tritt in die Armee ein! Ein dufter Job schien zu winken. Die Armee sorgt für dich und nimmt dir alle Probleme ab, das Fühlen, das Denken. Eine große Übermutter nimmt dich in ihre Arme. Du mußt nur dieses lästige, störende Strampeln bleibenlassen, diese Eigeninitiative, dann wirst du schon irgendwann glücklich werden.

Join the Army. Polazzo hatte gewählt. Ein Camp in der Wüste. Ringsherum ein Drahtzaun. Freie Verpflegung, freies Logis. Kaserniert, gut aufgehoben. Roter Ausweis. Freier Zugang zu allen Labors. Er wird viel lernen, viel profitieren.

Er trank seinen Kaffee aus. Es war der vierte. Zwei Uhr dreißig. Halt – nein: Es war sechs Uhr dreißig früh, Ortszeit, und die Sirenen heulten los. Wecken, waschen, antreten, marsch, marsch!

Ich bin Chemiker, dachte Polazzo, und nicht Sergeant. Ich habe M-1209 entwickelt, was vielleicht eines Tages in die Geschichte der Forschung, in die Annalen unserer Zivilisation eingehen wird. Aber im Augenblick, so schien es ihm, interessierte sich niemand dafür.

11

DIE WOHNWAGEN standen in Reih und Glied. Kleine Wohnanhänger, Campmobile und *Mobile Homes* der teuersten Gattung waren einträchtig nebeneinander geparkt und ordentlich aufgereiht. Sie hatten Stromanschluß, für Wasser und Abwasserbeseitigung war gesorgt.

Die Kieswege zwischen den Wagen und Trailern waren geharkt. Eine vertrocknete Blumenrabatte kündete vom Schönheitssinn ihres Besitzers. Aber vermutlich war er irgendwann wieder fortgezogen, hatte seinen Trailer an den Haken genommen und den amerikanischen Traum von der unendlichen Freiheit, von der Mobilität in die Tat umgesetzt, war nach Florida abgewandert, samt seiner Bleibe, oder nach Kalifornien, nach Montana, zur Ostküste nach Neuengland. Der Kontinent war bunt und groß.

Vielleicht aber auch hatte man ihm schlichtweg gekündigt, und er war nun auf Achse, kreuz und quer durch dieses Land, unterwegs auf der Suche nach einem neuen, adäquaten Job, wie es heißt.

Der vierte Wohnwagen in der sechzehnten Reihe gehörte McLean. Es war ein Jetstreamer, silberglänzend, stromlinienförmig. Die Jetstreamer waren die Nomaden des Raumfahrtzeitalters. Sie schlossen sich gerne in Clubs zusammen, reisten so in geschlossenen Konvois nach Mexiko oder Alaska und blockierten unterwegs wie Lemminge von einem anderen Stern Straßen und Ortsdurchfahrten, parkten nachts dicht an dicht in Wagenburgen, Reminiszenz an die Eroberung des Westens, an Planwagenromantik, an Überfälle, Landnahme und Indianermord – nur eben alles viel komfortabler: Klimaanlage, Kühlschrank mit Eisfach, den Bourbon griffbereit und hin und wieder auch mal ein Hemingway-Taschenbuch im Mahagoniregal.

Polazzo klopfte gegen das spiegelnde Metall, und McLean öffnete den Rahmen mit dem Fliegengitter.

„Hallo, Enrico!“ Er kaute noch, war gerade beim Frühstück. Es war kurz nach acht.

„Hier wohnst du also!“

„Ja, komm rein!“ Er hielt ihm die Fliegengittertür, die innere Metalltür auf – dann erst stutzte er. „Moment mal, wart mal – was ist das?“ Er starrte auf die rote Identitätskarte, die Polazzo einer Anweisung zufolge nun sichtbar an seiner Jacke trug.

„Das ist doch ein Irrtum“, staunte McLean. „Das ist doch nicht wahr?! Du hast die rote Karte?“

Polazzo nickte, kletterte an McLean vorbei in den Wagen. „Ja, war selbst überrascht.“

„Hat die rote Karte. Ein Neuer!“ McLean konnte es immer noch nicht fassen und folgte kopfschüttelnd Polazzo in das Innere seines Zuhauses.

Der Salon war eine einzige gute Stube. Zwischen Eßplatz und Sitzecke war eine Glasplatte eingelassen mit geätztem Schwarzwaldmotiv: Tannen und Rehe. Es war der bürgerliche Traum vom mobilen Schönerwohnen. Souvenirs standen herum, Fachliteratur stapelte sich in einer Ecke, Postkarten hingen an Metallwänden, kleine Flaggen und die geklebten, bunten Erinnerungen an Washington, an Seattle und San Francisco.

Die Bar ertrank unter Zeitungsstapeln, und dahinter wurde eine junge und typische Amerikanerin sichtbar.

„Das hier ist Nancy, meine Frau!" Besitzerstolz leuchtete in den Augen von McLean.

Aber der Besitzerstolz in ihren Augen war nicht geringer. *„Hi!"* sagte sie nur und reichte über diese vollgepackte Bartheke hinweg dem Besucher die Hand. *„Nice to meet you."*

„Du hast Familie hier?" Polazzo war überrascht. „Ich wußte das nicht. Und du hast auch nie darüber geschrieben."

„Vielleicht gab es Wesentlicheres", lachte McLean mit einem Seitenblick auf seine junge Frau.

Aber die verstand nicht Deutsch und lachte unbefangen zurück.

„Wo kommen Sie her?" fragte sie auf englisch, und Polazzo gab Auskunft. „Von einem privaten Forschungsinstitut, aus Deutschland."

Aber McLean fiel ihm ins Wort. „Das meint Nancy nicht." Und seiner Frau erklärte er: „Enrico ist Italiener. Er kommt, glaube ich, aus Rom!"

Bevor Polazzo widersprechen konnte, brach sie bereits in Entzücken aus. *„How wonderful* . . . wie herrlich, Rom, die Ewige Stadt. Bitte, erzählen Sie mir alles über Rom!"

Da Polazzo weder Lust hatte, alles über Rom noch alles über seine Geburtsstadt Venedig zu erzählen, wechselten sie schließlich das Thema.

„Ihr seid allen Ernstes verheiratet?" fragte er, als Nancy sich mit dem Frühstücksgeschirr in ihre Küche zurückgezogen hatte.

„Natürlich, was denkst du?" McLean wirkte beinahe entrüstet. „Du glaubst, du kriegst hier einen Job, wenn du mit einer Geliebten antanzt?"

Die beiden grinsten noch, als Nancy sich wieder zu ihnen setzte und sie erneut das Thema wechseln mußten.

„Das ist hier überhaupt ein Problem", begann McLean nach einer Pause. „Das mit dem Job, meine ich." Er malte gedankenverloren irgendwelche Hieroglyphen auf den Rand einer Zeitung. „Über vierzigtausend Akademiker, Naturwissenschaftler, Hochschulabsolventen, sitzen hier im Süden der USA ziemlich nutzlos herum und warten darauf, daß sie irgendwann eine angemessene Arbeit bekommen. Inzwischen spielen sie Taxifahrer und Parkwächter und so weiter." Er sah auf seine Uhr und stand auf. „Ja, ich muß jetzt los." Er packte einige Papiere zusammen,

Notizen, Berechnungen, die er auf dem schmalen Bett liegen hatte, das zur Decke hochgeklappt war. „Und aus diesem Grund", fuhr er fort, „wohne ich hier auf Rädern. Wenn die hier zumachen oder mich feuern . . . *up, up and away* – in den Norden, zur Ostküste . . ."

Er band sich eine dunkle Krawatte um den Kragen seines weißen Halbarmhemdes, das zusammen mit einer dunklen Hose gewissermaßen zur Standardausrüstung der Wissenschaftler in diesem Camp gehörte. Der Cowboy von gestern nachmittag hatte sich in einen angepaßten Wissenschaftler verwandelt.

„In drei Jahren bin ich sowieso dran, ich meine, wenn die hier feuern. Egal, wie gut du bist. Alle drei Jahre strukturieren die um, alle Abteilungen, alle Gruppen. Und wer in der Zwischenzeit vierzig wurde, der fliegt raus." Nach einer kleinen Pause und mit einem langen Blick durch die schmalen Fenster hinüber zu den gezackten Bergen, die im Morgenlicht leuchteten, setzte er leise und resignierend hinzu: „Nächstes Jahr werde ich vierzig. Wußtest du das?"

Polazzo wußte es nicht. Er hatte sogar wesentlich mehr geschätzt.

„Schade", sagte McLean noch, als er die Klinke der Wohnwagentür schon in der Hand hatte. „Ich hatte hier einen exzellenten Vertrag. Zweitausendachthundert Dollar im Monat. Du siehst, hier in den Staaten spricht man ohne jede Scheu über sein Gehalt – mit jedem."

Polazzo hatte sich ebenfalls aus der schmalen Sitzecke hervorgequält und war im Begriff, sich von Nancy zu verabschieden.

„Ich habe sogar zwei Wochen bezahlten Urlaub im Jahr", informierte McLean weiter seinen Gast. „Zwei Wochen, stell dir das vor. Das gibt es sonst nirgends in der Industrie. Zwei Wochen – nur eben nicht an einem Stück!"

„Worüber redet ihr nur?" wollte Nancy wissen, die inzwischen beunruhigt war von dieser unverständlichen deutschen Konversation. *„What are you talking about?"*

„The future!" antwortete McLean. „Über die Zukunft."

Sie zog die Brauen hoch. Das war kein Thema. Das war ein Tabu.

„Oh dear!" sagte sie nur und wandte sich ab.

„WIE BIST du untergebracht?" wollte McLean wissen, als sie zwischen der Wagenburg zum Parkplatz gingen.

„In einer alten Kaserne." Polazzo klang bei dieser Auskunft nicht gerade glücklich.

„Das Schicksal der Junggesellen", tröstete ihn McLean. „Ich sehe es mir heute abend mal an. Was haben sie dir angeboten? Gehalt?"

„Erfahre ich nachher, nehme ich an."

Polazzo stieg zu McLean in den Pick-up-Truck.

„Wo kann ich dich hinbringen?"

Sie fuhren über ein weites Brachland. Auf der anderen Seite lagen verstreut die einzelnen Komplexe; Labors, Bürogebäude scharten sich wie zufällig um den Wasserturm.

„Weiß nicht", Polazzo wirkte unschlüssig. „Ich habe noch Zeit." Er kramte in seiner Tasche nach dem Zettel mit der Wegskizze.

„Hier. Um elf Uhr dreißig. Ein gewisser Bamberger erwartet mich."

McLean trat nach einer Schrecksekunde auf die Bremse, dann griff er nach dem Zettel. „Wer? Gib mal her."

„David S. Bamberger, Chief Deputy", las Polazzo ab und reichte die Notiz weiter.

„Das ist ja nicht zu fassen." McLean wirkte mehr als überrascht. „Erst die rote Karte. Jetzt ein Termin bei Bamberger . . . Den bekommt nämlich keiner von uns zu sehen."

12

„MR. POLAZZO, nicht wahr?" Die ältere Chefsekretärin mit den blaugetönten Haaren überschüttete ihn mit Freundlichkeit und führte ihn durch eine Anzahl fensterloser Büros, in denen hektisch gearbeitet wurde.

Das kalte Licht der Leuchtstoffröhren verschönte nicht gerade die Mädchen, die an langen Reihen olivgrüner Metallschreibtische saßen, die offenbar die Armee hinterlassen hatte.

Polazzo bemerkte nicht die neugierigen, interessierten Blicke, die ihm folgten. Er hätte sie auch sicherlich falsch gedeutet, hätte sie auf seine Person als Mann und Italiener bezogen. Denn von den Gerüchten, die seinem Erscheinen vorauseilten, konnte er nichts ahnen.

David S. Bamberger saß in seinem Chefbüro, das in Europa bestenfalls als Abstellkammer Verwendung gefunden hätte. Die Betonwände waren mit Ölfarbe schmutziggelb gestrichen und schmucklos außer einigen Terminplänen und Magnetschienen mit angehängten Notizen. Die Luft war schwül und stickig, wie in den übrigen Räumen auch, und Bamberger war nicht nur wegen seiner Leibesfülle ins Schwitzen geraten.

Er erhob sich schwerfällig von seinem wippenden Metallstuhl, den er erst in eine waagrechte Lage bringen mußte, und reichte Polazzo seine feuchte, fleischige Hand. „Willkommen, Enrico Polazzo. Freue mich, Sie zu sehen. Nehmen Sie Platz."

Er sprach das alles ohne Punkt und Komma, atemlos und erschöpft. Dann ließ er sich wieder auf seinen ächzenden Armeestuhl fallen.

Polazzo blickte sich um, bevor er sich setzte, aber die ältere Dame mit dem honigsüßen Lächeln, die ihn *„Darling"* und *„Honey"* genannt hatte, was nichts weiter zu bedeuten hat, war diskret entwichen.

Bamberger zupfte ein Kleenex aus einer bereitstehenden Packung und tupfte sich über die Stirn.

„Die *Air condition* . . .", entschuldigte er sich. „Es ist unerträglich hier, ich weiß. Aber die Klimaanlage ist wieder ausgefallen. Schon das dritte Mal in dieser Woche." Er warf das zerknüllte Papiertaschentuch routiniert in einen entfernt stehenden Papierkorb aus grellgrünem Plastik. „Diese alten Bauten", erklärte er weiter. „Man müßte sie abreißen. Seit Jahren steht unser neuer Laborkomplex auf der Planungsliste. Pasadena, Kalifornien. Aber die wirtschaftliche Situation . . ." Er machte eine vage und überaus skeptische Handbewegung. „Dabei geht es uns hier noch fabelhaft", fuhr er fort. „Aber sonst: Gestern haben diese Hysteriker, diese Umweltfanatiker ein Werk von uns schließen lassen, bei Tacoma, im Staat Washington. Die Anlagen in Oregon werden vermutlich nie gebaut. Umweltsperrgebiet oder wie man das nennt. Zwanzig Jahre lang haben wir regiert. Jetzt sind die Idioten auf dem Vormarsch. Aber sie werden ganz schnell zur Vernunft kommen, wenn sie merken, daß dieser wirtschaftliche Rückschritt, dieses Nullwachstum, ihnen selbst an den Kragen geht."

Er quälte sich wieder aus seinem Stuhl und holte aus einer Kühlbox, deren Aggregat den Raum mit zusätzlicher Wärme zu versorgen schien, zwei Colaflaschen, knackte die Verschlüsse ab und reichte eine Polazzo. „Bleiben wir also, wo wir sind: in der Wüste!" Er ließ sich wieder in den Stuhl fallen, der kreischend zurückwippte. „Wenn Sie ein Glas wollen oder Eis . . . dort drüben." Mit einer erschöpften Geste wies er zu einem kleinen Metalltisch, der farblich und vom Material her nicht aus dem Rahmen fiel. Ein goldlackierter Styroporbehälter stand mit Eiswürfeln bereit. Daneben hingen Pappbecher griffbereit in einer Röhre. Polazzo bediente sich, goß das Cola über das Eis, nippte an seinem Becher und lauschte weiter auf Bambergers Monologe.

Der hatte direkt aus der Flasche getrunken und schien langsam wieder zu Kräften zu kommen. Zumindest wurde er versöhnlicher: „Ein klein wenig ‚zurück zur Natur' ist vielleicht sogar vernünftig. Aber was sich neuerdings in diesem Land abspielt, das ist Hexenjagd. Unnötig zu sagen, wer die bösen Hexen sind und wer die Jäger. Und wirtschaftlich geht uns das irgendwann an die Substanz." Er stellte die Flasche in eine bereitstehende Kiste, die zur Hälfte mit Leergut gefüllt war.

„Wie war Ihr Flug? Wie geht's in Europa?" wollte er wissen. Aber bevor Polazzo sich äußern konnte, sprach er bereits weiter: „Ich war jahrelang nicht mehr drüben. Und ich will Ihnen etwas sagen: Es beginnt mir langsam auch nicht mehr zu fehlen."

Die blaugetönte Chefsekretärin kam unvermittelt hereingeschlichen, wühlte auf dem Schreibtisch herum, fand, was sie suchte, und eilte wieder hinaus, nicht ohne Polazzo lächelnd zuzuwinken.

Bamberger hatte sie offenbar nicht wahrgenommen, denn er sprach pausenlos weiter: „Ein alter Freund, hörte ich, hat Sie gestern abgeholt, am Flugplatz, ja? Sehr gut, dann haben Sie hier im Camp wenigstens etwas Kontakt. Das ist wichtig, finde ich."

Er griff nach einem bereitliegenden Schriftstück, überflog es, indem er durch die Gläser einer Brille sah, ohne sie aufzusetzen. „Sie werden in B-15 arbeiten. Das ist ein Komplex etwa drei Kilometer östlich der Straße Nummer 70/82, die das Gelände durchschneidet." Er reichte das Schriftstück Polazzo, der sich darauf nicht sofort zurechtfand.

„B-15", erklärte Bamberger, „das sind Synthetics in kristalliner Struktur. Wir verfahren immer zweigleisig. Kohlenstoff und Silizium jeweils als Basis. Bob Thompson wird Sie einweisen. Der ist immer für Sie da." Wieder verließ er den ächzenden Stuhl, wankte zu einer schmalen Eisentür und rief hinaus in den Nebenraum: „Bob! Bob Thompson!"

Ein smarter junger Amerikaner trat ein. Wie morgens schon McLean trug auch er zu schwarzer Hose und weißem Halbarmhemd die obligatorische schwarze Krawatte. Er lächelte Polazzo verbindlich durch die Gläser seiner randlosen Brille an und reichte ihm die Hand.

„Das ist Enrico Polazzo", stellte Bamberger vor, „Bob Thompson." Thompson murmelte, wie sehr er sich freue, und Polazzo versuchte das gleiche zu erwidern.

„Wie sind Sie untergebracht, Enrico?" wollte Bamberger plötzlich wissen. Aber auch diesmal wartete er auf keine konkrete Antwort. „Gut? Ja?! Zufrieden? Okay!" Er klopfte Polazzo anerkennend auf die Schulter. Dann ergriff er eine Flasche mit Eau de Cologne, die auf seinem Schreibtisch bereitstand, und verrieb einige Tropfen über Stirn und Nacken. „Sie werden sich gut einarbeiten, Enrico, ich bin sicher. Und das Finanzielle regelt Shriner. Ich lasse Sie nachher rüberbringen zu ihm. Kommen Sie mit."

Wieder hatte er die schmale Eisentür zum Nebenraum geöffnet, der zur Abwechslung in einem strahlenden, giftigen Grün lackiert war. Offenbar waren Farbpsychologen am Werk gewesen, um diese Bunkeratmosphäre in Motivation und Produktivität umzuwandeln.

Aber was Polazzo viel mehr erstaunte als diese schwer erträglichen Farbkompositionen, das war die Gruppe von etwa zwölf oder vierzehn jungen Männern, alle uniformiert wie gehabt, weißes Hemd, schwarze Krawatte und Hose, die bereitstanden, ihn offenbar erwarteten, denn ein Begrüßungsraunen ging von Mund zu Mund, ein „Hi", ein „Hallo", flüchtige Gesten eines Grußes. Sie hielten Schreibbretter mit eingespanntem

Papier in den Händen und lächelten Polazzo verheißungsvoll entgegen.

„Das hier sind alles Kollegen", erläuterte Bamberger. „Fachleute und Spezialisten. Und alle sind vereidigt!" Er lachte über seinen Witz selbst am meisten. Dann ging er voraus, ohne jeden weiteren Kommentar.

Polazzo folgte ihm auf einen Wink von Bob Thompson. Dann setzten sich auch die Kollegen, die Fachleute und Spezialisten, hinter ihm in Bewegung, schweigend.

Sie durchquerten einige Räume, die Mädchen blickten auf, diese Art von Prozession war offenbar nicht alltäglich.

Dann ging es etliche verwinkelte Korridore hinunter. Einige Lampen waren offenbar am Ende und flackerten nervös. Akten stapelten sich in den ohnehin zu schmalen Gängen. Schließlich erreichten sie eine weit offenstehende Pendeltür, die zu einer Art Unterrichts- oder Vortragsraum führte.

Ohne jede zusätzliche Aufforderung verteilten sich die Kollegen auf die Sitzreihen, die wie in einem Hörsaal nach hinten anstiegen. Filmprojektoren standen bereit, Epidiaskope, Tageslichtprojektoren, Videogeräte mit Monitor, Rednerpult, Tafel, Kreide – nichts von alledem fehlte, und Bamberger schob Polazzo auf das Podest, während das Licht im Saal erlosch und nur noch die Brillengläser des Auditoriums das Spotlicht widerspiegelten, in dem Polazzo verwirrt und unschlüssig stand.

„Also, Enrico", Bamberger machte eine auffordernde Handbewegung. „Geben Sie uns eine detaillierte Zusammenfassung Ihrer Ergebnisse bei der Synthese des Werkstoffs Ihrer Reihe M-1209 . . ."

Polazzo war sprachlos. „M-1209? Was wissen Sie von M-1209, von meiner Arbeit?"

„Zuwenig, Enrico." Bamberger nahm nun ebenfalls in der ersten Reihe des Auditoriums Platz. „Deshalb sind Sie jetzt hier!"

Sie können nichts wissen, dachte Polazzo. Keiner hier kann je davon erfahren haben. Außer den Kollegen vom Blauen Palais und außer Manzini mit seinen Begleitern hatte niemand je die Chiffre M-1209 gehört, hatte nie jemand Informationen über seine Arbeit erhalten. Aber Bamberger hatte eben die

Reihe beim Namen genannt, hatte laut und unmißverständlich „M-1209" gesagt, und erraten haben konnte er es nicht.

„Mr. Bamberger . . ." Zeit gewinnen, dachte Polazzo.

Aber Bamberger konterte mit einem selbstzufriedenen Lächeln. „Dave!" korrigierte er Polazzos Anrede. „Nennen Sie mich Dave!"

Polazzo nickte irritiert, versuchte zurückzulächeln und diese so überaus amerikanische Anredeform flüssig, locker und ohne jede Hemmung dem Vorgesetzten gegenüber von den Lippen kommen zu lassen. „Dave . . ." Er holte Luft und versuchte irgendeinen Faden aufzunehmen. „Dave, ich muß das erwähnen. Das Patentverfahren läuft. Und ich kann nicht ohne Rücksprache mit meinen . . ." Kollegen, wollte er sagen.

Aber Dave Bamberger fiel ihm ins Wort: „Doch, doch, Sie können, Enrico, Sie können!" Er fuhr sich mit einem Taschentuch über die verschwitzte Stirn und über die spärlichen schwarzen Haare, die auf seinem Schädel feucht und klebrig die kahlen Stellen verdecken sollten. „Ab morgen früh", fuhr er fort, „stehen Sie in einem unserer Labors. Und Sie werden sehen, wir haben keinerlei Geheimnisse vor Ihnen. Sie sind hierhergekommen, um sich zu informieren. Das ist vernünftig, Enrico. Nur – jetzt haben wir Sie eingeladen, damit Sie uns informieren. So etwas geht immer nur auf Gegenseitigkeit. Bitte, Enrico, fangen Sie an!"

13

POLAZZO sprach annähernd drei Stunden. Er hatte das euphorische Gefühl, vor einem sachverständigen Publikum Erfolge ausbreiten zu können.

Nach anfänglichem Zögern, nach mißtrauischem Taktieren witterte er die Chance, aufgrund seiner Ergebnisse in dieser Hierarchie aufsteigen zu können. Und er nutzte sie schamlos, offen und bereitwillig aus. Es gab keine Zwischenfrage, die er nicht bis ins Detail beantwortet hätte, keinen Zweifel, den er nicht mit Fakten zu zerstreuen wußte. Er ließ seine Zuhörer teilhaben an einer spannenden, dramatischen Jagd nach dem Erfolg, von Reihe zu Reihe, von Test zu Test, an Experimenten,

Hypothesen, Rückschlägen und schließlich, als vorläufige Endstufe: M-1209.

Die Kollegen schienen beeindruckt, ebenso wie in gewisser Weise, wenn auch cooler und weniger vom Sachverstand geleitet, Dave S. Bamberger, Chief Deputy. Er spendete schließlich Beifall und hob die Veranstaltung auf.

Die Schreibblöcke der Kollegen, der Spezialisten und Fachleute, waren vollgeschrieben, Seite um Seite. Jetzt war das Spiel an ihnen, die Karten offenzulegen.

Sie versuchten es, höflich, bemüht. Aber die Karten schienen keine Trümpfe zu haben. Sie führten ihn durch Labors, gaben Testergebnisse preis, weihten ihn in Mutmaßungen ein, in Hoffnungen und Spekulationen. Aber die Ergebnisse waren mager.

Ernüchtert zog sich Polazzo gegen Abend in seine Klausur zurück, überdachte den Tag, zog Bilanz, machte sich nachträglich Notizen, schrieb ein Gedächtnisprotokoll und wurde den Verdacht nicht los, daß man die Erfolge vor ihm sorgsam verbarg, daß man versuchte, ihn hinters Licht zu führen. Er hatte es hier offenbar nur mit der zweiten Garnitur zu tun, die Grundlagenforschung betrieb, und dies ohne rechte Fortune, ohne den letzten Erfolg. Auf diesem Stand der Erkenntnis hatte er bereits vor drei Jahren gestanden. Diese Erfahrungen hatte er längst hinter sich. Wo, bitte, saß die erste Garnitur, wo saßen die ebenbürtigen Koryphäen, die mithalten konnten? Er hatte sich und seine Arbeit preisgegeben. Wo war der Gegenwert?

Eine Stunde oder noch länger stand er am Fenster und starrte mit einem schalen Geschmack im Mund hinaus.

Der Wasserturm wurde angestrahlt, die Betonpisten zwischen den Gebäuden waren in Flutlicht getaucht. Er hatte immer noch nicht seine Uhr umgestellt. Zu Hause in Europa, im Blauen Palais, ging es auf vier Uhr früh. Aber er spürte keine Müdigkeit, er fühlte nur eine unendliche Traurigkeit in sich, eine Enttäuschung. Er war voller Mißtrauen. Wo, verdammt noch mal, wurde das Material für die Brücke von Vancouver produziert? Hier im Camp, im Bereich der Alcali Flat, war es nicht. Das hatte er an diesem ersten Tag ohne jeden Zweifel herausbekommen. Hier wurde nur geforscht, nicht produziert.

Aber wenn nicht hier, wo dann?

Polazzo schrieb einen Brief an Yvonne, schrieb sich den ganzen Frust des Tages von der Seele. Dann verfaßte er einen Bericht an Palm. Er war kaum noch fähig zu formulieren, als er schließlich zum Ende kam. Aber nach ein paar Stunden Schlaf, als die Sirene über das Camp zu heulen begann, las er beide Schreiben nochmals durch, dann zerfetzte er sie, warf sie fort in den Papierkorb auf dem Gang neben dem Kopierautomaten.

Sein erster Arbeitstag hatte begonnen. Er sicherte sich seinen Platz im Labor und erstellte Listen mit Materialanforderungen. Gegen elf kamen die ersten Kollegen und holten sich Informationen. Es gab keine Geheimniskrämerei. Gemeinsam machten sie sich an die Polymerisation. M-1209 wurde nachgebaut, Schritt für Schritt.

Es dauerte Wochen, bis sie wieder auf dem Stand waren, den Polazzo vor seiner Abreise, seiner Flucht aus Europa, bereits erreicht hatte. Erst ab da begann das Neuland.

Neue Legierungen, Härten der Oberfläche.

Sie machten *Brainstorming,* warfen alle Einfälle ungeordnet, unbeschwert in einen Topf und diskutierten nächtelang alle Konsequenzen.

Sie waren loyal. Sie waren ehrlich und offen zueinander. Es war ein Team, eingeschworen, besessen und voller Überzeugung, daß sie das gesteckte Ziel in den Griff bekommen würden. Sie waren auch voller Überzeugungskraft. Man vertraute ihnen. Mittel standen bereit. Es wurde investiert. Neue Hallen wurden errichtet, Schmelzöfen, Walzstraßen. Die Mannschaft wuchs an auf sechzig, auf achtzig Mitarbeiter. Sie arbeiteten schließlich in Schichten, rund um die Uhr, standen mit Gasmasken vor blasigen, breiartigen, kochenden Substanzen. Blausilbrige Platten in glasartiger Struktur stapelten sich in unterschiedlichen Härten und Stärken.

Sie hatten gute Ergebnisse vorzuweisen, und sie hatten Erfolg. Aber das gesteckte Ziel, einen Allround-Ersatz zu schaffen für Stahl, schien nach wie vor unerreichbar.

Jede neue Erkenntnis warf neue Fragen auf, schuf neue Probleme und ließ die Anzahl der durchzuführenden Versuchsreihen ins Uferlose anwachsen.

Jeder neue Test beflügelte sie, gab ihrem Ehrgeiz neuen

Aufschwung, schürte aber auch gleichzeitig ihre Unzufriedenheit. Denn jeder neue Test führte ihnen gnadenlos, ausgedruckt von einem unbestechlichen Computer, in Zahlen und Diagrammen ihre Grenzen vor Augen.

14

„WAS HEISST hier, Sie sind am toten Punkt?" Bamberger verließ nach einer abgeschlossenen neuen Testreihe zusammen mit Polazzo und einigen seiner Mitarbeiter eine der riesigen Laborhallen, die früher einem halben Dutzend B-52-Bombern als Hangar gedient hatten.

„Ich finde, es fehlt nur noch ein kleiner Schritt. Kopf hoch, Enrico." Bamberger klopfte Polazzo jovial und aufmunternd auf die Schulter, ohne sein Tempo zu verlangsamen.

Einige Herren der Geschäftsleitung, die Polazzo nicht näher kannte, versuchten mit ihnen Schritt zu halten.

So stürmten sie über die Betonpiste, auf die die Sonne senkrecht herunterbrannte, zum nächstliegenden Parkplatz, wo die Flotte der vollklimatisierten Firmenwagen abgestellt war.

„Wir sollten die Zielforderung jetzt endlich beschränken", fuhr Bamberger atemlos fort und wischte sich den Schweiß von der Stirn. „Nicht mehr irgendein universeller Stahlersatz mit einem viel zu breiten Spektrum charakteristischer Eigenschaften, denn daran scheitern Sie doch wohl schon seit Jahren, Enrico. Oder etwa nicht?" Er sah ihn verschmitzt von der Seite her an, dann hakte er sich bei ihm unter. „Nein, hören Sie zu: Was wir in Zukunft brauchen werden, das ist ein Material für Bleche, für Profile, und zwar im Flugzeugbau: Zellen, Karosserien, aber auch für Raumgleiter und Satelliten." Unvermittelt blieb er stehen und sah Polazzo strahlend an: „Das wäre doch ungeheuer, Enrico: synthetisches Titan! Leichtes Gewicht bei höchster mechanischer Festigkeit!"

Die Gruppe hatte sich um die beiden versammelt, aber Bamberger rannte bereits weiter. „Die statische Belastbarkeit, Enrico, die können Sie fürs erste vergessen. Die kommt in zweiter Linie. Haben Sie begriffen? Ja? Okay!"

Polazzo nutzte die Chance, zu Wort zu kommen. „Die Bindungsart ist bei unserem Material eine völlig andere. Anders als bei Titan oder Aluminium. Die Bindungskräfte sind dort frei bewegliche Elektronen, die das Kristallgitter aus Atomen zusammenhalten."

Bamberger lachte und winkte ab. „Phantastisch, Enrico, aber ich bin kein Chemiker, müssen Sie wissen!"

„Bei uns hier", versuchte Polazzo weiterzudozieren und wies ein Diagramm aus dem Röntgenspektrographen vor, „bei uns ist es eine homöopolare Bindung. Es sind Makromoleküle in Kristallstruktur." Er rollte die farbigen Großfotos auseinander. „Eine regellose Anordnung rundlicher Kristallite – hier." Es waren mikroskopische Aufnahmen von Dünnschliffen. „Stengelförmige Kristallite sind hier eingelagert und nach mehrmaligem Umschmelzen auch Whiskers, faserartige Kristalle, die diese hohe Steifigkeit und Zugfestigkeit bewirken."

Bamberger war wieder stehengeblieben, sie hatten den Fuhrpark erreicht. Ein farbiger Fahrer riß einen Schlag auf, aber Bamberger stieg nicht ein. Er hatte einen kurzen Blick auf die Bilder geworfen, er kannte sie. Schließlich hatte er seit Tagen Kopien davon auf seinem Schreibtisch, und weitere Kopien lagen in den Auftragsbüros seiner Kunden. Aber davon sagte er nichts. Er nickte Polazzo nur wieder sehr zuversichtlich und sehr gönnerhaft zu. „Mir leuchtet das alles durchaus ein, Enrico. Jedem von uns leuchtet es ein. Und wir wissen es sehr zu schätzen, was Sie da für uns entwickelt haben, Enrico. Wir sind sehr stolz auf Sie! Aber richten Sie Ihr Augenmerk nun verstärkt auf die plastische Verformbarkeit . . ."

„Ja, das ist der tote Punkt", gab Polazzo zu. „Sullivan sagte nach seiner Analyse, die Raumgitter der Kristalle wären zu ideal. Dadurch wird das Material zu spröde."

Bob Thompson mischte sich ein, der wie ein Schatten seit Wochen und Monaten Polazzo nicht von der Seite wich. „Wir versuchen es bereits mit Legieren, neue und andere Stoffe und andere Mischungsverhältnisse. Es sind etwa zweihundert Reihen parallel im Test."

„Und vielleicht gelingt es uns", ergänzte Polazzo, „andere Atome in den Gitterverband der Kristalle einzuschmuggeln."

„Ja, sehr schön", sagte Bamberger und stieg ein. „Halten Sie mich auf dem laufenden."

Auch die anderen Herren der Geschäftsleitung verschwanden in den bereitstehenden Wagen, tauchten weg hinter getönten Scheiben.

Polazzo trat an den Wagen, bevor Bamberger die Scheibe geschlossen hatte. „Vielleicht sollten wir McLean einbeziehen. Er experimentiert mit Salzen."

„McLean?" fragte Bamberger und sah sich nach der Gruppe der Mitarbeiter und Kollegen Polazzos um, die im Hintergrund standen.

„Nein", klärte Polazzo Bamberger auf. „McLean arbeitet nicht in unserer Gruppe. Er hatte neulich eine Idee mit Verbundsystem, Sandwichmethode, verschiedene Schichten . . ." Und da er spürte, daß Bamberger mit dem Namen immer noch nichts anfangen konnte, erklärte er: „McLean ist der Mann, der mich hierher vermittelt hat!"

Aber Bamberger widersprach: „Vermittelt hat Sie die New Yorker Zentrale der IMT. Nicht Ihr Freund. Aber ich weiß jetzt, wen Sie meinen: Dieser Mann hat Sie lediglich vom Flugplatz abgeholt." Er lächelte wieder und ordnete sein spärliches, fettiges Haar. „Nein, nein, Enrico. Sie schaffen das schon. Allein, ich bin sicher . . ." Er winkte ihm zu, während die getönte Scheibe sich mechanisch und geräuschlos nach oben schob und der Wagen sich in Bewegung setzte.

15

Die Arbeit ging weiter. Der Sommer kam mit seiner Gluthitze. Die riesigen Klimaanlagen vermochten in den überhitzten Werkhallen, zwischen kochenden, blasigen, glasigen Werkstoffen, kaum eine erträgliche Atmosphäre zu schaffen. Sie arbeiteten inzwischen mit Gasmasken, steckten Stunde um Stunde in Schutzanzügen. Bei ihrer Synthese wurden mehr Schadstoffe frei als erwartet, aber das tat der Begeisterung keinen Abbruch. Sie konnten sich schließlich sagen, im Rahmen dessen, was als Ziel vorgegeben war, hätten sie es geschafft.

Die Espen an den fernen Berghängen begannen wieder zu leuchten: Indian Summer. Es war bereits der zweite, den Polazzo hier in der Wüste von White Sands erlebte. Er hatte jeden

Kontakt zu der ihn umgebenden Natur verloren. Die Yuccas waren plötzlich verblüht, die Berghänge grau und trist geworden. Aber die Hitze wich nicht aus diesem Kessel, aus dieser riesigen Salzpfanne, in der man in früheren Zeiten nicht einmal Zuchthäusler hätte arbeiten lassen.

Die Briefe aus New Mexico, die ursprünglich regelmäßig das Blaue Palais erreichten, waren seltener geworden, spärlicher auch die Andeutungen über Arbeit und Erfolg.

Über Einzelheiten seiner Forschung hatte Polazzo ohnehin nie berichtet. Das widersprach den strengen Regeln der Firma, und eigentlich glaubte jeder, der hier fern von Heimat und Familie tätig war, an eine geheime Zensur.

DAS NEUE Produktionsgebäude war schließlich errichtet und fertig ausgestattet worden. Die Anlagen waren nicht einfach in einer der leerstehenden Hallen untergebracht. Man hatte vielmehr einen neuen Komplex aus Betonfertigteilen hochgezogen, und in der Rekordzeit von knapp acht Wochen war er einsatzbereit.

Die Anlage war ein Modell künftiger Produktionsstätten und diente der Herstellung kleiner und kleinster Mengen unter den Bedingungen einer späteren Massenproduktion.

Silberblaue Bänder flatterten über die Walzstraße, unter Pressen und Formschneidern entstanden Modellstücke für Testkonstruktionen. Schließlich stapelten sich in der Lagerhalle die ersten Einzelteile für Flugzeugrümpfe.

„Hallo, Enrico!“ Bamberger war überraschend in der Halle aufgetaucht, wie üblich voller Hektik, schwitzend, aber auch mit Optimismus und Elan. „Kommen Sie her: Neuigkeiten!“ Er schwenkte ein Schriftstück. „Der Auftrag der Luftwaffe ist durch! Der Mach-4-Jagdbomber F-2000! Und die bauen ihren Prototyp nicht aus Titan, Lockheed verwendet unser Material! Wissen Sie, was das heißt?“

Aber es war nicht einfach, Bambergers Begeisterung kritiklos auf Enrico Polazzo zu übertragen. Der studierte skeptisch die bestätigten Ausschreibungsunterlagen. „Wir sind noch nicht so weit“, gab er zu bedenken. „Noch nicht so weit, daß wir eine flugtaugliche Maschine . . .“

„Ach was!“ unterbrach ihn Bamberger. „Aber wir sind weit

genug, um mitzuhalten. Die planen einen Dauertest über drei Monate auf Zug und Bruch im Simulator. Jetzt ist es Bob Thompsons Problem, genügend Bleche heranzuschaffen!" Er lachte und wandte sich zum Gehen.

„Darauf sind wir nicht eingerichtet!" rief Polazzo ihm nach, über den infernalischen Lärm der Halle hinweg.

„Dann richten wir uns eben darauf ein", brüllte Bamberger zurück. „Ich sehe Sie noch!" Ein kurzer Gruß, und er war hinter Maschinen und gestapelten Einzelteilen verschwunden.

JAGDBOMBER? Polazzo betrachtete lange und nachdenklich die silberblauen Bleche, die aus der Extruderanlage krochen. Jagdbomber. Silberblau. Also daher der Vorschlag, das Material entsprechend dieser Farbe einzupigmentieren. Silberblau. Es war also von Anfang an geplant, sein Material in dieser Richtung zu verwenden.

Jagdbomber.

Auch davon schrieb er nichts in die Heimat, nicht einmal mit Kollegen oder mit McLean sprach er darüber.

Den traf er nun wieder öfter. Die Phase, wo er zehn, zwölf, sechzehn Stunden in Labors und Hallen stand, ging zu Ende. Die Mannschaft schaffte den Rest unter Bob Thompsons Anleitung.

Und Polazzo entfloh dem Streß und der Routine und versuchte wieder frische Luft in seine angeätzten Lungen zu bekommen, versuchte auch gedanklich der Tretmühle dieses langen Jahres zu entfliehen.

Sie machten Ausflüge. Zu dritt: McLean mit Nancy und Polazzo, dicht gedrängt auf der einzigen Sitzbank des Pick-up-Trucks. Sie wanderten über die schneeweißen Gipsdünen des White Sand National Monument bei einer goldrot untergehenden Sonne. Sie fuhren nach Carlsbad, in die gewaltigsten Höhlen des Kontinents, hoch zum Grand Canyon, nach Silver City, nach Santa Fe, ins Pueblo der Taos-Indianer. Sie standen am Gedenkstein des Trinity Point neben dem flachen, glasigen Krater, wo im Juli 1945 die erste Atombombe auf einem Gittermast gezündet wurde und damit die Welt veränderte.

Sie fuhren Ski in Ruidoso, aßen gigantische Steaks im „Silver

Dollar", einer alten Postkutschenstation aus Western-Tagen. Sie schienen unzertrennlich, diese drei, was bei den Kollegen bereits ein Augenzwinkern hervorrief, wenn sie zusammen irgendwo erschienen, in der Cafeteria, am firmeneigenen Pool, bei einer dieser zahllosen, tristen Partys, die nach irgendeinem ungeschriebenen Ritual in den Behausungen der verheirateten Paare abwechselnd stattfanden.

In Italien, in seiner Heimat, ja, mein Gott, sagte sich Polazzo, da hätte er die Frau des anderen längst verführt, oder er hätte es zumindest versucht, wäre vom Ehemann sogar ermuntert worden. Ein Freund ist schließlich ein Freund. Schlimmstenfalls wäre irgendwann einmal so etwas wie eine Ménage à trois dabei herausgekommen. Schlimmstenfalls, wie gesagt. Aber in diesem Amerika? Der kühle, spröde Charme von Nancy, die aus Boston stammte, wo man in ihren Kreisen heute noch in irgendwelche Kirchen ging, bremste seine Ambitionen immer wieder ab, fror seine Leidenschaft ein. Aber über diesen einzigen und letzten Grund seiner treuen Keuschheit schrieb er nichts in seinen Briefen an Yvonne.

SCHLIESSLICH war es soweit! Nein, nicht mit Nancy oder Yvonne oder mit einem dieser selbstbewußten, uniformierten weiblichen Feldwebel der „CQ", auch nicht mit einer dieser vertrockneten Schreibstubenmaiden mit ihren Lockenwickeln unter dem Chiffontuch, ihren *slim-maers,* den superengen Gummischlüpfern unter den noch engeren Jeans. Vielmehr: Der Test im Simulator hatte begonnen. Der Test ihres synthetischen Titans als Außenhaut einer Zelle. Der Jagdbomber F-2000 hing im Prüfstand und hatte seine Zerreißprobe zu bestehen.

Polazzo war mit seinen Mitarbeitern und Kollegen in einem der knallgelben Werkbusse eine Stunde quer durch die Wüste gefahren, immer parallel zur Hauptstraße, aber eben innerhalb des Sperrgebiets. Am Rand der Holloman Air Force Base stand das Testgebäude mit dem Simulator.

Eingesponnen in ein Netz von Kabeln und auf ein Gewirr von Hydraulikarmen montiert, stand in der Mitte einer riesigen Halle eine kleine, schnittige Kampfmaschine und leuchtete blausilbern im Licht der tausend grellen Lampen.

Monteure in orangefarbenen Overalls verkabelten die letzten Meßfühler der Telemetrie, mit der während der Schwing- und Schütteltests sämtliche Nähte und potentiellen Bruchstellen überprüft wurden.

Dann begann der Flug – es sollte ein Flug durch die Hölle werden. Der Rechner, der das Desaster zu steuern hatte, war entsprechend programmiert worden. Nie und nirgendwo in der Realität würde ein Flugzeug solchen Belastungen ausgesetzt werden: Taifune, Hurricans, Notlandungen auf Waschbrettpisten.

Die Techniker zogen sich hinter Schutzwände zurück und stülpten sich Lärmschützer über die Ohren.

Polazzo und seine Begleiter beobachteten das Schauspiel durch die Dreifachscheiben aus Sicherheitsglas, die das Lärminferno weitgehend schluckten.

Eine gewaltige Maschinerie setzte sich in Gang und übertrug auf die Hydraulikarme exakt berechnete Vibrationen, die nun das Flugzeug in Schwingungen versetzten. Die schmalen, gepfeilten Flügel begannen zu flattern, der Rumpf wurde gerüttelt und durchgeschüttelt. Fünf Minuten Test simulierten einen Katastrophenflug von einer Stunde.

Pausenlos spuckte der Schnelldrucker des Rechners Ergebnisse aus und verglich sie mit den Sollwerten.

Diagramme wurden gezeichnet, die Punkte der größten Belastung erschienen als leuchtende Schemen auf einem Bildschirm. Und alle Bemühungen gipfelten in dem einzigen Ziel, das Flugzeug kontrolliert zu zerreißen oder zumindest in seine ursprünglichen Einzelteile zu zerlegen.

Es war der zwölfte Durchlauf, und es zeigte sich außer abgesprungenen Nieten keine einzige ernsthafte Beschädigung. An keiner Stelle war das Material ermüdet oder gerissen.

16

SIE TRAFEN sich in der Wüste, inmitten der Gipsdünen, die vom National Monument weit in das Testgebiet reichten. Eine Schneelandschaft dehnte sich, so weit das Auge reichte, bis hin zu den bizarren schwarzen Konturen der Sacramentoberge.

Der dunkle Wagen mit den getönten Scheiben, der zweifellos zur Flotte der Geschäftsleitung gehörte, blinkte ihnen schon von weitem entgegen und stoppte so den Bus mit Polazzo und seinen Begleitern.

Polazzo sprang hinaus in die glühende Hitze und lief auf den Wagen zu. Seine Ahnung hatte ihn nicht getrogen: Im Fond saß Bamberger, öffnete sein Fenster eine Handbreit und blickte Polazzo durch die dunklen Gläser, die er über seine Hornbrille geklappt hatte, stolz und siegesbewußt entgegen. „Na, Enrico, was sagen Sie nun?"

Der schwenkte das mitgebrachte Protokoll des Computers. „Die ersten zehntausend Flugstunden sind durch. Hier: der Durchlauf Nummer zwölf von heute. Phantastische Ergebnisse . . ."

„Ich weiß!" Bamberger winkte mit einem Telex. „Habe schon alles erhalten. Mit Kommentar und Gratulation. Die Außenhaut schluckt alle Belastungen. Die haben dem Vogel nichts erspart. Ich würde sagen, Enrico, wir sind durch!"

Polazzo lachte, sah sich um zu den Kollegen im Bus, winkte ihnen die gute Nachricht zu. „Und jetzt. Wie geht es weiter?" fragte er Bamberger.

„Die nächste Phase! Die Massenproduktion wird angekurbelt. Ganz einfach. Die Produktionsanlagen existieren bereits auf dem Reißbrett!"

„O Dave . . ." Polazzo hob abwehrend die Hand. „Ganz einfach ist das keineswegs. Das wirft verschiedene Probleme auf, die wir bisher nie zu Ende gedacht haben." Er spürte plötzlich die Sonne, die genau über ihm stand und stechend herunterbrannte. „Das frei werdende Fluor muß gebunden werden", fuhr er fort. „Unsere Giftküche funktioniert bisher nur im kleinen – und hier in der Wüste. Bevor eine Massenproduktion ins Auge gefaßt werden kann . . ."

„Das wird alles geregelt, Enrico", unterbrach ihn Bamberger. „Alle Probleme werden beseitigt, bevor es soweit ist. Glauben Sie mir! Dafür haben wir Spezialisten! Wir haben den Stoff entwickelt; was nun weiter damit geschieht, ist nicht mehr unser Bier!"

Er klappte die dunklen Gläser hoch, warf Polazzo noch einen anerkennenden Blick zu. „Ich muß weiter, Enrico. Werde erwartet am Simulator. Zum vierzehnten Durchlauf. Die Führungscrew der IMT ist geschlossen aus New York unterwegs. Ein großer Tag für uns alle, Enrico . . .!“ Er reichte ihm durch den Fensterspalt überraschenderweise die Hand und schüttelte sie, allerdings kraftlos und feucht. „Ein großer Tag“, wiederholte er. „Besonders für Cliff Roberts!“

„Für wen?“ fragte Polazzo.

„Cliff Roberts. Sie kennen ihn doch?!“

„Ich kenne ihn nicht. Nie gehört!“

„Aber Enrico, ich bitte Sie.“ Bamberger lachte, war sprachlos. „Roberts! Der oberste Boß der Entwicklungsabteilung der IMT. Er war im letzten Jahr zweimal hier, Sie haben ihn nicht getroffen?“

Polazzo schüttelte den Kopf.

„Na, wie auch immer“, versuchte Bamberger einzulenken. „Er ist stolz auf uns!“

„Wieso habe ich den nie gesehen?“ fragte Polazzo, und irgend etwas begann seinen Magen sanft zusammenzuziehen. „Wieso ist der nie gekommen und hat uns aufgesucht oder begrüßt oder mit uns geredet, wenn er so wichtig und unser Material so sensationell sein soll?“

Aber Bamberger gab darauf keine Antwort. „Er hat mich eingeladen. Für nächste Woche. Pressekonferenz in New York. Empfang im Waldorf-Astoria. Demonstration. Filmvorführung. ‚Syntan‘ wird präsentiert, das neue, synthetische Titan, unser Stoff, Enrico: superleicht – superhart – superelastisch. McRoy, die große Werbeagentur in Los Angeles, übernimmt die Promotion. Und in der IMT-Zentrale rechnen sie bereits die Produktionszahlen hoch, die Umsätze, die Prognosen, wieviel Millionen Tonnen von dem Zeug der Markt verdaut. Es sind immerhin Investitionen für die nächsten zwanzig Jahre . . .“

Der Druck auf dem Magen hatte sich verstärkt, und Polazzo fühlte, wie es ihm sauer aufstieß, wie der Unmut und damit sein Adrenalinspiegel heftig und stetig anstiegen, und er sah keine Chance, diesem Streß und dieser Frustration zu begegnen.

Synthetisches Titan, sein Stoff, dem sie bereits einen Namen verpaßt hatten, ohne ihn zu fragen, „Syntan“, wurde nun gefeiert und präsentiert, und der Profit wurde bereits hochgerechnet, und alles ohne ihn. Seine Idee, seine Arbeit seit nunmehr fünf Jahren. Pressekonferenz. Die Führungscrew reiste an aus New York. Man war stolz auf ihn, wie es hieß, vermutlich jedoch stolz auf sich. Denn er war bereits überflüssig, ein Händedruck, ein freundschaftlicher Blick. Danke, das war es dann schon. „Was ist eigentlich mit meinem Patent, Dave?" fragte er sanft. Und nur wer ihn gut kannte, war imstande, den drohenden Unterton herauszuhören.

„Mit was?" Bamberger verstand nicht recht und schob für alle Fälle die bereits heruntergeklappten dunklen Gläser wieder hoch.

„Mein Patent, Dave", wiederholte Polazzo langsam und deutlich. „Ich habe als Grundlage M-1209 eingebracht", fuhr er fort, als Bamberger nicht reagierte und ihn nur verständnislos ansah. „Gut, ja, okay, ich habe den Stoff hier weiterentwickelt. Aber im wesentlichen war das alles meine Idee, meine Entwicklung!"

Da ging ein Leuchten über Bambergers Gesicht, er schien zu begreifen, natürlich, ganz einfach, es ging ums Geld, wie immer und überall, und diese Anspielung brachte einen Bamberger keineswegs aus dem Takt, auf Diskussionen dieser Art war er vorbereitet. „Aber Enrico, natürlich, das ist kein Problem. Man wird Sie abfinden, eine Prämie, wir sind nicht kleinlich!"

„Mir geht es aber um ein Patent." Polazzo beharrte darauf. „Ich will die Entwicklung dieses Stoffes, seine Massenproduktion, seinen Einsatz in der Praxis, ich will weiter daran teilhaben, verstehen Sie, ich will gewisse Kontrollfunktionen."

Aber Bamberger unterbrach ihn abrupt. „Das wird anders geregelt hierzulande. Das Patent reicht die Firma ein. Der Name ‚Syntan' ist bereits für uns geschützt."

„Okay, Dave – und die Basis für Euer ‚Syntan' ist mein M-1209! Und sehr viel Neues ist nicht dazugekommen!"

Bamberger zwang sich zu einem verbindlichen Lächeln. „Sie unterschätzen Ihre Arbeit hier, Enrico, auch die Unterstützung Ihrer Kollegen, auch die Mittel, die Sie hier zur Verfügung hatten."

„Ja, und damit hat man mich geködert, Dave!" Polazzos Stimme klang plötzlich metallisch und scharf. „Ich bin hierhergekommen . . ."

„Ich muß los!" unterbrach ihn Bamberger.

„. . . hierhergekommen", fuhr Polazzo unbeirrt und um einige Nuancen lauter fort, „weil ich annehmen mußte, daß man hier wesentlich weiter ist. Ich habe meine Karten auf den Tisch gelegt und nichts dafür bekommen, nichts!"

„Immerhin", warf Bamberger ein, „die Gelegenheit, einen großen Wurf zu landen!"

Polazzo hatte sich zu Bamberger und dem Sehschlitz über der getönten Scheibe hinuntergebeugt. Jetzt richtete er sich wieder auf. „Dave . . ." Er sah lauernd hinunter auf diesen Mann, der ihm plötzlich klein und schmierig und unehrlich vorkam. „Wo wird das andere Material produziert?"

„Welches Material?" fragte Bamberger.

„Synthetischer Stahl für statische Belastung." Und als Bamberger ihn immer noch verständnislos anblickte, fügte er hinzu: „Sie muß doch längst im Bau sein!"

„Wer muß im Bau sein?"

„Die Brücke!" Laut und unmißverständlich schossen die Wörter aus Polazzo heraus wie ein Pfeil gegen diesen Mann, der sich dumm stellte, der ihn ignorierte, der ihn unterschätzte und verkaufte oder was immer auch. „Die Brücke von Vancouver! Das müssen Sie doch wissen, Dave! So geheim kann das doch nicht sein! Drei- bis viertausend Meter Spannweite – synthetischer Stahl der IMT!"

Er verstummte, denn Bamberger schnappte hörbar nach Luft, schien sich königlich über diesen makabren Scherz zu amüsieren.

„Mein Gott, Enrico." Er konnte es immer noch nicht fassen, lachte und nahm die Brille ab, die plötzlich beschlagen war. „Diese Geschichte haben Sie geglaubt? Enrico!" Er konnte es immer noch nicht fassen. „Es war eine Ente. Wurde überall abgedruckt. Wurde überall dementiert. Und Enrico Polazzo hat es geglaubt. Wunderbar!"

Polazzo zwang sich zur Ruhe. Disziplin, sagte er sich. Disziplin! „Ich habe die Pläne gesehen", versuchte er zu erklären, „das fotografierte Modell . . .!"

„Sicher wird die Brücke gebaut!" Bamberger setzte sich umständlich die Brille wieder auf. „Und die IMT liefert tatsächlich das Material: Stahl! Ganz normaler, klassischer Stahl! Das mit ‚Synthetics', das war ein Gerücht, nichts weiter. Kam uns allerdings sehr willkommen: Es putschte die Börsenkurse zwischendurch hoch. Jetzt sind sie allerdings wieder im Keller, wie das heute so ist, überall!" Er sah Polazzo spitzbübisch über seine Brillengläser hinweg an, hob den Finger und fügte mit Anspielung hinzu: „Aber nicht mehr lange, Enrico, nicht mehr lange . . .!" Er hob die Hand zum Abschied, eine matte, aber endgültige Geste. „Ich muß los, wir sehen uns noch!" Er wandte sich ab, das Fenster kroch langsam nach oben, diese nahezu undurchsichtige, getönte Scheibe.

Da faßte Polazzo mutig dazwischen, stoppte das Verschwinden dieses Mannes hinter dem blauen Glas, noch bevor der schwarze Fahrer das Abfahrtssignal begriffen hatte und der Wagen sich in Bewegung setzen konnte.

„Dave!" rief er. „Hören Sie. Das war doch ein abgekartetes Spiel!" Er beugte sich hinunter und starrte feindselig durch den nur noch zwei Zentimeter breiten Schlitz. „Man hat mich hierhergelotst . . ."

„Sie haben sich beworben", tönte es aus dem Wagen.

„Hierhergelotst, aufs Kreuz gelegt, übers Ohr gehauen!" Er schrie es förmlich dem anderen zu. „Das stinkt doch alles nach Betrug", fuhr er fort. „Ich will mein Patent, hören Sie, Dave! Dieser Stoff ist mein geistiges Eigentum!"

Da öffnete Bamberger seinen Schutz, trat gewissermaßen sicher und selbstbewußt aus der Barrikade hervor: Das Fenster versank im Rahmen der Tür, öffnete sich ohne Vorbehalt, so weit es eben ging. Und Bamberger beugte sich hinaus zu diesem Hysteriker, wie es ihm schien, und klärte ihn freundlich und leise und mit aller Höflichkeit auf: „In Europa vielleicht, Enrico. Vielleicht dort." Und dann lächelte er. „Regen Sie sich nicht auf an diesem schönen und erfolgreichen Tag – in dieser mörderischen Hitze!"

Der Wind trieb heißen Sand gegen den Wagen, wirbelte ihn in das Innere, aber Bamberger reagierte nicht darauf. „Setzen Sie sich in Ihr kühles Büro", fuhr er fort, „ordnen Sie Ihre Unterlagen, und übergeben Sie alles Thompson. Der wird Sie aufsuchen. Thompson bearbeitet unseren Patentantrag."

„Sie halten mich für einen Idioten, nicht wahr, Dave?" Polazzo versuchte sich in Sarkasmus zu retten. „Ich gebe nichts aus der Hand, nichts!" Er schien es ernst zu meinen.

Das begriff sogar Bamberger, trotz seiner berufsmäßig unterentwickelten Sensibilität. „Gehen Sie aus der Sonne, Enrico", riet er ihm. „Sie vertragen das nicht. Wir sind in der Wüste!"

„Es sind meine Papiere!" verkündete Polazzo. Er hatte keine Lust mehr, angepaßt und diplomatisch zu sein.

„Unsere Papiere, Enrico", korrigierte Bamberger. „Die Eigentumsverhältnisse sind hier klar geregelt." Er sah ihn einige Augenblicke lang schweigend und abwartend an. „Machen Sie keinen Fehler, Enrico", drohte er ihm schließlich, als keine Gegenrede mehr zu kommen schien. „Wir lassen uns nicht bestehlen! Übergeben Sie die Syntan-Papiere an Thompson. Ich bitte Sie sehr darum. Und gehen Sie aus der Hitze."

Die getönte Scheibe schloß sich nun endgültig.

Ohne ein weiteres Wort, ohne eine weitere Geste des Abschieds fuhr Bamberger davon. Der Wagen verschwand zwischen den schneeweißen Dünen.

Polazzo stand noch eine Weile regungslos am gleichen Platz, eine schmale, dunkle Gestalt in der weißen Landschaft. Dann ging er zu dem gelben Werkbus zurück, der mit laufendem Motor gewartet hatte. Er sah die Gesichter der Kollegen und Mitarbeiter am Fenster. Sie blickten ihm erwartungsvoll und neugierig entgegen.

Als er den Bus betrat, sagte er laut und deutlich in die erwartungsvolle Stille: „Er hat uns gratuliert! Er sagt, die IMT ist stolz auf uns." Dann setzte er sich und sprach bis zur Ankunft im Camp kein einziges Wort mehr.

17

„HALLO! Ihre letzte Kopie!" Ein Kollege, den Polazzo nur flüchtig kannte, hatte ihn an der Treppe abgefangen. Er reichte ihm die Fotokopie eines engbeschriebenen Blattes.

Da hatte er sich nun wie ein Dieb eingeschlichen und ohne Genehmigung, ohne Kostenschlüssel und gegengezeichnete Anforderung der Abteilung rund 250 Kopien der Syntan-Papiere hergestellt, hatte den günstigsten Zeitpunkt abgepaßt, wenn die Mädchen der Büros bereits fort, die Kollegen aber noch in ihren Labors beschäftigt waren. Und dann ließ er versehentlich das letzte Blatt, ausgerechnet das mit seiner Unterschrift und Codenummer, im Kopierautomaten zurück.

Er bedankte sich und versuchte der Miene des anderen zu entnehmen, ob dieser Verdacht geschöpft hatte. Aber offensichtlich war er nicht imstande, Polazzo, dem Star unter den jungen Wissenschaftlern, subversive Handlungen zu unterstellen.

Als Thompson gegen sieben Uhr bei Polazzo erschien, griff dieser ohne Zögern in das Fach seines Schreibtischs und händigte ihm die verlangten Papiere aus.

„Sehr kooperativ", murmelte Thompson, bleckte seine Pferdezähne, in denen meistens eine kalte Dunhill klemmte, die Polazzo an sein Studium in Cambridge erinnerte, dann trollte er sich wieder.

Das Auftauchen von Thompson war für Polazzo der Beweis, daß Bamberger durchaus bereit war, ihn ernst zu nehmen. Er wartete noch einige Minuten, dann warf er das Bündel Fotokopien, das er unter seinem Kopfkissen liegen hatte, in seine alte, lederne Reisetasche und verstaute sie im Schrank, der sich nicht abschließen ließ. Da stand sie nun die ganze Nacht. Bei offener Tür.

Eine der Flutlichtlampen, die den Parkplatz beleuchteten, strahlte durch die Jalousetten des Fensters. Das Licht fiel ausgerechnet auf diese Tasche. Wenn es nicht eine dieser schlaflosen Nächte gewesen wäre, hätte Polazzo das nur wenig irritiert.

Aber nun stand der Beweis seiner Illoyalität ihm ständig und grell beleuchtet vor Augen.

Drei Tage später fuhren sie über den Organpaß nach Las Cruces zum Abendessen in Tegmeyer's Steakhouse. Es war ein richtiger Konvoi, zehn oder zwölf Wagen mit doppelt so vielen Kollegen. Sie hatten schließlich allen Grund zu feiern, auch wenn Tegmeyer's für solche Anlässe nicht unbedingt der richtige Ort war.

Aber das Schauspiel war einmalig. Golden, purpurn und schließlich rosa ging hinter den Bergen auf der anderen Seite des Rio-Grande-Tales die Sonne unter. Draußen im Garten, vor den breiten Scheiben, standen die blühenden Yuccas auf ihren hohen Stümpfen als bizarre Silhouetten vor diesem vielfarbigen Himmel.

Polazzo nutzte diesen Augenblick allgemeiner Naturbewunderung und versuchte draußen im Vorraum ein Telegramm nach Europa abzusetzen. Er hing an dem frei stehenden Telefon und erhielt von einem geduldigen Operator Nachhilfeunterricht in diesem Metier.

Nachdem er den Text durchgegeben hatte, folgte er brav den Anweisungen und warf die gewünschte Menge Münzen in die Schlitze, bis zwölf Dollar und fünfunddreißig Cent voll waren. Das Mädchen an der Garderobe assistierte ihm und wechselte die Scheine. Und er vertraute auf ihre Verschwiegenheit.

Für dieses Geld hätte er auch in Ruhe telefonieren können. Aber Polazzo wollte keine Diskussion mit Palm. Er hatte nur eine Chance, vollendete Tatsachen zu schaffen.

Als er zurückkehrte, hatte keiner am Tisch seine Abwesenheit bemerkt.

Es wurde trotz allem ein rauschendes Fest bis elf Uhr nachts. Tegmeyer hatte eine Alkohollizenz und genügend Dosen Budweiser-Bier auf Lager, was man beides nicht von jedem renommierten Restaurant dieses Landstriches sagen kann.

Ordentlich und diszipliniert fuhren sie im strahlenden Mondlicht zurück über den Paß, checkten gewissenhaft beim Tor Nr. 3 wieder ein und zerstreuten sich nach einem lautstarken Abschied wieder über ihr Wüstencamp. Und jeder war erleichtert, daß ihnen keine Polizeistreife begegnet war und kein humorloser Sergeant sie ins Röhrchen blasen ließ.

Als Polazzo am nächsten Morgen zu Fuß und mit seiner Reisetasche zum Tor gewandert kam, standen McLean und Nancy mit ihrem Pick-up-Truck bereits in der Schlange der Wartenden.

„Hallo, Enrico", rief Nancy mit schriller Stimme, „da bist du ja!"

Und zu ihrem Mann gewandt, fuhr sie fort: „Der alte Römer ist doch noch gekommen, siehst du?"

Er hatte es längst gesehen und sich aus dem Fenster gebeugt. „Na, hast du dich doch noch entschlossen?"

Polazzo blieb neben dem Wagen stehen, nickte und schaute unternehmungslustig in die Gegend.

„Los, steig ein!" McLean hatte die Tür auf Nancys Seite geöffnet.

Aber Polazzo winkte ab. „Ich geh schon mal voraus und warte draußen!"

„Ja", bestätigte McLean, „heute dauert's wieder. Jeden Samstag diese elende Filzerei. Als ob wir alle Schmuggler wären." Er warf einen Blick auf die Reisetasche von Polazzo. „He", rief er ihm nach, „willst du verreisen? Mit großem Gepäck?"

Aber Polazzo reagierte nicht darauf. Er wanderte die Wagenreihe entlang, begrüßte Bekannte hier, Kollegen dort. Alle hatten sie an freien Wochenenden nur das eine Verlangen, dem Getto und der Isolation zu entfliehen.

Die Uniformierten mit dem „CQ" auf ihrer Armbinde inspizierten jeden Kofferraum, durchsuchten den Fond jedes Wagens, ließen sich die Motorhauben öffnen.

Polazzo ging an ihnen vorbei, zeigte seine rote Karte vor, präsentierte sie jedem, der ihn prüfend ansah, und schlüpfte schließlich unter dem Schlagbaum hindurch ins Freie.

Keiner hatte ihn nach seinem Namen gefragt, keiner hatte die rote Karte aus der Nähe betrachtet, das Foto mit seinem Gesicht verglichen. Keiner hatte die Tasche inspiziert, in der vier Kilo Fotokopien in seinen Schlafanzug eingewickelt waren. Die „Syntan-Papiere".

ZWISCHEN seiner Person und dem Wachtposten, der ihm nachsah und dann ans Telefon im Postenhaus trat, eine Nummer wählte und eine Meldung machte, stellte Polazzo keine Verbindung her. Auch dem Wagen mit der langen Antenne und dem unverfänglichen Nummernschild, der bereits außen, vor dem Tor, geparkt war, maß er keine Bedeutung bei, obwohl der Fahrer in Zivil ihn ziemlich genau musterte und ihn mit dem Bild auf einem Karteiblatt verglich.

Er stand harmlos und ungezwungen herum, beobachtete das Wachpersonal beim Filzen der Fahrzeuge hinter dem Schlagbaum, winkte den Freunden zu, die endlich durch waren, und wartete auf McLean, der nach etwa zehn Minuten schließlich das Tor mit seinen zahllosen Warn-, Gebots- und Verbotsschildern, mit seinen Hinweisen und Anweisungen verließ.

Er stieg zu, klemmte sich neben Nancy auf die schmale,

abgewetzte Plastikbank, spürte die Nähe und die Wärme ihrer Schenkel, legte seinen Arm auf die Rückenlehne und seine Hand an ihren Rücken und begann ein Lied zu summen.

„Was schleppst du eigentlich in deiner Tasche spazieren?" fragte McLean. „Vorher, am Schlagbaum, wollte ich dich nicht fragen. Bierdosen oder Mikrofilme für die Konkurrenz?"

Er lachte, aber Polazzo blieb ernst. „Schlafanzug und Rasierzeug."

„He, was hast du vor?" Nancy war neugierig geworden. „Triffst dich mit deiner Yvonne, was?"

„Vielleicht . . ." Polazzo versuchte hintergründig zu lächeln und hoffte endlich einmal so etwas wie Eifersucht in Nancy zu erwecken. Aber sie blieb kühl, der nette, neutrale Kumpel von nebenan.

„Vergiß das, Enrico." McLean versuchte das Thema Yvonne zu versachlichen. „Wir fahren zum Essen nach La Candelaria, und heute abend sind wir wieder zurück. Und zwar zusammen mit dir. Ich bin für dich verantwortlich. Und wenn du unbedingt mal außerhalb des Camps übernachten mußt, dann halte wenigstens die Spielregeln ein, und besorg dir einen Urlaubsschein. Nach siebzig Wochen und als Träger der roten Elitekarte hast du bestimmt keine Schwierigkeiten damit."

„Werd's versuchen", versprach Polazzo.

Dann schwiegen sie fast eine ganze Stunde lang, fuhren das vorgeschriebene Tempo neunzig auf einer vierspurigen, leeren Straße durch die Wüste und hörten Musik.

Auf den Wagen mit der langen Antenne, der knapp einen Kilometer hinter ihnen fuhr, achteten sie nicht.

Der folgte ihnen auch noch, als sie die Grenze nach Texas überquerten.

18

„Dort drüben liegt also Mexiko . . .!" Polazzo schaute hinüber zum anderen Ufer des Flusses. Niedrige Häuser aus Holz und Lehm klebten an den kahlen weißen Hängen. Rauch stieg hoch. Scharenweise strömten die Kinder hinunter zum Wasser, wo die Frauen ihre Wäsche ausgebreitet hatten.

„Ja", nickte McLean, „dort drüben liegt Old Mexico!" Er grinste zu Polazzo hinüber. „Schön, dir mal was Neues bieten zu können!"

Sie hatten den Rio Grande erreicht, der hier im westlichen Texas die Grenze zwischen den USA und Mexiko bildete. Sein braunes, lehmiges Wasser floß träge über die flachen Sandbänke hin. Viel war nicht mehr übrig von diesem stolzen, legendären Fluß. Der größte Teil seines Wassers, das aus den schneereichen Bergen nördlich von Santa Fe stammte, war längst in den Plantagen und Viehtränken versickert, bevor er bei El Paso mexikanisches Gebiet berührte.

Sie erreichten auf der Fernstraße in einer knappen halben Stunde El Paso und den großen Grenzübergang, die „Freundschaftsbrücke", die jedes Wochenende von Zigtausenden Touristen aus den USA auf dem Weg in eine billige, aufregende Exotik überquert wurde. Nirgends waren Zahnärzte, Rechtsanwälte und geschmuggelte Zigaretten billiger als drüben im geheimnisvollen, suspekten und bereits ein wenig schmutzigen Ciudad Juárez.

Aber McLean vermied den Rummel und die Warteschlangen an der Grenze und steuerte auf Schleichwegen einen der kleinen, fast verlassenen Übergänge an.

Von dort waren es nur noch wenige Kilometer bis zu einem Restaurant mit „phantastischen Tortillas", von denen die Eingeweihten nach jedem Wochenende erneut schwärmten. Aber vermutlich ging es in diesem abgelegenen Städtchen, von dem die Junggesellen im Camp so besonders angetan waren, nicht nur um Tortillas.

Nancy zumindest war skeptisch. „O dieses verdammte mexikanische Essen", meckerte sie. „Sechzig Prozent ist nichts als Mais, und der Rest ist Abenteuer!"

Polazzo lachte und bekam große Augen: „Abenteuer? Essen kann gar nicht abenteuerlich genug sein. Aber das ist natürlich relativ. Für Amerikaner ist ein Wiener Schnitzel bereits exotisch." Und auf Nancys Protest hin entwickelte er eine nicht ganz ernst gemeinte, aber durchaus realistische Theorie: „Wenn man sich vorstellt, von dieser Grenze hier nach Norden, bis Kanada, ach was, bis Alaska, bis tief in die Arktis hinein, das sind weit über zehntausend Kilometer, da gibt es nur drei verschiedene Gerichte auf der Speisekarte: Steaks – Hot dogs – und Hamburger."

Nancy protestierte erneut und fand diese Behauptung nun überhaupt nicht komisch. *„Oh, Lord!"* rief sie. *„Don't discuss our food and our religion!"* – was ein Scherz mit doppeltem Boden und einer guten Portion Ernsthaftigkeit war. Denn es hieß nicht nur: Diskutier mit Amerikanern nicht über ihr Essen und ihre Religion – es hieß auch: Führ dir beides besser nicht zu Gemüte . . . oder so ähnlich.

„Wieder einmal ein Tabu", stellte Polazzo fest. „Verzeiht, ich war taktlos!"

Aber McLean nahm den Streit mehr von der heiteren Seite. „Gib zu, du übertreibst, und die Sache ist erledigt!"

„Jawohl", bekannte Polazzo bußfertig, „ich gebe zu, ich habe übertrieben . . ., weil es die Tatsachen anschaulicher macht. Ihr kennt Europa nicht, ein Jammer! Wenn ich mir vorstelle, allein in jeder Provinz Italiens, in jeder Stadt, in jedem Dorf – diese Spezialitäten – das Besondere – ein edler und ständiger Wettstreit, die Zunge zu überraschen – *mamma mia!"*

Es war eine perfekte und gelungene Vorstellung, die er mit drei Sätzen, mit Händen und Zunge und Augen gegeben hatte, so daß sogar Nancy hingerissen applaudierte.

„Hörst du, McLean!" rief sie. „Europa, Italien, Rom! Wenn du mich wirklich liebst und noch eine Weile behalten willst, dann bringst du mich dorthin!"

„Ich bringe dich zuerst mal nach Mexiko zu Tortillas und Enchiladas und werde feststellen, daß du beides nicht würdigst, und spare mir damit die Reise nach Rom!"

„Monster!" schimpfte sie und schmollte.

„Nein", nahm Polazzo seinen Freund McLean in Schutz, „er hat vermutlich recht. Ich fürchte, du wirst es nicht begreifen, das mit dem Abenteuer und dem Essen. Ganz einfach, weil du Angst hast vor dem Fremden, dem Unbekannten, vor dem Risiko, du und weitere hundert Millionen angepaßter Landsleute, die diesen schönen Kontinent bevölkern." Und dann brach er in einen abgrundtiefen Seufzer aus. „Wann sind wir endlich dort bei diesen verdammten Tortillas?"

„Knappe Stunde noch", sagte McLean. „Du hast Hunger?"

„Seit Wochen, ja!"

„O Gott", bedauerte ihn Nancy, „das ist nicht Hunger, das ist Heimweh! Wie muß er leiden!"

„Ja, wie muß ich leiden!" Polazzo kamen fast die Tränen vor Selbstmitleid.

DIE STRASSE war eingeschrumpft zu einem schmalen Asphaltband, das sich voller Risse und Schlaglöcher am Fluß entlangschlängelte. Eine Gruppe Halbwüchsiger watete gerade durch den Fluß. Das Wasser reichte ihnen bis zum Knie. Sie hatten verschnürte Bündel unter dem Arm und auf dem Kopf und schauten sich scheu nach allen Seiten um.

„Wir bekommen gerade wieder ein paar billige Arbeitskräfte mehr in die USA", erklärte McLean und zeigte auf die Grenzgänger. „Dabei haben wir inzwischen selbst vier Millionen Arbeitslose."

Als sie die Kurve erreichten, die um eine große, leuchtendgrüne Baumgruppe herumführte, kam ihnen mit rotem Flackerlicht die texanische Grenzstreife entgegen.

Und als sich die beiden Wagen begegneten, gellte die Sirene los. McLean stoppte abrupt, aber das Signal galt nicht ihnen.

Durch das Heckfenster sahen sie, wie die illegalen Grenzgänger wieder zurück in ihre mexikanische Heimat flüchteten.

Und sie sahen auch einen dunkelgrünen Privatwagen mit überlanger Antenne, der ihnen gemächlich folgte und schließlich neben dem Wagen der Grenzkontrolle stehenblieb.

Noch ein weiteres Mal hätte Polazzo Gelegenheit gehabt, den unauffälligen Wagen zu bemerken.

Als sie die Grenzbrücke erreichten und das Postenhaus auf der amerikanischen Seite passierten, hatte der Grenzposten mit seinem Texashut kaum einen Blick für sie. Er sprach gerade in sein Funksprechgerät und winkte den Wagen von McLean lässig an sich vorbei. Dann wurde er aufmerksam, notierte sich die Nummer auf einen Schreibblock an der Wand und sah dem Wagen mit der Antenne erwartungsvoll entgegen.

Aber da hatte McLean mit seinen Begleitern bereits den geöffneten Schlagbaum passiert.

Der mexikanische Polizist warf einen flüchtigen Blick in das

Innere des Pick-up-Trucks. „*Buenas tardes*", sagte er, sah freundlich von einem zum anderen. „*You all have passports?*"

Sie nickten, zeigten sie vor.

Er griff, mehr aus Neugier, zu Polazzos blauem italienischem Paß. „Ah, *Repubblica Italiana!*" las er. Dann salutierte er lässig, reichte den Paß zurück und gab mit einem freundschaftlichen „*Muchas gracias!*" den Weg zu den Tortillas frei.

Der grüne Wagen stand immer noch auf texanischer Seite, am anderen Ende der schmalen Eisenbrücke mit ihrem zerstörten Asphaltbelag, und hatte die Verfolgung offenbar aufgegeben.

Der Fahrer schien mit dem Posten der Grenzstreife zu diskutieren. Aber so durchlässig diese Grenze für Zigaretten und billige Arbeitskräfte auch war, für offizielle Missionen schien sie, zumindest fürs erste, ein Hindernis zu sein.

19

SIE HATTEN am Marktplatz geparkt, am *Zoccolo.* Das kam von „Sockel". Denn für gewöhnlich zierte diesen rechteckigen Platz im Zentrum jeder mexikanischen Stadt ein Denkmal.

Im „El Candelaria" stand keines, nur ein Musikpavillon, vor dem sich abends die fünfhundert Einwohner in einer den Indios eigenen würdevoll-ernsten Heiterkeit versammelten.

Aber um diese Mittagsstunde lag der Platz ausgestorben und leer. Nur ein Postkarten- und Souvenirverkäufer saß im Schatten einer Platane und warf den drei Fremden einen uninteressierten Blick zu. Später würde er sie ansprechen, vielleicht, wenn sie zurückkamen vom Essen. Im Augenblick hatte er Siesta.

Der zehnjährige, knopfäugige Junge mit dem Indianergesicht hatte da wesentlich größere Ambitionen. Sein Erwerbsstreben war besser entwickelt. Er schleppte seinen Schuhputzkasten quer über den Platz, rannte sogar die letzten fünfzig Meter und bot in perfektem Englisch seine Dienste an. Aber der weise Souvenirverkäufer mit seiner jahrzehntelangen Erfahrung hatte schon recht: Vor den Tortillas, vor Bier und Tequila war mit den verdammten Gringos nur selten ein Geschäft zu machen.

Im grossen Raum des Restaurants waren sie die einzigen Gäste. Nur von der „Bar" im Nebenraum drang aus der Musikbox das nervöse Gefiedel der Mariachi-Musik, vermischt mit lauten, ausgelassenen Männerstimmen.

Die Bedienung, die ihnen die Karte reichte, war ausnehmend hübsch. Sie schenkte Polazzo ihr schönstes und strahlendstes Indiolächeln. Offenbar mit sicherem Instinkt hatte sie den Junggesellen aus dieser Dreiergruppe identifiziert und signalisierte ihm bevorzugten Service. Polazzos romanischer Charme, der Vorzug, kein Gringo, kein Nordamerikaner zu sein, dazu seine spanischen Sprachkenntnisse taten ein übriges.

Nancys Eifersucht war kaum gespielt. „Enrico braucht ein Mädchen, hab ich recht?" fragte sie scheinbar leichthin, um den Fall in die Kategorie der „Bedürfnisse" einzuordnen.

Aber Polazzo antwortete nicht, und McLean schob, um das Thema zu wechseln, Postkarten und Kugelschreiber über den Tisch. „Los, unterschreib mal! Die hier ist an Sullivan und die hier an Fred."

Polazzo unterschrieb wie gewünscht. „Wenn die Karten ankommen, bist du bereits wieder eine volle Woche im Kreis der Kollegen."

„Ist aber so üblich, machen wir immer so." Er leckte die Marken ab. „Die Karten kommen an die Wand, hinter die Schreibtische. Einige sammeln die Marken."

Dann kam das Essen. Die Bedienung ließ die Bierdosen knallen, „Carta blanca", dann streute sie Salz auf den Rand, träufelte Limonensaft darüber und zeigte Polazzo, wie man auf mexikanische Art trinkt.

Er spielte den gelehrigen Schüler, setzte die Dose an die Lippen und ließ sie nicht aus den Augen. Da lachte sie plötzlich schallend auf und huschte verlegen zurück in die Küche.

Von da an servierte eine steinalte Mexikanerin.

„Wird Post eigentlich zensiert?" fragte Polazzo, als McLean der alten Frau die Postkarten übergab.

„In Mexiko? Nein!"

„Ich meine, in der Firma", erklärte Polazzo. „Irgendwer öffnet meine Briefe nach Europa."

„Kann ich mir eigentlich nicht vorstellen", sagte McLean,

doch er meinte es nicht ganz ehrlich. „Natürlich sollen keine Informationen rausgehen. Den Passus hast du selbst unterschrieben." Aber dann fragte er nach: „Du hast also doch noch Kontakt zu Kollegen?"

Und mit einemmal hatte Polazzo das unbestimmte Gefühl, daß nicht nur Freundschaft McLean an ihn kettete – sondern vielleicht auch ein Auftrag „von oben". Nie hatte er allein das Camp verlassen, nie war er mit anderen Kollegen zusammengekommen – ohne McLean. Er schüttelte also den Kopf: „Nein, kein Kontakt! Nur zu Yvonne. Aber die interessiert sich nicht für meine Arbeit."

„Dann schreib ihr doch eine Karte", ermunterte ihn Nancy. „Wenn du sie hier in Mexiko einwirfst, wird sie bestimmt nicht zensiert!"

„Gute Idee", antwortete Polazzo, stand auf, ging zum Postkartenkarussell neben der Küchentür – nahm aber seine Reisetasche mit und stellte sie neben sich auf den Tisch.

Das war vielleicht falsch, war zu auffällig, ein Reflex, den er sofort bereute.

Er öffnete die Tasche, suchte scheinbar nach Geld, tastete nach dem schweren Packen Papier, den fotokopierten Aufzeichnungen und Dokumenten in seinem Pyjama, und mit einemmal fühlte er sich schlecht, trotz Tequila und Tortillas, trotz *Chili con carne* und Enchiladas – aber wegen dieser mexikanischen Köstlichkeiten ganz bestimmt nicht.

Erst das Mädchen brachte ihn wieder auf andere Gedanken. Sie stand in der Küche, wusch ab und lächelte ihn an, mit diesen wunderschönen weißen Zähnen in dem olivbraunen Gesicht.

SIE STANDEN bereits wieder neben dem Pick-up-Truck, draußen auf dem weiten Platz. McLean schloß umständlich auf, während Nancy das Angebot des Souvenirhändlers prüfte, als an der Ecke zum Restaurant die junge Mexikanerin erschien.

„Ollah!" rief sie über die Straße und schwenkte die Reisetasche von Polazzo, die er vergessen hatte.

Aber er schien nicht besonders überrascht, winkte nur beruhigend zurück, deutete an, er werde gleich kommen, sofort oder nach einem Weilchen, und dann klopfte er McLean auf die Schulter, hauchte Nancy die Andeutung eines Kusses auf die Wange und sagte: „Ciao – Freunde – bye-bye!"

Die beiden waren eine Sekunde lang fassungslos.

„Ich fahre nicht mit zurück", klärte Polazzo sie auf. „Habe ich das nicht gesagt?"

„Nein, das hast du nicht gesagt", antwortete McLean. „Du wirst es wohl vergessen haben. Aber wie auch immer: Gib zu, es ist ein Scherz!"

„Ein Scherz? Warum?" Polazzo sah sich auffällig zu dem Mädchen um, das immer noch mit der schweren Tasche an der Ecke stand und wartete.

„Man hat mir zwei Wochen Urlaub genehmigt. Gewissermaßen als Prämie. Und zwar an einem Stück!"

Da schüttelte McLean den Kopf. „Nein, Enrico, du hast keinen Urlaub. Ich wüßte das!" Er machte eine nachdenkliche Pause. Es schien, als hätte er bereits zuviel gesagt. „Und wenn schon", schwächte er ab, „du willst ihn hier verbringen? In diesem Kaff?"

„Hier – oder woanders." Polazzo zuckte die Schultern. „Mal sehen . . ."

„Mal sehen!" wiederholte McLean. Es klang bereits wie ein Zitat. Er stieg in seinen Wagen, Nancy folgte mit einem langen, kritischen Blick zu dem Mädchen an der Ecke. Dann versuchte sie schelmisch zu lächeln. „Viel Spaß, Enrico." Und ohne jeden Humor fügte sie hinzu: „Der Doktor im Camp erwartet dich nach deiner Rückkehr. Vergiß es nicht!"

Aber bevor Polazzo die Anzüglichkeit verstanden hatte, fiel McLean ihr bereits ins Wort: „Das Problem ist, Enrico . . . Wie kommst du wieder zurück?"

Aber der winkte nur ab.

„Nein, du verstehst mich nicht." McLean beugte sich weit aus dem Wagen und verstieg sich zu einer Indiskretion: „Ich bin für dich verantwortlich, wirklich!"

„Ich weiß", antwortete Polazzo. „Aber ich gehe nicht verloren. Keine Angst!"

Ein kurzer Gruß, ein flüchtiges Lächeln, und Polazzo ging über die Straße und nahm dem Mädchen die Tasche ab.

Als er sich umwandte, verließ McLeans Wagen gerade den Platz, und Nancy winkte ihm ein letztes Lebewohl zu.

Polazzo winkte nicht zurück.

20

„Ein Taxi . . . Ich brauche ein Taxi!"

Sie standen immer noch an der Ecke und sahen dem Pickup-Truck nach, der die holprige Straße mit den niedrigen weißen Fassaden hinunterfuhr.

„Si, Señor", sagte das Mädchen. *„Taxi – enfrente! This is taxi!"* Sie zeigte über den Platz.

Es war ein Taxi gewesen, in seinen besten Jahren, aber die waren für den alten Buick längst vorüber.

Ein zahnloser Mann mit einer Mütze polierte den Lack und war an manchen Stellen schon auf dem blanken Blech gelandet.

Polazzo steckte zwei Finger in den Mund, um dem Fahrer zu pfeifen.

Aber das Mädchen faßte nach seinem Arm. *„En seguida?"* fragte sie. „Jetzt? Sofort?" Und sie sah ihn dabei mit einem traurigen Lächeln an. *„Now? – or mañana?* Gleich – oder morgen?"

Polazzo warf einen letzten Blick auf das Taxi. Es stand vermutlich auch noch morgen an dieser Stelle.

Er versuchte Zeit und Entfernungen zu taxieren. Aber das Lächeln des Mädchens hinderte ihn daran.

Ehrgeiz, Eile und Hektik schienen plötzlich von ihm abzufallen.

Tequila, Carta blanca, Enchiladas, die Musik, das Lächeln. Und Polazzo entschied sich für „morgen", für *„mañana"*.

Es war heller Tag, aber ohne Scheu wanderten sie Hand in Hand quer über den Platz, vorbei an diesem verschnörkelten Musikpavillon mit seinen gußeisernen Säulen. Tauben hausten unter dem spitzen Dach und flatterten auf.

Das Mädchen führte ihn eine schmale Treppe nach oben.

Die Zimmertüren trugen große Nummern aus Metall, und die Schlüssel hingen daneben an einem Haken.

Sie schloß auf, betrat das Zimmer, wartete auf ihn, unbefangen und heiter. Das Bett war weiß bezogen. Sie ging daran entlang und strich mit einer beiläufigen, fast zärtlichen Geste darüber hin. Dann öffnete sie das Fenster.

Das Tschilpen der Spatzen drang herein und das Gurren der Tauben aus dem Pavillon, ja, und ein Duft nach Blüten.

Vielleicht Akazien, dachte Polazzo und verschloß die Tür.

Das Mädchen trat vor den großen Spiegel mit seinen blinden Flecken und öffnete ihr langes schwarzes Haar.

Sie hatte nur noch Augen für sich und schien Polazzo, der mit seiner Reisetasche immer noch mitten im Raum stand, vergessen zu haben.

Unter ihrer weißen Bluse trug sie einen Büstenhalter mit bunten Schleifchen und üppigen Spitzen – und unter ihren Jeans nichts als diese zartolivbraun getönte Haut.

Dann widmete sie sich weiter ihrem Haar.

Enrico Polazzo, Wissenschaftler, Mönch und Erfinder, schien vergessen zu haben, was man in solchen Situationen tut.

Sie nahm ihm schließlich die Tasche ab und zeigte es ihm. Kindlich, verspielt, unbefangen ließ sie sich umarmen.

Polazzo entdeckte wieder die Zärtlichkeit seiner Hände, sein Tastgefühl, die Freude an einer fremden Haut. Helles Olivbraun, die blauschwarzen Spitzen einer Brust, das feste schwarze Haar – und zum Teufel mit Syntan und allem Ehrgeiz und Fotokopien und Patenten. Er versank in der Lust dieses Mädchens, in diesem schrillen, fremden Gurren. Atmete tief diesen unbekannten, längst vergessenen, vertrauten Geruch. Genoß dieses Spiel von Muskeln und Nerven. Spürte eine große Welle über sie beide kommen, die sie gemeinsam verschlang, fortriß.

Und dann war Lärm um sie herum, Schwätzen und Lachen und Jubel von tausend Stimmen oder noch mehr. Und Musik. Schrill und grell und voller Spaß. Ein Dutzend Klarinetten. Eine Tuba, Trommeln und Pauken.

Das Mädchen ohne Namen stand am Fenster und sah hinaus auf den abendlichen Platz. Jeder, der heraufblickte, konnte sie sehen, nackt, mit dem Widerschein der trüben gelben Lampen auf ihrer schönen Haut.

Er trat hinter sie, umfaßte ihre Brust, als müßte er sie vor fremden Blicken schützen. Und sie erschrak nicht darüber, sondern dehnte sich ihm entgegen mit einem tiefen Atemzug.

Und unten wogte die Menge, dunkle Gestalten mit den grellen Farbpunkten der Ponchos dazwischen. Mädchen gingen eingehakt zu viert, zu fünft immer den gleichen Weg an den Gruppen der Burschen vorbei. Die Alten standen am Rand, schwätzten und tranken. Und im hellerleuchteten Pavillon spielten die zwei Dutzend Musikanten.

Da war eine Grenze, ein Fluß, eine Brücke. Und nach einer Fahrt von zehn oder zwanzig Kilometern durch versteppotes Land war man in einem anderen Kontinent. Eine andere Luft, andere Gerüche, eine andere Sinnlichkeit.

Das Mädchen wandte sich um, wandte sich ihm zu. Sie lächelten sich an, lange Minuten, als müßten sie sich besser kennenlernen, als könnten sie so mehr voneinander erfahren. Dann schmiegte sie sich wieder an ihn. Mit dem Kinn berührte er gerade ihr Haar, so klein, so zierlich war sie.

Und dann klammerte sie sich plötzlich an ihn, als hätte sie Angst, ihn zu verlieren.

Sie liebten sich, bis der Lärm, die Musik auf dem Platz verstummte, bis die Lampen erloschen, Dunkelheit und Stille sie umfingen. Und mit diesem Mädchen im Arm, das keinen Namen hatte, mit dem er kein Wort gesprochen hatte, seit er dieses Zimmer betrat, schlief Polazzo ein.

21

EINE alte, fette Mexikanerin saß unten an der Rezeption und kassierte irgendeinen Betrag in amerikanischen Dollars, der Polazzo nicht interessierte.

Dann gingen sie wieder, das Mädchen und er, Hand in Hand über den Platz.

Der alte, zahnlose Mann polierte immer noch an seinem Taxi und riß den Schlag auf, der nur noch an einem einzigen Scharnier zu hängen schien.

Amerika war weit, hier war es nicht. Hier war eine Art Heimat. Kindheitserinnerungen. Vertraute, romanische Klänge. Hier waren Liebe und Zärtlichkeit ohne die Frage nach dem Profit. Hier waren Unordnung und Gefühl, und hier war Leben.

So empfand es Polazzo, und er schwor wiederzukommen. Er

küßte das Mädchen. Und die beiden Straßenkehrer in ihren städtischen Uniformen, die den Abfall des Abends zu bunten Haufen kehrten, blickten nicht einmal auf.

Er klammerte sich an den Griff seiner Tasche, weil der Schmerz der Hand ihn ablenken sollte, und stieg über Bierdosen und Popcorntüten in den hintersten Winkel des Wagens.

Die Federn bohrten sich schmerzhaft durch die abgewetzte Plastikhaut des Sitzes. Schon das erste Schlagloch schüttelte den Wagen durch, warf Polazzo gegen den Rahmen der Tür, die nicht zu verriegeln war.

Er klammerte sich an die Lehne der Bank, die lose auf dem Sitz lag und ihm ächzend entgegenkam. Dann hob er die Hand zu einem Gruß.

Das Mädchen stand in der Mitte der Straße und sah ihm nach, hatte aufgehört zu lächeln und rührte sich nicht.

Dort stand sie noch, als der Wagen längst verschwunden war.

Und Polazzo fiel ein, daß er vergessen hatte, sie nach ihrem Namen zu fragen.

22

NACH sieben Stunden erreichten sie Chihuahua, mehr tot als lebendig. Zumindest, was Polazzo betraf.

Der alte Mann ohne Zähne, der sich unterwegs an sein Steuerrad geklammert hatte wie weiland Käpten Hornblower vor Kap Hoorn, sprang flott und frisch aus dem Wagen wie ein Pennäler nach dem ersten Tanz.

Der Fahrpreis schien nach Polazzos Einschätzung nicht mal die Benzinkosten zu decken. Er gab dem Alten das Doppelte und hatte nun einen Freund fürs Leben.

Den Abend und die Nacht verbrachte er in einem Sperrmüllsessel in der Abflughalle des Chihuahua International Airport. Morgens um sechs Uhr fünfunddreißig ging pünktlich auf die Minute die Maschine nach Ciudad Madero/Tampico mit Weiterflug nach Tuxpan.

Sie hatte sechzehn Plätze, und alle waren besetzt.

Der Kopilot ließ die Sperrholztür offen. Hinter ihm saß

seine Freundin, vielleicht seine Frau. Er sah sich wiederholt nach ihr um, lächelte sie an, versuchte sie zu beruhigen und von der absoluten Zuverlässigkeit des Unternehmens zu überzeugen.

Das gab Polazzo eine gewisse Hoffnung.

In Tampico wurde aus der aufgeklappten Nase der Maschine ein Postsack entladen. Dann flogen sie weiter. Jetzt war Polazzo allein.

Unter ihnen dehnte sich die Küste des Golfs. In seinem tiefen, schattigen Grün wucherte der Urwald bis dicht an den Strand. Keine Sandburgen, keine Strandkörbe, niemand, nichts. Unerschlossen aus touristischer Sicht, zogen fast zweihundert Kilometer unberührten, weißen Sandes samt Lagunen und Palmengärten unter ihnen vorbei.

Weiße Schaumkronen wanderten auf das Ufer zu.

Polazzo starrte hinaus, geblendet von der Sonne, klammerte sich an seine Tasche, an das Schmuggelgut der Fotokopien und zweifelte plötzlich an seinem Verstand.

Dann tauchten die ersten Bohrinseln auf. Rostigrote Stelzen standen kaum zwei Kilometer von diesen unberührten Stränden entfernt im aufgewühlten Wasser des Golfs, das nun braun war und schlickig. Die weißen Schaumkronen waren verschwunden, die Wellen brachen sich nicht mehr, wanderten wie in Zeitlupe, gebremst und zähflüssig, auf die Bänke der Lagunen zu und hinterließen schwarze Säume im weißen Sand.

Versorgungsboote dümpelten in dieser verschmutzten See. Ein Bündel Rohrleitungen tauchte aus dem Wasser, folgte zerfurchten Pisten parallel zum Ufer, traf auf andere, sich verbindend, überschneidend, verzweigend, und verschwand im aufgewühlten rotgelben Erdreich der breiten Schneisen, die in den Urwald geschlagen waren.

Off-shore-Drilling. Das Paradies hatte seine Grenze gefunden. Die Zivilisation hatte ihn wieder eingeholt.

In Tuxpan hatte sich im Schatten vor dem Flughafengebäude eine deutsche Reisegesellschaft versammelt. Es waren freundliche, laute Menschen, die sich bereits ungemein amerikanisch gaben. Sie hatten eine Exkursion aus Acapulco gebucht und waren quer über den Kontinent geflogen, der an dieser Stelle jedoch angenehm schmal geworden war: sechshundert Kilometer. Das schaffte ein Jet heutzutage in einer Dreiviertelstunde.

Die Busse zu den Ruinen von Tajín fuhren vor, und Polazzo schloß sich an. Die deutsche Reiseleiterin konnte seinem Charme nicht widerstehen.

EINE Stunde bis Poza Rica. Aus dem dichten Urwald leuchteten die Hütten. Am Straßenrand hockten Kinder und verkauften grüne, frische Kokosnüsse, Strohhüte und Coca-Cola.

Dann begann die Piste durch den Dschungel. Die Spuren waren tief und ausgefahren. Hier folgte Touristenbus auf Touristenbus.

Nach einer Viertelstunde kamen die Ruinen in Sicht.

Die Verschlüsse der Kameras klickten, obwohl der Bus wie in einer Kreuzsee schlingerte.

Schwärme von Andenkenhändlern überfielen die Neuankömmlinge mit Airport Art und gefälschten antiken Ausgrabungsstücken.

Der Kampf um die einfallenden Heuschreckenherden der amerikanischen, deutschen, skandinavischen Touristen hatte ihre Gesichter stumpf gemacht und unsensibel.

Polazzo brach aus, verließ die Gruppe, schlug sich durch die Phalanx der Händler – und Tajín lag vor ihm. Eine Tempelstadt. Der wuchernde Urwald war zurückgedrängt. Jetzt wuchsen grünüberwachsene Hügel in diese Lichtung hinein, unausgegrabene Kultstätten, die bis heute ihr Geheimnis bewahren konnten.

Aber überragt wurden sie alle von einer bizarren Ruine: einer Stufenpyramide mit unzähligen Nischen. Eine Treppe führte nach oben, steil und brüchig, von schmalen Sockeln unterbrochen, abgeschliffen die Kanten von den Sandalen einer Priesterschaft oder vielleicht eher von den Schuhen einer Armee unermüdlicher Globetrotter.

Polazzo stieg hinauf, blickte in den geradezu unglaublich blauen Himmel, setzte sich, fühlte den kühlen Stein, hörte die klugen Mutmaßungen über Entstehung und Zweck, Baujahr und Größe auf englisch und deutsch, spanisch und weiß Gott wie noch heraufklingen. Er lehnte sich zurück, erfüllt von einer lähmenden, wohltuenden Müdigkeit. Winkte matt der Reiseleiterin zu, ihn in Ruhe zu lassen und ohne ihn abzufahren. Wimmelte Führer und Händler und Schuhputzer ab. Sah die Sonne untergehen. Spürte weder Hunger noch Durst. Legte die Reisetasche unter seinen Kopf und die Pyjamajacke gegen die Moskitos über sein Gesicht.

Hörte die Schreie aus dem Urwald, kehlig und gurrend und schrill, und träumte von einem Mädchen ohne Namen. Erwartete den Tag, der stahlgrau begann, grünlich wurde, ocker, gelb, orange, purpurn und schließlich feuerrot, aufgefächert in Zirren und Federn. Entleerte Darm und Blase in einem Winkel des geheiligten, archäologischen Bezirks. Litt Hunger. Kaufte sich vier Flaschen Cola zu einem Wucherpreis, fade und süß und schäumend. Und wartete.

23

Louis Palm traf gegen Mittag ein. Er stieg aus einem Bus mit französischen Touristen, blickte scheu und irritiert in diese Ruinenlandschaft, drängte sich durch Mitreisende und Händler – und entdeckte schließlich Polazzo oben auf den Stufen der Pyramide.

Palm versuchte sich möglichst unauffällig zu benehmen, er hatte Polazzos Telegramm offenbar auch in den kleinen Andeutungen, die zwischen den Zeilen verborgen waren, richtig verstanden. Er wartete ab.

Als ein Rudel unternehmungslustiger Touristen die Pyramide bestieg, schloß er sich ihnen an.

Stufe um Stufe kam er nach oben. Polazzo beachtete ihn nicht. Als Palm auf gleicher Höhe mit ihm war, blieb er stehen und ließ die Gruppe an sich vorüberklettern. Dann setzte er sich, kaum einen Meter von Polazzo entfernt.

Unten waren weitere Busse eingetroffen, wurde Herde um Herde von Reiseleitern und amtlichen Führern zwischen den überwucherten Ruinenhügeln umhergetrieben.

„Wir haben lange nichts von Ihnen gehört“, begann Palm leise und beiläufig die Unterhaltung.

„Ja“, antwortete Polazzo, „die haben dort auch einiges gegen Kontakte mit der Außenwelt, besonders mit ehemaligen Kollegen. Aber wenn alles so läuft, wie ich annehme . . . Noch sechs Wochen, vielleicht acht, und alle werden von mir hören." Er lehnte sich zurück, hielt das übernächtigte, unrasierte Gesicht in die steilstehende Sonne. „M-1209 war der richtige Weg", fuhr er fort, „alles andere war Bluff, nichts als Bluff!"

„Sie meinen die Brücke?" Palm lächelte bitter. „Ja, das haben wir weiß Gott bemerkt!" Er sprach, ohne Polazzo anzusehen, denn die Gruppe kam gerade wieder an ihnen vorbei und versuchte den mühsamen und gefährlichen Abstieg.

„Als Aktionäre der IMT sind wir ruiniert", fuhr Palm fort, als die Touristen außer Hörweite waren. „Wir haben uns schlicht verspekuliert."

„Warten Sie ab!" Polazzo sah Palm siegessicher an, hatte plötzlich jede Scheu und jede Vorsicht vergessen. „Noch sechs, acht Wochen. Vielleicht auch schon früher. Die werden sofort veröffentlichen. Möglicherweise bereits nach der Pressekonferenz in New York, in der übernächsten Woche . . ." Er rieb sich die Hände, dann fuhr er sich mit dem Handrücken über die Augen, sah wieder zu Palm. „Wir sind durch. Ich bin durch!" Er lachte sarkastisch. „Die hatten nichts – absolut nichts. Nichts!" Er schlug mit der Faust gegen die verwitterten Steine hinter seinem Rücken. „Hätte ich nur im Alleingang weitergemacht, damals, im Palais. Sicher, das kostete alles viel Geld. Eine Hochdruckanlage. Extruder für Bleche. Und ein wenig mehr Zeit. Aber dann wäre es unser Stoff. Wir hätten ausgesorgt!" Er machte eine Pause und schaute hinunter, wo sich die Touristenschwärme langsam verliefen. „Was macht unser Patent?" fragte er schließlich.

Palm zuckte die Schultern. „Die prüfen immer noch. Ein Einspruch von dritter Seite. Keine Ahnung, wer dazwischenschießt."

„Oh, ich habe eine Ahnung!" Polazzo war laut geworden, aber keiner beachtete die beiden Männer, die einsam dort oben auf den Stufen der Pyramide saßen und die Gegend zu betrachten schienen. „Ich habe eine Ahnung", wiederholte er. „Die sind sehr geschickt, diese Brüder von der IMT, sehr geschickt, sehr mächtig, sehr gefährlich." Dann schwieg er wieder. Er fühlte sich unendlich müde und gestreßt. Dieses feuchtheiße Klima. Das Hemd klebte auf seiner Haut. Ungewaschen, unrasiert, stinkend, hungrig. Was sollte das alles . . .

„Ich habe Ihr Telegramm also erhalten, Enrico", begann Palm schließlich, um zur Sache zu kommen. „Sie wollten mich sprechen. Ich hatte das Gefühl, es geht um Leben oder Tod. Ich bin nun hier. Es war eine sehr lange und sehr teure Reise. In der gegenwärtigen Situation fast unerschwinglich für uns, trotz Charterflug im Touristenjet. Also, was gibt es? Ich höre . . ."

„Das Patent!" Polazzo stemmte sich gegen Stufen. Der Stein war heiß geworden, glühend heiß, unter dieser senkrechten Sonne. „Ich brauche das Patent! Verstehen Sie?! Nehmen Sie den besten Anwalt. Es eilt. Das muß durchsein, bevor die veröffentlichen!"

„M-1209?" fragte Palm. „Das ist doch vermutlich überholt. Durch Ihre eigene Arbeit bei der IMT."

„M-1209 ist die Basis! Das sind fünfundneunzig Prozent. Und hier ist der Rest." Polazzo klappte seine Reisetasche auf, griff hinein, brachte ein dickes Bündel Papier zum Vorschein, die Fotokopien von Notizen, Protokollen, Analysen und Beschreibungen, Laue-Diagramme, die farbigen Bilder mikroskopischer Dünnschliffe, Testergebnisse, Expertisen . . .

Er hielt Palm die Papiere hin, ohne Rücksicht auf die vereinbarten Vorsichtsmaßnahmen. Er fühlte sich sicher. Wer sollte ihm schon gefolgt sein hierher in diese Dschungelstadt der Totonaken? „Hier! Reichen Sie das ein. Schieben Sie das nach. Ergänzung unseres laufenden Antrags: synthetisches Titan! Bleche für Flugzeugbau, Raketen, Satelliten. Titan! Ein Stoff, der von Tag zu Tag knapper wird. Mit Eisen und Stahl, da mogelt man sich noch eine Weile durch. Nicht mit Titan. Damit ist Schluß! Los, nehmen Sie! Stecken Sie's ein!"

Aber Palm hatte keine Tasche, keinen Koffer, hatte keinen Platz für einen Stapel Papiere dieses Umfangs.

Da riß Polazzo Schlafanzug und Rasierzeug aus seiner Reisetasche, warf das alles achtlos hinter sich, legte die Papiere zurück an ihren alten Platz. „Hier. Nehmen Sie alles. Nehmen Sie die ganze Tasche. Gehen Sie zu Ihrem Bus. Es sind nur Touristen da unten. Alles nur Touristen. Das fällt nicht auf . . ."

Aber Palm rührte auch die Tasche nicht an. „Sie wissen, was Sie hier tun?" fragte er.

„Das hier sind meine Ideen!" Polazzo wurde aggressiv. „Meine Entwicklung ist das! Ganz allein! Mein geistiges Eigentum. Reichen Sie das ein. Alles ist vorbereitet. Da sind keine Rückfragen nötig. Vollmachten liegen bei. Alles ist ganz klar. Synthetisches Titan! Ich will das Patent. Das hier ist meine Erfindung!"

Palm schwieg. Er hatte nicht versucht, Polazzo zu widersprechen. Er hätte im hastigen Wortschwall auch keine Chance gehabt. Aber er antwortete auch nicht, als Polazzo längst geendet hatte.

Die Touristen wurden zusammengetrieben. Gruppen und Grüppchen kamen angelaufen, versammelten sich um den Bus.

Hupsignale tönten über den Platz, kamen als Echo vielfältig gebrochen zurück.

Immer noch hielt Polazzo Palm die Tasche hin, aber der rührte sich nicht.

„Gut", versuchte Polazzo einzulenken. „Ich kann das hinhalten, die Veröffentlichung verzögern. Weitere drei, vier Wochen. Ich habe da gewisse Möglichkeiten . . ."

Aber Palm reagierte nicht.

„Sie glauben mir nicht? Sie glauben nicht, daß es funktioniert?" Er faßte in die Tasche, wühlte scheinbar wahllos einige Papiere aus dem Stapel, Fotos, Röntgenbilder. „Hier, bitte: Laue-Diagramme, die Raster der Kristallgitter im Röntgenlicht. Hier: Schnitte. Die Kristallite im Ionenfeldmikroskop. Die letzten Daten der Materialprüfung. Das Protokoll des Tests im Simulator. Übertrifft Titan an Steifigkeit und mechanischer Festigkeit. Hat nahezu die plastische Verformbarkeit von Aluminium. Nehmen Sie das mit, und reichen Sie es ein!"

Aber Palm schwieg.

„Hören Sie, Palm, das ist mein Stoff!"

Da schüttelte Palm den Kopf. „Nein! Ich glaube es nicht!"

„Ich schwöre Ihnen, Palm . . ."

Aber Palm unterbrach: „Sie haben einen Vertrag mit der IMT – doch, natürlich, Sie haben einen Vertrag unterschrieben. Sie sind dort angestellt, bei dieser Tochterfirma. Sie haben sich verkauft . . ." Den Einwand von Polazzo ließ er nicht gelten, er sprach nun unbeirrt weiter. „Lesen Sie sich den Vertrag einmal durch. Alle Ergebnisse Ihrer Arbeit gehen automatisch . . ."

„Lächerlich – unmoralisch!" rief Polazzo.

Aber Palm sprach weiter, wurde lauter: „. . . gehen automatisch in den Besitz der Firma über. Sie sind nicht mehr im Blauen Palais. Dort hätten Sie partizipiert. Hier, bei dieser IMT, sind Sie Angestellter, nichts weiter. Sie erhalten Ihren Lohn – aus. Das ist alles. Die USA kennen keine Arbeitnehmerpatente. Wenn ich das hier einreiche, egal wo, unter Ihrem Namen – die IMT wird das anfechten, und mit Erfolg. Die Rechtsprechung ist dann eindeutig gegen uns. Außerdem: Ich spiele nicht den Hehler. Sie sind aus freien Stücken zu dieser Firma in die Wüste gegangen!"

„Ja, richtig! Weil Sie keine Möglichkeit mehr für mich hatten!" Polazzo atmete schwer. „Aber jetzt!"

„Aber jetzt?" wiederholte Palm und sah Polazzo fragend an. Und als keine Antwort kam, gab er sie selbst: „Wir haben inzwischen weniger Möglichkeiten als zuvor!"

„Aber mit dieser Erfindung hier . . ."

Palm winkte ab. „Wir haben weder das Geld, die Sache auszuwerten – noch das Geld, einen Prozeß gegen die IMT zu gewinnen!" Er nahm aus der Tasche seines Hemdes eine dunkle Brille, setzte sie auf. „Das Blaue Palais", fuhr er fort, „hat nur noch eine einzige Chance – und die ist grotesk: Fahren Sie zurück. Bringen Sie die Sache zu Ende. Wenn die IMT veröffentlicht, wenn das wirklich die Sensation ist, die Sie mir hier versprechen, dann steigen die Aktien wieder, und wir kommen vielleicht mit einem blauen Auge davon. Wir haben uns nämlich verspekuliert. IMT-Aktien im Wert von hundertfünfzigtausend Dollar ohne Wissen des Kuratoriums. Sie sind im Augenblick keine zwanzigtausend wert. Wir dachten, wir könnten uns freikaufen. Die Versuchung war zu groß . . !"

Er stand auf. Die Touristen waren alle im Bus verschwunden. Offenbar hatte man sein Fehlen bemerkt. Der Bus hupte. Die Reiseleiterin entdeckte ihn oben auf der Treppe und rief ihm etwas auf französisch zu. Er winkte zurück.

„Ich muß los." Er warf Polazzo einen kurzen Blick zu, dann begann er die steilen Treppen hinunterzusteigen, Schritt um

Schritt. Nach etwa fünf Stufen blieb er stehen: „Ich dachte, Sie säßen hier unten ernsthaft in der Klemme. Dabei sind Sie in der glücklichsten Lage, die es für einen Forscher überhaupt gibt: Ihre Ideen, Ihre Berechnungen werden greifbar, verändern morgen vielleicht schon diese Welt!"

Der Bus hupte erneut.

„Offenbar muß jeder mit seinem Triumph anders fertig werden!" sagte Palm zum Abschluß.

Polazzo nickte nur. „Offenbar, ja. Danke, daß Sie gekommen sind!"

„Der Einfall, mich zu diesen Ruinen zu bestellen – nun, Sie waren ja immer sehr kreativ, Enrico. Ach ja, und Grüße von Yvonne. Sie wäre gerne mitgekommen!" Damit wandte er sich endgültig ab und stieg hastig nach unten.

24

WAHNSINN, das alles! Heller Wahnsinn! Er war zweitausend Kilometer gereist für dieses Gespräch, für diese fixe Idee.

Er hatte Palm herbeizitiert quer über den Atlantik. Ehrgeiz, verletzte Eitelkeit. Eine sinnlose Unternehmung.

Was nutzt ein Patent, wenn man es nicht in Profit verwandeln kann, in Kapital, in Macht? Und was nutzt ihm, Enrico Polazzo, Kapital und Macht und Profit, ohne Markt, ohne Auswertungsmöglichkeit, ohne Lobby, ohne diesen Giganten IMT?!

Selbstüberschätzung, Hochmut, Überheblichkeit, Größenwahn . . . Ein Denkmal für den genialen Erfinder von Syntan, den Retter unserer technischen Zivilisation.

Ein mörderischer Jagdbomber bekam eine neue Haut, und die Aktienkurse der IMT würden steigen. Und ein gewisser Enrico Polazzo hatte fünfhundert schlaflose Nächte, lebte wie ein Mönch, ließ sich isolieren und einsperren wie die Helden von Alcatraz. Und nun schrie er nach einem Patent. Vermessenheit.

Er stand auf, um zu pinkeln, aber die Händler da unten, die Bärenführer mit ihren dienstlichen Mützen, waren längst aufmerksam geworden auf ihn. Ein Irrer saß dort oben Stunden um Stunden und starrte herunter auf sie, hockte in der sengenden

Sonne, ohne Wasser, ohne Nahrung. Ein übriggebliebener Tourist? Ein Globetrotter, dem das Klima den letzten Rest an Verstand geraubt hatte?

Wahnsinn, das alles. Heller Wahnsinn!

Mit schlotternden Knien stieg er die Stufen hinunter, in der einen Hand die Reisetasche mit dem Schmuggelgut. Mit der anderen stützte er sich an den Kanten der Treppen ab. Schweißgebadet kam er unten an.

Keiner belästigte ihn. Weder mit falschen Tonfiguren noch mit falschen Fakten der Totonaken-Epoche stellte man ihm nach.

Das Cola in der Kiste hatte annähernd Siedetemperatur erreicht. Der klebrige, süße Schaum spritzte ihm ins Gesicht, sprühte über die dunkle Brille, über das schweißnasse, stinkende Hemd.

Ein englischer Reiseleiter nahm ihn schließlich am Arm und schob ihn in seinen Bus. Die alten Damen rümpften die Nase, aber in Poza Rica flüchtete er ohnehin.

Er wusch sich am verdreckten Wasserhahn im Vorraum eines öffentlichen Pissoirs. Das einzige Hotel war besetzt. Per Anhalter reiste er nach Tuxpan. Es war tiefe Nacht, als er dort eintraf. Für einen Dollar fand er ein leeres Zimmer mit einer Matratze. Die fette junge Mexikanerin, die ihm ihre Dienste anbot, warf er hinaus. Auch den Jungen, den sie ihm schickte. Irgend etwas braucht er wohl, der Mensch, schien sie zu denken. Später, als er satt und träge auf der Matratze im unbeleuchteten Zimmer dieser Absteige saß und aus dem tiefliegenden Fenster schaute, sah er sie wieder herumstehen. An der Ecke gegenüber sprach sie Soldaten an, die in braunen Uniformen rudelweise vom Hafen kamen.

Vielleicht hätte er reden sollen mit ihr. Irgend etwas reden. Wie man lebt in dieser Stadt, wie viele Kinder sie hat von wie vielen Vätern, was sie so nimmt für ein flüchtiges Zusammensein und was Penizillin in dieser Ecke des Landes so kostet?!

Dann sah er das Feuer. Der rote Widerschein flackerte über die flachen Dächer, über das obere Stockwerk der Häuser, brach sich an den weißen Mauern. Die schmutzigen Scheiben spiegelten und vervielfachten die Flammen.

Der Seewind trieb den süßlichen, brandigen Geruch herüber in die Stadt. Schwefel und Öl statt der satten Düfte von Blüten und Tang und Meer. Und die gigantische Raffinerie hinter dem Hafen mit ihren tausend grellen, blauen Lichtern lag in der Schwärze dieser Tropennacht wie der Vergnügungspalast auf einem Rummelplatz. Einladendes, verführerisches Talmi. Und hoch darüber hin, beziehungslos, wie von Geisterhand dorthin gesetzt, loderten diese vier riesigen Fackeln.

Sie züngelten im Gleichtakt, vom Wind verweht, stumm, ohne jedes Geräusch. Polazzo glaubte das Prasseln der Flammen zu hören, das Knistern und Wabern dieses Brandes. Aber da war nichts zu hören. Alles nur ein Spuk. Ein Pfingstsymbol stieg in den heißen Himmel. Aber es war eher ein Spuk des Teufels. Fata Morgana, Spiegelung. Protuberanzen lösten sich ab, *Flares,* schwebten davon und erloschen. Und es fiel ihm schwer, den Blick von diesen vier Feuerzeichen in ihrer unendlichen Formenvielfalt zu wenden.

Straßenmusikanten zogen unten vorbei, bauten an der Ecke des Häuserblocks ihre Instrumente auf, eine riesige Marimba, ein Xylophon mit leeren Kalebassen, gurkenförmigen Kürbissen unter den grob geschnitzten Holzscheiten. Dazu Trommeln, Bongos, alle Größen, Tonlagen, hart und röhrend. Eine Gitarre fiel ein, eine Klarinette. Dann schmetterte eine blecherne Trompete durch die Schluchten der engen Gassen und kämpfte an gegen den brandenden Verkehr mit seinen tausend nervösen Hupen.

Polazzo legte sich zurück. Der Lärm von unten, dieses Brodeln und Schwätzen und Schreien, die Musik mit ihrem vielfältigen Echo, das war wie gestern nacht – oder war es vorgestern gewesen? Oder wann zum Teufel? Diese lange, heiße Nacht mit diesem Mädchen ohne Namen?

Er rechnete, Tage, Nächte, Stunden. Er versuchte es wenigstens. Der große Ventilator an der Decke drehte sich leise und schaffte es nicht, die feuchtheiße Luft zu bewegen oder eine Spur erträglicher zu machen.

Er stürzte sich in die kühle Flut, glasklares Wasser, bunte Kiesel am Grund. Er trank und trank. Aber sein Durst war nicht zu löschen, seine Hitze nicht zu kühlen.

Er stand auf der Spitze der Pyramide und schleuderte die Syntan-Papiere in den Wind, Blatt um Blatt. Bamberger stand hinter ihm und lachte. Und auch Palm. Und die beiden fielen sich in die Arme und tanzten.

Das war zuviel, offenbar, und er wachte auf.

Durch den unbeleuchteten Flur tastete er sich hinunter in die Bar.

Die Männer am Tresen in ihren stinkenden, ölverschmierten Overalls der Firma Petromex wurden aufmerksam und still. Petroleros. Arbeiter der Raffinerie, herübergeschippert von einer dieser Bohrinseln, Fahrer der gigantischen Raupen, die die Schneisen in den Urwald schoben und die Rohre der Pipeline versenkten.

Ihre silberglänzenden blauen, gelben Schutzhelme trugen sie wie Statussymbole. Die Indiogesichter unter den zerfaserten Strohhüten, diese ausgemergelten Körper in ihren zerfetzten Unterhemden und Jeans waren durch die Elite der neuen Industriegesellschaft in den Hintergrund gedrängt.

Polazzo kaufte sechs Flaschen Bier, gut gekühlt, und glaubte sich gerettet. Er hielt eine der Flaschen an die Stirn und schloß die Augen vor Lust. Aber den Zehndollarschein, mit dem er bezahlen wollte, konnte keiner wechseln.

Er erklärte öffentlich und etwas zu laut, daß er kein Gringo sei, sondern Italiener. Ein alter Mann applaudierte. Ein anderer umarmte ihn stumm.

Der Wirt gab die zehn Dollar zurück und schrieb an.

Es war schön, Freunde zu haben und sechs Flaschen kühles Bier.

Er öffnete die erste Flasche und setzte sie erst ab, als sie leer war. Dann lud er alle ein, zu Tequila und Bier und Pulque, bis die zehn Dollar, die der Wirt nun ohne Widerstand nahm, verbraucht waren.

Ein Polizist kontrollierte seinen italienischen Paß und suchte seinen Namen im Fahndungsbuch. Es war zwei Jahre alt, und der Wirt half ihm suchen, auch zwei andere, schließlich auch er.

Der Polizist trank danach mit und übergab das Fahndungsbuch dem Wirt zur Aufbewahrung. Dann begann er zu tanzen, mit einem Blütenzweig in der Hand, ernst und feierlich. Und der Blütenzweig war aus Plastik und hatte ursprünglich vor dem kleinen Marienaltar in der Ecke gesteckt, in einer mit Muscheln beklebten Vase.

Die Musiker kamen dazu und bauten ihre Instrumente wieder auf. Die Schlegel flogen über die Holzscheite der Marimba, trommelten gegen die Felle im Wettstreit mit Fingerspitzen und Knöcheln. Und die Klarinette tschilpte und jubelte, und der Laden füllte sich mit Männern von der Straße, bis keiner mehr Platz fand. Sie tranken ihren Tequila, ihr Bier, ihr Pulque mit winzigen, disziplinierten Schlucken. Der Wirt spülte die Gläser ab, tauchte sie kurz in einen Eimer mit trübem Wasser und füllte sie neu.

Falsch: Es gab immer noch Platz. Und immer noch kamen Männer herein, betrachteten lange und mit stolzem Ernst den Fremden, erhielten Erklärungen und stießen mit ihm an. Da kam der Wirt um den Tresen herum, gab Polazzo die zehn Dollar zurück und umarmte ihn.

Das Fest fand kein Ende.

Irgendwann stand die fette Hure in der offenen Tür, grinste Polazzo vertraulich an, aber über die Schwelle wagte sie sich nicht. Es war ein Fest nur für Männer.

In Italien hätte nun einer angefangen zu singen, die anderen wären eingefallen. Aber hier blieben sie stumm, tanzten vielleicht ein paar Schritte, umarmten einander spontan und ohne ersichtlichen Grund, tranken und schwiegen.

Und dann gingen sie. Ohne Gruß, ohne Blick. Einer nach dem andern. Es gab keine Übereinkunft. Sie gingen, wie sie kamen. Der Raum leerte sich, der Wirt stellte die Flaschen zurück, spülte die letzten Gläser und löschte das Licht.

Polazzo tastete sich wieder nach oben, fand die Tür, die Matratze. In spätestens drei Wochen würde er eine Hepatitis haben, das Spülwasser, die Gläser. Da hätte er auch mit der Hure schlafen können, seinen Durst löschen am Wasserhahn, draußen auf dem dunklen Flur.

Jeder kam einmal an jenen Punkt, wo ihm Tod oder Leben gleichgültig ist, wo er sich zwischen Wachen und Schlafen nicht mehr entscheiden kann. Wo er sich der Dunkelheit hingibt, der Nacht. Dem Alkohol in seinem Hirn. Der feuchten Hitze. Einer sanften Übelkeit. Und dem Zweifel. Dem Zweifel an sich, an seiner Existenz, an Zukunft und falschen Hoffnungen, an Einmaligkeit und Genialität und an diesem verdammten, gequirlten Scheiß, den man Karriere nennt.

ER LIESS sich rasieren. Das frühe Licht erfüllte den kargen Raum des Barbiers, der unaufhörlich mit ihm sprach. Neugierige standen in der offenen Tür und bestaunten ihn. Die Tasche hatte er zwischen die Knöchel der Füße geklemmt. Rasierapparat und Schlafanzug waren unauffindbar verschwunden, lagen vermutlich achtlos hingeworfen in einer der Nischen auf der Stufenpyramide von Tajín. Aber er hatte keine konkrete Erinnerung mehr daran, nur Spuren einer Ahnung.

Er wanderte über den Markt. Früchte und Düfte und tausenderlei Kram, billiger Tand, Jeans und Büstenhalter, Ponchos, Hühner mit zusammengebundenen Füßen, an Stangen, mit ängstlichen Augen. Zauberzeug und Medizin. Maismühlen und Heiligenbilder. Der Tod als Skelett: gemalt, in Ton gebrannt, geschnitzt. Bizarre Särge, Kreuze, Teufel mit Trompeten und Trommeln. Und ein Chor aus über tausend schwätzenden, lachenden, rufenden, anpreisenden Stimmen.

Polazzo ließ sich die Schuhe putzen: ein Herr, den Diener zu seinen Füßen. Klammerte sich immer noch an diese Tasche mit der zu Papier gewordenen Idee. Nahm ein Taxi zum Flugplatz, flog nach Tampico, nach Torreón, nach Chihuahua, nach Ciudad Juárez. Zeigte dem US-Zöllner, der auf der Brücke der Freundschaft ihn und das Taxi kontrollierte, bereitwillig seine geöffnete Tasche.

Nein, keine Früchte, keine Lebensmittel, nichts, was das hygienische Amerika verseuchen könnte. Auch keine Zigaretten, nein, kein Tequila und keine illegalen Arbeitskräfte im Kofferraum.

Fuhr durch das morgendliche El Paso, Schnellstraßen in fünf Etagen übereinander. Highways und Busineß, Rush-hour. Alles strebte diszipliniert und einsam zu den fünfhunderttausend wohlorganisierten Arbeitsplätzen. Banken, Hotels, IBM, General Motors, Supermärkte, Tankstellen, Tankstellen in langer Reihe, Werbung und Stauung, Rotlicht, Ambulanzen, Hektik, Nervosität, der Überlebenskampf. Amerika oder, besser, die Vereinigten Staaten hatten ihn wieder.

25

„MR. POLAZZO – bitte, kommen Sie mit." Der Sicherheitsoffizier nahm Polazzo die Tasche mit den Fotokopien ab und begleitete ihn hinüber zum Wachgebäude.

Er war mit dem mexikanischen *Border Taxi* bis dicht vor den Schlagbaum gefahren, hatte seine rote Karte vorgezeigt und war bereits fünfzig Schritt innerhalb des Sperrgebiets, als nach ihm gerufen wurde.

Zwei „CQ"-Leute standen in der offenen Tür des Postenhauses und sahen ihn an. Der Offizier kam persönlich zu ihm und ließ sich noch einmal den Ausweis zeigen. Dann bat er Polazzo, die Tasche zu öffnen. „Sie haben die Papiere mit nach draußen genommen?" fragte er beiläufig.

„Ich habe daran gearbeitet", antwortete Polazzo. „Ich arbeite immer daran", fügte er hinzu, „auch an freien Tagen."

„Auch in Mexiko?" Der Offizier sah ihn prüfend an.

„Auch in Mexiko, ja!"

Polazzo hatte den Eindruck, der Fall sei damit erledigt. Er schloß die Tasche, wollte den Weg zu seiner Unterkunft fortsetzen.

Da nahm ihn der Sicherheitsoffizier sehr vorsichtig, sehr höflich am Arm. „Bitte, kommen Sie mit!"

EIN WEIBLICHER Sergeant mit weißen Handschuhen stapelte Polazzos Papiere auf einen Tisch. Im Nebenraum telefonierte der Offizier.

Polazzo konnte ihn durch das Drahtglasfenster beobachten, das in die Metalltür eingelassen war. Hören konnte er ihn nicht. „Man wird Sie abholen", erfuhr er, als der Offizier zurückkam.

Polazzo wartete draußen. Es war Abend geworden, das Tor lag ausgestorben, die Wachtposten standen untätig herum, lehnten sich gegen den Schlagbaum und schwätzten.

Von innen näherte sich langsam ein Wagen. Die Scheinwerfer blendeten durch die Dämmerung. Das Abholkommando, dachte Polazzo, aber es war ein Pick-up-Truck, der einen Wohnwagen zog, einen silberglänzenden Jetstream, der auf seiner metallischen Außenhaut die Farbenspiele des Abendhimmels reflektierte.

Den gleichen Wohnwagen besitzt McLean, dachte Polazzo.

Da hatte sich der Wagen dem Postenhaus und der weißen Grenzlinie auf zwanzig Schritt genähert, und der Fahrer schaltete weisungsgemäß die Innenbeleuchtung ein.

Der Fahrer war McLean. Neben ihm in dem alten Pick-up-Truck saß Nancy.

„Hallo, Enrico . . .!" McLean hatte Polazzo erkannt und winkte ihm aus dem offenen Wagenfenster zu.

„McLean?" Er kam näher. „Ihr fahrt in Urlaub?"

„Wir ziehen um!" McLean hatte wieder seinen alten Cowboyhut auf und schob ihn in den Nacken. Und trotz der dämmrigen Stunde nahm er seine dunkle, verspiegelte Brille nicht ab.

McLean hatte deutsch gesprochen, wie damals, als Polazzo angekommen war, und seither niemals wieder. Und auf deutsch fuhr er nun fort: „Zuerst geht es zu den Schwiegereltern nach San Diego. Dann sehen wir weiter."

„What?" fragte Nancy, die kein Wort verstanden hatte.

Aber McLean antwortete ihr nicht. Er sah sich zu dem riesigen Lastwagen um, der mit kreischenden Bremsen hinter ihm gehalten hatte.

Der Fahrer übergab den herbeigeeilten „CQ"-Leuten seine Papiere.

„Wenn du hiergewesen wärst, Enrico", fuhr McLean nach einer Weile fort, „vielleicht hättest du etwas tun können für mich." Er lächelte schmerzlich. „Zu spät!"

Der Wagen hinter ihm hupte.

„Ich muß weg, blockiere sonst die Ausfahrt!"

Erst jetzt schien Polazzo voll verstanden zu haben, was hier vor sich ging. „Schluß hier? So schnell? So überraschend?"

„Oh, eine Woche ist eine lange Zeit, da kann viel passieren. Da gibt es in der Verwaltung Leute, die nehmen ihren Stuhl mit in den Urlaub. Sonst sitzt ein anderer darauf, wenn sie wiederkommen!" Er lachte, wollte unbedingt beweisen, daß er seinen Humor nicht verloren hatte. „Ja, Enrico, du siehst, du warst zu tüchtig!" Er reichte ihm die Hand. „Die haben jetzt, was sie wollen, und lösen den Laden langsam auf."

Polazzo nickte. „Ich bin schuld, ja?!"

Aber McLean winkte großzügig ab. „Die Verhältnisse!" Und nach einem kurzen Seitenblick auf Nancy fügte er hinzu: „Vielleicht waren wir auch einfach lausig schlechte Bewacher!" Er tippte an die abgegriffene, breite Krempe seines Hutes und fuhr los.

„He – wart mal!" Polazzo lief einige Schritte neben ihm her, bis zum geöffneten Schlagbaum. „Kann ich dir irgendwie helfen? Bekommst du jetzt Geld? Eine Abfindung? Unterstützung?"

Wieder lachte McLean, aber diesmal klang es sarkastisch: „O Mann, wir sind doch hier nicht in Europa!"

„*What about?*" fragte Nancy, die bisher nur ahnen konnte, worum es ging.

„*The American way of life!*" Damit fuhr McLean endgültig los und verschwand schließlich auf der schnurgeraden Straße als heller, glitzernder Punkt in der anbrechenden Wüstennacht.

DREI Minuten später kam Bambergers Wagen vorgefahren, um Polazzo abzuholen.

Ein „CQ"-Mann fuhr mit und schleppte die Tasche mit den konfiszierten Papieren. Die stellte er in Bambergers Büro auf einen Tisch neben Eisbox und leere Cola-Flaschen und lehnte sich dann gegen die gelbgestrichene Wand, ohne Tasche und Polazzo aus den Augen zu lassen.

„Hallo, Enrico . . ."

„Hallo, Dave . . ."

Diesmal funktionierte die Klimaanlage ohne Zweifel, aber auf Bambergers Stirn glitzerten wieder feine Tröpfchen.

„Setzen Sie sich, Enrico." Er machte eine entsprechende Handbewegung und lehnte sich in den ächzenden, wippenden Stuhl zurück. „Wie war der selbstgenehmigte Urlaub?" wollte er wissen.

Polazzo ging nicht darauf ein. Er deutete mit dem Daumen hinter sich auf den Wachtposten und fragte: „Was will der noch?"

Aber darauf ging wiederum Bamberger nicht ein. „Offen gesagt", begann er mit ausgesuchter Freundlichkeit, „mich interessiert es nicht, was Sie da in Ihrer Tasche an fotokopierten, vertraulichen und geheimen Papieren durch die Gegend schleppen. In Mexiko gekauft werden Sie das Zeug wohl nicht haben . . ."

„Kaum . . .", antwortete Polazzo.

„Und mitgenommen, um im Urlaub zu arbeiten, wie Sie es dem Sicherheitsoffizier weismachen wollten." Er grinste ölig. „Sie haben alte Freunde getroffen, habe ich recht?" Er lehnte sich zurück.

Der Stuhl ächzte gewaltig und schien zu kippen. Aber Bamberger ließ sich vertrauensvoll in die Endposition fallen und legte die Beine auf eine geöffnete Schreibtischschublade. „Ach, wissen Sie, Enrico", begann er schießlich, „mit uns legt sich keiner gern an. Ich bitte Sie, was heißt uns? Ich bin nicht die IMT. Ich sitze hier nur so lange, wie man mich brauchen kann. Und solange ich einwandfrei funktioniere . . ." Wie üblich wischte er sich den Schweiß von der Stirn und warf das Kleenex zerknüllt in den Plastikkorb neben Polazzos Bewacher.

„Seien Sie vorsichtig, Enrico", nahm er das Thema wieder auf. „Die haben ihren eigenen CIA. Die sind überall. Auf der ganzen Welt, mein Freund!" Er lächelte Polazzo an, machte eine Pause, bevor er fortfuhr: „Noch passiert Ihnen nichts! Ihr Know-how ist zu wichtig!"

„Das Ziel ist erreicht", stellte Polazzo lakonisch fest, „ich kann gehen!"

„Ziel?" Bamberger lachte schallend. „Unser Auftrag lautet: Entwicklung synthetischer Werkstoffe. Ein unendliches Gebiet! Aber einen Etappensieg können wir verbuchen. Ich habe eben mit New York gesprochen: Der Präsident will Sie sehen!"

„Der Vereinigten Staaten?"

„Der Präsident der IMT", korrigierte Bamberger. „Und zwar morgen früh um neun, New Yorker Zeit."

„Privataudienz beim Präsidenten?!" Polazzo schien befriedigt. Sein Protest, seine Flucht waren offenbar richtig verstanden worden. Man begann ihn zu akzeptieren.

„Executive-Sitzung!" schwächte Bamberger ab. Dann stand er auf, was ein gewaltiges Unterfangen war. „Ich wußte, Enrico, Sie kommen rechtzeitig wieder zurück!" Er nahm ein verschlossenes gelbes Kuvert vom Tisch, dann kam er auf Polazzo zu, der sich nun ebenfalls erhob. „Der Sicherheitsoffizier bringt

Sie zur letzten Maschine. Kurz vor Mitternacht. Viertel vor zwölf. Umsteigen Dallas/Texas zwo null fünf."

„Heute nacht?"

„Ja, in zwanzig Minuten müssen Sie los." Er sah auf seine Uhr. „Tut mir leid. Die haben etwas mit Ihnen vor. Und wir sehen uns mal wieder, ja? Wäre doch möglich, oder?!" Er reichte Polazzo die Hand. „Und mich hat es gefreut, wirklich. Danke, Enrico. Und viel Glück!" Dann übergab er ihm noch das kleine gelbe Kuvert. „Das ist für Sie!"

Es war keine Prämie, kein Scheck, kein Bargeld. Aus dem Kuvert fiel, als Polazzo es auf dem Gang aufgerissen hatte, eine überdimensionale Anstecknadel: das Emblem der IMT, geprägt aus metallisch glänzendem Syntan.

Darunter war eingraviert: ENRICO POLAZZO, *Chief of Extrication* – Leiter der Entwicklungsabteilung.

26

NACHTFLUG. Unter ihm schliefen Oklahoma, Arkansas, Missouri.

Er flog erster Klasse, und die beiden Stewardessen bemühten sich um ihn wie um den Präsidenten der eigenen Fluglinie. Illinois, Indiana, Ohio.

Er war in diesem Compartment der einzige Passagier.

West Virginia, Pennsylvania, New Jersey.

Flaschenbatterien standen für ihn bereit, aber Polazzo trank keinen Tropfen. Ein Bier zum Essen, Kopfkissen, Decke.

Er war ausgebrochen, hatte sich seine Freiheit genommen. Okay. Aber morgen war vielleicht der wichtigste Tag seiner Karriere. Das erforderte Disziplin.

Als die Maschine im frühen Morgenlicht im Landeanflug über dem Hudson kreuzte, war Polazzo bereits wach und konzentriert und von einer aggressiven Gespanntheit.

Die Stadt aller Städte, Megalopolis, lag unter ihm, lag neben ihm, die Skyline zum Greifen nahe. Sie flogen die Westside entlang, schwenkten ein in die Schluchten Manhattans über Harlem. Die ersten Wagenkolonnen stauten sich. Die Kolonnen roter Lichter füllten die Straßen.

Es knackte in den Ohren, die Musik mischte sich in das Röhren der Düsen.

New York – IMT – ich komme!

Und über dem dunklen Wasser der Flushing Bay schwebte der Jet auf der ihm zugewiesenen Landepiste ein.

RUSH-HOUR. In der mittleren von drei Spuren schob sich das gelbe Taxi mit Enrico Polazzo, Chief of Extrication, auf die Brücken Manhattans zu.

Sie überquerten den East River im Schrittempo auf der oberen Fahrbahn der Queensboro Bridge. Die Sonne, die tief hinter ihnen über Long Island stand, tauchte die Wolkenkratzer der Eastside in ein märchenhaftes goldgelbes Licht.

Durch die Häuserschluchten Midtowns fuhren sie hinunter zur Lexington Avenue, Ecke 23. Straße.

Dort, am Madison Square, lag das Hauptquartier der IMT.

Das Gebäude stammte aus den dreißiger Jahren. Es hätte von seiner faschistisch-brutalen Architektur her genausogut in Rom stehen können, in Moskau oder Berlin. Nicht nur die Ideologie, auch der Zeitgeist hinterläßt so seine Spuren.

Jetzt waren die hellen, aufeinandergetürmten Quader von schwarzen, nach unten auslaufenden Flecken der Verwitterung überzogen. Von allen Seiten strömten die Mitarbeiter dieses Konzerns – allein in diesem Gebäude waren es über 14 000 – in Scharen auf die Haupteingänge zu. Die Drehtüren rotierten.

Polazzo stand unschlüssig, befestigte das Emblem der Firma, das ihm so indiskret in schwarzoxydiertes Kupfer getrieben von der Fassade entgegenleuchtete, am Revers seines Jacketts. Chief of Extrication. Enrico Polazzo.

Die Lobby, die Halle, hätte der *Stazione Termini* alle Ehre gemacht. Man suchte instinktiv nach der Abfahrtstafel der Züge.

Aber statt der erwarteten Bahnsteige gab es Dutzende von Aufzügen zu den verschiedenen Etagengruppen.

Eine Sektion war durch rote Kordeln von den übrigen getrennt, die das Fußvolk nach oben schaufelten. Eine farbige Hosteß sortierte die Leitböcke aus der Herde der Schafe: *„Executives only . . .!"* rief sie in die Menge. „Nur für die Bosse des Managements."

Polazzo fand dank seiner Anstecknadel Gnade vor ihren Augen und wurde einem der Sonderlifte zugeteilt.

Inmitten sämtlicher Rassen und Farben, die das Imperium der IMT aufzuweisen hatte, drängte er sich als letzter in die Kabine, bevor sich die in Chrom getriebenen Ornamente der Lifttüre geräuschlos vor ihm schlossen.

ACHTUNDACHTZIGSTER Stock. Konferenzsaal der leitenden Angestellten.

Alle trugen sie ihre gigantischen Anstecknadeln mit Namen und Titel, und keiner sah dem anderen mehr ins Gesicht. Die Visitenkarte war wichtiger geworden als der Ausdruck, als die geheimen Signale, die wir als Sympathie und Antipathie, als Interesse und Desinteresse registrieren.

Chiefs of Extrication, das war Polazzos erster Schock, gab es hier wie Sand am Meer. Die wurden von Ordnern, die über geheime Informationen zu verfügen schienen, in die hintersten zehn Reihen des Auditoriums verfrachtet.

Adrette Frauen in grauschwarzen Kostümen verteilten Mappen mit gedruckten Anweisungen, Mitteilungen, Informationen – in sieben Sprachen.

Nach dreißig Minuten hatte sich der Saal bis auf den letzten Platz gefüllt – mit Ausnahme des langen Tisches an der Stirnseite. Dort nahm nach einem stilechten, achtunggebietenden Auftritt das Executive Board, das Gremium der Geschäftsführung, Platz.

Als letzter erschien ein Herr mit grauen Schläfen und mit randloser Halbbrille, den vier junge Referenten begleiteten.

Er ließ sich erschöpft in den einzigen freien Sessel an der Mitte des Tisches fallen, lächelte nach allen Seiten, nickte hierhin, dorthin, begrüßte, schüttelte Hände, während die vier Referenten dicht hinter ihm Stellung bezogen.

Ein Gong ertönte. Der Präsident war zur Stelle, die Vorstellung konnte beginnen. Der Sprecher der Geschäftsleitung zog das Mikrofon zu sich und kam ohne große Umschweife zur Sache.

In knapp zwanzig Sätzen war das Produktionsprogramm Syntan umrissen. In weiteren vierzig Sätzen wurden die Aufgabenbereiche der einzelnen nationalen Tochtergesellschaften skizziert.

Dann folgten die detaillierten Anweisungen an die einzelnen Firmen und deren Vertreter.

Für ausländische Mitarbeiter, die des Englischen – so etwas gab es bisweilen, wenn auch selten – nicht mächtig waren, kamen die Stimmen ihrer Herren simultan übersetzt über Kopfhörer aus verglasten Boxen, die ein Stockwerk höher rund um den Saal eingebaut waren.

Sydney, Australien, erhielt, dies nur als Beispiel, die Auflage, daß die Produktion von Syntan spätestens zum 30. Oktober des nächsten Jahres anzulaufen hätte.

„Glauben Sie, daß dies möglich sein wird, Sir?" fragte der *Speaker* rhetorisch. Und ohne auf Antwort zu warten, fuhr er fort: „Sie wissen ja, vieles hängt davon ab. Was meinen Sie?"

Der Vertreter der australischen Tochter zog ein Mikrofon zu sich und bestätigte den Termin und die Möglichkeit des Produktionsbeginns in Sydney und Auckland.

Dann kam Japan an die Reihe. Ein Mr. Rowland und ein Mr. Akashi wurden aufgerufen. Sie hoben die rechte Hand und meldeten sich zur Stelle. Der 25. März galt als vereinbarter Produktionsbeginn, ein knappes Jahr Zeit für den Endausbau der Anlagen und für den Probebetrieb.

Der Japaner und sein US-Partner hatten keine Einwände. Die Herstellung von Syntan sollte an keinen Terminproblemen scheitern.

Polazzo hielt den Atem an. Träumte er oder nicht? Es ging hier um Syntan, um einen Stoff, den er entwickelt hatte, der erst seit wenigen Monaten in seiner jetzigen, nur vorläufigen Form existierte. Und hier wurden bereits die Produktionstermine in teilweise im Endausbau befindlichen, teilweise fertiggestellten Anlagen disponiert.

Seit wann wußte man denn, daß er erfolgreich sein würde? Seit wann plante und konstruierte und baute man denn? Auf gut Glück, in der Hoffnung auf ein Gelingen?

Er kam nicht sehr viel weiter mit seinen Überlegungen. Sein Name war aufgerufen worden, allerdings in einem nicht sehr exklusiven Zusammenhang.

„West Germany . . .!" rief der Speaker. „Mr. Schlesinger, Mr. Bird, Mr. Kreile, Mr. Schmitz, Mr. Polazzo . . . Sind Sie anwesend?"

Alle waren anwesend. Alle saßen mit Polazzo in einer Reihe.

Er kannte keinen von ihnen. Es waren die Geschäftsführer einer neugegründeten Produktionsanlage, der Deutschen Syntan AG. Polazzo hatte lediglich das Entwicklungslabor unter sich.

Der Erfinder von Syntan, abgefunden mit einem mittelmäßig dotierten Posten, irgendwo in Europa. Wer kennt schon Brunsbüttel an der Elbe . . .

„Die Anlage ist bereits im Bau“, verkündete der Speaker. „Die Produktion von Syntan läuft am 15. April nächsten Jahres in der ersten Ausbaustufe an.“

Die Herren zur Linken von Polazzo nickten zustimmend.

„Eine Betriebsgenehmigung liegt bis zu diesem Zeitpunkt vor!“ versicherte Mr. Schlesinger.

„Alles okay? Noch irgendwelche Fragen?“ Es war eine Routinefloskel des Sprechers. Denn alles hatte geklärt zu sein. Fraglos. Einzelheiten und Probleme waren außerhalb dieser heiligen Hallen zu lösen.

Nur: Polazzo kannte diese Spielregeln nicht. Er meldete sich zu Wort, trat auf ein Zeichen des Speakers hinaus auf den Gang zu einem der Mikrofone. „Okay, natürlich, alles ist klar“, bekannte er. „Nur – bevor wir jetzt in die Produktion gehen, mit Syntan, in die Massenproduktion, sind da noch einige Probleme zu lösen: die Reinigung der Abluft von Fluorwasserstoff . . .!“

„Dann lösen Sie die Probleme!“ Das kam schneidend und endgültig vom Tisch des Executive Board. Der Speaker lächelte verbindlich und fuhr fort: „Sie haben ja bis zum 15. April nächsten Jahres Zeit. Danke, Mr. Schlesinger, danke, Mr. Bird.“ Der Fall war erledigt.

Polazzo schwieg. Entgeistert stand er noch einige Augenblicke am Mikrofon.

Großbritannien wurde aufgerufen, ein Mr. Fulbright, ein Mr. Carmel, ein Mr. Knight.

Dann schlich er zurück zu seinem Platz.

Die Herren zur Linken, Mr. Schlesinger offenbar, Mr. Bird oder wie immer sie hießen, die in Zukunft seine Vorgesetzten sein würden, sahen sich an und beobachteten ihn, bis er sich setzte.

Troublemaker heißt so etwas in Amerika. Ein Mann, der Ärger macht. Und von Troublemakern trennt man sich am liebsten zum nächstmöglichen Termin.

27

ER WAR wie benebelt. Das „Briefing" der Syntan-Gruppe der IMT dauerte sechs Stunden. Der stets lächelnde, joviale Präsident hatte kein Wort gesagt, verabschiedete sich noch während der Sitzung, ein Winken hier, ein Händeschütteln dort, und verließ unter dem Applaus des Auditoriums mitsamt seinen Referenten den Saal.

Er hatte es eilig. Die Pressekonferenz im Waldorf-Astoria: „Syntan – der neue Superstoff – superleicht – superhart – superelastisch – ein Produkt der IMT" begann pünktlich um elf.

Polazzo erfuhr das so nebenbei, gesprächsweise. Ganz gezielt dagegen wurde er informiert über Zusammensetzung und Eigenschaften des neuen synthetischen Titans.

Verkaufsstrategen entwickelten Marktanalysen, Werbefachleute umrissen das Konzept der weltweiten Promotion. Ein General der Luftwaffe, von der IMT als Berater gewonnen, referierte über die Anwendung von Syntan in der militärischen Praxis. Die IMT-Kontakter zu Boeing, McDonnel-Douglas und Lockheed deuteten in kurzen Berichten die Resultate ihrer bisherigen Verkaufsgespräche mit den Entwicklungsabteilungen dieser Firmen an. Die Prognosen waren vielversprechend und rechtfertigten die hektisch angekurbelte Massenproduktion.

Um 12.30 Uhr gab es Sandwiches, Cola und Säfte.

Die Herren Kreile, Schlesinger und Bird machten sich mit Polazzo bekannt und gaben ihrer Hoffnung auf eine gute, erfolgreiche Zusammenarbeit Ausdruck.

Polazzo hielt es für überflüssig, darauf hinzuweisen, daß Syntan das Produkt seiner Arbeit war. Er war sicherlich nicht eitler als die meisten hier im Saal, aber bestimmt empfindsamer.

Man erwarte ihn in drei Wochen an seinem neuen Arbeitsplatz in Brunsbüttel/Elbe, West Germany. Das erfuhr Polazzo noch rechtzeitig, bevor der Gong die Mitarbeiter wieder scharenweise in den Konferenzsaal trieb.

Um 15.30 Uhr löste sich die Versammlung auf.

Polazzo drängte sich durch die Gruppen, die, immer noch in Gespräch und Diskussion vertieft, in den Vorräumen standen.

Der Lift brachte ihn in die Halle. Die lag nun monströs und nahezu menschenleer im Schein von einhunderttausend Lampen. Der polierte Marmor schimmerte wie Gletschereis, drei Stockwerke hoch bis zu der reichverzierten Decke. Dazwischen kündeten heraldische Ornamente und Symbole, in Kupfer und Chrom getrieben, von der Macht und der Herrlichkeit dieses Giganten.

Den Blick scheu nach oben, langsam, Schritt für Schritt, schlenderte Polazzo durch diesen Tempel der Selbstdarstellung und versuchte, tief durchzuatmen. Es gelang ihm nicht. Erst draußen, im Nieselregen Manhattans, kam er wieder zur Besinnung. Im Park des Madison Square kamen Squirrels aus den schütteren Büschen gehuscht, eine steingraue Eichhörnchenart, und bettelten den einsamen Passanten an.

Eine alte Negerin durchsuchte die Papierkörbe und sammelte Undefinierbares in ihre Plastiktüten. Ein Student tastete mit einer Art Minensuchgerät den Boden nach verlorenen Münzen ab. Aber außer Kronenkorken war wohl nichts zu erbeuten.

Jogger kamen angehetzt, mit stierem Blick, atemlos, die bunten Laufanzüge durchgeschwitzt, und trabten vor dem Rotlicht an der Fifth Avenue auf der Stelle.

Bei Grün spurteten sie los und verschwanden in den Auspuffschwaden der Wagenkolonnen, die sich in Viererreihen stauten.

Polazzo hatte den Kragen seines Jacketts hochgeklappt, hielt die Hände tief in den Taschen vergraben, die Mappe mit den Anweisungen und Informationen mit dem Emblem der IMT unter den Arm geklemmt, und wanderte ziellos durch die Stadt.

Er hatte jede Orientierung verloren, und offen gesagt, er hatte nie eine besessen. Es war, von Zwischenlandungen abgesehen, sein erster Besuch in New York. Und so lief er ziellos dahin, ließ sich treiben, spürte den Regen nicht, der ihm das

Haar und die Schultern durchnäßte, hörte nicht das permanente Hupen, das sich an den himmelwärts strebenden Fassaden vervielfachte, Fassaden, die sich irgendwo dort oben im Dunst und Regen und Nebel verloren.

Ambulanzen jagten vorbei mit ihrem enervierenden Jaulen, irgendwo in der Nähe kreischte das Signal einer Feuerwehr und versickerte nach und nach in den Straßenschluchten.

Er schob sich gleichmütig durch die ihm entgegenströmende Menschenmenge; jedes Alter, jede Hautfarbe, jede Rasse war da vertreten und jede soziale Schicht.

Union Square, Washington Square . . . Da wurde er allerdings aufmerksam und fühlte sich in seine italienische Heimat versetzt. Auch weiter unten in Little Italy umfing ihn wieder die Muttersprache, die Geschäfte waren bunt, die Menschen laut, die Gemüsestände brachen unter dem Angebot fast zusammen.

China-Town. Schriftzeichen kletterten die Fassaden nach oben, die plötzlich viel von ihrer Höhe eingebüßt hatten. Aber das war vermutlich schon eine ganze Weile so. Wer konnte in dieser Stadt schon ständig zum Himmel blicken, ohne erdrückt und erschlagen zu werden von dem Gefühl seiner Nichtigkeit!

Er wanderte weiter. Die Füße schmerzten ihn. Es wurde kühl, und die Dämmerung brach über die Stadt herein. Die Lichter flammten auf, spiegelten sich in dem nassen Asphalt, und die funkelnden Türme wuchsen wieder hinein in die Wolken.

Aus allen Türen strömten nun die Menschenmassen, die Heerzüge der Arbeitstermiten, schlaff und grau und abgekämpft, und wurden von den Löchern der Subway-Eingänge verschluckt.

Es gab keine Farben mehr. Grauer Granit bildete hier unten im Finanzdistrikt um Wall und Broad Street die Bastionen und Kasematten des Kapitals.

Dazwischen ertrank eine schwarzgerußte, gotische Kirche: Trinity Church. Nach zwei Stunden Fußmarsch stand er schließlich an der Battery, an der alten Festung auf der Südspitze Manhattans.

Die schmutziggelben Fährschiffe schienen wie Urweltmonster über das schwarze Wasser zu schweben. Ein paar einsame

Möwen krächzten im Steilflug gegen das Brodeln des Verkehrslärms an, das aus den Fugen und Spalten dieser Stadt herauszusickern schien.

Die Regenwolken lichteten sich, zerrissen und gaben Blicke auf einen blaßrot schimmernden Abendhimmel frei.

Da tauchte aus Dunst und Regen wie ein grünlich leuchtendes Schemenwesen aus einer anderen Welt, weit entfernt und verloren im Wasser, die Freiheitsstatue auf, Symbol und Verheißung für die, die hier ankamen und bereit waren, ein neues Leben zu beginnen. Aber auch: Katalysator von Sehnsucht und Heimweh nach der Alten Welt.

Da wußte Polazzo plötzlich, was er zu tun hatte, und machte sich auf den Weg.

28

„HOCH soll'n sie leben – hoch soll'n sie leben – dreimal hoch!" So schauerlich dieser Chor auch klang – es war lieb gemeint.

Polazzo und Yvonne stiegen aus der alten, blumengeschmückten Ente von Büdel, dem 2CV, und wurden von den Mitarbeitern des Blauen Palais umringt, beglückwünscht, umarmt.

„Wie war es?" rief Eva.

„Wunderschön", berichtete Yvonne mit glitzernden Augen. „Enrico hat sogar für fünfzehn Mark einen Harmoniumspieler bestellt. Ich wußte nicht, war das zum Heulen oder zum Lachen."

„Und du hast gelacht?" wollte Eva wissen.

„Geheult hat sie!" verriet Büdel, der als Fahrer und Trauzeuge fungierte. „Wir alle haben geheult. Es war ja soo rührend!"

„So", verkündete Polazzo, „das wäre erledigt. Kurz und schmerzlos!"

„Pfui!" rief Jeroen, aber dann küßte er die Braut, ein wenig intensiver sogar, als es schicklich gewesen wäre, und überreichte ihr einen Blumenstock, eine Azalee mit zwei Dutzend roten Blüten. „Meinen herzlichen Glückwunsch, Frau Polazzo."

„Und wer küßt mich?" fragte Polazzo.

Eva kam dieser Aufforderung bereitwillig nach. Aber dann

nahm sie Jeroen am Arm und zeigte auf Polazzo, der mit seiner dunklen Jacke, der leuchtendroten Krawatte und dem weißen Sträußchen am Revers ein wenig verkleidet wirkte. „Da, sieh ihn dir an – und dann nimm dir ein Beispiel an ihm!"

„Erst mal abwarten", dämpfte Jeroen die begeisterte Aufforderung. „Erfahrungsberichte stehen ja noch aus!"

„Wissenschaftler!" sagte sie nur abschätzig, ließ ihn los und rümpfte die Nase.

Da erschien Mr. Wong im Portal des Blauen Palais, klatschte in die Hände und trieb zur Eile an: „Essen – Essen – wird kalt – schnell, heleinkommen, heleinkommen!"

„Was denn?" fragte Yvonne. „Wong hat gekocht?" Sie lief die Treppen hinauf und umarmte den alten chinesischen Mathematiker, dessen Vorzüge und Talente offenbar nicht auf das ordnungsgemäße Führen der Bücher und Bilanzen des Palais beschränkt waren.

Und alle stürmten ins Palais und hinauf in die Bibliothek.

Dort hatte inzwischen das Ehepaar Kühn die einzelnen Tische zu einer Tafel zusammengestellt und mit Blumen und brennenden Kerzen geschmückt.

Schälchen und Stäbchen lagen für das chinesische Menü bereit.

Palm führte das Brautpaar zuerst zu der breiten Fensternische. Dort lagen die Geschenke. „Hier –" Er zeigte auf ein mindestens sechzehnteiliges Service. „Eine kleine Aufmerksamkeit von uns allen – für den Fall, daß wir mal geschlossen in den neuen Hausstand einfallen werden!"

„Oh, ihr habt gesammelt . . .!" Yvonne war schon wieder gerührt. „Ihr habt euch in Unkosten gestürzt . . ."

Aber Palm winkte lächelnd ab: „Die Aktien sind gestiegen – wir können es uns wieder leisten."

Kühn griff nach einem verschlossenen Karton, öffnete ihn, machte daraus eine spannende Zeremonie. Aber dann wurde sie sichtbar in ihrer ganzen Pracht: eine bunte, schleifen- und spitzenverzierte spanische Sofapuppe. „Von mir persönlich", verkündete er laut in das allgemeine Ah und Oh, „für den guten Tip damals, mit den Aktien."

„O lieber Herr Kühn, danke . . ." Er war tatsächlich der letzte, dem Yvonne noch nicht um den Hals gefallen war.

„Sie haben hoffentlich sofort verkauft", erkundigte sich Polazzo, „und den Gewinn realisiert?!"

„Nein, Herr Dr. Polazzo", erwiderte Kühn voller Ernst. „Ich möchte auch weiterhin mit Ihrem Unternehmen verbunden bleiben!"

„Aber Herr Kühn! Ich bitte Sie . . ." Polazzo lachte auf, obwohl es ihm gar nicht zum Lachen war. „Die IMT ist doch nicht mein Unternehmen!"

„Beteiligt bleiben an Ihrer Erfindung", korrigierte sich Kühn. „Ich bin sicher, da ist noch eine Menge drin!"

„Profit?" fragte Polazzo. „Für die IMT bestimmt. Für die Aktionäre . . . weiß man nie!"

Er blieb offenbar skeptisch. Wenn schon unbedingt spekuliert werden mußte, dann aus seiner Sicht lieber mit wissenschaftlichen Fakten, mit Prognosen für die Zukunft, aber nicht mit Geld.

Da brachte Wong, unterstützt von Frau Kühn, das Essen auf den Tisch. Der Duft nach süß-sauren Schweinelendchen, nach Ingwer und Sojasoße vertrieb den Muff der alten Bücher.

Büdel lieferte Tafelmusik von seinem Kassettenrecorder, und als alle bereits saßen, stürzte er in Panik davon, um auch noch sein Geschenk zu holen. Er hätte es beinahe vergessen. Es wog ja auch nur fünfzehn Kilo. Fünfzehn Kilo engbedrucktes Papier, ein endloses Stück Computerprotokoll, im Zickzack gefaltet und mit einer roten Schleife garniert.

„Was ist das?" Yvonne brach fast zusammen, als Büdel ihr das Präsent überreichte.

„Ein Angebinde, eine Zueignung gewissermaßen, von meinem Computer und von mir. Euer beider spezielles Horoskop – für jeden einzelnen Tag der nächsten neunundneunzig Jahre!"

„Für jeden Tag?" Yvonne hatte die Schleife gelöst und begann das Protokoll aufzublättern.

„Ja, zum Beispiel hier", erklärte Büdel und wählte ein x-beliebiges Datum aus: „16. Dezember 1994: Geschäft flau, Gesundheit okay, Liebe riesig! Oder hier: 11. Januar 2016: Appetit okay, Gesundheit – na ja . . . Liebe . . ., noch gut!!!"

Wem galt nun der Beifall? Dem Einfall oder dem unsagbaren Fleiß, der dahintersteckte?

„Wunderbar", rief Yvonne, „und diese viele Arbeit!"

„Ach, halb so schlimm", wehrte Büdel ab. „Ausgedruckt war das in sieben Minuten!"

„Aber einprogrammiert?" Polazzo hatte den wunden Punkt erkannt.

Büdel wand sich ein wenig, zierte sich, aber dann gab er es offen zu: „Siebenundzwanzig Nächte, um ehrlich zu sein!" Und in den Beifall hinein rief er: „Was soll ich denn auch sonst machen!" Das war die letzte Störung vor dem Essen, und dieses dauerte nun über zwei Stunden.

„Es ist nicht mein Veldienst", wehrte Wong die Begeisterung über seine Kochkünste bescheiden ab. „Wil Chinesen haben einfach einen Volsplung von dleitausend Jahlen – auch was die Eßkultul betlifft." Ein Argument, dem im Augenblick keiner widersprach.

Als der letzte Gang abserviert worden war, begann „offiziell der gesellige Teil", wie Büdel es nannte.

Man saß zusammen und schwätzte, tauschte Erinnerungen und auch Zukunftspläne aus. Für Yvonne war es ja nun der letzte Tag im Palais. Sie berichtete von dem kleinen Reihenhaus in Brunsbüttel, das sie im Frühsommer bezogen hatten. „Es ist wirklich winzig klein", erzählte sie Eva und Palm, „und es stehen immer fünf Häuser in einer Reihe, ganz schmal, in jeder Etage ein Zimmer. Aber solange wir allein sind, hat es Platz genug . . ."

„Und wann ändert sich das?" wollte Palm indiskreterweise wissen.

Yvonne lachte schallend. „Oh, nicht so schnell, bestimmt!"

„Und du hast alles allein eingerichtet?" fragte Eva und dachte an ihre spartanische Sperrmüllklause, die sie über ihrem Labor zusammen mit Jeroen bewohnte.

„Mit ihm zusammen. Sehr süß, viele Farben, Vorhänge, Tapeten. Er hat gesagt: ‚Such dir was aus!' – hab ich gemacht. Du mußt kommen und es ansehen."

„Gern", sagte Eva, „wenn ich mit meinen Reihen durch bin. Peptidanalysen. Vorher komm ich nicht weg."

WÄHREND hier die Idylle am Rand einer Industrieansiedlung beschrieben wurde, hatten die drei Männer an der anderen Seite der Tafel schwerwiegendere Probleme.

„Ich dachte immer", sagte Büdel, „Fluor ist gut für die Zähne!"

„Gut für die Zahnpastawerbung, bestimmt!" stellte Polazzo fest. Und dann erklärte er dem Mathematiker, was es mit Fluor so auf sich hat: „Ein hochgiftiges, farbloses, explosives Gas. Es greift alle Stoffe an, auch Glas. Verbindet sich mit allem, verbrennt sogar Stahl. Ein Fluortransport – im Tankwagen – ist immer ein riskantes Abenteuer, auch wenn man nachts die Straßen sperrt."

Jeroen de Groot, der Biochemiker, steuerte Informationen aus seiner Sicht bei: „Fluorwasserstoff zerstört alle organischen Substanzen, alle Biomoleküle. Lungen werden verätzt. Jede Vegetation stirbt ab. Fluor wirkt auf das Chlorophyll. Wieviel wird in eurer Fabrik denn frei?"

„Wenn die Produktion anläuft?" Polazzo dachte nach. „Sehr viel, aber genaue Zahlen . . . Wir haben in der Wüste ja immer nur kleine Mengen produziert, haben uns mit Masken und mit Handschuhen geschützt."

„Also, wieviel, schätzungsweise . . ." Jeroen wollte Fakten, keine Mutmaßungen. „Sind das Spuren, oder geht das bereits in Milligrammbereiche?"

„Ich kann das nicht schätzen, entweder berechne ich das exakt . . ." Er nahm Kugelschreiber und Papier aus seiner Tasche. „Der geplante Ausstoß der ersten Stufe unserer Anlage soll zwölftausend Tonnen Syntan täglich betragen. Bei weiterem Ausbau . . ., die Prognosen der Planer gehen auf täglich sechzigtausend Tonnen."

„Was macht man nur mit diesen Mengen von dem Zeug?" fragte Büdel.

Aber Polazzo hatte darauf auch keine Antwort parat. „Das sind ja nur unsere Zahlen, die der Deutschen Syntan", gab er zu bedenken. „Irgendwann wird rund um den Planeten produziert. Mindestens sechzig Anlagen sind da geplant. Und unsere ist bestimmt nicht die größte."

Yvonne, Eva und Palm nahmen die Diskussion der drei Männer nicht weiter zur Kenntnis.

„Ich habe mir immer gesagt", flüsterte Yvonne vertraulich, „irgendwann wird er vernünftig, wird er ruhiger. Und er gibt zu, er fühlt sich sehr wohl in unserem kleinen Haus. Er hat Blumen gepflanzt, plant ein Aquarium mit Fischen. Wir haben sehr nette Nachbarn, alles Kollegen. Sie laden uns bereits zu Grillpartys ein. Und am Ende des Monats ist immer Geld auf dem Konto. Keine Probleme, keine Sorgen. Und zum Mittagessen kommt er nach Hause. Es sind nur ein paar Schritte zum Labor."

AUF DER anderen Seite des Tisches war die Zukunft weniger rosig.

„Polychlorbiphenyl, PBC und Dekachlorbiphenyl werden frei, als Verunreinigung durch die Lagerfette der Apparatur. Das ist nicht zu vermeiden", bekannte Polazzo.

„Und diese Stoffe sind giftig?" fragte Büdel.

„Sind im hohen Grade toxisch, ja, alle beide." Polazzo war nicht wohl bei diesen Erklärungen. Er trank den letzten Schluck grünen Tee aus seiner Tasse und sah sich um. Aber als er bemerkte, daß Yvonne sich bestens unterhielt, fuhr er leise fort: „Es sind heimtückische organische Stoffe mit Spätzündung. Sie lagern sich im Gewebe an, und bis man die Schäden bemerkt, ist es zu spät."

„Aber ich bitte dich", warf Jeroen in die Diskussion, „das haben die in einer solchen Firma doch sicher im Griff. Anfallende Schadstoffe zu beseitigen, das ist doch heute nur noch eine Geldfrage!"

„Ja, eine Geldfrage, richtig", bemerkte Büdel nicht ohne Ironie.

„Bei Polychlorbiphenyl ist es leider nicht nur ein finanzielles Problem!" Polazzo war skeptisch und sah wieder auf die andere Seite des Tisches zu Yvonne. Sie lächelte ihm glücklich zu, und er versuchte das Lächeln zu erwidern, so gut es einem bei Themen wie diesem eben gelingt.

Eva nickte den beiden wohlwollend zu und stellte mit einem nicht ganz selbstlosen Unterton fest: „Ihr gehört also nun zum Establishment. Wohlhabende Bürger mit Ruhegehalt . . .?"

„Nein", wehrte Yvonne lachend ab, „noch nicht, zumindest. Obwohl, das wird kommen. Als leitender Angestellter hat er irgendwann . . ." Da wurde sie aufmerksam: das Getuschel der drei Männer, die sich gerade erhoben und zur Tür gingen, die ernsten Mienen . . . „Was ist los?" rief sie ihnen nach.

„Oh – nichts!" antwortete Büdel, bereits in der Tür. „Wir müssen nur schnell etwas berechnen."

„Jetzt, heute?" fragte sie entsetzt.

„Ja, leider jetzt und heute", sagte Polazzo mit einer entschuldigenden Geste, dann ging er hinaus.

Und nur Jeroen kam nochmals kurz zurück und ergriff den Blumenstock, der vor Yvonnes Platz auf der Tafel stand.

„Nein, meine Blumen!" rief sie. Es war die wunderschöne Azalee in ihrer vollen Blüte, die Jeroen ihr bei ihrer Ankunft überreicht hatte.

„Es ist wichtig", beruhigte er sie, „und du bekommst sie zurück!"

29

Sie bekam die Blumen zurück, aber sie erkannte sie nicht wieder.

Die Berechnungen hatten nicht lange gedauert. Polazzo lieferte die Details der Synthese, Büdel errechnete das Programm. Bereits nach wenigen Minuten waren die Ergebnisse ausgedruckt.

„Das müssen die doch auch berechnet haben, bevor die so ein Werk hochziehen", wunderte sich Büdel.

„Haben die auch!" Davon war Polazzo jetzt fest überzeugt. „Aber sie haben wohl allen Grund, es zu verschweigen!"

Dann liefen sie hinüber in Jeroens Labor, den Blumentopf in der Hand.

„Das Stadtparlament hat die Öffentlichkeit bei den Beratungen ausgesperrt und ohne Prüfung genehmigt. Nur auf Gutachten hin", berichtete Polazzo. „Und dann wurden für zwölf Millionen ein eigener Hafen gebaut, für rund sieben Millionen Zufahrtsstraßen und schließlich fünftausend Werkswohnungen. Dazu gab es noch Investitionszuschüsse, Finanzhilfe, zinslose Darlehen. Alles Geschenke einer armen, verschuldeten Gemeinde an die große, reiche IMT. Nur damit der stinkende Riese bleibt."

„Geködert mit zigtausend Arbeitsplätzen, ja?!" fragte Jeroen auf gut Glück.

„Richtig!" bestätigte Polazzo. „Aber keiner hat bisher veröffentlicht, daß wir die Anlage vollautomatisch fahren. Ein paar hundert Leute werden Arbeit finden, mehr nicht!"

Die Vorbereitungen zum Experiment dauerten eine knappe Stunde. Dann kam die Azalee in den Abzugsschacht und wurde mit einer Glasglocke luftdicht abgedeckt. Der Schlauch der Glocke landete in einem Gefäß mit gelblichen Kristallen. In den Behälter darüber hatte Jeroen eine genau berechnete Menge einer klaren Flüssigkeit gefüllt.

Dann setzten sie ihre Masken auf, schlüpften in grüne Handschuhe aus säurefestem Gummi mit langen Stulpen. Büdel betätigte eine Stoppuhr, Jeroen drehte den kleinen Hahn an dem oberen Gefäß. Die Flüssigkeit tropfte auf die Kristalle, und unter leichtem Zischen bildete sich das Gas. Fluorwasserstoff in starker Verdünnung.

Die drei Männer starrten durch die runden Plastikgläser ihrer Gasmasken auf die Pflanze unter dem Glassturz.

In der ersten Minute geschah nichts. Dann schienen sich die Spitzen der roten Blüten und Knospen zu verfärben. Sie wurden gelb, schließlich weiß. Das Weiß kroch die Blütenblätter entlang bis tief in den Kelch.

Dann reagierten die harten, dunkelgrünen Blätter. Das Grün wurde fahl, heller, schießlich gelblich, dann weiß.

Aber das Ausbleichen von Blüten und Knospen und Blättern war nicht der einzige Effekt. Mit einem Schlag, so schien es, war der ganze Stock verwelkt. Braune, trockene Ränder an den Blättern brachen ab. Die Ästchen senkten sich, wurden schlaff. Blütenblätter fielen von den Stengeln.

Nach acht Minuten war das Experiment beendet.

Der Exhaustor saugte das Gas durch den Abluftkamin ins Freie, als Jeroen die Gaserzeugung gestoppt und Polazzo den Glassturz angehoben hatte.

Vorsichtig nahm er den Stock mit den handschuhgeschützten Händen, und ohne die Maske abzunehmen, ging er hinüber, über den abendlichen Hof, zum Hauptgebäude, stieg hinauf in den ersten Stock, zur Bibliothek, zur Hochzeitstafel. Die beiden Kollegen folgten ihm.

Das Gespräch erstarb, als die drei in ihrer Laborkleidung eintraten.

„Wo seid ihr so lange gewesen?“ rief Yvonne ihnen entgegen.

Polazzo stellte den Blumenstock vor sie hin auf den Tisch, schweigend, ohne Kommentar. Dann erst zog er sich die Maske vom Gesicht.

Yvonne hatte lange genug im Palais, in diesem Institut gearbeitet, um über weiße Labormäntel, grüne Handschuhe mit langen Stulpen und Gasmasken, selbst hier oben in der Bibliothek, nicht erstaunt zu sein. Aber das merkwürdige Gebilde, das nun weiß und welk vor ihr stand, der ekelhafte, beißende, scharfe Geruch . . . „Was ist das?“

„Das war eine Azalee“, verkündete Polazzo.

Und Jeroen ergänzte: „Es war ein Versuch. Wir wollten etwas demonstrieren . . .“

Yvonne war immer noch fassungslos, betrachtete dieses pflanzliche Wrack von allen Seiten. Sie hustete, schob den stinkenden Stock weit von sich weg in die Mitte des Tisches. „Was habt ihr damit gemacht?“ fragte sie.

Aber statt einer Antwort stellte Büdel anhand seiner Berechnungen eine Frage: „Wie weit ist euer Haus von der Anlage entfernt, von dieser Syntanfabrik?“

„Unser Haus?“ Sie dachte nach. „Hundert Meter vielleicht, oder zweihundert?“

„Vierhundertfünfzig!“ korrigierte Polazzo. „Luftlinie – vom Emissionsschacht Komplex C!“

„Ein Haus mit Garten?“ wollte Jeroen wissen. „Und mit Blumen?“

Sie nickte nur.

Sie schien irgendeine Katastrophe zu ahnen. Das kleine, bürgerliche Glück, an das sie sich klammerte, das sie als Trumpf hier in die Waagschale geworfen hatte, schien plötzlich von irgendeiner abstrusen Idee bedroht.

„So werden eure Blumen aussehen“, Jeroen zeigte auf den erbleichten und verwelkten Stock, „acht Tage nachdem die Produktion von Syntan angelaufen ist.“

„Aber nur bei Ausbaustufe eins“, fügte Polazzo hinzu. „Die fertige Anlage emittiert die fünffache Schadstoffmenge!“

Damit kam die Diskussion allgemein in Gang. Büdel erklärte Palm die Grundlagen seiner Berechnungen: „Angenommen wurde: Lufttemperatur tagsüber zwölf Grad, nachts acht, Luftfeuchtigkeit fünfundsiebzig Prozent, leichter Westwind, leicht bewölkt. Wenn es regnet, geht die Katastrophe schneller."

„Ja, aber der Faktor Zeit", ergänzte Jeroen, „ist von einem gewissen Punkt der Schädigung ab von untergeordneter Rolle. Es wird ja laufend weiterproduziert. Und dabei kann man davon ausgehen: Bei den vorherrschenden Westwinden gibt es in dem Gebiet von zwanzig bis dreißig Kilometern östlich des Werkes nach einem halben Jahr kein einziges grünes Blatt . . ."

„Ihr seid gemein", unterbrach ihn Yvonne. „Meine schönen Blumen!"

Aber unbeirrt sprach Jeroen seinen Satz zu Ende: „. . . und keine einzige gesunde Lunge mehr!"

30

„SIE HALTEN uns für Idioten, was?" Reichelt war Chef der Produktion und trug wie Polazzo den weißen Schutzhelm der Privilegierten. „Wir setzen hier im Werk eine eigene Abteilung ein. Zweiunddreißig Fachleute arbeiten dort. Wir investieren siebzig Millionen, um die Abgase zu entgiften, um die Atmosphäre von Schadstoffen freizuhalten. Und Sie bombardieren uns mit Schriftsätzen, mit Berechnungen, setzen uns Fristen!"

Sie kamen beide im raschen Tempo über die Baustelle. Das Werk ging seiner Vollendung entgegen. An allen Ecken und Enden wurde geschweißt und planiert. Ein mächtiger Klotz ragte in den grauen Himmel, in einem freundlichen Blau lackiert, fünf Stockwerke hoch.

Polazzo blieb Reichelt auf den Fersen: „Ich kann verlangen, daß die Geschäftsleitung wenigstens reagiert – so oder so –, meine Expertise wenigstens zur Kenntnis nimmt!"

„Gar nichts können Sie!" stellte Reichelt klar. „Sie sind hier angestellt, und zwar in der Abteilung Entwicklung. Sie zerbrechen sich den Kopf anderer Leute!"

„Für Syntan bin ich verantwortlich!" verkündete Polazzo.

„Ach ja?"

„Syntan ist das Ergebnis meiner Forschung. Und es ist legitim, daß ich die Konsequenzen, die eine Massenproduktion dieses Stoffes mit sich bringt . . ."

Reichelt hatte keine Lust, sich Polazzos Argumente, die dieser schon mehrfach ihm gegenüber vorgebracht hatte, anzuhören. Er unterbrach ihn abrupt: „Die Anlage hier wurde staatlich geprüft, abgenommen und genehmigt!"

„Genehmigt, ja", stellte Polazzo richtig. „Aber nicht geprüft! Das Gutachten stammte hier aus dem Haus. Und seit drei Monaten versuche ich vergeblich, dieses Gutachten zu entlarven!"

Er war laut geworden. Bauarbeiter blickten auf.

Der Herr im dunklen Zweireiher, daneben der temperamentvolle Südländer im wehenden weißen Labormantel, die hier in aller Öffentlichkeit eine interne Kontroverse auszutragen schienen, das erregte Aufsehen.

„Die Produktion läuft an wie geplant, Herr Polazzo. Wollen Sie das verhindern?" fragte Reichelt süffisant.

„Notfalls ja!" rief Polazzo gegen den Lärm einer Planierraupe an.

Reichelt lachte nur. Aber dann blieb er stehen und fixierte Polazzo: „Ach, daher weht der Wind! Die Art Ihrer Argumentation, auch Ihrer Schriftsätze, das erinnert mich stark an diese Umweltfanatiker, die letzten Endes aus rein politischen Gründen die Prosperität unserer Wirtschaft auf dem Gewissen haben. Der Boykott jeglichen Fortschritts, die Beschneidung eines vernünftigen, lebensnotwendigen Wachstums unserer Wirtschaft, angeheizt durch diese Chaoten, das hat ja die Krise erst ausgelöst, in der wir alle stecken, das war doch der Grund . . ."

Aber Polazzo setzte seine Argumente schneidend dagegen: „Nein – der Grund war Größenwahn! Zuwachs um jeden Preis! Verseuchung der Meere, der Flüsse, der Luft, Vergiftung der Umwelt. Raubbau an Rohstoffen, Überbevölkerung!"

„Zu Ihren Gunsten, Herr Polazzo, nehme ich an", entgegnete Reichelt. „Sie sind ein Idealist!" Aber dann ging er gezielt in Einzelheiten: „Die Bedürfnisse einer stets wachsenden Zahl von Menschen können nur mit wachsendem wirtschaftlichem Aufwand befriedigt werden. Und jetzt, wo die reichen Industrieländer in Wohlstand leben, soll plötzlich Schluß gemacht werden mit dem Wachstum, bevor die armen Länder, die Länder der dritten Welt, daran teilhaben können?"

Polazzos Reaktion auf diese Ausführungen war deutlich: „Herr Reichelt, ich bitte Sie, das sind doch Phrasen!"

„Erlauben Sie!"

„Es geht Ihnen doch nicht um weltweite soziale Gerechtigkeit! Es geht um Gewinn und Rentabilität!" Polazzos Ton war unversöhnlich. Seine Argumente ließen keinen Widerspruch zu. Er war seiner Sache sicher. Vielleicht zu sicher. Zumindest kämpfte er mit Anstand und Verbissenheit einen Kampf gegen Ignoranz, aber auch gegen sein eigenes schlechtes Gewissen.

Er hatte mit Syntan etwas in die Welt gesetzt, was nicht mehr ungeschehen gemacht werden konnte. Er war bereit, die Konsequenzen zu tragen. Aber es schien, als hätte er keine Chance. „Lassen Sie nur", brach er die Diskussion mit Reichelt ab. „Ich weiß, an wen ich mich wenden muß . . ."

„Ach ja? Sehr gut." Reichelt machte eine einladende Handbewegung zu einem der offenstehenden Tore. „Dann kommen Sie mit! Ja, los! Kommen Sie schon!"

31

VERDAMMT noch mal, er kannte dieses Gesicht! Woher?

Reichelt hatte ihn durch diese Halle geschleppt. Die Elektroniker waren dabei, die vollautomatische Steuerung der Produktionsanlage zu testen. Auf riesigen Schautafeln blinkten grüne und rote Lichter und gaben dem Mann am Schaltpult einen Überblick über das Produktionsgeschehen.

Sie stiegen über schmale Metalltreppen nach oben, zwei, drei, vier Stockwerke hoch.

Unter ihnen lagen die orangerot lackierten Behälter, kreuzten sich die Produktleitungen: blau und gelb, grün, violett und rot. Gase wurden hier durchgeleitet, Flüssigkeiten. Die festen Stoffe kamen durch Schütten, die hoch oben an der Decke die Silos mit den Mischern verbanden.

In der fünften Etage hatte sich eine Besuchergruppe auf dem Gitter des Laufstegs versammelt. Die Köpfe unter den weißen

Schutzhelmen, obligatorisch auch für jeden Außenstehenden, der an einer der zahlreichen Schloßführungen teilnahm, wandten sich Polazzo zu, der im Schlepptau von Reichelt auf diesem „Deck Nr. 5" erschien. Die Besucher, das waren wieder einmal die uniformierten, offiziellen Herren in ihren dunklen Mänteln, mit ihren schwarzen Aktenköfferchen. Und einer von diesen Leuten kam Polazzo so erschreckend bekannt vor.

Ein Techniker im Hintergrund versuchte gerade einige Informationen loszuwerden: „Die Aufbereitung der Rohstoffe erfolgt in vier Stufen, wobei dieser Teil der Anlage . . ." Er unterbrach seine Ausführungen, denn das Interesse der Besucher war nun auf Polazzo gerichtet.

„Ah, ich freue mich . . .", begrüßte ihn der Herr mit dem bekannten Gesicht.

„Es ist lange her . . .", stellte Polazzo fest, um Zeit zu gewinnen.

„Ja, inzwischen ist viel geschehen!" antwortete der andere und schüttelte ihm die Hand.

Wo zum Teufel? Eine unangenehme Erinnerung, eine peinliche Situation . . . Aber es fiel ihm nicht ein.

„Ich habe alles verfolgt", bekannte der andere und lächelte verbindlich. „Ihre Arbeit, die Ergebnisse. Kommen Sie mit, Herr Polazzo. Die Herren vom Vorstand, der Geschäftsleitung . . ."

Polazzo schüttelte Hände. Unbekannte, uninteressierte Gesichter wandten sich ihm zu.

„Herr Polazzo ist der Mann", hörte er den unbekannten Bekannten sagen, „der uns Syntan bescherte und von dem wir noch viel erhoffen können!"

Polazzo war geschmeichelt. Der Krampf lockerte sich, die Blockierung. Eine Erinnerung kam hoch. Die erste Präsentation von M-1209, damals im Palais. Manzini war erschienen mit seinen Begleitern. Einer legte sich mit Polazzo an, schürte seine Aggressionen, brachte ihn zur Weißglut, war schuld daran, daß er Manzinis Ratschlägen verfiel.

Sie sind isoliert . . . auf verlorenem Posten . . . sollten sich informieren . . . in New Mexico. Der, der ihn auf dem Gewissen hatte und M-1209 noch dazu, das war – dieser Mann hier, der nun verbindlich lächelnd Polazzo Komplimente macht. Es war der Vorstandsvorsitzende der Deutschen Syntan AG.

„Wir haben Ihre besorgniserregende Schrift studiert", begann er nun, und sein Statement war nur zum Teil für Polazzo bestimmt. „Es wurden daraufhin Vorkehrungen getroffen", fuhr er fort und wandte sich dabei an alle, „das Anlaufen der Produktion eventuell zu stoppen. Wir nehmen Ihre Warnungen also sehr ernst!"

Er faßte Polazzo freundschaftlich, vertraulich am Arm, führte ihn über einen der schmalen Stege über Tanks und Rohrleitungen hinweg durch die Halle. „Unter bestimmten Voraussetzungen sind Umweltprobleme natürlich in Kauf zu nehmen, zumindest ist ihre Lösung zu verschieben, wenn die Weichen für eine neue Technologie . . ." Er brach ab.

Polazzos Mimik ließ keinen Zweifel zu. Hier gab es keine Chance für einen Kompromiß.

„Es geht um eine Entwicklung mit weitreichenden Folgen für die Zukunft . . ." Er wandte sich zu seinen Begleitern um und war sich der Zustimmung sicher. „. . . denn diese muß ja gesichert werden!" Er machte eine Pause, wartete, bis sich die Herren wieder alle um ihn versammelt hatten. „Aber glücklicherweise", fuhr er fort, „gibt es eine Lösung des Problems, die unseren Terminplan nicht gefährdet. Herr Kreile von der Abteilung Emissionsschutz – Herr Polazzo."

Auch diese beiden kannten sich. Kreile war damals in New York bei der Syntan-Konferenz im Gebäude der IMT mit Polazzo zusammengetroffen. Polazzo hatte damals über Kreiles Funktion in einer künftigen Syntan-Anlage nichts weiter erfahren.

„Ach ja – also – die Lösung . . ." Kreile verkleinerte das Problem zu einer Bagatelle, und das mit ein, zwei markanten Handbewegungen. „Die Emission an Fluorwasserstoff einzudämmen, das ist durch unsere Methode ebenso einfach wie effektiv!"

„Was nicht heißt, daß dieser Trick auch billig ist", warf der Vorstandsvorsitzende ein.

„Unsere japanischen Kollegen haben diese Methode entwickelt", referierte Kreile weiter, „denn das Problem stellt sich ja in allen unseren Betrieben in gleicher Weise."

„Sie verstehen", kommentierte der Vorsitzende für die übrigen Herren, „wir mußten uns erst abstimmen – mit New York – mit den übrigen Produzenten von Syntan."

„Der Umbau beginnt in der nächsten Woche!“ Reichelt, bisher nur stummer Begleiter, diente nun mit konkreten Informationen.

Und Kreile ergänzte: „Wir benutzen einen Absorber. In die Abluftschleuse kommen Schüttfilter aus Aktivkohle, kombiniert mit Alkalifluoriden.“

„Die Abgase werden erhitzt“, erklärte Reichelt, „und zwar auf über dreihundert Grad!“

„Wir benutzen die Abwärme aus dem Konverter!“ Kreile wies auf die Energieeinsparung hin.

Polazzo folgte den Ausführungen mit Interesse und Sachverstand. „Kaliumfluorid fällt dabei an. Und der Verbrauch an Aktivkohle dürfte sehr hoch liegen“, warf er ein.

„Richtig“, gab Kreile zu, „im Verhältnis eins zu fünf – nach Gewichtsteilen Fluorwasserstoff zu Filterstoffen.“

Polazzo versuchte nachzurechnen: „Bei einer Produktion von zwölftausend Tonnen Syntan täglich müssen Sie mit mindestens fünftausend Tonnen Filterstoffen rechnen.“

„Ja“, gab Kreile zu, „damit liegen Sie in etwa richtig.“

„Das heißt für uns: Die ‚Entrümpelung‘ der Abluft schlägt jährlich mit fünfundvierzig Millionen Mark zu Buche“, dozierte der Vorsitzende, und selbstgefällig fügte er hinzu: „Sie sehen, meine Herren, Umweltschutz ist für die IMT keine leere Phrase!“

Und weiter, dachte Polazzo, wie geht es weiter?

Eine Pause war eingetreten, und keiner dieser wohlinformierten Herren nutzte sie für die letzte und wichtigste Information.

„Und was machen Sie mit den verbrauchten Filterstoffen?“ Polazzo fragte ohne Scheu und Argwohn. Er wollte es einfach wissen, aus Neugierde, um die Geschichte rund zu machen, damit man dieses Kapitel abschließen konnte . . .

Aber die Auskunft von Kreile war keineswegs befriedigend: „Eine Aufbereitung kommt für uns nicht in Frage. Die Kosten stehen in keinem Verhältnis zum Nutzeffekt!“

„Nutzeffekt?“ wiederholte Polazzo. Das Wort paßte so gar nicht zu den eben geäußerten altruistischen Zielen.

„Die Atmosphäre bleibt sauber!“ verkündete der Vorsitzende.

Aber Polazzo beharrte auf Auskunft: „Was, bitte, geschieht

mit den verbrauchten Filterstoffen?“ Seine Hartnäckigkeit war ungemein lästig.

„Es handelt sich um Aktivkohle!“ wiederholte Kreile, als ob das die Antwort auf die gestellte Frage wäre. Und Reichelt ergänzte: „KF bleibt daran gebunden.“

„Kaliumbifluorid“, korrigierte Polazzo und nahm den Anlauf zu einem Gedankensprung.

„Kaliumbifluorid, richtig“, pflichtete Kreile bei. „Ein harmloser Stoff!“

„Ja, keine Probleme“, gab Polazzo zu, „solange der Stoff trocken bleibt. Wo lagern Sie ihn?“

Es war eine unsinnige Frage, mehr eine Falle. Denn fünftausend Tonnen täglich lagern . . . Und wo? Hinter dem Haus? In hundert Tagen überragte die Halde bereits das Gebäude.

„Wir bringen ihn fort!“ Kreiles Erklärung klang selbstverständlich, das Einfachste auf der Welt und außerdem die einzige wirtschaftlich vertretbare Lösung.

„Fünftausend Tonnen täglich, wohin?“

Dieser Polazzo mit seinen inquisitorischen Fragen war zum Erschießen. Aber bevor Kreile den Schwätzer von Reichelt stoppen konnte, hatte dieser bereits die Katze aus dem Sack gelassen: „Keine Gefahr für die Transportwege: Wir verfügen, wie Sie wissen, über einen eigenen Hafen. Wir chartern Bulkcarriers, Fünfzigtausendtonnenschiffe für Schüttladung!“

Polazzo hatte eine Menge an Schurkerei erwartet. Aber das Nächstliegende schien ihm unbegreiflich, unfaßbar. Er brauchte einige lange Sekunden, um diese eindeutige Information, die nicht nur zwischen den Zeilen stand, zu kapieren. „Ins Meer?“ fragte er. Und er wunderte sich, daß er auf diese Feststellung, die längst keine Frage mehr war, überhaupt eine Antwort erhielt.

„Nicht in der Nähe der Küste.“ Das stellte Kreile zumindest klar.

„Das ist doch Wahnsinn!“ Polazzo verlor die Beherrschung.

„Ich muß Sie doch bitten, Herr Polazzo“, versuchte der Vorsitzende ihn zu bremsen. Aber dazu war es zu spät.

„Ja, Wahnsinn! Ins Meer! Durch Hydrolyse spaltet sich Kaliumbifluorid auf. Spurenelemente im Meerwasser bilden die Katalysatoren. Das Endprodukt ist Flußsäure!“

Dem widersprach keiner.

Nur der Vorsitzende räumte großzügig ein: „Gewiß. Aber in unendlicher Verdünnung!"

Und Kreile klärte den Kollegen Chemiker auf: „Säuren neutralisieren im Meer, werden schadlos verdaut!"

Nein, das machte auf Polazzo keinerlei Eindruck, das waren für ihn schwachsinnige Argumente. „Schadlos verdaut . . .", wiederholte er mit Sarkasmus. „Diese gigantischen Mengen, die Sie täglich einbringen wollen. Fünftausend Tonnen. Später, nach dem Endausbau, fünfundzwanzigtausend. Und das bei sechzig Produktionsstätten rings um die Ozeane dieses kleinen Planeten . . ." Er war atemlos vor Zorn und Entrüstung. „Und so etwas wagen Sie zu planen!" Er versuchte klar zu denken, die Argumente zu ordnen: „Flußsäure blockiert den Stoffwechsel fast aller Organismen, das ist Ihnen doch bekannt, Herr Kollege!" Er sah auf Kreile, der sich abwandte. „Und was ist mit den organischen Verunreinigungen, die ebenfalls im Filter hängenbleiben? Perchlorbiphenyl – Dekachlorbiphenyl? Die schütten Sie also auch ins Meer: Das ist geplanter Massenmord!"

Polazzos romanisches Temperament war nicht mehr zu zügeln. Er steigerte seine Stimme. Die Arbeiter, die überall in der riesigen Halle mit der Endfertigung der Produktionsanlagen, mit Tests und Probeläufen beschäftigt waren, tauchten über ihnen auf, standen auf Stegen und Plattformen herum, beugten sich herunter, um dem Wortwechsel zu folgen, erschienen unter ihnen zwischen Behältern und Rohrleitungen und beobachteten die Szene.

„Das ist unkorrigierbar!" schrie Polazzo in den Raum. „Langfristige Schäden für kurzfristige Interessen und Profite!" Er rang nach Atem, dann senkte er die Stimme: „Nein – das werden Sie nicht wagen!"

32

ABER sie wagten es trotzdem. Sie hatten gar keine Wahl, es gab im Augenblick keine andere, vertretbare Lösung, und sie hatten auch keine andere Chance, als auf diesem Weg weiterzumachen – schon wegen der Öffentlichkeit, da kam kein

Rückzug in Frage; dann auch gegenüber den Kunden, der Produktionstermin stand fest, die ersten 2,8 Millionen Tonnen waren fest geordert und verkauft; schließlich der Konzernspitze gegenüber, es waren Milliardensummen investiert worden.

Planung, Konzeption und Termine blieben festgeschrieben. Und Enrico Polazzo, der Erfinder von Syntan, zögerte nicht, die Konsequenzen zu ziehen.

Seine Rückkehr in das Blaue Palais, zusammen mit Yvonne, war alles andere als spektakulär. Sie kamen auch nicht überraschend. Es hatte sie jemand angemeldet, der ihre Ankunft vom ersten Stock aus beobachtete.

Kühn arbeitete im Hof, am verfallenen Rondell des Springbrunnens, und beschnitt gerade seine Rosenbüsche.

Eine müde Frühjahrssonne lag über Hof und Park und zauberte die Illusion von erstem zartem Grün.

Es war ein friedliches Bild und erzeugte in Polazzo das Gefühl von Heimkehr, nach einer langen, gefährlichen Reise.

Kühn war an den Wagen gekommen, hatte die beiden begrüßt. „Nun, Herr Dr. Polazzo", fragte er, „wieder Ihr altes Zimmer?"

„Ja, vermutlich . . ." Er blickte auf Yvonne.

Die nickte nur. „Wohin auch sonst, Herr Kühn?"

Dann luden sie ihre Koffer ab, Fernseher, Schreibmaschine und einige Kartons mit Büchern.

„Ich werde sofort mit ihm reden", sagte der fremde Besucher am Fenster von Palms Büro und wandte sich zur Tür.

Aber Palm hielt ihn zurück. „Später, Professor Manzini, später. Bitte!" Damit verließ er den Raum und ging rasch nach unten.

„Ja, da sind wir also wieder . . ." Polazzo kam Palm entgegen, begrüßte ihn an der Treppe zum Portal.

„Ich sehe, ja. Und in gewisser Weise freue ich mich darüber!" Er begrüßte auch Yvonne. „Ich hatte Sie beide schon erwartet."

„Wieso? Sie sind nicht überrascht?" Polazzo sah Palm zweifelnd an.

Der schüttelte den Kopf. „Wenn es wirklich eine Überraschung werden sollte, die ist Ihnen leider nicht gelungen."

Palm zeigte nach oben. „Manzini ist in der Bibliothek. Wenn Sie nachher Zeit haben – er möchte mit Ihnen reden."

„Mit mir?" fragte Polazzo. „Worüber?"

„Über Ihre Arbeit."

„Ich habe keine", lachte Polazzo, aber es klang keineswegs fröhlich, eher ein wenig bitter. „Ich habe wirklich keine mehr!"

„Ja, wir wissen das", räumte Palm ein, „aber er möchte trotzdem mit Ihnen diskutieren. Zum Beispiel über Syntan . . ."

„Damit habe ich nichts mehr zu tun", unterbrach ihn Polazzo mit auffallender Schärfe.

Da mischte Kühn sich in das Gespräch: „Trotzdem, ein großer Wurf, Herr Dr. Polazzo, ein großer Wurf und ein Segen für die Menschheit!"

„Das bezweifle ich, Herr Kühn!"

„Die Aktien stehen auf 212!" gab Kühn zu bedenken.

„Wie schön für Sie, Herr Kühn", Polazzo lächelte, dann wuchtete er einen Bücherkarton auf die Stufen des Portals.

„Und heute ist es soweit", verriet Yvonne: „Die Produktion läuft an . . ."

„Und ich konnte das nicht verhindern!" rief Polazzo.

Yvonne war plötzlich den Tränen nahe, aber es war mehr aufgestaute Wut: „Oh, er ist so stur – so stur . . ." Sie ergriff ein Gepäckstück und lief ins Haus.

„Ja", sagte Polazzo sehr ernst und sehr nachdrücklich, „heute ist es soweit. Und morgen kippen sie die ersten fünftausend Tonnen Katalysator und Träger ins Meer . . .! Darum sollte Manzini sich kümmern – nicht um uns!"

Keiner hatte bemerkt, daß Professor Manzini längst am halbgeöffneten Fenster der Bibliothek stand und jedes Wort der Diskussion verfolgte. „Darum kümmern sich schon Leute genug!" rief er Polazzo zu. „Ich nehme Anteil an dem, was hier geschieht – und in Zukunft geschehen wird . . .!"

33

UM DAS Experiment vorzubereiten, brauchten sie fast eine Woche. Sie hatten eingehend alle Fakten geprüft und alle Einzelheiten durchgerechnet. Der Aufbau der Versuchsanordnung war denkbar einfach. Fünf hohe Glasgefäße waren mit Salzwasser gefüllt, Salzkonzentration und Temperatur entsprachen den tatsächlichen Werten der Nordsee um diese Jahreszeit.

In jedem Behälter schwammen einige kleine grausilberne Fische. Über jedem Behälter war eine Tropfküvette angebracht, in der sich Flüssigkeit befand.

Und vor jedem Gefäß stand eine große, elektrische Stoppuhr.

Die Mitarbeiter hatten sich pünktlich zur verabredeten Stunde eingefunden – unter ihnen war auch Professor Manzini. Er schien nervös zu sein, sah mehrmals auf seine Uhr und hatte schon gleich nach seiner Ankunft von wichtigen Terminen gesprochen, die er nun dieses Spektakels wegen zu verschieben hatte.

Jeroen leitete das Experiment: „Die Lösung in jeder Küvette entspricht exakt der chemischen Zusammensetzung der eingebrachten Abfallprodukte und ist genau dosiert." Er trat an das erste Gefäß. „Hier ist die Verdünnung zehn hoch minus sechs, eine millionenfache Verdünnung also. Von Küvette zu Küvette wird die Verdünnung um eine Zehnerpotenz schwächer. Im letzten Behälter werden die Fische einer Schadstoffmenge ausgesetzt, wie sie in dieser Konzentration etwa sechzig Kilometer von der Schüttstelle entfernt etwa einen Monat nach Einbringen der ersten zweihunderttausend Tonnen nachzuweisen sein wird – das heißt: bei gleichmäßiger Ausbreitung und ohne Berücksichtigung einer Strömung."

Er ging die Reihe der Gefäße wieder zurück bis zum ersten Behälter.

„Die Fische hier leben praktisch in unmittelbarer Umgebung der Schüttstelle. Und wie lange sie dort leben, das werden wir jetzt feststellen."

Er wechselte einen kurzen Blick mit Büdel, der die Stoppuhren zu bedienen hatte.

Jeroen drehte den kleinen, gläsernen Hahn. Die Flüssigkeit tropfte in das Gefäß. Gleichzeitig begann der Zeiger der Uhr zu rotieren.

Jeroen öffnete nun Küvette um Küvette, überall begann die Lösung in die Gefäße zu tropfen, und überall wurden die Sekunden exakt festgehalten.

„Wir haben Zeit", sagte Jeroen und setzte sich auf einen der Hocker, „auch die Fische. Das Gift wirkt langsam."

In diesem Punkt schien Jeroen sich zu täuschen.

Einige der Fische im ersten Behälter, die der stärksten Konzentration ausgesetzt waren, schlugen mit ihren Schwanzflossen und drehten sich mehrmals um ihre Achse.

Da ergriff Manzini das Wort: „Die Gutachten der zuständigen Stellen haben nachgewiesen, daß keinerlei Vergiftung, keine irgendwie geartete Schädigung der Meeresfauna –"

„Gutachten!" Mit diesem abschätzig hingeworfenen Wort unterbrach ihn Polazzo. Er wandte sich nicht einmal Manzini zu, er beobachtete nur die Fische. Einige fingen an zu zucken, kamen nach oben, an die Oberfläche der Flüssigkeit, andere schwammen von einem hektischen Impuls getrieben gegen das Glas des Gefäßes.

„Man hat eingehend geprüft!" verkündete Manzini.

„Das haben wir auch", antwortete Polazzo, „eingehend geprüft!"

Auch im zweiten Behälter machte sich Unruhe breit. Das Zappeln der Fische wirkte wie ein hektisches Spiel.

„Drei unabhängige Gutachter", nahm Manzini wieder den Faden auf, „haben festgestellt: keinerlei toxische Wirkung. Eine Schädigung ist ausgeschlossen!"

Polazzo lachte nur kurz. „Die IMT kann es sich leisten, auch dreißig oder dreihundert Gutachter zu kaufen." Und mit einem scharfen Blick zu Manzini und mit verstärkter Stimme fuhr er fort: „Wieso wird Verklappung plötzlich überhaupt wieder erlaubt? Das Einbringen jeglicher Fremdstoffe ins Meer ist doch seit dem Londoner Abkommen generell untersagt, um die bereits weit fortgeschrittene Gefährdung der Ökologie des Meeres –"

„Das war in dieser Form nicht mehr aufrechtzuerhalten", unterbrach ihn Manzini.

„Weil es Profitinteressen entgegenstand!" konterte Polazzo.

Manzini versuchte den lautstarken Disput abzuschwächen und einzulenken: „In der gegenwärtigen wirtschaftlichen Situation war das nicht mehr zu vertreten!"

„Sehr schön!" Polazzo stand auf, stellte sich provozierend vor Manzini hin, die Hände in den Taschen seines Labormantels vergraben. „Umweltschutz also nur in Zeiten der Konjunktur. Schon bei den leisesten Anzeichen einer Rezession, einer Krise darf hemmungslos alles wieder vernichtet –"

„Sie sind ein Choleriker, Herr Polazzo!" schrie Manzini ziemlich unbeherrscht. Und etwas gemäßigter fuhr er fort: „Die IMCO, als internationale Kontrollorganisation für maritimen Umweltschutz, hat aufgrund der Gutachten eine Sondergenehmigung erteilt!"

„Weltweit, vermutlich", warf Polazzo dazwischen.

„Ja, weltweit", bestätigte Manzini, „weil die eingebrachten Stoffe als völlig ungiftig und absolut harmlos –"

„Harmlos, natürlich", pflichtete Polazzo bei. „Aber erklären Sie das bitte auch unseren Fischen. Die ersten sind bereits tot. Und die anderen kämpfen vergeblich ums Überleben."

Sie zappelten noch, öffneten weit und krampfhaft ihre Kiemen, zuckten einige Male wie elektrisiert, dann sanken sie, die weißen Bäuche nach oben gekehrt, langsam und bewegungslos auf den Grund. Einige blieben in der waagrechten Lage, rotierten plötzlich und trieben schließlich bäuchlings an der Oberfläche.

„Das ist unser Gutachten", stellte Polazzo lakonisch fest. „Und wie sich der Stoff, den die Deutsche Syntan und alle anderen Anlagen rund um die Welt produzieren, chemisch in Salzwasser und im Organismus dieser Tiere verhält – das steht hier in diesem Papier."

Die Mappe war in leuchtend orangefarbenes Leinen gebunden. Es war kein Aktenstück, das man übersehen konnte.

Und diese Papiere überreichte Polazzo nun im Beisein sämtlicher Kollegen Manzini.

Der wies fürs erste das Angebot zurück. Er verweigerte schlichtweg die Annahme. „Das ist Ihre Version!" rief er. „Sie überzeugen mich nicht!"

Als ob es außer den toten Fischen noch weiterer Argumente bedurft hätte!

„Mich nicht und andere nicht viel mehr!" Damit ergriff er die Mappe und zeigte voller Aggression auf die Versuchsanlage mit den Behältern und den Fischen. „Was Sie hier machen, ist Show!" verkündete er und erhob sich. Aber dann wurde er leiser, blickte drohend in die Runde und stellte warnend klar:

„Das Kuratorium wünscht keinesfalls, daß sich Mitarbeiter dieses Hauses in dieser Sache weiter exponieren!“

Er konnte voraussetzen, daß alle ihn verstanden hatten. Er nickte kurz, dann wandte er sich ab und ging.

34

NEW YORK. Polazzo entstieg dem gelben Taxi, das ihn bis vor den Haupteingang der IMT-Verwaltung am Madison Square gebracht hatte, zahlte, schloß das dunkle Jackett, ordnete die Krawatte. Er war bereit, sich äußerlich anzupassen. Dann steckte er das Emblem der IMT an sein Revers, faßte den Griff seines dunklen Aktenköfferchens fester und trat durch die Pendeltür in die weite Halle.

Die Arbeitstermiten veranstalteten das übliche Gedränge. Aber Polazzo ging zielstrebig auf den durch die roten Kordeln abgeteilten geheiligten Bezirk der Privilegierten-Lifts zu und deutete nur kurz an seinen metallisch schimmernden Syntan-Ausweis. *„Executive conference.“*

„Okay, Sir“, sagte das Mädchen in der klassisch-unauffälligen Hostessenuniform. Mit einem Schlüssel betätigte sie die Automatik des Lifts, drückte auf den Knopf, machte Platz für Polazzo.

Der lächelte ihr gönnerhaft zu.

Die Tür aus getriebenem Chrom mit ihren Ornamenten aus den dreißiger Jahren schloß sich geräuschlos. Polazzo war allein und schwebte nach oben.

Die Identitätsmarke, das Emblem der IMT, nahm er wieder ab, öffnete das Jackett, schloß es wieder, fuhr sich über die Haare, öffnete kurz den Koffer, warf einen Blick hinein, sortierte die orangefarbene Mappe nach oben, verschloß ihn wieder.

Dann befeuchtete er seine Lippen, trocknete die freie Hand am Revers und beobachtete das Zahlenspiel der vorbeihuschenden Stockwerke an der Anzeige nahe der Decke.

Ein Blick auf die Uhr. Der Lift hielt, die Tür öffnete sich, sie führte direkt in den Konferenzsaal. Der riesige Raum war zwar strahlend hell erleuchtet – aber er war bereits verlassen.

Geleerte Flaschenbatterien standen auf dem Tisch, Saft- und Coke-Dosen lagen verstreut. Papier stapelte sich. Die Aschenbecher waren übervoll. Trotz der Klimaanlage hing ein Brodem von Rauch und Schweiß in der Luft. Angstschweiß. Der Schweiß von Managern. Die Sorte von feinem, kreativem Schweiß, der unsere Wirtschaft in Gang hält und uns Mindestzuwachsraten garantieren soll.

Polazzo ließ seinen Blick über die Unordnung der Stühle schweifen, über diese absurde Leere, die programmwidrig war.

Er blickte auf seine Uhr.

Dann vernahm er ein Geräusch, und eine Stimme begrüßte ihn.

„Hallo, Enrico . . ."

„Hallo, Dave . . ."

Bamberger saß in der Ecke des Raumes und legte seine Zeitung zur Seite. „Mich haben Sie nicht erwartet, Enrico, nicht wahr?"

Polazzo war ehrlich: „Nein. Bestimmt nicht."

„Aber ich gehöre inzwischen zur Führungsspitze der IMT." Er kam Polazzo jovial entgegen, warf die Zeitung achtlos irgendwohin und reichte ihm die Hand. „Ihr Erfolg – Syntan – in meiner Abteilung, damals. Alcali Flat – erinnern Sie sich noch? Waren schöne Zeiten – lange her . . ." Er war ins Schwärmen gekommen. So schwafeln bisweilen ältere Semester über den Krieg, den sie überlebten und der dadurch seinen Schrekken verlor.

„Sie sehen gut aus, Enrico." Er schlug Polazzo anerkennend auf die Schulter. „Schön, Sie zu sehen . . ."

„Danke."

Polazzo schaute sich um, konnte es immer noch nicht fassen. „Ich dachte, die Donnerstagskonferenz ist doch immer . . ."

„Immer um fünf", bestätigte Bamberger, „richtig. Aber heute vorverlegt auf zwei. Der Präsident mußte nach Tokio."

„Ich hatte mich angemeldet." Polazzo stellte sein Köfferchen auf den Tisch.

„Ja, ich weiß", Bamberger winkte ab.

„Mein Bericht!" Polazzo nahm ihn aus dem Koffer. „Mein Gott, das ist doch wichtig!" Er hielt die Mappe Bamberger entgegen, aber der griff nicht danach.

„Wir haben ihn erhalten, danke!" sagte er. „Er wurde auf der Sitzung auch kurz erwähnt."

„... kurz erwähnt." Polazzo sah Bamberger fassungslos an.

„Der Präsident war in Eile!" entschuldigte er sich. Und dann nahm er sich einen der wirr herumstehenden Stühle, setzte sich und sah Enrico schelmisch an: „Stellen Sie sich vor, ich bin beauftragt worden, ein Gutachten über Ihr Gutachten – also ein Gegengutachten auf Ihr Gegengutachten ..." Er lachte. „Enrico, was ist los? Sie haben ja das Lachen verlernt!"

„Ja", sagte Polazzo, „es scheint so." Er blieb ernst.

„Kommen Sie, setzen Sie sich hierher." Bamberger schob Polazzo einen der Stühle zu.

Als Polazzo sich setzen wollte, erfuhr er: „Es ist der Stuhl des Präsidenten!"

Instinktiv schnellte Polazzo wieder in die Höhe.

„Bleiben Sie, Enrico. Seien Sie nicht kindisch."

Und als Polazzo sich nun doch setzte, fuhr Bamberger in einem vertrauenheischenden, freundschaftlichen Ton fort: „Ich habe extra auf Sie gewartet. Sie haben wenigstens ein Gespräch verdient, mit einem alten Freund!"

Der Anflug eines Lächelns. Polazzo atmete tief, schien nun um einige Grade versöhnlicher. „Sie haben also mein Papier gelesen, Dave, ja?"

„Ich habe es gelesen, ja, und ich muß feststellen, es ist sehr gewissenhaft, sehr verantwortungsbewußt." Bamberger suchte nach diplomatischen, unverbindlichen Formulierungen. „Aber abgesehen davon, daß Sie in Ihren Berechnungen ... Sie schießen manchmal über das Ziel hinaus, Enrico!"

„Sie halten also unsere Untersuchungen für falsch?"

„In der Schlußfolgerung, ja", bekannte Bamberger. „Aber ich will jetzt nicht mit Ihnen diskutieren, nicht darüber." Und ohne Pause wechselte er das Thema. „Sie haben geheiratet?"

„Ja." Polazzo sah Bamberger irritiert an. „Vor einigen Monaten."

„Nachträglich meinen Glückwunsch." Bamberger reichte ihm seine feuchte, weichliche Hand.

Polazzo nickte nur.

„Sie sind nun für eine Familie verantwortlich, Kinder?" fragte Bamberger.

„Nein, noch nicht."

„Noch nicht, so." Bamberger dachte kurz nach. „Ja, auch dieses Haus fühlt sich verantwortlich, in jeder Beziehung, und wird danach handeln."

„Verantwortlich?" Polazzo suchte noch immer nach einem Sinn in diesem Vergleich.

„Verantwortlich, ja, zum Beispiel den achthundertsechsundsechzigtausend Menschen gegenüber, die für uns arbeiten – in sechsundvierzig Ländern. Wir gehören zu den Größten."

Polazzo nickte wiederum. Das war ihm alles bekannt.

„Verantwortlich auch – für Fortschritt und wirtschaftliches Wachstum und Wohlstand und Stabilität."

„Und für die Dividende der Aktionäre", unterbrach ihn Polazzo.

„Auch, natürlich", pflichtete ihm Bamberger bei. „Diese Leute haben uns schließlich ihr Geld anvertraut. Außerdem ist es unsere Aufgabe, Gewinne zu machen – wir sind Kaufleute – und die Nachfrage nach Wirtschaftsgütern zu befriedigen, die wir produzieren: Medikamente, Textilien, Nahrungsmittel, Energie." Er nahm sein Taschentuch aus der Brusttasche seines Jacketts, faltete es sorgsam auseinander und begann die Innenfläche seiner Hände abzutrocknen. „Wir verfügen über die umfangreichsten Rohstoffquellen", sprach er weiter, „die größten Absatzmärkte in Ost und West. Wir sehen die gesamte Erde als ökonomische Einheit und tun damit mehr für den Weltfrieden als alle Politiker zusammen."

Ohne seine Ausführungen zu unterbrechen, trocknete er sich nun auch noch den Hals und den Kragen. „Denn Nationalität, Religion, Rasse, das sind unwichtig gewordene Unterscheidungsmerkmale für Menschen, die heute eines verbindet: daß sie alle die gleichen Dinge essen, trinken, anziehen, fahren und tun, Dinge, die wir produzieren."

Das Taschentuch steckte nun wieder säuberlich zusammengefaltet am alten Platz. „Unser Konzern", fuhr er fort, „und die Verbrauchergemeinschaften aller Menschen – das könnte ein Modell für die Welt von morgen sein. *One great market* – der weltweite Markt statt der Weltrevolution!"

Polazzo nickte zustimmend. „Alle Menschen sind gleich – nur das Einkommen ist verschieden!"

„Noch!" schränkte Bamberger ein. „Das wird sich ändern. Denn es ist unser natürlichstes Interesse, daß alle Menschen sich unsere Güter, unsere Produkte leisten können."

„Ihre Form von Sozialismus!" stellte Polazzo fest.

„Eine Frage der Zeit." Bamberger lehnte sich entspannt zurück. „Und wir haben nichts gegen den Sozialismus. Er tut das gleiche wie wir: bewacht sein Monopol und sorgt in weiten Teilen der Welt für Ruhe und Ordnung. Er schafft damit die Basis für eine alles umfassende Weltwirtschaftsgemeinschaft, die irgendwann entstehen muß!"

„Und dafür ist Ihnen jedes Mittel recht." Polazzo mußte lächeln.

Und Bamberger lächelte zurück. „Sie nehmen mich nicht ganz ernst, Enrico, ja? Zugegeben, unser Präsident formuliert das alles etwas geschickter."

Mit einer kurzen Geste wischte Polazzo das Thema beiseite. „Kommen wir zur Sache. Ich werde das Problem – wir, das Blaue Palais, werden die Untersuchungen, die von uns erarbeiteten Fakten der IMCO vorlegen."

„Eine Vereinigung von Nationalstaaten", definierte Bamberger mit Geringschätzung. „Nationalstaaten sind uneffektiv, wenn es um wirtschaftliche Probleme geht. Dafür sind wir zuständig. Denn es ist ein wirtschaftliches Problem."

„Weil es Geld kostet?"

„Weil das Meer unsere größte Rohstoffquelle von morgen sein wird! Keine Angst, wir schütten diese Quelle nicht zu. Wir beschneiden den Nationalstaaten auch nicht ihr Recht, ihre Völker zu verwalten. Nur: Den Markt verwalten wir. Und wir lösen unsere Probleme allein. Wir haben die Mittel. Wir sind groß genug."

Bambergers Jovialität, sein Humor, seine Verbindlichkeit waren plötzlich verschwunden. Mit eiskalter Sachlichkeit stellte er klar: „Wir brauchen weder die Hilfe der Vereinigten Staaten noch die der Europäischen Gemeinschaft – auch nicht die der IMCO –, auch nicht Ihre Hilfe, Enrico!" Er stand auf und reichte ihm zum Abschied die Hand. „Aber es ist schön, daß Sie sich Sorgen machen!" Damit verließ er den Saal.

35

DAVID kämpft gegen Goliath! Aber er besitzt keine Schleuder!

Es war einfach lächerlich. Lächerlich und einfältig überheblich. Einsam, wie er gekommen war, schwebte Polazzo wieder die achtundachtzig Stockwerke nach unten, lehnte sich erschöpft an die furnierte Mahagoniwand und versuchte tief zu atmen.

Da hielt der Lift, geräuschlos und überraschend öffneten sich die Türen. Aber er war keineswegs unten in der Halle gelandet. Eine Gruppe Mitfahrer drängte herein, heiter schwätzend, aufgekratzt. Sie hatten alle dicke Informationsmappen mit dem Emblem der IMT auf der Frontseite unter dem Arm. Und sie füllten die Kabine mit aufdringlicher Geschäftigkeit.

Den Gesprächsfetzen nach zu schließen waren es Journalisten, die gerade von irgendeiner Art Pressekonferenz kamen, auf der Cocktails großzügig serviert worden waren.

Polazzo hatte sich in die entlegenste Ecke der Kabine gedrängt und versuchte sich abzukapseln. Aber da fiel ihm ein Hinterkopf auf, ein braungebrannter, ledriger Nacken, angegrautes, fast weißes Haar. Er beugte sich zur Seite. Das Profil war unverwechselbar.

Polazzo griff über zwei, drei andere Schultern hinweg und packte den Mann am Arm. Es war tatsächlich McLean.

„Enrico!" Er war überrascht und erfreut und kämpfte sich durch, bis er dicht vor ihm stand.

„McLean? Wieder bei der IMT in Amt und Würden?"

„Nein danke!" McLean kreuzte zwei Finger und bannte alle bösen Geister. „Aber du, wie man sieht, in der Uniform der Manager mit Schlips und Kragen und Jackett. So kenne ich dich gar nicht. Hast Karriere gemacht, was? Aufgestiegen zur Führungsspitze. Fährst im Executive-Lift."

Polazzo lächelte und winkte ab. „Das täuscht, McLean, das täuscht."

„Na, ich weiß nicht", blinzelte ihm McLean vertraulich zu. „Zuzutrauen wäre es dir. Der Hexenmeister, der Erfinder von

Syntan. Los, gestehe: Welche Tochtergesellschaft leitest du? Welche Produktionsanlagen unterstehen dir?"

„Ich arbeite wieder im Blauen Palais – ja, auch wenn dich das ärgert!"

McLean lachte nur. „Ich bitte dich, Enrico, das ist vorbei und vergessen. Hast du Zeit für einen Drink?"

Der Lift war in der Halle angekommen. Die Journalistengruppe, die das Wiedersehen der beiden alten Freunde kurz registriert hatte, wandte sich dem Ausgang zu.

Einige winkten McLean einen kurzen, beiläufigen Gruß zu. Dann standen auch die beiden ehemaligen Kollegen in der Pracht und der Herrlichkeit der abendlich verwaisten Lobby.

„Ich möchte wirklich wissen, was du tust, Enrico. Das wäre eine Abrundung meiner Story." McLean schlenderte neben Polazzo auf eine der Drehtüren zu. „Ich habe umgesattelt, mußt du wissen, und alle früheren Kollegen halten mich nun für einen exzellenten Journalisten – und die Journalisten für einen besseren Chemiker. Ja, das ist Pech."

Sie kamen ins Freie.

Es war ein windiger Tag. Zeitungsfetzen trieben über die Straße, hingen schließlich im Gebüsch des kleinen Parks gegenüber.

„Ich schreibe wissenschaftliche Berichte für *Newsweek, Time Magazine, New York Times,* aber auch für *Science* und *Nature*. Ja, und nun bin ich an der Geschichte von Syntan. Das war doch so überwiegend deine Idee, deine Entwicklung, oder?"

Polazzo nickte vieldeutig. „Meine Idee, ja, in gewisser Weise."

Sie überquerten die Straße. „Na, siehst du – deine Biographie, Jugend, Studium, das wäre doch alles sehr interessant in diesem Zusammenhang. An was arbeitest du heute? Pläne, Projekte . . ."

„Ach . . ." Polazzo wäre diesem Verhör lieber ausgewichen. Wo sollte er anfangen, wo aufhören? Dieser ganze üble Kram, die bedrohliche Korruption, das lag ihm schwer im Magen. Er machte nur eine vage Handbewegung, und dann fragte er, um das Thema zu wechseln: „Was macht eigentlich Nancy?"

„Seit einem halben Jahr geschieden. Nicht so wichtig. Erzähl lieber von dir!"

Aber Polazzo schwieg.

Da berichtete McLean seinerseits, um dieses belastende Schweigen zu durchbrechen. „Du, ich war eben oben beim Präsidenten. Ganz leger. Ein Interview in der Cafeteria in der vierzigsten Etage. Und rate mal, worüber? Über Syntan!" Er lachte und wartete auf eine zustimmende, erfreute Reaktion von Polazzo.

Aber der reagierte nicht, sah McLean nur zweifelnd an.

„Der Mann", fuhr McLean fort, „ist wirklich über jede Einzelheit informiert. Erstaunlich, was? Über Syntan. Über deinen Stoff!"

„Der Präsident?" fragte Polazzo und blieb stehen.

Sie hatten den kleinen Park erreicht, Madison Square. Der Wind kam in Böen von dem gigantischen Wolkenkratzer der IMT heruntergefegt und schüttelte die kahlen Bäume.

„Ja, der Präsident der IMT, Lincoln Barnett!" McLean warf einen Blick hinüber zum Gebäude und hinauf zu den zahllosen, erleuchteten Stockwerken. „Ich komme gerade von dort oben", fuhr er fort. „Der saß da mit einigen Typen von seinem Stab, die kamen von einer Sitzung, waren alle noch ziemlich aufgekratzt . . . Der Mann kann ja wahnsinnig komisch sein."

„Lincoln Barnett? Der Präsident?" Irgend etwas gärte in Polazzos Kopf, Zweifel, aber auch Hoffnung, er könnte sich vielleicht verhört haben. „Ich denke – der ist unterwegs nach Tokio?"

„Morgen – morgen früh!" berichtete McLean. „Hat er uns ausführlich erzählt. Ein neues Zweigwerk für Syntan läuft an . . . Was ist?" Er hatte den seltsamen Ausdruck in Polazzos Gesicht bemerkt.

Der nahm ihn nun am Arm, führte ihn unter eine der grellblauen Parklampen, die die Dämmerung, die rasch hereinbrach, kalt und brutal zerstörten. „Hier!" Er hatte seinen Koffer auf eine der Bänke abgestellt, geöffnet und eine orangefarbene Mappe hervorgeholt. „Zur Abrundung deiner Story über Syntan."

McLean nahm die Mappe, schlug sie auf.

„Vielleicht gelingt es dir, die weltweit anlaufende Produktion zu stoppen", fuhr Polazzo fort.

Aber der andere war bereits in das Studium der Fakten, der Versuchsergebnisse, der Berechnungen vertieft.

36

EINE halbe Stunde oder noch länger standen die beiden unter der Parklampe an diesem windigen, ungastlichen Platz. Dann hatte McLean die Arbeit überflogen, klappte die Mappe zu und gab sie zurück.

Er schaute bedächtig nach oben in das grelle Licht, das irgendwelche Schatten von Nachtschmetterlingen umtanzten, hörte auf zu kauen und spuckte seinen Kaugummi ins Gebüsch.

„Hör mal, Polazzo", begann er, „also nicht nur, weil ich dich eigentlich nicht ausstehen kann, du mit deinem Erfolg – Syntan . . . Und nicht nur, weil ich immer, wenn ich IMT höre, daran denken muß, daß da eigentlich noch eine Rechnung offen ist: Ein halbes Jahr saß ich rum, ohne Job!"

Er vergrub die Hände in den Taschen und zog los, schlenderte ziellos durch den kleinen Park, um den der Verkehr toste, sprach leise weiter, ohne groß auf Polazzo zu achten, der ihm folgte und immer in Hörweite blieb.

„Nicht nur – weil das offensichtlich eine fabelhaft böse Geschichte ist, soweit ich das überfliegen konnte, die mich hoffentlich ein gutes Stück nach oben bringen wird. Und auch nicht – weil ich Idiot eben erst kapiert habe, warum der große Herr Präsident der IMT so unvermutet und plötzlich und gut gelaunt einen Drink mit uns Journalisten nimmt, statt uns von seiner Presseabteilung abspeisen zu lassen . . . Ich steige in diese Sache hier ein, weil ich wissen will, ob ich in diesem Job etwas bewirken kann, etwas verändern, etwas in Gang setzen. Etwas, das diesen Giganten dort drüben zum Wackeln bringt . . ."

Er sah das Monster mit seinen tausend erleuchteten Augen durch die dürren Äste der Parkbäume funkeln.

„. . . etwas, das Regierungen zum Handeln zwingt und die

Bevölkerung gegen die Macht der multinationalen Konzerne auf die Straßen gehen läßt."

Er sah Polazzo plötzlich an, dann blieb er stehen. „Deshalb!" Er nickte, als müßte er sich Mut machen. „Darum steige ich ein! Ich will es wissen . . .!"

37

NEIN – sie hatten beide wenig Erfolg. Die Bombe, die sie hochgehen lassen wollten, schien ein Blindgänger zu sein.

Nature und *Science* schickten das Manuskript zurück. Aktuelle Magazine erbaten sich, als hätten sie es abgesprochen, Bedenkzeit aus und benötigten, wie sie schrieben, zusätzliche Recherchen, die sie selbst vornehmen würden.

An einem dieser Abende saßen sie beide noch lange zusammen, redeten, schwiegen schließlich, starrten auf den kleinen, grellfarbigen Fernsehschirm, der zur Ausstattung von Polazzos Hotelzimmer gehörte.

Vermummte Demonstranten mit knallroten Schutzhelmen lieferten der Polizei eine Straßenschlacht.

Der Krawall hatte in Tokio stattgefunden, am vergangenen Sonntag. Aber der Aufstand richtete sich nicht gegen die IMT oder eine ihrer Töchter, auch nicht gegen die Verpestung der Luft, die Verseuchung des Meeres durch die Produktion von Syntan.

„Die riskieren die Hölle und ihr Leben – wegen zehn Cent Tariferhöhung im Busverkehr." McLean lachte bitter und schaltete um.

Die Footballsaison hatte begonnen. Unter den Zurufen und skandierenden Gesängen uniformierter Parademädchen am Rande des Spielfelds prallten die gepanzerten Giganten aufeinander wie streitbare Insekten.

„Die Menge interessiert sich für Football, für Baseball – aber nicht fürs eigene Überleben", resignierte McLean.

Polazzo schwieg noch immer. Schließlich stand er auf und schaute hinaus in das Lichtermeer Manhattans.

McLean hatte unrecht. Diese Millionen kämpften längst um das nackte Überleben, stündlich, täglich. Sie hatten nur keinen rechten Sinn mehr für den übergeordneten Horror, der sie bedrohte, weder für den sechsfachen Overkill, der ihnen aus den Waffenarsenalen von Ost und West im Falle einer nicht mehr zu bewältigenden Krise zugedacht war, noch für den raffgierigen Wohlstand, der ihnen den kleinen Planeten unter den Füßen wegzufressen schien.

MORGENS gegen drei standen sie beide im Metteursaal einer der großen Tageszeitungen dieser Stadt; und McLean ließ sich nach beendetem Umbruch eine Fahne abziehen. Er überflog die Zeilen, Polazzo sah ihm über die Schulter und las mit. „Das soll alles sein?“

„Offensichtlich ja!“ antwortete McLean, sah sich scheu um und deutete Polazzo an, mit nach draußen zu kommen.

Dort drinnen war kein Platz, um zu diskutieren.

Der Umbruch war auch längst fortgeschafft worden, die Matern gepreßt. Zu ändern war da nichts mehr.

Im Lift waren sie allein. McLean faltete das frisch abgezogene Blatt nochmals auseinander. „Rausgeschmissen. In letzter Minute. Drin geblieben sind die vier Spalten ‚Syntan-Story‘: die ersten hunderttausend Autokarosserien, zehn Wettersatelliten, Millionen Tonnen für die Rüstung. Es geht wieder aufwärts!“

Er reichte Polazzo das Blatt, der knüllte es zusammen, warf es auf den Boden. „Vier Spalten Gratiswerbung waren das!“ stellte er fest. „Und die Schweinerei mit dem Fluor haben sie einfach rausgenommen.“

McLean nickte. „Auf Geheiß von wem? – War's der Chefredakteur? Der Verleger? Der Herausgeber? Die IMT?“

Sie verließen die große Halle. Der Nachtportier nickte ihnen zu, aber die beiden beachteten ihn nicht.

„Wer weiß, wem dieser Laden hier letztlich gehört . . .“, sagte McLean, als sie wieder auf der Straße standen.

Drei Stunden später wurde es hell, und sie waren immer noch auf den Beinen. Die Tageszeitungen stapelten sich vor den Kiosken. Sie kauften sich quer durch das Sortiment.

In einem Café sichteten sie den Erfolg oder auch Mißerfolg ihrer Kampagne.

„Hier, aber völlig versteckt: ‚. . . soll laut Gutachten einer privaten Gruppe . . .' – ‚soll!' steht da – ‚ungünstige Auswirkungen auf die Ökologie des Meeres . . .'" McLean brach ab. Er legte die Zeitung zusammen, trank seinen Kaffee. „Das liest sich wie: ‚Fische verseucht mit DDT' oder: ‚Fleisch voller Quecksilber' oder: ‚Muttermilch vergiftet' oder: ‚Kahlschlag der afrikanischen Wälder verändert Weltklima'!" Er winkte müde ab. „Das immunisiert", fuhr er fort, „das stumpft ab, regt keinen mehr sonderlich auf. Damit muß man leben, was soll man auch tun, so ist sie eben, unsere Welt, mach's Beste draus . . . Vier bis sechs Zeilen, die tägliche Impfung an Schrekken!"

Polazzo reagierte nicht. Er biß in ein Sandwich mit undefinierbarer Füllung. Rosa Soße troff ihm über die Finger. Eine schlaffe Tomatenscheibe glitt von ihrer Salatblattunterlage und klatschte auf den Boden, zwischen Chips und Kippen und Kaugummiresten. Er achtete nicht darauf.

„Syntan . . .", fuhr McLean fort, „die Syntan-Story! Ich habe eigentlich gut verdient daran, zu gut. Alle Redaktionen waren begeistert, aber gedruckt wird überall nur die Hälfte. Wieso? Wie machen die das?"

„Gekauft", mutmaßte Polazzo und wischte sich die Soße vom Mund. „Alle gekauft!"

„Nein", widersprach McLean, „das glaube ich nicht! Hier gibt es Meinungsfreiheit, Pressefreiheit. Das hier ist nicht der erste Skandal, der dieses Land erschüttern wird!" Er stand auf.

Er hatte geschworen: „Ich will es wissen!" Hartnäckig bleiben, lästig fallen, den Fuß in die Tür klemmen. Der erste Schritt ist der schwierigste. Man muß diese Lawine lostreten – aber Vorsicht, daß man nicht mitgerissen wird.

Sie fuhren mit der Fähre hinüber nach Richmond, nach Staten Island. Dort gab es einen kleinen privaten Fernsehsender. Die großen Gesellschaften der Networks hatten ja alle bereits abgewinkt.

„Nimm's zurück!" sagte der Redakteur, den McLean gut kannte, und es klang keineswegs abweisend oder feindlich, eher gutgemeint. „Nimm's zurück!" Er drückte ihm das Manuskript wieder in die Hand.

„Wieso?" fragte McLean. „Es ist die Wahrheit!"

„Vielleicht", räumte der Fernsehjournalist ein, „aber du kannst es nicht beweisen. Die offiziellen Gutachten widerlegen dich." Er hatte sie vor sich liegen auf seinem übervollen Schreibtisch, zwischen Monitoren, Stapeln von Bildkassetten, Fernschreiben. Auf dem Umschlag prangte in stattlichen und stolzen Lettern: IMT.

Ach, so ist das, dachte McLean. Ein offener Zweikampf ohne Visier. Postwurfsendung an alle Medien. Aus.

„Ja", sagte der freundliche Redakteur, „du siehst, keine Chance, ich kauf dir deine Story nicht ab, keiner hier. Die IMT ist unser größter Sponsor. Wenn der abspringt, weil wir eine krumme oder schmutzige Sache machen . . . Nein, wir lassen lieber die Finger davon!"

„Angst? Ja?" McLean lachte, warf Polazzo einen kurzen Blick der Verständigung zu, aber Polazzo sah keinen Sinn mehr darin, sich zu verständigen, er wirkte wie eingefroren, matt und unterkühlt.

„Ihr habt also Angst", wiederholte McLean, nachdem der Redakteur nicht reagiert hatte.

Aber nun antwortete er, leise, hastig, und dabei drängte er die beiden zurück zur Tür. „Nein! Keine Angst vor politischen Affären und Skandalen – meinetwegen bis hoch zum Weißen Haus. Sofern sie genau recherchiert sind. Aber das hier . . . Nimm es zurück."

Diesmal hatte McLean keine andere Chance – er nahm das Manuskript.

„Hier geht's hinaus . . ."

Ja, das wußten sie.

Eine Sendung lief, drei Leute unterhielten sich, nach jeder Pointe wurde Gelächter vom Tonband eingeblendet.

Die drei Leute saßen in einem winzigen Studio. Polazzo und McLean waren vor der Glasscheibe stehengeblieben, starrten hinein in das Aquarium mit diesen drittklassigen Entertainern.

„Sie glauben uns nicht!" flüsterte Polazzo.

Es war unnötig zu flüstern, hier hörte sie keiner. Das alberne Gelächter aus dem Lautsprecher, diese Witzchen und Gags übertönten alles.

„Sie glauben uns nicht, denn ein Heer von Gutachtern hat

uns widerlegt. Ganz einfach. Kein Sender kann es sich leisten, eine offensichtliche Falschmeldung zu bringen, die noch dazu die Interessen der mächtigen IMT grob verletzt." Er hörte zu, versuchte die Witze und Gags zu begreifen. „Und wenn sie es senden", fuhr er fort, „wenn sie es drucken – was, glaubst du, ändert sich dann?"

Die Fähre schob sie durch das spiegelglatte, dunkle Wasser auf die abendliche Skyline Manhattans zu. Downtown, der Banken- und Finanzdistrikt. Stein gewordene Macht.

„Verflechtungen, Verfilzungen, Interessen . . .!" Polazzos alter Zorn erwachte in der kühlen Luft vor dieser gigantischen Kulisse zu neuem Leben. „Man darf nicht unten ansetzen, bei den Medien, in der Öffentlichkeit. Man muß gleich nach oben!"

McLean sah ihn an, wollte wissen, was Polazzo so unter „oben" verstehe. „Kongreß? Ja? Da lauert doch stets und immer die Lobby der Industrie. Repräsentantenhaus? – Fürchtet Arbeitslosigkeit und Rezession. Das Pentagon? – Der größte Kunde für Syntan ist doch das Militär. Und der Präsident? – Hofft auf seine Wiederwahl, glaubt an Gott und das Gute im Menschen."

„Die Umweltministerien der Industrienationen", warf Polazzo ein.

„Die Gutachten der IMT liegen überall!"

Da hatte Polazzo, wie er meinte, die zündende Idee: „Vereinte Nationen – die UNO – wir müssen –"

Aber McLean fiel ihm ins Wort. „Ja? Glaubst du?" Er lachte leise und ein wenig traurig. „Es ist besser, mein Freund, wir machen uns nicht weiter lächerlich."

Sie schwiegen. Die gewaltige Skyline mit ihrem nächtlichen Gefunkel war näher gekommen.

Der Wind kam von Norden und wehte ihnen den Lärm der Stadt, Smog und Gestank ins Gesicht.

Und links neben ihnen, kaum mehr als hundert Meter entfernt, zog langsam und starr die angeleuchtete Freiheitsstatue in ihrem Grünspanschimmer vorbei.

38

HEIMKEHR, nach Tagen oder Wochen – Polazzo hatte vergessen, wie lange der Kampf eines ohnmächtigen David gegen den Giganten gedauert hatte.

Er war von einer unendlichen Müdigkeit befallen, als er dem Taxi im Hof des Blauen Palais entstieg. Er zahlte die geforderten sechzig Mark. Dann sah er sich um. Am Rondell stapelten sich Möbelstücke. Bücherkisten und Apparate wurden gerade in einen Möbelwagen verladen. Alle Fenster des Hauses standen offen, einige wurden gerade ausgehängt.

Überall wimmelte es von Menschen, von Arbeitern und Transporteuren. Ein Bagger und eine Planierraupe standen bereit. Von irgendwoher drang das Geräusch von splitterndem Glas. Aus dem zweiten Stock wurde Abfall, Teile einer Holzverschalung, auf einen Berg mit Sperrmüll geworfen, der sich vor der Fassade türmte.

Vor dem Portal kam ihm Palm entgegen, der einen Stapel Magnetbänder im Kofferraum seines Wagens verstaute.

„Was ist los?"

Palm sah sich um, erstaunt, erfreut. Er hatte Polazzo nicht bemerkt und auch nicht erwartet. Er schüttelte ihm die Hand. „Ja, das Haus wird geräumt", erklärte er. „Das Palais wird abgerissen."

Möbelträger drängten an ihnen vorbei, zwangen sie, sich dicht an die blaue Fassade zu pressen. Die Diskussion, ob der blaue Anstrich gelegentlich erneuert werden müsse, nach über hundertfünfzig Jahren, war wohl nicht mehr aktuell.

„Ein Sanatorium soll hier entstehen, eine Infarktklinik." Palm sah sich mit einem müden Lächeln um. „Ja, das verspricht wohl mehr Profit. Unsere Arbeit war nicht effizient genug. Das Kuratorium als Eigentümer, Intermedico in Genf, der Dachverband, die Banken . . ., ja, die haben das so verfügt."

„Wo ist Yvonne?" fragte Polazzo.

„Zu ihren Eltern nach Paris." Palm zog sein Notizbuch aus der Tasche, blätterte darin. „Oder haben Sie die Adresse?"

Polazzo nickte.

„Ja, dort können Sie Yvonne erreichen, wenn Sie wollen."
„Kein Brief? Keine Zeile?" Polazzo sah Palm betroffen an.
„Nein. Nichts! Die anderen sind auch schon fort: Büdel ans astronomische Rechenzentrum Heidelberg, de Groot und Eva an das Institut für Diabetesforschung. Kühn bekommt Rente. Wong wird Geschäftsführer in einem chinesischen Restaurant in Kopenhagen."
„Und Sie?" wollte Polazzo wissen.
„Lehrstuhl. In Straßburg." Palm wandte sich zum Gehen, wollte zurück ins Haus.
„Wie kam das alles so plötzlich?" Polazzo blieb unten an der Treppe stehen. Er scheute davor zurück, dieses Haus, das abgewrackt und ausgeweidet wurde, noch einmal zu betreten.
Palm verharrte an der Tür, an diesem ausladenden Portal mit seinen heruntergebrochenen Stuckornamenten. „Wir haben seit Wochen nichts voneinander gehört, Enrico. Keine Nachricht von Ihnen, keine Adresse." Er kam wieder ein paar Schritte vor. „Ihre Möbel sind in der Remise untergestellt, in Ihrem Labor. Auch Ihre Bücher, Ihre Arbeiten. Mit Plastik zugedeckt. Ich hoffe, die Mäuse gehen nicht daran, oder die Ratten . . ." Aber dann machte er eine freundschaftlich einladende Handbewegung. „Los, kommen Sie herein!" Er drängte sich an Möbelpackern vorbei, die das Haus verließen, ging voraus durch die Halle, stieg die Treppe mit den abgetretenen Marmorstufen nach oben.
Die Bibliothek war bereits völlig ausgeräumt. Holzwolle lag herum, Zeitungspapier. Selbst der Kaffeeautomat war demontiert, und die Kabel ragten aus der Wand wie verletzte Adern.
Kühn kam aus dem Nebenraum, aus Palms Büro, und schleppte einige Bücherkisten.
„Oh, Herr Dr. Polazzo!" rief er. „So eine Überraschung! Sie sind zurückgekommen!" Statt die Bücherkisten abzustellen, preßte er sie gegen die Wand und lehnte sich dagegen.
„Ja", nickte Polazzo ihm zu, „ich bin zurückgekommen, Herr Kühn . . ."
„Und Sie wissen es sicher", teilte Kühn ihm mit und senkte dabei die Stimme, „die Aktien sind gefallen. Ganz plötzlich. Sie wissen doch, die Aktien der IMT. Auf 16½. Irgendwelche Gerüchte, heißt es in der Zeitung!"

„Gerüchte?" Polazzo wurde hellhörig. „Ein Kurssturz der IMT?" Er lehnte sich neben Kühn an die Wand. „Das läßt hoffen, Herr Kühn, das läßt hoffen . . ."

„Ich habe meine ganzen Ersparnisse verloren, Herr Dr. Polazzo", jammerte Kühn, immer noch mit leiser Stimme, „mein ganzes Geld!"

Polazzo legte ihm die Hand auf die Schulter, sehr vorsichtig, tröstend, eine rasche, beiläufige Geste. „Solange wir nur Geld verlieren, Herr Kühn . . ." Dann ging er in den Nebenraum zu Palm.

Der stand etwas verloren herum. An der Wand leuchtete ein heller, großer Fleck. Dort hatte die Tafel gehangen, an der sie ihre Theorien, ihre Hypothesen für sich und die Kollegen entwickelt hatten.

„Ja", sagte Palm, und seine Stimme klang etwas sentimental, „sehen Sie sich noch ein letztes Mal um! Hier saßen wir also, fünf Jahre lang. Haben gearbeitet, diskutiert, wollten die Welt verändern."

„Sie hat sich verändert!" stellte Polazzo fest.

„Aber nicht durch uns."

„Sicher auch durch uns – durch jeden", widersprach Polazzo. Er trat an den offenen, nackten Fensterrahmen, sah hinunter zu den Baumaschinen, die bereits mit Getöse einen Teil des Seitenflügels schleiften.

„Sie fahren also nach Paris", stellte Palm fest. „Wir könnten zusammen bis Straßburg . . ."

Aber Polazzo schüttelte den Kopf. „Nein, nicht Paris, noch nicht." Er wandte sich wieder in den kahlen Raum, lehnte sich an den Fensterrahmen und schien irgendwohin zu sehen, an Palm vorbei, durch Mauern hindurch. „Mexiko . . .", sagte er plötzlich. „Ich habe damals so im Vorübergehen – Dinge gesehen – Menschen und Bilder. Ich möchte einmal Zeit haben für mich . . ." Er löste sich vom Fenster, kam langsam in den Raum zurück, lehnte sich an eine der kahlen Wände. „Ich weiß ja jetzt", fuhr er fort, „wo ich Freunde finde – wenn ich sie brauche."

Palm nickte. Aber dann fiel ihm etwas ein. Er hob vom Boden ein Stück Kreide auf, farbige, dunkelblaue Kreide. Die war, als man die Tafel demontierte, offenbar verlorengegangen, zusammen mit vielen anderen Stücken, die verstreut lagen. Jetzt trat er an diese weiße, leere Wand, machte eine nachdenkliche Pause, dann begann er mit einem geradezu hintergründigen Lächeln zu dozieren: „Ich habe etwas herausgefunden – vielleicht interessiert es Sie –, jetzt, wo das Blaue Palais abgerissen wird." Er malte auf die gekalkte Wand in großen Lettern das Zeichen „IMT". „Die Struktur des Giganten, mit dem wir uns angelegt haben, dieses multinationalen Konzerns, die ist Ihnen klar?"

Polazzo verneinte. „Von IMT? Die Struktur ist keinem klar, ist von außen nicht zu entschlüsseln . . ."

„Im groben, passen Sie auf!" Palm malte Kästchen und verband sie untereinander. „Hier, die Konzernspitze New York – Filialen in allen großen Städten der Welt: San Francisco, London, Tokio, Sydney – und Moskau. Dort heißt die IMT natürlich anders!"

Polazzo nickte. Er erwartete sich nicht sonderlich viel Neues von dieser Lektion.

„Uns interessieren jetzt nicht die vielen hundert Tochterfirmen auf den verschiedensten Gebieten von Produktion und Vertrieb, nicht die Holdings auf den Bahamas, in Panama, in der Schweiz, nicht die Schachtelbeteiligungen und Sperrminoritäten an anderen Gesellschaften, die vielen tausend kleinen Firmen, die auf der Strecke blieben und dann geschluckt worden sind – uns interessiert nur dieser eine Zweig hier und auch nur in folgendem Zusammenhang." Die blaue Kreide fuhr über die weiße Wand, malte Abkürzungen, Chiffren, Pfeile und Zahlen, Prozente, ein Mosaik, einen Stammbaum der Macht und ihrer Verflechtung.

„Chemotrust in Los Angeles und Aluconda halten zusammen die Mehrheit der Pharma Suisse."

Pfeile führten zusammen und trafen sich in einem mit „PhS" markierten Kästchen.

„Die ist über vielfältige Beteiligungen und personelle Verflechtungen im Aufsichtsrat mit der X-Ray Montana und der Rhesus AG, Bern, mit fünfunddreißig bzw. einundfünfzig Prozent liiert."

Die Pfeile überkreuzten sich bereits. Die Skizze begann einem Schnittmusterbogen zu gleichen.

„Beide Firmen halten eine Beteiligung von je 22½ Prozent der Intermedico in Genf." Palm malte die Verflechtungen. Die Kreuzungspunkte der Zeichnung – und der Interessen, die hier grafisch dargestellt wurden – häuften sich. „Den Rest teilen sich, nach neuestem Stand: die Sulfur France und die Deutsche Syntan. Und Intermedico Genf ist federführend im Kuratorium des Blauen Palais." Er skizzierte die eigenwillige Fassade des Hauses, die in wenigen Tagen nur noch Vergangenheit sein würde. „Manzini", fuhr Palm fort, „ist seit dem ersten Juli sogar Präsident." Damit warf er die blaue Kreide aus dem Fenster und wischte sich die Finger an seinem Taschentuch ab. „Ja, der Gigant...", er zeigte auf das „IMT" an der Spitze der Pyramide, die er da gezeichnet hatte, „... und das Blaue Palais." Er verwischte es mit den Fingerspitzen, bis die Umrisse nur noch schemenhaft zu ahnen waren.

Ein blauer Zickzackkurs führte über viele Zwischenstationen von oben nach unten. Freiheit – Unabhängigkeit. Polazzo lachte leise, bitter vor sich hin. Nichts hatte er geahnt, nichts, was in diese Richtung hätte deuten können, aber es war schlüssig und logisch, was hier aufgezeichnet worden war, und es gab einen Sinn!

„Ich habe mir gedacht", schloß Palm seine Lektion, „daß Sie das interessiert!" Er schüttelte Polazzo die Hand und ging schnell davon.

Der Lärm einstürzenden Mauerwerks drang herein, auch Staub und der Abgasdunst von Maschinen.

Und Polazzo stand immer noch an die Wand gelehnt, lange und stumm und lächelnd. Starrte auf dieses abstrakte Bild, in das nicht nur sein Schicksal verwoben war, auch das von Millionen. Denn Syntan, dort unten in diesem ausgewischten Blauen Palais entstanden, zum höheren Ruhm des Giganten, ging nicht nur ihn etwas an.

39

DREI Monate später konnte man in den Zeitungen folgende Nachricht lesen: „Das japanische Parlament hat in einer Sondersitzung den vier Werken der Nippon-Syntan die Produktion synthetischen Titans und anderer synthetischer Werkstoffe auf Fluorbasis bis auf weiteres untersagt."

Gleichzeitig brachte die „Grüne Aktion Umwelt" im Kieler Landtag die Anfrage ein, auf welche Gutachten sich die Betriebsgenehmigung der Deutschen Syntan AG in Brunsbüttel stütze.

Auf Bürgerproteste hin wurden vier Monate später die zuständigen Verwaltungsgerichte aktiv. Denn schon seit Produktionsbeginn war in einem Gebiet bis zu dreißig Kilometer um das Syntanwerk ein Absterben der Vegetation beobachtet worden.

Trotz dieses Umstands wurde die Betriebsgenehmigung für die Deutsche Syntan AG nicht zurückgezogen oder in Frage gestellt.

Auf Drängen Washingtons wurde die Bundesluftwaffe mit vierhundert Maschinen des neuen strategischen Jagdbombers F-2000 ausgestattet, dessen Außenhaut aus dem modernsten Werkstoff, aus synthetischem Titan, besteht.

Rainer Erler

Angeregt zu den Geschichten im fünfteiligen Zyklus „Das Blaue Palais" wurde Rainer Erler durch den inzwischen legendären Bericht des „Club of Rome" zu Beginn der siebziger Jahre. Seriöse Wissenschaftler wiesen darin eindringlich auf die fortschreitende Zerstörung unserer natürlichen Umwelt hin. Erler verfaßte daraufhin fünf Fernsehdrehbücher, in denen er sich kritisch mit den Themen Biochemie, Genetik, Laserstrahlen, synthetische Werkstoffe und Parapsychologie auseinandersetzte. Für das neue Genre, in dem er blinden Fortschrittsglauben anprangerte und künftige Gefahren neuer Technologien aufzeigte, prägte der Autor den Begriff „Science Thriller".

Rainer Erler, Jahrgang 1933, sammelt für seine Art der Zukunftsvorhersage möglichst viele detaillierte Informationen aus Wissenschaft und Technik und zieht daraus die entsprechenden Schlußfolgerungen. „Oft werden dann die Zukunftsprognosen von der Wirklichkeit überholt", stellt Erler fest. „Die fiktive Horrorvision wird zur erschreckenden Realität. So zum Beispiel bei meinem 1979 entstandenen Film ‚Fleisch', in dem es um illegalen Organhandel geht."

Erler, dessen Romane, Drehbücher und Erzählungen mit zahlreichen Preisen ausgezeichnet wurden, verbringt inzwischen einen Großteil des Jahres in Australien. Seit er Anfang der achtziger Jahre auf Motivsuche für seinen Ökothriller „Das schöne Ende dieser Welt" den fünften Kontinent bereiste, ist er von der Weite und Ursprünglichkeit des Landes begeistert. Doch auch von seinem australischen Domizil aus beteiligt sich der Autor weiterhin an der Diskussion kontroverser Zukunftsthemen. „Ich glaube, daß sich die Menschen ganz allgemein immer mehr mit der Zukunft beschäftigen müssen", betont er. „Nicht nur aus Neugier, sondern auch aus Selbsterhaltungstrieb."

Fliegende Fahrräder und flüssige Menschen

Filmtricks, und was dahintersteckt

Was haben die zehn erfolgreichsten Kinofilme aller Zeiten gemeinsam? Natürlich – sie kommen aus Hollywood. Und sie stecken voller raffinierter Tricks und überraschender Spezialeffekte. Ein Beispiel ist das Science-fiction-Märchen „E. T." Der Erfolg dieses Films kam großenteils deshalb zustande, weil wir als Kino- und Fernsehzuschauer eine ebenso seltsame wie verläßliche Sehnsucht entwickelt haben: Wir wollen manipuliert werden und an eine künstlich erschaffene Scheinwelt glauben. Unsere einzige Bedingung: Die Illusion muß so perfekt sein, daß wir sie nicht bemerken.

Diesen Wunsch erfüllen uns Trickspezialisten. Das sind Künstler mit einer paradoxen Arbeitsauffassung: Sie sind stolz auf ihre Leistung, müssen aber mit allen Mitteln vermeiden, daß diese dem Zuschauer auffällt. Wenn in einem Film dennoch ein Effekt als solcher bemerkt wird, war er mit Sicherheit nicht beabsichtigt wie etwa die ruckartigen, schnellen Bewegungen der frühen Stummfilmbilder, die von Zuschauern häufig als gewollte Komik mißverstanden werden.

Dabei war dieser Effekt nichts weiter als eine technische Notlösung: Die alten Kameras, von Hand gekurbelt, konnten nur sechzehn Bilder pro Sekunde aufnehmen. Die Filme mußten dann jedoch mit mindestens vierundzwanzig Bildern pro Sekunde vorgeführt werden, sonst hätte das Auge sie nicht als Bewegung, sondern als rasch aufeinanderfolgende Einzelaufnahmen interpretiert. Das Ergebnis waren die bekannten „Zappelbilder".

„Special effects": Perfektion, die man nicht bemerkt

Kaum war der Tonfilm erfunden, gab es aber auch schon echte „special effects", zum Beispiel den Riesenaffen im Film King Kong und die weiße Frau *von 1933, der auf einem New Yorker Wolkenkratzer sitzt und eine schreiende Frau in seiner Pranke hält. Das monströse Tier war in Wirklichkeit nur 45 Zentimeter groß (und die Frau in seiner Hand entsprechend kleiner). Filmtechniker Willis O'Brien machte von seiner Affenpuppe lauter Einzelauf-*

Detailgetreue Sauriernachbildungen und einzigartige Computeranimationen ließen den Film *Jurassic Park* zum Welterfolg werden. Oft sind die Modelle im Verhältnis zu ihrer ungeheuren Kamerawirkung sehr klein, wie das UFO aus dem Film *Star Wars III* auf der vorangegangenen Doppelseite zeigt.

nahmen, wobei er jedesmal ihre Körperhaltung ein wenig veränderte. Beim Abspulen der Einzelbilder entstand dann die gewünschte Bewegung wie bei einem Zeichentrickfilm. Auch wenn diese „Stop Motion Animation" heute nichts Besonderes mehr ist, O'Briens Aufnahmen zählen in technischer Hinsicht immer noch zu den ganz großen Meisterleistungen der Filmgeschichte.

Ein weiterer Meilenstein im Hinblick auf Effekte kam 1968 in die Kinos: Stanley Kubricks 2001 – Odyssee im Weltraum. *Sämtliche Raumschiffe, die in diesem Film auftauchen, waren Modelle. In monatelanger Kleinarbeit waren sie detailgetreu zusammengebaut worden. Doch obwohl Kubricks Werk hauptsächlich im Weltraum spielt, verzichtete man darauf, Außerirdische zu zeigen, sondern überließ ihre Existenz der Phantasie der Zuschauer.*

Diesen „sicheren Weg" wollte der amerikanische Regisseur Steven Spielberg bewußt verlassen, wie er in einem Interview sagte.

Deshalb entschloß er sich, in seinem Film Die unheimliche Begegnung der dritten Art *nicht nur ein UFO vorzuführen, sondern auch dessen Insassen. Das Raumschiff, einer gewaltigen Kathedrale ähnlich, war in Wirklichkeit ein 90 Zentimeter großes Modell; und als das nebulöse Nirgendwo, aus dem es kam, diente Dieselqualm. (Dieser stank so sehr, daß die Mitarbeiter im Studio Gasmasken tragen mußten.) Als Außerirdische agierten Puppen – eine davon wurde von zwölf Technikern ferngesteuert, von denen allein sieben für die verschiedenen Bewegungen des Gesichts zuständig waren.*

Künstlicher Hintergrund: So entstehen Drehorte, die es nie gab

Was im Kino lebendig und echt wirkt, entpuppt sich oft nur als nüchterne Fleißarbeit, wenn man hinter die Kulissen blickt. An bestimmten optischen Effekten im Film E.T. *zum Beispiel wurde acht Monate lang gearbeitet. Im fertigen Film dauern diese Szenen (unter anderem fliegt ein Fahrrad in den Himmel) nicht einmal vier Minuten.*

Heutige Kinobesucher sind nun einmal anspruchsvoll. Vorbei sind die Zeiten, in denen Schauspieler im Zugabteil saßen und redeten, während hinter ihnen Bäume und Hügel am Fenster vorüberzogen, die man auf eine Endlosleinwand gemalt hatte, welche im Hintergrund wiederholt abgespult wurde.

Der nächste Schritt in der Entwicklung der Tricks waren nicht mehr gemalte, sondern gefilmte Kulissen, die man beim Blick aus dem Zug oder dem Rückfenster eines Autos sah. Landschaft oder Stadt wurde dabei von hinten auf eine durchscheinende Leinwand projiziert, vor der die Schauspieler (im unbewegten Auto oder Zugabteil) saßen.

Bei vielen Tricks kommt man als Zuschauer vor allem deshalb ins Staunen, weil man verblüfft ist, wie simpel sie angelegt sind. Wer sich an die TV-Serie Raumpatrouille *aus den sechziger Jahren erinnert, weiß vielleicht noch, daß zu Beginn jeder Folge das Raumschiff Orion unter Wasser startete und aus einem Strudel auftauchte. Das, so erinnert sich Trickspezialist Theo Nischwitz, war*

Die „Blue-Screen"-Technik macht's möglich: In *Falsches Spiel mit Roger Rabbit* unterhalten sich echte Darsteller mit einem Zeichentrickwesen.

der schwierigste seiner „Fälle" in der Serie. Seine Erklärung: „Den Wasserstrudel haben wir mit Alka-Seltzer-Tabletten in einem Glasbassin erzeugt."

Auf diese Idee muß man erst einmal kommen! Ebenso wie auf die Lösung folgender Aufgabe: Wie kann man im Film einen Hund „erschießen", ohne ihn tatsächlich zu verletzen? Ganz einfach: Man filmt ihn, wie er aus dem Liegen aufspringt, und läßt diese Szene dann rückwärts laufen.

„Blue Screen": Schablonen beseitigen die Gefahr

Die High-tech-Zeit der Spezialeffekte begann 1977 mit George Lucas' Film Krieg der Sterne. *Zwar entstanden auch hier die entscheidenden Szenen mit den altbewährten „Stop-Motion"-Tricks und Miniaturmodellen, doch zusätzlich wurden Computersysteme eingesetzt, und man drehte mehr als 350 „Blue-Screen"-Szenen.*

„Blue Screen" heißt blaue Leinwand. Ein Schauspieler (der im Film etwa am Rand eines tiefen Abgrundes stehen soll) wird bei dieser Technik vor einer einheitlich blauen Fläche gefilmt. Unabhängig davon nimmt man mit einer zweiten Kamera die gewünschte Hintergrundszene auf (in diesem Fall also Felswand und Himmel oder die gähnende Tiefe). In mehreren Prozessen wird anschließend das Blau der Leinwand im ersten Film herausgefiltert und statt dessen der separat aufgenommene Hintergrund einkopiert. Damit er nicht den Schauspieler überblendet (wie in zwei übereinanderliegenden Dias), wurde zuvor eine „Maske angefertigt": eine Kopie des ersten Films, die den Darsteller aber lediglich als schwarze Schablone zeigt, also kein Licht durchläßt. Der einkopierte Hintergrund bleibt hier ausgespart, und in diese Lücke wird später der Darsteller einkopiert.

An die Stelle von gefilmten Hintergründen treten häufig auch gemalte Versionen, zum Beispiel die Silhouette einer Stadt oder der erwähnte Abgrund. Der Schauspieler, der sich an der Felswand festklammert, hält sich in Wirklichkeit an einer künstlichen Wand im Studio fest, und unter ihm liegen große Schaumstoffpolster, die im Film natürlich nicht sichtbar sein dürfen. An ihre Stelle wird deshalb eine schwarze Schablone einkopiert, die bei den Aufnahmen dunkel bleibt. Die Lücke wird anschließend mit einem separat gefilmten Gemälde geschlossen, das die „bedrohliche Tiefe" der Schlucht zeigt.

„Digital Processing": Retusche per Computer

Verglichen mit den jüngsten „Special-Effect"-Entwicklungen aus den USA allerdings wirkt diese Technik schon wieder altmodisch. Für den Action-Film Terminator 2 *beispielsweise haben die Spezialisten Hollywoods ganz tief in ihre Trickkiste gegriffen. Rund fünfzehn Millionen Dollar verschlangen allein die Spezialeffekte in diesem Film, in dem Arnold Schwarzenegger als guter Maschinenmensch nach einem Atomkrieg gegen das weltbedrohende Kunstwesen T-1000 kämpft.*

Unter den vielen Action-Szenen besonders spektakulär: eine

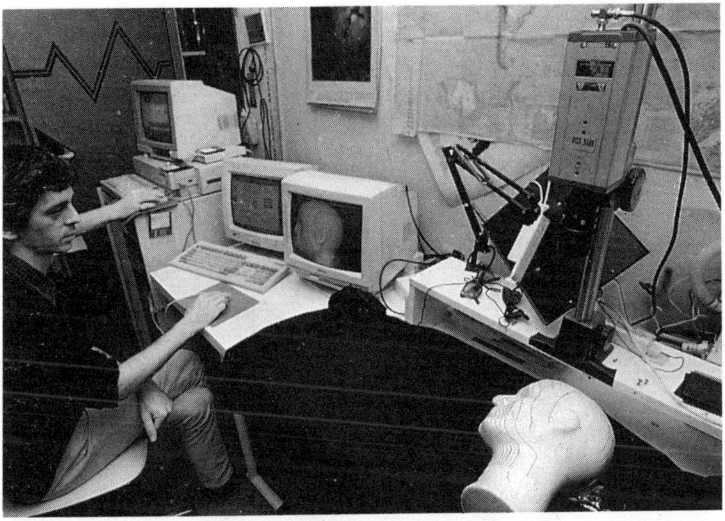

Ein Filmdesigner hat den Styroporkopf eines Modells mit Linien bemalt, mit deren Hilfe im Computer eine dreidimensionale Form berechnet wird.

Verfolgungsjagd, bei der ein tonnenschwerer LKW von einer Brücke in einen Kanal stürzt. Ihm folgt ein Motorrad, das aus dem dritten Stock eines Gebäudes fliegt und einen Hubschrauber streift, der daraufhin gegen einen Schwertransporter prallt.

Neben verschiedenen Modellen wurde bei den Dreharbeiten ein echtes Motorrad eingesetzt – doch selbst für einen geübten Stuntman wäre der Supersprung zu riskant gewesen. Deshalb wurde die Maschine an stabilen Drähten befestigt, so daß sie in einem zuvor festgelegten Bogen sanft durch die Luft glitt. Mit Hilfe der zum erstenmal eingesetzten Technik des „Digital Processing" wurde die betreffende Szene Bild für Bild abgelesen und digitalisiert, so daß sich jede einzelne Aufnahme auf einem Bildschirm betrachten und bearbeiten ließ. Überall wo die störenden Drähte zu sehen waren, an denen das Motorrad hing, wurden diese markiert und gelöscht. Die „leeren" Stellen füllte der Computer automatisch mit der Farbe und Struktur des Hintergrundes aus.

Schwarzeneggers Kontrahent T-1000 verwandelt im Film immer

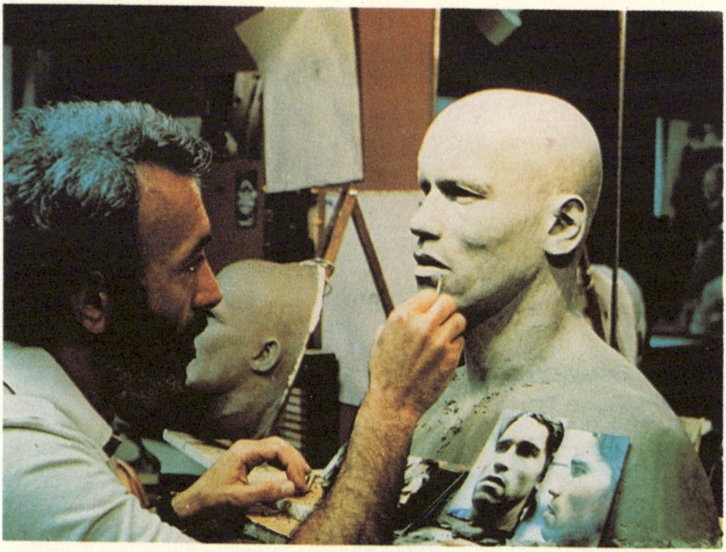

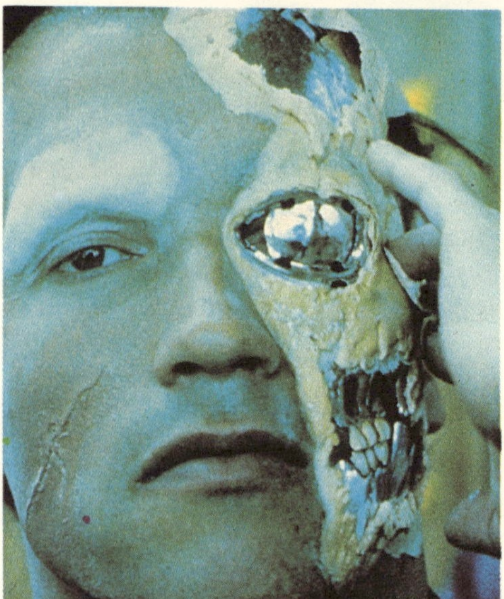

Ein Spezialist präpariert eine der ferngesteuerten „Schwarzenegger"-Puppen.

Unter der zerfetzten Haut des Terminators wird die metallene Mechanik sichtbar.

wieder sein Äußeres: Mal ist er Polizist (Schauspieler Robert Patrick), mal ein Kunstwesen, das als Flüssigkeit auf einem Fußboden zusammenfließt und sich zu Menschengestalt emporhebt oder sogar Gitterstäbe mühelos durchdringt. Selbst schwerste Verletzungen können ihm nichts anhaben: Als er von einer Granate zerfetzt wird, formt er sich einfach wieder zusammen.

Puppen und Modelle: lebensecht bis ins letzte Detail

Für diese Szenen wurden die verschiedensten Puppen gebaut. Um sie dem Aussehen des Schauspielers so genau wie möglich anzugleichen, wurde dessen Hautoberfläche von einem Laserstrahl abgetastet. Die so gewonnenen Daten wurden in einen Computer eingespeist, der die Maschine steuerte, mit deren Hilfe wiederum die originalgetreuen Schaumstoffbüsten gefertigt wurden – je nach Handlung mit dem gewünschten Gesichtsausdruck.

Mit Puppen allein hätte die Verwandlung von silbriger Flüssigkeit in ein menschliches Wesen jedoch nicht dargestellt werden können. Die einzelnen Zwischenstadien entstanden daher als bewegliche Computergrafiken. Dagegen wurden für den Terminator selbst, der im Film so sehr lädiert wird, daß unter der zerfetzten Haut die metallene Mechanik sichtbar wird, nur gewöhnliche Modelle gebaut. Eine dieser ferngelenkten Puppen sieht oben wie der echte Schwarzenegger aus, besitzt von der Hüfte abwärts aber stählerne, bewegliche Beine.

Am Ende des Films wird der böse Kunstmensch T-1000 noch einmal ganz besonders hinterlistig: Er tarnt sich und nimmt die Gestalt der schönen Schauspielerin Linda Hamilton an – zwei identische Frauen stehen plötzlich auf der Leinwand nebeneinander. Wieder ein raffinierter Spezialeffekt? Ein computergesteuertes Zweitwesen? Nein, die Produzenten hatten sich eines Tricks völlig anderer Art bedient: Sie hatten einfach Lindas Zwillingsschwester Leslie vor die Kamera geholt.

Illustrierter Anhang:
„Fliegende Fahrräder und flüssige Menschen – Filmtricks, und was dahintersteckt"
Eine Kurzfassung des Artikels „Mann aus Chrom? Kein Problem!" von Martin Tzschaschel
erschienen in „P. M." 1/1992